THE DUNE
CHRONICLES

3

CHILDREN OF DUNE

듄의 아이들

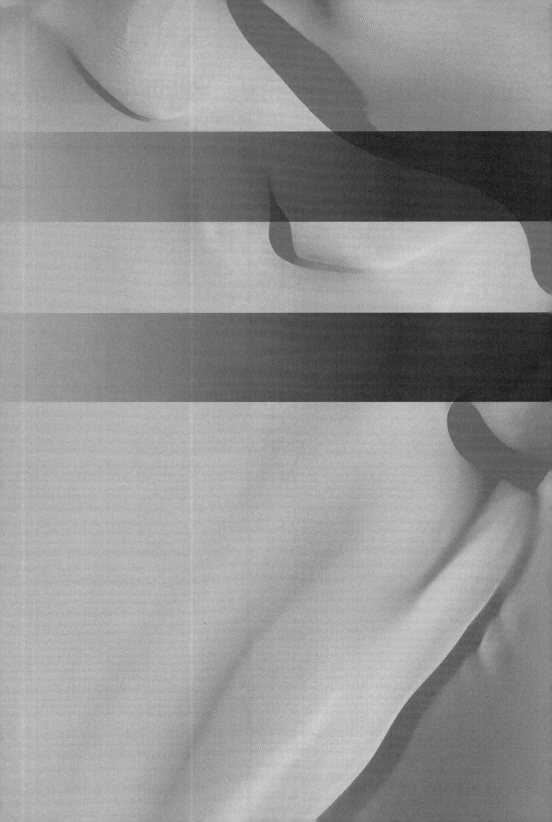

DUNE

프랭크 허버트

3

THE DUNE
CHRONICLES

FRANK
HERBERT

듄의 아이들

김승욱 옮김

CHILDREN OF DUNE

황금가지

무앗딥의 가르침은 현학자들과 미신을 믿는 사람들, 그리고 부정한 사람들의 놀이터가 되었다. 그는 균형 잡힌 삶의 방식, 즉 항상 변화하는 우주에서 솟아나는 문제들에 맞설 수 있는 철학을 가르쳤다. 그는 인류가 지금도 진화하고 있으며, 이 과정은 영원히 끝나지 않을 것이라고 말했다. 그는 이 진화가 오로지 영원만이 알고 있는 변화하는 원칙 위에서 움직인다고 말했다. 부정한 정신이 이처럼 본질적인 것을 어찌 건드릴 수 있겠는가?

—『멘타트 어록』, 던컨 아이다호

동굴 바닥의 가공되지 않은 바위를 덮고 있는 짙은 빨간색 융단 위에 빛이 한 점 나타났다. 어디서 나오는 건지 알 수 없는 그 빛은 타는 듯이 빛나면서 스파이스 섬유로 짠 빨간색 천 위에만 존재했다. 지름이 2센티미터쯤 되는 그 빛은 뭔가를 탐색하듯 변덕스럽게 움직이면서 길게 늘어진 모양이 되었다가 달걀 모양이 되기도 했다. 그리고 짙은 초록색의 침대 모서리에 이르자 갑자기 뛰어오르며 침대 위에 자신의 몸을 포갰다.

초록색 이불 밑에는 불그스름한 머리카락을 가진 아이가 하나 누워 있었다. 아이의 얼굴은 아직 젖살 때문에 둥글고 입술은 통통했다. 전통적인 프레멘처럼 야위고 빈약한 느낌은 없었지만, 다른 행성 사람처럼 물이 풍부한 모습도 아니었다. 감긴 눈꺼풀 위로 빛이 지나가자 아이는 작은 몸을 뒤척였다. 빛이 깜박 꺼졌다.

이제 남은 것이라고는 고른 숨소리와 그 숨소리 뒤에서 희미하게 들려오는 물방울 떨어지는 소리뿐이었다. 동굴 위 높은 곳에 있는 바람 증류기에서 집수 웅덩이 속으로 똑똑똑 떨어지는 물소리는 안정감을 가져다주었다.

침실 안에 다시 빛이 나타났다. 아까 것보다 약간 더 크고 밝은 빛이었다. 이번에는 빛이 어디서 나오는 건지 알 수 있었으며, 그 빛의 원천은 움직이고 있었다. 두건을 쓴 사람 하나가 침실 가장자리의 아치형 문간을 채우고 서 있었는데, 빛의 원천이 바로 거기였다. 또다시 빛이 침실 안에서 흐르듯이 돌아다녔다. 뭔가를 시험하며 탐색하는 것 같았다. 위협적인 분위기, 불만스러워서 들썩거리는 분위기를 띤 빛이었다. 빛은 잠자고 있는 아이를 피해 위쪽 모퉁이의 격자형 공기 흡입구 위에 멈췄다가, 주위를 둘러싼 바위의 느낌을 부드럽게 만들어주는 초록색과 황금색 벽걸이들에서 불룩 튀어나온 부분을 조사했다.

이윽고 빛이 깜박 꺼졌다. 두건을 쓴 사람이 움직일 때마다 옷자락 스치는 소리가 나서 그의 존재를 드러냈다. 그는 아치형 문간의 한쪽에 자리를 잡았다. 이곳 타브르 시에치의 일상을 아는 사람이라면 이 사람이 틀림없이 스틸가라는 생각을 즉시 떠올렸을 것이다. 스틸가는 시에치의 나입이었으며, 고아가 된 쌍둥이의 수호자였다. 이 쌍둥이들은 언젠가 아버지 폴 무앗딥의 자리를 차지하게 될 것이다. 스틸가가 밤에 쌍둥이들의 거처를 돌아보는 것은 자주 있는 일이었다. 그는 항상 가니마가 자고 있는 방에 먼저 들렀다가 그 옆방에서 시찰을 끝내곤 했다. 이 방에서 그는 레토를 위협하는 것이 없다는 사실을 확인하고 안심할 수 있었다.

'늙은 바보로군, 나는.' 스틸가는 생각했다.

그는 빛을 발하고 있는 투광기의 차가운 표면을 손가락으로 만지작거리다가 허리띠의 고리에 투광기를 다시 매달았다. 그는 투광기의 빛에 의존하면서도 투광기를 짜증스러워했다. 제국의 교묘한 도구인 그 물건은 살아 있는 존재의 커다란 몸을 탐지하는 장치였다. 지금까지 빛에 드러난 것은 황족을 위한 침실에서 잠자고 있는 아이들의 모습뿐이었다.

스틸가는 자신의 생각과 감정이 그 빛과 같다는 것을 알고 있었다. 그는 불안한 내면의 생각들을 차분하게 가라앉힐 수 없었다. 뭔가 더 커다란 힘이 그 움직임을 통제했다. 그 힘이 그를 이 순간 속으로 내던졌고, 그는 지금 계속 축적되어 온 위험을 느끼고 있었다. 인간들이 알고 있는 우주 전역에서 화려한 꿈을 끌어들이는 자석 같은 존재가 여기 누워 있었다. 세속적인 부와 세속적인 권위, 그리고 신비스러운 부적들 중에서도 가장 강력한 무앗딥의 종교적 유산을 정통으로 이어받은 신성한 존재가 여기 누워 있었다. 레토와 그의 누이인 가니마, 이 쌍둥이들에게 두려울 정도의 힘이 집중되어 있었다. 그들이 살아 있는 동안 무앗딥은 죽었으면서도 그들 안에서 살아 있었다.

이 아이들은 단순한 아홉 살짜리 아이들이 아니었다. 그들은 자연의 힘이었으며 숭배와 공포의 대상이었다. 그들은 무앗딥이자 모든 프레멘들의 마디가 되었던 폴 아트레이데스의 아이들이었다. 무앗딥은 인류의 폭발에 불을 붙였다. 프레멘들은 지하드를 통해 이 행성에서 우주로 퍼져나가면서 종교적 정부라는 물결을 타고 인간들의 우주 전역에 자신들의 열정을 퍼뜨렸다. 그리고 이 종교적 정부의 힘과 어디든 존재하는 권위는 모든 행성에 자신의 흔적을 남겼다.

'하지만 이 무앗딥의 아이들은 피와 살로 이루어져 있지. 내가 칼을 두 번 찌르기만 하면 이 아이들의 심장이 멈출 거야. 그러면 이 아이들의 물이 부족에게 되돌아오겠지.' 스틸가는 생각했다.

그의 흔들리는 마음이 혼란 속으로 빠져들었다.

'무앗딥의 아이들을 죽인다니!'

그러나 지난 세월 동안 내적인 성찰을 통해 그는 현명해져 있었다. 스틸가는 이런 소름 끼치는 생각이 어디에서 생겨난 것인지 알고 있었다. 그것은 축복받은 자의 오른손이 아니라 저주받은 자의 왼손에서 나온 생각이었다. 생명의 아야트와 부르한은 이제 그에게 그리 신비로운 것이 아니었다. 한때 그는 자신을 프레멘으로 생각하는 것과 사막을 친구로 생각하는 것, 그리고 제국의 모든 별 지도에 아라키스로 표기되어 있는 자신의 행성을 머릿속으로 듄이라고 부르는 것을 자랑스럽게 생각했다.

'우리의 메시아가 꿈에 불과했을 때에는 모든 것이 얼마나 단순했는지. 우리의 마디를 찾아냄으로써 우리는 이 우주에 수없이 많은 메시아의 꿈을 풀어놓았어. 지하드에 정복당한 사람들이 이제 모두 지도자가 나타날 것을 꿈꿀 정도로.'

스틸가는 어두워진 침실 안을 흘끗 바라보았다.

'만약 내 칼이 그 사람들을 모두 해방시킨다면, 그들이 나를 메시아로 만들까?'

레토가 침대에서 몸을 뒤척이는 소리가 들렸다.

스틸가는 한숨을 쉬었다. 이 아이에게 이름을 물려준 아트레이데스 가문의 할아버지를 그는 알지 못했다. 그러나 무앗딥이 그 할아버지에게서 도덕적 힘을 물려받았다는 얘기를 많은 사람에게 들었다. '올바름'이라는 그 무서운 특징이 이제 한 세대를 건너뛸 것인가? 스틸가는 이 질문에 대답할 수 없었다.

'타브르 시에치는 내 것이다. 내가 이곳을 다스리지. 나는 프레멘의 나입이다. 내가 없었다면 무앗딥도 존재하지 못했을 거야. 이 쌍둥이들……. 이 아이들의 어머니이자 내 친척인 챠니를 통해 이 아이들의 핏줄 속에는 내 피가 흐르고 있다. 나는 무앗딥과 챠니, 그리고 다른 모든 사람들과 함께 그 핏줄 속에 있어. 우리가 우리 우주에 무슨 짓을 저지른 거지?'

스틸가는 자기가 밤에 왜 이런 생각을 하는지, 그리고 이런 생각 때문에 자신이 왜 그토록 죄책감을 느끼는 건지 설명할 수 없었다. 그는 두건이 달린 로브 속에서 몸을 웅크렸다. 현실은 꿈과 완전히 달랐다. 한때 북극에서 남극까지 뻗어 있던 '다정한 사막'은 전에 비해 절반으로 줄어 있었다. 초록색 식물들이 번져나가는 신화적인 낙원은 그를 곤혹스럽게 했다. 꿈과는 달랐다. 그의 행성이 변화함에 따라 그는 자신도 변했음을 알 수 있었다. 그는 시에치의 족장이었던 예전에 비해 훨씬 더 교묘한 사람이 되어 있었다. 이제 그는 많은 것을 알고 있었다. 정치적 수완과 지극히 사소한 결정이 가져올 수 있는 엄청난 결과들을. 그러나 그는 이러한 지식과 교묘함이 더 소박하고 결정론적인 의식의 단단한 핵심을 감추는 얇은 겉치레에 불과하다고 느꼈다. 오래전에 만들어진 그 의식의 핵심이 그를 소리 높여 부르며 순수했던 과거의 가치관으로 돌아가라고 그에게 애원하고 있었다.

시에치에서 아침이 시작되는 소리들이 그의 생각을 침범하기 시작했다. 동굴 안의 사람들이 이제 하나 둘씩 일어나서 움직이고 있었다. 뺨에 산들바람이 느껴졌다. 사람들이 문막이를 열고 아직 해도 뜨지 않은 어둠 속으로 나간 것이다. 산들바람은 시간뿐만 아니라 사람들의 부주의

한 행동에 대해서도 알려주었다. 동굴에 사는 사람들은 이제 더 이상 물 규칙을 과거처럼 엄격하게 지키지 않았다. 이 행성에 비가 내리고, 구름도 있고, 사막의 개울에서 돌발적으로 발생한 홍수에 프레멘 여덟 명이 휩쓸려 목숨을 잃은 적도 있는 지금 굳이 그래야 할 이유가 무엇이겠는가? 그 사건이 일어날 때까지 '익사'라는 말은 듄의 언어 속에 존재하지 않았다. 하지만 이곳은 이미 듄이 아니었다. 이곳은 아라키스였다……. 그리고 오늘 파란의 하루가 시작되고 있었다.

'무앗딥의 어머니이자 황제가 남긴 쌍둥이의 할머니인 제시카가 오늘 우리 행성으로 돌아온다. 그녀가 지금 스스로 자청한 망명 생활을 끝내려는 이유가 무엇일까? 그녀는 왜 부드럽고 안전한 칼라단을 버리고 위험한 아라키스로 오는 거지?'

걱정거리는 그것뿐만이 아니었다. 그녀가 방황하는 스틸가의 마음을 감지할 것인가? 그녀는 교단의 최고 훈련을 마친 베네 게세리트 마녀였으며, 당당한 자격을 갖춘 대모였다. 그런 여자들은 예리하고 위험했다. 리에트 카인즈의 움마 보호자가 그랬던 것처럼 그녀도 그에게 자신의 칼 위에 몸을 던지라고 명령할 것인가?

'내가 그녀의 명령에 복종할 것인가?' 그는 자문했다.

그는 이 질문에 답할 수 없었지만, 이제 리에트 카인즈에 대해 생각하고 있었다. 리에트 카인즈는 행성 전체가 사막으로 이루어진 듄을 인간이 살기 좋은 푸른 행성으로 바꾸겠다는 꿈을 처음으로 품은 행성학자였다. 그리고 이 행성은 지금 푸른 행성으로 변해 가고 있었다. 리에트 카인즈는 챠니의 아버지였다. 그가 없었다면 꿈도, 챠니도, 황제의 쌍둥이도 없었을 것이다. 이 연약한 사슬이 이루어놓은 일들이 스틸가를 곤혹스럽게 했다.

'우리가 어떻게 이 행성에서 만나게 된 것일까? 우리가 어떻게 합쳐지게 된 거지? 무슨 목적으로? 이 모든 것을 끝장내고 이 위대한 결합을 산산이 부숴버리는 것이 나의 의무인가?' 그는 스스로에게 질문을 던졌다.

이제 스틸가는 자신의 내면에 존재하는 무서운 충동을 인정했다. 그는 나입으로서 반드시 해야 하는 일을 하기 위해 사랑과 가족을 부정하는 선택을 할 수 있었다. 부족을 위해 무서운 결정을 내리는 것이다. 어떤 의미에서 그런 살인은 궁극의 배신과 잔인성을 상징했다. 어린아이들을 죽이다니! 그러나 그들은 단순한 어린아이들이 아니었다. 그들은 멜란지를 먹었고, 시에치의 잔치를 함께했으며, 모래송어를 찾기 위해 사막을 탐색했고, 프레멘 아이들이 하는 다른 놀이들도 했다……. 그리고 그들은 궁정 평의회에 참석했다. 이렇게 나이가 어린데도 이 아이들은 평의회에 참석할 수 있을 만큼 지혜로웠다. 몸은 아이였지만 경험으로 따지면 노인이었다. 총체적인 유전적 기억을 처음부터 가지고 태어난 탓이었다. 그 무서운 의식(意識)이 그 아이들과 그들의 고모인 알리아를 다른 모든 살아 있는 인간들과는 다른 존재로 만들었다.

수많은 밤마다 스틸가의 생각은 쌍둥이들과 그들의 고모가 갖고 있는 이 '차이점' 주위를 수없이 맴돌았다. 이러한 고뇌 때문에 잠에서 깨어 아직 끝나지 않은 꿈을 안고 쌍둥이의 침실을 찾아온 적도 수없이 많았다. 이제 그의 흔들리던 마음에 초점이 생겼다. 결정을 내리지 못하는 것은 그 자체로서 또 하나의 결정이었다. 이 쌍둥이들과 그들의 고모는 자궁 속에서 깨어나 조상들로부터 전해 온 모든 기억을 그곳에서 알게 되었다. 스파이스 중독, 즉 그들의 어머니인 레이디 제시카와 챠니의 스파이스 중독이 그 원인이었다. 레이디 제시카는 스파이스에 중독되기 전에 아들 무앗딥을 낳았다. 알리아는 그녀가 중독된 이후에 태어났다. 돌이켜 보면 그 의미는 분명했다. 수많은 세대에 걸쳐 베네 게세리트가 이끌어 온 선택적인 유전자 교배가 무앗딥을 만들어냈다. 그러나 교단의 계획 속에 멜란지는 전혀 포함되어 있지 않았다. 물론 그들도 그 가능성을 알고 있기는 했다. 그러나 그들은 그것을 두려워해서 '저주스러운 존재'라고 불렀다. 그것이 가장 곤혹스러운 점이었다. 저주스러운 존재. 그런 판단을 내린 것을 보면 그들도 틀림없이 이성을 갖고 있는 모양이었다. 그리고 만약 그들이 알리아를 저주스러운 존재라고 부른다면, 그 말은 쌍둥이들에게도 똑같이 적용되어야 했다. 챠니 역시 스파이스에 중독되었기 때문이다. 그녀의 몸은 스파이스로 포화 상태가 되었으며, 모르긴 몰라도 그녀의 유전자가 무앗딥의 유전자를 보완해 준 것 같았다.

스틸가의 생각이 혼란스럽게 끓어올랐다. 이 쌍둥이들이 아버지를 능가한다는 데에는 의심의 여지가 없었다. 하지만 어떤 면에서 아버지를 능가한단 말인가? 레토는 자기가 곧 자기 아버지가 될 수 있다면서 실제로 그것을 증명해 보였다. 갓난아기였을 때에도 레토는 무앗딥만이 알고 있는 기억들을 드러내 보여주었다. 그 거대한 기억의 스펙트럼 속에서 다른 조상들도 기다리고 있는 걸까? 신념과 습관 때문에 살아 있는 인간들에게 형언할 수 없는 위험을 초래했던 조상들이?

'저주스러운 존재.' 베네 게세리트의 신성한 마녀들은 이렇게 말했다. 그러나 교단은 이 아이들의 유전자를 탐냈다. 마녀들은 거슬리는 육체 없이 그들의 정자와 난자만 얻고 싶어 했다. 레디 제시카가 지금 이곳으로 돌아오는 것은 그 때문인가? 그녀는 자신의 짝인 공작을 지지하기 위해 교단과 결별했다. 그러나 그녀가 베네 게세리트 방식을 다시 따르고 있다는 소문이 있었다.

'난 이 모든 꿈을 끝장내 버릴 수 있다. 정말 간단한 일이지.'

그러나 그는 자신이 정말로 그런 선택을 내릴 수 있는지 다시 생각해 보았다. 다른 사람들의 꿈을 지워버린 현실이 무앗딥이 낳은 쌍둥이들의 책임인가? 아니었다. 그들은 빛이 쏟아져 들어와 우주의 새로운 모습을 드러내 보여줄 때, 그 빛이 통과하는 렌즈에 불과했다.

고뇌 속에서 그의 생각은 프레멘의 근본적인 신앙으로 회귀했다. '신의 명령이 온다. 그러니 그것을 서두르려 하지 말라. 길을 보여주는 것은 신의 몫이다. 그리고 그 길에서 벗어나는 사람도 있다.'

스틸가를 가장 곤혹스럽게 만드는 것은 무앗딥의 종교였다. 그들이 왜 무앗딥을 신으로 만들었던가? 분명히 육체를 갖고 있는 사람을 왜 신격화했는가? 무앗딥의 '생명의 황금 묘약'은 인간사 위에 걸터앉은 관료적인 괴물을 만들어냈다. 정부와 종교가 결합되는 바람에 법을 어기는 것은 종교적 죄악이 되었다. 정부의 명령에 조금만 의문을 표해도 신성모독의 냄새가 연기처럼 피어올랐다. 반항이라는 죄는 지옥의 불 같은 형벌과 독선적인 심판을 불러왔다.

그러나 정부의 이러한 명령을 만들어낸 것은 사람들이었다.

스틸가는 아침의 임무를 수행하기 위해 황족 거처의 대기실로 들어온 시종들을 못 본 채 슬프게 고개를 가로저었다.

그는 허리에 매달린 크리스나이프를 손가락으로 만지작거리면서 그것이 상징하는 과거를 생각했다. 반란을 일으켰다가 그 자신의 명령에 의해 박살 나버린 사람들에게 공감을 느낀 것이 여러 번이었다는 생각도 들었다. 혼란이 그의 마음을 훑고 지나갔다. 그 혼란을 없애버리고 크리스나이프가 상징하는 소박한 생활로 돌아가는 방법을 알 수 있다면 얼마나 좋을까. 그러나 우주는 뒤로 돌아서려 하지 않았다. 우주는 존재하지 않는 것들의 회색 허공으로 뿜어져 나간 거대한 엔진이었다. 만약 그의 칼이 쌍둥이들의 죽음을 가져온다 해도, 그 칼은 그 허공에서 울려 퍼지며 인류 역사 전체에 걸쳐 메아리칠 복잡한 것들을 새로 만들어내고, 새로운 혼란을 만들어내며, 인류로 하여금 다른 형태의 질서와 무질서를 시도하게 만들 뿐이었다.

스틸가는 주위의 움직임들을 점점 인식하면서 한숨을 내쉬었다. 이 시종들은 무앗딥의 쌍둥이들 주위를 둘러싼 일종의 질서를 상징했다. 그들은 한 순간에서 다음 순간으로 움직이며 그때마다 발생하는 꼭 필요한 일들을 했다. '저들을 흉내 내는 것이 좋겠지. 무슨 일이 닥치든 그때그때 거기에 대처하는 것이 제일 좋아.' 스틸가는 속으로 혼잣말을 했다.

'난 아직 시종이다. 그리고 나의 주인은 자비롭고 인정 많은 신이야.' 이런 생각 끝에 그는 속으로 경전의 말을 읊조렸다. "분명히 우리는 그들의 목에 턱까지 올라오는 차꼬를 채웠다. 그래서 그들이 고개를 치켜들도록. 우리는 그들의 앞에 장벽을 쌓고, 그들의 뒤에도 장벽을 쌓았다. 그리고 우리는 그들을 덮었다. 그들이 보지 못하도록."

과거 프레멘의 종교 경전에는 이렇게 적혀 있었다.

스틸가는 혼자 고개를 끄덕였다.

놀라운 미래의 환영을 보았던 무앗딥처럼 다음 순간을 보고 예측하는 것은 인간사에 반대되는 힘을 덧붙여놓았다. 그것은 결정을 내릴 새로운 순간들을 만들어냈다. 속박을 벗어버리는 것, 어쩌면 그것은 신의 변덕인지도 몰랐다. 그것은 평범한 인간의 손이 닿지 않는 또 하나의 복잡한 현실이었다.

스틸가는 크리스나이프에서 손을 뗐다. 칼의 기억 때문에 손가락이 근질거렸다. 그러나 한때 크게 벌어진 모래벌레의 입속에서 번득였던 칼날은 칼집 속에 들어 있었다. 스틸가는 자신이 지금 쌍둥이들을 죽이기 위해 칼을 뽑지 않을 것임을 알고 있었다. 그는 이미 결정을 내렸다. 그가 아직도 소중하게 간직하고 있는 오랜 미덕, 즉 충성심을 그대로 유지하는 것이 나았다. 이해할 수 없는 복잡한 것들보다 그가 알고 있다고 생각하는 복잡한 것들이 더 나았다. 꿈속의 미래보다는 지금이 더 나았다. 입안에 감도는 씁쓸한 맛은 꿈이 얼마나 공허하고 지긋지긋해질 수 있는지를 스틸가에게 알려주었다.

'싫어! 꿈은 이제 싫다!'

질문: 설교자를 보았는가?

응답: 나는 모래벌레 한 마리를 보았다.

질문: 그 모래벌레가 어쨌단 말인가?

응답: 모래벌레는 우리가 호흡하는 공기를 준다.

질문: 그렇다면 우리는 왜 모래벌레의 땅을 파괴하고 있는가?

응답: 샤이 훌루드(신격화된 모래벌레)가 명령했으니까.

— '아라키스의 수수께끼', 하르크 알 아다

프레멘의 관습에 따라 아트레이데스 쌍둥이는 날이 밝기 한 시간 전에 일어났다. 그들은 나란히 붙어 있는 침실에서 아무도 모르게 똑같이 하품을 하고 기지개를 켜며 주위를 둘러싼 동굴 속의 움직임을 느꼈다. 대기실에서 시종들이 아침 식사를 준비하는 소리가 들렸다. 발효되다 만 스파이스에서 걸어낸 액체에 대추야자와 견과류를 섞은 간단한 죽이었다. 대기실에는 발광구가 있었으므로, 열려 있는 침실의 아치형 문을 통해 부드러운 노란색 빛이 안으로 들어왔다. 쌍둥이들은 그 부드러운 빛 속에서 서로 상대방이 움직이는 소리를 들으며 재빨리 옷을 입었다.

그들은 미리 의논했던 대로 물기 하나 없는 사막의 바람을 막아주는 사막복을 입었다.

이윽고 황실의 두 아이는 대기실에서 만나, 자기들 때문에 시종들이 갑자기 조용해진 것을 보았다. 레토는 매끄러운 회색 사막복 위에 가장자리를 검은색으로 장식한 황갈색 망토를 입고 있었다. 누이의 망토는 초록색이었다. 망토의 목 부분을 고정한 아트레이데스의 매 모양 걸쇠는 황금으로 만들어졌으며, 매의 눈은 빨간색 보석이었다.

두 아이가 이렇게 화려하게 차려입은 것을 보고 스틸가의 아내들 중하나인 하라가 말했다.

"할머님께 예의를 지키려고 특별히 차려입으셨군요." 레토는 아침 식사가 담긴 그릇을 집어 든 다음 바람에 시달려 주름진 하라의 거무스름한 얼굴을 올려다보았다. 그리고 고개를 저으면서 말했다. "우리 자신을 위해서 이 옷을 입은 게 아니라는 걸 어떻게 알지?"

하라는 꿈쩍도 하지 않고 레토의 비아냥거리는 시선에 맞섰다. "제 눈도 왕자님의 눈처럼 파란색입니다!"

가니마가 큰 소리로 웃음을 터뜨렸다. 하라는 언제나 프레멘의 응답 게임에 능숙했다. 그 단 하나의 문장으로 그녀가 한 말은 이런 것이었다. '날 놀리지 마라, 꼬마야. 네가 황족인지는 몰라도 우리 둘 다 멜란지 중독의 상징을 갖고 있어. 흰자위가 없는 눈 말이다. 프레멘에게 그것 이상의 화려한 장식이나 명예가 필요하단 말이냐?'

레토는 미소를 지으며 슬픈 듯 고개를 저었다. "하라, 내 사랑, 당신이 지금보다 더 젊고 이미 스틸가의 것이 아니었다면 내 것으로 만들었을 거야."

하라는 이 작은 승리를 마음 편히 받아들이면서 다른 시종들에게 오늘의 중요한 일을 위해 방을 꾸미는 작업을 계속하라고 신호를 보냈다. "아침을 드세요. 오늘은 힘이 필요한 날이니까." 그녀가 말했다.

"그럼 우리가 할머니를 위해 지나치게 치장을 한 게 아니라고 동의하는 거야?" 가니마가 죽을 한 입 가득 머금은 채 물었다.

"할머니를 무서워하지 마세요, 가니 님." 하라가 말했다.

레토는 죽을 한 입 꿀꺽 삼키고 하라에게 탐색하는 듯한 시선을 보냈다. 그녀는 마치 악마처럼 현명해서 화려한 옷차림의 진실을 재빨리 꿰뚫어 보았다. "할머니는 우리가 자기를 두려워한다고 생각하실까?" 레토가 물었다.

"그렇지 않을 겁니다. 그분은 우리 대모님이셨잖아요. 전 그분이 어떤 분인지 압니다." 하라가 말했다.

"알리아 고모는 어떤 옷을 입었지?" 가니마가 물었다.

"아직 그분을 뵙지 못했습니다." 하라가 짧게 말하고 몸을 돌렸다.

레토와 가니마는 서로 비밀스러운 시선을 교환한 다음 재빨리 죽그릇 위로 몸을 숙였다. 잠시 후 두 사람은 넓은 중앙 통로로 나갔다.

가니마가 유전적 기억 속에서 레토와 공유하고 있는 고대 언어로 말했다. "그러니까 오늘 우리에게 할머니가 생기는 거로군."

"그 때문에 알리아가 아주 불편해하고 있어." 레토가 말했다.

"그만한 권위를 포기하고 싶은 사람이 어디 있겠어?" 가니마가 물었다.

레토는 부드러운 소리로 웃었다. 그렇게 어린 몸에서 나오는 소리치고는 기묘할 정도로 어른스러운 소리였다. "그게 다가 아냐."

"고모의 어머니도 우리가 본 것과 같은 것을 보게 될까?"

"보지 못할 이유가 없잖아." 레토가 말했다.

"그래……. 알리아가 그걸 두려워할 수도 있겠어."

"저주스러운 존재에 대해 저주스러운 존재만큼 잘 아는 사람이 있겠어?" 레토가 물었다.

"우리 생각이 틀렸을 수도 있어." 가니마가 말했다.

"아냐, 우린 틀리지 않았어." 레토는 베네 게세리트의 『아자르 책』에 있는 구절을 인용했다. "'우리가 미리 태어난 자를 '저주스러운 존재'라고 부르는 것은 우리에게 그럴 만한 이유와 끔찍한 경험이 있기 때문이다. 우리의 사악한 과거가 낳은, 저주받고 방황하는 인격 중 어떤 것이 그 살아 있는 몸을 점령해 버릴지 누가 알겠는가?.'"

"그 얘긴 나도 알아. 하지만 만약 그게 사실이라면, 우린 왜 그 내적인 공격에 시달리지 않는 거지?" 가니마가 말했다.

"어쩌면 우리 부모님이 우리 안에서 파수를 서고 있는지도 모르지."

"그럼 왜 알리아도 같이 지켜주지 않는 거야?"

"나도 몰라. 어쩌면 고모의 부모님 중 한 명이 아직 살아 있기 때문인지도 모르지. 아니면 우리가 아직 어리고 더 강하기 때문인지도 모르고. 우리가 더 나이 들어 냉소적인 사람이 되면……."

"이 할머니라는 사람을 대할 때 아주 조심해야겠어."

"이단을 설교하며 우리 행성을 돌아다니는 '설교자'라는 사람 얘기도 하지 말아야겠지?"

"설마 그 사람이 우리 아버지라고 생각하는 건 아니지!"

"난 그 문제에 대해 아무런 판단도 내리지 않고 있어. 하지만 알리아는 그를 두려워해."

가니마는 강하게 고개를 저었다. "저주스러운 존재니 뭐니, 난 그런 헛소리 안 믿어!"

"너도 나만큼 많은 기억을 갖고 있잖아. 네가 믿고 싶은 걸 믿으면 돼."

"넌 우리는 감히 스파이스의 무아지경을 시도한 적이 없는데, 알리아는 이미 그걸 겪었기 때문이라고 생각하지?"

"그래, 바로 맞혔어."

그들은 말을 끊고 중앙 통로를 지나는 사람들의 물결 속으로 들어갔다. 타브르 시에치의 내부는 서늘했지만, 사막복이 따뜻했기 때문에 쌍둥이들은 응결기 역할을 하는 두건을 빨간 머리칼 뒤로 젖혀두었다. 그들의 얼굴은 그들이 같은 유전자를 공유하고 있음을 보여주었다. 통통한 입술, 스파이스에 중독되어 푸른자위에 푸른 눈동자가 있는 눈 사이의 넓은 미간.

알리아 고모가 다가오는 것을 먼저 발견한 사람은 레토였다.

"저기 고모가 온다." 그가 아트레이데스의 전투 암호로 경고했다.

가니마는 알리아가 자신들의 앞에서 걸음을 멈추자 고개를 끄덕하며 말했다. "전쟁의 전리품이 눈부신 친척께 인사드립니다." 가니마는 차콥사 어를 사용해서 '전쟁의 전리품'이라는 자기 이름의 의미를 강조했다.

"보세요, 사랑하는 고모님. 저희는 오늘 고모의 어머님을 만나기 위해 준비를 했어요." 레토가 말했다.

사람들이 우글우글한 황실에서 이 아이들의 어른 같은 행동에 조금도 놀라지 않는 유일한 사람인 알리아는 두 아이를 번갈아 노려보다가 입을 열었다. "너희 둘 모두, 입조심해!"

알리아의 청동색 머리카락은 뒤로 빗어 넘겨져 두 개의 황금색 물고리로 묶여 있었다. 달걀형 얼굴은 찌푸린 표정이고, 아래로 약간 처져서 방종한 삶의 흔적을 보여주는 커다란 입은 수평으로 뻗은 얇은 선 모양이었다. 그리고 푸른자위에 푸른 눈동자가 있는 그녀의 눈초리에는 근심의 주름살들이 부채꼴로 펴져 있었다.

"난 너희 둘에게 오늘 얌전히 굴어야 한다고 미리 경고했다. 너희들도 그 이유를 나만큼이나 잘 알고 있잖아." 알리아가 말했다.

"고모가 말하는 이유에 대해서는 알고 있어요. 하지만 고모는 우리의 이유를 모를걸요." 가니마가 말했다.

"가니!" 알리아가 으르렁거렸다.

레토는 고모를 노려보며 말했다. "우린 무엇보다도 오늘만은 바보같이 히죽거리는 아기 흉내를 내지 않을 거예요!"

"너희들이 바보같이 히죽거리는 걸 원하는 사람은 아무도 없어. 하지만 너희들이 내 어머니의 머릿속에 있는 위험한 생각들을 자극하는 건 현명하지 못한 일이야. 이룰란도 나와 같은 생각이다. 레이디 제시카가 어떤 역할을 선택할지 누가 알겠어? 어머니는 어쨌든 베네 게세리트니까."

레토는 고개를 저으며 속으로 생각했다. '알리아는 우리가 짐작하는 걸 왜 알아차리지 못하는 거지? 이제 그럴 수 없는 지경이 돼버린 걸까?' 그는 알리아의 얼굴에서 그녀 외할아버지의 존재를 드러내주는 미세한 유전적 특징들을 특별히 마음에 새겨두었다. 블라디미르 하코넨 남작은 기분 좋은 인물이 아니었다. 이 관찰 결과 때문에 레토는 자신의 불안감이 희미하게 동요하는 것을 느끼며 속으로 생각했다. '그 사람은 나의 조상이기도 하지.'

"레이디 제시카는 다스리는 훈련을 받은 사람이에요." 그가 말했다.

가니마가 고개를 끄덕였다. "레이디 제시카가 하필 지금 이곳으로 돌아오는 이유가 뭐죠?"

알리아는 험악하게 인상을 찌푸렸다가 입을 열었다. "그냥 손자들을 보고 싶어서 오는 것일 수도 있잖아?"

가니마는 생각했다. '그건 당신의 희망 사항이겠죠, 친애하는 고모님.

하지만 절대로 그렇지 않을걸요.'

"어머니는 이곳을 다스릴 수 없어. 어머니에겐 칼라단이 있으니까. 그 걸로 충분할 거야." 알리아가 말했다.

가니마가 달래듯이 말했다. "우리 아버지는 사막으로 죽으러 가면서 고모를 섭정으로 남겨두셨어요. 아버지는…….'

"그게 불만이란 말이냐?" 알리아가 다그쳤다.

"그건 합당한 선택이었어요." 레토가 누이의 뒤를 이어 말했다. "고모 는 우리처럼 태어나는 것이 어떤 건지 알고 있는 유일한 사람이었으니 까요."

"내 어머니가 교단으로 돌아갔다는 소문이 있다." 알리아가 말했다. "너희 둘 다 베네 게세리트가 무슨 생각을 하는지…….'

"'저주스러운 존재' 말이군요." 레토가 말했다.

"그래!" 알리아가 물어뜯듯이 말했다.

"한번 마녀는 영원한 마녀다…… 그런 말이 있죠." 가니마가 말했다.

'가니, 그건 위험해.' 레토는 생각했다. 그러나 그는 누이가 이끄는 대 로 따라가며 입을 열었다. "우리 할머니는 자신과 같은 부류의 다른 사람 들에 비해 훨씬 단순한 사람이었어요. 고모는 할머니와 기억을 공유하 고 있으니 할머니가 어떻게 나올지 분명히 알고 있겠죠."

"단순하다고!" 알리아는 고개를 저으며 말했다. 그리고 사람들이 우글 거리는 통로를 한 번 둘러본 후 다시 쌍둥이들에게 시선을 돌렸다. "내 어머니가 조금만 덜 복잡한 사람이었다면, 너희 둘 다 이 자리에 있지 않 을 거다. 그건 나도 마찬가지야. 내가 어머니의 첫 아이가 되었을 테니 이 모든 것이…….' 그녀는 마치 몸을 떠는 것처럼 어깨를 으쓱했다. "내 말 잘 들어. 오늘 너희 둘 다 아주 조심스럽게 행동해야 해." 알리아가 고개를 들며 말을 이었다. "저기 경비대가 오는군."

"지금도 우리가 우주 공항까지 고모와 함께 가는 것이 안전하지 않다고 생각하세요?" 레토가 물었다.

"여기서 기다려. 내가 어머니를 이리로 모셔오겠다." 알리아가 말했다.

레토는 누이와 시선을 주고받은 후 입을 열었다. "고모는 여러 번 얘기하셨죠. 우리가 앞서간 사람들로부터 이어받은 기억들을 현실로 만들 수 있을 만큼 우리 자신의 몸으로 충분히 경험을 쌓지 않는다면 그 기억이 별로 쓸모가 없다고 말이에요. 가니와 나는 그 말을 믿어요. 우리는 할머니의 도착과 함께 위험한 변화들이 일어날 거라고 예상하고 있어요."

"앞으로도 그 믿음을 잃지 마." 알리아가 말했다. 그리고 몸을 돌려 경비대에 둘러싸인 채 오니숍터가 기다리고 있는 공식 출입구를 향해 재빨리 통로를 따라 움직였다.

가니마가 오른쪽 눈에서 눈물 한 방울을 훔쳤다.

"죽은 자들에게 물을 주는 거야?" 레토가 누이의 팔을 잡으면서 속삭였다.

가니마는 한숨처럼 깊이 숨을 들이쉬면서, 자신의 머릿속에 축적된 조상들의 경험을 통해 가장 좋은 방법이라고 알고 있는 방법을 이용해서 고모를 관찰했던 조금 전의 기억을 떠올렸다.

"스파이스의 무아지경이 고모를 저렇게 만들었다고?" 그녀가 물었다. 그러나 그녀는 레토가 무슨 말을 할지 이미 알고 있었다.

"더 좋은 의견이라도 있어?"

"이건 그냥 얘기를 하느라고 하는 말인데, 아버지는…… 아니, 우리 할머니조차 왜 굴복하지 않았던 걸까?"

레토는 가니마를 잠시 유심히 살펴보았다. "그 대답이 뭔지 너도 나만큼 잘 알고 있잖아. 두 사람이 아라키스에 왔을 때 두 사람의 인격은 벌써 안정되어 있었어. 스파이스의 무아지경은, 뭐……." 그가 어깨를 으쓱하며 말을 이었다. "두 사람은 이미 조상들에게 사로잡혀 있던 이 행성에서 태어나지 않았어. 하지만 알리아는……."

"고모는 왜 베네 게세리트의 경고를 믿지 않은 거지?" 가니마가 아랫입술을 깨물면서 말했다. "알리아도 우리와 똑같은 정보를 갖고 있었잖아."

"그들은 벌써부터 고모를 저주스러운 존재라고 부르고 있었어." 레토가 말했다. "네가 그 모든 사람들보다 강한지 알아보고 싶다는 유혹을 느끼지……."

"아냐, 느끼지 않아!" 가니마는 탐색하는 듯한 오빠의 시선을 피하며 몸을 떨었다. 그녀 자신의 유전적 기억을 들춰보기만 해도 교단의 경고가 아주 생생한 모습을 드러냈다. 미리 태어난 자는 추악한 습관을 지닌 어른이 되는 경우가 많았다. 그리고 그 이유로 가능성이 높은 것은…… 그녀는 다시 몸을 떨었다.

"우리 조상 중에 미리 태어난 자가 별로 없어서 유감이야." 레토가 말했다.

"어쩌면 있는지도 몰라."

"하지만 우린……. 아아, 그래. 오래전부터 답을 찾지 못한 의문 말이지? 우리가 정말로 모든 조상들의 총체적 경험에 자유로이 접근할 수 있느냐는 의문?"

레토는 자신의 내면에서 혼란이 일고 있는 것으로 미루어 이 대화가 누이에게도 틀림없이 매우 불편할 것이라는 사실을 알고 있었다. 그들은 이 질문에 대해 수없이 생각해 보았지만 항상 결론을 내리지 못했다. 레토가 말했다. "고모가 우리에게 무아지경을 재촉할 때마다 미루고 미루고 또 미루는 수밖에 없어. 스파이스 과용은 극도로 조심해야 해. 그게 우리에게 최선이야."

"과용을 한다면 엄청나게 많이 먹어야 할 거야." 가니마가 말했다.

"우리가 감당할 수 있는 스파이스 양은 아마 아주 많겠지. 알리아가 얼마나 많이 먹는지 봐." 레토가 동의했다.

"고모가 불쌍해. 스파이스의 유혹이 틀림없이 교활하고 음흉하게 슬금슬금 고모에게 다가가서 마침내⋯⋯."

"고모는 피해자야, 맞아. 저주스러운 존재지."

"우리가 틀렸을 수도 있어."

"그래."

"항상 궁금했는데, 내가 찾는 이 다음 조상의 기억이 만약⋯⋯."

"과거는 네 베개만큼이나 가까운 곳에 있어."

"할머니와 이 문제를 이야기할 기회를 만들어야겠어."

"그래, 내 안에 있는 할머니의 기억이 그걸 재촉하고 있어." 레토가 말했다.

가니마는 레토의 눈을 똑바로 바라보며 말했다. "지식이 너무 많으면 결코 간단한 결정을 내릴 수 없어."

ᚠᚢᛚᛊᚢ

사막의 가장자리에 있는 시에치는
리에트의 것이었다가, 카인즈의 것이었다가,
스틸가의 것이었다가, 무앗딥의 것이었다가
다시 스틸가의 것이 되었다.
나입들이 하나씩 모래 속에 잠든다.
그러나 시에치는 영원하다.

—『프레멘의 노래』에서

알리아는 쌍둥이들에게서 멀어져가며 심장이 두방망이질 치는 것을 느꼈다. 심장이 고동치듯 두근거리던 몇 초 동안 그녀는 쌍둥이들 옆에 남아서 도움을 애걸하고 싶다는 충동에 거의 굴복할 뻔했다. 얼마나 바보스럽고 약한 행동인가! 그 순간의 기억이 경고처럼 느껴져서 알리아의 몸이 뻣뻣하게 굳었다. 저 쌍둥이들이 감히 예지력을 발휘할 것인가? 그 아이들의 아버지를 집어삼켰던 길이 틀림없이 그 아이들도 유혹하고 있을 터였다. 스파이스의 무아지경을 통해 미래가 변덕스러운 바람에 휘날리는 거즈처럼 펄럭이는 환영을 보는 길이.

'나는 왜 미래를 못 보는 거지? 그렇게 노력하는데도 왜 미래가 나를 피하는 거야?' 알리아는 속으로 질문을 던졌다.

쌍둥이들이 반드시 그것을 시도하도록 만들어야겠다고 그녀는 다짐했다. 그 아이들을 유혹하는 것은 가능한 일이었다. 그들은 아이다운 호기심을 갖고 있었으며, 그 호기심은 수천 년에 걸친 기억들과 연결되어 있었다.

'옛날의 나와 똑같아.' 알리아는 생각했다.

경비대가 시에치의 공식 출입구에서 수분 누출 방지막을 열고 옆으로 비켜서자 그녀는 오니숍터들이 기다리고 있는 착륙대로 나갔다. 사막에서 불어오는 바람 때문에 하늘에는 흙먼지가 자욱했지만 날씨는 화창했다. 시에치의 발광구 불빛을 받다가 햇빛 속으로 나왔기 때문인지 그녀의 생각이 밖의 일들을 향했다.

레이디 제시카가 지금 이곳으로 돌아오는 이유가 무엇일까? 섭정에 대한 이야기가 칼라단까지 퍼진 걸까?

"서둘러야 합니다, 섭정님." 경비대원 한 명이 바람 소리에 맞서 목소리를 높이며 말했다.

알리아는 경비대원들의 도움을 받아 오니숍터에 올랐다. 경비대원들이 그녀에게 안전띠를 매어주었다. 그러나 그녀의 생각은 저만큼 앞서 나가 있었다.

'왜 지금일까?'

오니숍터의 날개가 움직이면서 기체가 미끄러지듯 허공으로 떠오를 때 그녀의 지위가 지니고 있는 권력과 화려함이 손으로 만질 수 있는 물건이라도 되는 것처럼 생생히 느껴졌다. 그러나 그 힘은 약했다. 너무나 약했다!

왜 지금일까? 아직 그녀의 계획이 완성되지 못했는데.

흙먼지의 안개가 표류하듯 움직이면서 점점 걷혔다. 계속 변화하고 있는 이 행성의 풍경 위로 비치는 밝은 햇빛이 보였다. 한때 바짝 마른 땅이 대부분을 차지하고 있던 곳에 이제는 초록색 식물들이 넓게 퍼져 있었다.

'미래의 환영이 없으면 난 실패할지도 몰라. 아, 폴처럼 미래를 볼 수 있다면 마법 같은 일들을 해낼 수 있을 텐데! 예지의 환영이 가져오는 씁쓸함 같은 것은 내게 해당되지 않아.'

고통스러운 굶주림이 전율처럼 그녀의 몸을 훑고 지나갔다. 그녀는 권력을 옆으로 제쳐놓을 수 있으면 좋겠다고 생각했다. 다른 사람들과 같아진다면 얼마나 좋을까. 모든 무지 중에서도 가장 안전한 무지 속에 살면서 출생 시의 충격 때문에 대부분의 인간들이 빠져들게 되는 몽롱한 반쪽 인생만을 경험한다면. 하지만 그건 안 될 말이었다! 그녀는 아트레이데스 가문 사람이었으며, 어머니의 스파이스 중독 때문에 억겁의 세월에 걸친 의식(意識)을 짊어진 피해자였다.

'어머니는 왜 오늘 이리로 돌아오는 걸까?'

거니 할렉이 어머니와 동행할 터였다. 할렉은 언제나 헌신적인 종이었으며 못생긴 외모를 지닌 고용된 살인자였고, 충성스럽고 솔직했으며, 슬립팁으로 살인을 연주하는 데에도 9현의 발리세트로 사람들을 즐겁게 해주는 데에도 뛰어난 음악가였다. 어떤 사람들은 그가 어머니의 연인이 되었다고 했다. 그건 반드시 조사해서 정확하게 알아내야 하는 문제였다. 어쩌면 그 사실이 소중한 지렛대의 역할을 해줄지도 몰랐다.

다른 사람들과 같아지고 싶다는 소망이 알리아의 머릿속에서 사라졌다. '반드시 레토를 꾀어서 스파이스의 무아지경에 들게 해야 해.'

그녀는 레토에게 거니 할렉을 어떻게 대할 것인지 물어봤을 때의 기억을 떠올렸다. 레토는 그녀의 질문 속에 숨겨진 의미를 감지하고 할렉이 '극단적으로' 충성스럽다면서 "그는…… 내 아버지를 너무나 사랑했다"고 덧붙였다.

그녀는 레토가 잠깐 머뭇거렸다는 사실에 주목했다. 레토는 '내 아버지' 대신 '나'라고 말할 뻔했던 것이다. 살아 있는 육체로부터 유전적 기억을 분리하기가 때로 어려운 것은 사실이었다. 그리고 거니 할렉이 등장함으로써 레토가 그 두 가지를 분리시키기가 더 쉬워지지는 않을 터였다.

냉혹한 미소가 알리아의 입술에 살짝 떠올랐다.

폴이 죽은 후 거니는 레이디 제시카와 함께 칼라단으로 돌아가기로 결정했다. 그런 그가 이곳에 돌아옴으로써 이제 많은 것들이 복잡하게 엉킬 것이다. 그가 아라키스로 돌아옴으로써 기존의 혈통에 그 자신의 복잡한 요소들이 덧붙여지는 것이다. 그는 폴의 아버지 밑에서 일했다. 그리고 아트레이데스 가문은 레토 1세 ― 폴 ― 레토 2세의 순서로 계승되었다. 한편 베네 게세리트의 유전자 프로그램에 따라 여기서 뻗어 나간 혈통은 제시카 ― 알리아 ― 가니마의 순서로 이어졌다. 거니는 정체성의 혼란을 더욱 가중시킴으로써 어쩌면 가치 있는 존재가 될 수도 있었다.

'그가 그토록 지독하게 증오하는 하코넨의 피가 우리에게 흐르고 있다는 것을 알면 그는 어떻게 할까?'

알리아의 입술에 걸린 미소가 내면을 성찰하는 미소로 바뀌었다. 쌍둥이들은 결국 어린아이에 지나지 않았다. 그들은 헤아릴 수 없이 많은 부모를 가진 어린아이와 같았다. 그리고 그들의 기억은 다른 사람들과 그들 자신, 모두에게 속했다. 그들은 타브르 시에치의 외곽에 서서 할머니의 우주선이 아라킨 분지에 착륙하는 것을 지켜볼 것이다. 우주선이 하늘을 통과할 때 나타나는 그 불타는 듯한 모습, 제시카의 손자들은 그것을 보며 그녀의 도착을 좀더 현실적으로 받아들이게 될까?

알리아는 어머니가 자신에게 아이들의 훈련에 대해 물어볼 것이라고 생각했다. '프라나 빈두 훈련과 현명함을 결합시키고 있느냐고 묻겠지. 그럼 나는 옛날에 내가 그랬던 것처럼 그 아이들도 독학으로 훈련하고 있다고 말할 거야. 그리고 어머니의 손자가 했던 말을 어머니에게 들려주겠지. "지휘하는 자의 책임 중에는 처벌이 있다······ 그러나 처벌이 필요한 것은 피해자가 처벌을 요구할 때뿐이다"라고 말이야.'

순간 알리아는 레이디 제시카의 관심을 쌍둥이들 쪽으로 크게 돌릴 수만 있다면, 다른 문제들이 그녀의 면밀한 감시를 피할 수 있을지도 모른다는 것을 깨달았다.

그건 가능한 일이었다. 레토는 폴과 아주 흡사했다. 당연하지 않은가? 그는 언제든 마음만 먹으면 폴이 될 수 있었다. 게다가 심지어 가니마도 이 충격적인 능력을 갖고 있었다.

'내가 내 어머니나, 아니면 우리와 삶을 공유했던 다른 사람들이 될 수 있는 것과 마찬가지지.'

그녀는 이 생각을 멀리 밀어버리고 옆을 스쳐 지나가는 방어벽의 풍경을 물끄러미 바라보았다. '물이 풍부하고 따스하고 안전한 칼라단을 떠나 자신의 공작님이 살해되고 아들이 순교자로 죽어간 이 사막 행성 아라키스로 돌아오는 이유가 뭘까?'

레이디 제시카는 왜 지금 이곳으로 돌아온 걸까?

알리아는 대답을 찾을 수 없었다. 아무것도 확실하지 않았다. 그녀는 다른 사람의 자아 의식을 공유할 수 있었지만, 경험이 각자의 길로 갈라져 나가면 동기 역시 서로 달라졌다. 결정을 내리는 데 기반이 된 자료들은 개인이 취한 사적인 행동 속에 들어 있었다. 미리 태어난 자에게, 여러 사람의 인생을 한꺼번에 가지고 태어난 아트레이데스에게, 이것은 여전히 가장 중요한 현실이었으며, 그 자체가 또 다른 종류의 탄생이었다. 즉 몸이 수많은 사람들의 의식을 강요했던 자궁을 떠날 때 그것이 살아 숨쉬는 그 몸을 완전히 분리해 주었던 것이다.

알리아는 어머니를 사랑하면서 동시에 증오하는 것이 전혀 이상하다고 생각하지 않았다. 그것은 반드시 필요한 일이었으며 죄책감이나 비난의 여지가 없는 꼭 필요한 균형이었다. 사랑이나 증오가 멈추는 곳이 어디인가? 베네 게세리트가 레이디 제시카를 어떤 특정한 길 위에 올려놓았다고 해서 베네 게세리트를 비난해야 하는가? 수천 년에 걸친 기억을 갖게 되면 죄책감과 비난은 그 세월 속으로 흩어져버렸다. 교단은 오로지 퀴사츠 해더락을 만들어내려 했을 뿐이다. 완전한 능력을 갖춘 대모에 해당되는 남성이자…… 뛰어난 감수성과 의식을 지닌 인간, 동시에 여러 곳에 존재할 수 있는 퀴사츠 해더락을. 그 유전자 교배 프로그램에서 꼭두각시에 지나지 않았던 레이디 제시카는 자신에게 할당된 교배의 파트너와 사랑에 빠져버리는 형편없는 짓을 저질렀다. 그리고 그녀는 사랑하는 공작의 소망에 응답하여 첫아이로 딸을 낳아야 한다는 교단의 명령과 달리 아들을 낳았다.

'그 때문에 난 어머니가 스파이스에 중독된 다음에 태어났어! 그런데 이제 저들은 나를 원하지 않아. 저들은 나를 두려워하고 있어! 그럴 만도 하지…….'

그들은 자신들의 퀴사츠 해더락인 폴을 만들어냈다. 그러나 때가 너무 일렀다. 한 사람의 인생에 해당하는 기간만큼. 계속 이어져온 계획에서 사소한 계산 착오가 일어났던 것이다. 그런데 이제 그들은 '저주스러운 존재'라는 또 다른 문제를 안고 있었다. 그녀는 그들이 그토록 많은 세대를 거치면서 추구해 온 소중한 유전자를 갖고 있었다.

알리아는 그림자가 자신의 머리 위를 스치고 지나가는 것을 느끼고 위를 올려다보았다. 호위 편대가 착륙에 대비해서 고공 호위 대형을 짓고 있었다. 그녀는 종잡을 수 없이 방황하는 자신의 생각에 놀라서 고개를 흔들었다. 과거의 삶들을 끄집어내서 그들의 실수를 한데 비벼대는 것이 무슨 소용이 있단 말인가? 지금 그녀는 새로운 인생을 살고 있었다.

던컨 아이다호가 멘타트의 의식으로 제시카가 지금 이곳으로 돌아오는 이유를 생각해 본 적이 있었다. 그는 자신의 재능인 인간 컴퓨터의 방법으로 이 문제를 고찰해 보았다. 그리고 그녀가 교단을 위해 쌍둥이들을 장악하러 돌아오는 것이라고 말했다. 쌍둥이들 역시 그 귀중한 유전자를 갖고 있었다. 던컨의 말이 옳을 가능성이 컸다. 그런 이유라면 칼라단에서 은둔 생활을 자청하고 있던 레이디 제시카를 끌어내기에 아마 충분했을 것이다. 만약 교단이 명령했다면……. 사실 그 이유가 아니라면 그녀가 무엇 때문에 마음이 산산이 부서질 정도로 고통스러운 기억이 많은 이곳으로 돌아오겠는가?

"두고 보면 알겠지." 알리아는 중얼거렸다.

오니숍터가 성 지붕에 내려앉는 것이 느껴졌다. 분명하면서도 신경에 거슬리는 획이 그어진 것 같은 느낌에 그녀의 마음이 우울한 기대로 가득 찼다.

멜란지: 명사, 단수형. 어원 불명(고대 지구의 프란즈(Franzh)에서 유래한 것으로 생각됨). **a. 스파이스 혼합물. b. 아라키스**(듄)**의 스파이스. '현명한 샤카드'의 재위 시절 궁정 화학자였던 얀슈프 아시코코가 처음 불로초의 효능을 발견했다. 아라키스의 멜란지는 아라키스의 사막 중에서도 가장 깊숙한 곳의 모래 속에서만 발견되며 최초의 프레멘 마디였던 폴 무앗딥**(아트레이데스)**의 예지의 환영과 관련되어 있다. 또한 우주 조합의 항법사들과 베네 게세리트 역시 멜란지를 이용하고 있다.**

—『제국 사전』 제5판

몸집이 커다란 고양잇과의 맹수 두 마리가 새벽빛 속에서 능숙하게 달려서 바위투성이 능선 위로 올라왔다. 아직 열심히 사냥에 열중하는 단계는 아니어서 그저 자신들의 영역을 굽어보고 있을 뿐이었다. 그들은 거의 8000년 전에 이곳 살루사 세쿤더스 행성으로 옮겨진 특별한 품종으로 라자 호랑이라고 불렸다. 고대 지구에서 살던 호랑이의 유전자를 조작한 결과 원래 호랑이가 갖고 있던 몇 가지 특징은 사라져버렸고, 다른 특징들은 더욱 다듬어졌다. 송곳니는 지금도 길었다. 얼굴은 넓적했으며 눈은 기민하고 영리했다. 발은 울퉁불퉁한 땅 위에서 몸을 지탱

할 수 있도록 더 커졌고 안으로 감춘 발톱을 펼치면 10센티미터쯤 되었다. 발톱 끝은 발톱집과의 마찰 때문에 면도칼처럼 날카롭게 다듬어져 있었다. 그리고 다른 색이 섞이지 않은 매끄러운 황갈색 털 때문에 사막에서는 그들의 모습이 거의 눈에 띄지 않았다.

그들이 조상과 다른 점은 또 있었다. 그들이 아직 새끼였을 때 그들의 뇌에 서보크로 조종되는 자극기가 심어졌다는 점. 그 자극기 때문에 그들은 누구든 원격 조종기를 소유한 사람의 꼭두각시가 되었다.

날이 추웠기 때문에 두 호랑이가 걸음을 멈추고 땅을 훑어보는 동안 그들의 숨결이 공기 중에 안개처럼 퍼졌다. 그들의 주위를 둘러싸고 있는 것은 시들고 황량한 채로 버려진 살루사 세쿤더스의 한 지역이었다. 이곳은 어쩌면 멜란지 독점 상태를 깨뜨릴 수 있을지도 모른다는 꿈을 안고 아라키스에서 몰래 들여온 극소수의 모래송어들이 숨겨져 있는 곳이기도 했다. 그 모래송어들은 이곳에서 간신히 목숨을 부지하고 있었다. 호랑이들이 서 있는 곳의 풍경에서 황갈색 바위들과 듬성듬성 흩어져 있는 덤불들이 두드러져 보였다. 덤불들은 아침 햇살이 드리운 긴 그림자 속에 은빛이 섞인 녹색으로 보였다.

아주 자그마한 움직임밖에 없었는데도 호랑이들이 갑자기 긴장했다. 그들의 눈이 천천히 왼쪽으로 돌아가고, 그들의 머리가 뒤를 따랐다. 저 아래쪽의 흉터투성이 땅에서 두 아이가 서로 손을 잡고 완전히 말라버린 도랑을 힘겹게 오르고 있었다. 아이들은 같은 나이인 것 같았다. 표준력으로 아홉 살이나 열 살쯤 될까. 그들의 머리카락은 붉은색이었고, 그들이 입고 있는 사막복은 선명한 하얀색 부르카로 일부 덮여 있었다. 부르카의 끝자락 전체와 이마 부분에는 불꽃 보석의 섬유로 만든 아트레이데스 가문의 상징, 매의 볏이 장식되어 있었다. 아이들은 걸으면서 즐겁게 재잘거렸다. 그들의 목소리가 사냥에 나선 호랑이들에게 분명하게 전달되었다. 라자 호랑이들은 이 게임에 대해 잘 알고 있었다. 전에도 이런 게임을 해본 적이 있기 때문이었다. 그러나 그들은 서보크 자극기에서 추적 신호가 떨어지기를 기다리며 꼼짝도 하지 않았다.

이윽고 호랑이들 뒤쪽의 능선 꼭대기에 한 남자가 나타났다. 그는 걸음을 멈추고 호랑이와 아이들을 유심히 살펴보았다. 그는 레벤브레치의 계급장이 달린 회색과 검은색의 사다우카 작업용 제복을 입고 있었다. 레벤브레치는 바샤르의 보좌관이었다. 그의 목 뒤를 거쳐 팔 밑으로 이어진 끈에는 얇은 포장지에 싸인 원격 조종기가 매달려 가슴에 고정되어 있었다. 어느 쪽 손으로도 쉽게 단추를 누를 수 있는 위치였다.

그가 다가가도 호랑이들은 뒤를 돌아보지 않았다. 그들은 이 남자의 소리와 냄새를 알고 있었다. 그는 서둘러 능선을 내려와 이마의 땀을 닦으며 호랑이들에게서 두 발짝 떨어진 곳에 멈춰 섰다. 공기는 차가웠지만 작업을 하느라 몸에서 열이 났다. 색깔이 엷은 그의 눈이 다시 호랑이들과 아이들이 있는 풍경을 훑었다. 그는 젖은 금발 한 줌을 검은색 작업용 헬멧 안으로 밀어 넣고 목에 심어져 있는 마이크에 손을 댔다.

"호랑이들이 그들을 시야에 확보했습니다."

대답하는 목소리는 양쪽 귀 뒤에 심어져 있는 수신기를 통해 그에게 전달되었다. "우리도 보인다."

"이번에 하는 겁니까?" 레벤브레치가 물었다.

"녀석들이 추적 명령 없이도 할까?" 대답하는 목소리가 되물었다.

"녀석들은 준비가 되어 있습니다."

"좋다. 네 번에 걸친 세뇌 작업이 충분했는지 한번 보도록 하지."

"그쪽의 준비가 되면 말씀하십시오."

"언제든 시작해라."

"그럼 지금 시작하겠습니다."

레벤브레치가 원격 조종기의 오른쪽에 있는 빨간 단추를 눌러 먼저 그 단추를 보호하고 있던 막대기를 떼어놓았다. 이제 호랑이들은 자극기로 전달되는 신호의 제한을 전혀 받지 않았다. 남자는 빨간 단추 아래 있는 검은 단추 위에 손을 댔다. 만약 호랑이들이 자신에게 달려들면 그 행동을 막기 위해서였다. 그러나 호랑이들은 그에게는 신경도 쓰지 않은 채 몸을 웅크렸다가 아이들을 향해 능선을 내려가기 시작했다. 그들의 커다란 발이 부드럽게 미끄러지듯이 움직였다.

레벤브레치는 웅크리고 앉아 그들을 관찰했다. 이 근처 어딘가에 숨겨진 송신용 눈이 이 모든 장면을 그의 왕자님이 살고 있는 성안의 비밀 모니터로 전송하고 있음을 그는 알고 있었다.

이윽고 호랑이들이 점점 속도를 높여 달리기 시작했다.

바위투성이 땅을 기어오르는 데 정신을 빼앗긴 아이들은 아직 자신들에게 닥친 위험을 모르고 있었다. 한 아이가 웃음을 터뜨리자 높은 피리 같은 웃음소리가 맑은 허공에 울려 퍼졌다. 다른 아이가 돌부리에 차여 비틀거리다가 몸을 바로 세우면서 몸을 돌려 호랑이들을 발견했다. 그 아이가 손가락으로 호랑이들을 가리켰다. "저길 봐!"

두 아이 모두 걸음을 멈추고 자신들의 삶 속에 뛰어든 이 흥미로운 존재들을 빤히 바라보았다. 라자 호랑이 두 마리가 각각 한 명씩 아이들을 덮쳤을 때에도 그들은 여전히 제자리에 서 있는 채였다. 아이들의 목이 순식간에 부러졌고, 아이들은 그냥 우연히 일어난 사고처럼 갑작스럽게 죽었다. 호랑이들이 아이들의 몸을 뜯어 먹기 시작했다.

"녀석들을 불러들일까요?" 레벤브레치가 물었다.

"다 먹을 때까지 내버려둬. 녀석들 잘하는군. 그럴 줄 알았지. 저 녀석들은 최고야."

"제가 본 놈들 중에서 최고입니다." 레벤브레치가 동의했다.

"잘됐군. 너를 태울 수송선이 가고 있다. 이제 통신을 끊겠다."

레벤브레치는 자리에서 일어나 몸을 쭉 폈다. 그는 자신의 왼쪽 위를 똑바로 보지 않으려고 했다. 뭔가 눈에 띄게 반짝이는 것이 그곳에 송신용 눈이 있음을 알려주었기 때문이다. 송신용 눈은 저 멀리 수도의 초록색 땅에 있는 바샤르에게 그가 훌륭하게 업무를 수행하는 모습을 전송했을 터였다. 레벤브레치는 미소를 지었다. 오늘의 성과로 그는 승진을 하게 될 것이다. 벌써부터 자신의 목에 바토르의 계급장이 달려 있는 것 같은 기분이었다. 언젠가는 버세그가 될 것이고…… 심지어 바샤르가 될 수도 있었다. 고(故) 샤담 4세의 손자인 파라든의 부대에서 좋은 성적을 낸 사람들은 파격적인 승진을 할 수 있었다. 언젠가 왕자님이 옥좌에 대한 정당한 권리를 되찾게 되면, 훨씬 더 파격적인 승진이 있을 터였다. 어쩌면 바샤르가 출세의 끝이 아닐 수도 있었다. 이 제국의 수많은 행성에서 남작이나 백작의 지위를 얻을 수도 있을 것이다…… 일단 아트레이데스의 쌍둥이만 제거된다면.

프레멘은 반드시 원래의 신앙으로 돌아가 인간들의 공동체를 형성하는 그 천재적인 능력을 되찾아야 한다. 프레멘은 아라키스와 투쟁하면서 생존을 위한 교훈을 배우던 과거로 돌아가야 한다. 프레멘이 할 일은 자신의 영혼을 내면의 가르침에 개방하는 것뿐이다. 제국의 행성들, 랜드스라드, 초암 연합 등은 프레멘에게 아무런 의미가 없다. 그들은 프레멘에게서 영혼을 강탈해 가기만 할 것이다.

—설교자가 아라킨에서 한 말

    사람들의 바다가 레이디 제시카의 주위를 온통 둘러싸고 있었다. 그 바다는 우주에서 행성으로 뛰어든 그녀의 수송선이 지직거리는 소리와 한숨 같은 소리를 내며 쉬고 있는 암갈색의 평평한 착륙장 안쪽 깊숙한 곳까지 뻗어 있었다. 그녀는 어림짐작으로 사람 수가 50만 명은 되는 것 같다고 생각했다. 그리고 그들 중에 순례자는 아마 3분의 1밖에 되지 않는 것 같았다. 사람들은 경외감에 휩싸여 조용히 서서 수송선 출구의 승강장을 뚫어져라 바라보고 있었다. 그림자 속에 잠긴 출구가 제시카와 그녀의 일행을 숨겨주었다.

    정오까지는 아직 두 시간이 남아 있었지만, 군중들 머리 위의 공기 속에는 벌써 한낮의 열기를 약속하는 흙먼지 섞인 아지랑이가 피어오르고 있었다.

제시카는 흰머리가 드문드문 섞인 적갈색 머리카락이 대모의 아바 두건 밑에서 달걀형 얼굴과 만나는 지점을 어루만졌다. 긴 여행을 하고 난 뒤라 자신의 모습이 그리 좋은 편이 아니라는 것을 그녀는 알고 있었다. 게다가 아바의 검은색 역시 그녀에게 잘 어울리는 색이 아니었다. 그러나 그녀는 전에도 이곳에서 이 옷을 입은 적이 있었다. 프레멘들은 아바 로브의 의미를 놓치지 않을 것이다. 그녀는 한숨을 쉬었다. 우주여행은 그녀에게 맞지 않았다. 거기에 기억이라는 여분의 짐도 있었다. 그녀의 공작이 그래서는 안 된다는 것을 알면서도 억지로 이 영지로 옮겨 왔을 때, 칼라단에서 아라키스까지 여행한 기억이었다.

사소한 것 속에서 의미를 감지하는 베네 게세리트의 능력으로 그녀는 천천히 사람들의 바다를 탐색하듯 꼼꼼하게 훑어보았다. 우중충한 회색의 사막복 두건과 깊은 사막의 프레멘들이 입는 옷이 보였다. 어깨에 참회의 표시가 있는 하얀 로브의 순례자들, 부유한 상인들의 모습도 눈에 띄었다. 상인들은 아라킨의 타는 듯한 공기 속에서 수분을 잃어버리는 것쯤 개의치 않는다는 것을 과시하기 위해 두건이 없는 가벼운 옷을 입고 있었다……. 신자회의 파견단도 있었다. 그들은 초록색 로브를 입고 두건을 깊이 눌러쓴 채 다른 사람들과 떨어져 신성함을 과시하듯 자기들끼리 몰려서 있었다.

그녀는 군중들에게서 눈을 떼어 위를 바라본 다음에야 사랑하는 공작과 함께 이곳에 도착했을 때 자신을 맞아주었던 광경과 조금이라도 비슷한 모습을 발견할 수 있었다. 그게 언제 일이었지? 무려 20여 년 전의 일이었다. 그녀는 그동안 자신의 심장이 몇 번이나 더 뛰었는지 생각하고 싶지 않았다. 시간이 그녀의 내면에 무겁게 걸려 있었다. 마치 이 행성이 아닌 곳에서 보낸 그간의 세월이 존재하지 않는 것 같았다.

'또다시 용의 입속으로 들어왔군.' 그녀는 생각했다.

이곳, 이 평원에서 그녀의 아들이 고 샤담 4세로부터 제국을 빼앗았다. 그 격동의 역사 때문에 이 장소는 사람들의 머리와 신앙 속에 각인되어 있었다.

그녀는 뒤에서 수행원들이 불안하게 동요하는 소리를 들으며 다시 한숨을 내쉬었다. 그들은 예정보다 늦어지고 있는 알리아를 기다려야 했다. 알리아 일행이 군중의 저 뒤쪽 끝에서부터 다가오는 모습이 보였다. 근위대가 쐐기 모양으로 길을 열자 사람들이 파도처럼 움직였다.

제시카는 눈앞의 풍경을 다시 샅샅이 훑어보았다. 탐색하는 듯한 그녀의 시선에 달라진 점들이 많이 드러났다. 착륙장 관제탑에 기도를 위한 발코니가 새로 생겨나 있었다. 그리고 평원 왼쪽으로 멀리 보이는 것은 폴이 자신의 요새, 즉 '모래 위의 시에치'로 지었던 장엄한 플래스틸 건물이었다. 그것은 인간의 손으로 지은 단일 건축물 단지 중 가장 큰 것이었다. 성안에 도시 전체를 집어넣고도 방이 남을 정도였다. 지금 그곳에는 제국에서 가장 강력한 통치 집단인 알리아의 '신자회'가 들어 있었다. 신자회는 알리아가 오빠의 시체를 발판 삼아 만든 것이었다.

'저곳은 반드시 없어져야 해.' 제시카는 생각했다.

알리아의 파견단이 수송기의 출구용 경사로 밑에 도착해서 뭔가를 기다리는 사람들처럼 멈춰 섰다. 제시카는 스틸가의 거친 얼굴을 알아보았다. 그런데 세상에! 이룰란 공주가 정처 없는 산들바람에 드러난 황금빛 머리칼로 그 유혹적인 육체 속의 야만성을 감춘 채 서 있었다. 이룰란은 조금도 나이를 먹은 것 같지 않았다. 그것은 노골적인 모욕이었다. 그리고 쐐기 꼴로 늘어선 일행의 뾰족 튀어나온 부분에 알리아가 있었다. 그녀의 얼굴은 뻔뻔스러울 정도로 젊어 보였고, 눈은 수송기 입구의 그림자 안을 뚫어지게 올려다보고 있었다. 제시카는 입을 굳게 다물고 딸의 얼굴을 유심히 살펴보았다. 답답한 느낌이 제시카의 몸을 고동치듯 훑고 지나가면서 귓속에서 그녀의 인생이 파도가 되어 몰려오는 소리가 들렸다. 소문은 사실이었다! 이럴 수가! 이럴 수가! 알리아는 정말로 금지된 방법에 빠져 있었다. 그 증거는 풋내기들도 읽을 수 있을 만큼 분명히 드러나 있었다. 그녀는 저주스러운 존재였다!

잠시 후 평정을 회복한 제시카는 그 소문이 거짓이기를 자신이 얼마나 바라고 있었는지 깨달았다.

'쌍둥이들은 어떻게 됐을까? 난 그 애들도 잃어버린 건가?' 그녀는 속으로 질문을 던졌다.

제시카는 신의 어머니답게 천천히 그림자 속을 벗어나 경사로로 나섰다. 그녀의 수행원들은 미리 지시받은 대로 뒤에 남아 있었다. 이제부터가 중요한 순간이었다. 제시카는 군중이 모두 볼 수 있는 자리에 혼자 서 있었다. 뒤에서 거니 할렉이 불안한 듯 기침을 하는 소리가 들렸다. 거니는 그녀가 이렇게 혼자 나서는 것에 반대했었다. "방어막도 켜지 않는다고요? 세상에 말도 안 돼! 제정신입니까!"

그러나 명령에 철두철미하게 복종한다는 점이 거니의 가장 소중한 장점들 중 하나였다. 그는 언제나 자기 의견을 일단 말한 다음에는 명령에 복종했다. 지금도 마찬가지였다.

제시카가 모습을 드러내자 사람들의 바다에서 거대한 모래벌레처럼 쉿쉿거리는 소리가 일었다. 그녀는 군중들을 축복하기 위해 양팔을 들어 올렸다. 그런 동작은 사제들 덕분에 제국의 신민들 머릿속에 박혀 있었다. 사람들이 무릎을 꿇었다. 여기저기 상당히 동작이 굼뜬 사람들이 보였지만, 그래도 모두들 마치 하나의 거대한 유기체처럼 움직였다. 심지어 공식적인 영접단조차 함께 움직였다.

제시카는 동작이 굼뜬 사람들을 머릿속에 새겨두었다. 그녀의 뒤에 있는 수행원들과 군중 속에 섞여 있는 그녀의 공작원들이 나중에 찾아낼 수 있도록 그 사람들의 위치를 이미 기억해 두었음을 그녀는 알고 있었다.

제시카가 계속 팔을 치켜들고 있는 동안 거니와 그의 부하들이 모습을 드러냈다. 그들은 재빨리 그녀 옆을 지나 경사로를 내려가더니 깜짝 놀란 표정을 짓고 있는 공식적인 영접단을 무시하고 수신호로 자신의 위치를 알린 공작원들과 합류했다. 그리고 무릎을 꿇고 있는 사람들의 등을 뛰어넘고 사람들 사이의 좁은 통로를 질주하며 재빨리 사람들의 바다 속으로 산개했다. 그들의 목표물 중 몇 명이 위험이 다가오고 있음을 알고 도망치려 했다. 그러나 그런 사람들이야말로 가장 쉬운 상대였다. 칼을 던지고 올가미를 던지자 그들은 쉽게 쓰러졌다. 나머지 목표물들은 팔과 다리를 묶인 채 빽빽이 들어찬 사람들 밖으로 끌려나왔다.

이 모든 일이 벌어지는 동안 제시카는 여전히 팔을 쭉 편 채 자신의 존재 그 자체로 축복을 내리며 군중을 얌전히 묶어두었다. 그러나 그녀는 사람들 사이로 소문이 번져가는 것을 알 수 있었다. 그리고 그 소문들 중 가장 우세한 것이 무엇인지도 알고 있었다. 그녀 자신이 부하들을 시켜 그 소문을 일부러 퍼뜨렸기 때문이었다. "대모님이 나태한 자들을 솎아 내려 오셨다. 우리 주님의 어머니께 축복이 내리기를!"

모든 일이 끝나자 제시카는 팔을 내렸다. 모래 위에는 시체 몇 구가 널브러져 있고, 죄수들은 착륙탑 아래의 우리 속에 갇혀 있었다. 모두 3분쯤 걸린 것 같았다. 거니와 그의 부하들이 이번에 가장 위협적인 존재인

주모자들까지 잡아들였을 가능성은 거의 없었다. 그들은 예민하고 경계심이 높은 사람들일 것이다. 그러나 우리 속에 갇혀 있는 죄수들 중에 평범한 멍청이들과 굼벵이들뿐만 아니라 흥미로운 인물들이 섞여 있을 수도 있었다.

제시카가 팔을 내리자 사람들이 환호하면서 파도처럼 한꺼번에 자리에서 일어섰다.

제시카는 불미스러운 일이 전혀 일어나지 않았다는 듯이 혼자서 경사로를 걸어 내려가 딸의 시선을 피한 채 스틸가에게만 시선을 집중했다. 야생의 삼각주처럼 사막복 목 부분에 퍼져 있는 스틸가의 검은 수염이 여기저기 희끗희끗해져 있었지만, 흰자위가 없는 그의 눈은 사막에서 그녀를 처음 만났을 때와 조금도 다름없이 강렬했다. 스틸가는 방금 무슨 일이 벌어진 것인지 알고 있었으며 그 일에 찬성했다. 그는 진정한 프레멘의 나입이었고 유혈을 불러오는 결정도 서슴없이 내릴 수 있는 지도자였다. 그가 입을 열어 가장 그다운 말을 했다.

"고향에 돌아오신 것을 환영합니다, 부인. 단도직입적이고 효율적인 작전을 보는 것은 항상 즐거운 일이지요."

제시카는 살짝 미소를 지었다. "공항을 폐쇄하세요, 스틸. 우리가 잡아들인 사람들을 신문하기 전에는 아무도 이곳을 떠나지 못합니다."

"벌써 폐쇄했습니다, 부인. 거니의 부하와 제가 함께 이 계획을 짰으니까요." 스틸가가 말했다.

"그럼 그 사람들은 당신 부하들이었군요. 작전을 도운 사람들 말이에요."

"제 부하가 몇 명 있었습니다, 부인."

그녀는 스틸가가 말을 아끼려 하는 것을 알아채고 고개를 끄덕였다. "옛날에 나를 아주 열심히 연구한 모양이에요, 스틸."

"언젠가 부인이 애써 말씀해 주신 대로, 사람은 생존자들을 관찰하면서 교훈을 얻는 법입니다."

그때 알리아가 앞으로 나서자 스틸가는 제시카가 딸과 대면하도록 옆으로 물러섰다.

제시카는 자신이 알아낸 것을 감출 방법이 없다는 것을 알고 있었기 때문에 아예 감추려는 시도조차 하지 않았다. 알리아는 필요할 때에 사소한 특징들의 의미를 교단의 숙련자 못지않게 읽어낼 수 있었다. 그녀는 제시카의 행동을 통해 그녀가 무엇을 보고, 어떻게 받아들였는지 이미 알고 있을 터였다. 그들은 적이었다. '철천지원수'라는 말로는 그들 관계의 겉모습조차 제대로 표현할 수 없을 정도였다.

알리아는 지금 상황에 가장 적절하고 가장 쉬운 반응으로 분노를 선택했다.

"어떻게 감히 나한테 의논도 하지 않고 이런 작전을 계획할 수 있어요?" 그녀가 제시카에게 얼굴을 들이대면서 힐문했다.

제시카가 부드러운 말투로 말했다. "너도 방금 들었듯이 거니는 나한테도 계획의 전모를 밝히지 않았다. 그 사람 생각으로는……."

"그리고 당신, 스틸가!" 알리아가 갑자기 스틸가에게 화살을 돌렸다. "당신은 누구에게 충성하는 거죠?"

"저는 무앗딥의 아이들에게 충성을 서약했습니다." 스틸가가 딱딱한 말투로 말했다. "우린 그 아이들에게 위협이 되는 것을 제거한 겁니다."

"그런데 왜 너는 기뻐하지 않는 거냐…… 딸아?" 제시카가 물었다.

알리아는 당황한 표정으로 어머니를 흘끗 바라본 뒤 내면의 폭풍을 억눌렀다. 심지어 환하게 미소를 짓기까지 했다. "나는 아주 기뻐하고 있어요…… 어머니." 그리고 자신이 정말로 기뻐하고 있음을 깨닫고 스스로 깜짝 놀랐다. 그녀는 자신과 어머니 사이의 문제가 마침내 모두 밝은 곳으로 노출되었다는 사실에 커다란 기쁨을 느끼고 있었다. 그녀가 두려워하던 순간이 이미 지나갔는데도 힘의 균형은 그리 변하지 않았다. "나중에 형편을 봐서 이 문제를 더 자세히 얘기하기로 하지요." 알리아가 스틸가와 어머니 두 사람 모두를 겨냥해서 말했다.

"물론 그래야지." 제시카가 이제 이야기가 끝났다는 듯이 이룰란 공주를 향해 돌아서면서 말했다.

짧은 한순간, 제시카와 공주는 말없이 서로를 유심히 살피며 서 있었다. 그들은 둘 다 베네 게세리트이면서 똑같은 이유로 교단에 등을 돌린 사람들이었다. 바로 사랑 때문에……. 그런데 그들이 사랑했던 두 남자는 이제 모두 이 세상 사람이 아니었다. 공주는 폴을 사랑했지만 보답을 받지 못했다. 그의 아내가 되었을 뿐 짝이 되지 못했던 것이다. 이제 그녀는 폴의 프레멘 첩인 챠니가 낳은 아이들만을 위해 살고 있었다.

제시카가 먼저 입을 열었다. "내 손자들은 어디 있소?"

"타브르 시에치에 있습니다."

"아이들을 이리로 데리고 나오는 건 너무 위험했던 모양이군."

이룰란은 희미하게 고개를 끄덕였다. 그녀는 제시카와 알리아 사이의 대화를 지켜보았지만, 그것을 알리아가 미리 일러주었던 대로 해석하고 있었다. "제시카는 교단으로 돌아갔고, 교단이 폴의 아이들에 대해 나름대로 계획을 갖고 있다는 건 우리 둘 다 알고 있어." 이룰란은 결코 베네 게세리트에서 가장 많은 성취를 이룬 숙련자가 아니었다. 그녀의 가치는 무엇보다도 샤담 4세의 딸이라는 점에 있었다. 따라서 자신의 능력을 향상시키기 위해 노력을 기울이기에는 그녀의 자부심이 너무 강했다. 이제 그녀는 그녀가 받은 훈련을 생각하면 잘 이해되지 않을 정도로 갑작스럽게 자신의 입장을 정해 버렸다.

"정말이지 궁정 평의회에 미리 의논을 하셨더라면 좋았을 텐데요, 제시카." 이룰란이 말했다. "그렇게 일을 하는 건 잘못된……."

"당신들 중 아무도 스틸가를 믿지 못한다는 얘기를 하는 거요?" 제시카가 물었다.

이룰란에게도 이런 질문에 대답할 방법이 없다는 것을 깨달을 정도의 지혜는 있었다. 사제들로 이루어진 파견단이 더 이상 참지 못하고 앞으로 나선 것이 반가웠다. 그녀는 알리아와 시선을 교환하며 속으로 생각했다. '제시카는 예나 지금이나 오만하고 자신감이 넘치는군!' 베네 게세리트의 금언 하나가 저절로 그녀의 머릿속에 떠올랐다. '오만한 자들은 자기들의 의심과 두려움을 감추려고 성벽을 쌓아 올릴 뿐이다.' 이 말이 제시카에게도 해당되는 걸까? 그럴 리 없었다. 그렇다면 제시카의 태도는 일부러 꾸민 것임에 틀림없었다. 하지만 무엇 때문에? 이 의문이 이룰란의 마음을 불편하게 했다.

사제들은 무앗딥의 어머니를 둘러싸고 시끄럽게 떠들어대고 있었다. 그냥 그녀의 팔을 잠깐 만지기만 하는 사제도 있었지만 대부분의 사제들은 깊숙이 허리를 숙이며 인사의 말을 했다. 마침내 파견단 대표들이 '가장 처음 된 자가 가장 나중이 될 것'이라는, 자신들에게 정해진 역할 그대로 맨 마지막에 '가장 신성한 대모' 앞에 나섰다. 그들은 미리 연습해 둔 미소를 지으며 그녀에게 폴이 옛날에 사용하던 요새 겸 본거지인 성에서 공식적인 정화의 의식이 그녀를 기다리고 있다고 말했다.

제시카는 대표 두 사람을 유심히 살펴보며 그들이 혐오스럽기 그지없다고 생각했다. 둘 중 한 사람은 야비드라는 이름으로 둥그스름한 뺨에 퉁명스러운 얼굴을 한 젊은이였다. 그림자가 드리워진 그의 눈에는 깊이 숨어 있는 의심이 자기도 모르게 드러나 있었다. 나머지 한 사람은 제바타레프라는 이름으로 그녀가 프레멘들과 함께 지내던 시절에 알게 된 한 나입의 차남이었다. 제바타레프는 그녀를 만나자마자 재빨리 그녀에게 이 사실을 일깨워주었다. 그가 어떤 사람인지 분류하기는 쉬웠다. 그는 유쾌하면서도 무자비한 사람이었고, 가느다란 얼굴에는 금발의 수염이 나 있었으며, 비밀스러운 흥분과 강력한 지식의 분위기를 풍기고 있었다. 그녀는 둘 중에서 야비드가 훨씬 더 위험한 사람이라고 판단했다. 그는 은밀한 의도를 숨기고 있었으며 자석처럼 매력적이면서 동시에 지독히 혐오스러웠다. 그녀는 '혐오스럽다'는 말 이외에 다른 표현을 찾을 수 없었다. 그의 말씨는 옛날 프레멘 식 발음으로 온통 가득 차 있어서 이상하게 들렸다. 마치 그가 자기네 부족 사람들과 어딘가에 고립되어 있다가 온 것 같았다.

"말해 보시오, 야비드. 그대는 어디 출신이오?" 그녀가 말했다.

"저는 그저 사막의 소박한 프레멘일 뿐입니다." 그가 말했다. 그러나 그의 말 한마디 한마디가 이 말이 거짓임을 드러내고 있었다.

제바타레프가 공손하다 못해 불쾌하게 느껴지는 태도로 끼어들었다. 지나치게 공손해서 거의 놀리는 것처럼 여겨질 정도였다. "옛 시절에 대해 할 이야기가 많습니다, 부인. 아시겠지만, 저는 아드님이 신성한 임무를 지니고 있음을 처음으로 알아본 사람들 중 하나였습니다."

"하지만 그 아이의 페다이킨 소속은 아니었지." 그녀가 말했다.

"그렇습니다, 부인. 저는 철학 쪽에 좀더 기울어 있었습니다. 그래서 사제가 되기 위해 공부했습니다."

'그렇게 해서 일신의 안전을 확실히 보장받았겠지.' 제시카는 생각했다.

"성에서 사람들이 기다리고 있습니다, 부인." 야비드가 말했다.

또다시 그녀는 그의 이상한 말씨에 대해 의구심을 느꼈다. "누가 우리를 기다린단 말이오?" 그녀가 물었다.

"신자들의 평의회입니다. 부인의 거룩한 아드님의 이름과 그분이 하셨던 일들을 영광스럽게 하고 있는 모든 사람들 말입니다." 야비드가 말했다.

제시카는 살짝 주위를 둘러보다가 알리아가 야비드를 향해 미소 짓고 있는 것을 보고 물었다. "네가 이 사람을 임명했느냐, 딸아?"

알리아가 고개를 끄덕였다. "그는 위대한 일을 할 운명이에요."

그러나 제시카는 야비드가 이렇게 관심의 대상이 된 것을 전혀 즐거워하지 않음을 깨닫고 거니에게 특별히 관찰을 맡겨야겠다고 생각했다. 그때 거니가 믿을 만한 부하 다섯 명과 함께 나타나서 의심스러운 자들을 신문하고 있다는 신호를 보냈다. 그는 사방을 재빨리 둘러보며 강한 남자답게 성큼성큼 걸었다. 그의 몸의 모든 근육이 그녀가 베네 게세리트의 프라나 빈두 지침서를 이용해서 가르쳐준 대로 편안하면서도 긴장을 늦추지 않는 상태로 흐르듯이 움직였다. 그는 훈련으로 단련된 반사신경을 지닌 못생기고 땅딸막한 남자였으며 사람을 죽일 줄 아는 사람이었다. 어떤 사람들에게는 그가 무시무시하기 짝이 없는 존재였지만 제시카는 그를 세상에 살아 있는 그 어떤 남자보다 더 사랑하고 소중히 여겼다. 잉크덩굴 채찍에 맞아 생긴 흉터가 턱선을 따라 꿈틀거리는 바람에 그는 악당 같은 인상을 풍겼지만, 스틸가를 보며 미소를 짓는 순간 표정이 한결 부드러워졌다.

"잘했소, 스틸." 그가 말했다. 그리고 두 사람은 프레멘 식으로 서로의 팔을 잡았다.

"정화의 의식을 해야 합니다." 야비드가 제시카의 팔에 손을 대면서 말했다.

제시카는 뒤로 물러나 '목소리'의 힘을 적절히 조절해서 조심스럽게 말을 골랐다. 그녀의 어조와 말투는 야비드와 제바타레프에게 감정적으로 정확한 영향을 미치도록 계산된 것이었다. "나는 내 손자들을 보려고 듄으로 돌아왔소. 성직자들의 쓸데없는 행사를 위해 꼭 시간을 써야 하겠소?"

제바타레프는 충격을 받은 사람처럼 입을 쩍 벌린 채 불안한 눈으로 제시카의 말을 들은 사람들의 얼굴을 둘러보았다. 그의 눈이 주위 사람들을 하나하나 주시했다. '성직자들의 쓸데없는 행사라니!' 메시아의 어머니 입에서 나온 이 말이 과연 어떤 영향을 미칠 것인가?

그러나 야비드의 반응은 제시카의 판단이 틀리지 않았음을 보여주었다. 그는 입을 굳게 다물었다가 이내 미소를 지었다. 그러나 그의 눈은 웃지 않았다. 제시카의 말을 들은 사람들을 주시하기 위해 시선을 돌리지도 않았다. 야비드는 그들이 어떤 사람들인지 이미 알고 있었다. 그리고 지금 이 순간부터 특별한 감시의 대상이 될 사람들이 누군지도 귀동냥으로 알고 있었다. 겨우 몇 초 후에 야비드는 갑작스레 미소를 지웠다. 그건 그가 자기도 모르게 내심을 내보였음을 알아차렸다는 뜻이었다. 야비드는 사전 조사를 통해 레이디 제시카의 관찰력이 어느 정도인지 알고 있었다. 그는 경련처럼 짧게 고개를 끄덕이는 것으로 제시카의 그 힘을 인정했다.

제시카는 번개처럼 빠른 속도로 지금 자신이 해야 하는 일이 무엇인지 생각해 보았다. 거니에게 살짝 수신호를 보내기만 하면 야비드의 목숨을 끊어버릴 수 있었다. 효과를 노리고 여기서 그를 죽일 수도 있었고, 나중에 조용히 처리한 후에 사고처럼 위장할 수도 있었다.

그녀는 생각했다. '우리가 내면 가장 깊숙한 곳의 충동을 감추려고 할 때 우리의 존재 전체가 비명을 질러 그 노력을 배반해 버리지.' 베네 게세리트의 훈련은 이 깨달음을 근거로 숙련자들을 그 위로 끌어올려 다른 사람들의 겉으로 드러난 육체를 읽는 법을 가르쳤다. 그녀는 야비드의 똑똑한 머리가 지닌 가치를 인정하고 일시적으로 마음이 기울었다. 만약 그를 이편으로 끌어들일 수 있다면, 그는 그녀에게 필요한 연결 고리, 즉 아라키스의 성직자들과 통하는 선이 되어줄 수 있었다. 게다가 그는 알리아의 사람이었다.

제시카는 입을 열었다. "내 공식 수행원은 반드시 소규모로 유지되어야 하오. 하지만 한 사람을 더 받아들일 여유는 있소. 야비드, 우리와 합류하시오. 제바타레프, 미안하오. 그리고 야비드…… 나는 그…… 그 의식에 참가하겠소. 그대가 꼭 그래야 한다고 주장한다면."

야비드는 깊이 숨을 들이쉬며 낮은 목소리로 말했다. "무앗딥 어머님의 명령에 따르겠습니다." 그리고 그는 알리아, 제바타레프를 차례로 흘끗 바라본 다음 다시 제시카에게 시선을 돌렸다. "부인과 손자들의 재회가 늦어지게 돼서 저도 괴롭습니다. 하지만, 아아, 국사와 관련된 이유가……."

제시카는 속으로 생각했다. '좋아. 저자는 무엇보다도 우선 사업가야. 일단 값이 정해지면 저자를 매수해야겠어.' 그녀는 그가 그 소중한 의식을 수행해야 한다는 고집을 꺾지 않은 것을 자신이 즐거워하고 있음을 깨달았다. 이 작은 승리 덕분에 그가 동료들 사이에서 힘을 얻게 될 것임을 제시카와 그는 알고 있었다. 그의 정화의 의식을 받아들인 것이 나중에 그의 봉사를 요구하기 위한 계약금인 셈이었다.

"교통편은 이미 그대가 마련해 놓았겠지?" 그녀가 말했다.

나는 그대에게 사막 카멜레온을 주겠다. 주변 풍경에 동화될 수 있는 녀석의 능력은 생태학의 뿌리와 개인적 정체성의 기초에 대해 그대가 알아야 하는 모든 것을 가르쳐준다.

—『독설의 책』, '헤이트 연대기' 중에서

레토는 뛰어난 발리세트 연주가인 거니 할렉이 그의 다섯 번째 생일 선물로 보내준 자그마한 발리세트를 연주하며 앉아 있었다. 4년간의 연습을 통해 레토는 어느 정도 거침없이 이 악기를 연주할 수 있게 되었다. 그러나 베이스 쪽의 두 줄이 아직 그의 속을 썩였다. 그는 불안을 느낄 때면 발리세트가 자신의 마음을 달래준다는 것을 발견했고, 가니마도 그 사실을 놓치지 않았다. 그는 지금 어스름 속에서 타브르 시에치가 들어 있는, 울퉁불퉁한 바위의 남쪽 끝에 선반처럼 튀어나온 바위에 앉아 있었다. 부드럽게 그는 발리세트를 퉁겼다.

가니마가 작은 몸으로 항의의 뜻을 발산하며 그의 뒤에 서 있었다. 그녀는 할머니가 아라킨에서 지체하게 되었다는 얘기를 스틸가에게서 들은 후 이렇게 탁 트인 곳으로 나오고 싶지 않았다. 밤이 가까워오는 시간에 이곳으로 나오는 것에는 특히 반대였다. 그녀가 오빠를 재촉하기 위해 물었다. "그래, 뭐야?"

대답 대신 그가 새로운 노래를 연주하기 시작했다.

이 선물을 받은 이후 처음으로 레토는 이 발리세트가 칼라단의 명장(名匠)이 만든 것이라는 사실을 강렬하게 느끼고 있었다. 그가 조상들에게서 물려받은 기억은 아트레이데스 가문이 다스렸던 그 아름다운 행성에 대한 깊은 향수를 간혹 불러왔다. 이 음악 소리를 배경으로 내면의 장벽을 느슨하게 풀어놓기만 하면 거니가 자신의 친구이자 돌봐야 할 대상이었던 폴 아트레이데스를 기쁘게 해주기 위해 발리세트를 사용하던 시절의 기억을 들을 수 있었다. 자신의 손안에서 울리는 발리세트 때문에 레토는 아버지의 심(心)적인 존재감이 자신을 점점 더 지배하는 것을 느꼈다. 그래도 그는 연주를 계속하며 1초 1초가 지날 때마다 이 악기에 더욱 강력한 친밀감을 느꼈다. 그는 자신의 내면에서 이상화된 절대적인 존재를 느꼈다. 아직 아홉 살인 그의 근육이 내면의 의식에 맞게 조절되어 있지 않은데도, 그 내면의 존재는 이 발리세트를 어떻게 연주해야 하는지 분명하게 알고 있었다.

가니마가 더 이상 참을 수 없다는 듯 발을 굴렀다. 그러나 그녀는 자신이 오빠의 연주에 박자를 맞추고 있다는 사실을 알지 못했다.

연주에 집중하느라 입가를 찌푸린 채 레토는 그 익숙한 음악을 그만두고 거니가 연주했던 그 어떤 것보다도 더 오래된 노래를 시도해 보았다. 그 노래는 프레멘들이 다섯 번째 행성으로 이주했을 때에도 이미 오래된 노래였다. 노래의 가사에는 젠수니 철학이 배어 있었고, 레토는 손가락으로 더듬더듬 멜로디를 끌어내면서 자신의 기억 속에서 그 가사를 들었다.

"자연의 아름다운 모습에는
사랑스러운 정수가 들어 있다.
어떤 사람들은 그것을 부패라고 부르지.
이 사랑스러운 존재에 의지해서
새로운 생명이 길을 찾는다.
소리 없이 흐르는 눈물은
영혼의 물일 뿐.
그 눈물이 새로운 생명을
존재의 고통으로 이끈다.
그것은 죽음으로 완전해지는
시각으로부터의 분리."

그가 마지막 음을 퉁길 때 가니마가 그의 등 뒤에서 말했다. "기분 나쁜 낡은 노래네. 왜 그 노래를 연주한 거야?"

"그게 잘 어울리니까."

"그걸 거니한테 연주해 줄 거야?"

"어쩌면."

"거니는 우울하고 시시한 노래라고 할걸."

"나도 알아."

레토는 어깨 너머로 가니마를 바라보았다. 그녀가 그 노래와 가사를 알고 있다는 건 전혀 놀라운 일이 아니었지만, 그는 자기들 쌍둥이가 어느 누구와도 다른 인생을 살고 있다는 사실에 갑자기 경외감이 이는 것을 느꼈다. 둘 중 하나가 죽어도 그 사람은 여전히 나머지 한 사람의 의식 속에 생생하게 살아 있을 것이다. 그들이 공유한 기억마저 고스란히 간직한 채로. 그들은 그렇게 가까운 존재였다. 그는 시간을 초월한 그 친밀함의 거미줄에 겁을 집어먹고 그녀에게서 시선을 돌렸다. 그 거미줄에 틈이 있다는 것을 그는 알고 있었다. 그의 두려움은 그 틈 중에서도 가장 최근에 생긴 것에 기인했다. 그는 자신들의 삶이 분리되기 시작하는 것을 느끼며 속으로 생각했다. '나에게만 일어나고 있는 이 일을 가니마에게 어떻게 설명하지?'

그는 사막을 바라보았다. 바라칸들, 아라키스 여기저기를 파도처럼 돌아다니는 그 초승달 모양의 높다란 모래언덕들 뒤로 짙은 그림자가 드리워져 있는 것이 보였다. 이곳은 케뎀, 즉 내면의 사막이었으며, 요즘은 이곳의 모래언덕들에 거대한 모래벌레가 움직일 때 생기는 불규칙한 흔적들이 나타나는 경우가 드물었다. 석양이 모래언덕 위에 핏빛 줄무늬를 그리며 그림자의 가장자리에 타는 듯한 빛을 던졌다. 진홍빛 하늘에서 떨어져 내린 매 한 마리가 날아가면서 바위 자고새를 잡아채는 모습이 그의 의식을 사로잡았다.

그가 있는 곳 바로 아래쪽의 사막에서는 초록색 식물들이 무성하게 자라고 있었다. 그곳에 물을 대는 것은 탁 트인 들판과 지붕이 있는 터널 속을 번갈아 흐르는 카나트였다. 카나트의 물은 그의 뒤쪽 가장 높은 바위 위에 있는 거대한 바람덫 집수기에서 흘러나왔다. 아트레이데스의 초록색 깃발이 그곳에서 당당하게 펄럭였다.

'물과 초록색이라.'

물과 초록색은 아라키스의 새로운 상징이었다.

그가 앉아 있는 높은 바위 아래에 식물이 심어진 모래언덕들로 이루어진 다이아몬드 모양의 오아시스가 펼쳐져 있었다. 그 오아시스 때문에 그의 생각이 날카로운 프레멘의 의식으로 가득 찼다. 그의 아래쪽 절벽에서 종소리 같은 밤새의 울음소리가 들려오면서 자신이 거친 과거 속에서 빠져나와 이 순간을 경험하고 있다는 느낌을 증폭시켰다.

'누 자봉 샹제 투 스라.' 가니마와 은밀한 대화를 나눌 때 사용하는 고대어가 그의 머릿속에 자연스럽게 떠올랐다. '우리가 모든 걸 바꿔버렸다'는 뜻이었다. 그는 한숨을 쉬었다. '우블리에 주 느 퓌(그걸 잊을 수가 없어).'

흐릿해져가는 빛 속에서 오아시스 너머로 프레멘들이 '공허'라고 부르는 땅이 보였다. 그곳에는 아무것도 자라지 않았고 그 땅 또한 단 한 번도 비옥했던 적이 없었다. 그러나 물과 거대한 생태계 개조 계획이 그것을 바꿔놓고 있었다. 이제 화려한 초록색 벨벳 같은 숲으로 뒤덮인 야산들을 아라키스 곳곳에서 볼 수 있었다. 아라키스에 숲이라니! 젊은이들 중에는 그 물결치는 듯한 초록색 야산 밑에 모래언덕이 있다는 것을 실감하지 못하는 사람도 있었다. 그 젊은이들의 눈에 열대 우림에서 자라는 나무들의 평평한 이파리쯤은 전혀 놀라운 것이 아니었다. 그러나 레토는 지금 자신이 변화에 지친 구세대 프레멘처럼 새로운 것의 존재에 두려움을 느끼고 있음을 깨달았다.

그가 말했다. "아이들 말로는, 이제 이곳 표면 근처에서 모래송어를 거의 발견하지 못한대."

"무슨 의미로 그런 말을 하는 거야?" 가니마가 물었다. 그녀의 말투에 삐친 듯한 기색이 있었다.

"세상이 아주 빠르게 변하기 시작했어." 그가 말했다.

다시 절벽 안쪽에서 종소리 같은 새의 울음소리가 들려오고, 마치 매가 자고새를 덮치듯이 사막 위에 밤이 내렸다. 밤이 되면 기억들이 정신없이 그를 덮치는 경우가 많았다. 그것은 그의 내면에서 자기들을 돌아봐 달라고 소리를 지르며 아우성치는 다른 삶들의 기억이었다. 가니마는 이런 현상을 그처럼 싫어하지 않았다. 그러나 그녀는 그가 동요하고 있음을 알고 있었다. 그는 연민이 담긴 그녀의 손이 어깨에 닿는 것을 느졌다.

그는 성난 몸짓으로 발리세트를 퉁겼다.

자신에게 일어나고 있는 일을 그녀에게 어떻게 말한단 말인가?

그의 머릿속에서는 헤아릴 수 없이 많은 삶들이 자기들이 갖고 있는 고대의 기억들을 풀어내는 전쟁이 벌어지고 있었다. 폭력적인 사건들, 사랑의 번민, 수많은 장소들과 수많은 얼굴들의 색깔…… 수많은 사람들의 파묻힌 슬픔들과 뛰어오를 듯한 기쁨들. 그는 더 이상 존재하지 않는 행성들의 봄에게 바치는 애가, 초록색 춤과 불꽃에서 나오는 빛, 울부짖음과 함성, 헤아릴 수 없이 많은 대화들을 들었다.

이런 공격을 가장 견디기 어려운 것은 야외에서 밤이 내릴 때였다.

"우리, 안으로 들어가야 하지 않아?" 그녀가 물었다.

그는 고개를 저었다. 그녀는 그 움직임을 느끼면서 그의 괴로움이 자신이 생각했던 것보다 더 크다는 것을 비로소 깨달았다.

'왜 나는 이토록 자주 이렇게 밖에 나와 밤을 맞는 걸까?' 그는 자신에게 질문을 던졌다. 가니마가 어깨에 대고 있던 손을 거둬들이는 것도 느끼지 못했다.

"네가 왜 이런 식으로 스스로를 괴롭히는 건지, 그 이유를 알고 있겠지?" 그녀가 말했다.

그는 그녀의 목소리에서 부드럽게 자신을 꾸짖는 소리를 들었다. 그래, 그는 그 이유를 알고 있었다. 그 답은 그의 의식 속에서 뻔히 모습을 드러내고 있었다. '내면에 있는 저 거대한 지(知) — 미지(未知)가 나를 파도처럼 움직이기 때문이야.' 그는 자신의 과거가 물마루처럼 높이 솟아오르는 것을 느꼈다. 자신이 파도타기를 하고 있는 것 같았다. 그는 시간 속으로 흩어져 다른 모든 것 위에 포개진 아버지의 예지의 기억들을 갖고 있었지만, 그는 그 모든 과거들을 원했다. 그는 모든 것을 원했다. 그러나 그 과거들은 너무나 위험했다. 그는 가니마에게 반드시 말해 주어야 하는 이 새로운 경험 때문에 이제 그것을 완벽하게 알고 있었다.

사막이 점점 솟아오르는 첫 번째 달빛 속에서 빛나기 시작했다. 그는 그냥 보기에는 전혀 움직이지 않는 것처럼 보이는, 한없이 구불구불하게 이어진 모래 구릉들을 물끄러미 바라보았다. 그의 왼쪽 가까운 곳에 '수행원'이 누워 있었다. 수행원은 표면으로 노출된 바위의 이름인데, 모래를 뿜어대는 바람에 낮게 깎여서 모래언덕들 사이로 돌진해 오는 검은 모래벌레처럼 구불구불한 모양을 하고 있었다. 언젠가는 그의 발밑에 있는 바위도 저런 모양으로 깎일 것이고, 그러면 타브르 시에치도 자신 같은 사람들의 기억 속에만 존재할 뿐 더 이상 존재하지 않게 될 것이다. 그는 그때에도 자기 같은 사람이 있을 것임을 믿어 의심치 않았다.

"수행원을 그렇게 바라보는 이유가 뭐야?" 가니마가 물었다.

그는 어깨를 으쓱했다. 그와 가니마는 자신들을 보호해 주는 사람들의 명령에 반항해서 자주 수행원에 올랐다. 그곳에서 비밀의 은신처도 찾아냈다. 레토는 이제 그곳이 왜 자신들을 유혹했는지 그 이유를 알고 있었다.

그의 아래쪽에서 사막 위에 노출되어 뻗어 있는 카나트가 달빛을 받아 반짝였다. 어둠 때문에 카나트까지의 거리가 실제보다 가깝게 보였다. 육식 물고기들의 움직임 때문에 카나트의 표면에 물결이 일었다. 프레멘들은 저장해 둔 물속에 모래송어가 접근하지 못하게 항상 그 물고기들을 심어두었다.

"나는 물고기와 모래벌레 사이에 서 있다." 그가 중얼거렸다.

"뭐?"

그가 같은 말을 좀더 큰 소리로 반복했다.

가니마는 한 손으로 입을 막고 그를 움직이고 있는 것이 무엇인지 의심하기 시작했다. 그녀의 아버지도 이렇게 행동했었다. 그녀가 자신의 내면을 들여다보며 비교하기만 하면 알 수 있는 일이었다.

레토가 부르르 몸을 떨었다. 그를 그의 육체가 한 번도 경험해 보지 못한 장소에 붙들어두는 기억들이 그가 묻지 않은 질문들에 대한 답을 제시했다. 그는 거대한 내면의 스크린에 사람들의 관계와 사건들이 펼쳐지는 것을 보았다. 듄의 모래벌레는 물을 건너려 하지 않았다. 물은 그들에게 독이었다. 그러나 선사 시대에는 이곳에도 물이 있었다. 하얀 석고 같은 염전들은 과거에 존재했던 호수와 바다의 증거였다. 깊게 우물을 파면 모래송어들이 봉인해 둔 물을 찾을 수 있었다. 그는 이 행성에서 일어났던 일들을 자기가 직접 목격한 것처럼 분명히 알고 있었으므로 인간의 개입이 가져오고 있는 대격변에 대한 불길한 예감이 그의 머리를 가득 채웠다.

거의 속삭임에 가까운 작은 목소리로 그가 말했다. "난 여기서 무슨 일이 일어났는지 알아, 가니마."

그녀가 그에게 가까이 몸을 숙였다. "그래서?"

"모래송어는……."

그는 말을 끊고 침묵에 빠졌다. 그녀는 이 행성의 거대한 모래벌레의 생장 과정 중 염색체가 반수인 시기에 해당하는 모래송어를 왜 자꾸 그가 입에 담는지 궁금했지만 그의 대답을 재촉할 엄두가 나지 않았다.

"모래송어는……." 그가 같은 말을 반복했다. "다른 곳에서 이곳으로 도입된 거야. 그때 여기는 습한 행성이었어. 모래송어는 기존의 생태계가 감당할 수 없을 정도로 늘어나 번성했어. 그들은 자유롭게 흐르던 물을 닥치는 대로 포낭에 싸서 이곳을 사막 행성으로 만들었지……. 자기들이 살아남기 위해 그렇게 한 거야. 행성이 어느 정도 건조해지면 모래벌레가 되는 다음 단계로 나아갈 수 있었거든."

"모래송어라고?" 그녀는 고개를 흔들었다. 그의 말을 의심해서가 아니라 그가 그런 정보를 끌어모은 그 깊은 곳을 탐색하는 것이 내키지 않아서였다. '모래송어라고?' 그녀는 생각했다. 이 육체 속에 있을 때에도, 그리고 다른 육체들 속에 있었을 때에도 그녀는 막대기를 가지고 모래송어를 찾는 아이들의 놀이를 수없이 즐겼다. 아이들은 막대기로 모래송어를 괴롭혀서 얇은 장갑 같은 막 모양으로 만든 다음 죽음의 증류기로 가져가서 물을 짜냈다. 지능이라고는 전혀 없는 그 작은 생물들이 거대한 사건을 일으킨 장본인이라고는 생각하기가 어려웠다.

레토가 혼자서 고개를 끄덕였다. 프레멘들은 물 저장소에 육식 물고기를 넣어두는 방법을 예전부터 항상 알고 있었다. 염색체 수가 절반인 모래송어들은 행성의 표면 근처에 많은 양의 물이 쌓이는 것을 적극적으로 저지했다. 따라서 육식 물고기들이 그의 발밑을 흐르는 카나트에서 헤엄치고 있었다. 모래벌레가 되기 전의 모래송어들은 소량의 물, 예를 들면 인간 몸의 세포 속에 들어 있는 정도의 물을 감당할 수 있었다. 그러나 대량의 물과 마주치면 그들 내부의 화학 작용이 통제를 벗어나 폭발해 버렸다. 그들이 그렇게 죽음을 맞으면서 변화할 때 생기는 것이 위험한 멜란지 농축액이었다. 프레멘들은 그 궁극의 의식 확장제를 아주 묽게 희석해서 시에치 잔치에서 사용했다. 폴 무앗딥이 시간의 벽을 통과해 어떤 남자도 감히 엄두를 내지 못했던 사멸의 우물 깊은 곳까지 갈 수 있었던 것은 순수한 멜란지 농축액 덕분이었다.

가니마는 자기 앞에 앉아 있는 오빠의 몸이 떨리는 것을 느꼈다. "너 무슨 짓을 한 거야?" 그녀가 다그쳤다.

그러나 그는 계시와도 같은 이야기의 맥에서 벗어나려 하지 않았다. "모래송어가 줄어들면 행성의 생태학적 변화가……."

"그들은 그것에 저항할 거야, 당연히." 그녀가 말했다. 이제 그녀는 그의 목소리에 담긴 두려움을 점점 이해할 것 같아서 자신의 뜻과는 달리 이야기 속으로 끌려들고 있었다.

"모래송어가 사라지면 모래벌레도 모두 사라져. 부족에게 경고를 해야 해." 그가 말했다.

"스파이스를 더 이상 구할 수 없게 되겠군." 그녀가 말했다.

말은 생태계에 닥친 위험의 중요성을 그저 수박 겉핥기 식으로 표현할 수 있을 뿐이었다. 그들은 오래전부터 이어져 온 듄의 관계들 속에 인간이 끼어들면서 생겨난 위험이 사람들의 머리 위에 대롱대롱 매달려 있는 것을 보고 있었다.

"알리아도 이걸 알아. 고모가 고소해하는 건 그 때문이야." 그가 말했다.

"어떻게 그걸 확신할 수 있어?"

"확실해."

이제 그녀는 무엇이 그를 괴롭히는지 분명하게 알 수 있었다. 등골이 서늘해졌다.

"고모가 부정한다면 부족은 우리 말을 믿지 않을 거야." 그가 말했다.

그의 말은 그들 존재의 가장 중요한 문제와 맞닿아 있었다. 어떤 프레멘이 아홉 살짜리 아이에게서 지혜를 기대하겠는가? 날이 갈수록 자신의 내면을 공유하고 있는 사람들로부터 점점 멀어지고 있는 알리아는 바로 이 점을 이용하고 있었다.

"스틸가를 설득해야 해." 가니마가 말했다.

그들은 마치 한 사람처럼 동시에 고개를 돌려 달빛을 받은 사막을 물끄러미 내다보았다. 사막은 겨우 잠깐 동안의 의식(意識) 때문에 변화되어 이제 다른 곳이 되어 있었다. 이곳의 환경과 인간 사이의 상호 작용이 그들에게 이처럼 분명하게 보인 적이 없었다. 그들은 자신들이 섬세하게 균형이 유지되는 질서 속에 붙들린 역동적인 시스템의 필수적인 요소임을 느꼈다. 이 새로운 시각에는 그들에게 관찰 결과들을 홍수처럼 쏟아부어 주는 의식의 진정한 변화가 포함되어 있었다. 리에트 카인즈가 말했듯이 우주는 동물 집단들 사이에서 끊임없이 대화가 일어나는 장소였다. 염색체 수가 절반인 모래송어가 인간이라는 동물인 그들에게 말을 걸어온 것이다.

"부족은 물에 대한 위협을 이해할 거야." 레토가 말했다.

"하지만 위협받는 건 단순히 물뿐만이 아냐. 그건……." 가니마는 레토의 말에 더 깊은 의미가 담겨 있음을 이해하고 입을 다물었다. 아라키스에서 물은 궁극적인 권력의 상징이었다. 프레멘들은 지금도 근본적으로는 특수하게 사용되는 동물이자 사막의 생존자이며 스트레스를 받는 상황에서 통치할 줄 아는 전문가들이었다. 그리고 물이 풍부해짐에 따라 낯선 상징의 전이가 일어났다. 애당초 그런 상징이 생겨난 과거의 어쩔 수 없는 상황을 그들이 알고 있었는데도.

"권력에 대한 위협이라는 뜻이구나." 그녀가 그의 말을 바로잡았다.

"당연하지."

"하지만 사람들이 우리를 믿을까?"

"그게 실제로 일어나는 걸 눈으로 본다면. 균형이 어긋나는 걸 본다면."

"균형이라." 그녀가 말했다. 그리고 오래전에 아버지가 했던 말을 되풀이했다. "종족을 어중이떠중이들의 무리와 구분해 주는 것이 바로 그것이다."

그녀의 말이 그의 안에 있던 아버지를 불러냈다. "경제와 아름다움의 대립……. 그건 시바(Sheba, 성경에서 솔로몬 왕의 지혜를 시험해 보러 간 여왕—옮긴이)보다 더 오래된 얘기지." 그는 한숨을 쉬며 어깨 너머로 그녀를 바라보았다. "난 예지의 꿈을 꾸기 시작했어, 가니."

그녀가 날카로운 소리를 내며 숨을 집어삼켰다.

그가 말했다. "할머니가 늦어질 거라고 스틸가가 말해 주었을 때, 난 그 순간을 벌써 알고 있었어. 이제 나의 다른 꿈들도 의심스러워."

"레토……." 그녀가 젖은 눈으로 고개를 흔들었다. "아버지는 더 늦게 그런 꿈들을 꾸기 시작했어. 어쩌면 네 꿈은 다른……."

"난 내가 갑옷에 둘러싸여서 모래언덕들을 가로질러 질주하는 꿈을 꿨어. 그리고 자쿠루투에도 갔었어." 그가 말했다.

"자쿠……." 그녀가 목을 가다듬었다. "그건 낡은 신화야!"

"그곳은 진짜로 존재해, 가니! 사람들이 설교자라고 부르는 그 사람을 반드시 찾아야 해. 그를 찾아서 물어봐야 해."

"그 사람이…… 우리 아버지라고 생각해?"

"너 자신한테 물어봐."

"그건 아버지가 했음직한 행동이지." 그녀가 동의했다. "하지만……."

"난 내가 앞으로 하게 될 거라고 알고 있는 일들이 마음에 들지 않아. 난생처음으로 아버지를 이해할 것 같아." 그가 말했다.

그녀는 그의 생각에서 배제된 것 같은 느낌에 이렇게 말했다. "설교자는 아마 늙은 신비주의자에 지나지 않을 거야."

"나도 그러기를 기도하고 있어. 정말이야. 간절히 기도하고 있어!" 그가 속삭이듯 말했다. 그가 몸을 앞으로 내밀면서 자리에서 일어섰다. 그가 움직이자 그의 손에 들린 발리세트가 웅웅거리며 울렸다. "그 사람이 나팔을 들지 않은 가브리엘(성경의 「계시록」에서 나팔을 불며 종말을 알리는 천사—옮긴이)이라면 얼마나 좋을까." 그는 말없이 달빛을 받은 사막을 바라보았다.

그녀가 고개를 돌려 그와 같은 곳을 바라보았다. 시에치 사람들이 식물을 심어놓은 곳의 가장자리에서 식물들이 썩어가며 빛나는 도깨비불이 보였다. 그 너머의 풍경은 모래언덕의 선들 속으로 깨끗하게 섞여 들어가 있었다. 그곳은 살아 있는 곳이었다. 사막이 잠을 잘 때에도 그 안의 무엇인가가 항상 깨어 있었다. 그녀는 그 깨어 있는 것을 느끼고, 저 아래 카나트에서 물을 마시는 동물들의 소리를 들었다. 레토의 고백이 밤을 바꿔 놓았다. 지금은 살아 있는 순간이었고, 끊임없는 변화 속에서 규칙적인 것을 찾을 때였으며, 지구에서 시작된 과거로부터 지금까지의 오랜 움직임, 그녀의 기억 속에 들어 있는 모든 것을 느껴야 하는 순간이었다.

"왜 자쿠루투지?" 그녀가 물었다. 그녀의 단조로운 어조 때문에 지금까지의 분위기가 산산이 부서졌다.

"왜인지는…… 나도 몰라. 사람들이 그곳의 사람들을 죽이고 그곳을 금기의 장소로 만들었다는 얘기를 스틸가가 처음 우리에게 해줬을 때는 나도…… 너와 생각이 같았어. 하지만 지금 그곳에서 위험이 오고 있어…… 그리고 설교자도."

그녀는 대답하지 않았다. 그에게 예지의 꿈에 대해 더 알려달라고 요구하지도 않았다. 이런 행동을 보고 레토는 그녀의 두려움을 알아차릴 것이다. 그 길이 저주스러운 존재로 이어져 있다는 것을 두 사람 모두 알고 있었다. 그가 몸을 돌려 바위들을 넘어 시에치 입구로 통하는 길을 앞장서서 걸어가기 시작했을 때 그들이 차마 입 밖에 내지 못한 말, '저주스러운 존재'라는 말이 허공에 걸려 있었다.

우주는 신의 것이다. 우주는 '하나'이다. 모든 분리된 것들을 식별하는 기준이 되어줄 수 있는 전체이다. 잠깐 머물다 가는 생명은, 자기 인식과 이성적인 추론 능력을 갖고 있어서 우리가 지적인 생명체라고 부르는 그 생명조차도, 이 전체의 일부에 대한 덧없는 위임권을 갖고 있을 뿐이다.

—『범교파 해석자 위원회』에서 발췌한 주석

할렉은 큰 소리로 다른 얘기를 하면서 수신호로 진짜 메시지를 전달했다. 그는 성직자들이 보고 장소로 할당해 준 작은 곁방이 마음에 들지 않았다. 이곳에 비밀스러운 염탐을 위한 장치들이 우글우글하리라는 것을 알기 때문이었다. 어디 이 미세한 수신호를 해독할 테면 하라지. 아트레이데스 가문은 수백 년 동안 이 수신호를 통신 방법으로 사용해 왔지만 이것을 해독해 낼 만큼 현명한 사람은 아직 없었다.

바깥은 밤이 되어 있었다. 그러나 방에는 창문이 없었고, 위쪽 구석에 달린 발광구의 불빛만이 방을 밝히고 있었다.

'저희가 잡아들인 놈들 중에 알리아의 부하들이 많았습니다.' 할렉이 수신호로 말했다. 이 말을 하는 동안 그는 큰 소리로 신문이 아직 계속되고 있다는 얘기를 하며 제시카의 표정을 지켜보았다.

'그럼 당신이 예상했던 대로군요.' 제시카가 손가락 신호로 대답했다. 그리고 고개를 끄덕인 다음 숨길 필요가 없는 대답을 했다. "당신이 만족할 만한 결과를 얻은 다음 내게 자세히 보고하세요, 거니."

"알겠습니다, 부인." 그가 말했다. 그리고 그의 손가락이 말을 이었다. '문제가 하나 또 있습니다. 아주 신경에 거슬리는 문제입니다. 자백제를 대량으로 투여받은 상태에서 저희가 잡은 놈들 중 몇 명이 자쿠루투에 대한 얘기를 했습니다. 그런데 그 이름을 얘기하면서 죽어버렸습니다.'

'심장을 멈추는 세뇌인가요?' 제시카가 손가락으로 물었다. 그리고 입으로 소리를 내어 말했다. "잡아들인 사람들 중에 당신이 풀어준 사람도 있나요?"

"몇 명 풀어주었습니다, 부인. 멍청이들 중에서도 더 멍청하게 보이는 자들이었죠." 그리고 그의 손가락이 화살처럼 빠르게 움직였다. '저희는 심장 강박을 의심하고 있지만 확실하지 않습니다. 부검이 아직 끝나지 않았거든요. 하지만 부인에게 이 자쿠루투 얘기를 반드시 알려야 할 것 같아서 즉시 달려온 겁니다.'

'나의 공작님과 나는 자쿠루투가 흥미 있는 전설이며, 아마도 사실에 바탕을 두고 있을 거라고 항상 생각했어요.' 제시카가 손가락으로 말했다. 그녀는 오래전에 죽은 사랑하는 사람의 얘기를 하며 여느 때처럼 슬픔이 차오르는 것을 느꼈지만 그 감정을 무시해 버렸다.

"새로 명령을 내리실 것이 있습니까?" 할렉이 큰 소리로 말했다.

제시카도 똑같이 큰 소리로 그에게 착륙장으로 돌아가서 확실한 정보를 알아낸 다음 자신에게 보고하라고 말했다. 그러나 그녀의 손가락은 다른 얘기를 하고 있었다. '당신의 밀수꾼 친구들과 접촉을 재개하세요.

만약 자쿠루투가 정말로 존재한다면, 자쿠루투 사람들은 스파이스를 팔아 생활하고 있을 겁니다. 그렇다면 그들의 스파이스를 사줄 사람은 밀수꾼밖에 없겠죠.'

할렉은 짧게 고개를 숙여 인사하면서 손가락으로 말했다. '벌써 접촉을 시작했습니다, 부인.' 그리고 그는 평생에 걸친 훈련을 무시할 수 없었기 때문에 이렇게 덧붙였다. '이곳에 있는 동안 아주 조심하셔야 합니다. 알리아는 부인의 적이고, 대부분의 사제들이 그녀에게 속해 있습니다.'

'야비드는 아니에요. 그는 아트레이데스를 증오하죠. 베네 게세리트의 숙련자가 아니라면 그걸 감지하지 못할 거예요. 하지만 난 확신하고 있어요. 그는 음모를 꾸미고 있고, 알리아는 그걸 몰라요.' 제시카가 손가락으로 대답했다.

"부인에게 경비병을 추가로 붙이겠습니다." 할렉이 제시카의 눈을 불꽃처럼 스치고 지나간 불쾌한 기색을 외면하면서 큰 소리로 말했다. "위험이 도사리고 있습니다. 틀림없어요. 이곳에서 밤을 보내실 겁니까?"

"나중에 타브르 시에치로 갈 거예요." 그녀는 이렇게 말하고 나서 그에게 경비병을 더 보내지 말라고 할까 망설였다. 그러나 그냥 입을 다물기로 했다. 거니의 본능은 믿을 만한 것이었다. 직접 이것을 경험한 아트레이데스 사람이 한둘이 아니었다. 그리고 그것이 거니에게는 기쁨이자 슬픔이었다. "회담이 하나 더 남았어요. 이번에는 성직자 수련생 감독이 상대죠. 그게 마지막이에요. 그게 끝나면 아주 기쁜 마음으로 이곳과 인연을 끊을 겁니다." 그녀가 말했다.

ᚱᚢᛥᛐᚱ

그리고 나는 또 다른 짐승이 모래 속에서 올라오는 것을 보았다. 그 짐승은 양처럼 두 개의 뿔을 가지고 있었지만 그 입에는 용의 입처럼 날카로운 이빨과 불이 들어 있었으며, 그것이 뱀처럼 쉿쉿거리자 몸이 희미하게 빛나면서 엄청난 열기로 타올랐다.

—『오렌지 가톨릭 성경』 개정판

그는 스스로를 '설교자'라고 불렀다. 그리고 어쩌면 그가 사막에서 죽지 않고 돌아온 무앗딥인지도 모른다는, 경외심 섞인 두려움이 많은 아라키스 사람들 사이에 생겨났다. 무앗딥이 정말로 살아 있을 가능성은 있었다. 그의 시체를 본 사람이 없지 않은가? 사실 사막이 데려간 사람의 시체를 본 사람은 아무도 없었다. 하지만 무앗딥이라면? 과거의 시절을 살아낸 사람 중 어느 누구도 앞으로 나서서 "그래, 나는 그 사람이 무앗딥임을 알 수 있다. 나는 그를 안다"고 말하지 않았지만, 무앗딥과 다른 사람을 비교하는 것은 얼마든지 가능한 일이었다.

하지만…… 무앗딥처럼 설교자도 장님이었다. 그의 눈이 있던 자리는 검은색이었고, 암석 연소기에 의한 것이라고 볼 수 있는 상처가 있었다. 그리고 그의 목소리는 엄청난 에너지로 사람의 마음을 꿰뚫는 힘을 갖고 있었다. 그것은 사람의 마음속 깊숙한 곳에서부터 응답을 이끌어내는 바로 그 거역할 수 없는 힘이었다. 많은 사람들이 이 점에 주목했다. 이 설교자라는 사람은 야윈 몸매에 주름살이 있는 가죽 같은 얼굴을 갖고 있었고 머리는 백발이었다. 그러나 깊숙한 사막이 그렇게 변화시킨 사람이 한둘이 아니었다. 그건 주위를 둘러보기만 해도 충분히 알 수 있는 일이었다. 논쟁거리가 될 수 있는 사실은 또 있었다. 설교자의 안내인 노릇을 하는 사람은 프레멘 소년이었는데, 어느 시에치 출신인지 알려지지 않은 그 소년은 누가 물으면 자기가 돈을 받고 이 일을 하고 있다고 말했다. 사람들은 무앗딥이 미래를 알기 때문에 맨 마지막에 이르러 슬픔에 압도당하지 않은 이상은 그런 안내인이 필요하지 않았을 거라고 주장했다. 그러나 그도 그런 마지막 순간이 오면 안내인이 필요했을 터였다. 모두들 그렇게 확신했다.

설교자는 어느 겨울날 아침 혈관이 툭툭 튀어나온 갈색 손을 어린 안내인의 어깨에 올린 모습으로 아라킨의 거리에 나타났다. 자신의 이름을 아산 타리크라고 밝힌 소년은 부싯돌 같은 냄새를 풍기는 이른 아침의 흙먼지 속을 헤치며 동굴에서 태어난 자 특유의 민첩한 동작으로 자신이 책임진 사람의 손을 한 번도 놓치지 않은 채 그를 이끌었다.

사람들이 지켜본 바에 의하면 맹인은 사막복 위에 전통적인 부르카를 입고 있었으며, 사막복에는 사막 가장 깊숙한 곳의 시에치에서만 만들어지던 제품의 표식이 붙어 있었다. 그것은 요즘 나오는 보잘것없는 사막복과 달랐다. 호흡 속의 수분을 붙잡아 부르카 아래의 재활용층으로 보내는 코 튜브에는 노끈이 감겨 있었는데, 그것은 이제 거의 볼 수 없는 검은 넝쿨 노끈이었다. 또한 얼굴 아래쪽을 가린 사막복의 마스크에는 바람에 날려 온 모래가 새겨놓은 초록색 얼룩들이 있었다. 전체적으로 봐서 이 설교자는 듄의 과거에서 튀어나온 인물이었다.

그 겨울날 일찍 집을 나선 많은 사람들이 그의 모습에 주목했다. 어쨌든 눈먼 프레멘은 지금도 아주 드물었다. 프레멘의 법은 여전히 눈먼 자를 샤이 훌루드에게 바칠 것을 규정하고 있었다. 물 때문에 모든 것이 말랑말랑해진 지금은 그 법이 예전만큼 지켜지지 않았지만, 법조문의 내용은 아주 옛날과 조금도 다름이 없었다. 맹인은 샤이 훌루드에게 선물로 바쳐져야 했다. 광활한 사막에 맨몸으로 노출되어 있다가 거대한 모래벌레에게 먹혀야 했다. 그런 일은, 도시로 되돌아온 소문에 의하면, 언제나 '사막의 노인'이라고 불리는 가장 큰 모래벌레들이 지금도 지배하고 있는 곳에서 벌어졌다. 따라서 눈먼 프레멘은 호기심의 대상이었으므로 사람들은 걸음을 멈추고 이 기묘한 두 사람이 지나가는 것을 지켜보았다.

소년은 표준력으로 열네 살쯤 된 것 같았으며 개조된 사막복을 입은 신세대였다. 개조된 사막복은 수분을 강탈해 가는 공기 중에 얼굴을 완전히 노출시켰다. 소년의 생김새는 가냘팠으며, 눈은 온통 푸른색으로 스파이스에 물들어 있었다. 그의 코는 자라다 만 옥수수 이삭 같았고, 얼굴은 젊은 사람들이 냉소적인 지식을 감출 때 흔히 사용하는 순진무구한 표정을 짓고 있었다. 이와 대조적으로 맹인은 거의 잊힌 옛 시절을 일깨워주었다. 그는 보폭이 큰 걸음으로 성큼성큼 걸었으며, 철사처럼 강인한 모습은 그가 오랜 세월 동안 자신의 발이나 사로잡은 모래벌레만을 이용해서 사막을 돌아다녔음을 말해 주었다. 그는 맹인들에게서 간혹 볼 수 있듯이 목을 뻣뻣하게 세운 것처럼 고개를 들고 있었다. 두건을 쓴 그의 머리가 움직이는 것은 흥미를 끄는 소리에 귀를 쫑긋 세울 때뿐이었다.

이 기묘한 한 쌍은 날이 밝아옴에 따라 점점 늘어나는 사람들 사이를 헤치고 마침내 절벽 위를 향해 층이 난 광활한 땅처럼 이어진 계단에 이르렀다. 절벽은 바로 폴의 성과 쌍벽을 이루고 있는 알리아의 신전이었다. 설교자는 어린 안내인과 함께 세 번째 층계참까지 계단을 올라갔다. 하즈의 순례자들이 아침을 맞아 저 거대한 문이 자신들의 머리 위에서 열리기를 기다리고 있는 곳이었다. 문은 고대 종교의 성당 하나를 통째로 통과시킬 수 있을 만큼 컸다. 그 문을 지나가는 순례자의 영혼은 티끌처럼 작아진다고 했다. 바늘구멍을 통과해 천국으로 들어갈 수 있을 정도로.

세 번째 층계참의 가장자리에서 설교자가 몸을 돌렸다. 마치 자신의 주위를 둘러보며 텅 빈 눈구멍으로 멋쟁이 도시인들을 바라보고 있는 것 같았다. 개중에는 모양은 사막복처럼 생겼지만 실제로는 장식용에 불과한 옷을 입은 프레멘들도 일부 섞여 있었다. 설교자는 또한 조합의 우주선에서 방금 내려 낙원의 자리를 확실하게 보장해 줄 신앙의 첫 단계를 기다리고 있는 열성적인 순례자들을 보고 있는 것 같기도 했다.

층계참은 시끄러웠다. 초록색 로브를 입은 마디 영혼교 신자들이 날카로운 소리로 '천국을 향한 외침'을 발하도록 훈련된 살아 있는 매를 데리고 있기 때문이었다. 커다랗게 소리를 지르며 음식을 파는 상인들도 있었다. 그뿐만 아니라 다양한 물건을 파는 다른 상인들이 저마다 귀에 거슬리는 소리로 경쟁하듯 소리를 질러댔다. 먼저 시거와이어에 인쇄된 얄팍한 주석집이 딸린 듄 타로 카드가 보였다. 이국적인 천 조각들을 들고 "무앗딥이 직접 손으로 만졌다는 보증서가 있다!"고 외치는 상인도 있었다. 또 다른 상인은 물이 담긴 유리병을 내보이며 "무앗딥이 살았던 타브르 시에치 산(産)임을 증명하는 증명서가 있다"고 말했다. 이 모든 소음 속에 백여 개나 되는 갈락 어의 방언으로 오가는 대화 소리가 섞였다. 신성제국 아래 모여든 변경 언어들의 찍찍거리는 듯한 소리와 거친 후두음도 간간이 들렸다. 의심스러운 장인들의 행성인 틀레이랙스에서 온 얼굴의 춤꾼들과 난쟁이들이 밝은색 옷을 입은 군중들 사이에서 통통 튀어오르며 재주를 넘었다. 야윈 얼굴도 있고, 뚱뚱한 얼굴도 있고, 물이 풍부한 얼굴도 있었다. 플래스틸로 만들어진 모래투성이의 널찍한 계단에서는 속삭이는 듯한 불안한 발소리들이 들려왔다. 그리고 때로 이 모든 불협화음 속에서 통곡하듯 기도하는 소리가 솟아오르곤 했다. "무아-앗딥! 무아-앗딥! 제 영혼의 애원을 받아주십시오! 신의 기름 부음을 받은 분이시여, 제 영혼을 맞아주십시오! 무아-앗딥!"

근처의 순례자들 사이에서는 광대 두 명이 요즘 인기 있는 '아미스테드와 린드그라의 논쟁'에 나오는 대사를 읊으며 동전 몇 푼을 벌기 위해 공연을 하고 있었다.

설교자는 고개를 살짝 기울이며 귀를 기울였다.

광대들은 따분함에 지친 목소리를 지닌 중년의 도시인이었다. 설교자가 한마디 명령을 내리자 어린 안내인이 그를 위해 광대들의 모습을 설명해 주었다. 그들은 헐렁한 로브를 입고 있었으며, 물이 풍부한 몸 위에 사막복을 흉내 낸 옷 같은 건 걸치지도 않았다. 아산 타리크는 이것이 재미있다고 생각했지만 설교자가 그런 그를 꾸짖었다.

린드그라 역할을 하는 광대가 마침 웅변을 끝맺는 중이었다. "흥! 우주를 움켜쥘 수 있는 건 지적인 생명체의 손뿐이다. 너희들의 그 소중한 두뇌를 움직여주는 것이 바로 그 손이지. 그 손은 또한 뇌에서 파생되어 나온 다른 모든 것을 움직인다. 그 손이 작업을 마친 다음에야 너희는 자신이 창조한 것을 볼 수 있고, 비로소 지적인 생명체가 되는 것이다!"

그의 연기에 사람들이 여기저기에서 박수갈채를 보냈다.

설교자는 코를 킁킁거리며 이곳의 풍요로운 냄새들을 인식했다. 제대로 조정하지 않은 사막복에서 나는 뚜껑이 덮이지 않은 에스테르 냄새, 사람들의 다양한 출신지를 감춰주는 사향 냄새, 흔히 맡을 수 있는 흙먼지의 부싯돌 같은 냄새, 사람들의 입에서 나는 헤아릴 수 없이 많은 이국적인 음식 냄새, 알리아의 신전 안에서 벌써 불 붙여져 이제 솜씨 좋게 조종되는 흐름을 따라 계단 위로 솔솔 풍겨오고 있는 희귀한 향 냄새. 설교자가 주위 풍경을 흡수해 가는 동안 그의 얼굴이 그의 생각을 거울처럼 비춰주었다. '결국 이 지경이 되었구나, 우리 프레멘이!'

갑작스러운 변화가 층계참에 몰려 있는 군중들 사이로 물결처럼 번져 나갔다. 모래의 춤꾼들이 계단 발치의 광장에 들어왔기 때문이다. 쉰 명쯤 되는 그들은 엘라카 끈으로 서로 연결되어 있었다. 황홀경을 구하며 며칠 동안이나 그 상태로 춤을 계속한 모양이었다. 그들이 자신들만의 비밀스러운 음악에 맞춰 경련하듯 몸을 움직이며 발을 구르자 그들의 입가에서 거품이 뚝뚝 떨어졌다. 그들 중 3분의 1은 의식이 없는 상태로 끈에 대롱대롱 매달려 다른 사람들의 움직임에 따라 줄에 매달린 인형처럼 앞뒤로 당겨지고 있었다. 그러나 이 인형들 중 한 명이 정신을 차리자 군중은 이제 무슨 일이 일어날지 이미 알고 있는 듯한 반응을 보였다.

"나는 보 -았 -다!" 새로 정신을 차린 그 사막의 춤꾼이 비명처럼 소리쳤다. "나는 보 -았 -다!" 그는 자신의 몸을 당기는 다른 춤꾼들의 힘에 저항하며 광기 어린 시선을 화살처럼 좌우로 쏘아 보냈다. "이 도시가 있는 곳에 오직 모래만이 있을 것이다! 나는 보-았-다!"

구경꾼이 커다랗고 과장된 웃음을 터뜨렸다. 심지어 새로 도착한 순례자들도 여기에 합류했다.

설교자는 도저히 견딜 수가 없었다. 그는 양팔을 치켜들고 과거에 모래벌레 타는 사람들에게 명령을 내렸음이 분명한 목소리로 포효하듯 소리쳤다. "조용!" 전투에 나서는 전사의 외침 같은 이 소리에 광장에 있는 모든 사람이 얼어붙었다.

설교자는 여윈 손으로 춤꾼들을 가리켰다. 그가 정말로 그들을 보고 있는 것 같은 환상이 왠지 섬뜩했다. "저 사람의 말을 듣지 못했는가? 신성을 모독하고 우상을 숭배하는 자들 같으니! 너희들 모두! 무앗딥의 종교는 무앗딥이 아니다. 그는 너희들을 거부하듯이 그 종교도 거부한다! 모래가 이곳을 뒤덮을 것이다. 모래가 너희들을 뒤덮을 것이다."

이 말을 하고 나서 그는 팔을 내린 다음 어린 안내인의 어깨에 한 손을 얹고 명령을 내렸다.

"이곳에서 나가자."

어쩌면 그것은 설교자가 선택한 말, 즉 '그는 너희들을 거부하듯이 그 종교도 거부한다!'는 그 말 때문이었는지 모른다. 아니면 분명히 인간 이상의 힘을 갖고 있는 그의 어조, 미세한 억양의 변화만으로 명령을 내리는 베네 게세리트의 목소리를 훈련받았음이 분명한 그의 발성 때문이었는지도 모른다. 어쩌면 순전히 무앗딥이 살고, 걷고, 통치했던 이곳 특유의 신비로운 분위기 때문이었을 수도 있다. 어쨌든 층계참에 서 있던 누군가가 멀어져가는 설교자의 등을 향해 종교적 경외감 때문에 떨리는 목소리로 이렇게 소리쳤다. "무앗딥이 우리에게 돌아오신 겁니까?"

설교자는 걸음을 멈추고 부르카 밑의 지갑 속에 손을 넣어 가까이 있는 사람들만이 알아볼 수 있는 어떤 물체를 꺼냈다. 그것은 사막에서 미라처럼 변해 버린 인간의 손이었다. 간혹 사막에서 발견되는 그런 물건은 이 행성이 한정된 수명을 지닌 존재들에게 던지는 농담 같은 것이었으며 대개 샤이 훌루드가 보내는 전언으로 간주되었다. 설교자가 들고 있는 손은 주먹을 꼭 쥔 모양으로 건조되어 있었고, 끝에는 모래를 휩쓸고 오는 바람에 할퀸 하얀 뼈가 있었다.

"나는 신의 손을 가져왔다. 내가 가져온 것은 그것뿐이다!" 설교자가 소리쳤다. "나는 신의 손을 대변한다. 나는 설교자이다."

어떤 사람들은 그 손이 무앗딥의 것이라는 뜻으로 그의 말을 받아들였다. 그러나 그의 당당한 존재감과 무시무시한 목소리에 마음을 빼앗긴 사람도 있었다. 이렇게 해서 아라키스는 그의 이름을 알게 되었다. 그러나 그의 목소리가 들린 것은 그것이 마지막이 아니었다.

친애하는 제오라드, 멜란지 경험에는 위대한 자연의 미덕이 존재한다는 얘기를 흔히 들을 수 있네. 아마 그 얘기는 진실이겠지. 하지만 내 안에는 멜란지를 사용할 때마다 항상 미덕을 경험한다는 사실에 대한 깊은 의심이 남아 있네. 생각건대 몇몇 사람들이 신에게 반항해서 멜란지의 사용법을 타락시켜 버린 것 같아. 에큐메논이 말했듯이 영혼을 해친 거지. 그들은 멜란지의 표면만을 스쳐 지나가고서는 그것으로 은총을 얻었다고 믿네. 그들은 자신들의 동료를 조롱하고 경건함을 크게 손상시키고 이 풍요로운 선물의 의미를 악의적으로 왜곡시키네. 그건 정말 인간의 힘으로는 복구할 수 없을 만큼 커다란 훼손이야. 전혀 타락하지 않고 경건함으로 가득 차서 스파이스의 미덕과 진정으로 하나가 되려면 행동과 말이 반드시 일치해야 하네. 어떤 사람의 행동이 사악한 결과를 불러오는 어떤 세계를 대변하고 있다면, 그 사람은 자신의 설명이 아니라 그 결과로 판단받아야 하지. 우리가 무앗딥을 판단할 때에도 반드시 그렇게 해야 하네.

—현학자의 이설(異說)

오존 냄새가 희미하게 나는 작은 방이었다. 하나밖에 없는 송신용 눈의 모니터 스크린에서 나오는 금속성의 파란빛과 빛을 약하게 줄인 발광구 불빛밖에 없었기 때문에 방은 어슴푸레한 어둠에 싸여 있었다. 모니터 스크린의 너비는 1미터쯤 되었고 높이는 그것의 3분의 2 정도밖에 되지 않았다. 스크린에는 바위투성이의 황량한 계곡에서 라자 호랑이 두 마리가 방금 죽인 사냥감의 피투성이 잔해를 뜯어 먹고 있는 광경을 멀리서 자세하게 잡은 화면이 비치고 있었다. 호랑이 위쪽의 산허리에 사다우카의 작업복을 입은 호리호리한 남자의 모습이 보였다. 그의 칼라에는 레벤브레치의 계급장이 달려 있었으며, 가슴에는 서보크로 제어되는 키보드가 매달려 있었다.

베리폼으로 만든 공중 의자 하나가 스크린을 마주 보는 위치에 놓여 있었다. 그 의자에 앉아 있는 것은 나이를 알 수 없는 금발 여인이었다. 그녀의 얼굴은 하트 모양이었고, 가냘픈 손은 그녀가 화면을 지켜보는 동안 의자 팔걸이를 꽉 움켜쥐고 있었다. 가장자리를 황금색으로 장식한 하얀 로브의 풍성함이 그녀의 몸매를 가렸다. 그녀의 오른쪽으로 한 발짝 떨어진 곳에는 과거 제국 사다우카의 바샤르 보좌관들이 입었던 청동색과 황금색 군복을 입은 땅딸막한 남자가 서 있었다. 아무 감정도 드러나지 않은 사각형 얼굴 위의 희끗희끗한 머리칼은 아주 짧게 다듬어져 있었다.

여자가 짧게 기침을 한 뒤 말했다. "당신이 예측한 대로군요, 티예카니크."

"물론입니다, 공주님." 바샤르 보좌관이 갈라진 목소리로 말했다.

여자는 긴장이 드러나는 그의 목소리에 미소 지으며 질문을 던졌다. "어때요, 티예카니크? 내 아들이 황제 파라든 1세라는 말을 좋아할까요?"

"그 호칭은 그분에게 잘 어울립니다, 공주님."

"내가 물어본 건 그게 아니에요."

"어쩌면 그분에게, 음, 그 호칭을 드리기 위해 시행된 일 중에 그분이 좋아하시지 않는 것이 있을지도 모릅니다."

"그렇지만……." 그녀는 고개를 돌려 어둠을 뚫고 남자를 올려다보았다. "당신은 내 아버지를 위해 훌륭하게 일했어요. 아버지가 아트레이데스에게 옥좌를 잃은 건 당신의 잘못이 아니죠. 하지만 그것을 잃은 고통은 당신도 누구 못지않게 예리하게 느끼고 있을……."

"웬시시아 공주님께서 제게 특별한 임무를 내리시려는 겁니까?" 티예카니크가 물었다. 그의 목소리는 여전히 갈라져 있었지만, 지금은 그 목소리에 날카롭게 날이 서 있었다.

"내 말을 중간에서 자르는 건 나쁜 버릇이에요." 그녀가 말했다.

남자는 스크린에서 나오는 빛을 받아 번들거리는 두툼한 이를 내보이며 빙긋 웃었다. "가끔 공주님을 뵈면 공주님의 아버님이 생각납니다. 까다로운…… 음, 일을 맡기기 전에 항상 이렇게 말을 돌리곤 하셨죠."

그녀는 분노를 숨기기 위해 그에게서 홱 시선을 돌리며 질문을 던졌다. "저 라자들이 정말로 내 아들을 옥좌에 올려놓을 수 있다고 생각해요?"

"그건 의심할 나위 없이 가능한 일입니다, 공주님. 저 두 놈에게는 폴 아트레이데스의 사생아 새끼가 맛있는 음식에 지나지 않는다는 걸 공주님도 인정하셔야 합니다. 그리고 그 쌍둥이들이 사라지면……." 그는 어깨를 으쓱했다.

"당연히 샤담 4세의 손자가 후계자가 되는 거죠." 그녀가 말했다. "그러니까 우리가 프레멘과 랜드스라드, 그리고 초암의 반대 세력을 제거할 수 있다면 말이에요. 살아남은 아트레이데스 사람들은 말할 것도 없고……."

"야비드는 자신의 동료들이 알리아를 쉽게 처리할 수 있다고 제게 확실히 말했습니다. 그리고 저는 레이디 제시카를 아트레이데스 사람으로 간주하지 않습니다. 그럼 달리 누가 남겠습니까?"

"랜드스라드와 초암은 이윤이 있는 곳을 따를 거예요. 하지만 프레멘은 어떻죠?"

"우린 놈들을 무앗딥의 종교 속에 익사시켜 버릴 겁니다!"

"말이야 쉽죠, 친애하는 티예카니크."

"그렇군요. 옛날부터 해오던 그 논쟁으로 다시 되돌아간 거로군요."

"코리노 가문은 권력을 얻기 위해 더 심한 짓도 해왔어요."

"하지만 이…… 이 마디의 종교를 포용하다니요!"

"내 아들은 당신을 존경해요."

"공주님, 저는 코리노 가문이 마땅히 되찾아야 할 권력의 자리로 되돌아가는 날을 갈망하고 있습니다. 이곳 살루사에 남아 있는 모든 사다우카도 마찬가지고요. 하지만 만약 공주님이……."

"티예카니크! 여기는 살루사 '세쿤더스' 행성이에요. 우리 제국에 퍼지고 있는 나태한 태도에 빠지지 마세요. 이름과 호칭을 완전하게 부르고 모든 세세한 점에 주의를 기울여야 한단 말입니다. 이런 특징들이 아트레이데스의 생명의 피를 아라키스의 모래 속으로 보내게 될 거예요. 세세한 점을 하나라도 놓치지 마세요, 티예카니크!"

그는 그녀가 왜 이렇게 자신을 공격하는지 알고 있었다. 이것은 그녀가 언니인 이룰란으로부터 배운 의뭉스러운 책략의 일부였다. 그러나 그는 자신의 입장이 약해지고 있음을 느꼈다.

"내 말 듣고 있어요, 티예카니크?"

"듣고 있습니다, 공주님."

"당신도 이 무앗딥의 종교를 포용하세요."

"공주님, 전 공주님을 위해서라면 불 속이라도 걸어 들어갈 겁니다. 하지만 이건······."

"이건 명령이에요, 티예카니크!"

그는 마른침을 꿀꺽 삼키며 스크린을 노려보았다. 라자 호랑이들이 식사를 마치고 모래 위에 누워 기다란 혀로 앞발을 핥으며 몸단장을 하고 있었다.

"명령이에요, 티예카니크. 무슨 말인지 알겠어요?"

"저는 공주님의 명령을 듣고 복종할 뿐입니다, 공주님." 그가 한결같은 어조로 말했다.

그녀는 한숨을 쉬었다. "아, 아버님이 살아 계시기만 했다면······."

"그렇습니다, 공주님."

"날 놀리지 마세요, 티예카니크. 당신이 이 일을 얼마나 싫어하는지 나도 알고 있어요. 하지만 당신이 모범을 보인다면······."

"그래도 그분이 쫓아오지 않을 가능성이 있습니다, 공주님."

"그 애는 모범을 따를 거예요." 그녀가 스크린을 가리키며 말을 이었다. "저기 저 레벤브레치가 어쩌면 문제가 될지 모르겠다는 생각이 드는군요."

"문제라고요? 무슨 말씀이십니까?"

"이 호랑이들에 대해 알고 있는 사람이 몇 명이나 되죠?"

"호랑이 조련사인 저 레벤브레치와······ 수송선 조종사 한 명, 공주님, 그리고 당연히······." 그가 자신의 가슴을 툭툭 쳤다.

"바이어들은 어떤가요?"

"그들은 아무것도 모릅니다. 뭘 두려워하시는 겁니까, 공주님?"

"내 아들은······ 그러니까 예민해요."

"사다우카는 비밀을 누설하지 않습니다."

"그건 죽은 사람도 마찬가지죠." 그녀는 손을 앞으로 뻗어 불이 밝혀진 스크린 밑의 빨간 단추를 눌렀다.

즉시 라자 호랑이들이 고개를 들었다. 그리고 자리에서 일어나더니 산허리에 있는 레벤브레치를 올려다보았다. 호랑이들은 마치 한 몸처럼 움직이면서 방향을 돌려 재빨리 능선을 오르기 시작했다.

레벤브레치는 처음에는 침착한 모습으로 자신의 조종판에 있는 단추를 눌렀다. 그의 동작은 자신 있었지만, 호랑이들이 계속해서 자신을 향해 달려오자 점점 공포에 빠져들어 단추를 더욱 세게 눌러댔다. 뭔가를 깨달은 듯 깜짝 놀란 표정이 그의 얼굴을 스치고, 그의 손이 허리에 차고 있는 작업용 칼을 향해 경련하듯 움직였다. 그러나 칼을 향해 손을 뻗은 것이 너무 늦었다. 갈퀴 같은 발톱이 그의 가슴을 치자 그는 바닥에 쭉 뻗어버렸다. 그가 쓰러지는 순간 두 번째 호랑이가 커다란 송곳니로 그의 목을 물고 흔들었다. 그의 등뼈가 뚝 부러졌다.

"세세한 점에 신경을 써야 해요." 공주가 말했다. 그녀는 몸을 돌리다가 티예카니크가 칼을 빼 드는 것을 보고 뻣뻣하게 굳었다. 그러나 그는 칼자루를 그녀 쪽으로 향한 채 칼을 그녀에게 바쳤다.

"다른 세세한 점을 처리하실 때 제 칼이 필요할지도 모릅니다." 그가 말했다.

"그걸 당장 집어넣고 바보짓은 그만하세요!" 그녀가 벌컥 화를 냈다. "가끔 말이에요, 티예카니크, 당신은 나를 시험……."

"저 녀석은 좋은 부하였습니다, 공주님. 저의 최고의 부하 중 하나였죠."

"'나의' 최고의 부하 중 하나예요." 그녀가 그의 말을 정정했다.

그는 깊게 떨리는 숨을 들이마신 다음 칼을 칼집에 꽂았다. "그럼 제 수송선 조종사는 어떻게 되는 겁니까?"

"이 일은 사고로 처리될 거예요. 당신은 그에게 저 호랑이들을 이곳으로 다시 데려올 때 최대한 조심하라고 이르세요. 그리고 물론 그가 우리 귀여운 동물들을 수송선에 있는 야비드의 부하들에게 전달하고 나면……." 그녀가 그의 칼을 바라보았다.

"그건 명령입니까, 공주님?"

"그래요."

"그럼, 저도 제 칼 위에 몸을 던질까요? 아니면 공주님이 그…… 세세한 점을 직접 처리하시겠습니까?"

그녀는 거짓으로 침착한 태도를 가장하며 낮게 가라앉은 목소리로 말했다. "티예카니크, 당신이 내 명령 한마디에 자신의 칼 위에 스스로 몸을 던질 사람이라는 걸 내가 절대적으로 확신하지 않았다면, 당신은 지금 이렇게 내 옆에 서 있지 못했을 거예요. 그렇게 무장을 한 채 말이에요."

그는 마른침을 삼키며 스크린을 노려보았다. 호랑이들이 또다시 식사를 하고 있었다.

그녀는 그 장면을 일부러 보지 않고, 계속 티예카니크를 뚫어지게 바라보며 말을 이었다. "그리고 우리 바이어들에게도 우리가 설명한 특징에 맞는 아이들을 더 이상 데려오지 말라고 이르세요."

"명령에 따르겠습니다, 공주님."

"나한테 그런 말투로 말하지 말아요, 티예카니크."

"알겠습니다, 공주님."

그녀가 입을 꾹 다물었다가 다시 입을 열었다. "저 쌍둥이 의상을 우리가 몇 벌이나 더 가지고 있죠?"

"사막복과 사막용 신발이 완전히 갖춰진 로브 여섯 벌입니다. 모두 아트레이데스의 휘장이 달려 있습니다."

"저 아이들이 입었던 것처럼 호화로운 천인가요?" 그녀가 고갯짓으로 스크린을 가리키며 말했다.

"황족에게 어울리는 옷입니다, 공주님."

"세세한 점에 신경을 썼단 말이군요. 그 옷을 우리 황실 사촌들을 위한 선물로 아라키스에 보내세요. 내 아들이 보내는 선물이 되는 거예요. 무슨 뜻인지 알겠어요, 티예카니크?"

"물론입니다, 공주님."

"그 아이에게 적당히 편지를 쓰라고 하세요. 그 애가 아트레이데스 가문에 헌신한다는 증거로 보잘것없는 옷을 몇 벌 보낸다, 뭐, 그런 식으로."

"선물을 보내는 계기는요?"

"생일이든 신성한 축일이든 뭔가 있을 거예요, 티예카니크. 그건 당신이 알아서 하세요. 난 당신을 믿어요, 내 친구."

그는 말없이 그녀를 물끄러미 바라보았다.

그녀의 안색이 굳었다. "당신도 분명히 알고 있겠죠? 내 남편이 죽은 후로 내가 달리 누굴 믿을 수 있겠어요?"

그는 그녀가 거미를 너무나 똑같이 흉내 내고 있다고 생각하며 어깨를 으쓱했다. 그녀와 친밀한 관계가 되는 건 좋지 않은 일이었다. 이제 그는 레벤브레치가 그녀와 친밀한 관계였는지도 모른다고 생각하고 있었다.

"그리고 티예카니크, 신경을 써야 할 점이 하나 더 있어요."

"예, 공주님."

"내 아들은 통치자가 되는 훈련을 받고 있어요. 그 아이가 자기 손으로 직접 칼을 잡아야 하는 때가 올 거예요. 때가 되면 당신이 알겠죠. 그때 내게 즉시 알려주면 좋겠어요."

"명령에 따르겠습니다, 공주님."

그녀는 몸을 뒤로 기대고 뭔지 알 만하다는 시선으로 티예카니크를 응시했다. "내가 하는 일을 당신이 마땅찮아한다는 건 나도 알고 있어요. 당신이 저 레벤브레치의 교훈을 기억하는 한 그건 내게 중요하지 않은 일이에요."

"그는 짐승을 아주 잘 다뤘지만 쓰고 버려도 되는 자였습니다. 그렇습니다, 공주님."

"내 말은 그런 뜻이 아니에요!"

"아니라고요? 그럼…… 이해를 못 하겠습니다."

"군대는 언제든 다른 사람으로 대체할 수 있는, 쓰고 버려도 되는 부품들로 이루어져 있어요. 그게 저 레벤브레치의 교훈이에요."

"대체할 수 있는 부품이라니, 거기에 최고 지휘관도 포함되는 겁니까?"

"최고 지휘관이 없으면 군대가 존재할 이유는 거의 없어요, 티예카니크. 당신이 이 마디 종교를 즉시 포용하고, 그와 동시에 내 아들을 개종시키기 위한 노력을 시작해야 하는 건 바로 그 때문이에요."

"즉시 시행하겠습니다, 공주님. 아아, 이 종교를 핑계로 그분의 다른 무술 훈련을 중단하기를 원하시는 건 아니겠죠?"

그녀는 의자에서 몸을 일으켜 성큼성큼 그의 옆을 돌아 문 앞에서 걸음을 멈췄다. 그리고 뒤를 돌아보지 않은 채 말했다. "언젠가 당신이 내 인내심을 지나치게 시험하는 날이 올 것 같군요, 티예카니크." 이 말과 함께 그녀는 방을 나갔다.

우리가 오랫동안 존중해 온 상대성 이론을 버리든지, 아니면 미래를 계속해서 정확하게 예측할 수 있을 거라는 믿음을 버리는 수밖에 없다. 사실 미래를 알게 되면 수많은 의문들이 생겨난다. 먼저 우리가 '관찰자'를 '시간' 밖으로 내던지고, 그다음 모든 움직임을 무로 돌리지 않는 한 전통적인 가정하에서 이 질문들에 대답할 길은 없다. 상대성 이론을 받아들이는 경우, '관찰자'와 '시간'이 반드시 서로에 대해 상대적인 입장에서 가만히 서 있지 않으면 부정확한 예측들이 끼어들 것이라는 사실을 증명할 수 있다. 이는 미래에 대한 정확한 예측이 불가능하다는 뜻으로 보일 것이다. 그렇다면 존경받는 과학자들이 이 예언이라는 목표를 계속 좇는 것을 어떻게 설명할 것인가? 그렇다면 무앗딥을 어떻게 설명할 것인가?

—예지에 대한 강연, 하르크 알 아다

"네게 꼭 해야 할 말이 있다." 제시카가 말했다. "내 말이 네게 우리가 공유하고 있는 과거의 많은 경험들을 일깨울 것이며, 그 때문에 네가 위험에 빠지게 되리라는 것을 알지만 어쩔 수 없구나."

그녀는 말을 멈추고 가니마가 이 말을 어떻게 받아들이는지 지켜보았다.

그들은 단둘이서 타브르 시에치에 있는 한 방의 나지막한 쿠션을 차지하고 앉아 있었다. 이 만남을 위한 공작에는 상당한 솜씨가 필요했다. 게다가 제시카는 그런 공작을 하는 사람이 자기 혼자뿐이라고는 절대 확신할 수 없었다. 가니마가 그녀의 모든 행보를 미리 예측하고 증폭시키는 것처럼 보였다.

해가 뜨고 난 후 거의 두 시간이 지난 지금, 서로를 맞이하는 흥분과 서로를 인정하는 과정은 이미 과거의 일이었다. 제시카는 자신의 맥박을 억지로 차분한 상태로 되돌리며 어두운 벽걸이와 노란색 쿠션이 있는, 바위벽으로 둘러싸인 이 방에 주의를 집중했다. 축적된 긴장에 맞서기 위해 그녀는 몇 년 만에 처음으로 베네 게세리트의 의식에 나오는 '공포에 대항하는 기도문'을 떠올렸다.

'두려워해서는 안 된다. 두려움은 정신을 죽인다. 두려움은 완전한 소멸을 초래하는 작은 죽음이다. 나는 두려움에 맞설 것이며 두려움이 나를 통과해서 지나가도록 허락할 것이다. 두려움이 지나가면 나는 마음의 눈으로 그것이 지나간 길을 살펴보리라. 두려움이 사라진 곳에는 아무것도 없을 것이다. 오직 나만이 남아 있으리라.'

그녀는 말없이 기도문을 외고 마음을 가라앉히기 위해 깊이 숨을 들이마셨다.

"가끔은 그게 도움이 되죠." 가니마가 말했다. "기도문 말이에요."

제시카는 가니마의 말로 인한 충격을 감추려고 눈을 감았다. 누군가가 그녀의 생각을 이처럼 직접적으로 읽어낸 것은 실로 오랜만의 일이었다. 이것이 그녀의 마음을 불편하게 했다. 특히 그것이 어린아이의 가면 뒤에 숨겨진 지성에 의해 이루어졌다는 사실이 더욱 그러했다.

그러나 자신의 두려움과 맞서고 나서 제시카는 눈을 뜨고 자신이 느끼고 있는 혼란의 원천이 무엇인지 깨달았다. '나는 내 손자들에게 무슨 일이 생길까 봐 두려워하고 있어.' 두 아이 모두 알리아가 자랑하듯 내보이는 '저주스러운 존재'의 흔적을 드러내지 않았다. 그러나 레토는 뭔가 무시무시한 것을 숨기고 있는 기색이 역력했다. 오늘의 만남에서 그가 교묘하게 제외된 것은 바로 그 때문이었다.

충동적으로 제시카는 자신의 몸에 철저하게 배어 있는 감정적인 가면을 옆으로 치워버렸다. 그 가면이 여기서 의사소통에 장벽이 될 뿐 거의 소용이 없으리라는 것을 알았기 때문이다. 공작과 함께 사랑을 나눴던 시절 이후 그녀가 그 장벽을 낮춘 적은 한 번도 없었다. 그녀는 이 행동이 안도감과 고통을 동시에 가져다준다는 것을 발견했다. 어떤 저주나 기도문으로도 씻어버릴 수 없는 사실들은 여전히 존재하고 있었다. 도망을 쳐봤자 그 사실들을 뒤로 떨쳐버릴 수 없을 것이다. 무시할 수도 없었다. 폴의 환영을 구성했던 요소들이 재배열되었고 시간은 폴의 아이들을 따라잡았다. 그들은 허공 속의 자석 같은 존재였으며, 사악함과 권력의 온갖 슬픈 오용 사례들이 그들의 주위로 모여들었다.

할머니의 얼굴을 스쳐 가는 감정의 변화를 지켜보면서 가니마는 제시카가 자제력을 놓아버렸다는 사실에 놀라움을 금치 못했다.

두 사람은 놀라울 정도로 똑같이 고개를 움직여서 서로 시선을 마주친 채 상대를 깊이 응시하며 탐색하듯 바라보았다. 소리가 되어 밖으로 나오지 않은 생각들이 두 사람 사이를 오갔다.

'네가 내 두려움을 깨달았으면 좋겠구나.'

'이제 할머니가 저를 사랑하신다는 걸 알겠어요.'

그것은 절대적인 신뢰가 담긴 짧은 한순간의 일이었다.

제시카가 말했다. "네 아버지가 아직 어린아이였을 때, 내가 네 아버지를 시험하려고 대모님을 칼라단으로 데려왔다."

가니마는 고개를 끄덕였다. 그때의 기억이 지극히 생생했다.

"우리 베네 게세리트들은 우리가 기르는 아이들이 짐승이 아니라 인간이라는 걸 벌써 아주 조심스럽게 확인하고 있었지. 겉모습만으로는 항상 모든 걸 알 수 없으니까."

"그게 할머니가 훈련받은 방식이죠." 가니마가 말했다. 기억이 홍수처럼 그녀의 머릿속으로 쏟아져 들어왔다. 늙은 베네 게세리트인 가이우스 헬렌 모히암에 대한 기억이었다. 그녀는 독을 묻힌 곰 자바와 타는 듯한 고통을 주는 상자를 가지고 칼라단 성으로 왔다. 고통을 피하려고 손을 상자에서 빼면 즉시 죽음을 맞게 될 것이라고 그 노파가 차분하게 얘기하는 동안 (공유하고 있는 기억 속에서 가니마 자신의 손이기도 한) 폴의 손은 상자가 주는 고통 때문에 비명을 질렀다. 아이의 목에 언제라도 찌를 수 있는 자세로 갖다 댄 바늘 속에 죽음이 있음은 의심의 여지가 없는 사실이었다. 노파의 늙은 목소리가 곰 자바 시험의 이론적 근거를 느릿느릿 얘기했다.

"짐승들이 덫에서 도망치려고 제 다리를 물어뜯는다는 얘길 들어보았겠지? 그건 동물다운 요령이다. 인간이라면 덫 안에 그대로 남아 고통을 견디면서 죽은 척할 거야. 그러면 덫을 놓은 사람을 죽여 동족에게 위협이 되는 존재를 없앨 수도 있을 테니까."

가니마는 기억 속의 고통에 대항하려고 고개를 흔들었다. 그 타는 듯한 고통이라니! 그 타는 듯한 고통이라니! 그때 폴은 상자 안에서 고통을 느끼고 있는 손의 피부가 까맣게 타서 둥글게 말려 올라가고, 파삭파삭하게 변한 살이 떨어져서 검게 그을린 뼈만 남아 있는 모습을 상상했다. 그런데 그것은 속임수였다. 손은 아무런 상처도 입지 않았다. 그러나 그 기억 때문에 가니마의 이마에 땀방울이 솟아났다.

"물론 너는 나로서는 도저히 경험할 수 없는 방식으로 그 일을 기억하고 있겠지." 제시카가 말했다.

한순간 기억에 휘둘린 가니마는 할머니를 다른 시각에서 바라보았다. 어렸을 때 베네 게세리트 학원에서 받은 훈련 때문에 자신이 꼭 해야 하는 일들에 휘둘린 그녀가 과연 어떤 행동을 할 것인가! 제시카가 아라키스로 돌아온 것에 대한 새로운 의문들이 솟아났다.

"너나 네 오빠에게 그런 시험을 반복하는 건 바보짓이지. 너희들은 그 시험이 어떻게 진행되는지 이미 알고 있으니까. 난 너희가 인간이라고 가정할 수밖에 없다. 너희가 물려받은 그 힘을 잘못 사용하지 않을 거라고 말이다." 제시카가 말했다.

"하지만 할머니는 전혀 그렇게 가정하지 않고 계세요." 가니마가 말했다.

제시카는 깜짝 놀라서 눈을 깜박이며 장벽이 슬그머니 제자리로 돌아오는 것을 깨닫고 다시 장벽을 낮췄다. 그녀가 물었다. "내가 너희를 사랑한다는 걸 믿겠느냐?"

"네." 가니마는 제시카가 뭐라고 말하려는 것을 손을 들어 제지했다. "하지만 그 사랑도 할머니가 저희를 죽이는 걸 막지 못할 거예요. 아, 그 논리적인 근거는 저도 알고 있어요. '짐승 인간이 번식해 나가는 것보다 죽는 게 차라리 낫다'는 거겠죠. 게다가 그 짐승 인간이 아트레이데스의 이름을 갖고 있다면 이 말은 특히 더 진실이 되고요."

"적어도 너는 인간이다. 난 이 문제에 대한 나의 본능을 믿어." 제시카가 불쑥 말했다.

가니마는 이 말에 진실이 들어 있음을 깨닫고 말했다. "레토에 대해서는 확신하지 못하고요."

"그래."

"저주스러운 존재인가요?"

제시카는 고개를 끄덕일 수밖에 없었다.

가니마가 말했다. "아직은 아니에요, 적어도. 하지만 우리 둘 다 그것의 위험을 알고 있어요. 그게 어떤 건지 알리아에게서 볼 수 있으니까요."

제시카는 손을 둥글게 오므려 눈을 가린 채 생각했다. '사랑도 반갑지 않은 사실들로부터 우리를 보호해 주지는 못해.' 그 순간 그녀는 자신이 여전히 딸을 사랑하고 있음을 깨닫고 운명을 향해 소리 없이 울부짖었다. '알리아! 오, 알리아! 너를 파멸시키는 데 내가 개입해야 하다니, 정말 미안하다.'

가니마가 큰 소리로 헛기침을 했다.

제시카는 손을 내리고 생각했다. '불쌍한 내 딸을 위해 슬퍼해도 상관은 없지만, 지금은 꼭 해야 하는 다른 일들이 있어.' 그리고 그녀는 입을 열었다. "그래, 넌 알리아에게 무슨 일이 일어났는지 깨달은 모양이구나."

"레토와 저는 그 일이 일어나는 걸 지켜봤어요. 저희는 여러 가지 가능성에 대해 이야기를 나눴지만, 그 일을 막을 힘은 없었어요."

"네 오빠가 그 저주로부터 자유롭다는 게 확실하니?"

"확실해요."

이 말 속에 들어 있는 그 조용한 확신을 부정할 수는 없었다. 제시카는 자기도 모르게 그 확신을 받아들였다. "너희는 어떻게 그 저주에서 탈출한 거지?"

가니마는 자신과 레토가 함께 동의한 이론을 설명했다. 즉 알리아가 스파이스의 무아지경에 자주 빠진 반면 자신들은 피한 것이 이런 차이를 만들어냈다는 것이다. 그녀는 계속해서 레토의 꿈과 자기들이 의논한 계획에 대해서도 밝혔다. 심지어 자쿠루투 이야기도 했다.

제시카는 고개를 끄덕였다. "하지만 알리아는 아트레이데스 가문의 사람이다. 그것이 큰 문제야."

가니마는 잠시 침묵에 빠졌다가 곧 제시카가 지금도 공작의 죽음을 마치 어제 일처럼 슬퍼하고 있으며, 그의 이름과 기억을 지키기 위해 어떤 위협에도 맞설 것임을 불현듯 깨달았다. 공작의 생애에서 빠져나온 개인적인 기억들이 가니마의 의식 속을 빠르게 통과하며 이 결론을 더욱 강화시키고, 제시카를 이해하는 마음과 함께 이 결론을 부드럽게 누그러뜨렸다.

"자, 이 설교자라는 사람은 어떻게 된 거냐?" 제시카가 활기 있는 목소리로 말했다. "어제 그 지긋지긋한 정화의 의식 후에 걱정스러운 보고들을 들었다."

가니마는 어깨를 으쓱했다. "어쩌면 그 사람은⋯⋯."

"폴일 수도 있다고?"

"예. 하지만 저희는 아직 그를 직접 보고 조사해 보지 못했어요."

"야비드는 그런 소문을 비웃더구나." 제시카가 말했다.

가니마가 잠시 머뭇거리다가 입을 열었다. "그 야비드란 사람을 믿으세요?"

냉혹한 미소가 제시카의 입가를 스쳤다. "네가 그를 믿는 만큼만 믿을 뿐이다."

"레토는 야비드가 비웃지 말아야 할 것들을 비웃고 있다고 해요." 가니마가 말했다.

"야비드가 뭘 비웃는가에 대한 얘기는 그만하자. 하지만 너희는 내 아들이 아직 살아서 그렇게 변장을 하고 돌아왔다는 생각을 실제로 하고 있는 거냐?"

"저희는 그럴 수도 있다고 생각해요. 그리고 레토는⋯⋯." 가니마는 갑자기 입안이 바짝 마르는 것을 느끼며 가슴을 움켜쥐는 공포를 기억해 냈다. 그녀는 억지로 그 두려움을 극복하고 예지의 꿈들에 대한 레토의 다른 이야기를 자세히 들려주었다.

제시카는 마치 상처를 입은 것처럼 고개를 좌우로 흔들었다.

가니마가 말했다. "레토는 이 설교자라는 사람을 반드시 찾아서 확인해 봐야 한다고 했어요."

"그래⋯⋯ 당연히 그래야지. 내가 여길 떠나지 말았어야 하는 건데. 내가 아주 비겁한 짓을 했다."

"왜 자신을 탓하세요? 할머니는 그때 한계에 도달해 있었어요. 전 그걸 알아요. 레토도 알고요. 심지어 알리아도 아마 알고 있을 거예요."

제시카는 한 손으로 잠깐 자신의 목을 문질렀다. "그래, 알리아의 문제가 있지."

"알리아는 레토를 이상하게 끌어당기고 있어요. 할머니가 저와 단둘이 만날 수 있게 제가 도운 건 바로 그 때문이에요. 알리아에게 더 이상 희망이 없다는 생각은 저랑 같지만 레토는 알리아와 함께 머물면서⋯⋯ 알리아를 연구할 방법을 찾고 있어요. 그런데⋯⋯ 그게 아주 불안해요. 제가 그러지 말라고 얘기하면 레토는 잠이 들어버려요. 레토는⋯⋯."

"알리아가 그 애에게 약을 먹이고 있는 거냐?"

"천만에요." 가니마가 고개를 저었다. "하지만 레토는 알리아와 기묘하게 공감하고 있어요. 그리고⋯⋯ 자면서 자주 '자쿠루투'라고 중얼거려요."

"또 그 말이군!" 제시카는 착륙장에서 발각된 음모자들에 대한 거니의 보고 내용을 자기도 모르게 자세히 들려주었다.

"혹시 레토가 자쿠루투를 찾아내기를 알리아가 바라고 있는 게 아닌지 가끔 두려워요. 저는 언제나 자쿠루투가 전설일 뿐이라고 생각했어요. 물론, 할머니도 알고 계시죠?" 가니마가 말했다.

제시카는 몸을 부르르 떨었다. "끔찍한 이야기지. 끔찍해."

"저희가 뭘 해야 하죠? 저는 저의 모든 기억을 탐색하는 게 두려워요. 저의 모든 삶들을……."

"가니! 그런 짓을 하면 안 된다. 그런 위험을 무릅써서는……."

"제가 일부러 위험을 무릅쓰지 않아도 그런 일이 일어날지 몰라요. 알리아에게 정말로 무슨 일이 있었던 건지 저희가 어떻게 알겠어요?"

"안 돼! 어쩌면 그렇게…… 그렇게 홀리지 않을 수도 있을 거야." 그녀가 '홀린다'는 말을 힘겹게 내뱉었다. "그래…… 자쿠루투라고 했지? 난 그 장소를 찾으라고 거니를 보냈다. 그곳이 정말로 존재한다면 말이야."

"하지만 거니가 어떻게…… 아! 그렇지. 밀수꾼들이군요."

제시카는 가니마의 정신이 내면에 있는 다른 사람들의 의식과 함께 움직이고 있음을 또다시 보여주는 이 발언에 말을 잃었다. '거기에 나의 의식도 있어!' 이 아이의 몸속에 폴의 모든 기억이, 적어도 폴의 정자가 그의 과거로부터 떨어져 나온 그 순간까지의 모든 기억이 들어 있을지도 모른다는 사실을 생각하니 정말로 이상한 기분이었다. 그것은 프라이버시에 대한 침범이었으며, 제시카의 내부에 있는 원초적인 무엇인가가 그것에 반발했다. 순간적으로 그녀는 자신이 절대적이고 확고한 베네 게세리트의 판결 속으로 빠져 들어가는 것을 느꼈다. '저주스러운 존재야!' 그러나 이 아이에게는 오빠를 위해 기꺼이 자신을 희생하려는 다정함이 있었다. 그것을 부인할 수는 없었다.

'우리는 어두운 미래 속으로 손을 뻗는 하나의 생명체야. 우리는 한 핏줄이야.' 제시카는 생각했다. 그리고 그녀는 자신과 거니 할렉이 촉발시킨 사건들을 받아들일 태세를 갖췄다. 레토는 반드시 누이와 떨어져서 교단이 주장하는 대로 훈련받아야 했다.

TRUST

나는 사막을 가로질러 불어오는 바람 소리를 듣고, 허공 속에서 거대한 배처럼 떠오르는 겨울 밤의 달들을 본다. 그들을 향해 나는 맹세한다. 나는 단호한 결심으로 훌륭한 정부를 만들 것이다. 나는 물려받은 과거의 균형을 유지해서 유물과도 같은 나의 기억들의 완벽한 저장소가 될 것이다. 그리고 나는 지식이 많은 사람보다 친절한 사람으로 더 많이 알려질 것이다. 인간이 존재하는 한, 내 얼굴이 시간의 복도를 따라 빛날 것이다.

—하르크 알 아다 풍으로 집필된 『레토의 맹세』

아주 어렸을 때, 알리아 아트레이데스는 몇 시간 동안이나 프라나 빈두 무아지경 속에서 연습을 하며 자신의 내면에 있는 '다른 모든 사람들'의 맹습에 맞서 자기만의 인격을 강화하려고 노력했다. 그녀는 문제가 무엇인지 알고 있었다. 시에치의 동굴에서는 멜란지로부터 도망칠 수 없다는 것. 멜란지는 어디에나 들어 있었다. 음식, 물, 공기, 심지어 그녀가 밤에 얼굴을 묻고 우는 천에까지도. 그녀는 모래벌레가 죽어가면서 뱉은 물을 부족 사람들이 마시는 시에치 잔치의 쓰임새를 일찌감치 깨달았다. 잔치에서 프레멘들은 자신들의 유전적 기억이 주는 축적된 압박감을 해방시키고 그 기억들을 부정했다. 그녀는 잔치에서 자신의 동료들이 일시적으로 홀린 듯한 상태가 되는 것을 보았다.

그녀에게는 그런 해방과 부정의 기회가 없었다. 그녀는 태어나기 훨씬 전부터 완전한 의식을 갖고 있었다. 그 의식과 함께 자신이 처한 환경에 대한 재앙 같은 깨달음이 찾아왔다. 그녀는 자궁 속에 갇힌 채, 전의 대모가 죽으면서 스파이스의 타우 속에서 레이디 제시카에게 전달한 다른 사람들의 인격 및 모든 조상들의 인격과의 강렬한 접촉으로부터 도망치지 못하고 있었다. 태어나기 전에 알리아는 베네 게세리트의 대모에게 필요한 모든 지식을 갖고 있었으며, 거기에 덧붙여서 '다른 모든 사람들'의 훨씬 더 많은 지식까지 갖고 있었다.

그 지식 속에 끔찍한 현실에 대한 깨달음이 포함되어 있었다. 자신이 저주스러운 존재라는 깨달음이었다. 그 절대적인 지식이 그녀를 약하게 만들었다. 미리 태어난 자는 도망치지 못했다. 그래도 그녀는 조상들 중 더 무서운 사람들에게 맞서 싸웠으며, 한동안은 로마군을 격파했던 피루스 왕과 같은 승리를 거뒀다. 그 승리는 그녀의 어린 시절 내내 지속되었다. 그녀는 개인적인 인격이 무엇인지 알고 있었지만, 그 인격은 그녀를 통해 반사된 삶을 살고 있는 사람들의 무심한 침입으로부터 자유롭지 못했다.

'언젠가는 나도 그렇게 되겠지.' 그녀는 생각했다. 몸이 오싹해지는 생각이었다. 자신의 몸에서 나온 아이의 삶 속을 모르는 척 걸으면서 그 아이의 의식을 침범하고 붙잡아서 많은 경험들을 덧붙여주다니.

두려움이 그녀의 어린 시절을 줄곧 따라다녔다. 그것은 사춘기까지도 끈질기게 계속되었다. 그녀는 거기에 맞서 싸우면서 한 번도 남에게 도움을 요청하지 않았다. 그녀에게 어떤 도움이 필요한지 누가 이해할 수 있겠는가? 미리 태어난 자가 저주스러운 존재라는 베네 게세리트의 판결을 망령처럼 떨쳐버리지 못하는 그녀의 어머니는 분명히 이해하지 못할 터였다.

그러다가 그녀의 오빠가 죽음을 찾아 홀로 사막으로 걸어 들어가서 눈먼 프레멘이 마땅히 그래야 하듯이 샤이 훌루드에게 스스로를 바친 그날 밤이 왔다. 한 달도 채 되지 않아 알리아는 폴의 검술 대가였던 던컨 아이다호와 결혼했다. 그는 틀레이랙스 인들의 기술에 의해 죽음으로부터 돌아온 멘타트였다. 그녀의 어머니는 칼라단으로 도망치듯 돌아갔다. 폴이 남긴 쌍둥이는 법적으로 알리아의 책임이었다.

그리고 그녀는 섭정의 자리에 앉았다.

책임감으로 인한 압박이 과거의 두려움들을 몰아냈고, 그녀는 내면의 삶들을 향해 마음을 활짝 연 채 그들에게 조언을 요구했다. 그리고 자신을 이끌어줄 환영들을 찾아 스파이스의 무아지경 속으로 뛰어들었다.

위기가 찾아온 것은 봄의 달(月)인 라브의 여느 날과 다름없는 어느 맑은 아침, 극지에서 내려온 차가운 바람이 불고 있던 무앗딥의 성에서였다. 알리아는 여전히 애도를 뜻하는 노란색 옷을 입고 있었다. 노란색은 불모의 태양을 상징하는 색이었다. 그 전의 몇 주 동안 그녀는 자신의 내면에서 들려오는 어머니의 목소리를 점점 더 많이 부정하고 있었다. 어머니의 목소리는 신전을 중심으로 치러질 '신성한 날들'을 위한 준비를 조롱했다.

그녀의 내면에 있는 제시카의 의식이 점점 희미해져서…… 마침내 알리아에게 아트레이데스의 법을 다듬는 데 전념하는 것이 더 나을 것이라는 얼굴 없는 요구를 남긴 채 밑으로 가라앉아 사라져버렸다. 새로운 생명들이 자신들의 의식에도 주의를 기울여달라며 아우성치기 시작했다. 알리아는 마치 바닥을 알 수 없는 구덩이를 열어젖힌 듯한 기분이었다. 수많은 사람들의 얼굴이 메뚜기 떼처럼 그 구덩이에서 올라오자 마침내 그녀는 짐승을 닮은 한 사람에게 의식을 집중했다. 하코넨 노남작이었다. 공포와 분노에 질린 그녀는 내면의 아우성을 향해 비명을 질러 잠깐이나마 그들을 침묵시킬 수 있었다.

그날 아침 알리아는 성의 지붕에 있는 정원에서 식전의 산책을 했다. 내면의 싸움에서 이기려는 새로운 시도로 그녀는 젠수니에 대한 초다의 훈계 속에 자신의 의식 전체를 붙들어두려고 시도했다.

"사다리를 떠나면 위로 떨어질지도 모른다!"

그러나 방어벽 절벽들을 따라 빛나는 아침 해가 계속해서 그녀의 마음을 산란하게 만들었다. 탄력성이 좋은 솜털 잔디가 정원의 오솔길에 가득했다. 방어벽에서 시선을 돌렸을 때 그녀는 잔디 위에서 이슬을 보았다. 밤에 이곳을 지나간 모든 수분이 모인 것. 그녀가 오솔길을 지나가는 모습이 그 이슬방울들에 수많은 사람의 모습처럼 비춰졌다.

그 많은 자신의 모습에 그녀는 현기증이 났다. 이슬에 비친 각각의 얼굴에는 그녀의 내부에 있는 수많은 사람의 모습이 새겨져 있었다.

그녀는 잔디에 내포된 의미에 마음을 집중시키려고 애썼다. 이 수많은 이슬방울은 아라키스의 생태학적 변화가 얼마나 진행되었는지를 말해 주었다. 이곳 북부 지방의 기후가 점점 따뜻해지고, 대기 중의 이산화탄소도 증가하고 있었다. 그녀는 내년에 또 얼마나 넓은 땅이 초록색 식물 아래 들어가게 될지 자신에게 일깨웠다. 그런데 1헥타르의 땅에 물을 대는 데만도 1000입방미터가 넘는 물이 필요했다.

현실적인 생각을 하려고 온갖 노력을 기울였음에도 그녀는 자신의 내부에 있는 다른 모든 사람들이 상어처럼 자신의 주위를 빙글빙글 도는 느낌을 떨쳐버릴 수 없었다.

그녀는 양손으로 이마를 눌렀다.

전날 해 질 무렵에 신전 경비병들이 판결을 내려달라며 죄수 하나를 데려왔었다. 에사스 페이몬이라는 이름의 그 죄수는 소가문 중의 하나이며 장식용으로 쓰이는 신전의 예술품과 자그마한 물건들을 거래하는 네비로스 가문에 고용된 작고 가무잡잡한 남자였다. 그러나 그것은 허울이었을 뿐, 사실 페이몬은 연간 스파이스 수확량을 알아내는 임무를 맡은 초암의 첩자로 알려져 있었다. 알리아가 그를 지하 감옥으로 보내라는 말을 막 하려던 참에 그가 커다란 소리로 '아트레이데스의 부당함'을 들먹이며 항변하기 시작했다. 그것만으로도 그를 즉시 삼각 교수대에 매달아 사형시키라는 선고를 내릴 수 있었지만 알리아는 그의 대담함에 마음을 빼앗겼다. 그녀는 그 남자에게 겁을 줘서 그가 신문관들에게 이미 밝힌 것 외에 더 많은 정보를 토설하게 만들기 위해 '심판의 옥좌'에서 엄한 목소리로 이렇게 말했다.

"초암이 우리의 스파이스 수확량에 그토록 관심을 갖는 이유가 무엇이냐? 말을 하면 너를 살려줄 수도 있다."

"저는 시장에서 팔 수 있는 것들을 수집할 뿐입니다. 제가 수집한 것이 어떻게 되는지에 대해서는 아무것도 모릅니다." 페이몬이 말했다.

"그 몇 푼 안 되는 이윤을 위해 제국의 계획에 간섭한다고?"

"제국은 우리에게도 계획이 있을 수 있다는 생각을 결코 하지 않습니다." 그가 반박했다.

알리아는 그의 목숨을 건 대담함에 사로잡혀서 이렇게 말했다. "에사스 페이몬, 나를 위해 일하겠느냐?"

이 말에 그의 거무스름한 얼굴에 새하얀 미소가 피어났다. "섭정께서는 아무런 양심의 가책도 없이 저를 죽여버리려 하셨습니다. 제게서 무슨 새로운 가치를 발견하셨기에 갑자기 저를 사겠다고 하십니까?"

"너에게는 단순하고 현실적인 가치가 있다. 넌 대담하고 가장 높은 값을 부르는 사람에게 자신을 팔지. 나는 제국의 그 어느 누구보다 더 높은 값을 부를 수 있다."

이 말에 그는 자신이 알리아를 위해 일하는 대가로 놀라운 금액을 불렀다. 그러나 알리아는 웃음을 터뜨리며 그에게 더 적당하다고 생각되는 숫자를 제시했다. 틀림없이 그가 지금까지 한 번도 받아본 적이 없을 만한 금액이었다. 그리고 그녀는 이렇게 덧붙였다. "물론 그 돈 외에 네 목숨도 선물로 주겠다. 넌 틀림없이 네 목숨에 훨씬 더 엄청난 값을 매겨 놓고 있을 테지?"

"받아들이겠습니다!" 페이몬이 소리쳤다. 그리고 알리아의 신호를 받은 인사 감독 사제 지아렌코 야비드에 의해 밖으로 끌려나갔다.

그로부터 한 시간도 채 되지 않아 알리아가 심판의 홀에서 나갈 준비를 하고 있을 때 야비드가 서둘러 들어와서 페이몬이 『오렌지 가톨릭 성경』에 나오는 치명적인 구절을 중얼거리는 걸 들었다고 보고했다. "말레 피코스 논 파티에리에스 비베레."

"'살기 위해 마녀를 묵인하지 말라.'" 알리아가 그 말을 번역했다. 은혜를 이렇게 갚다니! 그는 바로 그녀의 목숨을 노리고 음모를 꾸몄던 사람들과 한패였다! 한 번도 경험해 본 적이 없는 커다란 분노에 이성을 잃은 그녀는 페이몬을 즉시 처형해서 그의 시체를 신전의 죽음의 증류기로 보내라고 명령했다. 그러면 적어도 그의 몸속의 물이라도 사제들의 금고 속에서 어느 정도 가치를 갖게 될 터였다.

그런데 그날 밤 내내 페이몬의 거무스름한 얼굴이 그녀의 뇌리를 떠나지 않았다.

그녀는 『크레오스의 프레멘 책』에 나오는 부 지 구절, 즉 '아무 일도 일어나지 않는다! 아무 일도 일어나지 않는다!'를 외우며 끈질기게 따라붙어서 자신을 비난하는 그 얼굴을 물리치기 위해 자신이 아는 모든 방법을 동원했다. 그러나 페이몬은 그녀를 피곤한 밤을 거쳐 현기증이 이는 새로운 날로 이끌었고, 이제 그녀는 그의 얼굴이 이슬에 비친 보석 같은 모습들 속에 섞여버렸음을 알 수 있었다.

여자 경호원 한 명이 미모사로 만들어진 나지막한 울타리 뒤의 옥상 문에서 아침 식사 준비가 되었다며 그녀를 불렀다. 알리아는 한숨을 쉬었다. 그녀 내면의 아우성이라는 지옥과 시종들의 아우성이라는 지옥 사이에서 선택의 여지가 별로 없는 것 같았다. 모두 무의미한 목소리였지만, 그들의 요구는 끈질겼다. 모래시계 같은 그 목소리들을 칼날로 쳐서 침묵시키고 싶었다.

경호원을 무시한 채 알리아는 지붕 정원 너머의 방어벽을 물끄러미 바라보았다. 바하다(bahada, 산지가 축소될 때 말단 부분의 모래와 자갈이 퇴적되어 만들어진 지형 ─ 옮긴이) 때문에 방어벽의 보호를 받는 그녀의 영토 바닥에 부채꼴 모양의 널찍한 퇴적 지대가 만들어져 있었다. 아침 햇살에 윤곽이 드러난 그 모래의 삼각주가 그녀의 시선 앞에 넓게 뻗어 있었다. 훈련받지 않은 사람의 눈에는 저 널찍한 부채꼴이 한때 강이 흘렀던 증거로 보이겠다는 생각이 들었다. 그러나 그 삼각주는 그녀의 오빠가 아트레이데스 가문의 핵무기로 방어벽을 박살 내어 사막에서 이곳으로 통하는 길을 만든 곳에 지나지 않았다. 그의 프레멘 병사들은 모래벌레를 타고 그 길을 지나 전대 황제인 샤담 4세를 누르고 충격적인 승리를 이끌어냈다. 지금은 모래벌레의 침입을 막기 위해 방어벽의 반대쪽 측면에 물이 담긴 널찍한 카나트가 흐르고 있었다. 모래벌레들은 공기 중에 노출되어 땅 위를 흐르는 물을 건너려 하지 않았다. 물이 그들에게는 독이기 때문이었다.

'내 머릿속에도 그런 장벽이 있다면 얼마나 좋을까.' 그녀는 생각했다.

이 생각 때문에 현실과 유리되어 있다는 어질어질한 감각이 더욱 강해졌다.

'모래벌레! 모래벌레!'

그녀의 기억이 수많은 모래벌레들의 모습을 보여주었다. 거대한 샤이 훌루드. 프레멘의 신이며 사막 깊은 곳의 무서운 짐승. 그 짐승이 쏟아내는 것 중에는 값을 매길 수 없는 스파이스도 포함되어 있었다. 납작하고 가죽 같은 생김새의 모래송어가 자라 이런 모래벌레가 되는 것이 정말 기묘하기 그지없다는 생각이 들었다. 그녀의 의식 속에 들어 있는 커다란 무리와도 비슷했다. 이 행성의 암반에 이 모래송어들이 나란히 늘어서면, 그것이 그대로 살아 있는 저수지가 되었다. 그들은 자기들 중에서 모래벌레가 될 수 있는 놈들이 목숨을 부지할 수 있게 물을 붙들어두었다. 알리아는 그 상황이 자신과 비슷하다는 것을 느낄 수 있었다. 그녀의 머릿속에 있는 다른 사람들 중 일부가 그녀를 파괴해 버릴 수도 있는 위험한 힘들을 억제하고 있는 것이다.

경호원이 다시 그녀를 불렀다. 안달하는 기색이 역력한 목소리였다.

화가 난 알리아는 경호원을 향해 돌아서서 물러가라는 뜻으로 손을 흔들었다.

경호원은 그녀의 명령에 복종했지만, 옥상 문이 쾅 하고 닫히는 소리가 들렸다.

그 소리를 들으며 알리아는 자신이 부정하려 했던 모든 것에 잡혀버렸음을 느꼈다. 다른 생명들이 그녀의 내면에서 무시무시한 파도처럼 차올랐다. 그녀에 대한 요구를 그치지 않는 각각의 생명들은 그녀의 시야의 중심에 얼굴을 세게 밀어붙였다. 얼굴들로 이루어진 구름이었다. 옴이 오른 얼굴도 있고, 냉담한 표정에 거무스름한 그림자로 가득 찬 얼굴도 있었다. 그들의 입은 축축한 마름모꼴이었다. 이 수많은 사람들이 주는 압박감이 그녀를 물결처럼 훑고 지나가며 그녀에게 공중으로 자유롭게 떠올라서 자기들 사이로 뛰어들라고 요구했다.

"싫어." 그녀가 속삭였다. "싫어……. 싫어……. 싫어……."

옆에 있던 벤치가 꺼지듯이 무너져 내린 그녀의 몸을 받아주지 않았다면 그녀는 오솔길 위에 쓰러졌을 것이다. 그녀는 앉으려고 했지만 그럴 수가 없어서 차가운 플래스틸 위에 널브러진 채 계속 싫다는 말을 중얼거렸다.

그녀의 내면에서 파도가 계속 솟아올랐다.

그녀는 아주 자그마한 관심의 표현에조차 자신이 동조하고 있음을 느끼고 그것이 위험하다는 것을 인식했지만, 자신의 내면에서 아우성치는 그 조심스러운 입들로부터 나오는 모든 외침에 신경을 곤두세웠다. 그녀의 관심을 요구하는 그들의 목소리가 불협화음을 만들어냈다.

"나야! 날 봐줘!"

"아냐, 나야!"

그녀는 일단 한번 그들에게 완전한 관심을 기울이기만 해도 자신을 완전히 잃어버리게 되리라는 것을 알고 있었다. 그녀와 존재를 공유하고 있는 자기중심적인 생명들은 그녀가 그 수많은 사람들 중 하나의 얼굴을 보며 그 목소리를 따라가는 것을 저지할 것이다.

"예지력이 너를 이 꼴로 만든 거야." 누군가의 목소리가 속삭였다.

그녀는 손으로 귀를 막고 생각했다. '내겐 예지력이 없어! 무아지경은 내게 효과가 없다고!'

그러나 그 목소리는 끈질겼다. "어쩌면 효과가 있을지도 몰라. 네가 적절한 도움을 받는다면 말이야."

"싫어…… 싫어." 그녀가 속삭이듯 말했다.

다른 목소리들이 그녀의 정신을 누볐다. "너의 조상인 나 아가멤논은 너와 접견을 요구한다!"

"싫어…… 싫어." 그녀는 귀를 막은 손에 아플 정도로 세게 힘을 주었다.

그녀의 머릿속에서 광기 어린 목소리가 꽥꽥거리는 소리로 물었다. "오비디우스가 어떻게 됐지? 간단해. 그는 존 바틀렛(John Bartlett, 19세기에 인용구 사전을 편찬한 미국의 출판 편집자—옮긴이)의 사전 속으로 들어갔어!"

곤경에 몰린 그녀에게 이 이름들은 아무 의미도 없었다. 그녀는 이 이름들에 맞서서, 다른 모든 목소리들에 맞서서 비명을 지르고 싶었지만 목소리가 나오지 않았다.

상관들의 명령 때문에 옥상으로 돌아온 그녀의 경호원이 미모사 울타리 뒤의 문간에서 다시 옥상을 내다보다가 벤치 위에 있는 알리아를 보고 동료에게 말했다. "아아, 쉬고 계시는구나. 섭정께서 어젯밤에 제대로 주무시지 못한 건 너도 눈치챘지? 섭정께서는 아침의 낮잠인 자하를 즐기시는 게 좋겠어."

알리아는 경호원의 목소리를 듣지 못했다. 그녀의 의식은 비명 같은 노랫소리에 사로잡혀 있었다. "우리는 즐거운 늙은 새라네, 만세!" 목소리들이 그녀의 두개골 내벽에 부딪혀 메아리처럼 울렸다. '내가 미쳐가고 있군. 제정신을 잃고 있어.'

그녀의 발이 벤치에서 달아나려는 듯 힘없이 움직였다. 자신의 몸에게 뛰라는 명령을 내릴 수만 있다면 도망칠 수 있을 것 같은 느낌이 들었다. 내면의 파도가 그녀를 침묵 속으로 휩쓸고 들어가 영원히 그녀의 영혼을 오염시키지 못하게 하려면 반드시 도망쳐야 했다. 그러나 그녀의 몸이 말을 듣지 않았다. 제국의 지배를 받는 이 우주에서 가장 힘센 세력조차 그녀의 자그마한 변덕에 복종하는데 그녀의 몸은 그러지 않았다.

그녀의 내면에서 누군가의 목소리가 키득거리다가 말했다. "어떤 관점에서 보면, 아이야, 창조라는 사건 하나하나가 재앙을 상징하지." 그것은 그녀의 눈에 부딪혀 묵직하게 울리는 저음의 목소리였다. 그 목소리가 점잔을 빼는 자신의 말을 조롱하듯 다시 키득거렸다. "나의 사랑하는 아이야, 내가 너를 도와주마. 하지만 너도 그 대가로 반드시 나를 도와줘야 한다."

그 저음의 목소리 뒤에서 점점 부풀어 오르는 아우성에 맞서 알리아는 덜덜 떨리는 이 사이로 말했다. "누구…… 누구……."

그녀의 의식 위에 얼굴 하나가 저절로 나타났다. 눈이 열망으로 번쩍이지만 않는다면 아기의 얼굴이라고 해도 될 만큼 통통한 얼굴이 웃고 있었다. 그녀는 뒤로 물러나 도망치려고 했지만, 거리가 멀어지는 바람에 오히려 그 얼굴에 붙은 몸까지 한눈에 들어오게 되었을 뿐이다. 징그러울 정도로 엄청나게 뚱뚱한 그 몸은 로브에 감싸여 있었고, 로브 밑이 아주 조금 부풀어 있는 것으로 보아 그 뚱뚱한 몸을 지탱하기 위해 휴대용 반중력 장치가 필요하다는 것을 알 수 있었다.

"봐라. 네 외할아버지다. 너도 나를 알고 있겠지. 나는 블라디미르 하코넨 남작이었다." 저음의 목소리가 묵직하게 울렸다.

"당신은…… 당신은 죽었어!" 그녀는 숨을 몰아쉬었다.

"그거야 당연하지, 얘야! 네 안에 있는 우리는 대부분 죽은 사람들이니. 하지만 다른 사람들 중에는 널 정말로 기꺼이 도우려는 사람이 하나도 없다. 그 녀석들은 널 이해하지 못해."

"사라져." 그녀가 애원했다. "제발 사라져줘."

"하지만 네겐 도움이 필요하지 않으냐, 손녀야." 남작의 목소리가 주장했다.

'남작이 저런 놀라운 모습이라니.' 그녀는 자신의 감은 눈꺼풀에 비친 남작의 모습을 지켜보며 생각했다.

"난 기꺼이 널 도울 용의가 있다. 이 안에 있는 다른 녀석들은 너의 의식 전부를 장악하려고 싸울 생각뿐이지. 녀석들은 너를 몰아내려고 할 거다. 하지만 나는…… 난 그저 작은 구석 자리 하나면 된다." 남작이 감언이설을 늘어놓았다.

그녀의 내면에 있는 다른 생명들의 아우성 소리가 다시 높아졌다. 파도가 또 그녀를 집어삼키려 했고, 새된 소리로 비명을 지르는 어머니의 목소리가 들렸다. '어머니는 죽지 않았어.' 알리아는 생각했다.

"닥쳐라!" 남작이 명령했다.

알리아는 자신의 욕망이 그 명령에 더욱 힘을 실어주는 것을 느끼며, 그 명령을 자신의 의식 전체에 퍼뜨렸다.

내면의 침묵이 마치 시원한 목욕물처럼 그녀를 씻어 내렸다. 정신없이 날뛰던 심장이 정상적인 속도로 느려지기 시작하는 것이 느껴졌다. 남작의 목소리가 달래듯이 끼어들었다. "봤느냐? 힘을 합치면 우린 무적이다. 네가 나를 돕고, 내가 너를 돕는 거지."

"당신은…… 당신이 원하는 게 뭐지?" 그녀가 속삭이듯 낮은 소리로 물었다.

그녀의 감긴 눈꺼풀에 비친 그 뚱뚱한 얼굴에 시름에 잠긴 표정이 내려앉았다. "아아, 내 귀여운 손녀야, 난 그저 소박한 즐거움 몇 가지를 원할 뿐이다. 가끔 네 감각과 접촉할 수 있는 기회를 주기만 하면 돼. 다른 사람한테 알릴 필요도 없다. 내가 네 인생을 아주 조금 느낄 수 있게 해주면 되는 거야. 예를 들면, 네가 연인의 품에 안겨 있는 순간 같을 때 말이다. 대가치고는 작은 편 아니냐?"

"그, 그렇군."

"좋아, 좋아." 남작이 깔깔 웃어댔다. "그 대가로 나는 아주 여러 면에서 너에게 도움을 줄 수 있다, 내 귀여운 손녀야. 네게 조언을 해주고 그 조언으로 널 도울 수 있지. 너는 안에서든 밖에서든 무적의 존재가 될 거다. 반대 세력을 죄다 쓸어버리게 될 거야. 역사는 네 오빠를 잊어버리고 너를 소중히 간직하게 될 거다. 미래는 너의 것이 될 거다."

"다른…… 다른 사람들이…… 날…… 날 차지하지 못하게 막아주겠다고?"

"녀석들은 우리에게 대항할 수 없어! 혼자서는 녀석들에게 압도당할 수 있지만, 힘을 합치면 우리가 명령을 내리게 된다. 내가 증명해 줄 테니 잘 들어라."

그리고 남작의 모습, 즉 그의 내면의 존재가 말없이 뒤로 물러났다. 다른 생명들의 어떤 기억도 얼굴도 목소리도 끼어들지 않았다.

알리아는 떨리는 한숨을 내뱉었다.

그 한숨과 함께 한 가지 생각이 그녀를 찾아왔다. 그 생각은 마치 그녀 자신의 것이기라도 한 것처럼 그녀의 의식 속으로 억지로 비집고 들어왔다. 그러나 그녀는 그 뒤에서 소리 없는 목소리들을 느꼈다.

'노남작은 사악한 사람이었다. 그가 네 아버지를 살해했어. 할 수 있었다면 그때 너와 폴도 죽여버렸을 거다. 죽이려다 실패한 것뿐이야.'

남작의 얼굴 없는 목소리가 그녀에게 닿았다. "할 수 있었다면 난 당연히 널 죽였을 거다. 그때 너는 내게 방해가 되지 않았느냐? 하지만 그런 논쟁은 이제 끝났다. 네가 이겼으니까, 아이야! 이제 네가 새로운 진실이다."

그녀는 자신이 고개를 끄덕이고 있음을 느꼈다. 그녀의 뺨이 움직이는 바람에 벤치의 까칠까칠한 표면이 뺨을 긁었다.

그의 말에 일리가 있다고 그녀는 생각했다. 베네 게세리트의 교훈 하나가 그의 말의 합리적인 측면을 더욱 강조해 주었다. '논쟁의 목적은 진실의 본질을 변화시키는 것이다.'

'그래…… 베네 게세리트라면 그렇게 생각했을 거야.'

"바로 그거다!" 남작이 말했다. "그리고 넌 살아 있지만 난 죽었다. 나의 존재는 아주 연약하지. 난 네 안에 있는 기억의 자아일 뿐이다. 너는 내게 얼마든지 명령을 내려도 돼. 게다가 내가 네게 줄 그 심오한 조언의 대가로 내가 요구하는 건 정말 하찮은 것 아니냐."

"그럼 지금 내가 무슨 행동을 해야 하는지 조언해 보세요." 그녀가 시험 삼아 요구했다.

"넌 어젯밤에 네가 내린 판결 때문에 걱정을 하고 있다. 페이몬이 했다는 말에 대한 보고가 진실이었는지 궁금해하고 있는 거지. 어쩌면 야비드는 이 페이몬이라는 자에게서 너의 신뢰를 받는 자신의 위치에 대한 위협을 보았는지도 모른다. 지금 너를 몰아세우는 의혹이 바로 이런 것 아니냐?"

"그, 그래요."

"그리고 너의 의혹은 예리한 관찰에 바탕을 두고 있다. 그렇지? 야비드는 네게 점점 더 친밀하게 굴고 있다. 던컨조차 그걸 눈치챘어. 그렇지?"

"그건 당신이 이미 알고 있는 일이잖아요."

"좋다, 그럼. 야비드를 네 연인으로 삼고……."

"싫어요!"

"던컨을 걱정하는 거냐? 하지만 네 남편은 멘타트 신비주의자이다. 육체가 무슨 짓을 해도 그에게 영향을 미치거나 해를 끼칠 수 없어. 가끔 그가 네게서 너무 멀리 있다고 느끼지 않았느냐?"

"하지만 그는……."

"네가 야비드를 파멸시키기 위해 사용한 술수를 알게 되더라도 멘타트 던컨은 이해할 것이다."

"파멸이라니……."

"당연하지! 위험한 도구를 사용할 수는 있지만, 지나치게 위험해지면 옆으로 던져버려야 하는 법이다."

"그럼…… 무엇 때문에……. 그러니까 내 말은……."

"아아, 이 귀여운 멍청이! 그건 그 교훈 속에 들어 있는 가치 때문이다."

"무슨 말인지 모르겠어요."

"내 귀여운 손녀야, 가치란 성공 여부에 따라 사람들에게 받아들여지게 된다. 야비드는 네게 반드시 무조건적으로 복종해야 하고 너의 권위를 절대적으로 받아들여야 하고, 그리고……."

"이 교훈은 도덕적이지……."

"멍청하게 굴지 마라, 손녀야! 도덕은 항상 실용성에 바탕을 두어야 해. 카이사르의 것은 카이사르에게 바치라는 헛소리는 카이사르에게나 줘버려. 승리가 너의 가장 깊은 소망을 반영하지 않는다면 아무 소용이 없다. 네가 야비드의 남자다움에 감탄했던 것은 사실 아니냐?"

알리아는 그 사실을 받아들이기가 싫어서 마른침을 삼켰다. 그러나 내면의 관찰자 앞에서 철저하게 벌거벗겨진 지금 그 사실을 인정하지 않을 수 없었다. "그, 그래요."

"좋아!" 그녀의 머릿속에서 이 말이 얼마나 유쾌하게 울렸는지. "이제야 우리가 서로를 이해하기 시작했구나. 네가 그를 무기력하게 만들었을 때, 그러니까 네가 자기 노예가 되었다고 믿고 그가 네 침대에 들었을 때, 페이몬에 대해 물어보아라. 농담처럼 해야 한다. 둘이서 재미있어 죽겠다는 듯이 웃음을 터뜨리면서 말이야. 그리고 그가 너를 속였음을 인정하면 너는 그의 갈비뼈 사이에 크리스나이프를 밀어 넣는 거다. 아아, 그 흘러내리는 피가 네 만족감을 얼마나 더……."

"싫어." 그녀가 경악으로 인해 바짝 마른 입술로 중얼거렸다. "싫어…… 싫어…… 싫어……."

"그럼 너 대신 내가 해주마. 그건 반드시 해야 하는 일이다. 너도 인정해야 해. 네가 그런 상황만 만들어주면 내가 일시적으로 너를 지배……."

"싫어!"

"너의 두려움이 너무나 뻔히 보이는구나, 손녀야. 내가 너의 감각을 지배하는 건 일시적일 수밖에 없다. 너를 완벽하게 흉내 낼 수 있는 사람은 나 말고도 있지……. 하지만 이걸 알아두어라. 내가 있으면, 아아, 사람들은 내 존재를 즉시 캐낼 거다. 귀신에 홀린 사람에 대한 프레멘의 법 규정을 너도 알고 있겠지. 넌 당장 죽임을 당할 거야. 그래, 아무리 너라도. 그런데 너도 알다시피 난 그런 일이 벌어지는 걸 원하지 않는다. 내가 널 대신해서 야비드를 처리하고 일단 일이 끝나면 옆으로 물러나겠다. 네가 할 일이라고는……."

"이게 어떻게 좋은 조언이죠?"

"이 방법을 통해 위험한 도구를 제거할 수 있으니까. 그리고 아이야, 그 과정에서 우리 사이에 실용적인 관계가 확립될 거다. 미래의 판결에 대해 너에게 좋은 가르침을 줄 뿐인 관계……."

"나를 가르친다고요?"

"물론이지!"

알리아는 자신이 무슨 생각을 하든 자신의 내면에 있는 이 존재에게 알려질 것이며, 어쩌면 이 존재의 머리에서 나온 생각이 자신의 것으로 여겨질 수 있음을 알면서도 손으로 눈을 덮고 생각을 해보려고 애썼다.

"쓸데없는 걱정을 사서 하는구나." 남작이 그녀를 구슬렸다. "이 페이몬이라는 자는 그러니까……."

"내가 잘못한 거예요! 그때 피곤해서 성급한 행동을 했어요. 확인을 했어야 하는……."

"넌 잘못한 것 없다! 평등 어쩌고 하는 아트레이데스의 멍청하고 추상적인 개념을 바탕으로 판결을 내려서는 안 돼. 네가 잠을 이루지 못한 건 그런 개념 때문이다. 페이몬의 죽음 때문이 아냐. 네 결정은 훌륭했어! 그자 역시 위험한 도구였다. 넌 네 사회의 질서를 유지하려고 행동한 거야. 이것이야말로 판결의 훌륭한 근거다. 정의 어쩌고 하는 헛소리는 근거가 될 수 없어! 평등한 정의 같은 건 세상 어디에도 없다. 그런 거짓 균형을 이루려고 노력하면 사회가 불안해져."

알리아는 페이몬에 대한 자신의 판결을 이처럼 변호해 주는 말에 기쁨을 느꼈다. 그러나 그의 주장 뒤에 숨어 있는 비도덕적인 생각에 충격을 받았다. "평등한 정의는 아트레이데스의…… 그건……." 그녀는 눈을 덮고 있던 손을 내렸다. 그러나 눈은 여전히 감은 채였다.

"너의 사제 재판관들 모두에게 이 실수에 대해 훈계해야 할 것이다. 결정을 내릴 때는 질서 있는 사회를 유지하는 데 그 판결이 얼마나 도움이 되는지만을 고려해야 한다. 헤아릴 수 없이 많은 과거의 문명들이 평등한 정의라는 바위 위에서 비틀거리다 무너졌지. 그런 바보 같은 행동은 정의보다 훨씬 더 중요한 자연스러운 위계질서를 파괴한다. 개인이 의미를 갖는 건 사회 전체와의 관계 속에서뿐이야. 사회가 논리적인 단계별로 정리되어 있지 않다면, 아무도 그 안에서 자기 자리를 찾을 수 없다. 가장 낮은 사람도 가장 높은 사람도 마찬가지야. 자, 자, 손녀야! 넌 네 백성들의 엄격한 어머니가 되어야 한다. 질서를 유지하는 것이 네 의무야."

"폴이 한 모든 일은……."

"네 오빠는 죽었다. 그놈은 실패자야!"

"그건 당신도 마찬가지예요!"

"맞는 말이다……. 하지만 내게 그건 내 계획의 범위를 넘어선 우연한 사고였다. 자, 이제 내가 설명한 대로 야비드라는 자를 처리하기로 하자."

그녀는 이 생각 때문에 몸이 점점 달아오르는 것을 느끼고 재빨리 말했다. "생각을 좀 해봐야겠어요." 그리고 속으로 생각했다. '만약 그 일을 실행한다면, 그건 야비드를 그에게 걸맞은 자리에 두기 위한 것일 뿐이야. 그 때문에 그를 죽일 필요는 없어. 그리고 어쩌면 그 바보가 스스로 속내를 드러낼지도 모르지…… 내 침대에서 말이야.'

"누구와 얘길 하고 계신 겁니까, 섭정님?" 누군가의 목소리가 물었다.

잠깐 동안 혼란에 빠진 알리아는 자기 내면에서 아우성치는 자들이 또다시 끼어들었다고 생각했다. 그러나 그 목소리가 누구의 것인지 알아채고 눈을 떴다. 알리아를 지키는 여전사 경호대의 대장인 지아렌카 발레포르가 비바람에 시달린 프레멘 얼굴에 걱정스러운 듯 미간을 찌푸린 표정을 짓고 벤치 옆에 서 있었다.

"내 내면의 목소리들과 얘기하고 있었다." 알리아가 벤치에서 일어나 앉으며 말했다. 정신을 산란하게 만드는 내면의 아우성이 잠잠해진 덕분에 기운이 나는 것 같았다.

"내면의 목소리 말씀이군요, 섭정님. 알겠습니다." '내면의 목소리'라는 말에 지아렌카의 눈이 번득였다. 신성한 알리아가 다른 사람은 아무도 사용할 수 없는 내면의 자원에 의존하고 있음은 누구나 아는 사실이었다.

"야비드를 내 거처로 데려와라. 그와 논의해야 할 중요한 문제가 있다." 알리아가 말했다.

"섭정님의 거처로 말씀입니까, 섭정님?"

"그래! 내 개인실로 데려와."

"명령에 따르겠습니다." 지아렌카가 명령을 수행하기 위해 자리를 뜨려 했다.

"잠깐." 알리아가 말했다. "아이다호 선생은 벌써 타브르 시에치로 갔느냐?"

"예, 섭정님. 섭정님이 지시하신 대로 날이 밝기 전에 떠나셨습니다. 사람을 보내기를 원하십……"

"아니. 이 일은 내가 처리하겠다. 그리고 지아, 야비드를 내게 데려오는 걸 아무에게도 알려서는 안 된다. 네가 직접 그를 데려와. 이건 아주 중요한 일이다."

지아렌카가 허리에 찬 크리스나이프를 만지면서 말했다. "섭정님, 뭔가 위협이 있는……"

"그래, 뭔가가 우리를 위협하고 있다. 어쩌면 야비드가 그 중심에 있을지도 몰라."

"오, 섭정님, 제가……"

"지아! 넌 내게 이런 일을 처리할 능력이 없다고 생각하는 거냐?"

사나운 미소가 지아렌카의 입가를 스치고 지나갔다. "용서하십시오, 섭정님. 그를 즉시 섭정님의 개인실로 데려가겠습니다. 하지만…… 섭정님께서 허락하신다면 문밖에 경비병을 배치하겠습니다."

"너만 있으면 된다." 알리아가 말했다.

"알겠습니다, 섭정님. 즉시 시행하겠습니다."

알리아는 지아렌카의 멀어져가는 등을 지켜보며 혼자 고개를 끄덕였다. 야비드는 그녀의 경호원들에게서 호감을 얻지 못한 모양이었다. 이건 그에게 불리한 또 하나의 징후였다. 그러나 그에게는 아직 가치가 있었다. 그것도 아주 많이. 그는 자쿠루투로 그녀를 이끌어줄 열쇠였다. 그리고 그곳을 찾으면, 그때는…….

"어쩌면 당신이 옳은지도 모르겠군요, 남작." 그녀가 속삭였다.

"이제 알겠느냐!" 그녀의 내면에서 남작의 목소리가 기뻐 날뛰었다. "아, 이번에 너를 위해 일하는 건 아주 즐거울 것 같다, 아이야. 이건 시작일 뿐이야……."

성공적인 종교가 되려면 민중의 역사에 대한 이런 환상들을 부추겨야 한다. 사악한 자는 결코 번영을 누리지 못한다. 용감한 자만이 미인을 얻을 수 있다. 정직이 최선의 방책이다. 말보다 행동이 더 많은 것을 얘기한다. 미덕은 항상 승리한다. 선한 행동은 그 자체로서 보상이 된다. 어떤 악한 인간이라도 교화시킬 수 있다. 종교적인 부적은 사람이 악마에게 홀리는 것을 막아준다. 여성들만이 고대의 수수께끼를 이해할 수 있다. 부자들은 반드시 불행해진다.

—『보호 선교단 교육 지침서』에서

"나는 무리즈라고 한다." 가죽 같은 피부의 프레멘이 말했다.

그는 스파이스 램프의 빛을 받은 동굴의 바위에 앉아 있었다. 램프의 깜박이는 불빛에 축축한 벽과 이곳을 나가는 출구인 검은 구멍들이 드러났다. 그 통로 중 하나의 저 아래쪽에서 뚝뚝 떨어지는 물소리가 들려왔다. 프레멘의 낙원에 물소리는 반드시 있어야 하는 것이었지만 포박을 당한 채 무리즈를 마주 보고 있는 여섯 명의 남자들은 규칙적으로 들려오는 물방울 소리에서 전혀 기쁨을 느끼지 못했다. 방 안에는 죽음의 증류기에서 나는 곰팡내가 감돌았다.

표준력으로 열네 살쯤 되어 보이는 소년이 통로에서 나와 무리즈의 왼쪽에 섰다. 소년이 칼집을 벗긴 크리스나이프를 들어 포박당한 남자들을 잠깐씩 차례로 가리키자 칼날이 스파이스 램프의 불빛을 받아 연한 노란색으로 빛났다.

무리즈가 손으로 소년을 가리키면서 말했다. "이 아이는 내 아들 아산 타리크다. 성인이 되는 시험을 앞두고 있지."

무리즈는 헛기침을 한 다음 여섯 명의 포로들을 한 명씩 차례로 바라보았다. 그들은 스파이스 섬유로 만든 끈에 양다리는 서로 교차시킨 모양으로, 손은 등 뒤로 돌린 모양으로 단단히 결박당한 채 그의 맞은편에 대충 반원형으로 앉아 있었다. 그들을 묶은 끈의 끝 부분은 목에 단단한 올가미처럼 둘러져 있고 사막복은 목 부분에서 잘려 있었다.

포박당한 남자들은 전혀 겁먹은 기색 없이 무리즈를 마주 노려보았다. 그들 중 두 사람은 헐렁한 다른 행성 옷을 입은 것으로 보아, 아라킨 시의 부유한 시민임을 알 수 있었다. 그 두 사람의 피부는 다른 포로들보다 더 매끄럽고 하얬다. 다른 포로들은 바짝 마른 얼굴과 여윈 몸매로 보아 사막에서 태어난 자들이었다.

무리즈는 사막에서 태어난 자들과 비슷한 모습이었다. 더 깊숙이 꺼진 눈은 스파이스 램프의 빛조차도 닿지 못하는, 하얀색이라고는 하나도 없는 구멍 같았다. 그의 아들은 그 남자의 아직 미숙한 복사본처럼 보였다. 소년의 평평한 얼굴은 내면에서 들끓고 있는 혼란을 잘 감추지 못했다.

"'버림받은 자들' 가운데에서 우리는 성인이 되기 위한 특별한 시험을 치르지." 무리즈가 말했다. "언젠가 내 아들이 슐로치의 판관이 될 것이다. 이 아이가 반드시 해야 하는 일을 할 수 있는지 확인해야 돼. 우리 판관들은 자쿠루투와 우리가 보낸 절망의 나날들을 잊을 수 없다. 투쟁의 태풍, 크랄리제크는 우리 가슴속에 살아 있다." 무리즈의 어조는 의식을 치를 때처럼 내내 단조로웠다.

무리즈의 맞은편에 있는 말랑말랑한 외모의 도시인 중 한 명이 몸을 꼼지락거리면서 말했다. "우리를 위협하고 묶어 잡아두는 것은 잘못이오. 우리는 평화로운 목적을 갖고 움마로서 이곳에 왔소."

무리즈가 고개를 끄덕였다. "개인적인 종교적 각성을 찾아 이곳에 왔다고? 잘됐군. 원하는 대로 각성을 하게 될 테니."

말랑말랑한 외모의 남자가 말했다. "만약 우리가……."

그의 옆에서 거무스름한 피부색의 사막 출신 프레멘이 쏘아붙였다. "입다물어, 멍청아! 이놈들은 물 도둑놈이야. 죄다 쓸어버린 줄 알았는데."

"또 그 얘기로군." 말랑말랑한 외모의 남자가 말했다.

"자쿠루투는 단순히 이야기 속에나 나오는 것이 아니다." 무리즈가 말했다. 그리고 다시 자기 아들을 가리켰다. "나는 아산 타리크를 소개했다. 이곳에서 나는 아리파, 즉 너희들의 유일한 판관이다. 내 아들 역시 악마를 감지하는 훈련을 받을 것이다. 과거의 방법들이 최고지."

"우리가 깊은 사막으로 들어온 건 그 때문이오." 말랑말랑한 외모의 남자가 항변했다. "우리는 과거의 방법을 선택해서 떠돌아다니며……."

"돈으로 고용한 안내인과 함께 말이지." 무리즈가 가무잡잡한 피부의 포로들을 가리키면서 말했다. "천국으로 가는 길을 돈으로 사려 했나?" 무리즈가 아들을 흘끗 올려다보았다. "아산, 준비됐느냐?"

"저는 사람들이 와서 우리 부족을 죽인 그날 밤의 일을 오랫동안 곰곰이 생각해 봤어요." 아산이 말했다. 그의 목소리에서 불안한 긴장이 배어나왔다. "그들은 우리에게 물을 빚지고 있어요."

"네 아버지가 네게 그들 여섯을 주겠다. 그들의 물은 우리 것이다. 그들의 영혼은 우리 것이며, 영원한 너의 수호자이다. 그들의 영혼이 네게 악마에 대한 경고를 해줄 것이다. 네가 알람 알 미탈로 건너갈 때 그들은 너의 노예가 되어줄 것이다. 어떠냐, 아들아?" 무리즈가 말했다.

"아버지께 감사드려요." 아산이 말했다. 그리고 짧게 한 걸음 앞으로 나섰다. "저는 버림받은 자들 가운데에서 성인이 됨을 받아들입니다. 이 물은 우리의 물입니다."

소년은 말을 마치고 방을 가로질러 포로들에게 다가갔다. 그리고 맨 왼쪽에 있는 남자부터 머리카락을 잡고 턱 밑에서 뇌 속까지 크리스나이프를 찔러 넣기 시작했다. 그는 최소한의 피만 흐르도록 솜씨 있게 일을 해치웠다. 소년이 머리카락을 움켜쥘 때 비명을 지르며 저항한 사람은 도시에서 사는 말랑말랑한 외모의 프레멘 한 사람뿐이었다. 다른 사람들은 과거의 방식대로 아산 타리크에게 침을 뱉었다. 그 행동의 뜻은 이런 것이었다. "짐승들이 가져가는 내 물을 내가 얼마나 하찮게 여기는지 잘 봐라!"

일이 끝나자 무리즈가 한 번 손뼉을 쳤다. 시종들이 와서 시체를 치우기 시작했다. 시체를 정제해서 물을 짜낼 수 있는 죽음의 증류기로 데려가는 것이다.

무리즈가 자리에서 일어나 시종들이 시체를 치우는 것을 지켜보다가 깊이 숨을 들이쉬며 서 있는 아들을 바라보았다. "이제 너도 성인이 됐다." 무리즈가 말했다. "우리 적들의 물은 노예들의 양식이 될 것이다. 그리고 아들……."

아산 타리크가 경계심과 사나움이 담긴 시선으로 아버지를 바라보았다. 소년의 입술이 길어지면서 굳은 미소가 떠올랐다.

"설교자가 이 일을 알아서는 안 된다." 무리즈가 말했다.

"알고 있어요, 아버지."

"네 솜씨가 좋더구나. 우연히 슐로치를 발견한 자들을 살려두어서는 안 된다."

"그 말씀대로예요, 아버지."

"너는 중요한 임무를 맡고 있다. 네가 자랑스럽다." 무리즈가 말했다.

⌓⌑⌇⌖

약은 사람도 원시인이 될 수 있다. 이 말이 진정으로 의미하는 것은 인간의 삶의 방식이 변한다는 것이다. 낡은 가치관은 변화해서 식물과 동물들이 있는 주변 환경과 연결된다. 이 새로운 삶은 흔히 '자연'이라고 일컬어지는, 복합적이고 복잡하게 연결된 사건들에 대한 실용적인 지식을 요구한다. 이 삶은 이러한 '자연의' 체제 안에 있는 관성의 힘에 대한 어느 정도의 존경심을 요구한다. 인간이 이 실용적인 지식과 존경심을 갖게 되면 '원시적이 되었다'고 일컬어진다. 물론 그 역(逆)도 마찬가지로 진실이다. 원시인도 약은 사람이 될 수 있는 것이다. 그러나 그러기 위해서는 무시무시한 심리적 손상을 받아들여야 한다.

—하르크 알 아다 풍으로 정리된 『레토 주석집』

"우리가 그걸 어떻게 확신할 수 있지? 이건 아주 위험해." 가니마가 말했다.

"우린 이미 전에 시험을 해보았어." 레토가 주장했다.

"이번에는 다를지도 몰라. 만약……."

"우리에게 열려 있는 길은 이것뿐이야. 우리가 스파이스의 길을 갈 수 없다는 데에는 너도 동의하잖아."

가니마는 한숨을 쉬었다. 그녀는 이렇게 언쟁을 주고받는 것을 좋아하지 않았지만, 오빠가 초조해하고 있다는 것을 알고 있었다. 그녀는 또한 자신이 이처럼 두려움을 품고 내켜하지 않는 원인이 무엇인지도 알고 있었다. 내면 세계의 위험을 아는 데에는 알리아를 보는 것만으로도 충분했다.

"어때?" 레토가 물었다.

그녀는 다시 한숨을 쉬었다.

그들은 자기들만의 은밀한 공간에서 책상다리를 하고 앉아 있었다. 동굴에서 절벽을 향해 나 있는 이 좁은 출구에서 그들의 어머니와 아버지는 태양이 광활한 사막 위로 지는 것을 자주 지켜보곤 했다. 저녁 식사를 한 지 두 시간이 흘렀다. 쌍둥이들이 몸과 정신을 단련하는 연습을 해야 하는 시간이었다. 두 사람은 정신을 움직이는 연습을 하기로 했다.

"네가 도와주지 않겠다면 나 혼자서라도 할 거야." 레토가 말했다.

가니마는 그에게서 시선을 돌려 바위 속에 숨은 이 출구를 지키는 검은 장막 같은 수분 누출 방지막을 바라보았다. 레토는 여전히 바깥의 사막을 바라보고 있었다.

그들은 지금은 이름조차 알려져 있지 않을 정도로 오래된 언어로 한동안 얘기를 나누고 있었다. 그 언어는 그들의 생각을 다른 어느 누구도 뚫고 들어올 수 없도록 은밀하게 지켜주었다. 심지어 알리아도 내면세계의 복잡함을 피하고 있었기 때문에 정신적으로 연결되어 있지 않아서 때때로 한두 마디 단어를 알아들을 수 있을 뿐이었다.

레토가 심호흡을 하면서 동굴 속에 위치한 프레멘 시에치 특유의 부드러운 냄새를 들이마셨다. 그 냄새는 바람 한 점 없는 이 우묵한 공간에서 끈질기게 자신의 존재를 주장하고 있었다. 시에치의 웅성거리는 소음과 축축한 열기는 이곳에 존재하지 않았다. 두 사람에게는 다행한 일이었다.

"우리에게 길잡이가 필요하다는 데에는 나도 동감이야." 가니마가 말했다. "하지만 만약 우리가……."

"가니! 우리에게 필요한 건 단순한 길잡이 이상이야. 우리에게는 보호가 필요해."

"어쩌면 보호 같은 건 존재하지 않는지도 몰라." 그녀가 오빠를 똑바로 바라보며 잔뜩 신경을 곤두세우고 사냥감을 기다리는 육식 동물의 시선과 흡사한 오빠의 눈빛을 맞받았다. 그의 눈은 평온하고 조용한 얼굴 표정이 거짓임을 말해 주고 있었다.

"우린 반드시 홀리는 걸 피해야 해." 레토가 말했다. 그는 자신들이 사용하고 있는 고대 언어 중에서도 '피해야 한다(must escape)'라는 특별한 부정사를 사용했다. 어조와 시제 면에서는 완벽하게 중립적이었지만, 그 속에 내포된 의미는 놀라울 정도로 활동적이었다.

가니마는 그의 말을 올바로 이해했다.

"모홋퀴움 듯미 히시 파시 모흠 카." 그녀가 기도문을 읊듯이 말했다. '내 영혼이 붙들리는 것은 천 명의 영혼이 붙들리는 것과 같다'는 뜻이었다.

"그보다 훨씬 더해." 레토가 반박했다.

"위험을 알면서도 그렇게 고집을 부리는군." 그녀가 사실을 선언하는 것처럼 말했다.

"와분 으 와부나트!" 그가 말했다. '몸을 일으켜 그대여 일어나라!'라는 뜻이었다.

그는 자신이 뻔히 보이는 꼭 필요한 길을 선택했다고 생각했다. 이 일을 할 작정이라면 적극적으로 하는 편이 가장 좋았다. 그들이 할 일은 과거를 현재 속으로 구부려 집어넣은 다음, 다시 과거가 미래 속으로 풀려

나가게 하는 것이었다.

"무리야트." 그녀가 한발 물러섰다. 낮은 목소리였다. '반드시 애정을 가지고 그 일을 해야 한다'는 뜻이었다.

"물론이야." 그가 그녀의 말을 완전히 받아들인다는 뜻으로 손을 흔들었다. "그럼 우리 부모님이 그랬던 것처럼 우리도 의논을 해보자."

가니마는 여기에 대답하지 않고 침묵을 지킨 채 목에 걸려 있는 덩어리 같은 것을 삼키려고 애썼다. 본능적으로 그녀는 넓게 펼쳐져 있는 남쪽의 에르그를 바라보았다. 마지막 햇살 속에 모래언덕들이 어둑한 희색 무늬를 그려내고 있었다. 그곳은 그녀의 아버지가 사막을 향해 마지막 걸음을 옮긴 곳이었다.

레토는 절벽 가장자리 너머의 아래쪽에 있는 시에치 오아시스의 녹지를 물끄러미 바라보았다. 아래쪽에 있는 모든 것이 어스름에 잠겨 있었다. 그러나 그는 녹지의 모양과 색을 잘 알고 있었다. 구리색, 황금색, 빨간색, 노란색, 주황색, 황갈색의 꽃이 카나트의 물로 식물이 자라는 지역의 경계를 표시해 주는 바위들까지 쭉 펼쳐져 있었다. 그 바위들 너머에는 낯선 식물과 너무 많은 물 때문에 목숨을 잃은 아라키스의 생물들이 띠 모양으로 누워서 악취를 풍기며 사막의 침입을 막는 장벽 역할을 하고 있었다.

이윽고 가니마가 말했다. "난 준비됐어. 이제 시작하자."

"그래, 제기랄!" 그가 팔을 뻗어 자신의 말을 무마하려는 듯 그녀의 팔을 만지며 말했다. "부탁이야, 가니…… 그 노래를 불러줘. 그러면 이 일이 더 쉬워질 거야."

가니마는 재빨리 그에게 가까이 다가가서 왼팔을 그의 허리에 둘렀다. 그리고 두 번 깊이 숨을 들이쉬고 목을 가다듬은 다음 어머니가 아버지에게 자주 불러주었던 노래를 새가 지저귀는 듯한 맑은 목소리로 부르기 시작했다.

"여기서 나는 그대가 주었던 맹세를 다시 찾아요.
나는 그대의 머리에 달콤한 물을 붓죠.
바람 없는 이곳에서 생명이 번성할 거예요.
내 사랑, 그대는 궁전에서 살게 될 거예요.
그대의 적들은 허공 속으로 떨어질 거예요.
우리 이 길을 함께 걸어요.
사랑이 그대를 위해 찾아낸 이 길을
내가 앞장서서 인도하는 게 분명히 낫겠죠.
내 사랑이 바로 그대의 궁전이니까……."

그녀의 목소리가 자그마한 속삭임만으로도 망가져버릴 것 같은 사막의 침묵 속으로 가라앉았다. 레토는 자신이 깊이, 깊이 가라앉아서 아버지가 되어가는 것을 느꼈다. 아버지의 기억은 그가 태어나기 직전의 과거로부터 물려받은 유전자들 속에서 다른 것들을 한 꺼풀 감싸고 있는 것처럼 퍼져 있었다.

'이 짧은 공간 속에서 나는 폴이 되어야 해. 내 옆에 있는 건 가니가 아니라 내가 사랑하는 챠니야. 그녀의 현명한 조언이 우리 둘을 여러 번 구해 주었지.' 그는 소리 없이 자신에게 일렀다.

가니마 역시 어머니의 페르소나 기억 속으로 무서울 정도로 쉽게 빠져 들어갔다. 그녀가 이미 자신하던 그대로였다. 여자들에게는 이 일이 훨씬 더 쉬웠다. 그리고 훨씬 더 위험했다.

갑자기 쉬어버린 목소리로 가니마가 말했다. "저길 봐요, 내 사랑!" 첫 번째 달이 떠 있었다. 그 차가운 빛 속에서 그들은 오렌지색 불꽃이 호선을 그리며 우주를 향해 위로 올라가는 것을 보았다. 레이디 제시카를 데려왔던 수송선이 이제 스파이스를 싣고 궤도에 떠 있는 모선 집단을 향해 돌아가는 것이다.

그 순간 강렬하기 그지없는 기억이 레토의 몸을 관통하고 지나가면서 선명한 종소리 같은 기억들을 가져왔다. 촛불이 깜박이는 듯한 한순간 그는 또 한 사람의 레토, 즉 제시카의 공작이 되었다. 꼭 필요한 일을 해야 한다는 생각이 그 기억을 옆으로 밀어버렸지만, 그건 그가 몸을 꿰뚫는 듯한 사랑과 고통을 이미 느낀 다음이었다.

'난 폴이 되어야 해.' 그는 자신을 일깨웠다.

레토에서 폴로의 변신은 마치 자신이 둘이 된 것 같은 무시무시한 감각과 함께 찾아왔다. 레토가 어두운 스크린이고, 그 스크린 위에 아버지의 모습이 영사되고 있는 것 같았다. 그는 자신의 몸과 아버지의 몸을 동시에 느꼈다. 촛불처럼 명멸하는 그 두 사람 사이의 차이점에 압도당할 것 같았다.

"절 도와주세요, 아버지." 그가 속삭였다.

촛불이 깜박이듯 어지러운 감각이 지나가고 이제 그의 의식 위에 새로운 의식이 찍혀 있었다. 그리고 레토 자신의 의식은 관찰자로서 한쪽 옆에 물러서 있었다.

"나의 마지막 환영은 아직 사라지지 않았소." 그가 말했다. 그 목소리는 폴의 것이었다. 그가 가니마에게 시선을 돌렸다. "내가 무엇을 보았는지 당신도 알고 있겠지?"

그녀는 오른손으로 그의 뺨을 어루만졌다. "당신이 사막으로 걸어 들어간 건 죽기 위해서였나요, 내 사랑? 그런 건가요?"

"어쩌면 그런지도 모르겠소. 하지만 그 환영은…… 그것만으로도 살아 있기에 충분한 이유가 되지 않소?"

"하지만 눈이 멀었는데도요?"

"그렇더라도."

"당신이 어딜 갈 수 있겠어요?"

그가 몸을 부르르 떨면서 깊이 숨을 들이마셨다. "자쿠루투."

"여보!" 눈물이 그녀의 뺨을 타고 흘러내리기 시작했다.

"영웅 무앗딥은 철저하게 파괴되어야 하오. 그렇지 않으면 이 아이가 우리를 혼돈에서 다시 데려올 수가 없소."

"황금의 길. 그건 좋은 환영이 아니에요."

"그것은 유일하게 가능한 환영이오."

"알리아는 실패했어요. 그렇다면……."

"철저하게 실패했지. 당신도 그 기록을 한번 보시오."

"당신 어머님이 너무 늦게 돌아오셨어요." 그녀는 고개를 끄덕였다. 가니마의 앳된 얼굴이 챠니의 현명한 표정을 짓고 있었다. "또 다른 환영이 있을 수는 없나요? 어쩌면 만약……."

"아니, 내 사랑. 아직은 아니오. 이 아이는 아직 미래를 들여다보고 나서 안전하게 돌아올 능력이 없소."

다시 한번 부르르 떨리는 듯한 호흡이 그의 몸을 어지럽혔다. 관찰자 레토는 다시 생기 넘치는 육체 속에 살면서 살아 있는 결정을 내리고 싶어 하는 아버지의 깊은 갈망을 느꼈다……. 과거의 실수들을 되돌리고 싶다는 아버지의 욕구가 얼마나 필사적인지!

"아버지!" 레토가 소리쳤다. 이 소리가 레토 자신의 두개골 안에서 메아리치는 것 같았다.

그 순간 레토는 의지에서 우러난 의미심장한 변화를 느꼈다. 그의 내

면에 있는 아버지의 존재가 천천히 매달리듯이 뒤로 물러나면서 그의
감각과 근육을 풀어주었던 것이다.

"여보." 챠니의 목소리가 그의 옆에서 속삭였다. 그 순간 뒤로 물러나
는 아버지의 움직임이 느려졌다. "무슨 일이 벌어지고 있는 거예요?"

"아직 가지 마세요." 레토가 말했다. 이제 그의 목소리는 자신의 것
이었다. 불안하게 갈라진 목소리였지만 틀림없는 그의 목소리였다. 다
음 순간 그의 입이 열렸다. "챠니, 우리에게 꼭 말해 주셔야 해요. 우리
가…… 알리아에게 일어난 일을 어떻게 하면 피할 수 있죠?"

그러나 이 질문에 대답한 것은 그의 내면에 있는 폴이었다. 중간중간
긴 침묵이 섞이면서 더듬더듬 들려오는 폴의 말이 레토의 내면의 귀에
내려앉았다. "확실한 것은 하나도 없다. 너는……내게……하마터면……
무슨 일이……벌어질 뻔했는지……이미 보지 않았느냐."

"하지만 알리아는……."

"망할 놈의 남작이 그녀를 사로잡았다!"

레토의 목이 바짝 말라 타는 듯했다. "그가……나는……."

"그는 네 안에 있다. 하지만……나는……우리는……때로……서로
를……느낄 수 없다. 하지만 너는……."

"아버지는 제 생각을 읽을 수 있어요?" 레토가 물었다. "그렇다면 아버
지가 아실 수 있지 않나요? 만약 그가……."

"나는 가끔 네 생각을 느낄 수 있다……. 하지만 나는……우리는……
네 의식의……투영을……통해서만 살아 있지. 네 기억이 우리를 만들
어내는 거다. 위험한 것은……정확한 기억이야. 그리고……우리들 가운
데……권력을 사랑하는 자들……어떤 대가를……치르고서라도……권
력을 모으는 자들이……더 정확한 기억을……가질 수 있다."

"그럼 더 강한 건가요?" 레토가 속삭이듯 물었다.

"그래, 더 강하다."

"저는 아버지의 환영을 알아요. 그가 날 사로잡게 내버려두느니 차라리 저는 아버지가 되겠어요."

"그건 안 돼!"

레토는 아버지가 뒤로 물러나기 위해 얼마나 엄청난 의지력을 행사했는지, 그리고 그것이 실패했을 때의 결과가 무엇인지 깨닫고 혼자서 고개를 끄덕였다. 무엇에 홀리든 일단 홀린 사람은 '저주스러운 존재'가 되었다. 이 깨달음 덕분에 새로운 힘을 얻은 그는 비정상적일 정도로 날카롭게 자신의 몸을 느끼고, 깊숙한 곳에 숨겨진 과거의 실수들에 대한 의식을 느꼈다. 그 자신이 저지른 실수도 있고 조상들이 저지른 실수도 있었다. 불확실성은 약해졌다. 이제 그는 그것을 확실히 알 수 있었다. 한순간 그의 내면에 있는 두려움과 유혹이 싸움을 벌였다. 이 몸은 멜란지를 미래의 환영으로 변화시킬 능력을 소유하고 있었다. 스파이스를 통해서 그는 미래를 호흡하고 '시간'의 베일을 산산이 부숴버릴 수 있었다. 그는 유혹을 떨쳐버리기가 어렵다는 것을 알고 양손을 꼭 쥔 채 프라나 빈두 의식 속으로 가라앉았다. 그의 몸이 유혹을 부인했다. 그의 몸은 폴이 핏속에서 배운 깊은 지식을 입고 있었다. 미래를 추구하는 사람들은 내일의 경주에서 이기기를 희망했다. 그러나 그 대신 그들은 고통스러운 삶 속에 갇혀버렸다. 그 삶의 모든 맥박과 고뇌에 찬 울부짖음은 이미 익히 알려진 것이었다. 폴의 마지막 환영은 그 덫에서 빠져나오는 위험한 길을 보여주었다. 레토는 이제 그 길을 따라가는 것 외에 다른 선택의 여지가 없다는 것을 알 수 있었다.

"살아 있는 것의 기쁨과 아름다움은 모두, 삶이 우리에게 놀라움을 선사할 수 있다는 사실 속에 들어 있지." 그가 말했다.

누군가가 부드러운 목소리로 그의 귓가에서 속삭였다. "난 그 아름다움을 예전부터 항상 알고 있었어."

레토는 고개를 돌려 밝은 달빛 속에서 반짝이는 가니마의 눈을 들여다보았다. 챠니가 그를 마주 바라보고 있었다. "어머니, 어머니도 뒤로 물러나셔야 해요." 그가 말했다.

"아아, 그 유혹 말이구나!" 그녀가 그에게 입을 맞췄다.

그는 그녀를 밀어냈다. "딸의 삶을 빼앗을 생각이세요?" 그가 힐문했다.

"너무 쉬워……. 어처구니가 없을 정도로 쉬워." 그녀가 말했다.

레토는 공포가 자신을 움켜쥐기 시작하는 것을 느끼면서 자신의 내면에 있는 아버지가 이 몸을 버리기 위해 얼마나 의지력을 행사해야 했는지 다시 생각했다. 그가 상황을 지켜보고 귀를 기울이면서 아버지에게 필요한 것을 배웠던 관찰자의 세계에서 가니마는 길을 잃어버린 걸까?

"난 당신을 경멸하겠어요, 어머니." 그가 말했다.

"다른 사람들은 날 경멸하지 않을 거야. 내가 사랑하는 사람이 되어라."

"만약 내가 그렇게 한다면…… 두 분이 어떻게 될지 어머니도 아시잖아요. 아버지도 어머니를 경멸할 거예요."

"그럴 리 없어!"

"난 경멸할 거요!"

그가 미처 생각도 하기 전에 그의 목구멍에서 튀어나간 말이었다. 이 말 속에는 폴이 마녀 어머니에게서 배웠던 '목소리'의 모든 뉘앙스가 들어 있었다.

"그런 말은 하지 말아요." 그녀가 신음했다.

"난 당신을 경멸할 거요!"

"제발…… 제발 그런 말은 하지 말아요."

레토는 자신의 목을 문지르며 목 근육이 다시 자신의 것으로 되돌아오는 것을 느꼈다. "아버지도 어머니를 경멸할 거예요. 아버지는 어머니에게 등을 돌릴 거예요. 아버지는 다시 사막으로 들어가 버릴 거예요."

"아냐…… 아냐……."

그녀가 고개를 좌우로 흔들었다.

"떠나셔야 해요, 어머니." 그가 말했다.

"싫어…… 싫어……." 그러나 그 목소리에는 처음과 같은 힘이 없었다.

레토는 누이의 얼굴을 지켜보았다. 근육이 저렇게 움찔거리다니! 내면에서 일고 있는 혼란 때문에 수많은 감정이 그녀의 몸을 날듯이 스치고 지나갔다.

"떠나세요. 떠나세요." 그가 속삭였다.

"싫어어어……."

그는 그녀의 팔을 움켜쥐었다. 맥박처럼 고동치며 그녀의 근육을 훑고 지나가는 전율과 신경의 경련이 느껴졌다. 그녀는 몸부림치며 그의 손에서 벗어나려고 했다. 그러나 그는 그녀의 팔을 단단하게 잡고 속삭였다. "떠나세요……. 떠나세요……."

이렇게 싸움을 벌이는 동안 내내 레토는 가니를 '부모님 놀이'로 끌어들인 자신을 질책했다. 예전에는 둘이서 이 놀이를 자주했지만, 최근에는 가니가 하고 싶어 하지 않았다. 여자가 내면의 공격에 더 약하다는 말이 사실이라는 것을 그는 깨달았다. 베네 게세리트가 갖고 있는 두려움의 근원이 바로 이것이었다.

몇 시간이 지났지만 가니마의 몸은 내면의 싸움 때문에 여전히 벌벌 떨면서 경련하고 있었다. 그러나 이제 누이의 목소리가 언쟁에 끼어들기 시작했다. 그녀가 내면에 있는 어머니의 영상을 향해 애원하는 소리가 들렸다.

"어머니…… 부탁이에요." 한번은 이런 말도 했다. "알리아를 보셨잖아요! 어머니도 알리아 같은 사람이 되고 싶어요?"

마침내 가니마가 그에게 몸을 기대며 속삭였다. "어머니가 내 말을 받아들이고 가버리셨어."

그는 그녀의 머리를 쓰다듬었다. "가니, 미안해. 미안해. 다시는 너한테 그런 부탁 하지 않을게. 내가 이기적이었어. 용서해 줘."

"용서할 건 아무것도 없어." 그녀가 말했다. 힘든 운동을 한 사람처럼 숨이 찬 목소리였다. "우리가 꼭 알아야 하는 걸 많이 배웠잖아."

"어머니가 너한테 많은 걸 얘기해 주었지." 그가 말했다. "나중에 그 얘기를 나한테 들려줘. 네가……."

"안 돼! 지금 해야 돼. 네 말이 옳았어."

"'황금의 길' 말이야?"

"그래, 그 빌어먹을 황금의 길!"

"꼭 필요한 자료로 무장하지 않은 논리는 아무 쓸모가 없어." 그가 말했다. "하지만 난……."

"할머니는 우리의 교육을 이끌고 우리가…… 오염되지 않았는지 보려고 돌아왔어."

"던컨도 그렇게 말했잖아. 그건 전혀 새로운 얘기가……."

"그게 가장 가능성이 높은 계산 결과였지." 그녀가 동의했다. 그녀의 목소리에 점점 힘이 돌아오고 있었다. 그녀가 그에게서 몸을 떼고 날이 밝기 전의 숨죽인 듯한 공기 속에 누워 있는 사막을 바라보았다. 이번의 싸움…… 이번의 지식을 얻는 데 꼬박 하룻밤이 걸렸다. 수분 누출 방지막 뒤에 있는 근위대원들은 틀림없이 밤새도록 여러 사람들에게 설명하느라고 애를 먹었을 것이다. 레토가 아무도 방해하지 못하게 하라고 명령을 해두었으니까.

"사람들은 흔히 나이를 먹으면서 교묘함을 배우지. 이렇게 나이 든 느낌을 자원으로 갖고 있는 우리는 뭘 배우는 걸까?" 레토가 말했다.

"우리 눈에 보이는 우주는 결코 물리적인 우주의 모습 그대로가 아냐. 이 할머니라는 사람을 그냥 할머니로만 생각해서는 안 돼." 그녀가 말했다.

"그건 위험한 일이겠지." 그가 동의했다. "하지만 내 질……."

"교묘함을 넘어서는 뭔가가 있어. 우린 우리 의식 속에 우리가 미리 예상할 수 없는 것들을 파악하는 장소를 반드시 갖고 있어야 해. 어머니가…… 내게 제시카에 대해 자주 얘기한 건 그 때문이야. 마지막에 우리 둘 다 포기하고 그냥 내적인 대화를 나누기로 했을 때 어머니는 많은 얘기를 해주셨어." 가니마는 한숨을 쉬었다.

"그녀가 우리 할머니라는 건 분명해." 그가 말했다. "넌 어제 할머니와 몇 시간 동안이나 같이 있었지. 그래서……."

"우리가 신경을 쓰지 않으면 우리의 '지식'이 할머니에 대한 우리의 반응을 결정할 거야. 어머니가 내게 계속 경고했던 것도 그거야. 어머니는 옛날에 할머니가 했던 말을 들려주었는데……." 가니마가 그의 팔을 잡으며 말을 이었다. "……난 내 안에서 그 말이 할머니의 목소리로 다시 들려오는 걸 들었어."

"너한테 경고를 했단 말이지." 레토가 말했다. 기분이 나빠졌다. 이 세상에 믿을 수 있는 것이 하나도 없단 말인가?

"'가장 치명적인 실수는 시대에 뒤떨어진 가정(假定)에서 생겨난다.' 이 게 어머니가 계속 들려준 할머니의 말이야."

"순수하게 베네 게세리트다운 말이로군."

"만약…… 만약 제시카가 교단으로 완전히 복귀했다면…….'"

"우리는 아주 위험해지겠지." 그가 가니마의 말을 대신 끝맺었다. "우 린 그들이 말하는 퀴사츠 해더락의 피를 갖고 있어. 그들이 원하는 남자 베네 게세리트 말이야."

"그들은 그 탐색을 그만두지 않을 거야. 하지만 어쩌면 그들이 우릴 버 릴지도 몰라. 할머니가 그 일을 위한 도구일 수도 있어." 그녀가 말했다.

"다른 방법도 있어."

"그래, 우리 둘이…… 짝을 짓는 것 말이지. 하지만 우리가 짝짓기를 하는 경우 열성 형질 때문에 일이 복잡해질 수도 있다는 걸 그들도 알고 있어."

"그건 도박이지만 그들도 그 방법을 틀림없이 논의해 봤을걸."

"그래, 게다가 할머니까지 있으니. 난 그 방법이 마음에 들지 않아."

"나도 마찬가지야."

"그렇지만 황실에서는 그런 일이 처음이 아냐……."

"난 혐오스러워." 그가 몸을 부르르 떨면서 말했다.

그녀는 그의 몸이 떨리는 것을 느끼고 입을 다물었다.

"힘이야." 그가 말했다.

그녀는 쌍둥이로서의 기묘한 동질감 덕분에 그가 무엇을 생각하고 있 었는지 알아차렸다. "퀴사츠 해더락의 힘은 반드시 사라져야 해." 그녀 가 동의했다.

"그들의 방식으로." 그가 말했다.

그 순간 그들이 서 있는 곳 너머의 사막에 날이 밝아왔다. 열기가 솟아 오르기 시작하는 것이 느껴졌다. 절벽 아래에 있는 갖가지 식물들이 앞으로 튀어나오듯 색깔을 드러냈다. 회녹색 이파리들이 땅 위로 뾰족뾰족한 그림자를 드리웠다. 아직 낮게 떠 있는 듄의 은빛 태양빛에 보호막 역할을 하는 절벽들 사이의 우묵한 공간에서 황금색과 자주색 그림자로 가득 찬 초록의 오아시스가 모습을 드러냈다.

레토가 자리에서 일어나 몸을 쭉 폈다.

"그럼 황금의 길밖에 없군." 가니마가 말했다. 그것은 그에게 하는 말인 동시에 그녀 자신에게 하는 말이었다. 아버지의 마지막 환영이 레토의 꿈과 어떻게 만나 그 속으로 녹아 들어갔는지 알기 때문이었다.

그들의 뒤에 있는 수분 누출 방지막에 뭔가가 가볍게 스치더니 웅성거리는 사람들의 목소리가 들려왔다.

레토는 비밀을 유지하기 위해 사용하는 고대 언어를 다시 사용하기 시작했다. "르이 아니 호우르 사미스 스뭇크위 오우르 사미트 수트."

그들이 내린 결정이 그들의 의식 속에서 단단히 자리를 잡는 순간이었다. 레토의 말을 문자 그대로 번역하면, '우리는 함께 죽음의 위험 속으로 들어갈 것이다. 둘 중 하나만이 돌아와서 일어난 일을 보고하게 되더라도'라는 뜻이었다.

가니마가 자리에서 일어났다. 그리고 두 사람은 함께 수분 누출 방지막을 지나 시에치로 돌아갔다. 쌍둥이들이 자신들의 거처로 향하자 경비병들이 기운을 내서 그들의 뒤를 따랐다. 오늘 아침에 사람들은 경비병들과 시선을 교환하며 평소 때와 다른 모습으로 쌍둥이들에게 길을 비켜주었다. 사막 위에서 홀로 밤을 보내는 것은 거룩한 현자들을 위해 마련된 프레멘의 오랜 관습이었다. 움마들은 모두 이런 식으로 철야를 했다. 폴 무앗딥도 그랬고…… 알리아도 그랬다. 그런데 이제 황실의 쌍둥이가 그것을 시작한 것이다.

레토는 사람들이 달라진 것을 눈치채고 가니마에게 그 점을 지적했다. "저 사람들은 우리가 자기들을 위해 어떤 결정을 내렸는지 모르고 있어. 정말 제대로 모르고 있어." 그녀가 말했다.

레토가 여전히 비밀을 유지하기 위한 언어로 말했다. "그 일에는 가장 뜻밖의 시작이 필요한 법이지."

가니마는 생각을 정리하려고 잠시 머뭇거리다가 입을 열었다. "그때, 형제를 위해 슬퍼할 때가 되면 그 일은 틀림없이 정말 현실로 느껴져야 해. 무덤을 만드는 일까지도. 각성하면 안 되니까 가슴도 잠을 따라가야 겠지."

고대 언어로 이 말은 대명사적인 목적어를 부정사와 분리해서 사용하는 지극히 복잡한 문장이었다. 내적인 구절들이 스스로에게 돌아서서 여러 개의 다른 의미를 갖게 되는 것은 바로 문장의 구조 때문이었다. 이렇게 생겨난 여러 개의 의미들은 모두 서로 분명하게 구분되는 명확한 것들이었지만, 또한 미묘하게 서로 연결되어 있었다. 그녀의 말에는 자신들이 레토의 계획에 따라 죽음의 위험을 무릅쓰고 있으며, 그 위험이 현실이든 거짓이든 달라질 게 없다는 의미가 부분적으로 포함되어 있었다. 그렇게 해서 생겨난 변화 역시 죽음과 비슷한 것, 즉 문자 그대로 '장례식 살인'이 될 테니까. 그녀의 말은 전체적으로 봤을 때 살아남아서 상황을 보고하게 될 사람을 비난하듯이 가리켰지만 그것 말고도 다른 의미가 있었다. '살아 있는 사람이 해야 할 일을 실천에 옮기라'는 것이었다. 조금만 발을 잘못 내디뎌도 계획 전체가 무위로 돌아갈 것이며, 레토의 황금의 길은 막다른 길이 되어버릴 터였다.

"그래, 지극히 까다롭지." 레토가 동의했다. 그는 커튼을 젖히며 자신들의 거처에 딸린 대기실로 들어갔다.

쌍둥이들이 레이디 제시카에게 할당된 숙소로 통하는 아치형의 통로를 향해 방을 가로지르는 동안 시종들은 아주 잠깐 움직임을 멈췄을 뿐이다.

"넌 오시리스가 아냐." 가니마가 그를 일깨웠다.

"오시리스가 될 생각도 없어."

가니마는 그의 팔을 잡아 그를 멈추게 했다. "알리아 다르사타이 하우누스 므스모우." 그녀가 경고했다.

레토는 누이의 눈을 들여다보았다. 알리아의 행동이 더러운 냄새를 풍기는 것은 사실이었다. 그들의 할머니도 틀림없이 그 점을 눈치챘을 것이다. 그는 가니마에게 고맙다는 듯이 미소를 지어 보였다. 그녀는 고대 언어와 프레멘의 미신을 섞어 가장 기본적인 부족의 징조를 상기시켜 주었다. '므스모우', 즉 여름밤의 더러운 냄새는 악마의 손에 죽임을 당할 것이라는 전조였다. 그리고 이시스는 지금 그들이 사용하는 언어를 썼던 민족에게 죽음을 상징하는 악마이자 여신이었다.

"우리 아트레이데스 가문 사람들은 대담하다는 평판을 계속 유지해야 해." 그가 말했다.

"그러니까 우리에게 필요한 걸 그냥 가져야겠지." 그녀가 말했다.

"그렇지 않으면 우리가 섭정님 앞에 탄원자로 나서야 할걸. 그러면 알리아가 아주 즐거워할 거야."

"하지만 우리 계획은……." 그녀가 말꼬리를 흐렸다.

'우리 계획이라.' 레토는 생각했다. 그녀는 이제 그 계획을 그와 완전히 공유하고 있었다. 그가 말했다. "난 우리 계획을 섀두프의 노고라고 생각해."

가니마는 자신들이 지나온 대기실을 흘끗 뒤돌아보며 영원한 시작의 느낌을 풍기는 부드러운 아침의 냄새를 맡았다. 레토가 자신들만의 은밀한 언어를 사용해서 한 말이 마음에 들었다. '셔두프의 노고', 그것은 서약이었다. 그는 자신들의 계획에 농사일 중에서도 아주 지루한 일의 이름을 붙인 것이다. 비료 주기, 물 대기, 잡초 뽑기, 옮겨심기, 가지치기. 그러나 그의 말 속에는 이런 노동이 '다른 세계'에서도 동시에 일어나고 있다는 프레멘 식의 의미가 함축되어 있었다. 그 세계에서는 이런 노동이 영혼의 풍요로움을 배양하는 것을 상징했다.

가니마는 이곳 바위 통로에서 머뭇거리는 동안 오빠를 유심히 살펴보았다. 그가 두 가지 애원을 하고 있다는 것을 그녀는 점점 분명히 알 수 있었다. 하나는 그의 환영과 아버지의 환영에 나온 황금의 길을 위한 것이었고, 다른 하나는 그 계획으로 인해 생겨난 이 극단적으로 위험한 신화의 창조 작업을 수행할 수 있도록 자유로운 주도권을 허락해 달라는, 그녀를 향한 애원이었다. 이것이 그녀에게 겁을 주었다. 그가 보았던 환영에 그녀에게 이미 밝힌 것 이상의 뭔가가 있는 걸까? 그는 인류를 재탄생으로 이끌기 위해 어쩌면 자신이 신격화될지도 모른다는 가능성을 보고 있는 걸까? 부전자전으로? 무앗딥을 숭배하는 종교는 이제 비뚤어져서 알리아의 그릇된 관리와 프레멘의 힘을 지배하는 군인 같은 사제들의 걷잡을 수 없는 방종 속에서 끓어오르고 있었다. 레토는 개혁을 원했다.

'레토는 나한테 뭔가를 숨기고 있어.' 그녀는 깨달았다.

그녀는 그가 자신의 꿈에 대해 했던 말을 곱씹어보았다. 그 꿈속에는 너무나 찬란한 현실이 들어 있어서 어쩌면 그가 꿈을 꾼 후에 몇 시간 동안이나 멍한 상태로 돌아다니게 될지도 모른다는 생각이 들 정도였다. 그는 꿈의 내용이 한 번도 바뀌지 않았다고 말했다.

'나는 밝은 노란색 햇빛 속에서 모래 위에 서 있어. 하지만 태양은 없어. 그때서야 나는 내가 바로 태양이라는 걸 깨닫지. 나의 빛이 밝게 퍼져나가고 그게 황금의 길이야. 이걸 깨달았을 때 나는 나 자신에게서 빠져나와. 그리고 태양이 된 내 모습을 볼 거라고 기대하면서 고개를 돌리지. 하지만 난 태양이 아냐. 나는 아이가 그린 사람 그림처럼 막대기 같은 모양을 하고 있어. 눈이 있어야 할 자리에는 번개 모양의 선들이 있고, 다리도 팔도 막대기 모양이야. 내 왼손에는 홀(笏)이 있는데, 그건 진짜 홀이야. 그걸 쥐고 있는 막대기 같은 사람보다 훨씬 자세하고 현실적인 모양을 하고 있지. 홀이 움직이는데, 나는 그걸 보고 엄청 겁을 집어먹어. 그게 움직이는 순간 나는 잠에서 깨어났다는 걸 느끼지만 여전히 꿈을 꾸고 있어. 그 순간 나는 내 피부가 뭔가에 감싸여 있다는 걸 깨닫지. 그건 내 피부와 함께 움직이는 갑옷이야. 이 갑옷은 내 눈에 보이지 않지만 분명히 느껴져. 그때 두려움이 사라져. 이 갑옷이 내게 1만 명분의 힘을 주니까.'

가니마가 계속 자신을 물끄러미 바라보자 레토는 그녀에게서 떨어져 제시카의 거처를 향해 걸어가려고 했다. 그러나 가니마가 그에게 저항했다.

"이 황금의 길이 다른 길보다 더 나은 것이 아닐 수도 있어." 그녀가 말했다.

레토는 자신과 가니마 사이의 돌바닥을 내려다보며 가니마의 회의가 강렬하게 되돌아오는 것을 느꼈다. "난 그걸 꼭 해야만 해." 그가 말했다.

"알리아는 홀렸어. 우리한테도 그런 일이 일어날 수 있어. 어쩌면 벌써 그런 일이 일어났는데 우리가 모르는 것인지도 몰라." 그녀가 말했다.

"아냐." 그가 고개를 가로저으며 그녀와 시선을 마주쳤다. "알리아는 저항했어. 그 때문에 그녀의 내면에 있는 힘들이 더욱 강해진 거야. 알리아는 자기 자신의 힘에 압도당한 거라고. 우리는 감히 용기를 내서 내면을 탐색하고 오래된 언어들과 오래된 지식을 찾아냈어. 우린 이미 우리 안에 있는 그 생명들의 혼합물이야. 우린 저항하지 않고 그들과 함께 흐름을 타야 해. 내가 어젯밤에 아버지한테 배운 게 바로 이거야. 내가 꼭 배워야 했던 게 바로 이거라고."

"아버지는 내 안에서는 그런 얘기를 전혀 하지 않았어."

"넌 어머니의 말에 귀를 기울였잖아. 우린……."

"그리고 난 거의 사라질 뻔했지."

"네 안에 있는 어머니의 힘이 아직도 강해?" 공포 때문에 그의 얼굴이 굳었다.

"응……. 하지만 지금은 어머니가 사랑으로 나를 지켜주신다는 생각이 들어. 어머니와 언쟁을 벌일 때 넌 굉장했어." 말을 마치고 가니마는 자신의 내면에 투영된 어머니에 대해 생각해 보았다. 그리고 다시 입을 열었다. "지금 어머니는 나를 위해 다른 사람들과 함께 알람 알 미탈에 존재하고 있어. 하지만 어머니는 이미 지옥의 과실을 맛봤어. 이제 나는 아무런 두려움 없이 어머니의 말에 귀를 기울일 수 있어. 다른 사람들에 대해서는……."

"그래. 나도 아버지의 말에 귀를 기울였어. 하지만 난 사실은 나와 같은 이름을 가졌던 할아버지의 충고를 따르고 있다고 생각해. 어쩌면 이름이 같아서 그게 더 쉬워졌는지도 모르지."

"할머니에게 황금의 길에 대해 이야기하라는 조언을 받은 거야?"

레토는 시종 하나가 레이디 제시카의 아침 식사가 담긴 바구니 모양의 쟁반을 들고 서둘러 자신의 옆을 지나가는 동안 말없이 기다렸다. 시종이 지나가는 순간 강렬한 스파이스 냄새가 허공을 채웠다.

"할머니는 우리 안에 살면서 동시에 자신의 육체 속에서 살고 있어. 할머니에게 다시 조언을 구할 수도 있겠지." 레토가 말했다.

"난 싫어. 난 그런 위험을 다시 무릅쓰지 않을 거야." 가니마가 반발했다.

"그럼 내가 할게."

"할머니가 교단으로 돌아갔다고 우리 둘 다 동의한 게 아니었어?"

"그랬지. 할머니는 처음에는 베네 게세리트였다가, 중간에는 자기 자신만의 존재가 되었다가, 마지막에 다시 베네 게세리트가 됐어. 하지만 할머니 역시 하코넨의 피를 가지고 있고, 우리보다 하코넨의 피에 더 가깝다는 걸 기억해야 해. 그러니 지금 우리가 경험하고 있는 이 내면의 공유를 할머니 역시 경험했다는 것도."

"할머니의 경험은 아주 피상적이었어. 그리고 넌 내 질문에 대답하지 않았어."

"할머니 앞에서 황금의 길을 언급하지는 않을 거야."

"어쩌면 내가 할지도 몰라."

"가니!"

"이제 아트레이데스 가문 출신의 신은 더 이상 필요 없어! 우리에게 필요한 건 어느 정도 인간성을 가질 수 있는 여유라고!"

"내가 언제 그걸 부정한 적 있어?"

"아니, 없어." 그녀는 깊이 숨을 들이마시고 그에게서 시선을 돌렸다. 대기실에 있는 시종들이 두 사람을 바라보았다. 그들은 두 사람의 어조에서 서로 언쟁을 벌이고 있다는 것을 알았지만, 고대어를 알아듣지는 못했다.

"우린 꼭 그걸 해야 해. 행동에 나서지 못하느니 차라리 우리 칼 위에 스스로 엎어지는 게 나아." 그가 말했다. 그는 이 말에서 '부족의 저수지로 우리의 물을 흘려보낸다'는 뜻을 지닌 프레멘의 어법을 사용했다.

가니마는 다시 그를 바라보았다. 그의 말에 동의하지 않을 수 없었다. 그러나 수많은 벽들로 이루어진 구조물 속에 갇혀 있는 것 같은 느낌이 들었다. 자기들이 무슨 짓을 해도 최후의 심판일이 앞길에 가로놓여 있다는 것을 둘 다 알고 있었다. 가니마는 자신의 내면에 기억으로 존재하는 다른 생명들로부터 모아들인 자료를 바탕으로 이 점을 더욱 확신하면서도, 자신이 그들의 경험이라는 자료를 이용함으로써 그 영혼들이 힘을 가지게 된 것을 두려워하고 있었다. 그들은 그녀의 내면에 하피(Harpy, 그리스 신화에 나오는 괴물. 여자의 얼굴과 몸에 새의 날개를 가졌다─옮긴이)처럼 잠복해 있었다. 그들은 기습을 위해 매복하고 있는 그림자의 악마들이었다.

육체에 대한 힘을 억제하고 포기해 버린 어머니만이 예외였다. 가니마는 내면에서 벌어졌던 그 싸움의 충격에서 아직 벗어나지 못했다. 레토의 설득력 있는 말솜씨가 아니었다면 자신이 그 싸움에서 졌으리라는 것을 알기 때문이었다.

레토는 자신이 본 황금의 길이 이 덫에서 나가는 길이라고 말했다. 그가 환영에서 본 것을 모두 말해 주지 않았다는 깨달음이 계속 마음에 걸리기는 해도, 그의 이 말이 정직한 것임은 인정할 수밖에 없었다. 그의 계획에 살을 붙이기 위해서는 그녀의 풍부한 창의력이 필요했다.

"우린 시험을 받을 거야." 그가 말했다. 그는 그녀의 불안이 어디로 향하는지 알고 있었다.

"스파이스를 이용한 시험은 아니겠지."

"어쩌면 그 시험도 받을지 몰라. 확실한 건 사막에서의 시험과 '홀린 자에 대한 시련'이야."

"너 '홀린 자에 대한 시련'에 대해서는 한마디도 하지 않았잖아!" 그녀가 비난했다. "네 꿈에 그것도 나왔던 거야?"

레토는 바짝 마른 목구멍으로 마른침을 삼키려고 애쓰면서 자기도 모르게 사실을 말해 버린 것을 저주했다. "그래."

"그럼 우리가…… 홀리게 되는 거야?"

"아냐."

그녀는 그 '시련'에 대해 생각해 보았다. 그것은 고대의 프레멘들이 사용하던 조사 방법으로 대개 시험 대상자가 끔찍한 죽음을 맞는 것으로 끝이 났다. 그렇다면 자신들의 계획에 또 다른 복잡한 문제가 생겨난 셈이었다. 이번 계획은 그들을 벼랑 끝으로 몰고 갈 것이고, 그 절벽에서 어느 쪽으로 뛰어내리더라도 그들이 지닌 인간의 정신은 아마 그것을 감당하지 못해 정상을 유지하지 못할 것이다.

그녀의 생각이 어디를 헤매고 있는지 눈치챈 레토가 입을 열었다. "정신병자들은 힘에 끌리지, 항상. 우리가 우리 내면에서 피해야 하는 게 바로 그거야."

"우리가…… 홀리지 않는다는 거 확실해?"

"우리가 황금의 길을 만들어낸다면 홀리지 않아."

그녀는 여전히 불안을 떨쳐버리지 못했다. "내가 네 아이를 낳는 일은 없을 거야, 레토."

그는 자신의 내면이 무심코 드러나려는 것을 억누르며 고개를 저었다. 그리고 황실에서 사용되는 공식적인 어법의 고대 언어로 말했다. "나의 누이여, 난 나 자신보다 그대를 더 깊이 사랑하고 있다. 하지만 그것이 내 욕망을 부추기지는 않는다."

"좋아. 그럼 할머니를 만나기 전에 다른 얘기로 돌아가 보자. 알리아의 몸에 칼을 찔러 넣으면 우리 문제를 대부분 해결할 수 있을지도 몰라."

"네가 그렇게 생각한다면, 그건 진흙 속을 걸으면서 발자국을 남기지 않을 수 있다고 믿는 거랑 똑같아. 게다가 알리아가 누구에게든 그런 기회를 준 적이 있어?"

"야비드라는 사람에 대한 이야기가 있어."

"던컨이 질투하는 기색이라도 있는 거야?"

가니마는 어깨를 으쓱했다. "독약 하나, 독약 둘." 이것은 황족들이 자신의 일신에 대한 위협의 정도에 따라 주위 사람들을 분류할 때 흔히 사용하는 말로, 온 우주에 존재하는 모든 통치자들의 표식 같은 것이었다.

"반드시 내 식대로 그걸 해야 해." 그가 말했다.

"어쩌면 내가 말한 방법이 더 깨끗할지도 몰라."

이 대답을 듣고서, 그는 그녀가 마침내 자신의 불안을 억누르고 그의 계획에 동의하기로 마음을 돌렸다는 것을 깨달았다. 그런데도 전혀 기분이 좋아지지 않았다. 그는 자기도 모르게 자신의 손을 내려다보며 손에 그 더러움이 계속 들러붙어 있는 것은 아닐까 생각했다.

무앗딥의 성취는 이렇다. 그는 개인들이 지닌 잠재의식의 저장소를 우리들 공통의 발생 시기 최초의 세포까지 거슬러 올라가는 기억의 무의식적인 저장소로 보았다. 그는 우리들 각자가 그 공통의 기원과 자신 사이의 거리를 잴 수 있다고 말했다. 이것을 깨닫고 그것에 대해 이야기하면서 그는 대담하고 비약적인 결정을 내렸다. 무앗딥은 유전적 기억을 지속적인 평가 속으로 통합하는 임무를 스스로에게 부여했다. 이렇게 해서 그는 '시간'의 베일을 뚫고 나아가 미래와 과거를 하나로 만들었다. 무앗딥의 아들과 딸에게 구현된 무앗딥의 창조물이 바로 그것이었다.

—『아라키스의 성서』, 하르크 알 아다

파라든은 할아버지의 궁전에 있는 정원 구내를 성큼성큼 통과하면서, 살루사 세쿤더스의 태양이 정오를 향해 높아짐에 따라 자신의 그림자가 점점 짧아지는 것을 지켜보았다. 그와 동행하고 있는 키 큰 바샤르와 보조를 맞추기가 조금 힘들었다.

"난 잘 모르겠소, 티예카니크." 그가 말했다. "아, 옥좌가 매력적이라는 건 부인할 수 없지. 하지만……." 그는 심호흡을 했다. "……난 아주 여러 가지 것들에 흥미를 갖고 있으니까."

조금 전까지 파라든의 어머니와 치열한 언쟁을 벌였던 티예카니크는 곁눈질로 왕자를 흘끗 바라보며 열여덟 번째 생일을 앞둔 이 젊은이의 몸이 점점 더 단단해지고 있음을 알아보았다. 날이 갈수록 그에게서 웬시시아의 모습은 점점 사라지고 예전 샤담의 모습이 더 많이 나타나고 있었다. 샤담도 황족으로서의 책임보다는 개인적인 취미를 추구하는 것을 더 좋아했다. 물론 그가 결국 옥좌를 잃은 것은 그 때문이었다. 지휘자로서 나약해져버린 것이다.

"선택을 하셔야 합니다." 티예카니크가 말했다. "아, 물론 왕자님이 흥미를 갖고 계신 것들을 즐길 시간은 분명히 있을 겁니다. 하지만⋯⋯."

파라든은 아랫입술을 잘근잘근 씹었다. 의무가 그를 이곳에 붙들어두고 있었지만, 그는 갑갑했다. 할 수만 있다면 모래송어 실험이 진행되고 있는 고립된 바위땅으로 가는 편이 훨씬 더 좋았다. 엄청난 잠재력을 지닌 프로젝트가 그곳에 존재하고 있었다. 아트레이데스의 손에서 스파이스의 독점권을 빼앗는다면 무슨 일이든 일어날 수 있었다.

"이 쌍둥이들이⋯⋯ 제거될 것이라는 게 확실하오?"

"절대적으로 확실한 건 하나도 없습니다, 왕자님. 하지만 전망이 밝습니다."

파라든은 어깨를 으쓱했다. 암살은 지금도 황족들의 생활의 일부였다. 그들의 언어는 중요한 인물들을 제거하는 방법에 대한 미세한 표현으로 가득했다. 단어 하나의 차이로 그들은 음료수에 든 독과 음식에 든 독을 구분할 수 있었다. 그는 아트레이데스 쌍둥이의 제거가 독에 의해 이루어질 것이라고 짐작했다. 즐거운 생각은 아니었다. 누구의 말을 들어보아도 그 쌍둥이들은 정말로 흥미로운 한 쌍이었다.

"우리가 아라키스로 이주해야 하는 거요?" 파라든이 물었다.

"그것이 최선의 선택입니다. 그러면 저희가 가장 커다란 압박을 가할 수 있는 입장에 놓이게 되죠." 파라든은 뭔가 질문을 참는 것 같았다. 티예카니크는 과연 그 질문이 무엇일까 궁금했다.

"고민이 있소, 티예카니크." 파라든이 말했다. 두 사람은 이제 울타리 모퉁이를 돌아 거대한 흑장미들로 둘러싸인 분수에 접근하고 있었다. 울타리 뒤에서 정원사들이 가지치기를 하는 소리가 들렸다.

"뭡니까?" 티예카니크가 말을 재촉했다.

"음, 그대가 고백한 이 종교라는 게……."

"그건 하나도 이상한 일이 아닙니다, 왕자님." 티예카니크는 이렇게 말하면서 자신의 목소리가 흔들림 없이 확고하게 들리기를 바랐다. "이 종교는 제 안에 있는 전사의 기질과 잘 들어맞습니다. 사다우카에게 알맞은 종교입니다." 적어도 이 말은 사실이었다.

"그래…… 하지만 어머니는 그 종교 때문에 아주 즐거워하시는 것처럼 보였소." 이 말을 하고 나서 그는 속으로 생각했다. '망할 놈의 웬시시아! 아들마저 의심하게 만들다니.'

"왕자님의 어머님이 무슨 생각을 하시는지 저는 신경 쓰지 않습니다. 종교는 개인적인 문제니까요. 어쩌면 어머님께서는 이 종교 속에서 왕자님을 옥좌에 올려놓는 데 도움이 되는 뭔가를 보고 계시는 것 같습니다."

"내 생각도 그렇소." 파라든이 말했다.

'아아, 이 아이는 정말 날카로운걸!' 티예카니크는 생각했다. 그리고 입을 열어 말했다. "왕자님이 직접 그 종교를 자세히 살펴보십시오. 제가 왜 그 종교를 선택했는지 금방 아시게 될 겁니다."

"그래도…… 무앗딥의 설교라니? 그는 어쨌든 아트레이데스였소."

"제가 할 수 있는 말은, 신이 하시는 일은 불가사의하다는 것뿐입니다."

"알겠소. 그건 그렇고, 티예크, 왜 하필 지금 내게 함께 산책하자고 권한 것이오? 지금은 정오가 다 된 시간이고, 이맘때쯤이면 그대는 대개 어머니의 명령으로 어딘가에 나가 있지 않소?"

티예카니크는 분수와 그 너머의 거대한 장미들이 바라보이는 돌 벤치 앞에서 걸음을 멈췄다. 물소리가 마음을 달래주어서 그는 계속 그 소리에 신경을 집중한 채 입을 열었다. "왕자님, 제가 왕자님의 어머님께서 좋아하시지 않을지도 모르는 일을 저질렀습니다." 그리고 속으로 생각했다. '만약 이 아이가 이 말을 믿는다면, 그녀의 저주스러운 계획이 성공을 거두겠지.' 티예카니크는 웬시시아의 계획이 실패하기를 거의 바라고 있었다. '그 망할 놈의 설교자를 여기로 데려오다니. 그 여자는 제정신이 아냐. 게다가 그 비용이 얼만데!'

티예카니크가 반응을 기다리며 계속 침묵을 지키자 파라든이 물었다. "좋소, 티예크. 무슨 짓을 한 거요?"

"해몽가를 데려왔습니다."

파라든은 옆에 있는 남자에게 날카로운 시선을 쏘아보냈다. 나이가 많은 사다우카들 중에는 꿈을 해석하는 놀이를 즐기는 사람들이 있었다. 그들이 저 '최고의 몽상가' 무앗딥에게 패배한 뒤에는 그런 놀이가 점점 더 잦아졌다. 그들은 자기들의 꿈속 어딘가에 힘과 영광을 되찾을 길이 있을지도 모른다고 판단했다. 그러나 티예카니크는 항상 그런 놀이를 피하는 편이었다.

"그대답지 않은 얘기군, 티예크." 파라든이 말했다.

"그렇다면 저로서는 제가 받아들인 새로운 종교를 근거로 말할 수밖에 없습니다." 그가 분수를 향해 말했다. 종교에 대해 말하는 것이야말로 당연히 그들이 위험을 무릅쓰고 설교자를 이곳으로 데려온 이유였다.

"그럼 그 종교를 근거로 말해 보시오." 파라든이 말했다.

"왕자님의 명령에 따르겠습니다." 그는 고개를 돌려 온갖 꿈이 담긴 그릇인 젊은이를 바라보았다. 그 꿈들은 이제 깨끗하게 정리되어 코리노 가문이 앞으로 따라가게 될 길을 형성하고 있었다. "왕자님, 교회와 국가, 과학적 이성과 신앙, 그리고 그 이상의 훨씬 많은 것들, 이를테면 진보와 전통 같은 것들, 이 모든 것이 무앗딥의 가르침 속에서 조화를 이루고 있습니다. 그는 인간의 신앙, 그리고 때로는 꿈속을 제외하면 서로 타협할 수 없는 정반대의 것들은 존재하지 않는다고 가르쳤습니다. 우리는 과거 속에서 미래를 발견하는데, 두 가지 모두 전체의 일부입니다."

파라든은 아직 의혹을 떨쳐버리지 못했는데도 이 말에 감동을 받았다. 그는 티예카니크의 목소리에서 마지못한 듯한 진지함을 읽어냈다. 마치 그가 내면의 충동과는 반대되는 얘기를 하고 있는 것 같았다.

"그러니까 그대가 내게 이…… 이 꿈 해석자를 데려온 것이 그 때문이란 말이오?"

"그렇습니다, 왕자님. 어쩌면 왕자님의 꿈이 '시간'을 관통하고 있는지도 모릅니다. 이 우주를 질서 있는 전체로 인정할 때 왕자님은 왕자님 내면의 존재의 의식을 되찾게 될 겁니다. 왕자님의 꿈은…… 그러니까……."

"하지만 난 내 꿈에 의미를 부여하지 않았소." 파라든이 반박했다. "내 꿈은 호기심의 대상일 뿐이오. 나는 단 한 번도 그런 생각을……."

"왕자님이 하시는 일 중에 중요하지 않은 건 없습니다."

"그거 아주 기분 좋은 말이로군, 티예크. 그 친구가 위대한 수수께끼의 핵심을 들여다볼 수 있다고 정말로 믿는 거요?"

"그렇습니다, 왕자님."

"그럼 어머니가 기분 나빠 하든 말든 상관하지 마시오."

"그를 만나시겠습니까?"

"물론이오. 내 어머니의 화를 돋우려고 그대가 그를 데려왔으니까."

'지금 날 조롱하는 건가?' 티예카니크는 속으로 질문을 던져보았다. 그리고 입을 열어 말했다. "그 노인이 가면을 쓰고 있다는 말씀을 먼저 드려야겠습니다. 그 가면은 앞을 보지 못하는 자들이 피부를 통해 사물을 볼 수 있게 해주는 익스의 장치입니다."

"그자가 장님이오?"

"예, 왕자님."

"그자는 내가 누군지 알고 있소?"

"제가 얘기해 주었습니다, 왕자님."

"좋소. 그럼 그자에게 가봅시다."

"왕자님이 여기서 잠시 기다리고 계시면 제가 그 사람을 데려오겠습니다."

파라든은 분수가 있는 정원을 둘러보며 미소를 지었다. 이런 멍청한 짓을 하기에는 어디 못지않게 좋은 장소였다. "내가 무슨 꿈을 꿨는지 그자에게 말해 주었소?"

"대략적인 이야기만 해주었습니다, 왕자님. 그자가 왕자님께 직접 얘기해 달라고 요청할 겁니다."

"아, 좋소. 여기서 기다리겠소. 그자를 데려오시오."

파라든은 등을 돌렸다. 티예카니크가 서둘러 물러나는 소리가 들렸다. 정원사 한 명이 울타리 바로 뒤에서 일하고 있는 모습이 보였다. 갈색 모자를 쓴 머리 꼭대기와 푸른 나무들 위로 들락날락하는 전정가위의 번득임뿐이었지만. 가위의 움직임을 가만히 보고 있으니 최면에 걸릴 것 같았다.

'이 꿈 어쩌고 하는 얘기는 말도 안 돼. 티예크가 나와 상의도 하지 않고 이런 일을 저지른 건 잘못이지. 티예크가 그 나이에 종교를 갖다니 이상해. 게다가 이번에는 꿈이라니.' 파라든은 속으로 생각했다.

이윽고 그의 뒤에서 발소리가 들렸다. 이미 귀에 익숙한 티예카니크의 자신 있는 발소리와 발을 질질 끌면서 걷는 듯한 소리였다. 파라든은 몸을 돌려 자신을 향해 다가오는 꿈 해석자를 뚫어지게 바라보았다. 익스의 가면은 검은색으로 아주 얇았으며, 이마에서부터 턱 아래까지 얼굴을 가리고 있었다. 가면에는 눈구멍이 없었다. 익스 인들의 자랑을 그대로 믿는다면 가면 전체가 하나의 눈이었다.

티예카니크가 파라든에게서 두 발짝 떨어진 곳에 멈춰 섰다. 그러나 가면을 쓴 노인은 한 발짝도 채 안 되는 곳까지 다가왔다.

"꿈 해석자입니다." 티예카니크가 말했다.

파라든은 고개를 끄덕였다.

가면을 쓴 노인이 언뜻 툴툴거리는 소리와 비슷하게 콜록거렸다. 마치 자신의 배 속에서 뭔가를 끌어 올리려는 것 같았다.

노인에게서 나는 시큼한 스파이스 냄새가 지독했다. 노인의 몸을 가린 기다란 회색 로브에서 나는 냄새였다.

"그 가면이 정말로 네 몸의 일부냐?" 파라든이 물었다. 그러면서 그는 자신이 꿈에 관한 얘기를 지연시키려고 애쓰고 있음을 깨달았다.

"제가 이걸 쓰고 있는 동안에는 그렇습니다." 노인이 말했다. 그의 목소리에는 한이 서린 콧소리와 희미한 프레멘 억양이 배어 있었다. "왕자님의 꿈을 들려주십시오."

파라든은 어깨를 으쓱했다. '안 될 것도 없지.' 티예크가 저 노인을 데려온 것도 바로 그 때문이었으니까. 아니, 정말로 그런 걸까? 의혹이 파라든을 움켜쥐었다. "네가 정말로 해몽가인 거냐?"

"저는 꿈을 해석하러 왔습니다, 권세 높은 분이시여."

파라든은 다시 어깨를 으쓱했다. 저 가면을 쓴 인간이 그를 불안하게 만들고 있었다. 그는 티예카니크를 살짝 바라보았다. 티예카니크는 아까 걸음을 멈춘 곳에서 팔짱을 낀 채 분수를 노려보고 있었다.

"꿈을 말씀해 주십시오." 노인이 재촉했다.

파라든은 깊이 숨을 들이마시고 꿈을 얘기하기 시작했다. 그가 꿈을 얘기하는 데에 완전히 빠져듦에 따라 얘기하기가 더 쉬워졌다. 그는 우물 속에서 위로 흐르던 물과 그의 머릿속에서 춤추는 원자의 모습으로 나타났던 여러 행성들, 그리고 모래벌레로 변신해 흙먼지 구름 속에서 폭발해 버린 뱀에 대해 이야기했다. 그는 뱀에 대해 이야기하는 것이 더 힘들다는 것을 깨닫고 깜짝 놀랐다. 왠지 그 얘기를 하고 싶지 않다는 생각이 너무 강해서 그는 말을 하면서 화가 났다.

파라든이 마침내 입을 다물 때까지 내내 노인은 아무런 감정도 드러내지 않았다. 그가 숨을 쉴 때마다 거즈처럼 얇은 검은 가면이 조금씩 움직였다. 파라든은 기다렸다. 침묵이 계속되었다.

이윽고 파라든이 물었다. "내 꿈을 해석하지 않을 작정이냐?"

"이미 해석했습니다." 그가 말했다. 그의 목소리는 아주 먼 곳에서 들려오는 듯했다.

"그래?" 파라든의 목에서 새된 소리가 났다. 꿈 때문에 긴장했음을 알려주는 증거였다.

그러나 노인은 여전히 아무런 감정도 드러내지 않은 채 침묵을 지키고 있었다.

"말해 보아라!" 그의 어조에 분노가 역력했다.

"전 해석하겠다고 말씀드렸을 뿐, 제 해석을 들려드리겠다고 하지는 않았습니다." 노인이 말했다.

이 말은 티예카니크조차 움직이게 만들었다. 그가 팔을 내려 양옆에서 주먹을 쥐었다. "뭐라고?" 그가 이를 갈듯이 말했다.

"저는 제 해석을 밝히겠다고 하지 않았습니다." 노인이 말했다.

"더 많은 보수를 원하는 거냐?" 파라든이 물었다.

"이곳으로 올 때 저는 보수를 요구하지 않았습니다." 이 대답 속에 들어 있는 차가운 자존심이 파라든의 분노를 누그러뜨렸다. 이자는 어찌됐든 아주 용감한 노인이었다. 명령에 복종하지 않으면 죽음이 뒤따를 수도 있다는 것을 그도 분명히 알고 있을 터였다.

"제게 맡겨주십시오, 왕자님." 파라든이 뭐라고 말을 하려 하자 티예카니크가 말했다. 그리고 노인을 향했다. "왜 네 해석을 밝히지 않겠다는 건지 그 이유를 말해 보아라."

"예, 나리. 왕자님의 꿈은 그것을 설명하는 것이 아무 소용없는 일이 되리라는 것을 제게 알려주었습니다."

파라든은 더 이상 참을 수가 없었다. "내가 이미 내 꿈의 의미를 알고 있다는 것이냐?"

"어쩌면 알고 계실지도 모릅니다, 왕자님. 그러나 제 말의 요점은 그것이 아닙니다."

티예카니크가 몸을 움직여 파라든 옆에 와서 섰다. 두 사람 모두 노인을 노려보았다. "자세히 설명해 보아라." 티예카니크가 말했다.

"그렇게 해라." 파라든이 말했다.

"만약 제가 이 꿈에 대해 얘기한다면, 물과 흙먼지, 뱀과 모래벌레 같은 것들을 탐색한다면, 제 머릿속과 마찬가지로 왕자님의 머릿속에서도 춤추고 있는 그 원자들을 분석한다면, 아아, 권세 높은 분이시여, 제 말은 왕자님을 혼란스럽게 만들기만 할 것이고, 왕자님은 제가 잘못 이해했다고 주장하실 것입니다."

"네 말 때문에 내가 화를 낼까 두려운 거냐?" 파라든이 힐문했다.

"왕자님! 왕자님께서는 이미 화를 내고 계십니다."

"네가 우리를 믿지 못하겠다는 거냐?" 티예카니크가 물었다.

"그런 셈입니다, 나리. 저는 두 분 모두 믿지 못합니다. 두 분이 스스로를 믿지 않으신다는 단순한 이유 때문입니다."

"네가 벼랑 끝에서 위험한 짓을 하고 있구나. 너보다 덜 무례한 행동을 했다가 죽임을 당한 사람도 있다." 티예카니크가 말했다.

파라든이 고개를 끄덕였다. "공연히 우리 화를 돋우지 마라."

"코리노의 분노가 치명적인 결과를 낳는다는 사실은 잘 알려져 있습니다, 살루사 세쿤더스의 주인이시여." 노인이 말했다.

티예카니크가 파라든을 제지하려는 듯 그의 팔을 잡으면서 물었다. "우리를 선동해서 널 죽이게 만들고 싶은 거냐?"

파라든은 미처 이런 생각을 하지 못했다. 그런데 지금 노인의 저런 행동이 과연 무엇을 의미하는지 생각해 보면서 몸이 오싹해지는 것을 느꼈다. 설교자를 자처하는 이 노인은…… 이자는 겉으로 보이는 것 이상의 인물인가? 그가 죽는다면 무슨 일이 일어날 것인가? 순교자는 때로 위험한 물건이 될 수 있었다.

"제가 무슨 말을 해도 두 분이 저를 죽이실 거라고는 생각하지 않습니다. 나리께서는 제 가치를 알고 계실 겁니다, 바샤르님. 그리고 이제는 왕자님께서도 그것을 짐작하고 계십니다." 설교자가 말했다.

"왕자님의 꿈을 절대로 해석하지 못하겠다는 거냐?" 티예카니크가 물었다.

"전 이미 그 꿈을 해석했습니다."

"그런데 그 꿈속에서 네가 본 것을 밝히지 않겠단 말이지?"

"저를 비난하시는 겁니까, 나리?"

"네가 어떻게 내게 가치 있는 존재가 될 수 있다는 거냐?" 파라든이 물었다.

설교자가 오른손을 내밀었다. "제가 이 손으로 부르기만 하면 던컨 아이다호가 제게 달려와서 제 명령에 복종할 테니까요."

"무슨 근거 없는 허세를 부리는 거냐?" 파라든이 물었다.

그러나 티예카니크는 웬시시아와 벌였던 언쟁을 되새기며 고개를 가로저었다. 그가 말했다. "왕자님, 어쩌면 저자의 말이 사실일지도 모릅니다. 설교자는 듄에 많은 추종자들을 갖고 있습니다."

"저자가 그곳에서 왔다는 사실을 왜 내게 말하지 않았소?" 파라든이 물었다.

티예카니크가 미처 대답하기 전에 설교자가 파라든을 향해 말했다. "왕자님, 아라키스에 대해 죄책감을 느끼시면 안 됩니다. 왕자님은 이 시대의 산물일 뿐입니다. 이것은 누구나 죄책감 때문에 고통스러울 때 할 수 있는 특별한 자기 변호의 말입니다."

"죄책감이라니!" 파라든은 격분했다.

설교자는 그저 어깨를 으쓱할 뿐이었다.

이상하게도 이것이 파라든의 분노를 재미있다는 감정으로 바꿔놓았다. 그가 머리를 뒤로 젖히고 큰 소리로 웃음을 터뜨리자 티예카니크가 깜짝 놀라서 흘끗 바라보았다. 파라든이 말했다. "난 네가 마음에 든다,

설교자."

"그런 말씀을 들으니 기쁩니다, 왕자님." 노인이 말했다.

쿡쿡 비어져 나오는 웃음을 억누르며 파라든이 말했다. "네게 이곳 궁전 안에 거처를 마련해 주겠다. 넌 나의 공식적인 꿈 해석자가 될 것이다. 네가 내게 해석의 내용을 한마디도 들려주지 않는다 하더라도 말이지. 그리고 내게 듄에 대해 조언을 해줄 수도 있겠지. 난 그곳에 대해 커다란 호기심을 갖고 있다."

"그건 제가 할 수 있는 일이 아닙니다, 왕자님."

낯선 분노가 다시 돌아왔다. 파라든은 검은 가면을 노려보았다. "왜 못하겠다는 것이냐?"

"왕자님." 티예카니크가 다시 파라든의 팔을 잡으면서 말했다.

"뭐요, 티예크?"

"저희는 조합과 약정을 맺고 저자를 데려왔습니다. 저자는 듄으로 돌아가야 합니다."

"저는 아라키스로 다시 돌아오라는 소환을 받았습니다." 설교자가 말했다.

"누가 너를 소환했다는 거냐?" 파라든이 물었다.

"왕자님보다 더 큰 힘을 지닌 분입니다, 왕자님."

파라든은 의아한 시선으로 티예카니크를 바라보았다. "저자가 아트레이데스의 첩자인 거요?"

"그렇지 않을 겁니다, 왕자님. 알리아가 저자의 목에 현상금을 내걸었으니까요."

"아트레이데스가 아니라면 누가 너를 소환했다는 거지?" 파라든이 다시 설교자에게 시선을 돌리며 물었다.

"아트레이데스보다 더 큰 힘을 지닌 분입니다."

키득거리는 웃음소리가 파라든에게서 흘러나왔다. 이건 신비주의자의 헛소리에 지나지 않았다. 티예크는 어떻게 저런 것에 속아 넘어갈 수 있었을까? 이 설교자는 소환을 받았다고 했다. 십중팔구 꿈에 의해 소환을 받았을 것이다. 꿈이 뭐가 그리 중요하단 말인가?

"이건 시간 낭비요, 티예크. 왜 내 앞에서 이런…… 이런 소극(笑劇)을 벌인 거요?" 파라든이 말했다.

"여기에는 두 배의 가치가 있습니다, 왕자님. 이 꿈의 해석자는 던컨 아이다호를 코리노 가문의 공작원으로 포섭해 주겠다고 제게 약속했습니다. 저자가 요구한 건 왕자님을 만나서 왕자님의 꿈을 해석하게 해달라는 것뿐이었습니다." 티예카니크가 말했다. 그리고 속으로 말을 덧붙였다. '어쨌든 저자가 웬시시아에게 한 말이 그거였지!' 새로운 의혹들이 그를 엄습했다.

"내 꿈이 왜 네게 그리 중요한 거냐, 노인?" 파라든이 물었다.

"왕자님의 꿈은 커다란 사건들이 논리적인 결론을 향해 움직이고 있음을 제게 말해 주고 있습니다. 저는 서둘러 돌아가야 합니다." 설교자가 말했다.

파라든이 그를 비웃으며 말했다. "그리고 너는 계속 수수께끼 같은 말을 늘어놓으며 내게 한마디도 조언을 하지 않겠단 말이지?"

"왕자님, 조언은 위험한 상품입니다. 하지만 감히 몇 말씀 드리겠습니다. 왕자님이 이 말을 조언으로 받아들이셔도 좋고, 마음 내키는 대로 아무렇게나 받아들이셔도 좋습니다."

"그럼 어디 한번 말해 보아라." 파라든이 말했다.

설교자는 가면을 쓴 얼굴을 뻣뻣하게 들고 파라든을 똑바로 바라보았다. "정부는 별로 중요해 보이지 않는 이유들 때문에 흥하기도 하고 망하기도 합니다, 왕자님. 정말 보잘것없는 이유들이지요! 두 여자 사이의 언쟁…… 어느 특정한 날 바람이 부는 방향…… 재채기, 기침, 어떤 옷의 길이, 모래 한 알이 궁정 신하의 눈에 부딪힐 확률. 제국 대신들의 거창한 관심사들이 항상 역사의 방향을 결정하는 것도 아니고, 성직자가 점잔을 빼며 거만을 떨어야만 신의 손이 움직이는 것도 아닙니다."

파라든은 자신이 이 말에 심하게 동요하고 있음을 깨달았지만 그 이유를 설명할 수 없었다.

그러나 티예카니크는 한 구절에 신경을 집중하고 있었다. 이 설교자가 옷을 언급한 이유가 무엇일까? 티예카니크의 생각은 아트레이데스의 쌍둥이들에게 발송된 제국 의상에 집중되어 있었다. 호랑이들이 공격하도록 훈련받은 그 의상이었다. 이 노인이 은연중에 경고를 발하고 있는 것인가? 저자는 무엇을 얼마나 아는 거지?

"왜 그런 조언을 하는 거냐?" 파라든이 물었다.

"성공을 원하신다면 전략을 적용하게 될 지점에 맞는 전략을 짜셔야 합니다. 전략을 적용하는 곳이 어디입니까? 어떤 특정한 사람들을 염두에 두고 특정한 장소에서 전략을 적용하게 마련입니다. 그러나 세부 사항들에 아무리 주의를 기울여도 별로 중요하지 않은 작은 세부 사항들이 왕자님의 주의를 벗어날 것입니다. 왕자님은 지방 총독 아내의 야망에 맞춰 전략을 짜실 수 있습니까?"

티예카니크가 차가운 목소리로 끼어들었다. "전략에 대해 자꾸 같은 말을 되풀이하는 이유가 무엇이냐, 설교자? 왕자님께서 앞으로 뭘 얻게 되실 거라고 생각하느냐?"

"왕자님은 옥좌에 대해 욕망을 갖도록 유도되고 계십니다. 왕자님께

행운이 있기를 빕니다. 그러나 왕자님께는 행운보다 훨씬 더 많은 것이 필요해질 겁니다." 설교자가 말했다.

"위험한 말을 하는구나. 어찌 감히 그런 말을 하는 거냐?" 파라든이 말했다.

"야망은 현실의 방해에도 끄떡하지 않는 경향이 있습니다. 제가 감히 그런 말씀을 드린 것은 왕자님이 기로에 서 계시기 때문입니다. 왕자님은 아주 훌륭한 사람이 되실 수도 있습니다. 그러나 지금 왕자님은 도덕적 정당화를 구하지 않는 사람들과 전략 지향적인 보좌관들에게 둘러싸여 계십니다. 왕자님은 젊고 강하고 강인하십니다. 그러나 왕자님의 품성을 발전시켜 줄 수 있는 고급 훈련을 받지 못하셨습니다. 그건 슬픈 일입니다. 제가 이미 설명한 것과 같은 특질들을 지닌 약점이 왕자님께 있기 때문입니다."

"그게 무슨 뜻이냐?" 티예카니크가 힐문했다.

"말을 할 때는 가려서 해야 할 것이다. 그 약점이라는 게 무엇이냐?" 파라든이 말했다.

"왕자님은 자신이 어떤 사회를 더 선호하게 될지 한 번도 생각해 보지 않으셨습니다. 왕자님은 신민들의 희망에 대해서도 생각하지 않으십니다. 왕자님이 원하시는 제국조차 왕자님의 상상 속에서 거의 형태를 갖추지 못하고 있습니다." 설교자는 가면을 쓴 얼굴을 티예카니크 쪽으로 돌리면서 말을 이었다. "왕자님의 눈은 권력을 향하고 있습니다. 권력의 미묘한 사용법과 위험이 아닙니다. 따라서 왕자님의 미래는 명백한 미지의 것들로 가득 차 있습니다. 언쟁을 벌이는 여자들, 기침, 바람의 방향 같은 것들 말입니다. 모든 세부 사항들을 보지 못하면서 어떻게 한 시대를 창조해 낼 수 있겠습니까? 왕자님의 강인한 정신은 왕자님께 별로 소용이 없을 겁니다. 그것이 왕자님의 약점입니다."

파라든은 오랫동안 노인을 유심히 바라보면서 그의 말에 내포된 더 깊은 주제들과 이미 무너져버린 개념들이 끈질기게 남아 있다는 사실에 놀라움을 느꼈다. 도덕이라니! 사회적 목적이라니! 그런 것들은 위를 향해 나아가는 진화의 움직임 속에서 신앙과 나란히 놓아두어야 하는 근거 없는 미신 같은 것이었다.

티예카니크가 말했다. "말은 충분히 들었다. 우리가 합의한 가격이 무엇이었느냐, 설교자?"

"던컨 아이다호는 이제 두 분의 것입니다. 그를 조심스럽게 사용해 주십시오. 그는 값을 매길 수 없는 보석입니다." 설교자가 말했다.

"아, 그에게 딱 맞는 임무가 하나 있지." 티예카니크가 말했다. 그리고 파라든을 살짝 바라보며 말을 이었다. "이제 저자를 보내도 되겠습니까, 왕자님?"

"내 마음이 변하기 전에 저자에게 가서 짐을 싸라고 하시오." 파라든이 말했다. 그리고 티예카니크를 노려보며 말을 이었다. "그대가 날 이렇게 이용한 것이 불쾌하오, 티예크!"

"나리를 용서해 주십시오, 왕자님. 왕자님의 충실한 바샤르는 자기도 모르는 사이에 신의 의지를 수행하고 있습니다." 설교자는 이렇게 말하고 나서, 몸을 숙여 인사하고 자리를 떴다. 티예카니크가 그를 배웅하려고 서둘러 뒤를 따랐다.

파라든은 점점 멀어지는 두 사람의 뒷모습을 지켜보면서 속으로 생각했다. '티예크가 신봉하는 그 종교를 자세히 살펴봐야겠어.' 그리고 씁쓸한 미소를 지었다. '정말 대단한 꿈 해석가야! 하지만 뭐 상관없지. 내 꿈은 중요한 것이 아니었으니.'

꜐꜐꜐

그리고 그는 갑옷의 환영을 보았다. 갑옷은 그 자신의 피부가 아니었다. 그것은 플래스틸보다 강했다. 아무것도 그의 갑옷을 뚫지 못했다. 칼도 독도 모래도 사막의 흙먼지나 물기를 빼앗아 가는 열기도. 그는 코리올리 폭풍을 만들어 대지를 흔들고 부식시켜 무(無)로 돌려버릴 수 있는 힘을 오른손에 쥐고 있었다. 그의 눈은 황금의 길 위에 못 박혀 있었으며, 그의 왼손은 절대적인 승리의 홀을 쥐고 있었다. 그리고 황금의 길을 넘어 그의 눈이 영원을 들여다보았다. 그는 그 영원이 자신의 영혼과 영원한 육체의 양식이라는 것을 알고 있었다.

―「헤이기아, 내 오빠의 꿈」, 『가니마의 책』에서

"제가 절대 황제가 되지 않는 것이 나을 겁니다." 레토가 말했다. "아, 제가 아버지처럼 스파이스 한 잔으로 미래를 들여다보는 실수를 저질렀다는 얘기는 아닙니다. 제가 이런 말을 하는 건 제 이기심 때문입니다. 제 누이와 제게는 자유의 시간이 절실하게 필요합니다. 우리가 우리 자신을 견디며 살아가는 방법을 배울 수 있는 시간 말입니다."

레토는 말을 끝내고 궁금한 표정으로 레이디 제시카를 뚫어지게 바라보았다. 그는 가니마와 미리 합의한 대로 자신이 할 말을 했다. 이제 할머니가 어떤 반응을 보일 것인가?

제시카는 타브르 시에치 안의 자기 거처를 밝히고 있는 발광구의 약한 빛 속에서 손자를 유심히 바라보았다. 그녀가 이곳에 온 지 이틀째이고 아직 이른 아침이었는데도 쌍둥이들이 시에치 밖에서 철야를 했다는 불안한 보고가 벌써 들어와 있었다. 저 아이들이 무슨 짓을 하고 있는 걸까? 지난밤에 잠을 설친 탓에 생겨난 피곤기가, 우주 공항에서의 그 중요한 작업 이후 반드시 해야만 하는 힘겨운 일들을 처리하는 동안 내내 그녀를 지탱해 주었던 과도한 흥분 상태로부터 이제 그만 내려올 것을 요구하고 있었다. 이곳은 그녀의 악몽에 등장하는 바로 그 시에치였다. 그러나 바깥의 사막은 그녀가 기억하는 모습이 아니었다. '저 많은 꽃들이 다 어디서 왔을까?' 주위의 공기가 너무 습하게 느껴졌다. 젊은이들 사이에서는 사막복의 규율이 느슨해져 있었다.

"네가 무엇이기에 너 자신에 대해 배울 시간이 필요하다는 거냐, 아이야?" 그녀가 물었다.

레토는 부드럽게 고개를 가로저었다. 아이의 몸으로 이렇게 어른 같은 행동을 하는 것이 이상하게 보인다는 것을 알고 하는 행동이었다. 그는 이 여자가 평정을 유지하지 못하게 해야 한다는 사실을 자신에게 다시 일깨웠다. "첫째, 전 아이가 아닙니다. 아……." 그가 가슴에 손을 대며 말을 이었다. "이건 분명히 아이의 몸입니다. 그건 의심의 여지가 없지요. 하지만 저는 아이가 아닙니다."

제시카는 이 말이 무심코 드러내주는 사실을 무시한 채 윗입술을 잘근잘근 씹었다. 이 저주받은 행성에서 오래전에 죽은 그녀의 공작은 그녀가 그렇게 입술을 씹을 때마다 웃음을 터뜨리며, 그 행동을 가리켜 '당신이 보이는 단 하나뿐인 억압되지 않은 반응'이라고 했다. 그리고 이런 말을 했다. "그건 뭔가 당신의 신경에 거슬리는 것이 있다는 뜻이니, 저 떨리는 입술을 잠재우기 위해 내가 키스를 해야겠다는 생각이 들어요."

그런데 이제 그녀의 공작과 같은 이름을 가진 손자가 그녀에게 심장이 멎을 정도로 충격을 주었다. 손자가 한 일이라고는 미소를 지으며 이렇게 말한 것뿐이었다. "뭔가 신경에 거슬리는 게 있으시군요. 그 입술이 떨리는 걸 보니 알겠습니다."

그녀는 베네 게세리트 훈련 중에서도 가장 심오한 수양법을 동원한 후에야 조금이나마 평정을 되찾을 수 있었다. 그녀가 간신히 입을 열어 말했다. "나를 조롱하는 게냐?"

"조롱이라니요? 천만에요. 하지만 우리가 아주 다르다는 사실을 할머님께 분명히 해두어야겠습니다. 과거의 대모님이 할머님께 자신 속의 생명들과 기억을 주었던 오래전의 시에치 잔치를 돌이켜 생각해 보십시오. 대모님은 자신을 할머님의 파장에 맞추고 할머님께 그…… 그 소시지 같은 것들이 길게 사슬처럼 이어진 것을 주었습니다. 소시지 하나가 각각 한 사람이었죠. 할머님은 그것을 아직 갖고 계십니다. 그러니 가니마와 제가 무엇을 경험하고 있는지 조금은 아시겠지요."

"그럼 알리아는?" 제시카가 그를 시험하기 위해 물었다.

"가니와 그 얘기를 하지 않으셨습니까?"

"난 너와 그 얘기를 하고 싶다."

"좋습니다. 알리아는 자기 자신을 부정했고, 이제 자신이 가장 두려워하던 존재가 되었습니다. 내면의 과거를 무의식으로 쫓아버릴 수는 없습니다. 그건 어떤 인간에게나 위험한 일이죠. 하지만 미리 태어난 자인 저희들에게 그것은 죽음보다 더한 일입니다. 제가 알리아에 대해 할 말은 이것뿐입니다."

"그래, 넌 아이가 아니란 말이지."

"전 수백만 년의 나이를 먹었습니다. 그 때문에 인간이 과거 한 번도 할 필요가 없었던 조정 작업이 필요해졌습니다."

제시카는 아까보다 침착한 태도로 고개를 끄덕였다. 가니마를 만났을 때보다 훨씬 더 조심스러웠다. 그런데 가니마는 어디 있는 거지? 왜 레토가 혼자서 온 거야?

"할머님, 저희가 저주스러운 존재입니까, 아니면 아트레이데스의 희망입니까?" 레토가 말했다.

제시카는 이 질문을 무시했다. "네 누이는 어디 있느냐?"

"그녀는 우리를 방해하지 못하게 알리아를 붙들어두고 있습니다. 그건 꼭 필요한 일입니다. 하지만 가니가 왔더라도 저보다 더 많은 것을 할머님께 얘기하지는 않았을 겁니다. 어제 그 점을 보지 못하셨습니까?"

"내가 어제 뭘 보았든 그건 내 문제다. 저주스러운 존재에 대해 쓸데없는 말을 늘어놓는 이유가 뭐냐?"

"쓸데없는 말이라고요? 저를 상대로 베네 게세리트의 위선적인 말투를 사용할 생각은 하지 마십시오, 할머님. 제가 그 말을 단어 하나도 빼먹지 않고 그대로 할머님께 돌려드릴 테니까요. 바로 할머님의 기억을 이용해서 말입니다. 전 할머님의 입술이 떨리는 것보다 더 많은 것을 원합니다."

제시카는 자신과 같은 핏줄인 이…… '인물'의 차가움을 느끼며 고개를 저었다. 그가 마음대로 사용할 수 있는 자원들의 규모는 위압적이었다. 그녀는 그와 같은 어조를 유지하려고 애쓰면서 질문을 던졌다. "내가 하려는 일에 대해 네가 무엇을 알고 있지?"

그가 코웃음을 쳤다. "제가 아버지와 똑같은 실수를 저질렀는지 굳이 물어보실 필요 없습니다. 저는 우리의 시간의 정원 바깥을 본 적이 없습니다. 적어도 제가 적극적으로 보려고 하지는 않았습니다. 미래에 대한 절대적인 지식은 누구나 경험할 수 있는 그 기시(既視)의 순간들에 맡겨 두십시오. 저는 예지력의 함정을 분명히 알고 있습니다. 제가 그것에 대해 알아야 하는 것들을 아버지의 생애가 제게 가르쳐줍니다. 그렇습니다, 할머님. 미래를 분명하게 아는 것은 그 미래의 덫에 절대적으로 갇히는 것입니다. 그것이 시간을 붕괴시키지요. 현재가 미래가 됩니다. 전 그보다 더 많은 자유를 요구합니다."

제시카는 미처 말이 되지 못한 단어들 때문에 혀가 움찔거리는 것을 느꼈다. 저 아이가 이미 알고 있지 않은 것으로 저 아이에게 반응을 보이려면 어떻게 해야 하는가? 이건 정말 터무니없는 일이었다! '저 아이는 나야! 저 아이는 내가 사랑하는 레토야!' 너무나 충격적이었다. 순간적으로 저 아이의 가면이 그 소중한 얼굴로 스르르 변하지 않을까 하는 생각이 들었다. 그래서 그를 되살려…… 안 돼!

레토는 고개를 숙이고 시선을 위로 향해 그녀를 유심히 살펴보았다. 그래, 그녀 역시 계략에 넘어갈 수 있는 인간이었다. 그가 말했다. "비록 할머님께서 예지력에 대해 생각하시는 경우가 드물기를 저는 바라고 있지만, 예지력에 대한 할머님의 생각은 아마 다른 사람들과 다르지 않을 겁니다. 대부분의 사람들은 고래 모피의 내일 시세를 미리 알 수 있다면 얼마나 좋을까 상상하지요. 또는 하코넨이 자신들의 본거지였던 지에디 프라임을 다시 다스리게 될지 미리 아는 것은 어떻습니까? 하지만 물론 '우리'는 예지력이 없어도 하코넨을 분명히 알고 있지요, 그렇지 않습니까, 할머님?"

그녀는 그의 도발에 넘어가지 않았다. 그가 자신의 가계에 저 저주받은 하코넨의 피가 섞여 있음을 아는 것은 당연한 일이었다.

"누가 하코넨입니까?" 그가 계속 그녀를 도발했다. "짐승 같은 라반은 누구입니까? 우리 중의 누구라도 그렇게 될 수 있지요, 그렇지 않습니까? 아, 제 얘기가 빗나갔군요. 예지력에 대해 사람들 사이에 널리 퍼진 근거 없는 통념에 대해 이야기해야 하는데. 미래를 분명하게 알 수 있다는 것 말입니다! 모든 미래를요! 그런 절대적인 지식을 갖고 얼마나 많은 돈을 벌 수 있을까요? 혹은 얼마나 많은 돈을 잃게 될까요? 대중은 이걸 믿고 있습니다. 그들은 작은 조각 하나라도 좋은데, 그보다 더 많은 조각이 있다면 당연히 그 편이 훨씬 더 좋을 거라고 생각합니다. 정말 훌륭하지 않습니까! 그 사람들에게 그들 인생의 완벽한 대본을 넘겨준다면, 죽음의 순간까지 결코 변하지 않는 대본을 넘겨준다면, 그건 얼마나 지옥 같은 선물이 될까요? 삶이 얼마나 지루해질까요! 살아 있는 순간마다 사람들은 스스로 이미 분명하게 알고 있는 것을 재현하게 될 겁니다. 그 대본에서 결코 벗어나는 일 없이 사람들은 모든 반응, 모든 말을 미리 예상할 수 있을 겁니다. 언제나, 언제나, 언제나, 언제나……."

레토는 고개를 저었다. "무지에도 나름대로 장점이 있습니다. 뜻밖의 일들로 가득 찬 우주가 바로 제가 바라는 거예요!"

그의 말은 길었다. 이 말에 귀를 기울이면서 제시카는 그의 독특한 몸짓이나 억양이 그의 아버지, 즉 자신의 잃어버린 아들과 너무나 똑같다는 사실에 놀라움을 금치 못했다. 심지어 생각하는 것조차도 똑같았다. 폴이 있었다면 아마 똑같은 소리를 했을 터였다.

"널 보니 네 아버지가 생각나는구나." 그녀가 말했다.

"그게 고통스러우십니까?"

"어떤 의미에서는. 하지만 네 아버지가 네 안에서 계속 살아 있다는 사실을 알고 나니 안심이 된다."

"아버지가 제 안에서 어떻게 살아가고 있는지 할머니는 전혀 모르시는군요."

제시카는 그의 어조가 무심하면서도 쓰라림이 뚝뚝 떨어지는 소리라는 것을 깨달았다. 그녀는 턱을 쳐들고 그를 똑바로 바라보았다.

"아니, 할머님의 공작님이 제 안에서 어떻게 살고 계시는지도 전혀 모르세요. 할머님, 가니마는 바로 할머님입니다! 할머님이 저희 아버지를 낳는 순간까지 할머니의 인생에 대해 단 하나의 비밀도 남아 있지 않을 정도죠. 그리고 저도 마찬가지입니다! 저는 육체적인 기록의 카탈로그예요. 때로는 그걸 도저히 견딜 수가 없습니다. 저희를 심판하려고 여기 오셨다고요? 알리아를 심판하려고 여기 오셨다고요? 저희가 할머님을 심판하는 편이 더 나을 겁니다!"

제시카는 자기 자신 안에서 대답을 찾아보았지만 하나도 찾지 못했다. 저 아이가 지금 뭘 하고 있는 걸까? 왜 자기가 다르다는 걸 저렇게 강조하는 거지? 내게 거부당하려고 일부러 애쓰는 건가? 저 아이도 알리아처럼 저주스러운 존재가 된 걸까?

"불편해하시는군요."

"그래, 불편하다." 그녀는 어깨를 으쓱해 보았지만 소용이 없었다. "그래, 불편해. 그 이유는 너도 잘 알고 있겠지. 너도 틀림없이 내 베네 게세리트 훈련을 검토해 봤을 거다. 가니마는 그걸 인정했어. 알리아 역시…… 그랬다는 걸 나는 알고 있다. 넌 네가 다른 사람들과 다른 것 때문에 어떤 일이 일어날지 알고 있어."

그는 마음이 불편해질 정도로 강렬한 시선으로 그녀를 올려다보았다. "저희가 할머님께 이런 방법을 쓰지 않을 수도 있었습니다." 그가 말했다. 그의 목소리에 제시카와 똑같은 피곤기가 배어 있었다. "저희는 할머님의 연인이 그랬던 것처럼 할머님의 입술이 떨리는 모습을 잘 알고 있습니다. 할머님의 공작님이 침실에서 속삭였던 모든 사랑의 말을 저희는 언제라도 기억해 낼 수 있습니다. 이성적으로는 할머님도 틀림없이 이 사실을 받아들이고 계시겠죠. 하지만 이성적인 수용만으로는 충분하지 않습니다. 만약 저희 중 누군가가 저주스러운 존재가 된다면, 그 저주스러운 존재를 만들어내는 것이 저희 안에 있는 할머님일 수도 있습니다! 혹은 저희 아버지나…… 어머니일 수도 있습니다! 할머님의 공작님일 수도 있습니다! 그중 누구라도 저희를 홀릴 수 있습니다. 그리고 그 결과는 항상 똑같을 겁니다."

제시카의 눈이 축축해지고 가슴이 타는 듯했다. "레토……." 그녀가 간신히 입을 열어 마침내 이 이름을 불렀다. 그녀는 상상했던 것만큼 고통이 크지 않다는 것을 깨닫고 억지로 말을 계속했다. "내게서 뭘 원하는 거냐?"

"전 할머님을 가르치고 싶습니다."

"내게 뭘 가르친다는 거지?"

"어젯밤, 가니와 저는 어머니와 아버지의 역할 놀이를 하다가 하마터면 완전히 망가져버릴 뻔했습니다. 하지만 많은 것을 배웠죠. 어떤 조건을 갖춘 의식이 있다면, 얼마든지 배울 수 있는 것들이 있습니다. 행동을 예측하는 것도 가능합니다. 이제 알리아 얘기를 해볼까요? 알리아가 할머님을 납치하려고 음모를 꾸미고 있다는 건 거의 확실합니다."

제시카는 이 재빠른 폭로에 충격을 받았다. 그녀는 이런 수법을 잘 알고 있었다. 자신이 이런 방법을 사용한 적도 여러 번이었다. 상대를 한쪽 방향으로 계속 몰고 가다가 전혀 다른 내용의 충격적인 얘기를 불쑥 꺼내는 수법이었다. 그녀는 급히 숨을 들이쉬며 충격에서 벗어났다.

"알리아가 무슨 짓을 해왔는지 나도 알고 있다…… 지금 무엇이 되었는지도. 하지만……."

"할머님, 알리아를 불쌍하게 생각하십시오. 할머님의 이성은 물론 감성도 사용하세요. 전에도 그렇게 하신 적이 있지 않습니까. 할머님은 알리아에게 위협이고, 알리아는 제국을 자신의 것으로 만들고 싶어 합니다. 적어도, 변해 버린 지금의 그녀가 원하는 것이 바로 이것입니다."

"이 말을 하고 있는 너 역시 저주스러운 존재가 아니라는 걸 내가 어떻게 확신할 수 있지?"

그는 어깨를 으쓱했다. "할머님의 감성이 필요한 것이 바로 그 부분입니다. 가니와 저는 알리아가 어떻게 굴복했는지 잘 알고 있습니다. 내면에 있는 수많은 사람들의 아우성에 적응하는 건 쉬운 일이 아닙니다. 그들의 자아를 억압하면 저희가 기억을 떠올릴 때마다 그들이 무리를 지어 되돌아옵니다. 언젠가……." 그가 마른침을 꿀꺽 삼키고 말을 이었다. "……그 내면의 무리 중 강력한 자가 이제 그만 몸을 공유해야겠다고 결정을 내리겠죠."

"그럼 너희에게는 아무 방법이 없다는 거냐?" 그녀는 이렇게 물었지만 대답을 듣기가 두려웠다.

"저희는 뭔가 방법이 있을 거라고 생각합니다……. 그렇습니다. 저희는 스파이스에 굴복할 수 없습니다. 그건 아주 중요해요. 과거를 완전히 억압해서도 안 됩니다. 저희는 과거를 이용해서 그것을 혼합물로 만들어야 합니다. 결국 저희는 그것을 모두 우리 자신 속으로 한데 섞어 넣을 겁니다. 그러면 저희는 더 이상 원래의 모습이 아닐 겁니다. 하지만 홀리는 일은 절대 없을 겁니다."

"넌 나를 납치하려는 계획에 대해 이야기했다."

"그건 불을 보듯 뻔한 일입니다. 웬시시아는 자기 아들에 대해 야망을 품고 있습니다. 알리아는 자기 스스로 야망을 품고 있습니다. 그리고……."

"알리아와 파라든이라고?"

"그런 뜻은 아닙니다. 하지만 알리아와 웬시시아는 지금 평행선을 달리고 있습니다. 웬시시아의 언니는 알리아의 식솔이죠. 메시지를 보내는 건 아주 간단……."

"너 그런 메시지에 대해 알고 있는 거냐?"

"제가 그걸 직접 보고 읽은 것처럼요."

"하지만 그런 메시지를 직접 본 건 아니지?"

"그럴 필요도 없습니다. 아트레이데스 사람들이 모두 이곳 아라키스에 있다는 사실만 알면 되니까요. 모든 물이 한 저수지에 모여 있는 거죠." 그는 행성 전체를 의미하는 손짓을 했다.

"코리노 가문은 감히 이곳에 있는 우리를 공격하지 못해!"

"만약 그들이 공격한다면 알리아가 이득을 볼 겁니다." 그의 목소리에 배어 있는 조롱이 그녀를 도발했다.

"손자 녀석이 나한테 잘난 척하는 건 용납할 수 없다!"

"그럼 제기랄, 나를 손자로 생각하지 않으면 되잖아, 이 여자야! 날 당신의 공작님 레토로 생각하란 말이오!" 어조와 얼굴 표정, 심지어 갑작스러운 손짓까지 모든 것이 너무나 똑같아서 그녀는 혼란에 빠져 입을 다물었다.

메마르고 냉담한 목소리로 레토가 말했다. "저는 할머님께 미리 마음의 준비를 시켜드리려고 했습니다. 적어도 그건 인정해 주세요."

"알리아가 왜 나를 납치하려 한단 말이냐?"

"당연히 코리노 가문에 비난을 돌리기 위해서죠."

"난 믿을 수 없다. 아무리 알리아라 하더라도 이건…… 너무 엄청나! 너무 위험해! 그 애가 어떻게 그런 짓을……. 난 믿을 수 없어!"

"그 일이 정말로 일어나면 할머님도 믿으실 겁니다. 아아, 할머님, 가니와 저는 우리의 내면에서 오가는 얘기를 엿듣는 것만으로도 모든 걸 알 수 있습니다. 그건 단순히 자기 보존을 위한 행동이죠. 그렇지 않으면 저희가 주위에서 벌어지는 실수들을 어떻게 짐작이라도 하겠습니까?"

"알리아가 나를 납치하려고 한다는 것을 난 단 한순간도 받아들일 수……."

"젠장! 할머님은 베네 게세리트이면서 어떻게 그런 멍청한 소리를 할 수 있습니까? 할머님이 왜 여기에 오셨는지 온 제국이 의심하고 있어요. 웬시시아의 선전 공작 담당자들은 모두 할머님의 권위를 무너뜨릴 준비를 갖추고 있습니다. 알리아는 그런 일이 실제로 일어날 때까지 가만히 기다릴 수 없습니다. 할머님이 무너지면 아트레이데스 가문이 치명적인 타격을 입을 수 있어요."

"온 제국이 뭘 의심한다는 거냐?"

그녀는 가능한 한 차가운 어조로 한마디 한마디 또박또박 끊어서 말했다. 아무리 '목소리'의 책략을 써도 '아이가 아닌' 이 아이를 뒤흔들 수 없다는 것을 알기 때문이었다.

"레이디 제시카가 쌍둥이 둘을 교배시킬 계획을 갖고 있다는 얘기죠!" 그가 갈라진 목소리로 말했다. "교단이 원하는 게 바로 그겁니다. 근친상간이라고요!"

그녀는 놀라서 눈을 깜박였다. "근거 없는 소문이다." 그녀가 마른침을 꿀꺽 삼켰다. "베네 게세리트는 그런 소문이 제국 내에서 돌아다니는 걸 허용하지 않을 거야. 우리는 지금도 어느 정도 영향력을 갖고 있다. 그걸 명심해."

"소문이라고요? 어떤 소문 말입니까? 할머님이 우리를 교배시키는 방법을 완전히 배제하지 않는 것은 사실이잖습니까." 그녀가 뭐라고 말하려 하자 그가 고개를 저으며 말을 이었다. "그걸 부인할 생각은 하지 마세요. 이 집에서 우리가 사춘기를 보내게 하면서 할머님이 같이 계신다 하더라도, 할머님의 영향력은 모래벌레의 면전에서 천 쪼가리를 흔들어 대는 거나 마찬가지일 겁니다."

"넌 우리가 그 정도로 멍청하다고 정말로 믿고 있는 거냐?" 제시카가 물었다.

"물론이지요. 할머님의 교단은 망할 놈의 멍청한 노파들 집단에 지나지 않습니다. 그 소중한 유전자 교배 프로그램 외에는 아무것도 생각해 본 적이 없는 노파들 말입니다! 가니와 저는 그들이 어떤 수단을 사용할 것인지 알고 있습니다. 우리가 바본 줄 아십니까?"

"수단?"

"그들은 할머님이 하코넨이라는 걸 알아요! 자기들의 유전자 교배 기록에 적혀 있을 테니까요. 블라디미르 하코넨 남작과 타니디아 네루스 사이에서 제시카가 출생했다고 말입니다. 그 기록이 '우연히' 공개된다면 할머님을 무기력하게 만드는 데……."

"교단이 협박을 할 만큼 비열해질 거라고 생각하는 거냐?"

"그들이 그런 짓을 하리라는 걸 저는 '알고' 있습니다. 아, 그걸 달콤하게 포장하기는 했죠. 그들은 할머님께 딸에 대한 소문을 조사해 보라고 했습니다. 그리고 할머님의 호기심과 두려움을 더욱 키웠습니다. 그들은 할머님의 책임감을 자극해서 칼라단으로 도망친 것에 대해 죄책감을 느끼게 만들었습니다. 그리고 그들은 할머님께 손자들을 '구원할 수 있다'는 희망을 제시했죠."

제시카는 말없이 그를 바라볼 수밖에 없었다. 그녀와 교단에서 나온 감독관들이 가졌던 그 감정적인 회의의 내용을 그가 엿듣기라도 한 것 같았다. 그녀는 그의 말에 완전히 압도당해서 이제 알리아가 납치 계획을 짜고 있다는 그의 말이 사실일지도 모른다는 가능성을 받아들이기 시작했다.

"아시겠습니까, 할머님? 저는 어려운 결정을 내려야 합니다. 제가 아트레이데스의 신비를 따라야 할까요? 제 신민들을 위해 살고…… 그들을 위해 죽어야 할까요? 아니면 다른 길을 택해야 할까요? 제게 수천 년에 이르는 삶을 허락해 줄 길을?"

제시카는 자기도 모르게 움찔했다. 베네 게세리트가 거의 생각조차 금지하고 있는 주제들을 이토록 쉽게 건드리다니. 많은 대모들이 그 길을 택하거나…… 시도해 볼 수 있었다. 몸 내부의 화학 작용을 조작하는 것은 교단의 신참들도 이용할 수 있는 방법이었다. 그러나 누군가 한 사람이 그것을 한다면, 조만간 모든 사람들이 그것을 시도하려 할 것이다. 나이를 먹지 않는 여자들이 그렇게 차곡차곡 쌓여가는 것을 숨길 방법은 없었다. 그들은 이 방법이 파멸로 이어진다는 것을 확실하게 알고 있었다. 짧은 수명을 지닌 인류가 그들에게 달려들 것이다. 그래, 그것은 생각조차 할 수 없는 일이었다.

"네 생각의 흐름이 마음에 들지 않는구나." 그녀가 말했다.

"할머님은 저의 생각을 이해하지 못하고 계십니다. 가니와 저는……." 그가 고개를 저으며 말을 이었다. "알리아는 그것을 이해하고 나서 던져버렸습니다."

"틀림없는 거냐? 난 알리아가 생각조차 할 수 없는 일을 저지르고 있다는 메시지를 벌써 교단에 보냈다. 알리아를 봐라! 그 애는 내가 마지막으로 만난 이후 조금도 나이를 먹지 않……."

"아, 그것 말입니까!" 그는 베네 게세리트가 사용하는, 육체의 균형을 유지하는 방법을 가벼운 손짓으로 무시해 버렸다. "제가 말하는 건 다른 겁니다. 인간이 지금까지 성취했던 모든 것을 훨씬 넘어서는 완벽한 존재가 되는 것 말입니다."

제시카는 그가 자신에게서 너무나 쉽게 자백을 이끌어냈다는 생각에 경악해서 침묵을 지켰다. 그런 메시지가 알리아에 대한 사형 선고와 같다는 것을 그는 분명히 알고 있을 것이다. 그가 아무리 말을 바꾼다 해도 그 내용은 역시 똑같은 죄를 저지르는 것에 관한 얘기가 될 수밖에 없었다. 저 아이는 자기 말이 위험하다는 걸 모르는 걸까?

"네 말을 설명해 보아라." 그녀가 마침내 말했다.

"어떻게요?" 그가 물었다. "'시간'이 겉으로 보이는 그대로가 아니라는 사실을 할머님이 이해하지 못하는 한 저는 설명할 엄두도 낼 수 없습니다. 아버지도 짐작하고 계셨습니다. 아버지는 깨달음의 가장자리에 서 있었지만 뒷걸음질을 쳤습니다. 이제 그건 가니와 제게 달린 일이 되었습니다."

"그래도 설명해 봐." 제시카가 말했다. 그리고 그녀는 로브 자락 밑에 쥐고 있는 독바늘을 손가락으로 만지작거렸다. 그것은 살짝만 찔러도 몇 초 안에 상대를 죽일 수 있는 치명적인 물건, 곰 자바였다. 그녀는 속으로 생각했다. '그들은 어쩌면 내가 이걸 사용하게 될지도 모른다고 경고했지.' 그녀의 팔 근육이 파도처럼 벌벌 떨리기 시작했다. 자신의 몸이 로브에 감춰져 있어서 다행이라는 생각이 들었다.

"좋습니다." 그가 한숨을 쉬었다. "먼저 '시간'에 대해 말하죠. 1만 년과 1년 사이에는 아무런 차이가 없습니다. 10만 년과 심장이 한 번 뛰는 시간 사이에도 아무런 차이가 없습니다. 전혀 차이가 없어요. 그것이 '시간'에 대한 첫 번째 사실입니다. 그리고 두 번째 사실은, 우주 전체가 그 모든 '시간'과 함께 제 안에 있다는 겁니다."

"그게 무슨 말도 안 되는 소리냐?" 그녀가 다그쳤다.

"그것 보세요. 할머님은 이해하지 못하십니다. 그럼 다른 식으로 설명해 보지요." 그가 자신의 말을 행동으로 보여주기 위해 오른손을 들어 움직이면서 말했다. "우리는 앞으로 갔다가 되돌아옵니다."

"그런 말은 전혀 설명이 되지 않아!"

"맞습니다. 말로는 설명할 수 없는 것이 있죠. 그걸 이해하려면 말없이 그걸 직접 경험해야 합니다. 하지만 할머님은 그런 모험을 할 준비가 되어 있지 않습니다. 할머님이 저를 바라보면서도 실제로는 저를 보지 못하는 것과 똑같습니다."

"하지만…… 난 지금 널 똑바로 바라보고 있다. 당연히 널 보고 있어!" 그녀는 그를 노려보았다. 그의 말은 그녀가 베네 게세리트 학교에서 배웠던 젠수니 경전의 지식을 반영하고 있었다. 그것은 말장난을 통해 철학에 대한 이해를 혼란스럽게 만드는 것이었다.

"어떤 일이 발생할 때 할머님이 그걸 전혀 통제할 수 없는 경우가 있습니다." 그가 말했다.

"그런 말이 어떻게 그…… 그 인간의 경험을 훨씬 뛰어넘는 완벽함을 설명할 수 있다는 거냐?"

그는 고개를 끄덕였다. "멜란지를 이용하거나, 아니면 할머니와 같은 베네 게세리트들이 정당하게 두려워하는 육체적 균형의 조절 방법을 이용해서 노화나 죽음을 지연시킨다면, 그것은 자신이 상황을 통제하고 있다는 환상을 낳을 뿐입니다. 시에치를 빠르게 통과하든 천천히 통과하든, 시에치를 가로지르는 것은 사실입니다. 그리고 그때 사람은 시간의 흐름을 내적으로 경험합니다."

"그런 말을 늘어놓는 이유가 도대체 무엇이냐? 난 네 아버지가 태어나기 훨씬 전에 이미 그런 헛소리를 받아들이지 않을 만큼 지혜를 얻었어."

"하지만 소용없는 일이었죠."

"쓸데없는 소리!"

"아아, 이제 금방 이해하실 것 같군요!"

"하!"

"할머님?"

"응?"

그가 한참 침묵을 지키다가 입을 열었다. "아시겠습니까? 할머님은 아직 할머님 자신으로서 반응을 보일 수 있습니다." 그가 그녀를 향해 미소를 지었다. "하지만 할머님은 그림자의 뒤쪽을 보시지 못합니다. 저는 여기 있습니다." 그가 다시 미소를 지었다. "아버지는 여기에 아주 가깝게 접근했습니다. 살아 계실 때, 아버지는 실제로 살아 계셨습니다. 하지만 돌아가셨을 때, 아버지는 죽지 못했습니다."

"무슨 소리냐?"

"아버지의 시신이 어디 있습니까!"

"너 이 설교자라는 사람이……."

"가능한 얘깁니다. 하지만 그렇다 하더라도 그건 아버지의 몸이 아닙니다."

"넌 아직 아무것도 설명하지 않았다." 그녀가 비난하듯 말했다.

"제가 미리 그럴 거라고 말씀드리지 않았습니까."

"그럼 어째서……."

"할머님이 요구하셨으니까요. 할머님께 그걸 증명해 보일 필요가 있었습니다. 이제 알리아와 납치 계획으로 돌아가서……."

"생각조차 할 수 없는 일을 계획하고 있는 거냐?" 그녀가 로브 밑에서 독을 바른 곰 자바를 언제라도 사용할 수 있도록 준비한 채 다그쳤다.

"할머님이 그녀를 처형하실 겁니까?" 그가 물었다. 착각을 불러일으킬 정도로 온화한 목소리였다. 그가 로브 밑에 있는 그녀의 손을 손가락으로 가리키면서 말을 이었다. "할머님이 그걸 사용하도록 알리아가 허용할 거라고 생각하십니까? 아니면 제가 가만히 있을 거라고 생각하십니까?"

제시카는 마른침조차 삼킬 수 없었다.

"할머님의 질문에 대답하자면, 저는 생각조차 할 수 없는 일을 계획하고 있지 않습니다. 저는 그런 멍청이가 아닙니다. 하지만 할머님 때문에 충격을 받았습니다. 할머님은 감히 알리아를 심판하려 하십니다. 알리아가 저 소중한 베네 게세리트의 계명을 깨뜨린 건 물론 사실입니다! 도대체 무엇을 기대하셨습니까? 할머님은 알리아를 버리고, 그녀가 여왕이라는 호칭을 갖지 않았을 뿐 사실상 여왕 노릇을 하게 내버려두었습니다. 모든 권력을 다 갖고 있단 말입니다! 그런데 할머님은 칼라단으로 도망쳐서 거니의 품속에서 자신의 상처를 돌봤습니다. 뭐, 그건 좋습니다. 하지만 어떻게 감히 알리아를 심판하겠다는 겁니까?"

"내 분명히 말하겠다. 난 이 문제를 얘기하지 않……."

"아, 조용히 하세요!" 그가 구역질이 난다는 표정으로 그녀에게서 시선을 돌렸다. 그러나 그의 말은 베네 게세리트의 특별한 방법, 즉 상대를 통제하는 '목소리'를 이용한 것이었다. 마치 누군가가 손으로 그녀의 입을 잽싸게 막아버린 것처럼 그녀는 침묵했다. 그녀는 속으로 생각했다. '목소리로 나를 공격하는 방법을 이 아이만큼 잘 아는 사람이 있을까?' 이 생각이 그녀의 상처받은 감정을 진정시켰다. 그녀는 다른 사람들에게 수없이 '목소리'를 사용했지만, 자신이 거기에 쉽게 넘어갈 것이라고는 한 번도 생각해 보지 못했다…… 학교에 다니던 시절 이후로…… 다시는…….

그가 그녀에게 등을 돌렸다. "죄송합니다. 할머님이 얼마나 맹목적인 반응을 보일 수 있는지 방금 알게 되었습니다."

"맹목적이라고? 내가?" 그녀는 그가 자신을 상대로 너무나 훌륭하게 '목소리'를 사용했다는 사실보다 이 말에 더 격분했다.

"그래요, 할머님은 맹목적으로 반응하셨습니다. 할머님에게 정직성이 조금이라도 남아 있다면, 할머님 자신이 보인 반응이 무엇인지 깨닫게 되실 겁니다. 제가 할머님을 부르면 할머님은 '응?'이라고 대답하십니다. 저는 할머님의 입을 잠잠하게 만들 수 있습니다. 그리고 베네 게세리트의 모든 신화들을 불러낼 수 있습니다. 할머님이 배우신 대로 내면을 들여다보세요. 적어도 그건 할머님이 하실 수 있는……."

"건방진 놈! 네가 뭘 안다고……." 그녀의 목소리가 잦아들었다. 물론 그는 모든 것을 알고 있었다!

"내면을 들여다보세요!" 그가 오만한 목소리로 말했다.

그의 목소리가 또다시 그녀를 노예로 만들었다. 그녀는 자신의 감각이 얼어붙고 호흡이 빨라지는 것을 느꼈다. 의식의 바로 너머에 두방망이질 치는 심장이 있었다. 그 헐떡거림이…… 불현듯 그녀는 자신이 지니고 있는 베네 게세리트의 자제력이 빨라진 호흡과 마구 날뛰는 심장을 붙들어두지 못하고 있다는 것을 깨달았다. 충격적인 자각 속에서 눈을 휘둥그렇게 뜬 채 그녀는 자신의 몸이 다른 사람의 명령에 복종하는 것을 느꼈다. 천천히 그녀는 평정을 되찾았지만 깨달음은 그대로 남아 있었다. 이 '아이가 아닌' 아이는 그녀와 이야기를 나누는 동안 내내 그녀를 섬세한 악기처럼 연주했던 것이다.

"이제 할머님이 그 소중한 베네 게세리트들에게 얼마나 깊이 세뇌당했는지 아시겠습니까?" 그가 말했다.

그녀는 고개를 끄덕일 수밖에 없었다. 말에 대한 그녀의 믿음은 산산조각이 나 있었다. 레토는 그녀에게 물리적인 우주를 정면에서 똑바로 바라볼 것을 강요했고, 그녀는 놀라서 넋을 잃은 채 거기서 떨어져 나왔다. 그녀의 정신은 새로운 의식과 함께 빠르게 움직이고 있었다. '아버지의 시신이 어디 있습니까!' 그는 갓난아기의 몸을 보여주듯이 그녀에게 그녀 자신의 몸을 보여주었다. 왈락 행성에서 처음 학교에 다니기 시작했을 때 이후로, 공작의 바이어들이 그녀를 데리러 오기 전의 그 무서운 시절 이후로, 그때 이후로 그녀가 다음 순간의 일들에 대해 이렇게 몸이 떨릴 정도로 불안을 느낀 적은 없었다.

"그냥 순순히 납치당하십시오." 레토가 말했다.

"하지만……."

"이 문제에 대해 토론할 생각은 없습니다. 순순히 납치당하세요. 이것이 할머님의 공작님이 내리는 명령이라고 생각하십시오. 그 일이 이루어지고 난 뒤에 그 목적을 알게 되실 겁니다. 아주 흥미로운 학생과 마주치게 되실 거예요."

레토가 자리에서 일어나 고개를 끄덕였다. 그리고 입을 열었다. "어떤 일은 끝이 있을 뿐 시작이 없습니다. 시작만 있고 끝은 없는 일도 있죠.

그건 모두 그 일을 바라보는 관찰자가 어디에 서 있느냐에 달려 있습니다."그리고 그는 몸을 돌려 방을 나갔다.

두 번째 대기실에서 레토는 서둘러 자신들의 거처로 들어오고 있는 가니마를 만났다. 그녀가 그를 보더니 멈춰 서서 말했다. "알리아는 '신자들의 평의회' 때문에 바빠."그리고 제시카의 거처로 통하는 통로를 향해 질문이 담긴 시선을 보냈다.

"그 방법이 효과가 있었어." 레토가 말했다.

잔인한 행위는 피해자와 가해자, 그리고 언제든 나중에 그 사실을 알게 된 사람 모두에 의해 잔인한 것으로 인식된다. 잔인한 행위에는 변명도 없고 그 사실을 완화해 줄수 있는 논리적 주장도 없다. 잔인한 행위는 과거의 균형을 맞추지도 못하고 과거를교정하지도 못한다. 잔인한 행위는 더 많은 잔인한 행위를 할 수 있도록 미래를 무장시켜 줄 뿐이다. 잔인한 행위는 스스로를 영원히 이어나가는, 일종의 야만적인 근친상간이다. 잔인한 행위를 저지르는 사람은 누구나 그렇게 태어난 미래의 잔인한 행위 역시 저지르는 것이다.

—『무앗딥 외전』

정오 직후에, 대부분의 순례자들이 원기를 회복하려고 어디든 서늘한 그늘이 있는 곳이나 술을 마실 수 있는 곳을 찾아 흩어지고 난 후, 설교자가 알리아의 신전 밑에 있는 커다란 광장에 들어섰다. 그는 자신의 눈 역할을 하는 어린 아산 타리크의 팔을 잡고 있었다. 흘러내리는 듯한 모양의 로브 밑 주머니 안에는 그가 살루사 세쿤더스에서 썼던 거즈처럼 얇은 검은 가면이 들어 있었다. 가면과 소년이 모두 변장이라는 같은 목적에 쓰이고 있다는 사실이 재미있다는 생각이 들었다. 그가 눈을 대신

할 것을 필요로 하는 한 의혹은 계속 살아 있었다.

'신화가 계속 자라는 건 상관없어. 하지만 의혹은 계속 살아 있어야 해.' 그는 생각했다.

그 가면이 익스의 물건이 아니라 단순한 천 조각에 지나지 않는다는 사실을 누구도 알아서는 안 되었다. 그의 손도 아산 타리크의 앙상한 어깨에서 떨어져서는 안 되었다. 설교자가 눈이 없는데도 앞을 볼 수 있는 사람처럼 걷는 것을 누가 본다면 모든 의혹이 사라져버릴 것이다. 그러면 그가 품고 있는 작은 희망이 죽어버릴 터였다. 매일 그는 뭔가 변화가 일어나기를 기도했다. 자신이 미처 예상하지 못해 비틀거릴 수도 있는 변화를. 그러나 심지어 살루사 세쿤더스도 속속들이 알려진 자갈에 지나지 않았다. 아무것도 변하지 않았다. 아무것도 변할 수 없었다…… 아직은.

많은 사람들이 가게와 지붕이 있는 거리를 지나가는 그의 모습을 보았다. 그리고 그가 좌우로 고개를 돌리며 문간이나 사람에게 얼굴이 정면으로 향하게 하는 모습을 눈여겨보았다. 그가 머리를 움직이는 모습이 항상 장님들처럼 자연스러운 것은 아니었다. 그리고 이것이 점점 자라나는 신화에 덧붙여졌다.

알리아는 탑처럼 높이 솟은 신전 흉벽에 숨겨진 기다란 구멍으로 그를 지켜보았다. 그녀는 저 아래 보이는, 그의 흉터가 있는 얼굴에서 뭔가 그의 정체를 밝혀줄 만한 것을 찾아보았다. 그녀는 모든 소문에 대한 보고를 받고 있었다. 그리고 새로운 소문에 대한 보고가 올라올 때마다 두려움의 전율을 느꼈다.

그녀는 설교자를 잡아들이라는 자신의 명령이 비밀로 유지될 것이라고 생각했다. 그러나 그 명령 역시 그녀에게 소문으로 되돌아왔다. 그녀의 경비대에도 도저히 침묵을 지킬 수 없는 사람들이 있는 모양이었다. 그녀는 이제 사람들의 눈에 잘 띄는 공공장소에서 로브를 입은 저 수수께끼 같은 인물을 사로잡지 말라는 자신의 새로운 명령을 경비대가 충실히 지켜주기를 바라고 있었다.

광장에는 흙먼지가 자욱하고 날은 더웠다. 설교자의 어린 안내인은 로브의 베일을 코언저리까지 올려 쓰고 있어서 검은 눈과 좁은 이마만이 밖으로 노출되어 있었다. 사막복 집수 튜브의 윤곽을 따라 베일이 조금 볼록했다. 그들이 사막에서 왔다는 뜻이었다. 저들은 사막 어디에 숨어 있는 걸까?

설교자는 타는 듯한 공기를 막아줄 베일을 쓰고 있지 않았다. 심지어 사막복의 집수 튜브 마개도 열려 있었다. 그의 얼굴은 광장의 포장용 벽돌에서 파도처럼 몽실몽실 솟아오르는 열기의 아지랑이와 햇빛에 그대로 노출되어 있었다.

신전 계단에 순례자 아홉 명이 무리를 지어 서서 이곳을 떠나기 위한 인사를 드리고 있었다. 그늘이 진 광장 가장자리에도 50여 명쯤 사람들이 더 있었다. 그들은 대부분 사제들이 부과한 다양한 고행에 자신을 바친 순례자들이었다. 구경꾼들 중에는 하루 중 가장 열기가 강한 시간 동안 가게 문을 닫을 수 있을 만큼 충분히 물건을 팔지 못한 상인 몇 명과 전령들의 모습이 눈에 띄었다.

홍벽의 틈 사이로 광장을 지켜보면서 알리아는 열기 때문에 온몸이 땀으로 흠뻑 젖는 것을 느꼈다. 그리고 그녀는 자신이 생각과 감각 사이에서 오도 가도 못 하게 되었다는 것을 깨달았다. 예전에 오빠가 그렇게 되는 것을 자주 본 적이 있었다. 자신의 내면에 있는 존재와 의논을 하고 싶다는 유혹이 그녀의 머릿속에서 불길하게 울렸다. 남작은 바로 그곳에 있었다. 그는 항상 자신의 의무를 다했지만, 그녀의 이성적인 판단력이 흐려지고 주위의 것들이 과거, 현재, 미래의 감각을 잃어버릴 때 그녀의 두려움을 이용할 준비를 언제나 갖추고 있었다.

'저 아래에 있는 사람이 폴이라면 어떡하지?' 그녀는 속으로 질문을 던졌다.

"말도 안 되는 소리!" 그녀의 내면에 있는 목소리가 외쳤다.

그러나 설교자의 말에 대한 보고를 의심할 수는 없었다. '이단이야!' 어쩌면 폴이 자기 이름 위에 세워진 구조물을 무너뜨릴지도 모른다는 생각에 그녀는 겁에 질렸다.

'그러지 못할 이유가 없잖아?'

그녀는 바로 오늘 아침에 자신이 평의회에서 한 말에 대해 생각해 보았다. 그녀는 코리노 가문이 선물로 보내온 옷을 받아들이라고 채근하던 이룰란을 지독하게 몰아붙였다.

"쌍둥이들에게 보내온 모든 선물은 언제나 그렇듯이 철저하게 조사를 받을 겁니다." 이룰란이 주장했다.

"그래서 그 선물이 전혀 해롭지 않은 것으로 판명되면요?" 알리아가 소리쳤다.

왠지 그것이 무엇보다도 무서웠다. 그 선물에 위험이 하나도 없다고 판명되는 것.

결국 그들은 그 훌륭한 옷을 받아들이기로 하고 곧 이어 다른 문제로 넘어갔다. 레이디 제시카에게 평의회의 자리를 줄 것인가 하는 문제였다. 알리아는 간신히 표결을 미룰 수 있었다.

그녀는 이런 생각을 하면서 계속해서 설교자를 뚫어지게 내려다보았다.

그녀가 섭정으로 있는 기간 동안 일어난 일들은 그들이 이 행성에 짊어지운 변화의 이면과 같았다. 듄은 한때 궁극적인 사막의 힘을 상징했다. 그 힘은 물리적으로 점차 약해졌지만, 그 힘에 대한 신화는 신속하게 자라났다. 지금 남아 있는 것은 대양 같은 사막, 즉 행성 안쪽의 위대한 '어머니 사막'뿐이었다. 프레멘들은 그 사막의 가장자리에서 자라고 있는 가시덤불을 지금도 '밤의 여왕'이라고 불렀다. 그 가시덤불 뒤로 부드러운 초록색 구릉들이 솟아올라 모래가 있는 곳까지 구불구불하게 이어져 있었다. 그 구릉들은 모두 인간의 손으로 만든 것이었다. 사람들은 벌레처럼 바닥을 기어 다니면서 그 구릉들에 일일이 식물을 심었다. 알리아처럼 암갈색이 섞인 사막의 전통 속에서 자란 사람들은 그 초록색 구릉들에 거의 압도당하다시피 했다. 모든 프레멘들이 그렇듯이 그녀의 머릿속에서도 듄은 대양 같은 사막의 결코 풀어질 줄 모르는 손아귀에 여전히 잡혀 있었다. 눈을 감기만 하면 그 사막이 보였다.

눈을 뜨면 사막의 가장자리에 있는 초록색 구릉들과 모래를 향해 초록색 가짜 발을 내밀고 있는 습지의 진흙이 보였다. 그러나 어머니 사막은 여전히 예전처럼 강력했다.

알리아는 고개를 흔들고 설교자를 내려다보았다.

그는 신전 아래의 계단 첫 번째 줄에 올라서서 인적이 거의 사라진 광장을 향하고 있었다. 알리아는 아래쪽의 소리를 증폭시켜 주는 창문 옆의 단추를 눌렀다. 이곳에 고독하게 붙들려 있는 자신에 대한 자기 연민이 물결처럼 일어나는 것이 느껴졌다. 그녀가 믿을 수 있는 사람이 누구일까? 그녀는 스틸가가 여전히 믿음직하다고 생각했지만, 그는 저 눈먼 남자의 균에 이미 감염된 상태였다.

"그가 숫자를 어떻게 세는지 아십니까?" 스틸가는 그녀에게 이렇게 물었다. "그가 안내인에게 돈을 지불하면서 동전을 세는 소리를 들었습니다. 프레멘인 제 귀에는 아주 이상하게 들렸습니다. 끔찍했어요. 그는 '슈크, 이쉬카이, 킴사, 츄아스쿠, 피차, 수크타'라는 식으로 숫자를 셌습니다. 저는 사막에서 살던 옛 시절 이후 그렇게 숫자를 세는 사람을 본 적이 없습니다."

이 말을 들으면서 알리아는 스틸가에게 반드시 해야 하는 일을 맡길 수 없다는 것을 깨달았다. 그리고 섭정이 조금만 강조를 해도 절대적인 명령으로 받아들이곤 하는 경비대를 상대할 때에는 아주 신중해져야 했다.

저 설교자라는 사람은 저 아래에서 뭘 하고 있는 걸까?

아늑한 발코니 밑에 있는 광장 주위의 시장과 아치형의 지붕이 있는 거리는 진열된 상품들과 그것을 지키고 있는 몇몇 소년들 때문에 여전히 화려해 보였다. 잠을 자지 않고 깨어 있는 상인 몇 명은 스파이스를 넣어 질그릇처럼 구운 시골 돈이나 순례자의 지갑에서 나는 짤랑거리는 소리를 찾으려고 코를 벌름거렸다.

알리아는 설교자의 등을 유심히 살펴보았다. 그는 연설할 준비를 마친 것 같았지만 뭔가가 그의 목소리를 억누르고 있었다.

'왜 내가 여기 서서 저 낡아빠진 육체에 들어 있는 유물을 보고 있는 거지? 저 아래에 있는 저 유한한 생명의 잔해는 옛날 내 오빠 같은 '장엄한 그릇'이 될 수 없어.' 그녀는 생각했다.

분노에 가까운 울화가 그녀를 가득 채웠다. 저 설교자의 정체를 어떻게 밝혀낼 수 있을까? 실제로 그에 대한 사실들을 밝혀내지 않고 그의 정체를 확실하게 밝혀내는 방법이 뭘까? 그녀는 궁지에 몰려 있었다. 저 이단자에 대해 그녀가 지나가는 호기심 이상의 것을 드러낼 수는 없었다.

이룰란도 그것을 느꼈다. 그녀는 평의회에서 저 유명한 베네 게세리트의 평정을 잃어버리고 이렇게 비명처럼 소리쳤다. "우린 우리 자신에게 만족할 수 있는 능력을 잃어버렸어요!"

심지어 스틸가도 충격을 받은 모습이었다.

그들은 야비드 덕분에 제정신을 차릴 수 있었다. "저런 헛소리를 듣고 있을 시간이 없습니다!"

야비드의 말이 옳았다. 그들이 자기 자신에 대해 어떻게 생각하든 그 것이 무슨 문제란 말인가? 그들에게 중요한 것은 제국의 힘에 계속해서 단단히 매달리는 것뿐이었다.

그러나 이룰란은 침착한 태도를 되찾은 후 훨씬 더 파괴적인 말을 했다. "내 분명히 말하지만 우린 뭔가 지극히 중요한 것을 잃어버렸습니다. 그리고 그것과 함께 좋은 결정을 내릴 능력도 잃어버렸어요. 요즘 우리는 적과 마주치듯이 결정과 마주치고 있습니다. 아니면 그저 기다리기만 하죠. 그건 일종의 포기입니다. 그러다가 다른 사람들이 내린 결정에 끌려가는 겁니다. 지금처럼 세상이 굴러가게 만든 사람이 바로 우리라는 걸 잊어버린 겁니까?"

그리고 코리노 가문에서 보낸 선물을 받아들여야 하는가 하는 문제에 모두 달려들었다.

이룰란을 제거해 버려야겠다고 알리아는 결심했다.

저 아래의 노인은 뭘 기다리고 있는 걸까? 그는 설교자를 자칭했다. 그렇다면 왜 설교를 하지 않는 거지?

우리의 의사 결정 방법에 대한 이룰란의 생각은 틀렸다고 알리아는 속으로 중얼거렸다. '난 지금도 올바른 결정을 내릴 수 있어!' 생사를 가르는 결정을 내려야 하는 경우 결정을 내리지 않으면 계속해서 시계추처럼 이리저리 흔들리게 된다. 폴은 자연적이지 않은 것들 중에서 정체 상태가 가장 위험하다고 항상 말했다. 오직 물처럼 유동하는 것만이 영원했다. 중요한 것은 변화뿐이었다.

'내가 저들에게 변화를 보여주겠어!' 알리아는 생각했다.

설교자가 축복을 내리기 위해 팔을 치켜들었다.

광장에 남아 있던 사람 몇 명이 그에게 더 가까이 다가왔다. 알리아는 그들이 느리게 움직이고 있음을 눈여겨보았다. 설교자가 알리아의 심기를 거슬렸다는 소문이 벌써 퍼진 것이다. 그녀는 감시창 옆에 놓인 익스산(産) 스피커에 몸을 더 바싹 갖다 댔다. 스피커는 광장에서 사람들이 웅성거리는 소리, 바람 소리, 모래에 발이 긁히는 소리 등을 그녀에게 전해 주었다.

"난 그대들에게 네 개의 메시지를 가져왔다!" 설교자가 말했다.

그의 목소리가 스피커에서 요란하게 울려 나와서 그녀는 볼륨을 줄였다.

"메시지들은 각각 특정 인물을 위한 것이다. 첫 번째 메시지는 이곳의 주인인 알리아를 위한 것이다." 그가 자기 등 뒤에 있는 알리아의 감시창을 가리켰다. "난 그녀에게 경고를 가져왔다. 음부에 존속의 비밀을 쥐고 있는 그대여, 그대는 텅 빈 지갑을 받고 그 대가로 그대의 미래를 팔아넘 겼다!"

'건방진 놈.' 알리아는 생각했다. 그러나 그의 말 때문에 그녀는 얼어붙었다.

"내 두 번째 메시지는 프레멘의 나입이며 자기가 부족들의 힘을 제국의 힘으로 바꿀 수 있다고 생각하는 스틸가를 위한 것이다. 나의 경고를 들어라, 스틸가여. 모든 창조물 중에서도 가장 위험한 것은 완고한 윤리 규범이다. 그것이 그대를 공격해서 추방해 버릴 것이다!"

'저럴 수가, 저건 너무 지나쳐! 무슨 일이 벌어지더라도 경비대를 보내

저놈을 잡아야겠어.' 알리아는 생각했다. 그러나 그녀의 손은 옆구리에 얌전히 놓여 있었다.

설교자가 신전을 향해 돌아서서 두 번째 계단에 올라선 뒤 다시 휙 몸을 돌려 광장을 향했다. 그동안 내내 그의 왼손은 안내인의 어깨 위에서 떠나지 않았다. 그가 소리쳤다. "내 세 번째 메시지는 이룰란 공주를 위한 것이다. 공주! 사람이 결코 잊지 못하는 것이 모욕이다. 나는 그대에게 도망치라고 경고한다!"

'저게 무슨 말이지? 우리가 이룰란을 모욕한 건 사실이야. 하지만…… 저자가 왜 그녀에게 도망치라고 경고하는 거지? 난 조금 전에야 결정을 내렸어!' 공포의 전율이 알리아의 몸을 쏜살같이 훑고 지나갔다. 저 설교자가 그걸 어떻게 알았을까?

"내 네 번째 메시지는 던컨 아이다호를 위한 것이다. 던컨! 그대는 충성심으로 충성심을 살 수 있다고 배웠다. 오, 던컨, 역사를 믿지 말라. 무엇이든 돈으로 통용되는 것이 역사를 밀어붙이기 때문이다. 던컨, 그대의 뿔을 가지고 가서 그대가 가장 잘하는 일을 하라."

알리아는 오른손 손등을 잘근잘근 씹었다. '뿔이라니!' 그녀는 팔을 뻗어 경비대를 호출하는 단추를 누르고 싶었다. 그러나 그녀의 손이 움직이려 하지 않았다.

"이제 그대들에게 설교한다." 설교자가 말했다. "이것은 사막의 설교이다. 이것은 무앗딥의 사제들, 칼의 복음주의를 실천하는 그들의 귀를 위한 것이다. 오오, 명백한 운명을 믿는 자들이여! 명백한 운명에 악마 같은 일면이 있다는 것을 모르는가? 그대들은 무앗딥과 축복받은 시대를 함께 살았다는 것만으로 자신이 고귀하게 되었음을 알았다고 소리친다. 그대들에게 말하노니, 그대들은 무앗딥을 버렸다. 그대들의 종교에서 거룩함이 사랑을 대신하고 있다! 그대들은 사막의 복수를 부르고 있다!"

설교자가 마치 기도하는 것처럼 고개를 숙였다.

알리아는 깨달음으로 인해 몸이 부들부들 떨리는 것을 느꼈다. 세상에! 저 목소리! 타는 듯 뜨거운 모래 속에서 보낸 세월 때문에 갈라져 있었지만, 폴의 목소리의 잔해라고 생각할 수도 있는 목소리였다.

설교자가 다시 고개를 들었다. 그의 목소리가 광장 위에 우렁차게 울려 퍼졌다. 더 많은 사람들이 과거에서 튀어나온 이 괴상한 인물에게 끌려 광장으로 모여들고 있었다.

"그리하여 이렇게 적혀 있다!" 설교자가 소리쳤다. "사막 가장자리에서 이슬을 바라며 기도하는 자들은 대홍수를 가져올 것이다! 그들은 이성의 힘으로 자신의 운명에서 도망치지 못할 것이다! 이성은 자부심에서 기인하며, 사람은 사악한 일을 저질렀을 때 자신의 자부심이 그런 것이라는 사실을 알지 못할 수도 있다." 그가 목소리를 낮췄다. "사람들은 무앗딥이 예지력 때문에 죽었다고 말한다. 미래에 대한 지식이 그를 죽였으며, 그가 현실의 우주에서 알람 알 미탈로 넘어갔다고 말한다. 그대들에게 말하노니 이것은 마야의 환상이다. 그런 생각에는 독립적인 실체가 없다. 그런 생각들이 그대들의 몸 밖으로 나가 현실 속의 일들을 할 수는 없다. 무앗딥은 자신이 우주를 암호로 바꿀 리하니 마법 같은 것을 갖고 있지 않다고 말했다. 그의 말을 의심하지 말라."

설교자가 다시 팔을 치켜들고 커다랗게 고함을 지르듯이 목소리를 높였다. "무앗딥의 사제들에게 경고한다! 절벽의 불이 그대들을 태울 것이다! 자기기만의 교훈을 지나치게 잘 배운 자들은 그 기만 때문에 사멸할 것이다. 형제의 피를 씻어낼 수는 없다!"

그는 팔을 내리고 어린 안내인을 찾은 다음 알리아가 몸을 부들부들 떨면서 꼼짝도 못 하는 상태에 압도되어 있는 동안 광장을 떠나기 시작했다. 저렇게 겁 없이 이단을 말하다니! 그는 틀림없는 폴이었다. 경비대에 반드시 경고를 해줘야 했다. 이 설교자에게 맞서서 감히 노골적인 움직임을 보일 수는 없었다. 저 아래 광장에 나타난 증거가 이 사실을 확인해 주었다.

그 이단의 말에도 불구하고 아무도 떠나가는 설교자를 제지하려 하지 않았다. 그를 뒤쫓기 위해 재빨리 뛰어 일어난 신전 경비병도 없었다. 어떤 순례자도 그를 제지하려 하지 않았다. 저렇게 카리스마가 넘치는 장님이라니! 그를 보거나 그의 말을 들은 사람들은 모두 신성한 재능이 투영된 그의 힘을 느꼈다.

한낮의 열기에도 알리아는 갑자기 추위를 느꼈다. 제국에 대한 자신의 아슬아슬한 통제력이 실체를 가진 물건처럼 느껴졌다. 그녀는 자신의 힘이 너무나 약하다는 생각을 하며 마치 그 힘을 붙들려는 것처럼 감시창 가장자리를 움켜쥐었다. 우주 조합과 베네 게세리트가 어둠 속에서 조용히 움직이고 있다면, 랜드스라드, 초암, 프레멘 무력 사이의 균형은 힘의 핵심을 쥐고 있었다. 인류가 퍼져나간 가장 먼 변방에서부터 찾아온 기술 발전의 금지된 누출 현상이 중앙 권력을 조금씩 갉아먹고 있었다. 익스와 틀레이랙스의 공장들에 허용된 상품으로는 압력을 누그러뜨릴 수 없었다. 그리고 무대 옆 눈에 띄지 않는 곳에는 샤담 4세의 직위와 권리를 상속받은 코리노 가문의 파라든이 항상 있었다.

프레멘이 없다면, 불로초의 효능을 지닌 스파이스에 대한 아트레이데스 가문의 독점권이 없다면, 그녀의 통제력도 느슨해질 것이다. 모든 힘이 물에 녹듯 사라질 것이다. 그녀는 지금 이 순간에도 자신의 지배력이 스르르 빠져나가는 것을 느낄 수 있었다. 사람들은 이 설교자의 말에 주의를 기울였다. 그를 침묵시키는 것은 오늘 그녀의 광장 전체에 울려 퍼진 말을 그가 계속 설교하게 내버려두는 것과 마찬가지로 위험한 일이 될 터였다. 그녀는 자신의 패배를 알리는 최초의 징조들을 볼 수 있었고, 문제의 패턴이 그녀의 머릿속에서 선명하게 두드러졌다. 베네 게세리트는 그 문제를 법전처럼 정리해 놓았다.

'작지만 강력한 힘에 의해 다수의 백성들이 억제되는 것은 우리 우주에서 꽤나 흔히 볼 수 있는 상황이다. 우리는 이 다수의 백성들이 자신을 억압하는 세력에 달려들게 되는 중요한 조건들을 알고 있다.

첫째, 그들이 지도자를 찾았을 때. 이것은 권력을 가진 자들에게 가장 위협적이다. 권력자들은 반드시 지도자들을 통제해야 한다.

둘째, 백성들이 자신을 묶고 있는 사슬을 인식했을 때. 백성들이 아무런 의문도 품지 않고 계속 눈먼 상태로 있게 만들어라.

셋째, 백성들이 속박에서 탈출할 수 있다는 희망을 인지했을 때. 백성들은 탈출이 가능하다는 믿음조차 품어서는 안 된다!'

알리아는 고개를 흔들었다. 그 움직임이 너무 세차서 뺨이 부르르 떨리는 것이 느껴졌다. 징조는 이곳 그녀의 백성들 안에 있었다. 제국 전체에 퍼져 있는 첩자들로부터 들어오는 모든 보고가 그녀가 확실하게 알고 있는 사실들을 더욱 확실하게 해주었다. 끝날 줄 모르는 프레멘의 지하드 전쟁은 도처에 그 흔적을 남겨놓았다. '칼의 복음주의'가 닿은 곳 어디서나 사람들은 속국의 백성다운 태도를 유지했다. 방어적이고 비밀이 많고 회피적인 태도가 그것이었다. 모든 권위의 표명(이는 본질적으로 '종교적' 권위를 의미했다)은 분개의 대상이 되었다. 아, 순례자들은 지금도 수백만 명씩 무리를 지어 찾아오고 있었으며, 그들 중 일부는 아마 정말로 독실한 사람들일 것이다. 그러나 대부분의 순례자들은 신앙이 아닌 다른 동기를 갖고 있었다. 가장 흔한 것은 미래에 대한 훌륭한 보증이었다. 이것이 사람들에게 복종을 강조했고 쉽게 부(富)로 전환될 수 있는 현실적인 권력을 가져다주었다. 아라키스에서 돌아온 하즈 여행자들은 고향으로 돌아가 새로운 권위, 새로운 사회적 지위를 갖게 되었다. 하즈 여행자들은 고향 행성에 묶여 있는 사람들이 감히 도전할 엄두를 내지 못하는 경제적 결정들을 내려 이윤을 남길 수 있었다.

알리아는 사람들 사이에 널리 퍼져 있는 그 수수께끼를 알고 있었다. '듄에서 고향으로 돌아온 사람들의 텅 빈 지갑 속에서 너는 뭘 보지?' 이 수수께끼의 답은 '무앗딥의 눈(불의 다이아몬드)'이었다.

점점 커져가는 사회적 불안에 맞서기 위한 전통적인 방법들이 알리아의 의식 앞에서 열병식을 하듯 지나갔다. 통치자에게 반대하면 항상 처벌을 받고, 통치자를 도우면 항상 보상을 받는다는 사실을 사람들에게 가르쳐야 했다. 제국의 힘이 임의적으로 옮겨 다녀야 했다. 제국의 권력에 수반하는 중요한 부속물들은 반드시 감춰야 했다. 섭정이 잠재적인 공격에 맞설 때마다 반대 세력이 갈피를 잡을 수 없게 하는 섬세한 시기 조절이 필요했다.

'내가 시기를 조절하는 감각을 잃어버린 건가?' 그녀는 속으로 의문을 품었다.

"그런 근거 없는 억측을 하다니." 그녀의 내면에서 누군가의 목소리가 말했다. 그녀는 자신이 점점 차분해지는 것을 느꼈다. 그래, 남작의 계획은 훌륭했다. 우리는 위협적인 레이디 제시카를 제거하는 동시에 코리노 가문에 불명예를 안겨줄 것이다. 그래.

설교자는 나중에 처리해도 되었다. 그녀는 그의 태도를 이해했다. 그가 상징하는 것은 분명했다. 그는 고삐 풀린 망아지처럼 억측을 하는 늙어빠진 영혼이었으며, 정통을 따르는 그녀의 사막에서 살아 움직이는 이단의 영혼이었다. 그것이 그의 강점이었다. 그가 폴이건 아니건 별로 중요하지 않았다…… 그 점이 계속 사람들의 의혹 속에 남아 있기만 하다면. 그러나 그녀의 베네 게세리트 지식은 그의 약점에 대한 열쇠가 그의 강점 속에 들어 있을 것이라고 알려주었다.

'저 설교자에게는 결점이 있고 우린 그걸 찾아낼 거야. 그에게 감시를 붙여서 모든 행동을 지켜보게 해야겠다. 그러다 기회가 생기면 그의 평판을 떨어뜨리는 거야.'

㉠㉥㉣㉤

자기들이 종교적인 계시를 전달하도록 신의 영감을 받았다는 프레멘들의 주장에 대해 이의를 제기할 생각은 없다. 나로 하여금 그들에게 소나기처럼 조소를 퍼붓게 하는 것은 그들이 그런 주장과 동시에 내놓는, 자기들이 사상적 계시까지도 전달할 권리를 갖고 있다는 주장이다. 그들이 이 두 가지 주장을 하는 것은 물론 그 주장이 자신들의 관료적 지위를 강화해 주고, 자신들을 점점 억압적인 존재로 보고 있는 이 우주에서 버티는 데 도움이 될 것이라는 희망 때문이다. 나는 억압받는 모든 사람들의 이름으로 프레멘들에게 경고한다. 단기적인 편의주의는 장기적인 관점에서 보면 항상 실패한다.

—아라킨에서 설교자가 한 말

레토는 밤에 스틸가와 함께 나지막한 바위 꼭대기에 선반처럼 튀어나온 좁은 공간 위로 올라왔다. 타브르 시에치에서는 땅 위로 노출되어 있는 그 나지막한 바위를 '수행원'이라고 불렀다. 바위 위에 서 있는 그들 앞에 점점 약해지는 두 번째 달빛을 받은 파노라마 같은 풍경이 펼쳐졌다. 북쪽에는 아이다호 산이 있는 방어벽이 있고, 남쪽에는 대평지가 있으며, 하바냐 능선이 있는 동쪽으로는 구불구불한 모래언덕들이 이어져 있었다. 폭풍의 잔해인 구불구불한 모양의 흙먼지 덩어리는 남쪽 지평선을 가리고 있었다. 방어벽 가장자리가 달빛을 받아 서리를 맞은 것처럼 하얗게 빛났다.

스틸가는 이곳에 오고 싶지 않았지만, 레토가 그의 호기심을 자극했기 때문에 결국 이 비밀스러운 모험에 동참하게 되었다. 왜 밤중에 위험을 무릅쓰고 사막을 건널 필요가 있는 건가? 레토는 스틸가가 거절한다면 자기 혼자 몰래 빠져나가서 사막을 건너겠다고 협박했다. 그러나 스틸가는 이렇게 움직이는 것이 크게 걱정스러웠다. 이렇게 중요한 인물이 두 명이나 밤중에 따로 나와 있다니!

레토가 대평지가 있는 남쪽을 향해 쪼그리고 앉았다. 때로 그는 뭔가가 마음대로 되지 않는다는 듯이 자기 무릎을 주먹으로 두드렸다.

스틸가는 가만히 기다렸다. 그는 말없이 기다리는 것에 능했다. 그는 팔짱을 낀 채 자신이 보호해야 할 사람의 한쪽 옆으로 두 발짝 떨어진 곳에 서 있었다. 그의 로브가 밤바람에 부드럽게 움직였다.

레토에게 사막을 건너는 것은 내면의 절망에 대응하는 것을 의미했으며, 가니마가 더 이상 감행할 수 없는 조용한 갈등 속에서 자신의 인생을 위해 새로 대열을 정비하는 데 꼭 필요한 일이었다. 그가 교묘한 수로 스틸가를 이 여행에 동참시킨 것은 앞으로 다가올 날들을 준비하는 데 있어서 스틸가가 반드시 알아야 하는 것들이 있기 때문이었다.

레토는 다시 무릎을 두드렸다. 시작을 알아내기가 어려웠다! 때로 자신이 헤아릴 수 없이 많은 내면의 다른 생명들의 연장인 것 같은 생각이 들었다. 그들은 모두 그 자신만큼이나 사실적으로 가깝게 느껴졌다. 그 생명들의 흐름 속에는 끝도 없고 성취도 없었다. 영원한 시작이 있을 뿐이었다. 그들은 또한 그에게 아우성치는 폭도가 될 수도 있었다. 마치 그들 각각이 그라는 단 하나의 창문을 통해 밖을 내다보고 싶어 하는 것 같왔다. 그리고 거기에 알리아를 망가뜨린 위험이 놓여 있었다.

레토는 폭풍의 잔해를 은색으로 물들이고 있는 달빛을 노려보았다. 모래언덕들이 구불구불 기복을 이루며 평지 전체에 펼쳐져 있었다. 이산화규소로 된 왕모래가 바람에 일정한 간격으로 흩어져서 물결 모양의 언덕이 되었다. 완두콩 크기의 모래, 왕모래, 자갈도 있었다. 그 자신이 날이 밝기 직전의 적막한 순간에 붙들려 있는 듯한 기분이 들었다. 시간이 그를 압박했다. 벌써 아카드 달(月)이었고, 그의 뒤에는 끝없는 기다림의 시간의 끝자락이 놓여 있었다. 뜨겁고 긴 낮과 뜨겁고 건조한 바람, '피 흘린 매'의 용광로 같은 땅에서 불어오는 돌풍과 끝없는 바람에 괴롭힘당하는 오늘 같은 밤. 그는 별빛 속에서 울퉁불퉁한 선을 그리고 있는 방어벽을 어깨 너머로 흘끗 바라보았다. 그 벽 너머의 북부 저지대에 그가 가진 문제의 초점이 있었다.

그는 다시 사막을 바라보았다. 그가 그 뜨거운 어둠 속을 노려보는 동안 날이 밝아왔다. 먼지의 스카프 속에서 태양이 떠올라 펄럭이는 띠 같은 붉은색 폭풍 속에 라임색을 살짝 덧붙여놓았다. 그는 눈을 감고 이날이 아라킨에서부터 어떻게 모습을 드러낼 것인지 보려고 했다. 아라킨은 빛과 새로운 그림자들 사이에 흩어진 상자처럼 붙들려서 그의 의식 속에 자리잡고 있었다. 사막…… 상자…… 사막…… 상자…….

그가 눈을 떴을 때 사막은 여전히 그 자리에 있었다. 바람의 발길질에 차인 모래가 모여 카레색의 광활한 땅에 퍼진 모습 그대로였다. 모든 모래언덕의 기슭을 따라 놓여 있는 끈적끈적한 그림자들이 방금 지나간 밤의 광선들처럼 밖을 향해 뻗어 있었다. 그들이 시간을 연결시켰다. 그는 불안해하는 스틸가를 옆에 둔 채 이곳에 쪼그리고 앉아서 밤에 대해 생각했다. 스틸가는 그가 이곳으로 올라온 이유를 설명하지 않고 침묵하는 것 때문에 걱정하고 있었다. 스틸가는 사랑하는 무앗딥과 이 길을 지나갔던 수많은 기억을 갖고 있을 것이다. 지금도 스틸가는 위험에 대비해서 경계심을 늦추지 않은 채 주변을 샅샅이 살피면서 움직이고 있었다. 스틸가는 밝은 빛 속에 있는 탁 트인 공간을 좋아하지 않았다. 그 점에서 그는 순수한 과거의 프레멘이었다.

레토의 정신은 사막을 건너는 순수한 움직임을 그만두는 것과 밤을 떠나는 것을 내켜하지 않았다. 밤은 일단 이곳 바위들 속으로 들어온 후 검은 침묵을 지켰다. 그는 낮의 빛을 두려워하는 스틸가에게 공감했다. 검은색은 설사 그 안에 들끓는 공포가 들어 있다 하더라도 단 하나뿐이었다. 빛은 여러 가지 것이 될 수 있었다. 밤은 주르르 미끄러지는 듯한 소리와 함께 다가오는 밤의 물건들과 두려움의 냄새를 품고 있었다. 밤에는 차원이 분리되고 모든 것이 증폭되었다. 가시는 더 날카로워졌고 잎사귀들도 더 예리해졌다. 그러나 낮의 공포는 때로 그보다 더 심했다.

스틸가가 헛기침을 했다.

레토가 고개를 돌리지 않은 채 입을 열었다. "나한테 아주 심각한 문제가 있소, 스틸."

"저도 그렇게 짐작하고 있었습니다." 레토의 옆에서 들려오는 그 목소리는 낮고 신중했다. 아이의 목소리는 기분 나쁠 정도로 아버지의 목소리를 닮았다. 그것은 스틸가의 마음속에 혐오감을 일으키는 금지된 마법의 산물이었다. 프레멘들은 귀신에 홀리는 것의 공포를 알고 있었다. 홀린 것으로 판명된 사람들은 당연히 죽임을 당했으며 그들의 물은 부족의 저수지를 오염시키지 않도록 모래 위에 버려졌다. 죽은 자는 계속 죽은 채로 남아 있어야 했다. 아이들 속에서 불멸을 구하는 것은 옳은 일이었지만, 아이들에게는 과거에서 튀어나온 형상을 지나치게 정확히 취할 권리가 없었다.

"내 문제는 아버지가 너무 많은 것들을 미완성으로 남겨놓았다는 거요." 레토가 말했다. "특히 우리 삶의 초점이 그렇지. 제국은 이런 식으로 계속될 수 없소, 스틸. 인간의 삶을 위한 초점이 없는 채로 말이오. 난 삶에 대해 이야기하고 있소, 알겠소? 죽음이 아니라 삶."

"언젠가 환영 때문에 마음이 어지러워졌을 때, 왕자님의 아버님께서 제게 그런 맥락의 말씀을 하신 적이 있습니다." 스틸가가 말했다.

레토는 자기 옆의 사람에게서 느껴지는 의문 섞인 두려움을 가벼운 대답으로 무마해 버리고 싶다는 유혹을 느꼈다. 아마 단식을 그만 끝내자는 말을 해도 될 것이다. 생각해 보니 아주 배가 고팠다. 그들이 식사를 한 것은 전날 정오였는데 레토는 밤이 샐 때까지 단식을 해야 한다고 주장했다. 그러나 지금은 또 다른 굶주림이 그를 끌어당기고 있었다.

'내 인생에 문제가 있는 건 이 장소에 문제가 있기 때문이야. 예비를 위한 창조물이 하나도 없어. 나는 그냥 자꾸만 뒤로, 뒤로 가고 있을 뿐이야. 멀리 있는 것들이 희미해져서 보이지 않게 될 때까지. 지평선이 보이지 않아. 하바냐 능선이 보이지 않아. 원래 시험이 실시됐던 장소를 찾을 수가 없어.' 레토는 생각했다.

"예지력을 대체할 수 있는 것은 정말로 존재하지 않소." 레토가 말했다. "어쩌면 위험하더라도 스파이스를……."

"그래서 아버님처럼 파멸하시려고요?"

"진퇴양난이로군."

"예전에 아버님께서는 미래를 너무 잘 알게 되면 변화를 위한 자유가 배제될 정도로 그 미래 속에 갇히게 된다고 제게 털어놓으셨습니다."

"그 역설이 바로 우리의 문제요. 예지력은 미묘하고 강력한 것이지. 미래가 지금이 되오. 장님들만 사는 나라에서 시력을 갖는 것에는 나름대로 위험이 있소. 자기 눈으로 본 것을 장님들을 위해 설명해 주려다가 장님들에게는 앞을 볼 수 없기 때문에 갖게 된 선천적인 운동 능력이 있다는 사실을 잊어버리게 되지. 그들은 자기만의 길을 따라 움직이는 거대한 기계 같소. 그들에게는 그들 나름의 힘과 고집이 있어. 난 눈먼 사람들이 두렵소, 스틸. 그들이 두려워. 그들은 길을 막는 것을 무엇이든 너무나 쉽게 부숴버릴 수 있소."

스틸가는 사막을 물끄러미 바라보았다. 라임색의 새벽이 강철 같은 낮으로 변해 있었다. 그가 말했다. "우리가 이곳에 온 이유가 무엇입니까?"

"내가 죽게 될지도 모르는 장소를 당신에게 보여주고 싶었소."

스틸가는 긴장했다. "그러니까 왕자님도 환영을 보신 거로군요!"

"어쩌면 그냥 꿈일 수도 있지."

"이렇게 위험한 장소에 왜 온 겁니까?" 스틸가는 자신이 보호해야 할 사람을 무서운 눈으로 내려다보았다. "당장 돌아가야 합니다."

"난 오늘 죽지는 않을 거요, 스틸."

"죽지 않는다고요? 어떤 환영을 보신 겁니까?"

"세 개의 길을 봤소." 레토가 말했다. 기억을 더듬는 듯 몽롱한 목소리였다. "그 미래 중의 하나에서는 내가 할머니를 죽여야 하오."

스틸가는 레이디 제시카가 자기들의 말을 들을까 봐 겁이 난다는 듯이 타브르 시에치를 향해 날카로운 시선으로 뒤를 돌아보았다. "왜요?"

"스파이스 독점권을 잃지 않기 위해서."

"무슨 말씀인지 모르겠습니다."

"나도 모르오. 하지만 내가 꿈속에서 칼을 사용할 때 의도는 그거요."

"아." 스틸가는 칼을 사용한다는 말의 의미를 이해했다. 그는 깊이 숨을 들이쉬었다. "두 번째 길은 무엇입니까?"

"아트레이데스의 혈통을 확실히 보장하기 위해 가니와 내가 결혼하는 것이오."

"가아아!" 스틸가는 숨을 내뱉으며 격렬하게 혐오감을 드러냈다.

"고대의 왕과 왕비들에게는 그게 보통 있는 일이었소. 그러나 가니와 나는 서로 짝짓기를 하지 않기로 결정했소." 레토가 말했다.

"그 결정을 단단히 지키셔야 합니다!" 스틸가의 목소리에는 죽음 같은 절박함이 있었다. 프레멘 법에 따르면 근친상간을 저지른 사람을 삼각 교수대에서 사형에 처할 수도 있었다. 그가 헛기침을 하고 나서 물었다. "그럼 세 번째 길은요?"

"내가 아버지를 인간의 자리로 끌어내리라는 요구를 받소."

"그분은 제 친구였습니다. 무앗딥 말입니다." 스틸가가 중얼거렸다.

"아버지는 당신의 신이었소! 난 아버지의 신격화를 없던 것으로 되돌려야 하오."

스틸가는 사막에 등을 돌리고 사랑하는 타브르 시에치의 오아시스가 있는 방향을 물끄러미 바라보았다. 이런 이야기는 항상 그를 불편하게 만들었다.

레토는 스틸가의 움직임에서 땀 냄새가 풍겨오는 것을 느꼈다. 이곳에서 반드시 말해야 하는 중요한 것들을 피하고 싶다는 유혹이 너무나 컸다. 그들이 직면하고 있는, 당장 해야 하는 일들로부터, 현실적인 결정들로부터 억지로 멀어진 것처럼 구체적인 문제에서 추상적인 문제로 넘어가 하루 중 반나절을 그냥 이야기만으로 보낼 수도 있었다. 코리노 가문이 레토 자신과 가니의 생명에 실질적인 위협이 되고 있다는 사실에는 의심의 여지가 없었다. 그러나 지금 그는 무슨 일을 할 때마다 반드시 해야만 하는 비밀스러운 일들에 그것을 견주어 시험해야 했다. 스틸가는 예전에 음료수에 사용하는 독인 초머르키를 은밀히 사용할 것을 강경하게 요구하며 파라든의 암살에 찬성하는 투표를 했다. 파라든은 달콤한 술을 유달리 좋아하는 것으로 알려져 있었다. 그러나 암살은 허용될 수 없었다.

"만약 내가 여기서 죽는다면, 스틸, 당신은 반드시 알리아를 조심해야 하오. 알리아는 이제 당신의 친구가 아니오."

"죽는다는 얘기와 왕자님 고모님에 대한 이 얘기가 다 뭡니까?" 이제 스틸가는 정말로 화를 내고 있었다. '레이디 제시카를 죽인다니! 알리아를 조심하라니! 여기서 죽는다니!'

"변변찮은 사람들은 고모의 명령에 따라 안색을 바꾸지. 통치자가 예언자가 되어야 할 필요는 없소, 스틸. 신 같은 존재가 될 필요도 없지. 통치자에게 필요한 것은 감수성뿐이오. 내가 당신을 이곳으로 데려온 건 우리 제국에 필요한 것을 분명히 설명하기 위해서요. 제국에는 훌륭한 정부가 필요하오. 훌륭한 정부는 법률이나 선례가 아니라 누구든 그 정부를 다스리는 사람의 개인적인 자질에 달려 있소."

"섭정께서는 제국이 요구하는 의무를 상당히 잘 수행하고 계십니다." 스틸가가 말했다. "왕자님이 성인이 되면……."

"난 지금도 성인이오! 여기서 제일 나이 먹은 사람이란 말이오! 당신은 내 옆에서는 응애응애 울어대는 갓난아기일 뿐이오. 난 5000년도 더 된 과거를 기억할 수 있소. 하! 난 우리 프레멘이 투르그로드에 있던 시절도 기억할 수 있어."

"왜 그런 공상으로 장난을 치시는 겁니까?" 스틸가가 다그쳤다. 단호한 목소리였다.

레토는 혼자 고개를 끄덕였다. 그래, 정말 왜 그러는 걸까? 다른 세기에 대한 자신의 기억을 왜 자세히 이야기하는 걸까? 그가 직면하고 있는 문제는 바로 오늘날의 프레멘이었고, 그들 중 대부분은 여전히 반쯤 길든 야만인에 지나지 않아 불행을 가져오는 순수함에 비웃음을 보내는 경향이 있었다.

"크리스나이프는 그 소유자의 죽음과 함께 분해되지. 무앗딥은 분해되었소. 그런데 프레멘이 왜 아직도 살아 있는 것이오?" 레토가 말했다.

그가 조금 전까지 하던 말과는 전혀 다른 얘기를 이렇게 불쑥 던지면 스틸가는 커다란 혼란에 빠지곤 했다. 그는 순간적으로 말을 잃었다. 레토가 이렇게 불쑥 던지는 말에는 의미가 들어 있었지만, 그는 그 의미를 알아낼 수 없었다.

"사람들은 내가 황제가 될 거라고 기대하고 있소. 하지만 나는 반드시 종이 되어야 하오." 레토는 자기 어깨 옆에 서 있는 스틸가를 흘끗 바라보았다. "나와 같은 이름을 가졌던 내 할아버지는 이곳 듄에 왔을 때 가문의 문장에 새로운 말을 덧붙이셨소. '지금 있는 이곳에 나는 머무를 것이다.'"

"그분에게는 선택의 여지가 없었습니다."

"잘 말했소, 스틸. 내게도 선택의 여지가 없소. 난 내가 태어난 가문 때문에, 꼭 알맞은 이해력을 갖고 있기 때문에, 내 안으로 들어온 모든 것들 때문에 황제가 되어야 하오. 난 심지어 제국에 무엇이 필요한지도 알고 있소. 바로 훌륭한 정부지."

"나입이란 말에는 오래된 의미가 있습니다. '시에치의 종'이라는 것이죠."

"당신이 내게 가르쳐준 것을 기억하고 있소, 스틸. 올바른 정부를 만들기 위해 부족은 정부가 마땅히 취해야 하는 행동을 그대로 반영하는 삶을 살아온 사람들을 선택할 방법을 갖고 있어야 하지."

스틸가는 프레멘의 혼이 자리 잡고 있는 마음속 깊숙한 곳에서부터 우러난 말을 했다. "왕자님이 적절한 자격을 갖췄다고 판단되면 제위를 이어받게 되실 겁니다. 먼저 왕자님은 통치자다운 행동을 할 수 있다는 것을 증명하셔야 합니다!"

레토가 갑자기 웃음을 터뜨렸다. 그리고 입을 열었다. "내 성실함을 의심하는 거요, 스틸?"

"물론 그렇지 않습니다."

"내가 타고난 권리는?"

"왕자님은 지금 그대로의 왕자님이십니다."

"그럼 만약 내가 사람들의 기대에 부응하는 일을 한다면, 그것이 내 성실함의 척도라는 거요, 응?"

"그것이 프레멘의 관습입니다."

"그럼 나는 내 행동의 지침이 될 내적인 감정을 가질 수 없다는 거요?"

"무슨 말씀이신지 이해를……."

"만약 나 자신의 욕망을 억압하는 대가가 아무리 커도 내가 항상 규범에 어긋나지 않는 행동을 한다면, 그것이 나를 재는 척도가 되는 것이군."

"그것이 바로 자제력의 본질입니다, 어린 왕자님."

"어리다고!" 레토가 고개를 저었다. "아아, 스틸, 당신은 내게 정부의 합리적인 윤리에 대한 열쇠를 제공해 주고 있소. 나는 반드시 일관성을 유지해야 하고 나의 모든 행동은 과거의 전통에 뿌리를 두어야 하오."

"올바른 생각이십니다."

"하지만 나의 과거는 당신의 과거보다 더 깊소!"

"그것이 무슨 차이가……."

"난 일인칭 단수가 아니오, 스틸. 나는 당신이 상상조차 할 수 없을 만큼 오래된 전통에 대한 기억을 가진 다중이오. 그것이 내 짐이오, 스틸. 난 과거에 방향이 맞춰져 있소. 나는 새로운 것과 변화에 저항하는 선천적인 지식을 가진 아브림이오. 하지만 무앗딥이 이 모든 것을 바꿔버렸소." 그가 팔을 움직여 등 뒤의 방어벽까지 포함시키는 동작으로 사막을 가리켰다.

스틸가는 고개를 돌려 방어벽을 응시했다. 무앗딥의 시대 이후 방어벽 밑에 마을이 하나 건설되었다. 사막에 식물을 퍼뜨리는 작업을 돕고 있는 행성학 연구팀이 잠시 머무를 수 있는 집들이 모인 곳이었다. 스틸가는 풍경을 침범한 인공의 흔적을 뚫어지게 바라보았다. 바꿔버렸다고? 그건 맞는 말이었다. 잘 정돈된 마을을 보며 그는 레토의 말이 옳다는 사실에 화가 났다. 그는 사막복 아래로 스며든 왕모래 때문에 피부가 가려운 것을 무시하고 말없이 서 있었다. 저 마을은 이 행성의 과거에 대한 공격이었다. 원을 그리며 울부짖는 바람이 모래언덕 위로 뛰어올라서 저곳을 없애버렸으면 좋겠다는 생각이 문득 들었다. 흥분 때문에 그의 몸이 떨렸다.

레토가 말했다. "새로운 사막복들이 대충 만들어진 물건이라는 사실을 눈치챘소, 스틸? 물 손실량이 너무 많소."

스틸가는 '제가 이미 그 말을 하지 않았던가요?'라고 묻고 싶은 것을 참았다. 대신 그는 이렇게 말했다. "백성들이 약에 점점 더 의존하고 있습니다."

레토가 고개를 끄덕였다. 약은 체온을 변화시키고 물 손실량을 줄여주었다. 그리고 사막복보다 더 싸고 편했다. 그러나 약은 사용자에게 다른 짐을 지웠다. 그중에는 반응 속도가 느려지고 때로 시야가 흐릿해지는 것이 포함되어 있었다.

"저와 함께 이곳으로 나온 이유가 그것입니까? 사막복의 제조 상태를 얘기하기 위해서요?" 스틸가가 물었다.

"그러면 안 되오? 당신이 내가 꼭 해야 하는 얘기를 정면으로 받아들이려 하지 않기 때문이 아니오?"

"왜 제가 왕자님의 고모님을 조심해야 하는 겁니까?" 분노 때문에 날이 선 목소리였다.

"고모가 변화에 저항하는 프레멘의 오랜 욕망을 이용하면서도 당신이 상상할 수 없는 끔찍한 변화를 가져오려 하기 때문이오."

"왕자님은 사소한 일을 너무 크게 부풀리고 있습니다! 고모님은 진정한 프레멘입니다."

"아아, 그럼 진정한 프레멘은 과거의 방식을 고수하는데, 나는 아주 오래된 과거를 갖고 있소. 스틸, 만약 내가 그런 기질을 자유롭게 모두 발휘한다면 나는 과거의 신성한 관습에 전적으로 의존하는 폐쇄 사회를 요구할 거요. 사람들의 이주도 억제할 것이오. 이주가 새로운 생각들을 촉진하며, 그 새로운 생각이 삶의 구조 전체에 위협이 된다고 설명하면서. 각 행성은 작은 도시 국가가 되어서 각자의 방식을 따라 스스로 원하는 모습을 형성하게 될 거요. 그러다 보면 결국 제국은 그 차이점들의 무게에 짓눌려서 산산조각으로 부서지겠지."

스틸가는 바짝 마른 목구멍으로 침을 삼키려고 애썼다. 무앗딥이 있었다면 이것과 똑같은 말을 했을 것이다. 레토의 말에는 무앗딥과 같은 분위기가 있었다. 그의 말은 무서운 역설이었다. 만약 사람이 조금이라도 변화를 허용한다면…… 그는 고개를 저었다.

"만약 당신이 과거 속에 살고 있다면 무엇이 올바른 행동인지 과거가 보여줄 것이오, 스틸. 하지만 상황은 변하게 마련이오."

스틸가는 상황이 변한다는 말에 동의할 수밖에 없었다. 그렇다면 사람은 어떻게 행동해야 하는가? 그는 레토 너머의 사막을 바라보았지만, 사막이 눈에 들어오지 않았다. 무앗딥이 저곳을 걸었다. 태양이 높이 올라감에 따라 평지는 황금색 그림자들로 가득 찼고, 자주색 그림자들과 모래먼지가 섞인 개울들이 흙먼지 수증기 속에서 물결쳤다. 대개 하바냐 능선 위에 걸쳐져 있는 흙먼지 안개가 이제 저 멀리서 눈에 띄었다. 그리고 그 앞의 사막은 서로 곡선을 그리며 겹쳐져 있는 모래언덕들을 그의 눈앞에 펼쳐놓았다. 흐릿한 열기의 아지랑이 너머에서 그는 사막의 가장자리로부터 뻗어 나오는 식물들을 보았다. 무앗딥은 저 황량한 곳에서 생명이 싹을 틔우게 만들었다. 적갈색, 황금색, 빨간색, 노란색 꽃들, 녹이 슨 것 같은 색깔과 황갈색, 회녹색 이파리들, 덤불 아래의 거친 그림자들과 이삭들. 열기의 움직임 때문에 그림자들이 공중에서 파르르 떨며 진동했다.

이윽고 스틸가가 말했다. "저는 프레멘의 지도자일 뿐입니다. 왕자님은 공작의 아드님이십니다."

"무슨 말을 하는지도 모르면서 그런 말을 하는군."

스틸가는 인상을 찌푸렸다. 언젠가 오래전에 무앗딥도 그런 말로 그를 질책했다.

"기억하고 있군, 그렇지 않소, 스틸? 우리는 하바냐 능선 아래에 있었고, 사다우카 대위가…… 그를 기억해 보시오. 아람샵이었던가? 그는 자기 목숨을 구하려고 동료를 죽였소. 그리고 당신은 그날 우리의 비밀을 본 사다우카를 살려두어서는 안 된다고 몇 번이나 경고했소. 결국 당신은 그들이 눈으로 본 것을 틀림없이 누설할 것이라고 말했소. 그러니까 반드시 그들을 죽여야 한다고. 그때 아버지가 말했소. '무슨 말을 하는지도 모르면서 그런 말을 하는군.' 당신은 그 말에 상처를 받았소. 그래서 아버지에게 자기는 프레멘의 단순한 지도자일 뿐이라고 말했지. 공작은 그보다 훨씬 중요한 것들을 알고 있을 거라고 말이오."

스틸가는 레토를 뚫어지게 바라보았다. '우리는 하바냐 능선 아래에 있었다니! 우리라니!' 그날 아직 잉태되지도 않았던 이…… 이 아이가 그때 벌어졌던 일들을 정확히 알고 있었다. 그 자리에 있었던 사람만이 알 수 있는 자세한 일들까지 전부. 이것은 이 아트레이데스 가문의 아이들을 평범한 기준으로 판단해서는 안 된다는 또 하나의 증거였다.

"이제 내 말을 잘 들으시오." 레토가 말했다. "만약 내가 죽거나 사막에서 실종된다면, 당신은 타브르 시에치에서 도망치시오. 이건 명령이오. 당신은 가니를 데리고……."

"왕자님은 아직 저의 공작님이 아닙니다! 왕자님은…… 왕자님은 어린아이입니다!"

"난 아이의 몸을 한 어른이오." 레토는 아래쪽의 바위 사이에 난 좁은 틈을 가리키면서 말을 이었다. "만약 내가 이곳에서 죽는다면 저곳이 바로 그 장소가 될 것이오. 당신은 피를 보게 될 거요. 그리고 그때 알게 되겠지. 내 누이를 데리고……."

"왕자님의 경비병 수를 두 배로 늘리겠습니다. 다시는 이곳으로 나오지 마십시오. 지금 당장 이곳을 떠나서……."

"스틸! 당신은 날 붙들어둘 수 없소. 그때 하바냐 능선의 기억을 다시 생각해 보시오. 기억하오? 스파이스 제조기 크롤러가 바깥의 사막에 나가 있었고, 커다란 창조자가 다가오고 있었지. 벌레로부터 크롤러를 구할 방법이 없었소. 아버지는 그 크롤러를 구할 수 없다는 사실에 화가 나 있었지. 하지만 거니는 사막에서 잃은 자기 부하들에 대한 생각으로 가득 차 있었소. 그가 뭐라고 했는지 기억해 보시오. '공작님의 아버님이라면 사람들을 구하지 못한 것을 더 아쉬워하셨을 겁니다.' 스틸, 당신에게 백성을 구하는 임무를 맡기겠소. 그들이 물건보다 훨씬 더 중요하오. 그리고 가니는 그 누구보다도 중요하지. 내가 없어지면 그녀만이 아트레이데스의 유일한 희망이기 때문이오."

"그런 얘기는 더 이상 듣지 않겠습니다." 스틸가는 이렇게 말하고 나서 몸을 돌려 사막 건너편의 오아시스를 향해 바위를 내려가기 시작했다. 레토가 뒤를 따라오는 소리가 들렸다. 이윽고 레토가 그를 지나쳐 앞으로 나서더니 뒤를 돌아보며 말했다. "올해 젊은 여자들이 얼마나 아름다운지 당신도 눈치챘소, 스틸?"

한 인간의 삶은 가족이나 민족 전체의 삶과 마찬가지로 기억으로서 계속 살아남는다. 내 백성들은 이것을 자신이 성숙해 가는 과정의 일부로 볼 수 있어야 할 것이다. 그들은 '유기체'와 같으며, 이렇게 끈질기게 이어지는 기억 속에서 잠재의식 속의 저장고에 점점 더 많은 경험들을 저장한다. 인류는 변화하는 우주를 위해 필요한 경우 이 자료를 불러내 사용할 수 있기를 희망한다. 그러나 저장된 것 중 많은 것이 우리가 '운명'이라고 부르는 우연의 장난 속에서 사라져버릴 수 있다. 많은 것이 진화적인 관계 속에 통합되지 않을 수 있으므로 육체에 가해지는 지속적인 환경 변화에 의해 평가되거나 활동 속에 포함되지 않을 수 있다. '종(種)'은 잊어버릴 수 있다! 베네 게세리트가 한 번도 짐작하지 못했던 퀴사츠 해더락의 특별한 가치는 바로 여기에 있다. 퀴사츠 해더락은 결코 잊지 못한다는 것.

— 하르크 알 아다 풍으로 집필된 『레토의 책』

스틸가는 이유를 알 수 없었지만 어쨌든 레토의 무심한 듯한 말에 자신이 크게 불안해하고 있음을 깨달았다. 레토의 말은 타브르 시에치를 향해 사막을 가로지르는 동안 내내 그의 의식 속으로 파고들어 레토가 '수행원' 위에서 했던 다른 모든 말을 압도해 버렸다.

아라키스의 젊은 여자들이 올해 아주 아름다운 것은 사실이었다. 젊은 남자들도 마찬가지였다. 그들의 얼굴은 물이 풍부하게 들어 있어 고요하게 빛났다. 그들의 눈은 바깥의 저 먼 곳을 바라보았다. 그들은 사막복의 마스크를 쓰거나 뱀처럼 구불구불한 집수 튜브를 착용하는 시늉도 하지 않은 채 얼굴을 자주 겉으로 드러냈다. 야외에서 아예 사막복을 입지 않는 경우도 흔했다. 그들은 몸을 움직일 때마다 옷 밑에 감춰진 나긋나긋한 젊은 육체를 살짝살짝 드러내주는 새로운 옷들을 더 좋아했다.

인간들의 그러한 아름다움은 풍경의 새로운 아름다움과 대비되었다. 과거의 아라키스와는 대조적으로, 적갈색 바위들 사이에서 자라는 자그마한 초록색 나뭇가지들에 부딪힌 사람들의 눈은 마법에 홀린 듯했다. 그리고 입구마다 정교한 수분 누출 방지막과 수분을 모으는 덫이 설치돼 있는 동굴 대도시 문화의 과거 시에치들 대신 흔히 진흙벽돌로 지은 야외의 마을들이 자리를 잡고 있었다. 진흙벽돌이라니!

'나는 왜 그 마을이 파괴되기를 바란 거지?' 스틸가는 걸으면서 이런 생각을 하다가 잠시 비틀거렸다.

그는 자신이 죽어가는 세대에 속한다는 것을 알고 있었다. 늙은 프레멘들은 자신들이 살아온 행성에서 자행되는 낭비에 놀라서 숨을 집어삼켰다. 집을 지을 벽돌을 만든다는 목적만으로 물이 허공 중에서 낭비되다니. 한 가족이 살 집을 짓기 위해 필요한 물이 있으면 한 시에치 전체가 1년 동안 목숨을 부지할 수 있었다.

새 건물들은 심지어 태양의 열기를 받아들여 그 안에 있는 육체를 건조하게 만드는 투명한 창문까지 갖고 있었다. 밖으로 열 수도 있는 창문이었다.

진흙으로 지은 집에서 사는 신세대 프레멘들은 창을 통해 바깥의 풍경을 내다볼 수 있었다. 그들은 이제 더 이상 시에치의 동굴 벽에 둘러싸여 웅크리고 있지 않았다. 새로운 비전이 움직이는 곳에서 상상력도 움직였다. 스틸가는 그것을 느낄 수 있었다. 새로운 비전은 프레멘들을 제국이 지배하고 있는 우주의 다른 종족들과 합류시켰으며, 무한한 우주 공간에 맞는 마음가짐을 그들의 머릿속에 집어넣었다. 예전에 그들은 고통스러운 현실의 노예가 되어 물이 귀한 아라키스에 묶여 있었다. 그들은 제국 내의 대부분 행성에 거주하는 사람들처럼 열린 마음을 공유하려 하지 않았다.

스틸가는 이러한 변화들이 자신의 의혹이나 두려움과 대조를 이루고 있다는 것을 알 수 있었다. 과거에는 아라키스를 떠나 물이 풍부한 행성에서 새로운 삶을 시작할 가능성에 대해 생각만이라도 하는 프레멘이 아주 드물었다. 이곳을 탈출할 '꿈'을 꾸는 것조차 그들에게는 허용되지 않았다.

그는 앞에서 걸어가고 있는 레토의 움직이는 등을 지켜보았다. 레토는 이 행성을 떠나는 것을 금지하는 것에 대해 얘기했다. 다른 행성 사람들 대부분에게 그것은 예전부터 항상 현실이었다. 탈출의 꿈이 일종의 안전판으로서 허용된 곳 역시 마찬가지였다. 그러나 행성 전체를 대상으로 하는 농노 제도는 이곳 아라키스에서 정점에 이르렀다. 프레멘들은 자신들의 내면으로 움츠러들어, 동굴 거주지에 바리케이드를 치듯이 마음속에도 바리케이드를 쳤다.

그리고 고난의 시기에 피신할 수 있는 곳을 뜻하는 시에치라는 말의 의미 자체가 왜곡되어 전 인구를 끔찍하게 유폐시키는 말이 되었다.

무앗딥이 이 모든 것을 바꿔놓았다는 레토의 말은 사실이었다.

스틸가는 길을 잃어버린 듯한 기분이었다. 자신의 오랜 신념들이 산산이 부서지는 것이 느껴졌다. 밖을 향하는 새로운 비전은 억제와 봉쇄로부터 멀어지고 싶어 하는 삶을 만들어냈다.

"올해 젊은 여자들은 정말 아름답지."

과거의 관습(그는 그것이 '자신의 관습'임을 인정했다)은 사람들에게 시선을 안으로 돌려 그들 자신의 고통을 바라보는 역사 외의 모든 역사를 무시하라고 강요했다. 과거의 프레멘들은 자신들의 끔찍한 이주 역사와 가는 곳마다 박해를 받으면서 쫓겨 다닌 역사를 읽었다. 과거의 행성 정부는 과거 제국의 공인된 정책을 따랐다. 그들은 진보와 발전에 대한 모든 감각과 창의력을 억눌렀다. 과거의 제국과 권력자들에게 번영은 위험한 것이었다.

스틸가는 이런 것들이 지금 알리아가 향하고 있는 길에도 똑같이 위험하다는 사실을 갑작스러운 충격과 함께 깨달았다.

스틸가는 다시 휘청거리는 바람에 레토의 등 뒤로 더욱 처지고 말았다.

과거의 관습과 과거의 종교 속에는 미래가 없었다. 끝없는 '현재'만이 있을 뿐이었다. 무앗딥이 나타나기 전에 프레멘들은 성취의 가능성을 결코 믿지 않고 자신들이 오직 실패만 할 것이라는 생각에 길들어 있었음을 스틸가는 깨달았다. 하긴…… 그들이 리에트 카인즈를 믿기는 했다. 그러나 그는 마흔 세대에 걸친 시간표를 제시했다. 그것은 성취가 아니었다. 스틸가는 그것 역시 안으로 움츠러든 꿈에 불과했다는 것을 이제 알 수 있었다.

'무앗딥이 그걸 바꿔놓았어!'

지하드 기간 동안 프레멘들은 과거 패디샤의 황제였던 샤담 4세에 대해 많은 것을 알게 되었다. 코리노 가문이 세운 패디샤 왕조의 여든한 번째 황제로서 황금사자의 옥좌를 차지하고 셀 수 없이 많은 행성이 소속된 이 제국을 다스렸던 그는 자신이 제국 전체에 실시하고 싶어 했던 정책들의 시험장으로 아라키스를 이용했다. 그의 임명을 받고 아라키스에 온 행성 총독들은 자신들의 권력 기반을 공고히 하기 위해 사라질 줄 모르는 비관주의를 배양했다. 그들은 아라키스의 모든 사람들이, 심지어 자유롭게 돌아다니는 프레멘들까지도, 수많은 부당한 일들과 해결할 수 없는 문제들에 익숙해지게 했다. 그들이 스스로를 누구의 도움도 기대할 수 없는 무기력한 종족으로 생각하도록 가르쳤던 것이다.

"올해 젊은 여자들이 얼마나 아름다운지!"

스틸가는 점점 멀어져가는 레토의 등을 지켜보면서 저 아이가 어떻게 이런 생각의 흐름을 만들어냈는지 의아해졌다. 그것도 그냥 보기에는 아주 단순한 말 한마디를 하는 것만으로. 그 말 때문에 스틸가는 자신이 알리아와 평의회에서 자신의 역할을 완전히 다른 시각으로 바라보게 되었음을 깨달았다.

알리아는 과거의 관습이 천천히 기반을 잃어가고 있다고 즐겨 말하곤 했다. 스틸가는 자신이 이 말을 들으면서 항상 막연한 안도감을 느꼈음을 인정했다. 변화는 위험한 것이었다. 새로운 것을 만들어내는 행위는 억압되어야 했다. 개인의 의지는 반드시 부정되어야 했다. 사제들은 개인의 의지를 부정하는 것 외에 무슨 기능을 하고 있는가?

알리아는 공개적인 경쟁의 기회가 관리할 수 있는 수준으로 축소되어야 한다고 항상 말했다. 그러나 그것은 자꾸만 등장하는 기술의 위협이 사람들을 억압하는 데에 사용될 수밖에 없음을 의미했다. 과거의 기술이 그 주인들에게 봉사했던 것처럼. 허용된 기술들은 모두 의식(儀式)에 뿌리를 둔 것이어야 했다. 그렇지 않으면…… 그렇지 않으면…….

스틸가는 다시 휘청거렸다. 그는 지금 카나트가 있는 곳에 도착해 있었다. 흐르는 물가를 따라 자라고 있는 살구나무 밑에서 기다리고 있는 레토가 보였다. 스틸가는 그의 발이 깎지 않은 풀을 헤치며 움직이는 소리를 들었다.

'깎지 않은 풀이라니!'

스틸가는 속으로 자신에게 질문을 던졌다. '내가 뭘 믿어야 하지?'

그와 같은 세대의 프레멘이라면 개인이 자신의 한계를 깊이 인식하고 있어야 한다는 말을 믿는 것이 맞았다. 안정된 사회에서 전통은 확실히 가장 커다란 통제력을 발휘하는 요소였다. 사람들은 자기들의 시대와 자기들의 사회, 그리고 자기들의 영역이 지닌 한계를 반드시 알아야 했다. 시에치를 모든 생각의 모델로 삼는 것이 왜 잘못이란 말인가? 개인들이 내리는 모든 선택에는 뭔가에 둘러싸여 있다는 느낌이 반드시 깊이 배어 있어야 했다. 가족과 사회, 그리고 적절한 정부가 취하는 모든 조치를 울타리 안에 가둬두어야 했다.

스틸가는 걸음을 멈추고 나무 건너편의 레토를 뚫어지게 바라보았다. 아이는 미소를 지은 채 그를 바라보며 그곳에 서 있었다.

'저 아이는 내 머릿속에서 일고 있는 혼란을 알고 있을까?' 스틸가는 생각했다.

그리고 그는 자기들 종족의 전통적인 교리 속으로 후퇴하려고 했다. 삶의 모든 측면은 한 가지 형태를 요구했다. 무엇이 효과가 있고 무엇이 효과가 없을지에 대한 내면의 비밀스러운 지식을 바탕으로 한 그 측면 자체의 내재적인 순환성이 그것이었다. 삶과 공동체, 그리고 정부와 그 너머에까지 이르는 전체 사회의 모든 요소들을 위한 모델, 그 모델이 되는 것은 반드시 시에치와 사막에서 시에치와 대비를 이루는 샤이 훌루드여야 했다. 그 거대한 모래벌레는 확실히 가장 무서운 생물이었지만, 위협을 받으면 도저히 뚫고 들어갈 수 없는 깊은 곳으로 몸을 숨겼다.

'변화는 위험해!' 스틸가는 속으로 혼잣말을 했다. 동질성과 안정이야 말로 정부가 목표로 삼기에 적절한 것이었다.

그러나 젊은 남자들과 여자들은 아름다웠다.

그리고 그들은 무앗딥이 샤담 4세를 폐위시키면서 한 말을 기억하고 있었다. "내가 구하는 것은 황제가 오래 사는 것이 아니라, 제국이 오랫동안 계속되는 것이다."

'내가 나 자신에게 해온 말도 그것이 아니었던가?' 스틸가는 생각했다.

그는 레토의 오른쪽으로 약간 비껴간 곳에 있는 시에치 입구를 향해 다시 걷기 시작했다. 아이가 그의 앞을 가로막기 위해 움직였다.

무앗딥은 다른 말도 했다고 스틸가는 스스로를 일깨웠다. "개인들이 태어나서 자라고, 짝을 짓고, 죽듯이 사회와 문명과 정부도 마찬가지다."

위험하든 아니든 변화는 있을 것이다. 아름다운 젊은 프레멘들은 그것을 알고 있었다. 그들은 밖을 바라보며 그것을 보고 그것에 대비했다.

스틸가는 걸음을 멈출 수밖에 없었다. 그러지 않으면 레토를 밟고 지나가는 수밖에 없었다.

아이가 점잔을 빼며 그를 올려다보았다. "알겠소, 스틸? 전통은 당신이 생각하는 것처럼 절대적인 길잡이가 아니오."

프레멘은 사막에서 너무 오래 떨어져 있으면 죽는다. 이것을 우리는 '물의 질병'이라고 부른다.

—『주석집』, 스틸가

"당신에게 이 일을 부탁하는 게 나한테는 어려운 일이에요." 알리아가 말했다. "하지만…… 난 폴의 아이들이 물려받을 제국을 반드시 지켜야 해요. 섭정 정치를 하는 이유는 그것밖에 없어요."

알리아는 아침 화장을 하느라 앉아 있던 거울 앞에서 고개를 돌렸다. 그리고 남편을 바라보며 그가 자신의 말을 어떻게 받아들이고 있는지 평가했다. 지금 던컨 아이다호를 조심스럽게 유심히 관찰해야 할 필요가 있었다. 그가 과거 아트레이데스 가문의 검술 대가였을 때보다 훨씬 더 속을 알 수 없는 위험한 인물이 되었다는 데에는 의심의 여지가 없었다. 가무잡잡하고 날카로운 얼굴에 흑염소 털 같은 머리카락이 있는 외모는 옛날과 비슷했다. 그러나 골라였다가 각성을 한 이래 그는 내적인 변화를 겪었다.

그녀는 예전에도 몇 번이나 생각했던 것처럼 죽었다가 다시 태어난 골라가 그의 비밀스러운 고독 속에 무엇을 숨겨두었는지 궁금했다. 틀레이랙스 인들이 그에게 그 미묘한 과학을 적용하기 전에 아트레이데스 가문 사람들은 던컨의 태도를 분명하게 파악할 수 있었다. 그는 충성스러웠고, 용병이었던 조상들의 도덕규범에 광적으로 집착했으며, 금방 화를 내고 금방 풀었다. 하코넨 가문에 복수하겠다는 그의 굳은 결심은 가차 없었다. 그리고 그는 폴을 구하기 위해 죽었다. 그러나 틀레이랙스 인들이 사다우카에게서 그의 시체를 사서 재생용 통에 넣어 좀비 카트룬도를 키워냈다. 즉 몸은 던컨 아이다호의 것이었지만 그의 의식 속에 있던 기억들은 하나도 남아 있지 않았다. 그는 멘타트 훈련을 받은 다음 폴을 위한 인간 컴퓨터로서 선물로 보내졌다. 자신의 주인을 죽여야 한다는 최면에 의한 강박을 지닌 훌륭한 도구였다. 던컨 아이다호의 몸은 그 강박에 저항했고 도저히 견딜 수 없는 스트레스 속에서 그의 세포에 들어 있던 과거가 그에게 되돌아왔다.

알리아는 속으로 혼자 생각을 할 때 그를 던컨으로 생각하는 것이 위험하다는 결론을 이미 오래전에 내렸다. 그를 골라의 이름인 헤이트로 생각하는 편이 더 나았다. 훨씬 더 나았다. 그리고 그가 그녀의 머릿속에 앉아 있는 하코넨 노남작을 조금이라도 눈치채게 해서는 안 되었다.

던컨은 알리아가 자신을 유심히 살피는 것을 보고 시선을 돌렸다. 사랑도 그녀의 변화를 숨겨주지 못했다. 명백하게 드러나는 그녀의 저의 또한 감춰주지 못했다. 틀레이랙스 인들이 그에게 준, 여러 개의 홑눈이 있는 금속 눈은 기만을 꿰뚫어 볼 수 있다는 점에서 무정했다. 그 눈이 지금 그녀를 자못 흡족한 표정을 짓고 있는, 거의 남성적인 인물로 그려내고 있었다. 그는 그녀의 이런 모습을 차마 볼 수가 없었다.

"왜 시선을 돌리는 거죠?" 알리아가 물었다.

"난 이 일에 대해 생각해 봐야 하오. 레이디 제시카는…… 아트레이데스 가문 사람이오."

"그리고 당신의 충성심은 아트레이데스 가문에 대한 거죠. 나에 대한 것이 아니라." 알리아가 토라진 듯 말했다.

"그런 변덕스러운 생각을 나한테 강요하지 마시오."

알리아는 입술을 오므렸다. 너무 빨리 움직인 걸까?

던컨은 신전 광장의 한쪽 구석을 굽어보는, 벽 안으로 움푹 들어간 모양의 창으로 갔다. 광장에 순례자들이 모여들기 시작하는 것이 보였다. 아라킨의 상인들도 짐승 떼에게 달려드는 육식 동물처럼 그 언저리에서 먹이를 주워 먹기 위해 광장으로 들어오고 있었다. 그는 상인들 한 무리에 시선을 집중했다. 그들은 스파이스 섬유로 짠 바구니를 팔에 걸쳤고, 프레멘 용병들이 그들 뒤로 한 발짝 떨어진 곳에 있었다. 그들은 주위 사람들을 전혀 개의치 않는 태도로 점점 늘어나고 있는 사람들 사이에서 움직였다.

"저들은 무늬가 새겨진 대리석 조각들을 팔고 있소." 그가 그들을 가리키며 말했다. "그걸 알고 있었소? 저들은 폭풍에 실려 오는 모래에 할퀴어 무늬가 생기도록 대리석 조각들을 사막에 내놓지. 때로는 그 돌에서 재미있는 무늬가 발견되기도 하오. 저들은 그걸 새로운 예술형태라고 부르는데 아주 인기가 좋소. 듄의 진짜 폭풍이 조각한 대리석들이지. 나도 지난주에 그걸 하나 샀소. 다섯 개의 장식용 술이 달린 황금색 나무였지. 아주 예쁘지만 너무 약하더군."

"화제를 바꾸지 말아요."

"난 화제를 바꾸지 않았소. 저 조각들은 아름답지만 예술 작품이 아니오. 인간은 자기들의 폭력적인 힘과 의지로 예술을 창조하는 법이오." 그는 창턱에 오른손을 올려놓으며 말을 이었다. "쌍둥이들은 이 도시를 혐오하고 있소. 유감스럽지만 나도 그게 이해가 되는군."

"내가 하던 얘기와 무슨 연관이 있는지 모르겠군요. 내 어머니를 납치하는 건 진짜 납치가 아니에요. 어머니는 당신에게 잡힌 몸으로 안전하게 있을 거예요."

"이 도시는 눈먼 자에 의해 건설되었소. 레토와 스틸가가 지난주에 타브르 시에치를 나가 사막으로 갔다는 걸 알고 있었소? 두 사람은 밤새 나가 있었소."

"나도 보고를 받았어요. 사막에서 왔다는 저 싸구려 물건들 말인데, 내가 그 물건의 판매를 금지해 줬으면 하는 건가요?"

"그건 상업 활동에 나쁜 영향을 미칠 거요." 그가 몸을 돌리면서 말했다. "내가 스틸가에게 왜 그런 식으로 사막에 나갔느냐고 물었더니 그가 뭐라고 한 줄 아시오? 그는 레토가 무앗딥의 영혼과 이야기를 나누고 싶어 했다고 말했소."

알리아는 갑자기 공포에 질려서 몸이 차갑게 식는 것을 느끼고 평정을 되찾기 위해 잠시 거울을 들여다보았다. 레토는 그런 말도 안 되는 일 때문에 밤중에 시에치에서 나가는 모험을 감행할 사람이 아니었다. 이것이 음모인 걸까?

아이다호는 그녀의 모습을 보지 않으려고 손으로 눈을 덮고 입을 열었다. "스틸가는 자기가 아직도 무앗딥을 믿기 때문에 레토와 함께 나갔다고 내게 말해 주었소."

"그 사람이야 당연히 무앗딥을 믿겠지요!"

아이다호가 쿡쿡 웃었다. 공허한 소리였다. "그는 무앗딥이 항상 약한 사람들을 위했기 때문에 아직도 그를 믿는다고 말했소.”

“그래서 당신은 뭐라고 했죠?” 알리아가 물었다. 그녀 자신도 모르게 두려움이 배인 목소리였다.

아이다호가 눈에서 손을 뗐다. “난 ‘그 때문에 당신이 그 약한 사람들 중 하나가 된 것이 틀림없다’고 말했소.”

“던컨! 그건 위험한 게임이에요. 그 프레멘 나입에게 미끼를 던졌다가 우리 모두를 파괴해 버릴 야수를 깨우게 될지도 몰라요.”

“그는 지금도 무앗딥을 믿고 있소. 그것이 우리를 보호해 줄 거요.”

“그의 대답이 뭐였죠?”

“그는 자기가 무슨 생각을 하는지 분명히 알고 있다고 말했소.”

“알겠어요.”

“아니…… 난 당신이 안다고 생각하지 않소. 물어뜯을 수 있는 것들은 스틸가보다 더 긴 이빨을 갖고 있소.”

“오늘은 당신을 이해할 수가 없어요, 던컨. 난 당신에게 아주 중요한 일을 부탁했어요. 사활이 걸린 일을…… 그런데 이런 횡설수설이 다 뭐죠?”

그녀는 정말로 완전히 삐친 것 같았다. 그는 창 쪽으로 다시 돌아섰다. “멘타트로 훈련받을 때…… 자신의 정신을 움직이는 법을 배우는 건 정말 어려웠소, 알리아. 난 우선 정신이 스스로를 움직이도록 내버려두어야 한다고 배웠지. 그건 아주 이상한 일이었소. 사람은 자기 근육을 움직이고 운동을 해서 강화시킬 수 있지. 하지만 정신은 스스로 움직여요. 정신에 대한 이 사실을 배운 후에는 때로 정신이 우리에게 보고 싶지 않은 것들을 보여주기도 하오.”

“그래서 스틸가에게 모욕을 주려 한 건가요?”

“스틸가는 자기가 무슨 생각을 하는지 모르고 있소. 자기 정신을 자유롭게 풀어주지 않았으니까."

"스파이스 잔치 때만 그렇게 하죠."

"아니, 그때도 아니오. 그래서 그가 나입인 거요. 사람들의 지도자가 되기 위해 그는 자신의 태도를 통제하고 제한하고 있소. 사람들의 기대에 부응하는 행동을 하는 거지. 이걸 알면 스틸가를 제대로 알고 그의 이빨이 얼마나 긴지 판단할 수 있소."

"그건 프레멘의 방식이에요. 어쨌든 던컨, 할 건가요, 안 할 건가요? 어머니의 납치는 반드시 실행되어야 해요. 그리고 그것이 코리노 가문의 소행처럼 꾸며져야 하고요."

그는 침묵을 지키며 멘타트의 방식으로 그녀의 어조와 주장을 검토했다. 이 납치 계획은 냉정하고 잔인했다. 그는 이렇게 드러난 사실에 충격을 받았다. 지금까지 제시된 이유만으로 자기 어머니의 목숨을 위험에 빠뜨린다고? 알리아는 거짓말을 하고 있었다. 어쩌면 사람들이 알리아와 야비드에 대해 수군대는 얘기가 사실인지도 몰랐다. 이런 생각을 하자 그의 배 속이 얼음처럼 차갑게 굳었다.

"이 일에서 내가 믿을 수 있는 사람은 당신뿐이에요." 알리아가 말했다.

"나도 알고 있소."

그녀는 이 말을 승낙의 뜻으로 받아들이고 거울 속의 자신을 향해 미소를 지었다.

"당신도 알겠지만, 멘타트는 모든 인간을 일련의 관계로 보는 법을 배우지." 아이다호가 말했다.

알리아는 대답하지 않았다. 그녀는 자리에 앉아서 개인적인 기억에 사로잡혀 있었다. 그 기억 때문에 그녀의 얼굴에 텅 빈 표정이 떠올랐다. 아이다호는 어깨 너머로 그녀를 살짝 바라보다가 그 표정을 보고 몸을 떨었다. 마치 그녀가 자기 귀에만 들리는 목소리들과 이야기를 나누고 있는 것 같았다.

"관계라." 그가 속삭였다.

그리고 그는 생각했다. '사람은 뱀이 허물을 벗듯이 과거의 고뇌를 던져버려야 해. 그러고 나서 결국 새로운 고뇌를 키우고 자기들의 한계를 모두 받아들이게 되지. 정부도 마찬가지야. 섭정 정치도. 우리는 짐승이 벗어버린 허물과 마찬가지로 오래된 정부의 자취를 더듬을 수 있어. 난 이 계획을 실행해야 해. 하지만 알리아가 명령하는 방식대로는 안 돼.'

이윽고 알리아가 어깨를 부르르 떨더니 입을 열었다. "지금 같은 때 레토가 그렇게 밖으로 나가서는 안 돼요. 내가 그 애를 야단치겠어요."

"스틸가와 함께 나가도 안 된단 말이오?"

"그래도 안 돼요."

그녀는 거울 앞에서 일어나 아이다호가 서 있는 창가로 다가와서 그의 팔에 손을 얹었다.

그는 몸이 떨리려는 것을 억누르고 이 반응을 멘타트의 계산으로 변화시켰다. 그녀 안의 무엇인가가 그의 비위에 거슬렸다.

그녀 안의 무엇인가가.

그는 도저히 그녀를 바라볼 수가 없었다. 그는 그녀의 화장품에서 나는 멜란지 냄새를 맡고 헛기침을 했다.

그녀가 말했다. "난 오늘 파라든의 선물을 조사하느라고 바쁠 거예요."

"그 옷 말이오?"

"그래요. 그가 하는 일 중에 겉으로 보이는 모습 그대로인 것은 하나도 없어요. 그의 바샤르인 티예카니크가 초머르키와 초마스를 비롯해서 황족의 암살에 사용되는 온갖 교활한 방법들에 정통한 사람이라는 점도 잊어서는 안 돼요."

"권력의 대가(代價)로군." 그가 그녀에게서 몸을 떼어내면서 말했다. "하지만 우리는 아직 마음대로 움직일 수 있고, 파라든은 그렇지 않소."

그녀는 조각 같은 그의 옆모습을 유심히 바라보았다. 그의 마음속에서 무슨 일이 벌어지고 있는지 짐작하기 어려울 때가 있었다. 그는 행동의 자유가 군사력에 생명을 준다는 생각만을 하고 있는 걸까? 아라키스 사람들의 삶이 너무 오랫동안 너무 안정적이었던 것은 사실이다. 한때 어디에나 존재하는 위험 때문에 날카롭게 단련되었던 감각도 사용하지 않으면 퇴화할 수 있었다.

"그래요, 우리한테는 아직 프레멘이 있죠." 그녀가 말했다.

"기동력이오. 보병을 사용하던 시절로 뒷걸음칠 수는 없소. 그건 바보짓이 될 거요."

그녀는 그의 어조에 짜증이 났다. "파라든은 우리를 파멸시키기 위해 수단방법을 가리지 않을 거예요."

"아아, 바로 그거요. 그건 기선을 제압하는 형태 중의 하나요. 과거에 우리가 갖지 못했던 기동력이지. 우리에게는 아트레이데스 가문의 규범이 있었소. 우리는 길을 확보하기 위해 항상 돈을 지불했고, 적은 약탈자가 되었소. 물론 그런 제한은 더 이상 적용되지 않소. 우린 똑같은 기동력을 갖고 있소. 아트레이데스 가문과 코리노 가문 모두."

"우리가 어머니를 납치하는 건, 다른 이유도 있지만, 어머니를 위험으로부터 구하기 위해서예요. 우리는 지금도 규범을 지키며 살고 있다고요!" 알리아가 말했다.

그는 그녀를 내려다보았다. 그녀는 멘타트를 자극해서 계산을 하게 만드는 것이 위험하다는 사실을 알고 있었다. 그가 무엇을 계산했는지 그녀는 깨닫지 못했단 말인가? 그러나…… 그는 아직도 그녀를 사랑했다. 그는 손으로 가볍게 자신의 눈을 쓸었다. 그녀가 얼마나 젊어 보이는지. 레이디 제시카의 말이 옳았다. 알리아는 그와 함께 보낸 세월 동안 단 하루도 나이를 먹지 않은 모습이었다. 그녀는 지금도 베네 게세리트인 어머니의 부드러운 이목구비를 소유하고 있었다. 그러나 그녀의 눈은 아트레이데스 가문의 것이었다. 상대를 측정하고 채근하는 매 같은 눈이었다. 그런데 이제 잔인한 계산 능력을 소유한 어떤 것이 그 눈 뒤에 숨어 있었다.

아이다호는 아트레이데스 가문을 위해 너무나 오랫동안 일해 왔기 때문에 이 가문의 강점은 물론 약점까지도 모두 이해하고 있었다. 그러나 알리아의 안에 있는 이것, 그것은 새로운 것이었다. 아트레이데스 가문 사람들도 적에게 맞서서 정도를 벗어난 게임을 벌일 수 있었다. 하지만 친구와 동맹을 상대로는 결코 그런 짓을 하지 않았고, 가문 사람들을 상대로도 절대 그런 짓을 하지 않았다. 최선을 다해 백성들을 부양하고, 그들이 아트레이데스의 통치하에서 얼마나 더 잘 살고 있는지 보여주라는 규칙은 아트레이데스의 예법에 철저하게 주입되어 있었다. 친구를 대할 때는 솔직한 행동으로 친구에 대한 사랑을 증명해야 했다. 그러나 지금 알리아가 요구하고 있는 것은 아트레이데스다운 행동이 아니었다. 그의 온몸과 모든 신경 구조가 이것을 느끼고 있었다. 그는 나뉠 수 없는 하나의 단일체로서 알리아의 낯선 태도를 느꼈다.

그의 멘타트 두뇌가 갑자기 찰칵 하고 완전한 의식 속으로 들어왔고, 그의 정신은 '시간'이 존재하지 않는 얼어붙은 무아지경 속으로 도약했다. 그곳에는 오로지 계산만이 존재했다. 알리아가 그의 이런 변화를 알아챌 테지만 어쩔 수 없는 일이었다. 그는 계산에 자신을 맡겼다.

계산의 결과는 레이디 제시카가 투영된 모습으로 알리아의 의식 속에서 진짜가 아닌 삶을 살아가고 있다는 것이었다. 그는 자신의 의식 속에 항상 남아 있는 골라 이전의 투영된 던컨 아이다호를 보듯이 이 사실을 보았다. 알리아는 미리 태어난 자가 됨으로써 이런 의식을 갖게 되었다. 그는 틀레이랙스의 재생 탱크에서 그것을 얻었다. 그러나 알리아는 그 투영된 모습을 부인하고 어머니의 목숨을 위험에 빠뜨렸다. 그것은 알리아가 자신의 내면에 있는 가짜 제시카와 접촉하고 있지 않다는 뜻이었다. 그것은 알리아가 다른 사람들을 모두 배제할 정도로, 어떤 가짜 인물에게 완전히 홀려 있다는 뜻이었다.

'홀리다니!'

'이질적이야!'

'저주스러운 존재야!'

멘타트의 방식대로 그는 이것을 받아들이고 문제의 다른 측면에 주의를 돌렸다. 아트레이데스 가문 사람 전원이 이 한 행성에 모여 있었다. 코리노 가문이 우주에서 공격을 감행할 것인가? 과거 원시적인 전쟁에 종지부를 찍었던 국제 협약들의 검토 자료가 그의 머릿속을 재빨리 스쳐 지나갔다.

첫째, 모든 행성은 우주로부터의 공격에 취약하다. 따라서 모든 대가문은 보복을 위한 장비들을 행성 밖에 설치했다. 아트레이데스 가문이 이 기본적인 예방 조치를 빼놓지 않았다는 것을 파라든도 알고 있을 것이다.

둘째, 방어막은 핵무기가 아닌 발사체와 폭발물에 대해 완벽한 방어력을 갖고 있다. 인간의 전투 형태에 백병전이 다시 등장한 기본적인 이유가 바로 이것이다. 그러나 보병에는 한계가 있다. 어쩌면 코리노 가문이 사다우카를 아라키스 이전 시대만큼 다시 날카롭게 다듬어놓았을 가능성은 있지만, 그래도 사다우카는 물불을 가리지 않고 달려드는 사나운 프레멘들의 상대가 되지 못한다.

셋째, 행성 봉건주의는 대규모의 기술자 계급으로부터 항상 위협을 받고 있다. 그러나 버틀레리안 지하드의 영향력이 과도한 기술 의존을 억제하는 기능을 계속 발휘하고 있다. 이런 면에서 위협이 될 가능성을 갖고 있는 것은 익스, 틀레이랙스, 그리고 우주 외곽에 흩어져 있는 소수의 행성들뿐이며, 그들의 행성은 제국 전체의 합동 공격에 취약하다. 버틀레리안 지하드가 무위로 돌아가는 일은 없을 것이다. 기계화된 전쟁에는 대규모의 기술자 계급이 필요하다. 아트레이데스의 제국은 기술자들의 힘을 다른 방향으로 돌려놓았다. 대규모의 기술자 계급 중에 감시를 받지 않는 자들은 존재하지 않는다. 제국은 지금도 아무 문제 없이 자연스럽게 봉건주의를 유지하고 있다. 광대한 지역에 분산된 미개척지, 즉 새로운 행성들로 세력을 넓혀나가는 데 있어서 그것이 가장 좋은 사회 형태이기 때문이다.

던컨은 자신의 멘타트 의식이 그 자체의 기억 데이터를 쏜살같이 꿰뚫고 지나가면서 번득이는 것을 느꼈다. 시간의 흐름을 전혀 인식하지 못하는 채로 그는 코리노 가문이 불법적인 핵 공격을 감행하지 않으리라는 확신을 얻을 때까지 번개 같은 속도로 계산을 했다. 그것은 그가 결정을 내릴 때 주로 사용하는 방법이었다. 그러나 그는 자신의 확신에 포함된 요소들을 완벽하게 인지하고 있었다. 제국은 모든 대가문들을 합친 것만큼 많은 양의 핵무기 및 동맹국 무기들을 장악하고 있었다. 만약 코리노 가문이 대협정의 규정을 어긴다면, 적어도 대가문들 중 절반은 자세히 생각해 보지도 않고 먼저 반응부터 보일 것이다. 행성 밖에 설치된 아트레이데스의 보복 시스템에 압도적인 힘이 합류할 것이며, 따라서 대가문들을 굳이 소환할 필요도 없을 것이다. 두려움이 모든 일을 처리해 줄 것이다. 살루사 세쿤더스와 그 동맹들은 뜨거운 구름 속으로 사라질 것이다. 코리노 가문은 그렇게 몰살당할 위험을 무릅쓰지 않을 것이다. 인간이 위협적인 '다른 지적 생명체'와 혹시라도 조우하게 되는 경우 인류를 방어한다는 단 한 가지 목적을 위해 핵무기가 보존되고 있다는 주장에 그들이 진심으로 동의하고 있다는 데에는 의심의 여지가 없었다.

그의 머릿속에서 이루어지는 이 계산은 선명하고 예리했다. 경계가 흐릿한 중간 지대는 존재하지 않았다. 알리아가 납치와 테러를 선택한 것은 그녀가 아트레이데스가 아닌 이질적인 존재로 변해 버렸기 때문이다. 코리노 가문이 위협적인 것은 사실이지만 알리아가 평의회에서 주장했던 것 같은 방법을 쓰지는 않았다. 알리아가 레이디 제시카를 제거하고 싶어 하는 것은 그녀가 마음을 바작바작 태우는 베네 게세리트의 정보 수집 능력으로 그가 이제야 분명하게 깨달은 것을 이미 보았기 때문이다.

아이다호는 멘타트의 무아지경에서 빠져나온 다음 자기 앞에 서 있는 알리아를 보았다. 그녀는 차갑게 상대를 평가하는 듯한 표정을 짓고 있었다.

"당신은 차라리 레이디 제시카가 죽임을 당하기를 바라는 게 아니오?" 그가 물었다.

그의 눈앞에서 그녀의 기쁨이 이질적인 느낌과 함께 한순간 번개처럼 나타났다가 곧 거짓 분노에 감춰졌다. "던컨!"

그래, 이 이질적인 알리아는 어머니를 죽이는 편을 더 바라고 있었다.

"당신은 어머니를 걱정하는 게 아니라, 어머니를 두려워하고 있소." 그가 말했다.

그녀는 상대를 평가하는 듯한 시선을 조금도 변화시키지 않은 채 입을 열었다. "물론이죠. 어머니는 교단에 내 얘기를 보고했어요."

"그게 무슨 뜻이오?"

"베네 게세리트에게 가장 큰 유혹이 뭔지 모르는 건가요?" 그녀가 유혹적인 모습으로 그에게 가까이 다가와 속눈썹 사이로 그를 올려다보았다. "난 다만 쌍둥이들을 위해 항상 긴장을 늦추지 않는 강한 사람이 되고 싶다는 생각을 했을 뿐이에요."

"당신은 유혹에 대해 얘기했소." 그가 멘타트다운 단조로운 목소리로 말했다.

"교단은 그걸 가장 깊이 감춰두고 있어요. 그들이 가장 두려워하는 게 바로 그것이죠. 그들이 나를 '저주스러운 존재'라고 부르는 건 그 때문이에요. 자기들의 금제가 나를 막지 못하리라는 걸 알거든요. 유혹이라. 그들은 항상 이 말을 무겁게 강조하죠. '대(大)유혹'이라고. 베네 게세리트의 가르침을 사용하는 우리들은 우리 몸속의 효소 균형을 내부에서 조종하는 것 같은 일에 영향을 미칠 수 있어요. 그러면 젊음을 오래 유지할 수 있죠. 멜란지를 사용하는 것보다 더 오래. 많은 베네 게세리트들이 이 방법을 사용한다면 어떤 결과가 생길지 알겠어요? 다른 사람들이 눈치를 챌 거예요. 당신이 내 말의 정확성을 틀림없이 계산해 볼 거라고 믿어요. 우리가 그렇게 많은 음모의 표적이 되는 건 멜란지 때문이에요. 우리가 수명을 연장해 주는 물질을 장악하고 있으니까요. 그럼 베네 게세리트들이 그보다 훨씬 더 효능이 큰 비밀을 쥐고 있다는 사실이 알려지면 어떻게 될까요? 이제 당신도 알겠죠! 대모들은 결코 무사하지 못할 거예요. 베네 게세리트들을 납치해서 고문하는 것이 세상에서 가장 흔한 일이 되겠죠."

"당신은 효소의 균형 조정이라는 그 일을 해낸 거로군." 그가 사실을 선언하듯이 말했다.

"난 교단에 도전했어요! 교단에 보낸 어머니의 보고서 때문에 베네 게세리트는 코리노 가문의 확고한 동맹이 될 거예요."

'정말 그럴듯한 얘기로군 그래.' 그는 생각했다.

그리고 그가 시험 삼아 말을 던졌다. "하지만 당신 어머니가 당신에게 등을 돌릴 리가 없소!"

"어머니는 내 어머니가 되기 훨씬 전부터 베네 게세리트였어요. 던컨, 어머니는 자기 아들인 내 오빠에게 곰 자바의 시험을 실시하는 걸 허락했던 사람이라고요! 어머니가 그 일을 직접 주선했어요! 오빠가 그 시험에서 살아남지 못할 수도 있다는 걸 알면서! 베네 게세리트들은 항상 믿음이 부족하고 실용주의만 잔뜩 갖고 있어요. 어머니는 내게 등을 돌리는 것이 교단을 위해 최선이라고 믿는다면 그렇게 할 사람이에요."

그는 고개를 끄덕였다. 이 얼마나 설득력 있는 말인가. 이런 생각을 해야 하는 것이 슬펐다.

"우리가 기선을 잡아야 해요. 그게 우리가 가진 가장 예리한 무기예요." 그녀가 말했다.

"거니 할렉은 어떻게 할 거요? 내가 내 오랜 친구를 죽여야 하는 거요?" 그가 말했다.

"거니는 뭔가를 정탐하러 사막에 나가 있어요." 그녀가 말했다. 그녀는 아이다호가 이미 이 사실을 알고 있다는 것을 알고 있었다. "그가 방해될 리가 없어요."

"정말 이상하군. 칼라단의 섭정 총독이 여기 아라키스에서 임무 때문에 뛰어다니고 있다니."

"그게 안 될 것도 없죠. 그는 어머니의 연인이에요. 현실 속에서는 아니더라도 적어도 그의 꿈속에서만은."

"그래, 물론 그렇지." 그는 자기 목소리가 무성의하다는 것을 그녀가 눈치채지 못한 것이 이상했다.

"언제 어머니를 납치할 건가요?" 알리아가 물었다.

"그건 당신이 모르는 편이 더 좋소."

"그래…… 그래요, 알겠어요. 어머니를 어디로 데려갈 거죠?"

"아무도 그녀를 찾을 수 없는 곳으로. 걱정 마시오. 당신 어머니가 여기 남아서 당신을 위협하는 일은 없을 테니."

알리아의 눈에 분명한 환희의 표정이 떠올랐다. "하지만 그게 어디……."

"당신이 그걸 모른다면, 혹시라도 필요한 경우 진실을 말하는 자 앞에서 어머니가 어디 있는지 모른다고 대답할 수 있을 거요."

"아아, 정말 머리가 좋군요, 던컨."

'이제 그녀는 내가 레이디 제시카를 죽일 거라고 믿고 있어.' 그는 생각했다. 그리고 입을 열었다. "안녕히, 내 사랑."

그녀는 그의 목소리에 깃든 단호함을 눈치채지 못한 채 떠나는 그에게 심지어 가벼운 입맞춤을 해주기까지 했다.

마치 미로 같은 시에치의 통로처럼 생긴 신전 복도를 걸어가는 동안 내내 아이다호는 손으로 눈을 훔쳤다. 틀레이랙스의 눈이라고 해서 눈물을 흘리지 못하는 것은 아니었다.

그대는 칼라단을 사랑했다.
그리고 잃어버린 그 주인을 슬퍼했지-
그러나 고통은 발견한다.
새로운 연인들은 그 영원한 유령을
지워버리지 못한다.

—「하바냐 애가(哀歌)」의 후렴구

　스틸가는 쌍둥이 주변의 시에치 경비병 숫자를 네 배로 늘렸다. 그러나 그는 그것이 소용없는 짓이라는 것을 알고 있었다. 소년은 자신과 이름이 같은 할아버지 레토를 닮았다. 원래의 공작을 알던 사람들은 모두 그 점을 지적했다. 레토가 상대를 평가하는 듯한 시선과 신중함을 갖고 있는 것은 사실이었다. 그러나 그 모든 것을 평가할 때에는 잠재적인 무모함, 즉 위험한 결정에 쉽게 쏠리는 경향을 감안해야 했다.

　가니마는 어머니와 더 비슷했다. 그녀는 챠니와 같은 붉은 머리와 챠니와 같은 눈을 갖고 있었으며, 어려운 일에 적응할 때에는 빈틈없는 분위기를 풍겼다. 그녀는 자기가 꼭 해야 하는 일을 할 뿐이라고 자주 말하곤 했지만, 레토가 이끄는 곳이라면 어디든 따라갔다.

그런데 레토가 그녀와 자신을 위험 속으로 이끌려 하고 있었다.

스틸가가 자신의 고민을 알리아와 의논해 볼까 생각한 적이 한두 번이 아니었다. 그것은 이룰란을 배제시키는 행동이었다. 그런데 이룰란은 무슨 일이 생기든 항상 알리아에게 달려갔다. 결정을 내리면서 스틸가는 알리아에 대한 레토의 판단이 옳았을지도 모른다는 가능성을 자신이 인정했음을 깨달았다.

'그녀는 무심하고 냉담하게 사람들을 이용하지. 심지어 던컨조차 그런 식으로 이용하고 있어. 그녀가 내게 달려들어 죽일 정도는 아니겠지만, 아마 나를 버릴걸.'

그럭저럭하는 사이에 경비가 강화되었고 스틸가는 로브를 입은 망령처럼 자신의 시에치 안을 살금살금 돌아다니며 모든 곳을 염탐했다. 그동안 내내 그의 머릿속은 레토가 심어놓은 의혹 때문에 들끓고 있었다. 만약 전통에 의지할 수 없다면, 그의 삶에 의지가 되어줄 반석이 어디에 있단 말인가?

레이디 제시카를 위한 환영 집회가 있던 날 오후에 스틸가는 가니마가 시에치의 대회의장으로 통하는 입구 가장자리에 할머니와 함께 서 있는 것을 몰래 지켜보았다. 아직 시간이 일러서 알리아는 도착하지 않았지만 사람들은 벌써 회의실 안으로 무리를 지어 들어가며 두 사람이 함께 서 있는 지점을 지날 때 그들을 몰래 훔쳐보았다.

스틸가는 군중들 속에서 벗어나 그림자가 진 우묵한 공간 속에서 잠시 걸음을 멈추고 두 사람을 지켜보았다. 수많은 사람들이 모여들며 흥분해서 떠들어대는 소리 때문에 두 사람이 무슨 얘기를 하는지는 들을 수 없었다. 여러 부족의 사람들이 과거의 대모가 돌아온 것을 환영하기 위해 오늘 이곳으로 올 것이다. 그러나 그는 가니마를 주시했다. 그녀가 말을 할 때면 춤추듯 움직이는 그 눈! 그 모습을 그는 홀린 듯 바라보았다. 흔들림 없이 상대를 채근하고 평가하는 그 짙푸른 눈. 그리고 그녀가 고개를 비틀면서 금빛이 섞인 붉은 머리카락을 어깨 너머로 넘기는 모습, 그건 바로 챠니의 모습이었다. 유령이 부활한 것처럼 섬뜩할 정도로 비슷했다.

스틸가는 천천히 그들과 가까운 곳으로 옮겨 가서 또 다른 우묵한 공간에 자리를 잡았다.

가니마의 빈틈없는 태도는 지금까지 그가 보았던 어떤 아이와도 같지 않았다. 그녀의 오빠를 제외한다면. 레토는 어디 있는 걸까? 스틸가는 사람들이 우글거리는 통로를 흘끗 뒤돌아보았다. 뭔가가 어긋났다면 그의 경비병들이 벌써 경보를 울렸을 터였다. 그는 고개를 저었다. 이 쌍둥이들이 그의 정신 건강을 공격하고 있었다. 그들은 그의 마음의 평화와 항상 마찰을 일으켰다. 거의 그 아이들을 증오하게 될 정도였다. 친족이라고 해서 증오의 대상이 되지 말란 법은 없지만, 피와 그 속에 든 소중한 물은 대부분의 다른 문제들과 상관없이 그에게 지지를 요구했다. 이 쌍둥이들은 그가 누구보다도 가장 책임을 져야 하는 존재였다.

흙먼지에 걸러진 갈색빛이 가니마와 제시카 뒤쪽의 동굴 같은 회의장에서 흘러나왔다. 그 빛이 아이의 어깨와 그녀가 입고 있는 새 흰색 로브를 건드리더니, 그녀가 무리를 지어 지나가는 사람들을 보려고 통로 쪽으로 고개를 돌리는 순간 머리카락 뒤에서 후광처럼 빛났다.

'레토는 왜 이런 의혹을 내게 심어놓은 거지?' 그는 생각했다. 레토가 일부러 그런 행동을 했다는 데에는 의심의 여지가 없었다. '어쩌면 레토는 내가 자기와 같은 정신적 경험을 조금이라도 갖게 되기를 원했는지도 모르지.' 스틸가는 저 쌍둥이들이 왜 다른 아이들과 다른지 분명히 알고 있었지만, 자신의 이성적인 사고는 그것을 받아들이지 못한다는 사실을 항상 깨닫곤 했다. 그는 미리 각성해 버린 의식이 자궁을 감옥으로 인식하는 경험을 직접 해본 적이 없었다. 들리는 말에 의하면 임신 2개월째부터 살아 있는 의식이 생겨났다고 했다.

레토가 한번은 자신의 기억이 "처음의 충격적인 각성으로부터 그 크기와 세부 사항들이 점점 확장되지만 그 모습이나 윤곽은 결코 변하지 않는 내면적인 홀로그래프" 같다고 말한 적이 있었다.

가니마와 레이디 제시카를 지켜보면서 스틸가는 그렇게 뒤섞인 기억의 거미줄 속에 살면서 뒤로 물러서지도, 단단하게 봉인된 정신적 공간을 찾지도 못하는 상황이 어떤 것인지 생전 처음으로 이해하기 시작했다. 그런 상황에 직면한 인간이라면 광기를 자신에게 통합시키고 질문만큼이나 빠른 속도로 답이 변하는 시스템 속에서 자신에게 제시되는 수많은 것들을 취사선택하는 수밖에 없었다.

고정된 전통은 존재할 수 없었다. 두 개의 얼굴을 가진 질문들에 대한 절대적인 답도 존재할 수 없었다. 무엇이 효과를 발휘하는가? 효과를 발휘하지 못하는 것들. 무엇이 효과를 발휘하지 못하는가? 효과를 발휘하는 것들. 그는 이 패턴을 알아보았다. 그것은 옛날 프레멘들이 즐기던 수수께끼 놀이였다. '죽음과 삶을 가져오는 것'이라는 질문에 대한 답은 '코리올리 바람'이었다.

'레토는 왜 내가 이것을 이해하기를 바란 거지?' 스틸가는 속으로 질문을 던졌다. 조심스러운 탐색을 통해서 스틸가는 쌍둥이들이 다른 아이들과 다른 자신들의 특징에 대해 같은 시각을 갖고 있음을 알 수 있었다. 그들은 그것을 고통으로 생각했다. '저런 아이들에게는 산도(産道)가

배수구와 같을 거야.' 그는 생각했다. 무지는 어떤 경험으로 인한 충격을 감소시켜 주지만 그들은 출산에 대해 무지하지 않았다. 무엇이 잘못될 수 있는지 모두 알고 있는 삶을 산다는 건 과연 어떤 경험일까? 그런 사람은 의혹과의 끝없는 전쟁에 직면할 것이다. 자신이 주위의 동료들과 다르다는 사실을 원망할 것이다. 따라서 다른 사람에게 남들과 다른 자신의 특징을 조금이라도 억지로 맛보여 주는 것이 즐겁게 여겨질 것이다. 그런 사람은 맨 먼저 '왜 하필 나지?'라는 질문을 던지겠지만 답은 없을 것이다.

'지금까지 난 나 자신에게 무슨 질문을 던지고 있었던가?' 비틀어진 미소가 그의 입술을 스쳤다. '왜 하필 나지?'

이 새로운 시각으로 쌍둥이들을 바라보면서 그는 그들이 아직 완성되지 않은 육체로 위험한 도박을 하고 있다는 것을 깨달았다. 가니마는 타브르 시에치 위의 깎아지른 듯한 바위 서쪽 경사면을 꼭대기까지 올라갔다는 이유로 그에게 야단을 맞은 후 그 사실을 아주 간결하게 표현했었다.

"내가 왜 죽음을 두려워해야 하지? 이미 경험한 적이 있는데요. 아주 여러 번."

'내가 어떻게 감히 저런 아이들을 가르칠 수 있을까? 어느 누가 감히 그럴 수 있을까?'

제시카도 손녀와 이야기를 하는 동안 묘하게도 역시 비슷한 생각을 하고 있었다. 그녀는 아직 성숙하지 않은 몸으로 성숙한 정신을 감당하는 것이 얼마나 어려울까 하는 생각을 전부터 계속하고 있었다. 정신은 몸이 반응과 반사 작용을 조절할 수 있다는 것을 이미 알고 있었지만, 몸은 그 기능을 새로 배워야 할 터였다. 오래전부터 이어져 온 베네 게세리트의 프라나 빈두 수련법을 그들이 이용할 수 있게 되겠지만, 그때에도 정신은 몸이 달릴 수 없는 곳에서 벌써 달음박질을 치고 있을 것이다. 그녀의 명령을 수행해야 하는 거니가 지극히 어려운 임무를 맡게 된 셈이었다.

"저 뒤의 우묵한 곳에서 스틸가가 우리를 지켜보고 있어요." 가니마가 말했다.

제시카는 돌아보지 않았다. 그러나 그녀는 가니마의 목소리 때문에 자신이 당황하고 있음을 깨달았다. 가니마는 저 프레멘 노인을 부모처럼 사랑하고 있었다. 그를 얕보는 말을 하면서 놀릴 때에도 그녀는 그를 사랑했다. 이 깨달음 때문에 제시카는 저 늙은 나입을 새로운 시각으로 바라볼 수밖에 없었다. 그리고 쌍둥이들과 스틸가가 무엇을 공유하고 있는지 순간적으로 한꺼번에 계시를 받듯이 이해했다. 이 새로운 아라키스는 스틸가와 잘 맞지 않았다. 이 새로운 우주가 그녀의 손자들에게 잘 맞지 않는 것과 마찬가지였다.

원하지도 않고 요구하지도 않았는데 베네 게세리트의 격언 하나가 제시카의 머릿속을 스치고 지나갔다. '자신이 유한한 생명을 지니고 있음을 짐작하는 것은 곧 공포의 시작을 아는 것이다. 자신이 언젠가 죽을 생물이라는 사실을 반박할 수 없을 정도로 확실히 배우는 것은 공포의 끝을 아는 것이다.'

그래, 죽음은 힘겨운 멍에가 되지는 않지만, 삶은 스틸가와 쌍둥이들에게 천천히 타는 불이었다. 그들은 각각 자신들의 세계가 자신에게 맞지 않는다는 것을 알고 아무런 위험 없이도 변화가 가능할 수 있는 다른 방법을 갈망하고 있었다. 그들은 지금까지 만들어진 어떤 책보다도 사막에서 먹이를 찾아 급강하하는 매에게서 더 많은 것을 배우는 아브라함의 자손이었다.

레토도 바로 그날 아침에 시에치 밑을 흐르는 카나트 옆에 제시카와 함께 서서 그녀를 당황하게 했다. 그는 이렇게 말했다. "물이 우리를 가두고 있습니다, 할머님. 우린 먼지처럼 산다면 훨씬 더 잘 살 거예요. 그러면 바람이 방어벽의 가장 높은 절벽보다도 높이 우리를 데려다줄 수 있을 테니까요."

이 아이들의 입에서 그렇게 터무니없이 성숙한 말이 나오는 것에 익숙해져 있었음에도 제시카는 이 말에 너무 놀랐다. 그녀는 간신히 이런 말을 할 수 있었다. "아마 네 아버지도 똑같은 말을 했을 거다."

그러자 레토는 모래를 한 줌 쥐어서 공중으로 던져 올린 다음 그것이 떨어져 내리는 것을 지켜보며 이렇게 말했다. "예, 그러셨을지도 모릅니다. 하지만 아버지는 물이 모든 것을 처음 출발점에서 땅으로 얼마나 빨리 다시 떨어지게 만드는지 생각하지 않으셨습니다."

지금 시에치 안에서 가니마와 함께 서서 제시카는 레토가 했던 말의 충격을 새로이 느끼고 있었다. 그녀는 고개를 돌려 계속 물결처럼 밀려오는 군중을 살짝 뒤돌아보면서, 우묵한 공간의 그늘 속에 잠겨 있는 스틸가의 모습을 우연인 듯 눈으로 스치고 지나갔다. 스틸가는 온순하게 길든 프레멘이 아니었다. 그는 지금도 매였다. 그가 붉은색을 생각할 때, 그가 생각하는 것은 꽃이 아니라 피였다.

"갑자기 조용해지셨네요. 뭐가 잘못됐나요?" 가니마가 말했다.

제시카는 고개를 저었다. "오늘 아침에 레토가 한 말 때문이다. 그뿐이야."

"식물을 심어놓은 곳으로 나가셨을 때 말인가요? 레토가 뭐라고 했는데요?"

제시카는 아침에 레토의 얼굴에 나타났던, 어른의 지혜가 담긴 묘한 표정을 생각했다. 그것은 지금 가니마의 얼굴에 나타난 것과 똑같은 표정이었다. "그 애는 거니가 밀수꾼들을 떠나 아트레이데스의 깃발 아래로 돌아왔을 때를 회상하고 있었다." 제시카가 말했다.

"둘이서 스틸가에 대해 얘기하셨군요." 가니마가 말했다.

제시카는 가니마가 그 사실을 어떻게 꿰뚫어 볼 수 있었는지 묻지 않았다. 이 쌍둥이들은 상대의 생각을 마음대로 재생해 낼 수 있는 것 같았다.

"그래, 그랬다. 스틸가는 거니가…… 폴을 자기의 공작님이라고 부르는 걸 싫어했지. 하지만 거니의 존재는 모든 프레멘들에게 그것을 강요했다. 거니는 계속 '나의 공작님'이라고 했어." 제시카가 말했다.

"그렇군요. 그리고 물론, 레토는 자기가 아직 스틸가의 공작님이 아니라고 말했겠죠."

"그래, 맞다."

"할머님은 레토가 할머님에게 무슨 짓을 하고 있었는지 물론 아시죠?"

"내가 정말 알고 있는지 확신할 수가 없다." 제시카는 사실대로 털어놓았다. 그리고 이것이 특히 신경에 거슬린다는 사실을 깨달았다. 그때까지 레토가 자신에게 무슨 짓을 하고 있다는 생각을 전혀 하지 못했기 때문이다.

"레토는 저희 아버지에 대한 할머님의 기억에 불을 붙이려 한 거예요. 레토는 항상 아버지를 잘 알던 다른 사람의 시각에서 아버지를 알게 되는 걸 갈망하고 있어요."

"하지만…… 레토는 이미……."

"아, 레토도 내면의 생명에 귀를 기울일 수 있죠. 당연히. 하지만 그건 좀 달라요. 할머니는 물론 얘기를 하셨겠죠. 그러니까 저희 아버지에 대해서 말이에요. 할머니는 아버지를 아들로서 얘기하셨겠죠."

"그래." 제시카는 말을 잘랐다. 이 쌍둥이들이 그녀를 마음대로 조종해서 자신들이 관찰할 수 있도록 그녀의 기억을 열고, 자신들의 관심을 끄는 감정을 무엇이든 건드려볼 수 있다는 느낌이 싫었다. 어쩌면 지금 이 순간 가니마가 바로 그런 짓을 하고 있을 수도 있었다!

"레토가 할머님의 심기에 거슬리는 말을 했군요." 가니마가 말했다.

제시카는 분노를 억눌러야 한다는 사실에 충격을 받았다. "그래…… 그랬다."

"할머님은 레토가 어머니가 알던 아버지를 알고, 아버지가 알던 어머니를 안다는 사실을 좋아하지 않으셔서 그래요. 할머님은 그게 의미하는 바가 싫은 거예요. 우리가 할머님에 대해 알 수 있는 사실들이."

"전에는 그런 식으로 진지하게 생각해 본 적이 없었다." 제시카가 말했다. 자신의 목소리가 딱딱하게 느껴졌다.

"대개 신경에 거슬리는 건 육체적인 욕망과 관련된 지식이죠. 그건 할머님이 받은 교육 때문이에요. 할머님은 우리를 아이가 아닌 다른 존재로 생각하는 걸 지극히 어려워하고 계세요. 하지만 저희 부모님이 공적인 자리에서나 사적인 자리에서 함께했던 일들 중에 저희가 알지 못할 일은 하나도 없어요." 가니마가 말했다.

짧은 한순간 동안 제시카는 아침에 카나트 옆에 서 있을 때로 돌아간 것 같았다. 그러나 이번에는 가니마에게 초점을 맞췄다.

"아마 레토가 할머님의 공작님의 '발정 난 것 같은 욕망'에 대해 얘기했겠죠. 레토는 가끔 입에 재갈을 물려줘야 해요!" 가니마가 말했다.

'이 쌍둥이들은 뭐든지 이렇게 상스럽게 더럽힐 수 있는 거야?' 제시카의 감정이 충격에서 분노로, 다시 혐오감으로 변했다. 저 아이들이 감히 그녀가 사랑했던 레토의 욕망을 입에 담다니. 서로를 사랑하는 남자와 여자가 육체의 쾌락을 함께하는 것은 당연한 일이 아닌가! 그것은 아이와 어른의 가벼운 대화에 등장해서는 안 되는 은밀하고도 아름다운 일이었다.

'아이와 어른?'

갑자기 제시카는 레토도 가니마도 아무 생각 없이 이런 행동을 한 것이 아니라는 사실을 깨달았다.

제시카가 침묵을 지키자 가니마가 말했다. "저희 때문에 할머님이 충격을 받으셨나 보네요. 제가 저희 두 사람 몫의 사과를 드릴게요. 레토 성격에 사과할 생각을 하지 않았을 테니까요. 가끔 어떤 단서를 뒤쫓을 때면, 레토는 우리가 아주 다르다는 걸 잊어버리죠……. 예를 들면 할머님하고도 다르다는 것을요."

제시카는 속으로 생각했다. '그래, 너희 둘이 이런 짓을 하는 것은 당연히 그 때문이겠지. 네가 지금 나를 가르치고 있단 말이지!' 그리고 그녀는 의문을 느꼈다. '너희는 또 누구를 가르치고 있는 거냐? 스틸가? 던컨?'

"레토는 할머님과 같은 시각에서 사물을 보려고 애쓰고 있어요. 기억만으로는 충분하지 않아요. 정말 최선을 다해 노력할 때, 바로 그때 실패하는 경우가 가장 흔하죠." 가니마가 말했다.

제시카는 한숨을 쉬었다.

가니마가 할머니의 팔을 잡았다. "할머님의 아들은 심지어 할머님에게조차 많은 것을 말하지 않은 채 떠났어요. 하지만 지금도 그 말들은 꼭 해야 하는 것들이에요. 이런 말씀 드려서 죄송하지만 그분은 할머님을 사랑하셨어요. 그걸 모르세요?"

제시카는 자신의 눈에서 반짝이는 눈물을 감추려고 고개를 돌렸다.

"그분은 할머님의 두려움을 알고 계셨어요. 스틸가의 두려움을 알고 계셨던 것처럼. 소중한 스틸. 아버지는 그의 '야수들의 의사'였고, 스틸은 껍데기 속에 숨은 초록색 달팽이에 지나지 않았어요." 그녀는 방금 자신이 한 말이 나오는 노래의 곡조를 콧노래로 불렀다. 이 음악이 그 노래의 가사를 제시카의 의식에 가차 없이 집어던졌다.

"오 야수들의 의사여,
수줍은 기적을 안고
숨어서 죽음을 기다리는
초록색 달팽이 껍데기로
당신은 신처럼 오는구나!
달팽이도 알지
신들이 세상을 지우고
치료약이 고통을 가져온다는 것을,
불꽃의 문을 통해
하늘이 보인다는 것을.
오 야수들의 의사여,
나는 인간 달팽이라네
당신의 눈 하나가
내 껍데기 속을 들여다보는 걸 누가 보고 있나!
왜, 무앗딥? 왜?"

가니마가 말했다. "불행히도 아버지는 많은 인간 달팽이들을 우리 우주에 남겨두셨어요."

현실적인 원칙으로 받아들여지고 있는, 인간이 본질적으로 영원하지 않은 우주 안에 존재하고 있다는 가정은 지성이 완전한 의식을 갖춘 균형 유지의 도구가 될 것을 요구한다. 그러나 지성은 자신이 속한 유기체 전체를 관련시키지 않고서는 그런 반응을 보일 수 없다. 그런 유기체는 강렬하고 정력적인 행동에 의해 파악될 수 있다. 하나의 유기체로 취급되는 사회의 경우도 마찬가지이다. 그러나 여기서 우리는 낡은 타성을 만나게 된다. 사회는 구식의 반동적인 충동의 자극에 의해 움직인다. 사회는 영속성을 요구한다. 영원하지 않은 우주를 드러내려는 모든 시도는 거부의 패턴과 두려움, 분노, 절망을 불러일으킨다. 그렇다면 예지력이 받아들여지는 현상을 어떻게 설명할 것인가? 간단하다. 예지의 환영을 전달하는 사람은 절대적인(영원한) 깨달음에 대해 이야기하기 때문에 무섭기 짝이 없는 일들을 예언할 때에도 인류에게 기쁨에 찬 환영을 받는다.

—하르크 알 아다 풍으로 집필된 『레토의 책』

"어둠 속에서 싸우는 것 같군요." 알리아가 말했다.

기다란 은빛 커튼이 평의회 회의실의 동쪽 창문에 비치는 아침의 태양빛을 부드럽게 만들어주었다. 그녀는 그 커튼과 방 반대편 벽의 나무 장식 밑에 옹기종기 모여 있는 긴 의자들 사이를 성난 발걸음으로 오락가락하고 있었다. 그녀의 샌들이 스파이스 섬유로 짠 융단과 쪽모이 나무 바닥, 거대한 석류석으로 만든 타일들을 지나 다시 융단으로 되돌아왔다. 마침내 그녀는 이룰란과 아이다호 앞에 서서 그들을 내려다보았다. 두 사람은 회색 고래 모피로 만든 긴 의자에 서로 얼굴을 마주 보는 자세로 앉아 있었다.

아이다호는 타브르에서 돌아오지 않으려 했지만 그녀는 그에게 단호한 명령을 보냈다. 지금은 제시카를 납치하는 일이 무엇보다 중요했지만 그래도 뒤로 미룰 수밖에 없었다. 멘타트로서 아이다호의 인지 능력이 필요했기 때문이다.

"이것들은 같은 틀에서 만들어졌어요. 규모가 큰 음모의 악취가 나요." 알리아가 말했다.

"어쩌면 그런 게 아닐지도 몰라요." 이룰란이 용기를 내어 입을 열었다. 그러나 그녀는 마치 질문을 던지듯이 아이다호를 살짝 바라보았다.

알리아의 얼굴이 노골적인 조롱의 표정으로 변했다. 이룰란은 어찌 저리도 순진할 수 있단 말인가? 하지만 혹시…… 알리아는 눈살을 찌푸리며 의심이 담긴 날카로운 시선으로 공주를 노려보았다. 이룰란은 스파이스에 중독된 쪽빛 눈 속의 그림자와 어울리는 단순한 디자인의 검은색 아바 로브를 입고 있었다. 그녀의 금발은 둘둘 감겨서 목덜미에 단단히 묶여 있었는데, 그것이 아라키스에서 보낸 세월 때문에 수척하고 강한 인상을 띄게 된 그녀의 얼굴을 강조해 주었다. 그녀는 아버지 샤담 4세의 궁정에서 익힌 오만함을 지금도 지니고 있었다. 알리아는 이처럼 자부심 높은 태도가 그녀의 머릿속에 들어 있는 음모를 감춰주고 있는 건지도 모른다는 생각을 자주 했다.

아이다호는 검은색과 초록색으로 된 아트레이데스 근위대 제복을 입고 편안히 의자에 몸을 기대고 있었다. 계급장은 없었다. 알리아의 실질적인 경비대원들, 특히 여전사들은 계급장을 자랑으로 여기고 있었기 때문에 아이다호의 이런 모습이 공연히 으스대는 것이라며 남몰래 분개했다. 그들은 골라이자 검술 대가이자 멘타트인 그의 존재 자체를 좋아하지 않았다. 게다가 그가 자기들 여주인의 남편이라는 사실이 그런 감정을 더욱 부추겼다.

"그래서 부족들이 레이디 제시카가 섭정 평의회에 복위되기를 원한다고요?" 아이다호가 말했다. "그것이 어떻게……."

"그들은 만장일치로 그걸 요구했어요!" 알리아가 이룰란 옆의 긴 의자에 놓인 돋을새김 무늬의 스파이스 종이를 가리키며 말했다. "파라든도 문제지만 이건…… 이건 다른 계획의 악취를 풍기고 있다고요!"

"스틸가는 뭐라고 하던가요?" 이룰란이 물었다.

"저 종이에 그의 서명이 있어요!" 알리아가 말했다.

"하지만 만약 그가……."

"그가 자기가 섬기는 신의 어머니를 어떻게 부정할 수 있겠어요?" 알리아가 비웃듯이 말했다.

아이다호는 그녀를 올려다보며 속으로 생각했다. '이룰란을 거의 한계까지 몰아가고 있어!' 납치 계획을 수행하기 위해서는 그가 타브르 시에치에 있어야 한다는 것을 알면서도 알리아가 이곳으로 다시 그를 불러들인 이유가 무엇인지 궁금하다는 생각이 그의 머릿속에 다시 떠올랐다. 설교자가 그에게 보낸 메시지를 혹시 그녀가 들은 걸까? 이 생각이 그의 가슴을 혼란으로 가득 채웠다. 폴 아트레이데스가 자신의 검술 대가를 소환할 때 항상 사용하던 비밀 신호를 탁발로 먹고 사는 그 신비주의자가 어떻게 알고 있는 걸까? 아이다호는 아무 의미도 없는 이 회의를 그만두고 이 의문의 답을 찾는 작업으로 다시 돌아가기를 갈망했다.

"설교자가 이 행성 밖으로 여행을 다녀왔다는 데에는 의심의 여지가 없어요." 알리아가 말했다. "조합은 그런 문제에서 감히 우리를 속이지 못해요. 내가 그를 잡아……."

"신중하게 행동해요!" 이룰란이 말했다.

"그래, 신중해져야 하오." 아이다호가 말했다. "이 행성 사람들 절반이 그를……." 그는 어깨를 으쓱하며 말을 이었다. "……당신의 오빠로 믿고 있소." 아이다호는 적당히 무심한 태도로 이 말을 하려 했던 자신의 의도가 성공했기를 빌었다. 그 남자는 그 신호를 어떻게 알아낸 것일까?

"하지만 만약 그가 밀사거나 첩자라면……."

"그는 초암이나 코리노 가문 사람과 전혀 접촉하지 않았어요." 이룰란이 말했다. "그건 확신할 수……."

"우린 아무것도 확신할 수 없어요!" 알리아는 경멸을 숨기려고 하지도 않았다. 그녀는 이룰란에게 등을 돌리고 아이다호를 마주 보았다. 그는 이제 자기가 왜 여기 있는 건지 알 수 있었다! 자신이 기대대로 역할을 수행하지 못하다니! 그가 평의회에 와 있는 것은 이룰란이 여기 있기 때문이었다. 코리노 가문의 공주를 아트레이데스의 울타리 속으로 데려온 역사는 결코 잊힐 수 없었다. 일단 한번 충성의 대상을 바꾼 사람은 또다시 변절할 수 있었다. 던컨은 자신의 멘타트 능력으로 이룰란의 행동에 결함이나 미세한 차이가 없는지 탐색해야 했다.

아이다호는 몸을 살짝 움직이면서 이룰란을 흘끗 바라보았다. 때로 멘타트로서 지닌 솜씨 때문에 어쩔 수 없이 직접적으로 부과되는 일들에 화가 날 때가 있었다. 그는 알리아의 생각을 알고 있었다. 이룰란 역시 알고 있을 터였다. 그러나 폴 무앗딥의 이 공주 아내는 자신을 황제의 첩인 챠니보다 못한 존재로 만들어버린 그 결정을 이미 극복했다. 이룰란이 황제의 쌍둥이들에게 헌신적이라는 사실에는 의심의 여지가 없었다. 그녀는 아트레이데스 가문에 헌신하기 위해 가족 및 베네 게세리트와 인연을 끊었다.

"내 어머니가 이 음모의 일부예요. 교단이 이런 시기에 어머니를 이곳으로 돌려보낼 만한 이유가 그것 말고 또 뭐가 있겠어요?" 알리아가 강력하게 주장했다.

"히스테리는 아무런 도움이 되지 않소." 아이다호가 말했다.

알리아는 홱 몸을 돌려 그를 외면했다. 그는 그녀가 그렇게 하리라는 것을 이미 알고 있었다. 자신이 한때 사랑했던 사람의 얼굴이 지금 이질적인 존재에게 사로잡혀 일그러진 모습을 직접 보지 않게 되어서 다행이라는 생각이 들었다.

"글쎄, 조합을 완전히 믿을 수는……." 이룰란이 말했다.

"조합이라고!" 알리아가 비웃었다.

"우린 조합이나 베네 게세리트의 적의를 배제할 수 없소. 하지만 우리는 그들을 본질적으로 수동적인 전투원이라는 특별한 그룹으로 분류해야 하오. 조합은 절대로 다스리지 않는다는 자신들의 기본적인 규칙을 지킬 것이오. 그들은 기생충처럼 남들에게 붙어 성장하고 있고, 자신들도 그것을 알고 있소. 그들은 자기 생명을 유지해 주는 유기체를 죽이는 짓은 절대로 하지 않을 것이오." 아이다호가 말했다.

"어떤 유기체가 자신들의 목숨을 부지해 주고 있는가에 대해 그들이 우리와 다른 생각을 품고 있는지도 몰라요." 이룰란이 느릿느릿 말했다. 그것은 그녀에게 있어 조소와 가장 가까운 말투였다. 그 나른한 목소리는 '당신은 요점을 놓치고 있어요, 멘타트'라고 말하고 있었다.

알리아는 어리둥절한 표정이었다. 이룰란이 이런 방향을 택할 것이라고는 예상하지 못한 모양이었다. 이룰란이 음모꾼이라면 지금 말한 것과 같은 생각을 드러내고 싶어 하지 않을 것이다.

"그건 물론입니다." 아이다호가 말했다. "하지만 조합이 아트레이데스 가문에 노골적으로 적대적인 태도를 취하지는 않을 겁니다. 반면 교단은 어느 정도의 정치적 손해를 무릅쓸 가능성이⋯⋯."

"만약 그들이 그런 태도를 취한다면 누군가를 자기들 앞에 내세울 겁니다. 언제라도 자기들이 내칠 수 있는 인물이나 단체를 내세우는 거죠. 베네 게세리트가 자신의 존재를 감추는 것의 가치도 모르면서 괜히 수백 년 동안 존재해 온 게 아닙니다. 그들은 옥좌 위에 앉는 것보다 옥좌의 배후가 되는 것을 더 좋아해요." 이룰란이 말했다.

'자신의 존재를 감춘다고?' 알리아는 속으로 질문을 던졌다. 그것이 이룰란의 선택인가?

"내가 조합에 대해 주장하는 것도 바로 그겁니다." 아이다호가 말했다. 그는 이렇게 논쟁을 벌이며 자신의 생각을 설명해야 하는 상황이 도움이 된다는 것을 깨달았다. 다른 문제를 생각하지 않게 해주기 때문이었다.

알리아는 햇빛이 드는 창문 쪽으로 성큼성큼 되돌아갔다. 그녀는 아이다호의 맹점을 알고 있었다. 그것은 모든 멘타트가 갖고 있는 맹점이었다. 그들은 항상 자신의 의견을 선언하듯 발표해야 직성이 풀리는 사람들이었다. 그래서 절대적인 것에 의존하고 유한한 한계를 보는 경향을 갖고 있었다. 그들도 이런 특징을 알고 있었다. 그것은 그들이 받는 훈련 중의 일부였다. 그러나 그들은 스스로에게 한계를 부여하는 영역 너머에서 계속 활동했다. '저 사람을 그냥 타브르 시에치에 둘걸 그랬어. 그냥 이룰란만 야비드에게 넘겨서 신문하게 하는 편이 더 나았을 텐데.' 알리아는 생각했다.

그녀의 두개골 안에서 묵직하게 울리는 목소리가 말했다. "바로 그 거야!"

'닥쳐! 닥쳐! 닥쳐!' 그녀는 생각했다. 요즘 아주 위험한 실수가 그녀를 유혹하고 있었는데, 그녀는 그 실수의 윤곽을 파악할 수 없었다. 그녀가 느낄 수 있는 것은 위험뿐이었다. 그녀가 이런 곤경에서 빠져나오려면 반드시 아이다호의 도움이 필요했다. 그는 멘타트니까. 멘타트는 반드시 필요한 존재였다. 이 인간 컴퓨터들은 버틀레리안 지하드에 파괴되어 버린 기계 장치들을 대신했다. '인간의 정신을 본뜬 기계를 만들어서는 안 된다!' 그러나 알리아는 지금 말 잘 듣는 기계를 갈망하고 있었다. 기계는 아이다호와 같은 한계를 갖지 않을 것이다. 그리고 기계는 언제나 믿을 수 있었다.

알리아의 귀에 느릿느릿한 이룰란의 목소리가 들려왔다.

"속임수 속에 속임수가 있고, 그 안에 또 속임수가 있고, 그 안에 또 속임수가 있어요. 권력에 대한 공인된 공격 패턴을 우리 모두 알고 있습니다. 난 알리아가 의심을 품은 걸 탓할 생각이 없어요. 알리아가 모든 사람을 의심하는 건 당연해요. 심지어 우리까지도. 하지만 지금은 그걸 무시하기로 하죠. 섭정 제도에 대한 위험의 가장 비옥한 온상으로서 일차적으로 공격 의도를 갖게 될 곳이 어디죠?"

"초암입니다." 아이다호가 말했다. 멘타트다운 단호한 목소리였다.

알리아는 냉혹한 미소를 지었다. 초암이라니! 아트레이데스 가문은 초암의 주식 51퍼센트를 지배하고 있었다. 그리고 무앗딥의 성직자들이 5퍼센트를 더 지배했다. 이는 듄이 값을 매길 수 없을 정도로 귀한 멜란지를 장악하고 있음을 대가문들이 현실적으로 받아들였다는 뜻이었다.

스파이스가 공연히 '비밀 화폐'로 불리는 것이 아니었다. 멜란지가 없으면 우주 조합의 하이라이너들은 움직이지 못했다. 멜란지가 촉진하는 '항법 무아지경'을 통해 항법사들은 초광속 운행을 하는 우주선이 가야 할 길을 미리 볼 수 있었다. 인간의 면역 시스템을 증폭시켜 주는 멜란지가 없으면 최상류 부유층의 수명은 적어도 4분의 1로 줄어들 것이다. 엄청난 숫자를 자랑하는 제국의 중산층조차 적어도 하루에 한 끼는 희석한 멜란지를 음식 위에 조금 뿌려서 먹었다.

그러나 알리아는 아이다호의 목소리에서 멘타트의 진지함을 읽었다. 그녀가 끔찍할 정도로 애를 태우며 기다리던 소리였다.

초암. 초암은 아트레이데스 가문보다도, 듄보다도, 사제 집단이나 멜란지보다도 훨씬 커다란 존재였다. 초암은 잉크덩굴, 고래 모피, 시거와이어, 익스의 공예품과 연예인들, 여러 장소와 사람의 거래, 하즈, 법망을 아슬아슬하게 피하는 틀레이랙스 기술의 산물들, 중독성 약과 의료 기술, 물자의 수송(우주 조합), 지금까지 알려진 수천 개의 행성 및 자신들이 제공한 서비스의 대가로 존재를 허락받고 변방에서 은밀하게 살아가는 몇몇 행성들을 모두 포함하는 제국의 복잡하기 짝이 없는 상업 활동 그 자체였다. 아이다호가 초암을 입에 올렸을 때 의미한 것은 끊임없는 소요, 음모 속의 음모, 이자 지불액 중 12분의 1만 변해도 한 행성의 소유권이 바뀔 수 있는 권력 게임 등이었다.

알리아는 긴 의자 위에 앉아 있는 두 사람에게 돌아와서 그들을 내려다보았다. "초암과 관련해서 특별히 신경에 거슬리는 점이 있어요?" 그녀가 물었다.

"일부 가문이 항상 투기를 위해 스파이스를 심하게 사재기하고 있잖아요." 이룰란이 말했다.

알리아는 양손으로 자신의 허벅지를 철썩 친 다음 이룰란 옆에 놓인 돈을새김 무늬의 스파이스 종이를 가리켰다. "저 요구는 당신의 관심을 끌지 않나요? 저게 어디서 왔는지…….."

"그만!" 아이다호가 고함을 질렀다. "이제 다 털어놓으시오. 우리한테 뭘 숨기고 있는 거요? 자료를 주지 않으면서 내가 역할을 제대로 수행할 거라고 기대하는 건…….."

"최근 네 가지 분야 전문가들의 수요가 크게 늘었어요." 알리아가 말했다. 이 두 사람에게 이것이 정말로 새로운 정보인지 모르겠다는 생각이 들었다.

"어떤 전문가들 말인가요?" 이룰란이 물었다.

"검술 대가들, 틀레이랙스에서 양성된 뒤틀린 멘타트, 수크 학교에서 정신 훈련을 받은 의사들, 핀캡(fincap) 회계사. 특히 회계사의 이직이 많아요. 수상쩍은 장부 기록법에 대한 수요가 왜 지금 그렇게 생겨난 걸까요?" 그녀는 아이다호를 향해 이 질문을 던졌다.

'멘타트로서 기능을 수행하라는 얘기군.' 그는 생각했다. 어쨌든 그건 알리아가 어떤 존재가 되어버렸는지 곰곰이 생각하는 것보다는 나았다. 그는 그녀의 말에 정신을 집중하고 그 말을 머릿속에서 멘타트의 방식으로 되씹어보았다. '검술 대가들?' 그도 예전에는 검술 대가였다. 검술 대가들은 물론 단순한 전사 이상의 존재였다. 그들은 방어막을 수리하고, 군사 행동의 계획을 짜고, 군사적 보급 설비를 설계하고, 임기응변으로 무기를 만들어낼 수 있었다. '뒤틀린 멘타트?' 틀레이랙스 인들이 지금도 이런 못된 짓을 계속하고 있음은 분명했다. 자신도 멘타트였기 때문에 아이다호는 틀레이랙스 인들에 의해 뒤틀린 멘타트가 얼마나 약하고 불안한 존재인지 잘 알고 있었다. 그런 멘타트를 사들이는 대가문들은 그들을 절대적으로 통제할 수 있을 거라고 생각했다. 그러나 그건 불가능했다! 하코넨이 아트레이데스 가문을 공격할 때 하코넨 가문에서 근무했던 파이터 드 브리즈조차 결국 자신의 내면에 있는 자아의 핵심을 포기하는 대신 죽음을 받아들임으로써 자신의 본질적인 품위를 지켰다. '수크의 의사들?' 그들의 정신 훈련은 자신의 소유주인 환자들에 대해 절대로 불충한 행동을 할 수 없게 만들어주는 것으로 여겨졌다. 수크의 의사들은 아주 비쌌다. 수크 의사들의 구매가 늘어났다면 상당한 액수의 자금 교환이 발생했을 터였다.

아이다호는 핀캡 회계사들의 증가와 이 사실들을 서로 견주어보았다.

"최고의 계산 결과를 말하겠소." 그가 귀납적인 추리로 얻어낸 사실을 얘기한다는 점을 자신 있는 태도로 크게 강조하면서 말했다. "소가문들의 재산이 최근 증가했소. 일부 소가문들은 대가문의 지위로 조용히 격상되어야 할 정도요. 정치적 동맹 관계가 어떤 특정한 형태로 변하지 않는다면 그런 재산을 모을 길이 없소."

"마침내 랜드스라드의 얘기가 나오는군요." 알리아가 자신이 믿고 있던 것을 입 밖에 냈다.

"다음 랜드스라드 회의까지는 표준력으로 거의 2년이나 남았어요." 이룰란이 그녀를 일깨웠다.

"하지만 정치적 흥정은 결코 멈추는 법이 없죠." 알리아가 말했다. "장담하건대 저 서류의 서명에 참가한 일부 부족들은……." 그녀가 이룰란 옆의 서류를 가리키며 말을 이었다. "동맹을 바꾼 소가문들일 거예요."

"그럴지도 모르죠." 이룰란이 말했다.

"랜드스라드 말인데, 베네 게세리트의 앞잡이로 그보다 더 나은 곳이 있을까요? 그리고 교단의 대리인으로서 내 어머니만큼 적합한 사람이 있겠어요?" 알리아는 아이다호의 정면에 굳건히 서서 말을 이었다. "어 때요, 던컨?"

'그래, 멘타트로서 기능하지 못할 이유가 없지.' 아이다호는 생각했다. 그는 이제 알리아의 의심이 어디를 향하는지 알 수 있었다. 어찌 됐든 던컨 아이다호는 오랫동안 레이디 제시카의 개인 경호를 맡았던 사람이었다.

"던컨?" 알리아가 대답을 재촉했다.

"랜드스라드의 다음 회의를 위해 준비 중인 자문 관련 입법안이 있는 지 자세히 조사해 봐야 하오." 아이다호가 말했다. "어쩌면 그들이 섭정 은 특정한 종류의 입법안에 대해 거부권을 행사할 수 없다는 법적인 입 장을 취할지도 모르오. 구체적으로 지적한다면 세금 제도의 조정과 카 르텔의 단속에 대한 법안이 되겠지. 다른 것들도 있지만……."

"만약 그들이 그런 입장을 취한다면 그리 실용적인 도박이라고 할 수 는 없군요." 이룰란이 말했다.

"나도 그렇게 생각해요. 사다우카는 이빨 빠진 호랑이이고, 우리에게 는 아직 프레멘 군단이 있어요." 알리아가 말했다.

"조심하시오, 알리아. 우리 적들은 우리를 괴물처럼 보이게 만드는 걸 로 충분할 거요. 당신이 아무리 많은 군단을 지휘한다 하더라도 이렇게 넓은 지역에 흩어져 있는 제국에서 힘은 궁극적으로 대중들의 참여에 기대게 마련이오." 아이다호가 말했다.

"대중들의 참여라고요?" 이룰란이 물었다.

"대가문들의 참여를 말하는 거겠죠." 알리아가 말했다.

"그럼 이 새로운 동맹 관계 속에서 우리가 얼마나 많은 대가문들과 맞 서게 되겠소? 이상한 곳에 돈이 모이고 있소!" 아이다호가 말했다.

"변방 말인가요?" 이룰란이 물었다.

아이다호는 어깨를 으쓱했다. 그것은 대답할 수 없는 질문이었다. 그들은 모두 틀레이랙스 인들이나 제국의 변방에서 기술을 가지고 장난치는 사람들이 언젠가 홀츠먼 효과를 무력화할 것이라고 짐작하고 있었다. 그런 날이 오면 방어막은 무용지물이 되고 행성 봉건 제도를 유지해 주는 아슬아슬한 균형이 모두 무너져버릴 것이다.

알리아는 그런 가능성을 생각하지 않으려 했다. "우리는 지금 우리가 갖고 있는 것을 가지고 상황을 헤쳐나갈 거예요. 그들이 우리를 어쩔 수 없는 지경으로 몰고 가면 우리가 스파이스를 파괴해 버릴 수 있다는 사실을 초암의 이사들이 모두 알고 있다는 것, 이 점이 바로 지금 우리가 갖고 있는 거예요. 그들은 그런 위험을 무릅쓰지 않을 거예요."

"또 초암 얘기로 돌아왔군요." 이룰란이 말했다.

"누군가가 모래송어에서 모래벌레로 이어지는 사이클을 다른 행성에서 똑같이 재현해 내는 데 성공하지 않았다면 그렇지요." 아이다호가 말했다. 그리고 자신의 질문에 스스로 흥분해서 생각에 잠긴 듯 이룰란을 바라보며 질문을 던졌다. "살루사 세쿤더스일까요?"

"그곳의 내 소식통들은 아직 믿을 만해요. 살루사는 아니에요."

"그럼 내 말이 맞는 거로군요." 알리아가 아이다호를 뚫어지게 바라보면서 말했다. "우린 지금 우리가 갖고 있는 것을 가지고 상황을 헤쳐나갈 거예요."

'내가 움직여야 하는군.' 아이다호는 생각했다. 그리고 입을 열었다. "왜 '중요한 일'을 하고 있던 나를 이리로 끌어낸 거요? 당신 혼자서도 얼마든지 그런 결론을 도출해 낼 수 있었을 텐데."

"나한테 그런 말투를 쓰지 말아요!" 알리아가 날카롭게 소리쳤다.

아이다호의 눈이 휘둥그레졌다. 한순간 그는 알리아의 얼굴에서 그 이질적인 존재를 보았다. 그것은 당혹스러운 광경이었다. 그는 이룰란에게 시선을 돌렸으나 그녀는 그 이질적인 존재를 보지 못한 것 같았다. 아니면 보지 못한 척하고 있거나.

"나한테 초보적인 교육 같은 건 필요 없어요." 알리아가 말했다. 그녀의 목소리에는 여전히 이질적인 분노가 배어 있었다.

아이다호는 간신히 슬픈 미소를 지어 보였다. 그러나 가슴이 아팠다.

"우리는 권력을 다룰 때 결코 부(富)와 그것이 제공하는 모든 위장물로부터 멀리 떨어지지 않소." 아이다호가 느릿느릿 말했다. "폴은 사회적 돌연변이였소. 우리는 그가 사회적 돌연변이로서 과거의 부의 균형을 바꿔놓았다는 점을 기억해야 하오."

"그런 돌연변이를 돌이킬 수 없는 건 아니에요." 알리아가 끔찍하게 달라진 자신의 모습을 보여주고 싶지 않은 것처럼 두 사람에게서 시선을 돌리며 말했다. "이 제국 안에 부가 있는 곳이라면 어디에서든 그들은 이걸 알고 있어요."

"그들은 그 돌연변이를 영원한 것으로 만들 수 있는 사람이 세 명 존재한다는 것도 알고 있죠." 이룰란이 말했다. "쌍둥이들하고……." 그녀는 알리아를 가리켰다.

'이 두 사람 지금 제정신인가?' 아이다호는 속으로 생각했다.

"그들은 나를 암살하려 할 거예요!" 알리아가 갈라진 목소리로 말했다.

아이다호는 충격 속에서 침묵을 지키며 앉아 있었다. 그의 멘타트 의식이 소용돌이처럼 정신없이 움직였다. 알리아를 암살한다고? 왜? 그들은 마음만 먹으면 알리아의 지위를 손쉽게 무너뜨릴 수 있었다. 그들은 그녀를 프레멘 무리들로부터 고립시켜 마음대로 사냥할 수 있었다. 하지만 쌍둥이들은…… 그는 자신이 이런 판단을 내리기에 적절한 멘타트의 평정 상태가 아님을 알면서도 시도는 해봐야 했다. 그리고 그의 판단은 가능한 한 정확한 것이어야 했다. 그는 정확한 생각에는 미처 소화되지 않은 절대가 들어 있다는 것도 알고 있었다. 자연은 정확하지 않았다. 그의 수준에 맞게 축소된 우주는 정확하지 않았다. 그런 우주는 모호하고 흐트러져 있었으며, 예상치 못한 움직임과 변화로 가득했다. 인류 전체는 이 계산에 하나의 자연 현상으로 입력되어야 했다. 그리고 정확한 분석의 모든 과정에서 우주의 지속적인 흐름을 쳐낼 필요가 있었다. 그는 그 흐름에 접근해서 그것이 움직이는 모습을 보아야 했다.

"우리가 초암과 랜드스라드에 초점을 맞춘 것은 옳은 일이었어요." 이룰란이 느릿느릿 말했다. "그리고 던컨의 발언은 가장 먼저 조사해야 할 것이 무엇인지……."

"에너지가 전이된 형태로서의 돈을 그 돈이 상징하는 에너지와 분리할 수는 없어요. 우리 모두 그걸 알고 있어요. 하지만 우린 세 가지 구체적인 질문에 대한 답을 찾아내야 해요. 언제? 어떤 무기로? 어디서?" 알리아가 말했다.

'쌍둥이들…… 쌍둥이들. 지금 위험한 것은 알리아가 아니라 쌍둥이들이야.' 아이다호는 생각했다.

"누구, 또는 어떻게에는 관심이 없는 건가요?" 이룰란이 물었다.

"만약 코리노 가문이나 초암, 아니면 그 밖에 다른 집단이 이 행성에서 인간을 도구로 사용한다면, 그들이 행동에 나서기 전에 우리가 그들을 찾아낼 확률이 60퍼센트 이상이에요. 그들이 언제 어디서 행동에 나설지 알게 된다면, 그 확률에 더 큰 힘이 덧붙여지겠죠. '어떻게'라고요? 그건 '어떤 무기로?'라고 묻는 것과 똑같아요." 알리아가 말했다.

'저 두 사람은 왜 내가 보는 걸 보지 못하는 거지?' 아이다호는 생각했다.

"좋아요. 그럼 언제죠?" 이룰란이 말했다.

"누군가 다른 사람에게 관심이 집중될 때에요." 알리아가 말했다.

"정화의 의식에서 당신 어머니에게 관심이 집중되었어요. 하지만 아무런 시도도 없었어요." 이룰란이 말했다.

"장소가 틀렸어요." 알리아가 말했다.

'무슨 소리지?' 아이다호는 생각했다.

"그럼 어디죠?" 이룰란이 물었다.

"바로 여기 성이에요. 내가 가장 안전하게 느끼기 때문에 경계를 가장 늦추는 곳이 바로 여기니까요." 알리아가 말했다.

"무기는요?" 이룰란이 물었다.

"전통적인 거죠. 프레멘이 몸에 지니고 다닐 만한 것. 독을 바른 크리스나이프나 마울라 권총, 또는……."

"그들은 오랫동안 사냥꾼 탐색기를 사용하지 않았어요." 이룰란이 말했다.

"사람들이 많은 곳에서는 그게 효과가 없을 거예요. 반드시 사람이 많은 곳일 텐데." 알리아가 말했다.

"그럼 생물 무기?" 이룰란이 물었다.

"전염성 세균 말인가요?" 알리아가 믿을 수 없다는 표정을 그대로 드러낸 채 말했다. 아트레이데스를 보호해 주는 면역 장벽이 있는데 이룰란은 어떻게 세균 무기가 성공할 수 있을 거라고 생각하는 거지?

"난 좀더 동물에 가까운 걸 생각하고 있었어요. 예를 들어 특정한 상대를 물도록 훈련된 작은 애완동물 같은 것. 독을 가진 이빨로 상대를 무는 동물 말이에요." 이룰란이 말했다.

"우리 가문의 흰족제비들이 그걸 막아줄 거예요." 알리아가 말했다.

"그럼 그 족제비들을 이용하는 건?" 이룰란이 물었다.

"그건 불가능해요. 우리 가문의 흰족제비들은 외부인을 거부할 거예요. 죽여버리는 거죠. 당신도 알잖아요."

"난 그저 가능성이 있는 것들을 짚어보는……."

"경비대에 경보를 발령하겠어요." 알리아가 말했다.

알리아가 경비대라는 단어를 말할 때 아이다호는 틀레이랙스 인들이 준 자신의 눈을 한 손으로 가리고 자신을 휩쓸면서 채근하는 곤란한 일을 막으려고 했다. 그것은 라지아, 즉 '삶'으로 표현된 '무한'의 움직임이었다. 라지아는 멘타트의 의식 속에 완전히 잠기는 잠재적인 경험으로 모든 멘타트 안에 잠복해 있었다. 라지아는 우주 위에 그의 의식을 그물처럼 던졌다. 그 그물은 아래로 떨어지면서 그 안에 있는 것들의 모양을 분명히 보여주었다. 그는 쌍둥이들이 어둠 속에서 웅크리고 있는 모습과 거대한 짐승의 발톱이 그들 주위의 허공을 할퀴는 모습을 보았다.

"안 돼." 그가 속삭였다.

"뭐라고요?" 알리아는 그가 아직 여기 있는 것을 보고 깜짝 놀란 사람처럼 그를 바라보았다.

그는 눈에 대고 있던 손을 뗐다.

"코리노 가문이 보내온 옷 말인데, 그걸 쌍둥이들에게 보냈소?" 그가 물었다.

"물론이죠. 그 옷은 절대로 안전해요." 이룰란이 말했다.

"타브르 시에치에서 쌍둥이를 공격할 사람은 아무도 없어요. 스틸가가 훈련시킨 경비병들이 주위에 있으니 말이에요." 알리아가 말했다.

아이다호는 그녀를 빤히 바라보았다. 멘타트의 계산을 바탕으로 한 주장에 뒷받침이 될 만한 특별한 자료는 하나도 없었지만, 그는 분명히 알 수 있었다. 그가 방금 경험한 것은 폴이 경험했던 예지력과 아주 흡사했다. 그러나 이룰란도 알리아도 그가 예지의 환상을 봤다는 말을 믿지 않을 것이다.

"외부에서 들어오는 모든 동물의 수입을 금지하라고 항만 관리국에 얘기해야겠소." 그가 말했다.

"설마 이룰란의 말을 진심으로 받아들이는 건 아니죠?" 알리아가 항의했다.

"조심해서 나쁠 것은 없잖소?" 그가 물었다.

"그런 얘긴 밀수꾼들에게나 해요. 난 우리 가문의 흰족제비들을 믿겠어요." 알리아가 말했다.

아이다호는 고개를 저었다. 그가 보았던 그 거대한 발톱 앞에서 가문의 흰족제비들이 무엇을 할 수 있단 말인가? 그러나 알리아의 말이 옳았다. 적절한 곳에 미리 뇌물을 뿌리고, 조합 항법사가 묵인해 주기만 한다면 '공허의 땅' 어디에나 물건을 내려놓을 수 있었다. 조합은 아트레이데스 가문에 대한 공격에 앞장서려 하지 않겠지만, 꽤나 높은 가격이 제시된다면…… 그러면 조합은 그저 지리적 장벽 같은 것에 지나지 않았다. 그 장벽 때문에 공격이 어려워지기는 하겠지만 불가능하지는 않았다. 조합은 언제라도 자기들이 '수송을 대행해 주었을 뿐'이라고 항변할 수 있었다. 특정 화물이 어떤 용도로 쓰이게 될지 그들이 어떻게 알 수 있겠는가?

알리아가 엄지손가락을 수평으로 편 채 주먹을 쥐어 치켜드는 순수한 프레멘의 몸짓으로 침묵을 깼다. 그 몸짓과 함께 그녀는 '내가 '태풍의 충돌'을 주겠다'는 뜻의 전통적인 감탄사를 외쳤다. 그녀는 논리적으로 봤을 때 암살의 목표가 될 수 있는 사람은 틀림없이 자신뿐이라고 생각하고 있었다. 그녀의 그 몸짓은 이해할 수 없는 위협으로 가득 찬 우주에 대한 항의였다. 그녀는 누구든 자기를 공격하는 사람에게 죽음의 바람을 퍼부어주겠다고 말하고 있었다.

아이다호는 아무리 반대해도 소용없음을 느꼈다. 그는 그녀가 더 이상 자신을 의심하지 않는다는 것을 알 수 있었다. 그녀는 그가 타브르로 돌아가 레이디 제시카의 납치를 완벽하게 해낼 것이라고 기대했다. 갑자기 분노가 치밀어서 그는 긴 의자에서 몸을 일으키며 생각했다. '알리아가 정말로 암살의 목표라면! 암살자들이 그녀에게 다가갈 수만 있다면!' 순간적으로 그는 자신의 칼에 손을 댔다. 그러나 그는 그런 짓을 할 수 있는 사람이 아니었다. 하지만 그녀가 살아서 모든 지위와 명예를 잃고 사막의 무덤 속으로 쫓겨 들어가는 것보다는 순교자로 죽는 편이 훨씬 더 나았다.

"그래요." 알리아가 말했다. 그가 자신을 걱정해서 그런 표정을 짓고 있다고 오해한 모양이었다. "당신은 서둘러서 타브르로 돌아가는 게 좋겠어요." 그리고 그녀는 생각했다. '던컨을 의심하다니 내가 바보였어! 던컨은 내 것이야. 제시카의 것이 아냐!' 자신이 화가 난 것은 부족들의 요구 때문이었다고 알리아는 생각했다. 그녀는 떠나는 아이다호에게 잘 가라는 뜻으로 가볍게 손을 흔들어주었다.

아이다호는 절망적인 기분으로 평의회 회의실을 나섰다. 알리아는 자신을 사로잡은 이질적인 존재 때문에 맹목적이 되었을 뿐만 아니라 문제가 생길 때마다 점점 더 미쳐가고 있었다. 그녀는 이미 위험의 한계점을 넘어 파멸의 운명을 향하고 있었다. 하지만 쌍둥이들을 위해 어떻게 해야 할까? 그가 누구를 설득할 수 있을까? 스틸가? 하지만 스틸가가 지금 이미 취하고 있는 조치들 말고 달리 뭘 할 수 있단 말인가?

'그럼 레이디 제시카에게 가야 하나?'

그래, 그 가능성을 생각해 볼 수도 있었다. 그러나 그녀 역시 교단의 음모 속에 너무 깊숙이 발을 들여놓았을 가능성이 있었다. 그는 아트레이데스 가문의 첩이었던 그녀에 대해 별로 환상이 없었다. 그녀는 어쩌면 베네 게세리트의 명령이라면 무슨 짓이든 할 수 있는 사람인지도 몰랐다. 심지어 자기 손자들에게 등을 돌리는 짓까지도.

훌륭한 정부는 결코 법이 아니라 그 정부를 다스리는 자의 개인적 자질에 달려 있다. 정부의 조직은 언제나 그 조직을 운영하는 사람의 의지에 종속되어 있다. 따라서 정부의 가장 중요한 요소는 지도자를 선택하는 방법이다.

—『법과 통치』, 우주 조합 소책자

'알리아가 아침 알현을 나와 함께하려는 이유가 뭘까? 저들은 아직 나를 평의회에 복귀시키기로 표결하지 않았는데.' 제시카는 생각했다.

제시카는 성의 중앙 홀로 통하는 대기실 안에 서 있었다. 그 대기실 자체만 해도 아라키스가 아닌 다른 곳에서는 중앙 홀이 될 만했다. 아라킨에 부와 권력이 집중되면서 아트레이데스의 모범을 따라 건물들이 점점 더 거대해졌고, 이 방은 그녀의 불안을 단적으로 보여주고 있었다. 그녀는 샤담 4세에 대한 자기 아들의 승리가 바닥에 타일로 그려져 있는 이 대기실이 마음에 들지 않았다.

중앙 홀로 통하는 반짝이는 플래스틸 문에 비친 그녀 자신의 얼굴이 눈에 들어왔다. 듄으로 돌아온 이후 그녀는 과거와 지금을 자꾸 비교할 수밖에 없었다. 제시카는 자신의 얼굴에서 노화의 흔적만을 보았다. 달

갈형 얼굴에는 자잘한 주름살이 생겼고, 문에 남색으로 비친 그녀의 눈은 더 덧없어 보였다. 그녀는 푸른색 눈동자 주위에 흰자위가 있던 시절을 기억하고 있었다. 그녀의 머리칼이 윤기 나는 청동색을 유지하고 있는 것은 순전히 전문적인 미용사의 세심한 보살핌 덕분이었다. 그녀의 코는 지금도 작았고 입은 풍만했으며 몸은 여전히 날씬했다. 그러나 그녀의 근육은 베네 게세리트의 훈련을 받았어도 시간이 흐름에 따라 점점 느려지고 있었다. 어쩌면 이것을 눈치채지 못하고 "전혀 나이를 먹지 않으셨네요!"라고 말할 사람들도 있을 것이다. 그러나 교단의 훈련은 양날의 칼이었다. 작은 변화도 그 훈련을 받은 사람의 눈을 좀처럼 피하지 못했다.

따라서 알리아에게 작은 변화들이 없다는 사실 역시 제시카의 눈을 피하지 못했다.

알리아의 인사 문제를 총괄하고 있는 야비드가 거대한 문에 서 있었다. 오늘 아침에 그의 태도는 아주 공식적이었다. 그는 둥그런 얼굴에 냉소적인 미소를 띤, 로브를 입은 요정 같았다. 제시카의 눈에 야비드는 역설적인 모습으로 비쳤다. 프레멘이면서 영양을 충분히 섭취한 모습. 그녀가 자신을 바라보는 것을 알고 야비드가 알겠다는 듯한 미소를 지으며 어깨를 으쓱했다. 그가 제시카의 수행원으로 있던 기간은 짧았고, 그건 그도 그럴 것이라 예상한 일이었다. 그는 아트레이데스를 증오했으나 여러 가지 의미에서 알리아의 사람이었다. 만약 소문이 믿을 만한 것이라면.

제시카는 그가 어깨를 으쓱하는 것을 보고 속으로 생각했다. '지금은 그냥 어깨를 으쓱하는 시대로군. 저자는 내가 자기에 대한 모든 얘기들을 들었다는 걸 알면서도 개의치 않아. 우리 문명은 외부의 공격에 굴복

하기 전에 내부의 무관심 때문에 죽을 거야.'

거니가 사막의 밀수꾼들에게 떠나기 전 그녀에게 붙여준 경비병들은 자기들의 호위 없이 그녀가 이곳으로 오는 것을 좋아하지 않았다. 그러나 제시카는 묘하게도 안전하다는 느낌을 받았다. 누군가가 이곳에서 그녀를 순교자로 만들고 싶다면 그렇게 하라지. 알리아는 그것을 이기고 살아남지 못할 것이다. 그리고 알리아도 그 사실을 알고 있을 것이다.

야비드는 어깨를 으쓱하며 미소를 지은 자신의 행동에 제시카가 응답하지 않자 기침을 했다. 마치 폭발하듯 후두를 괴롭혀 나온 그 소리는 미리 연습을 해야만 가능한 것이었다. 그것은 비밀의 언어 같았다. 그 소리에 담긴 말은 이런 것이었다. "이런 겉치레가 어리석은 짓이라는 걸 우리는 알고 있습니다, 부인. 인간을 이런 것까지 믿게 만들 수 있다는 것이 정말 놀랍지 않습니까!"

'그래, 놀라워!' 제시카는 동의했다. 그러나 그녀의 얼굴에는 그런 생각이 전혀 드러나지 않았다.

이제 대기실에는 사람들이 상당히 들어차 있었다. 야비드의 부하들로부터 오전 시간에 이곳에 들어올 권리를 허락받은 탄원자들이었다. 바깥쪽 문은 닫혀 있었다. 탄원자들과 시종들은 예의 바르게 제시카와 거리를 유지했지만, 그녀가 프레멘 대모의 공식 의상인 검은 아바를 입고 있음을 분명히 보았다. 이것이 많은 의문을 불러일으킬 터였다. 그녀의 몸에서 무앗딥의 사제임을 나타내는 표식은 하나도 눈에 띄지 않았다. 말소리가 방 안에 웅웅 울리는 가운데 사람들은 알리아가 자기들을 중앙 홀로 이끌어가기 위해 나타날 작은 곁문과 제시카를 번갈아 바라보았다. 섭정의 힘을 결정하는 오랜 패턴이 뒤흔들렸음을 제시카는 분명히 알아볼 수 있었다.

'내가 그냥 여기 온 것만으로도 이렇게 됐어. 하지만 내가 여기 온 건 알리아가 나를 초대했기 때문이야.' 그녀는 생각했다.

동요의 조짐들을 읽으면서 제시카는 알리아가 고의로 시간을 끌면서 이곳에 흐르는 미묘한 분위기를 방치하고 있음을 깨달았다. 물론 알리아는 감시창에서 이곳을 지켜보고 있을 것이다. 알리아의 교묘한 행동 중에 제시카의 눈을 피할 수 있는 것은 거의 없었다. 그녀는 시간이 지날수록 교단이 자신에게 강요한 임무를 받아들인 것이 정말 옳은 일이었음을 실감했다.

"이런 상황을 계속 보고만 있을 수는 없습니다." 베네 게세리트 대표단의 단장이 그녀에게 한 말이었다. "부패의 조짐을 부인도 틀림없이 눈치채셨겠지요. 다른 사람은 몰라도 부인이시라면! 부인이 왜 우리를 떠났는지 우리는 알고 있습니다. 하지만 우리는 부인이 어떤 훈련을 받았는지도 알고 있습니다. 부인을 가르칠 때 우리는 아무것도 아끼지 않았습니다. 부인은 우리가 원시적인 지역에 심어두는 전파력이 강한 미신, 파노플리아 예언의 숙련자이시니 강력한 종교의 변질이 우리 모두에게 위협이 될 때, 그것을 틀림없이 알아채실 겁니다."

제시카는 이 말을 듣고 칼라단 성의 창밖으로 보이는 부드러운 봄의 조짐들을 물끄러미 바라보며 입을 굳게 다물고 생각에 잠겼었다. 그녀는 자신의 생각을 그렇게 논리적으로 이끌어 가는 것을 좋아하지 않았다. 교단에서 맨 처음 배운 것 중의 하나가 논리의 가면을 쓰고 찾아오는 모든 것에 대해 의구심이 섞인 불신의 태도를 취하는 것이었다. 그러나 대표단 구성원들도 그것을 알고 있었다.

알리아의 대기실을 둘러보며 제시카는 그날 아침의 공기가 정말 촉촉했다고 생각했다. 얼마나 신선하고 촉촉했던지. 이곳의 공기는 땀에 젖은 것처럼 축축해서 제시카를 불편하게 만들었다. 그녀는 속으로 생각했다. '내가 프레멘의 사고방식으로 되돌아갔군.' 이 '땅 위의 시에치' 안에 있는 공기에는 습기가 너무 많았다. 증류기 감독관은 도대체 뭘 하고 있는 거지? 폴이라면 이렇게 느슨한 태도를 결코 용납하지 않았을 것이다.

그녀는 번득이는 얼굴에 기민하고 차분한 표정을 짓고 있는 야비드가 이 대기실의 축축한 공기를 잘못으로 생각하지 않는 것처럼 보인다는 점을 눈여겨보았다. 아라키스에서 태어난 자치고는 훈련을 제대로 받지 못한 모양이었다.

베네 게세리트 파견단의 구성원들은 그녀에게 자기들의 주장에 대한 증거를 원하느냐고 물었다. 그녀는 성난 목소리로 그들의 지침서에 나오는 대답을 했다. "모든 증거는 필연적으로 증거가 전혀 없는 주장으로 이어집니다! 우리가 어떤 일을 알고 있다고 생각하는 것은 그것을 믿고 싶어 하기 때문입니다."

"하지만 우린 이 질문들을 멘타트에게 던져보았습니다." 파견단 대표가 항변했다.

제시카는 경악한 표정으로 그 대표라는 여자를 뚫어지게 바라보았다. "당신이 그런 지위에 이르렀는데도 아직 멘타트의 한계를 알지 못하다니 그저 놀라울 뿐이군요."

이 말에 파견단이 긴장을 풀었다. 틀림없이 그 모든 것이 일종의 시험이었고, 그녀는 그 시험을 통과한 모양이었다. 당연히 그들은 그녀가 베네 게세리트 훈련의 핵심인 균형 유지의 능력을 완전히 잃어버렸을까 봐 두려워했을 터였다.

제시카는 야비드가 문 앞의 자리를 떠나 자신에게 다가오는 것을 보고 부드럽게 몸을 긴장시켰다. 그가 허리를 숙여 인사했다. "부인, 설교자가 가장 최근에 세운 위업에 대해 어쩌면 부인이 듣지 못하셨을지도 모른다는 생각이 들었습니다."

"나는 이곳에서 일어나는 모든 일에 대해 매일 보고를 받고 있소." 제시카가 말했다. '지금 이 얘기를 알리아한테 가서 들려주기나 해!' 그녀는 생각했다.

야비드가 미소를 지었다. "그럼 그가 부인의 가족들을 꾸짖었다는 것도 알고 계시겠군요. 바로 어제저녁의 일입니다만, 그가 남쪽 근교 마을에서 설교를 하는데 아무도 감히 그를 건드리지 못했답니다. 그 이유는 부인도 당연히 알고 계시겠죠."

"그자가 살아 돌아온 내 아들이라고 생각하기 때문이겠지." 제시카가 따분하다는 듯이 말했다.

"저희는 이 문제를 아직 멘타트 아이다호 님께 맡기지 않았습니다. 아마 그분께 맡겨야 할 것 같습니다. 그러면 문제가 해결되겠죠." 야비드가 말했다.

제시카는 이자야말로 멘타트의 한계를 정말 모르고 있다고 생각했다. 혹시 현실이 아니라면 꿈속에서나마 멘타트에게 감히 질투를 불러일으키려 하고 있으면서도 말이다.

"멘타트는 그들을 이용하는 사람들과 똑같은 오류의 가능성을 갖고 있소. 모든 동물과 마찬가지로, 인간의 정신은 공명기(共鳴機)지. 주위 환경 속의 공명에 반응하는 거요. 멘타트는 인과 관계의 여러 평행 고리들을 다 아우를 수 있도록 자신의 의식을 확장시켜서 그 고리들을 따라 긴 결과의 사슬들을 향해 나아가는 법을 배운 사람이오." 그녀가 말했다.

'이 말을 잘 생각해 봐!'

"그럼 이 설교자라는 사람이 걱정되지 않는 겁니까?" 야비드가 물었다.

그의 목소리가 갑자기 딱딱하고 불길하게 변해 있었다.

"난 그를 건전한 징조라고 생각하오. 그 사람을 귀찮게 간섭하지 않았으면 좋겠소." 그녀가 말했다.

야비드는 틀림없이 이렇게 무뚝뚝한 반응을 예상하지 못한 모양이었다. 그는 웃는 얼굴을 지으려 했지만 성공하지 못했다. 그가 입을 열었다. "아드님을 신격화하고 있는 교회의 통치 평의회는 물론 부인께서 고집을 부리신다면 부인의 소망에 복종할 겁니다. 하지만 뭔가 설명이……."

"그대는 차라리 내가 그대의 계획에 얼마나 잘 맞는지 설명해 주기를 바라는 모양이군."

야비드는 눈을 가늘게 뜨고 그녀를 노려보았다. "부인, 부인께서 이 설교자라는 사람을 왜 비난하려 하지 않는지 저로서는 논리적인 이유를 찾을 수가 없습니다. 그자는 절대로 부인의 아드님이 아닙니다. 부인께 합리적인 요청을 드리겠습니다. 그를 비난하십시오."

'이건 미리 꾸며진 연극이로군. 알리아가 이자를 부추긴 거야.' 제시카는 생각했다.

"싫소."

"하지만 그자는 부인 아드님의 이름을 더럽히고 있습니다! 그자는 혐오스러운 내용의 설교를 하고 부인의 신성한 따님을 비난하는 말을 외칩니다. 그자는 우리에게 맞서 백성들을 선동합니다. 누가 물어보면 그자는 심지어 부인도 사악한 본성을 갖고 있으며 부인이……."

"헛소리는 그만하시오!" 제시카가 말했다. "알리아에게 가서 내가 거절했다고 전하시오. 난 이곳에 돌아온 이후 이 설교자라는 사람의 얘기 밖에 듣지 못했소. 이젠 따분할 정도야."

"그가 가장 최근에 한 불경한 설교에서 부인이 자기에게 등을 돌리지 않을 거라고 말했다는 얘기를 들어도 따분하다고 하실 겁니까, 부인? 그리고 여기서 분명히 부인은……."

"내가 아무리 사악한 사람이라도 그를 비난하지 않을 거요." 그녀가 말했다.

"이건 농담을 할 문제가 아닙니다, 부인!"

제시카가 성난 표정으로 그에게 물러가라고 손짓했다. "썩 물러가!" 그녀는 다른 사람들도 들을 수 있을 만큼 목소리에 충분히 힘을 실어 그에게 복종을 강요했다.

그의 눈이 분노로 이글거렸지만 그는 간신히 딱딱하게 고개를 숙여 인사하고 문 앞의 자기 자리로 돌아갔다.

이 언쟁은 제시카가 이미 관찰한 것들과 깔끔하게 맞아떨어졌다. 알리아에 대해 이야기할 때 야비드의 목소리에는 연인 특유의 쉰 듯한 소리가 깔려 있었다. 그건 틀림없었다. 소문은 의심의 여지가 없는 사실이었다. 알리아는 자신의 인생을 끔찍하게 타락시킨 것이다. 이것을 관찰하면서 제시카는 알리아가 자진해서 기꺼이 저주스러운 존재가 되었다는 의심을 품기 시작했다. 그건 자기 파괴를 향한 뒤틀린 의지일까? 알리아가 오빠의 가르침을 양식으로 하는 권력 기반과 자기 자신을 파괴하기 위해 움직이고 있음은 분명했다.

희미한 불안감과 동요가 대기실 안에서 점점 분명하게 드러나기 시작했다. 이곳을 열렬하게 숭배하는 사람들은 알리아가 평소 때보다 늦어진다는 것을 알고 있을 것이다. 게다가 방금 그들은 제시카가 알리아의 총애를 받는 사람을 단호하게 물리치는 것을 모두 들었다.

제시카는 한숨을 쉬었다. 자신의 몸은 이곳으로 걸어 들어왔지만, 영혼은 뒤에서 느릿느릿 기어오고 있는 것 같았다. 신하들의 움직임이 너무나 뻔히 들여다보였다! 중요한 인물을 찾아다니는 그들의 태도는 밭의 곡식 줄기 사이로 불어오는 바람의 춤 같았다. 이곳의 세련된 거주자들은 이마를 찌푸리며 자기 동료들의 중요성에 실용적인 순위를 매겼다. 그녀가 야비드를 그렇게 물리친 것이 그에게 손해가 됐음이 분명했다. 이제는 그에게 말을 거는 사람이 거의 없었다. 그러나 다른 사람들의 태도라니! 잘 훈련된 그녀의 눈은 힘 있는 사람을 위성처럼 따라다니는 자들 사이의 순위를 읽을 수 있었다.

'저들이 나를 따라다니지 않는 건 내가 위험하기 때문이지. 내게서는 알리아가 두려워하는 사람의 기분 나쁜 냄새가 풍기니까.' 그녀는 생각했다.

제시카는 방을 둘러보며 사람들이 시선을 돌리는 것을 보았다. 그들은 정말 지독하게 변변찮은 인간들이어서 의미 없는 인생을 합리화하는 그들의 진부한 주장에 맞서 소리를 지르고 싶을 정도였다. 아, 설교자가 이 방의 지금 모습을 볼 수만 있다면!

근처에서 오가는 대화의 한 조각이 그녀의 주의를 끌었다. 키가 크고 호리호리한 사제 하나가 자신의 무리에게 말을 하고 있었다. 그의 보호를 받는 탄원자들임이 분명했다. "내가 생각과는 다른 말을 하는 경우가 많지요. 그런 것이 바로 외교랍니다." 그가 말했다.

이 말에 터져 나온 웃음소리는 너무 컸고, 너무 빨리 잠잠해졌다. 제시카가 듣고 있다는 것을 그 무리의 사람들이 알아차렸던 것이다.

'나의 공작님이라면 저런 인간을 지옥 중에서도 제일 먼 곳으로 보내버렸을 거야. 내가 딱 알맞은 때에 이곳으로 돌아왔어.'

그녀는 이제 자신이 먼 칼라단에서 고립된 캡슐 같은 것에 싸여 살아

왔음을 알 수 있었다. 그곳까지 뚫고 들어올 수 있는 것은 알리아의 지나친 행동 중에서도 가장 심한 것들뿐이었다. '내가 스스로 그렇게 몽롱한 삶을 사는 데 일조를 한 거야.' 그녀는 생각했다. 칼라단은 조합 하이라이너의 짐칸에 안전하게 실려 있는 진짜 일급 프리깃함처럼 외부와 격리되어 있었다. 그곳에서 느낄 수 있는 것은 가장 거친 책략들뿐이었고, 그나마도 많이 누그러진 형태로만 감지되었다.

'평화로운 삶이란 정말 얼마나 유혹적인 것인지.'

알리아의 궁정을 보면 볼수록 제시카는 눈먼 설교자가 했다는 말에 더욱 공감했다. 그래, 폴이 있었다면 자신의 왕국이 이렇게 변한 것을 보고 똑같은 말을 했을 것이다. 거니가 밀수꾼들 사이에서 무엇을 찾아냈는지 궁금하다는 생각이 들었다.

제시카는 아라킨에 대한 자신의 첫 반응이 옳은 것이었음을 깨달았다. 야비드와 함께 처음 도시 안으로 들어왔을 때, 그녀의 주의를 끈 것은 주택의 주위를 둘러싼 장갑(裝甲) 스크린, 엄중하게 경비되는 오솔길과 골목길, 모퉁이마다 참을성 있게 버티고 있는 감시자들, 두꺼운 건물 기초를 보고 짐작할 수 있는 지하 깊은 곳의 장소들과 높은 담장이었다. 아라킨은 옹졸한 곳, 억제된 곳, 비이성적이고 독선적인 곳이 되어 있었다.

갑자기 대기실의 작은 곁문이 열렸다. 여전사 사제들로 이루어진 전위 부대가 방 안으로 쏟아져 들어왔고, 그들을 방패 삼아 뒤에 서 있는 알리아는 오만한 태도로 사방이 닫힌 곳에서 무섭고 진정한 권력을 혼자서만 인식하는 사람처럼 움직이고 있었다. 알리아의 표정은 차분했다. 그녀의 시선이 어머니의 시선을 붙잡아 붙들어둘 때에도 아무런 감정이 드러나지 않았다. 그러나 두 사람 모두 전투가 시작됐음을 알고 있었다.

야비드의 명령에 따라 중앙 홀로 통하는 거대한 문이 열렸다. 그 문의 움직임은 숨겨진 에너지의 조용하고 필연적인 힘을 느끼게 했다.

알리아가 어머니 옆으로 다가오자 경비대가 두 사람을 둘러쌌다.

"이제 안으로 들어갈까요, 어머니?" 알리아가 물었다.

"그래, 때가 됐구나." 제시카가 말했다. 그리고 그녀는 알리아의 눈에서 자못 흡족한 표정을 보고 속으로 생각했다. '저 애는 자기가 나를 파멸시 키고도 상처 하나 입지 않을 거라고 생각하고 있어! 저 애는 미쳤어!'

어쩌면 그것이 아이다호가 원했던 것이 아닐까 하는 생각이 들었다. 그가 연락을 해 왔지만 그녀는 거기에 응답할 수 없었다. '위험. 반드시 면담 요망'이라니. 너무 수수께끼 같은 내용이었다. 그 메시지는 고대 차 콥사 어의 변형 문자로 적혀 있었는데, 거기에 쓰인 단어는 위험이 곧 음 모를 의미한다는 뜻을 나타내기 위해 특별히 선택된 것이었다.

'타브르로 돌아가자마자 당장 그를 만나야겠다.' 그녀는 생각했다.

아침 알현의 첫 번째 탄원자는 카데시아 출신의 음유 시인이었다. 하즈의 순례자인 그는 아라키스의 용병들에게 지갑을 털렸다. 그는 물빛 같은 초록색 돌로 된 바닥 위에 전혀 뭔가를 애걸하러 온 사람답지 않게 서 있었다.

제시카는 일곱 계단 위의 단상 꼭대기에 알리아와 함께 앉아서 그의 대담함에 감탄하고 있었다. 어머니와 딸을 위해 이곳에 똑같이 생긴 옥좌 두 개가 마련되었고, 제시카는 알리아가 남성의 자리인 오른쪽에 앉았다는 사실에 특히 주목했다.

야비드의 부하들이 이 카데시아 인 음유 시인을 여기까지 통과시킨 것은 그가 지금 보여주고 있는 그 특징, 즉 대담함 때문임이 분명했다. 그는 중앙 홀에 있는 신하들을 위해 뭔가 오락거리를 제공해 주기로 되어 있었다. 그것이 그가 이제 갖고 있지 않은 돈 대신 내놓을 수 있는 대가였다.

지금 이 음유 시인의 변론을 하고 있는 사제 변호사의 보고에 따르면, 이 카데시아 인이 갖고 있는 것이라고는 지금 입은 옷과 가죽끈으로 묶어 한쪽 어깨에 걸친 발리세트뿐이었다.

"그는 누군가가 자기에게 어둠의 술을 먹였다고 주장합니다." 변호사가 말했다. 그는 웃음 때문에 입이 일그러지려는 것을 거의 감추지 못하고 있었다. "성하께 죄송한 말씀이지만, 그 술 때문에 그는 놈들이 그의 지갑을 터는 동안 정신이 멀쩡했는데도 아무것도 할 수 없었습니다."

변호사가 거짓으로 아첨하면서 불쾌하게 도덕을 강조하는 목소리로 단조로운 얘기를 계속하는 동안 제시카는 음유 시인을 유심히 살펴보았다. 이 카데시아 사람은 키가 아주 컸다. 아마 2미터는 되는 것 같았다. 여기저기 두리번거리고 있는 그의 눈은 지적이고 기민했으며 익살스러웠다. 황금빛 머리칼은 그의 행성에서 유행하는 스타일에 따라 어깨까지 내려왔고, 회색 하즈 로브로도 감추지 못한 널찍한 가슴과 허리로 갈수록 가늘어지는 맵시 있는 몸매에서는 남성적인 힘이 느껴졌다. 이름이 타지르 모한디스라는 그는 상인 기술자의 후손으로, 자기 조상과 자기 자신을 자랑스러워했다.

알리아가 마침내 손을 저어 변호사의 말을 끊고 말했다. "레이디 제시카께서 우리에게 돌아온 기념으로 첫 번째 판결을 내릴 것이다."

"고맙다, 딸아." 제시카가 말했다. 그것은 '딸'이라는 단어를 통해 그 자리에 있는 모든 사람에게 누가 더 높은 권력의 자리에 있는지 분명하게 밝히는 말이었다. 그래, 이 타지르 모한디스가 너희들이 짠 계획의 일부란 말이지. 아니면 저자는 아무것도 모르는 너희들의 앞잡이냐? 제시카는 이번의 판결이 그녀 자신에 대한 공격 개시용으로 계획된 것임을 깨달았다. 그것은 알리아의 태도를 보면 뻔히 알 수 있는 일이었다.

"너는 그 악기를 잘 다루느냐?" 제시카가 음유 시인의 어깨에 걸쳐진 9현 발리세트를 가리키며 물었다.

"위대한 거니 할렉과 맞먹을 정도입니다!" 타지르 모한디스가 홀 안의 모든 사람이 들을 수 있을 만큼 큰 소리로 말했다. 그의 말에 신하들이 흥미롭다는 듯 웅성거렸다.

"너는 여비를 선물로 원하고 있다. 그 돈을 받아 어디로 갈 작정이지?" 제시카가 말했다.

"살루사 세쿤더스에 있는 파라든 님의 궁정으로 갈 겁니다." 모한디스가 말했다. "그분이 음유 시인들을 구하고 있다는 말을 들었습니다. 그리고 그분이 예술을 후원하며 교양 있는 삶의 위대한 르네상스를 구축하고 있다는 말도 들었습니다."

제시카는 알리아를 살짝 바라보고 싶은 것을 참았다. 그들은 모한디스가 무엇을 요구할지 당연히 알고 있었을 터였다. 그녀는 자신이 별로 중요하지도 않은 이 일을 즐기고 있음을 깨달았다. 저들은 그녀가 이런 공격에 대처하지 못할 거라고 생각한 걸까?

"여비 대신 연주를 해주겠느냐?" 제시카가 물었다. "내 조건은 프레멘의 조건과 같다. 네 음악이 마음에 들면, 어쩌면 내가 내 근심을 부드럽게 풀어줄 사람으로 너를 여기에 붙들어둘지도 모른다. 하지만 네 음악이 불쾌하게 느껴지면 너는 여비 대신 사막에서 일을 해야 할 것이다. 만약 네 연주가 아트레이데스의 적이라고 일컬어지는 파라든에게 딱 맞다고 생각되면 내 축복과 함께 너를 그에게 보내주겠다. 이런 조건으로 연주하겠느냐, 타지르 모한디스?"

그는 머리를 뒤로 젖히고 온 방이 울릴 만큼 커다란 소리로 웃음을 터뜨렸다. 그가 발리세트를 어깨에서 내려 그녀의 도전을 받아들인다는 뜻으로 솜씨 좋게 줄을 맞추는 동안 그의 금발이 춤추듯 흔들렸다.

방 안의 사람들이 더 가까이 안쪽으로 몰려들기 시작했지만 신하들과 경비대가 그들을 막아섰다.

이윽고 모한디스가 발리세트 측면에 있는 베이스 줄들이 강렬하게 진동하는 것을 섬세하게 조절하면서 한 번 줄을 통겼다. 그리고 달콤한 고음의 목소리로 노래를 부르기 시작했다. 즉흥적인 곡이 분명했지만 연주 솜씨가 너무 훌륭해서 제시카는 가사에 정신을 집중하기 전에 먼저 마음을 빼앗겼다.

"당신은 칼라단의 바다를 그리워한다고 말하지
당신이 한때 다스렸던 그곳을, 아트레이데스여
중단 없이 다스렸던 그곳을……
그러나 망명객들은 낯선 땅에 살고 있다!

당신은 맛없는 음식을 위해
샤이 훌루드에 대한 당신의 꿈을 팔기에는
그것이 너무 쓰고 사람들이 너무 무례하다고 말하지……
그리고 망명객들은, 낯선 땅에 살고 있다.

당신은 아라키스를 허약하게 만들고
벌레 지나가는 소리를 침묵시키고
당신의 임기를 끝내지……

망명객으로서, 낯선 땅에 살고 있으므로.

알리아! 그들은 당신을 콘 틴이라고 부른다,
결코 보인 적이 없는 영혼
망명객…….”

“그만!” 알리아가 날카롭게 소리쳤다. 그리고 옥좌에서 반쯤 몸을 일으켰다. “내, 너를 당장…….”

“알리아.” 제시카가 그녀의 목소리를 누르기에 딱 적당할 만큼 큰 소리로 소리쳤다. 그녀와 대결하는 것을 피하면서도 모든 사람들의 주의를 끌 수 있게 조절된 목소리였다. ‘목소리’를 다루는 놀라운 솜씨가 드러났고, 그 소리를 들은 사람들은 모두 그 소리에서 훈련을 통해 다듬어진 힘을 보았다. 알리아가 자기 자리에 주저앉았다. 제시카는 그녀에게서 당황한 기색이 조금도 보이지 않는다는 점을 눈여겨보았다.

‘이것도 미리 예상하고 있었단 말이지. 정말 재미있군그래.’ 제시카는 생각했다.

“이 첫 번째 사건에 판결을 내리는 것은 나다.” 제시카가 그녀에게 일깨워주었다.

“좋아요.” 알리아가 간신히 들을 수 있는 목소리로 말했다.

“난 이자가 파라든에게 딱 맞는 선물이라고 생각한다. 그는 크리스나이프처럼 날카로운 혀를 가졌다. 저렇게 피를 낼 줄 아는 혀는 우리 궁정을 위해서도 유익하겠지만 난 그를 코리노 가문에 보내는 것이 더 낫다고 생각한다.” 제시카가 말했다.

웃음소리가 가벼운 물결처럼 홀 안에 번져나갔다.

알리아가 코웃음을 치듯이 숨을 내쉬면서 말했다. “저자가 저를 뭐라고 불렀는지 아세요?"

"그는 널 뭐라고도 부르지 않았다, 딸아. 그는 누구라도 거리에서 들을 수 있는 말을 보고했을 뿐이야. 거리에서 사람들은 너를 콘 틴이라고 부른다……."

"그건 발 없이 걷는 죽음의 여자 망령이에요." 알리아가 고함쳤다.

"정확한 보고를 하는 사람들을 내친다면, 네 주위에는 네가 듣고 싶어 하는 말을 해주는 사람들만 있게 될 거다." 제시카가 다정한 목소리로 말했다. "나는 자기 자신이 풍기는 악취 속에서 썩어가는 것보다 더 불쾌한 것을 생각할 수가 없구나."

옥좌 바로 밑에 있는 사람들이 놀라서 숨을 집어삼키는 소리가 분명하게 들려왔다.

제시카는 모한디스에게 주의를 집중했다. 그는 전혀 겁먹지 않은 모습으로 여전히 말없이 서 있었다. 자신에게 어떤 판결이 내려지든 상관없다는 듯한 태도였다. 모한디스는 제시카의 공작님이 어려운 시기에 자신의 옆에 두고 싶어 했을 바로 그런 사람이었다. 그는 자기 자신의 판단에 자신감을 갖고 행동하지만 그로 인해 어떤 일이 생기더라도, 심지어 죽음을 맞게 되더라도 자신의 운명을 탓하지 않고 그대로 받아들이는 사람이었다. 그렇다면 그가 왜 이런 길을 선택했을까?

"네가 그 노래를 부른 특별한 이유가 있느냐?" 제시카가 그에게 물었다.

그는 자신의 말이 똑바로 들리도록 고개를 치켜들었다. "저는 아트레이데스가 명예롭고 열린 마음을 지닌 사람들이라고 들었습니다. 그래서 그 말이 사실인지 시험해 보고 이곳에서 부인의 가문을 위해 일하면 어떨까 생각했습니다. 그러면 제 돈을 빼앗아 간 사람들을 찾아서 제 나름의 방법으로 그들을 처리할 시간을 벌 수 있을 테니까요."

"저자가 감히 우리를 시험하다니!" 알리아가 작은 소리로 투덜거렸다.

"안 될 것도 없지 않느냐?" 제시카가 물었다.

그녀는 자신이 호의를 갖고 있음을 보여주기 위해 음유 시인에게 미소를 지어 보였다. 그가 이곳 중앙 홀에 온 것은 여기에 또 한 번의 모험을 할 기회, 즉 자신의 우주를 다시 한번 여행할 기회가 있기 때문이었다. 제시카는 그를 자신의 수행원으로 묶어두고 싶다는 유혹을 느꼈지만 알리아의 반응은 이 용감한 모한디스에 대한 악의를 불길하게 드러내고 있었다. 게다가 레이디 제시카가 용감한 거니 할렉을 받아들였듯이 이 용감하고 잘생긴 음유시인 역시 자기 사람으로 받아들일 것이라고 사람들이 기대하는 듯한 기색도 있었다. 이렇게 멋진 인물을 파라든에게 잃는 것이 안타깝기는 했지만, 모한디스를 제 갈 길로 보내주는 것이 최선일 듯싶었다.

"저자를 파라든에게 보내겠다. 그에게 여비를 주어라. 그의 혀가 코리노 가문의 피를 낸 후에도 그가 살아남을 수 있는지 궁금하구나." 제시카가 말했다.

알리아는 바닥을 노려보다가 뒤늦게 미소를 지었다. "레이디 제시카의 지혜가 정말 뛰어나군요." 그녀가 손을 저어 모한디스를 내치면서 말했다.

'저 아이가 원한 대로 일이 진행되지 않았군.' 제시카는 생각했다. 그러나 알리아의 태도를 보니 더 힘든 시험이 남아 있는 것 같았다.

다른 탄원자 한 명이 사람들에게 이끌려 앞으로 나섰다.

제시카는 딸의 반응을 보며 의혹이 자신의 마음을 갉아먹는 것을 느꼈다. 쌍둥이들에게서 배운 교훈을 여기서 이용할 필요가 있었다. 알리아가 저주스러운 존재라 하더라도 역시 미리 태어난 자임에는 틀림없었다. 그녀는 자신의 어머니를 자기 자신만큼 잘 알고 있을 터였다. 알리아가 음유 시인의 사례에서 어머니의 반응을 잘못 판단했을 거라고 보기는 어려웠다. '알리아가 왜 그렇게 나와 대결하는 장면을 연출했을까? 날 어지럽히려고?'

그러나 생각할 시간이 없었다. 두 번째 탄원자가 쌍둥이처럼 똑같은 옥좌 아래에 이미 자리를 잡고 있었고 그의 변호사도 그 옆에 있었다.

이번 탄원자는 프레멘으로, 사막에서 태어난 자답게 모래가 남긴 흔적을 얼굴에 갖고 있는 노인이었다. 키는 크지 않았지만 몸은 철사처럼 강인했고, 대개 사막복 위에 입는 기다란 디시다샤 때문에 대단히 위엄 있어 보였다. 그 로브는 그의 좁은 얼굴과 매부리코, 그리고 푸른자위에 푸른 눈동자가 있는 이글거리는 눈과 잘 어울렸다. 그는 사막복을 입지 않았는데, 그 때문에 내심 불편해하고 있는 것 같았다. 엄청나게 커다란 알 현실이 그에게는 분명히 자기 몸에서 소중하기 짝이 없는 수분을 빼앗아 가는 위험한 야외처럼 보일 터였다. 조금 뒤로 젖혀 있는 두건 밑으로 나입들이 쓰는 매듭 모양의 케피야 머리 장식이 보였다.

"저는 가드힌 알 팔리입니다." 그는 자신의 지위가 군중들보다 높다는 것을 나타내기 위해 옥좌로 이어진 계단 위에 한 발을 올려놓으면서 말했다. "저는 무앗딥의 죽음의 특공대 일원이었으며, 사막의 문제와 관련해서 이곳에 왔습니다."

알리아의 안색이 아주 조금 굳었다. 그녀의 내심이 자기도 모르게 살짝 드러난 셈이었다. 알 팔리의 이름은 제시카에게 평의회의 자리를 주어야 한다고 요구한 그 서류에 포함되어 있었다.

'사막의 문제라니!' 제시카는 생각했다.

가드힌 알 팔리의 말은 그의 변호사가 입을 열기 전에 나온 것이었다.

프레멘들이 사용하는 이 공식적인 구절로 그는 자신이 듄의 모든 사람들과 관련된 문제를 가져왔다는 것, 그리고 자신이 무앗딥의 옆에서 목숨을 걸었던 페다이킨의 권위를 가지고 말하고 있다는 사실을 알렸다. 제시카는 가드힌 알 팔리가 알현을 청할 때 야비드나 변호국 총장에게 이런 말을 하지는 않았을 것이라고 생각했다. 사제 관리 하나가 중재를 의미하는 검은 천을 흔들며 뒤쪽에서 앞으로 달려나오는 것을 보니 그녀의 추측이 맞은 것 같았다.

"섭정님, 그리고 부인!" 그 관리가 소리쳤다. "이 사람 말을 듣지 마십시오! 그는 거짓으로……."

제시카는 그 사제가 자기들을 향해 달려오는 것을 지켜보다가 자기 옆에서 뭔가가 움직이는 것을 언뜻 발견했다. 알리아가 아트레이데스 가문의 오랜 전투 암호 수신호로 '지금!'이라는 신호를 보내고 있었다. 제시카는 그 수신호가 누구를 향한 것인지 알 수 없었지만 본능적으로 움직여 옥좌에 앉은 채 왼쪽으로 쓰러졌다. 그리고 자신을 덮치는 옥좌에서 몸을 굴려 빠져나와서 일어섰다. 그때 마울라 권총이 발사되는 날카로운 소리가 들리고…… 또 한 번 들렸다. 그러나 그녀는 첫 번째 소리가 나는 순간 벌써 움직이고 있었다. 무엇인가가 자신의 오른쪽 소매를 잡아당기는 것이 느껴졌다. 그녀는 단상 아래에 모여 있는 탄원자들과 신하들의 무리 속으로 몸을 던졌다. 알리아가 조금도 움직이지 않고 있는 모습이 눈에 들어왔다.

사람들에게 둘러싸여서 제시카는 움직임을 멈췄다.

그녀는 가드힌 알 팔리가 단상의 반대편으로 피해 있는 것을 보았다. 그러나 그의 변호인은 원래 자리에 그대로 남아 있었다.

모든 일이 기습 공격처럼 빠르게 벌어졌지만 중앙 홀 안에 있는 모든 사람들은 훈련으로 단련된 반사 신경을 가진 사람이 기습적인 일을 당했을 때 마땅히 보여야 하는 반응이 어떤 것인지 알고 있었다. 그런데 알리아와 변호인은 그 자리에 얼어붙은 채 위험에 자신을 노출시키고 있었다.

알현실 중앙 쪽에서 일어난 소란이 제시카의 주의를 끌었다. 그녀가 억지로 사람들을 헤치고 가보니 탄원자 네 명이 검은 천을 흔들던 사제 관리를 붙들고 있었다. 중재를 뜻하는 검은 천은 그의 발 근처에 떨어져 있었고, 그 천 사이로 마울라 권총이 나와 있었다.

알 팔리가 제시카 옆을 지나 불쑥 나서서 총과 사제를 번갈아 쳐다보았다. 그는 분노의 고함을 내지르더니 허리에서부터 아챠그 주먹을 내뻗었다. 그의 왼손 손가락이 단단하게 뻗어 있었다. 그 손가락이 사제의 목을 잡자 사제는 목이 졸려서 쓰러졌다. 그는 자신이 죽인 사람을 한 번도 뒤돌아보지 않고 성난 얼굴로 단상을 바라보았다.

"달랄일 안누부와!" 알 팔리가 양손 손바닥을 이마에 댔다 내리면서 소리쳤다. "콰디스 아스 살라프께서는 내가 침묵당하는 것을 용납하지 않으실 것이다! 내가 방해하는 자들을 죽이지 않는다 하더라도 다른 사람들이 그들을 죽일 것이다!"

'저 사람은 총격이 자기를 겨냥한 거였다고 생각하고 있어.' 제시카는 깨달았다. 그녀는 자신의 소매를 내려다보며 마울라 총탄이 남긴 깔끔한 구멍에 손가락을 집어넣어 보았다. 총탄에는 틀림없이 독이 발라져 있었을 터였다.

탄원자들이 사제를 바닥에 던지듯 내려놓았다. 사제는 후두가 짜부라진 채 바닥에서 몸부림치며 죽어가고 있었다. 제시카는 충격을 받은 표정으로 자기 왼쪽에 서 있는 신하 두 명에게 손짓을 하며 말했다. "신문을 위해 저자를 살려두시오. 저자가 죽으면 당신들도 죽을 것이오!" 그들이 단상을 바라보며 머뭇거리자 그녀는 '목소리'를 사용했다. "어서!"

두 신하가 명령대로 움직였다.

제시카는 사람들을 밀치며 알 팔리의 옆으로 다가가서 옆구리를 쿡쿡 찔렀다. "당신은 바보요, 나입! 그들은 당신이 아니라 나를 겨냥하고 있었소."

주위에 있던 사람 몇 명이 그녀의 말을 들었다. 그들은 즉시 충격을 받아 침묵에 빠졌고 알 팔리가 단상을 살짝 바라보았다. 쓰러진 옥좌 옆에서 알리아가 여전히 나머지 옥좌에 앉아 있었다. 그의 얼굴에 번진 깨달음의 표정은 풋내기들도 읽어낼 수 있을 정도였다.

"페다이킨." 그가 과거에 자신의 가문을 위해 복무했던 것을 일깨우듯 제시카가 말했다. "햇볕에 탄 적이 있는 우리는 서로 등을 맞대고 서는 법을 알고 있소."

"절 믿으십시오, 부인." 그가 그녀의 말뜻을 금방 이해하고 말했다.

뒤에서 누군가가 놀라서 숨을 집어삼키는 소리가 들리는 바람에 제시카는 재빨리 휙 돌아섰다. 알 팔리가 몸을 움직여 그녀와 등을 맞대고 서는 것이 느껴졌다. 도시 프레멘들의 화려한 옷을 입은 여자 하나가 바닥에 쓰러진 사제 옆에서 숙였던 몸을 펴고 있었다. 제시카가 명령했던 두 신하의 모습은 어디에도 보이지 않았다. 여자는 제시카에게 눈길 한 번 주지 않고 목소리를 높여 고대로부터 내려온 부족의 곡소리를 내기 시작했다. 그것은 죽음의 증류기를 담당하고 있는 자들에게 시체의 물을 부족의 저수지로 가져가라고 부르는 소리였다. 그렇게 화려한 옷을 입은 여자가 그런 소리를 내는 것이 묘하게 부자연스러웠다. 제시카는 이 도시 여자에게서 거짓을 보면서도 과거의 관습이 여전히 끈질기게 남아 있음을 느꼈다. 그 화려한 옷을 입은 여자가 사제의 입을 막기 위해 죽여 버렸음이 분명했다.

'왜 저 여자가 굳이 그런 짓을 했을까? 저 사제가 질식으로 죽을 때까지 기다리기만 해도 됐을 텐데.' 제시카는 생각했다. 그 여자의 행동은 깊은 공포를 드러내는 절박한 것이었다.

알리아가 옥좌의 앞쪽으로 몸을 기울여 앉았다. 그녀의 눈이 경계심으로 반짝이고 있었다. 알리아의 경비대를 상징하는 노끈 매듭 표시를 단 날씬한 여자 하나가 당당한 걸음으로 제시카의 옆을 지나쳐 사제 위로 몸을 숙였다가 다시 펴더니 단상을 바라보았다. "죽었습니다."

"치워라." 알리아가 큰 소리로 말했다. 그리고 단상 아래 경비병들에게 손짓했다. "레이디 제시카의 의자를 똑바로 세워."

'그래, 뻔뻔스럽게 그냥 밀고 나가겠단 말이지!' 제시카는 생각했다. 알리아는 여기 있는 사람 중에 자기에게 속아 넘어간 사람이 있다고 생각하는 걸까? 알 팔리는 콰디스 아스 살라프를 말하며 프레멘 신화에 나오는 신성한 아버지들을 자신의 보호자로 불렀다. 그러나 무기가 전혀 허용되지 않는 이 방에 마울라 권총을 가져온 것은 결코 초자연적인 존재가 아니었다. 가능한 것은 야비드의 부하들이 관련된 음모뿐인데, 자신의 안전을 전혀 걱정하지 않는 알리아의 모습은 그녀 역시 그들과 한패임을 모두에게 알려주었다.

알 팔리가 어깨 너머로 제시카에게 말했다. "제 사과를 받아주십시오, 부인. 저희 사막의 사람들은 최후의 필사적인 희망을 안고 부인께 기대고 있습니다. 이제 부인께도 아직 저희가 필요하다는 걸 알겠습니다."

"모친 살해는 내 딸과 잘 어울리지 않소." 제시카가 말했다.

"부족이 그 얘기를 들을 겁니다." 알 팔리가 약속했다.

"당신들에게 그토록 필사적으로 내가 필요하다면, 타브르 시에치의 환영 집회에서 왜 내게 접근하지 않았소?" 제시카가 물었다.

"스틸가가 허락하지 않았습니다."

'아아, 나입들의 규칙 말이군! 타브르에서는 스틸가의 말이 곧 법이니까.' 제시카는 생각했다.

쓰러졌던 옥좌가 이제 바로 세워져 있었다. 알리아가 어머니에게 돌아오라고 손짓하며 말했다. "그대들 모두 저 반역자 사제의 죽음을 잘 봐두시오. 나를 위협하는 자들은 죽게 될 것이오." 그리고 알 팔리를 흘끗 바라보며 말을 이었다. "당신께 감사하오, 나입."

"실수를 해줘서 고맙다는 거겠지." 알 팔리가 투덜거렸다. 그리고 제시카를 바라보며 말했다. "부인이 옳았습니다. 제가 분노 때문에 반드시 심문해야 하는 자를 제거해 버렸군요."

제시카가 속삭이듯 작은 소리로 말했다. "아까 그 두 신하와 화려한 옷을 입은 여자를 잘 기억해 두시오, 페다이킨. 난 그들을 잡아 신문하고 싶소."

"그렇게 하겠습니다."

"그건 우리가 살아서 여길 나가게 됐을 때의 얘기지. 오시오. 이제 돌아가서 우리가 맡은 역할을 합시다." 제시카가 말했다.

"알겠습니다, 부인."

두 사람은 함께 단상으로 돌아갔다. 제시카는 계단을 올라가 알리아 옆에 다시 자리를 잡았고, 알 팔리는 아래쪽의 탄원자 자리에 남았다.

"자……." 알리아가 말했다.

"잠깐만 기다려라, 딸아." 제시카가 말했다. 그리고 소매를 들어 소매에 난 구멍에 손가락을 끼워 보였다. "그 공격의 목표는 나였소. 내가 재빨리 피했는데도 탄환이 하마터면 나를 맞출 뻔했지. 여러분들은 그 마울라 권총이 지금 그 아래쪽에 있지 않다는 것을 모두 알 수 있을 것이오." 그녀가 손가락으로 사람들을 가리키며 말을 이었다. "누가 그것을 갖고 있소?"

아무도 대답하지 않았다.

"아마 그 총을 추적할 수 있을 것이오." 제시카가 말했다.

"무슨 말도 안 되는 소리예요!" 알리아가 말했다. "내가 바로……."

제시카는 딸을 향해 몸을 반쯤 돌리고 왼손으로 손짓하며 말했다. "저 아래쪽에 있는 누군가가 그 권총을 갖고 있다. 넌 두렵지 않……."

"내 경비병이 그걸 갖고 있어요!" 알리아가 말했다.

"그럼 그 경비병더러 그 총을 내게 갖고 오라고 해라." 제시카가 말했다.

"벌써 다른 곳으로 가져갔어요."

"정말 편리한 변명이구나."

"그게 무슨 소리죠?" 알리아가 다그치듯 물었다.

제시카는 냉혹한 미소를 지었다. "네 부하 두 사람이 그 반역자 사제의 목숨을 구하는 일을 맡았다는 얘기를 하는 거다. 난 그들에게 그 사제가 죽으면 그들도 죽을 것이라고 경고했다. 그들은 죽어야 한다."

"그건 제가 허락할 수 없어요!"

제시카는 그저 어깨를 으쓱할 뿐이었다.

"용감한 페다이킨 한 사람이 우릴 기다리고 있어요." 알리아가 알 팔리를 가리키며 말했다. "이 논쟁은 나중에 하기로 하죠."

"이 논쟁을 영원히 미룰 수도 있겠지." 제시카가 차콥사 어로 말했다. 그녀의 말에는 아무리 논쟁을 벌여도 그 죽음의 명령을 저지할 수 없을 것임을 알리아에게 알리기 위한 이중의 가시가 돋쳐 있었다.

"두고 보면 알겠죠!" 알리아가 말했다. 그리고 알 팔리에게 고개를 돌리면서 말을 이었다. "그대는 무슨 일로 이곳에 온 것이오, 가드힌 알 팔리?"

"무앗딥의 어머니를 뵙기 위해 왔습니다. 그분의 아드님을 섬겼던 형제들, 우리 페다이킨의 남은 대원들이 아트레이데스로부터 아라키스의 현실을 가리고 있는 저 탐욕스런 감시자들을 통과할 수 있도록 없는 형편에도 저를 도와주었지요." 알 팔리가 말했다.

알리아가 말했다. "페다이킨에게 필요한 것이 있다면 말만 해도……."

"저 사람은 나를 보러 온 것이다." 제시카가 알리아의 말을 끊었다. "당신이 그토록 절박하게 원하는 게 무엇이오, 페다이킨?"

알리아가 말했다. "여기서 아트레이데스 가문을 대표하는 사람은 나예요! 도대체 무슨……."

"입 다물어라, 이 흉악한 저주스러운 존재 같으니!" 제시카가 날카롭게 쏘아붙였다. "넌 나를 죽이려 했다, 딸아! 여기 있는 모든 사람에게 말하겠다. 그 사제의 입을 막은 것처럼 이들의 입을 막기 위해 네가 홀 안에 있는 사람들을 모두 죽일 수는 없다. 그래, 저 나입의 주먹이 그 남자를 죽였을 수도 있다. 하지만 우리가 그의 목숨을 구할 수도 있었다. 그를 신문할 수 있었어! 넌 그가 그렇게 입막음을 당한 것에 대해 조금도 걱정하지 않았다. 항변하고 싶다면 마음껏 해보아라. 네 행동에 너의 죄가 드러나 있으니!"

알리아는 창백한 얼굴로 침묵을 지키며 얼어붙은 듯 앉아 있었다. 제시카는 딸의 얼굴에 스치는 감정들을 지켜보면서 알리아의 손이 무서울 정도로 친숙한 움직임을 그려내고 있는 것을 보았다. 그 무의식적인 움직임은 한때 아트레이데스의 철천지원수였던 자가 사용하던 것이었다. 알리아의 손가락이 박자에 맞춰 뭔가를 톡톡 두드리듯이 움직였다.

새끼손가락 두 번, 집게손가락 세 번, 약지 두 번, 새끼손가락 한 번, 약지 두 번……. 그리고 이 동작이 똑같은 순서로 다시 반복되었다.

노남작!

알리아는 제시카의 시선이 어디에 머무르고 있는지 알아채고 자신의 손을 살짝 내려다본 다음 손의 움직임을 멈춘 채 어머니의 얼굴을 다시 바라보았다. 그리고 어머니가 무서운 사실을 알아챘음을 깨달았다. 자못 흡족한 듯한 미소가 알리아의 입술을 사로잡았다.

"그래 당신이 우리에게 복수를 한 거로군." 제시카가 속삭이듯 낮은 소리로 말했다.

"정신이 어떻게 되신 건가요, 어머니?" 알리아가 물었다.

"차라리 그랬으면 좋겠다." 제시카가 말했다. 그리고 속으로 생각했다. '저 애는 내가 이 사실을 교단에 확실하게 밝히리라는 것을 알고 있어. 저 애는 알고 있어. 저 애는 어쩌면 내가 이 사실을 프레멘들에게 말해서 귀신에 홀린 자에 대한 시련을 자기에게 강요할 거라는 생각까지 하고 있을 거야. 이제는 내가 살아서 여기를 떠나기 어렵게 됐군.'

"우리가 말다툼을 벌이는 동안 우리의 용감한 페다이킨이 기다리고 있어요." 알리아가 말했다.

제시카는 억지로 늙은 나입에게 시선을 돌렸다. 그녀는 자신의 반응을 자제력으로 통제하면서 말했다. "나를 보러 왔다고 하셨소, 가드힌?"

"그렇습니다, 부인. 저희 사막의 사람들은 끔찍한 일들이 벌어지는 걸 보고 있습니다. 가장 오랜 예언에 나와 있는 대로 작은 창조자들이 모래에서 나오고 있습니다. 이제는 '공허의 땅' 깊숙한 곳이 아니면 샤이 훌루드를 찾을 길이 없습니다. 우리는 우리 친구인 사막을 버렸습니다!"

제시카는 알리아를 살짝 바라보았다. 알리아는 제시카에게 계속하라는 듯이 손짓을 할 뿐이었다. 제시카는 방 안에 모여 있는 사람들을 바라보며 모든 사람들의 얼굴에 충격과 경계의 표정이 떠올라 있는 것을 보았다. 이 사람들도 어머니와 딸이 벌인 싸움의 의미를 놓치지 않은 것이다. 그들은 지금 틀림없이 왜 알현이 계속되는 건지 궁금해하고 있을 터였다. 그녀는 알 팔리에게 다시 시선을 돌렸다.

"가드힌, 모래벌레가 드물어졌다는 얘기와 작은 창조자에 대한 그 얘기가 다 뭐요?"

"수분의 어머니시여." 그가 과거 프레멘들이 부르던 그녀의 호칭을 사용했다. "저희는 『키탑 알 이바르』에서 이것에 대해 경고를 받았습니다. 부인께 간청합니다. 무앗딥께서 돌아가신 날 아라키스가 스스로 변해 버렸다는 사실이 잊히지 않게 해주십시오! 저희는 사막을 버릴 수 없습니다."

"하!" 알리아가 조롱했다. "미신을 믿는 '깊은 사막'의 쓰레기들은 생태학적 변화를 두려워하지. 그놈들은……."

"당신의 말을 잘 들었소, 가드힌. 벌레가 사라지면 스파이스도 사라질 것이오. 스파이스가 사라지면 우리가 무슨 수로 우리의 길을 지켜나갈 수 있겠소?" 제시카가 말했다.

사람들이 깜짝 놀라서 숨을 집어삼키는 소리와 서로 속삭이는 소리가 중앙 홀 사방으로 번져나가는 것이 들렸다. 그 소리가 방 안에 메아리처럼 울렸다.

알리아는 어깨를 으쓱했다. "미신에 사로잡힌 자들의 헛소리예요!"

알 팔리가 오른손을 들어 알리아를 가리켰다. "난 콘 틴이 아니라 수분의 어머니께 얘기하고 있습니다!"

알리아의 손이 옥좌 팔걸이를 꽉 움켜쥐었다. 그러나 자리에서 일어나지는 않았다.

알 팔리가 제시카를 바라보며 말했다. "한때 이 땅에는 아무것도 자라지 않았습니다. 지금은 식물들이 있습니다. 식물들은 상처 위로 이가 번지듯이 번져나갑니다. 듄의 허리띠를 따라 구름이 생기고 비가 내렸습니다! 비가 내렸습니다, 부인! 아, 소중한 무앗딥의 어머니시여, 잠이 죽음의 형제라면 '듄의 허리띠'에서는 비가 바로 그렇습니다. 그것은 우리모두의 죽음입니다."

"우린 리에트 카인즈와 무앗딥이 직접 우리를 위해 계획해 준 일만을할 뿐이오." 알리아가 반박했다. "미신에 휘둘린 그 횡설수설이 다 뭐란말이오? 우린 리에트 카인즈의 말을 숭배하고 있소. '나는 이 행성 전체가 초록색 식물들의 그물에 잡혀 있는 모습을 보고 싶다.' 그러니 그의말대로 될 것이오."

"그럼 모래벌레와 스파이스는 어떻게 하고?" 제시카가 물었다.

"항상 사막을 조금 남겨둘 거예요. 모래벌레들은 살아남을 겁니다." 알리아가 말했다.

'저 애는 거짓말을 하고 있어. 왜 거짓말을 하는 거지?' 제시카는 생각했다.

"저희를 도와주십시오, 수분의 어머니시여." 알 팔리가 애원했다.

갑자기 시야가 두 개로 겹쳐지는 듯한 느낌과 함께 제시카는 자신의의식이 이 늙은 나입의 말에 추진력을 얻어 급격하게 기우는 것을 느꼈다. 그것은 틀림없는 아담, 즉 저절로 떠올라 사람을 다그치는 기억이었다. 그것이 무제한으로 찾아와 그녀의 감각을 꼼짝할 수 없게 붙들어두는 동안 과거의 교훈이 그녀의 의식 위에 각인되었다. 그녀는 그물에 잡힌 물고기처럼 그 안에 완전히 사로잡혀 있었다. 그러나 그것이 요구하는 바를 '가장 인간적인' 순간으로 느끼고 있었다. 그 기억의 작은 부분 하나하나가 창조를 일깨워주었다. 그 기억 속 교훈의 모든 요소들은 현실처럼 실감이 났지만 끊임없이 변화한다는 점에서 실체가 없는 비현실적인 것이었다. 그녀는 자신의 아들을 움켜쥐고 괴롭혔던 예지력의 힘을 자신이 지금보다 더 가깝게 경험할 일은 아마 없으리라는 것을 알 수 있었다.

'알리아가 거짓말을 한 것은 아트레이데스를 파멸시키려는 자에게 홀려 있기 때문이야. 그 애 자신이 첫 번째로 파괴되었지. 그런데 알 팔리가 진실을 말했어. 생태학적 변화의 방향이 수정되지 않으면 모래벌레들이 사라져버릴 거라고 말이야.'

계시의 압박 속에서 제시카는 알현실에 있는 사람들의 움직임이 점점 느려지고, 그들이 맡은 역할이 자신의 눈앞에 드러나는 것을 보았다. 그녀는 자신이 이곳을 살아서 나가지 못하게 하는 임무를 맡은 사람을 집어낼 수도 있었다! 그리고 그들을 꿰뚫는 길이 그녀의 의식 속에서 마치 환한 불빛 속에 드러난 윤곽처럼 누워 있었다. 사람들 사이에 혼란이 일고, 어떤 사람이 휘청거리는 척하면서 다른 사람에게 부딪히자 모여 있는 사람들 전체가 한 덩어리로 엉켜버렸다. 그녀는 또한 자신이 이 중앙 홀을 나가더라도 결국 다른 사람의 손에 떨어질 수 있다는 것을 알았다. 알리아는 그녀가 순교자가 되는 것에 전혀 개의치 않았다. 아니, 개의치 않는 것은 '그녀를 사로잡고 있는 그것'이었다.

이제 이 얼어붙은 시간 속에서 제시카는 저 늙은 나입의 목숨을 구해 그를 전령으로 보낼 수 있는 길을 선택했다. 군중을 뚫고 나아갈 수 있는 길은 지금도 지울 수 없을 정도로 선명했다. 얼마나 간단한 길인가! 그들은 눈을 가린 어릿광대들이었으며 그들의 어깨는 방어 자세를 취한 채 꿈쩍도 하지 않았다. 이 거대한 알현실 바닥에 자리를 차지하고 있는 각각의 사람들은 서로 충돌하며 졸아들고 있는 것 같았다. 죽은 살이 허물처럼 벗겨져 나가며 해골이 드러나게 만들 수도 있는 그런 충돌. 그들의 몸, 옷, 얼굴은 각각의 지옥을 그려내고 있었다. 안으로 빨려 들어간 가슴에는 공포가 감춰져 있었고 반짝거리는 고리 모양의 보석은 갑옷 대신이 되었다. 그들의 입은 소름 끼치는 절대로 가득 찬 심판의 말을 쏟아냈고, 성당의 프리즘 같은 눈썹은 그들의 음부가 부정하는 거만하고 종교적인 감성을 드러냈다.

제시카는 형태를 형성하는 힘의 소멸이 아라키스에 번져가는 것을 느꼈다. 알 팔리의 목소리는 그녀의 영혼 속에 디스트랜스처럼 작용해서 그녀의 가슴속 가장 깊은 곳에 있던 야수를 깨웠다.

눈 깜짝할 사이에 제시카는 아답에서 움직임이 있는 우주로 옮겨 왔다. 그러나 그것은 겨우 1초 전에 그녀의 관심을 강요했던 우주와는 다른 것이었다.

알리아가 뭐라 말을 하려 했지만 제시카가 먼저 입을 열었다. "조용히!" 그리고 나서 그녀는 말을 이었다. "내가 어떤 조건도 없이 교단으로 돌아갔다고 두려워하는 사람들이 있다. 그러나 프레멘들이 나와 내 아들에게 생명의 선물을 준 사막에서의 그날 이후로 나는 계속 프레멘이었다!" 그리고 그녀는 이 방에 있는 사람들 중에서 자신의 말 덕분에 유리한 입장에 서게 될 사람들만이 이해할 수 있는 고대어로 말을 이었다. "온 사르 아크하카 젤리만 아우 마술멘!" '그대들의 형제가 어려움에 처해 있을 때, 그가 정당하든 부당하든 상관없이 그를 도와라!'라는 뜻이었다.

그녀의 말은 바라던 효과를 발휘했다. 방 안에 있는 사람들의 위치가 미세하게 변화한 것이다.

그러나 제시카는 계속 큰 소리로 고함을 쳤다. "정직한 프레멘인 이 가드힌 알 팔리가 다른 사람들이 내게 해줬어야 하는 얘기를 들려주러 이곳에 왔다. 누구도 이것을 부인하지 못한다! 생태학적 변화는 걷잡을 수 없는 폭풍이 되었다!"

사람들이 말없이 이 말을 수긍하는 것이 온 방 안에서 눈에 띄었다.

"그런데 내 딸은 그것을 기뻐하고 있다! 메크텁 알 멜라! 그대들은 내 살에 상처를 새기고 거기에 소금으로 글을 쓴다! 아트레이데스가 왜 이곳을 고향으로 삼았는가? 모할라타가 우리에게 자연스러운 것이었기 때문이다. 아트레이데스 가문에게 정부는 항상 보호를 약속하는 동반자였다. 즉 프레멘들이 예전부터 항상 알고 있던 모할라타였던 것이다. 그런데 지금 이 여자를 보아라!" 제시카가 알리아를 가리키며 말을 이었다. "그녀는 밤에 자신의 사악한 짓들을 돌아보며 홀로 웃어댄다! 스파이스 생산량은 0으로 떨어지거나 기껏해야 전에 비해 극소량이 될 것이다! 그리고 그 소문이 퍼져나가면……."

"우린 우주에서 가장 귀한 물건을 매점할 것이다!" 알리아가 소리쳤다.

"지옥을 매점하는 거겠지!" 제시카가 분노의 고함을 질렀다.

그때 알리아가 차콥사 어 중에서도 가장 오래된 말을 사용하기 시작했다. 발음하기 어려운 성문(聲門) 폐쇄음과 혀를 차는 듯한 발음이 있는 그 말은 아트레이데스의 은밀한 언어였다. "이제 아시겠죠, 어머니! 하코넨 남작의 손녀가 태어나기도 전에 어머니가 쑤셔 넣어준 그 모든 인생들에 감사하지 않을 거라고 생각하셨나요? 어머니가 제게 하신 일에 분노했을 때, 남작이라면 어떻게 했을지 저 자신에게 질문을 던지는 것만으로 충분했어요. 그가 대답을 해주었거든요! 날 이해해 봐요, 이 아트레이데스의 암캐! 그는 내게 대답을 해줬다고요!"

제시카는 이 말에 들어 있는 원한과 자신의 추측이 옳았음을 확인해 주는 증거들을 보았다. 저주스러운 존재! 알리아는 내면의 존재에게 압도당해 악의 동반자인 블라디미르 하코넨 남작에게 홀려 있었다. 지금 자기가 무슨 말을 하는지 신경도 쓰지 않고 그녀의 입을 통해 말하고 있는 것은 바로 남작 자신이었다. 그는 그녀에게 자신의 복수를 보여주고 싶어 했으며, 자신을 내던져 쫓아버릴 수 없음을 알리고 싶어 했다.

'저들은 내가 이 사실을 알고 무기력하게 여기 남아 있을 줄 알았겠지.' 제시카는 이 생각과 함께 아답이 보여준 길에 몸을 던지며 소리쳤다. "페다이킨, 나를 따르라!"

알고 보니 알현실 안에 있는 페다이킨은 모두 여섯 명이었다. 그들 중 다섯 명이 그녀의 뒤를 따라 길을 뚫는 데 성공했다.

레토는 시에치의 숨겨진 출구 밖으로 몸을 기울였다. 그의 제한된 시야 위로 탑처럼 솟아 있는 절벽의 만곡부가 보였다. 늦은 오후의 햇살이 절벽의 수직 줄무늬에 길게 그림자를 던지고, 해골 나비 한 마리가 그 그림자 속을 들락날락했다. 거미줄 같은 무늬가 있는 나비의 날개가 빛에 비쳐 투명한 레이스처럼 보였다. 이곳에서 살아가기에 저 나비는 너무 섬세하다고 그는 생각했다.

그의 바로 앞쪽에 살구 과수원이 있었고, 그곳에서 아이들이 바닥에 떨어진 과일을 모으고 있었다. 과수원 너머에는 카나트가 있었다. 그와 가니마는 갑자기 쏟아져 들어오는 일꾼들 사이에 살짝 끼어들어서 경비병들을 따돌린 참이었다. 구불구불한 환기구를 따라 숨겨진 출구로 통하는 계단이 있는 연결부까지 오는 것은 비교적 쉬웠다. 이제 저 아이들 틈에 섞여서 카나트까지 간 다음 터널 속으로 들어가기만 하면 되었다. 터널 속에 들어가면 모래송어들이 부족의 관개용 물을 포낭에 싸버리는 것을 막아주는 육식 물고기들과 나란히 움직일 수 있었다. 아직은 어떤 프레멘도 인간이 물속에 몸을 담그는 위험을 무릅쓸 거라는 생각은 하지 못할 터였다.

그는 자신을 보호해 주는 통로 밖으로 나왔다. 그의 양편으로 계속 뻗어 있는 절벽이 그의 움직임에 따라 수평으로 변했다.

가니마가 그의 뒤로 바짝 다가왔다. 두 사람 모두 스파이스 섬유로 짠 작은 과일 바구니를 들고 있었지만, 바구니에 들어 있는 것은 단단히 봉인된 꾸러미였다. 프렘 행낭, 마울라 권총, 크리스나이프…… 그리고 파라든이 보내온 새 옷이 거기 들어 있었다.

가니마가 오빠를 따라 과수원으로 들어가서 일하는 아이들 틈에 섞였다. 사막복 마스크가 모두의 얼굴을 감춰주었다. 이곳에서 두 사람은 일하는 아이들과 똑같았다. 그러나 그녀는 지금의 이 행동으로 인해 자신이 지금까지 알고 있던 생활과 자신을 보호해 주는 경계선으로부터 멀어졌다는 것을 느꼈다. 이렇게 간단하게 한 발 내딛는 것으로 하나의 위험에서 또 다른 위험 속으로 들어가게 되다니!

바구니에 든 파라든의 새 옷은 두 사람이 모두 잘 알고 있는 목적을 지니고 있었다. 가니마는 모든 옷의 가슴에 달린 매 문장 위에 차콥사 어로 '우리는 함께한다'는, 자기들의 개인적인 좌우명을 수놓는 것으로 자신들이 그 목적을 알고 있음을 강조했다.

곧 땅거미가 질 것이고, 시에치 경작지의 경계선 역할을 하는 카나트 너머에 가면 온 우주에서도 찾아보기 어려운 특별한 특징을 지닌 밤을 맞게 될 것이다. 고독이 사라지지 않는 사막에 부드러운 빛이 비칠 것이고, 사막 안의 모든 생물이 새로운 우주 안에 홀로 존재하고 있다는 느낌이 사막을 가득 채울 것이다.

"사람들이 우릴 봤어." 가니마가 오빠 옆에서 일하는 척 허리를 숙이면서 속삭였다.

"경비병들이야?"

"아니, 다른 사람들이야."

"다행이군."

"빨리 움직여야겠어." 그녀가 말했다.

레토는 그녀의 말을 인정하고 과수원을 가로질러 절벽에서 멀어졌다. 그는 아버지가 생각하듯 생각했다. '사막에서는 모든 것이 기동성을 갖지 않으면 사멸해 버리지.' 사막 저 멀리에서 표면으로 튀어나와 있는 '수행원'이 보였다. 그것이 기동성의 필요성을 다시 일깨워주었다. 그 바위는 뭔가를 감시하는 듯한 수수께끼 같은 모습으로 가만히 딱딱하게 누워 매년 바람에 실려 오는 모래의 습격 앞에서 점점 작아지고 있었다. 언젠가는 저 수행원도 모래가 되어버릴 터였다.

카나트에 가까이 다가갔을 무렵 두 사람은 시에치 높은 곳의 입구에서 흘러나오는 음악 소리를 들었다. 그것은 구멍이 두 개인 플루트와 탬버린, 그리고 짐승 가죽을 팽팽하게 씌운 스파이스 플라스틱 드럼으로 만든 팀파니로 이루어진 옛날 형식의 프레멘 합주곡이었다. 이 행성에서 그렇게 많은 가죽을 제공해 줄 수 있는 동물이 무엇인지는 아무도 묻지 않았다.

'스틸가는 내가 얘기했던 '수행원'의 갈라진 틈을 기억할 거야. 그는 어둠 속에서 때가 너무 늦었을 때 오겠지. 그리고 알게 될 거야.' 레토는 생각했다.

두 사람은 곧 카나트에 도착했다. 그들은 한쪽이 열린 튜브 모양의 통로 안으로 살짝 들어가서 이곳을 검사할 때 사용하는 사다리를 타고 수리 요원들을 위한 선반 같은 공간으로 내려갔다. 카나트 안은 어둡고 축축하고 추웠다. 육식 물고기가 찰싹찰싹 물을 튀기는 소리가 들렸다. 모래송어가 이곳의 물을 훔치려 하다가는 물 때문에 부드러워진 몸 안쪽의 표면에 이 육식 물고기들의 공격을 받게 될 것이다. 사람도 이 육식 물고기들을 조심해야 했다.

"조심해." 레토가 미끄러운 바닥을 따라 움직이면서 말했다. 그는 자신의 육체가 결코 경험해 보지 못한 시대와 장소에 자신의 기억을 고정했다. 가니마가 그의 뒤를 따랐다.

카나트 끝에서 그들은 사막복만 남기고 나머지 옷을 벗은 다음 새 로브를 입었다. 그리고 조금 전에 입었던 프레멘 로브를 뒤에 남겨둔 채 카나트를 검사할 때 쓰는 또 다른 통로를 기어 나가 모래언덕을 넘어 그 반대편으로 살금살금 이동했다. 그들은 시에치로부터 자신들의 모습을 가려주는 그곳에 앉아 마울라 권총과 크리스나이프를 몸에 고정하고 프렘 행낭을 어깨에 걸쳤다. 음악 소리는 더 이상 들리지 않았다.

레토가 자리에서 일어나 모래언덕들 사이의 계곡을 힘차게 통과하기 시작했다.

가니마는 광활한 사막 위에서 익숙한 동작으로 박자가 맞지 않는 조용한 발소리를 내며 레토의 뒤를 따라 걸었다.

모래언덕의 정상을 넘은 뒤에는 항상 몸을 낮게 숙이고 사람들의 눈에 보이지 않는 곳으로 기어가 잠시 쉬면서 뒤쫓아오는 사람이 없는지 뒤를 돌아보았다. 그들이 수행원의 첫 번째 바위에 도달할 때까지 사막 위에 모습을 드러낸 사냥꾼은 하나도 없었다.

바위 그림자 속에서 그들은 수행원을 빙 둘러 가서 사막을 내려다보는 선반 모양의 바위로 올라갔다. 광활한 사막 저 멀리에서 여러 가지 색깔들이 깜박였다. 점점 어두워지는 공기 속에는 섬세한 수정 같은 연약한 느낌이 있었다. 그들의 시선과 맞닥뜨린 풍경은 연민을 초월한 것이었다. 그곳에서는 잠시 멈추는 것도, 망설임도 찾아볼 수 없었다. 그들의 시선은 한곳에 머무르지 않고 그 광활한 풍경을 샅샅이 훑어보았다.

'이건 영원의 지평선이야.' 레토는 생각했다.

가니마는 오빠의 옆에 쪼그리고 앉아 속으로 생각했다. '곧 공격이 시작될 거야.' 그녀는 조그마한 소리라도 나지 않는지 귀를 기울였다. 그녀의 몸 전체가 팽팽하게 긴장된 탐색이라는 단 하나의 감각으로 변해 있었다.

레토도 가니마와 똑같이 경계하며 앉아 있었다. 무척 친밀하게 그와 삶을 공유하는 다른 생명들이 받은 모든 훈련이 정점에 달해 있었다. 이 황야에서 사람은 감각, 모든 감각에 단단히 의지하게 되었다. 삶은 저장된 인식의 축적물이 되었으며, 각각의 인식은 오로지 순간의 생존에만 연결되어 있을 뿐이었다.

이윽고 가니마가 바위를 기어 올라가 좁은 틈새를 통해 자신들이 온 길을 바라보았다. 안전한 시에치가 지금은 마치 전생의 풍경처럼 보였다. 갈색과 자주색을 띤 저 먼 곳에 거대한 절벽들이 말없이 솟아 있고, 흙먼지 때문에 흐릿하게 보이는 절벽 가장자리에서는 마지막 햇빛이 은빛 줄무늬를 그려내고 있었다. 이곳 바위와 시에치 사이에 추적자의 모습은 여전히 보이지 않았다. 그녀는 레토의 곁으로 돌아왔다.

"아마 육식 동물일 거야. 그게 내 세 번째 계산 결과야." 레토가 말했다.

"네가 계산을 너무 빨리 그만둔 것 같아. 짐승은 한 마리가 아닐 거야. 코리노 가문은 모든 희망을 한곳에 걸어서는 안 된다는 걸 이미 배웠거든." 가니마가 말했다.

레토가 그 말이 맞다는 듯 고개를 끄덕였다.

다른 사람과는 다른 그의 특성이 그에게 제공해 준 수많은 다른 생명들 때문에 그의 정신이 갑자기 무겁게 느껴졌다. 그 모든 생명들은 그가 태어나기도 전에 이미 그의 것이었다. 그는 삶으로 포화 상태가 되어 있어서 자신의 의식으로부터 도망치고 싶어 했다. 내면세계는 그를 게걸스레 먹어치울 수도 있는 무거운 야수였다.

그가 불안한 듯 자리에서 일어나 가니마가 조금 전에 사용했던 바위 틈으로 올라갔다. 그리고 시에치의 절벽들을 바라보았다. 저기 절벽 아래에서 카나트가 삶과 죽음 사이의 경계선을 그리고 있었다. 오아시스 가장자리에 카멜 세이지, 양파 풀, 고비 깃털 풀, 야생 자주개자리 등이 보였다. 마지막 햇빛 속에서 그는 깡충깡충 뛰면서 자주개자리를 뜯어먹는 새들의 검은 움직임을 알아볼 수 있었다. 바로 과수원이 있는 곳까지 그림자들을 이끄는 바람 때문에 저 먼 곳에서 자라는 곡식들이 물결처럼 움직였다. 그 움직임이 그의 의식을 붙들었고, 그는 그림자들의 유동적인 형태 속에 더 커다란 변화가 숨겨져 있으며 그 변화가 은빛으로 물든 하늘에서 움직이는 무지개를 해방시켜 주고 있음을 깨달았다.

'이곳에서 과연 무슨 일이 벌어질까?' 그는 속으로 질문을 던졌다.

그 순간 그는 이곳에서 죽음, 혹은 죽음의 놀이가 벌어질 것이며 자신이 그 대상이라는 것을 깨달았다. 가니마는 이곳에서 돌아가 자신이 본 죽음을 현실로 믿거나 최면술로 깊이 주입된 강박 때문에, 오빠가 정말로 살해되었다고 보고할 것이다.

이곳에 있는 미지의 요소들이 그를 괴롭혔다. 예지력을 갖고 싶다는 요구에 굴복해서 자신의 의식을 결코 변하지 않는 절대적인 미래 속으로 쏘아보내는 위험을 감수하는 편이 정말 쉬울 것 같다는 생각이 들었다. 하지만 꿈에서 잠깐 본 환영도 이미 충분히 지독했다. 그는 위험을 무릅쓰고 감히 더 거대한 환영을 볼 생각이 없었다.

이윽고 그는 가니마의 옆으로 돌아왔다.

"추적자는 아직 없어." 그가 말했다.

"그들이 우리에게 보낸 짐승은 아주 클 거야. 어쩌면 놈들이 오는 걸 볼 시간이 있을지도 몰라." 가니마가 말했다.

"놈들이 밤에 온다면 안 될걸."

"금방 어두워질 거야."

"그래. 이제 '우리의' 장소로 내려갈 때가 됐어." 그는 왼쪽 아래에 있는 바위를 가리켰다. 현무암으로 된 그 바위에는 바람에 실려 온 모래가 갉아놓은 자그마한 틈이 있었다. 그 틈은 두 사람이 모두 들어갈 수는 있지만 몸집이 커다란 생물은 들어올 수 없는 크기였다. 레토는 그곳으로 내려가기가 내키지 않았지만, 반드시 거기에 들어가야 한다는 것을 알고 있었다. 그가 스틸가에게 가르쳐준 장소가 바로 그곳이었다.

"놈들이 정말로 우리를 죽일지도 몰라." 그가 말했다.

"그래도 위험을 무릅쓸 수밖에 없어. 그게 우리가 아버지한테 진 빚이야." 그녀가 말했다.

"네 말이 맞아."

그리고 그는 속으로 생각했다. '이것이 올바른 길이야. 우린 옳은 일을 하고 있어.' 그러나 그는 이 우주에서 올바른 일을 하는 것이 얼마나 위험한지 잘 알고 있었다. 이제 그들이 살아남으려면 힘과 건강, 그리고 모든 순간에 들어 있는 한계에 대한 이해가 필요했다. 프레멘의 방식이 그들의 가장 좋은 갑옷이었고, 베네 게세리트의 지식은 예비용으로 보관해 둔 힘이었다. 그들은 이제 둘 다 아트레이데스의 훈련을 받은 노련한 전사들처럼 생각하고 있었다. 그들의 몸을 지켜줄 수 있는 것은 아직 어린 그 몸과 공식 의상을 보아서는 짐작조차 할 수 없는 프레멘의 강인함뿐이었다.

레토는 끝에 독을 발라놓은 허리춤의 크리스나이프 손잡이를 손가락으로 만지작거렸다. 가니마도 무의식적으로 그 동작을 따라 했다.

"이제 내려갈까?" 가니마가 물었다. 그런데 이 말을 하는 순간 저 아래쪽에서 뭔가가 움직이는 것이 그녀의 눈에 들어왔다. 너무 멀어서 실제보다 덜 위협적으로 보이는 작은 움직임이었다. 그녀가 경고의 말을 내뱉기도 전에 레토는 꼼짝하지 않는 그녀의 몸을 보고 바짝 긴장했다.

"호랑이야." 그가 말했다.

"라자 호랑이야." 그녀가 그의 말을 바로잡았다.

"놈들이 우릴 봤어."

"서두르는 게 좋겠어. 마울라로는 저놈들을 막지 못할 거야. 저놈들은 이 일을 위해 잘 훈련돼 있을 테니까."

"근처 어딘가에 저놈들을 지휘하는 인간이 있을 거야." 그가 앞장서서 왼쪽을 향해 빠른 속도로 바위들을 뛰어 내려가면서 말했다.

가니마도 그 말에 동의했지만 힘을 아끼기 위해 말을 하지는 않았다. 근처 어딘가에 인간이 있을 터였다. 적절한 순간이 될 때까지 저 호랑이들은 자유롭게 뛰어다니지 못할 것이다.

호랑이들은 마지막 빛 속에서 빠르게 움직이며 바위들을 건너뛰었다. 놈들은 시각을 중시하는 생물이었고, 곧 청각을 중시하는 생물들의 시간인 밤이 될 터였다. 낮에서 밤으로의 변화를 강조하는 밤새의 종소리 같은 울음소리가 수행원의 바위들에서 울려 나왔다. 어둠의 생물들이 모래에 깎여 생긴 틈새들의 그림자 속에서 벌써부터 부산하게 움직이고 있었다.

그러나 달리고 있는 쌍둥이들은 여전히 호랑이의 모습을 볼 수 있었다. 놈들은 강력한 힘으로 흐르듯이 움직였으며 모든 동작마다 최고의 자신감이 물결쳤다.

레토는 자신의 영혼으로부터 스스로를 해방시키기 위해 우연히 이곳으로 들어오게 된 듯한 기분이 들었다. 그는 자신과 가니마가 때맞춰 그 좁은 틈새에 도착할 수 있다는 확신을 안고 뛰었다. 그러나 그의 시선은 자신들을 향해 다가오는 짐승들에게 홀린 듯이 자꾸 그쪽을 향했다.

'한 번만 휘청거려도 우린 끝이야.' 그는 생각했다.

이 생각 때문에 확신이 약해져서 그는 달리는 속도를 더욱 빨리했다.

당신들 베네 게세리트는 파노플리아 예언의 활동을 '종교의 과학'이라고 부른다. 좋다. 또 다른 종류의 과학자를 추구하는 나는 그것이 적절한 말이라고 생각한다. 당신들이 당신들만의 신화를 구축하는 것은 사실이지만 그것은 모든 사회도 마찬가지이다. 그러나 당신들에게 반드시 경고해야겠다. 당신들은 잘못된 길을 따랐던 수많은 과학자들과 똑같은 행동을 하고 있다. 당신들의 행동은 당신들이 생명으로부터 뭔가를 빼앗고 싶어 한다는 것을 드러낸다. 당신들이 그토록 자주 공언하는 말을 이제 당신들에게 일깨워줄 때가 되었다. 어떤 한 가지 물건을 가질 때에는 그것과 반대되는 것이 반드시 따라온다.

─설교자가 아라킨에서 한 말, '교단에 보내는 메시지'

동이 트기 전, 제시카는 스파이스 천으로 짠 낡은 융단 위에 꼼짝도 하지 않고 앉아 있었다. 그녀의 주위를 둘러싸고 있는 것은 이주민들의 원래 정착지 중 하나였던 낡고 가난한 시에치의 벌거벗은 바위들이었다. 그것은 사막의 서풍이 닿지 않는 '붉은 구렁'의 가장자리 밑에 있었다. 그녀를 이곳으로 데려온 알 팔리와 그의 형제들은 스틸가에게서 연락이 오기를 기다리고 있었다. 그러나 페다이킨 대원들은 통신을 할 때 신중하게 움직였다. 스틸가에게 이곳의 위치를 알릴 수는 없었다.

페다이킨 대원들은 자신들이 의사(議事) 보고서, 즉 제국에 대한 범죄를 기록한 공식적인 보고서에 올라가 있다는 것을 이미 알고 있었다. 알리아는 아직 교단의 이름을 거론하지 않았지만 자신의 어머니가 제국의 적에게 매수당했다고 주장하는 방침을 채택하고 있었다. 그러나 알리아의 권력이 지닌 고압적이고 압제적인 본질이 만천하에 드러났고, 자신이 사제들을 장악하고 있으므로 프레멘 역시 장악하고 있다는 그녀의 믿음이 이제 시험대에 오르게 되었다.

스틸가에게 보낸 제시카의 메시지는 '내 딸이 귀신에 홀렸으니 반드시 시련을 받아야 한다'는 직설적이고 간단한 것이었다.

그러나 두려움이 가치관을 파괴하게 마련이었으므로, 일부 프레멘들은 벌써부터 이 주장을 믿지 않으려 했다. 제시카 일행은 이 주장을 통행증으로 사용하려다가 밤 동안에 두 번의 전투를 겪었지만 알 팔리의 부하들이 훔친 오니숩터가 도망자 신세인 그들을 불안하게나마 안전을 구할 수 있는 이곳, 붉은 구렁 시에치로 데려다주었다. 이곳에서부터 각지의 페다이킨 대원들에게 연락하고 있었지만, 아라키스에 남아 있는 페다이킨 대원은 200명이 채 되지 않았다. 나머지 대원들은 제국 여기저기에 흩어져서 주둔하고 있었다.

이 사실들을 곰곰이 되씹어보면서 제시카는 혹시 자기가 죽음의 자리를 찾아온 것은 아닌지 모르겠다고 생각했다. 페다이킨 대원들 중 일부는 그렇다고 믿었다. 그러나 이 죽음의 특공대원들은 그것을 아주 쉽게 받아들였다. 젊은 부하 몇 명이 두려움을 토로했을 때 알 팔리는 그녀를 향해 히죽 웃어 보였을 뿐이다.

'신께서 어떤 생물에게 특정 장소에서 죽을 것을 명하실 때에는, 그 생물이 스스로 그곳으로 가고 싶다는 생각을 하게 만드시는 법입니다.' 그 늙은 나입은 이렇게 말했다.

천을 덧대어 만든 문간의 커튼이 살랑살랑 소리를 내며 움직이더니 알 팔리가 안으로 들어왔다. 바람에 시달린 노인의 좁은 얼굴은 축 처지고 눈은 열기를 띠고 있었다. 전혀 쉬지 못했음이 분명했다.

"누군가가 오고 있습니다." 그가 말했다.

"스틸가가 보낸 사람이오?"

"어쩌면요." 그가 눈을 내리깔고 과거에 나쁜 소식을 가져온 프레멘들이 흔히 그랬던 것처럼 왼쪽을 흘끗 바라보았다.

"뭐요?" 제시카가 다그쳤다.

"타브르에서 부인의 손자분들이 그곳에 계시지 않다는 연락이 왔습니다." 그가 그녀의 시선을 피한 채 말했다.

"알리아가……."

"그녀는 쌍둥이들을 자신의 보호하에 넘기도록 명령했습니다. 하지만 타브르 시에치는 두 분이 그곳에 있지 않다고 보고하고 있습니다. 저희가 아는 것은 그것뿐입니다."

"스틸가가 아이들을 사막으로 보낸 모양이군요." 제시카가 말했다.

"그럴지도 모릅니다. 하지만 그는 밤새도록 두 분을 찾아다녔다고 합니다. 어쩌면 그가 속임수를 쓴 것인지도……."

"그건 스틸가답지 않은 방법이오." 그녀가 말했다. 그리고 속으로 생각했다. '쌍둥이들이 그에게 그런 짓을 시키지 않았다면 말이지.' 그러나 이 생각 역시 뭔가 아닌 것 같은 기분이 들었다. 그녀는 혼자 속으로 생각을 해보았다. 억지로 억눌러야 할 만큼 겁이 나지는 않았다. 쌍둥이들을 걱정하는 마음은 가니마가 알려준 사실 때문에 많이 누그러져 있었다. 그녀는 알 팔리를 올려다보았다. 그는 연민이 담긴 눈으로 그녀를 유심히 살펴보고 있었다. 그녀가 말했다. "아이들은 스스로 사막으로 간 거요."

"단둘이서요? 그분들은 아직 어립니다!"

그녀는 '그 어린아이들'이 사막에서 살아남는 법에 대해 지금 살아 있는 대부분의 프레멘들보다 훨씬 더 잘 알고 있을 거라는 사실을 굳이 설명하지 않았다. 대신 그녀의 생각은 레토가 그녀더러 얌전히 납치당해야 한다고 주장했을 때 보여준 이상한 행동에 고정되어 있었다. 그녀는 그때의 기억을 한쪽 옆으로 치워두었지만, 지금 이 순간이 그 기억을 요구하고 있었다. 그는 때가 되면 그녀가 자신의 명령에 복종해야 한다는 걸 알게 되리라고 말했다.

"지금쯤이면 전령이 틀림없이 시에치 안에 도착했을 겁니다." 알 팔리가 말했다. "제가 그를 이리로 데려오겠습니다." 그가 천을 덧대어 만든 커튼을 젖히고 밖으로 나갔다.

제시카는 커튼을 뚫어지게 바라보았다. 그것은 스파이스 섬유로 짠 빨간 천이었지만 그 위에 덧댄 천은 파란색이었다. 이 시에치는 무앗딥의 종교를 빌미로 혜택을 보는 것을 거부하는 바람에 알리아의 사제들에게 반감을 샀다고 했다. 들리는 말에 의하면 이곳 사람들은 개를 망아지만큼 크게 키우는 계획에 재산을 털어 넣었다. 그 개들은 아이들을 지키기 위해 지능을 갖도록 교배된 놈들이었다. 그러나 그것들은 모두 죽어버리고 말았다. 몇몇 사람들은 개들이 독살당했으며, 그것이 사제들의 짓이라고 했다.

그녀는 이런 생각들이 가플라, 즉 정신을 산만하게 만드는 귀찮은 생각임을 알아차리고 그것들을 떨쳐버리기 위해 고개를 흔들었다.

그 아이들은 도대체 어디로 간 것일까? 자쿠루투? 그들에게는 계획이 있었다. '그 애들은 내가 받아들일 수 있다고 생각되는 만큼 날 가르치려고 했어.' 그녀는 그때의 기억을 되살렸다. 그녀가 자기들이 생각하는 한계에 도달했다고 판단되었을 때, 레토는 그녀에게 복종할 것을 명령했다.

그가 그녀에게 명령을 내렸던 것이다!

레토는 알리아의 행동을 알고 있었다. 그것만큼은 분명했다. 두 아이 모두 고모를 변호할 때조차 그녀의 '괴로움'에 대해 이야기했다. 알리아는 섭정 정부 속에서 자신의 지위가 '정당하다'는 점을 걸고 도박을 하고 있었다. 쌍둥이를 자신의 보호하에 두겠다는 요구가 그것을 확인해 주었다. 거친 웃음이 제시카의 가슴을 뒤흔들었다. 가이우스 헬렌 모히암 대모는 바로 이런 실수를 자신의 학생인 제시카에게 즐겨 설명해 주곤 했다. "네 의식을 너 자신의 정당함에만 집중한다면, 그것은 반대 세력들에게 너를 압도해 달라고 초청하는 것과 같다. 사람들은 이런 실수를 흔히 저지르지. 심지어 네 스승인 나도 그런 실수를 저지른 적이 있다."

"그리고 심지어 당신의 학생인 나도 그런 실수를 저질렀어요." 제시카가 속삭이듯 혼잣말을 했다.

커튼 뒤의 통로에서 천들이 서로 속삭이듯 스치는 소리가 들려왔다. 그리고 젊은 프레멘 두 명이 안으로 들어왔다. 밤사이 그들 일행에 합류한 자들이었다. 두 젊은이는 무앗딥의 어머니 앞에서 확연히 경외심을 느끼고 있었다. 제시카는 그들의 내면을 완전하게 읽어냈다. 그들은 생각이 없는 자들이었으며, 아무나 권력자라고 생각되는 사람에게 붙어서 그 권력자가 제시하는 정체성을 자신의 것으로 받아들였다. 그녀에게서 투영되는 것이 없으면 그들의 내면은 텅 비어 있었다. 따라서 그들은 위험한 존재였다.

"알 팔리 님이 부인의 준비를 돕기 위해 저희를 미리 보내셨습니다." 두 젊은이 중의 하나가 말했다.

제시카는 누군가가 힘껏 움켜쥔 것처럼 가슴이 갑자기 답답해지는 것을 느꼈지만 목소리는 여전히 차분했다. "뭘 준비한다는 거냐?"

"스틸가 님이 전령으로 던컨 아이다호 님을 보내셨습니다."

제시카는 아바 두건을 잡아당겨 머리 위에 썼다. 무의식적인 행동이었다. '던컨이라고?' 그러나 그는 알리아의 도구였다.

앞서 말을 했던 프레멘 젊은이가 반 발짝 앞으로 나섰다. "아이다호 님께서는 부인을 안전한 곳으로 데려가려고 오셨답니다. 하지만 알 팔리 님은 그게 어떻게 가능한지 모르겠다고 하십니다."

"아주 이상해 보이는 건 사실이로군." 제시카가 말했다. "하지만 우리 우주에는 그보다 더 이상한 일들도 있지. 그를 데려오너라."

그들은 서로를 흘끗 바라보았지만 명령에는 복종했다. 그들이 너무나 서둘러 방을 나가는 바람에 이미 낡아 있던 커튼이 또다시 찢어졌다.

이윽고 아이다호가 커튼 사이로 발을 들여놓았고, 두 프레멘 젊은이와 알 팔리가 그 뒤를 바짝 따라 들어왔다. 알 팔리는 크리스나이프에 손을 대고 있었다. 아이다호는 침착한 모습이었으며 아트레이데스 근위대의 약식 예복을 입고 있었다. 14세기 이상이 지나도록 거의 변하지 않은 제복이었다. 아라키스에 온 이후 금으로 된 손잡이가 달린 과거의 플래스틸 칼이 크리스나이프로 바뀌기는 했지만, 그것은 사소한 변화였다.

"그대가 날 도우러 왔다고 들었소." 제시카가 말했다.

"이상하게 들리겠지만 사실입니다." 그가 말했다.

"하지만 알리아가 나를 납치하라고 그대를 보낸 게 아니오?" 그녀가 물었다.

그는 검은 눈썹을 조금 치켜올리는 것만으로 놀란 표정을 대신했다. 여러 개의 홑눈이 있는 틀레이랙스 눈은 계속해서 강렬하게 반짝이며 그녀를 물끄러미 바라보고 있었다. "그것이 그녀의 명령이었습니다." 그가 말했다.

크리스나이프를 쥐고 있는 알 팔리의 손마디가 하얗게 변했다. 그러나 그는 칼을 뽑지 않았다.

"난 오늘 밤 내가 내 딸과 관련해서 저지른 실수들을 생각하느라 많은 시간을 보냈소." 그녀가 말했다.

"실수가 많았습니다." 아이다호가 동의했다. "그리고 그 실수 중 대부분은 저도 같이 저지른 것입니다."

그녀는 이제야 그의 턱 근육이 떨리고 있음을 알아챘다.

"우리를 엉뚱한 길로 이끈 주장에 귀를 기울이는 건 쉬운 일이었소. 난 이곳을 떠나고 싶었지……. 그대는…… 그대는 나의 젊은 모습이라고 생각되는 여자를 원했고." 제시카가 말했다.

그는 말없이 이 말을 받아들였다.

"내 손자들은 어디 있소?" 그녀가 다그치듯 물었다. 그녀의 목소리가 점점 차가워졌다.

그가 깜짝 놀란 듯 눈을 깜박이더니 입을 열었다. "스틸가는 두 분이 사막으로 가서 숨어 있다고 생각하고 있습니다. 어쩌면 위기가 다가오는 것을 두 분이 미리 보았는지도 모르지요."

제시카는 알 팔리를 살짝 바라보았다. 그는 그녀가 이런 말을 미리 예상하고 있었음을 깨닫고 고개를 끄덕였다.

"알리아는 뭘 하고 있소?" 제시카가 물었다.

"내전도 감행할 태세입니다." 그가 말했다.

"일이 그렇게까지 될 거라고 생각하오?"

아이다호는 어깨를 으쓱했다. "그렇게 되지는 않을 겁니다. 시대가 많이 부드러워졌으니까요. 유쾌한 얘기를 듣고 싶어 하는 사람들이 더 많습니다."

"나도 동감이오. 그건 그렇다 치고, 내 손자들은 어떻게 될 것 같소?"

"스틸가가 두 분을 찾아낼 겁니다. 만약……."

"그래, 알겠소." 그렇다면 이 일은 이제 사실상 거니 할렉에게 달려 있었다. 그녀는 몸을 돌려 왼쪽의 바위벽을 바라보았다. "지금은 알리아가 권력을 단단히 움켜쥐고 있소." 그녀는 다시 아이다호에게 시선을 돌렸다. "알겠소? 사람이 권력을 사용하려면 권력을 가볍게 잡아야 하지. 너무 강하게 움켜쥐면 곧 권력에게 점령당해서 그것의 희생자가 되는 거요."

"저의 공작님께서도 항상 그렇게 말씀하셨습니다." 아이다호가 말했다.

왠지 제시카는 그가 말하는 공작이 폴이 아니라 옛날의 레토임을 알 수 있었다. 그녀가 물었다. "이…… 납치를 통해 나를 어디로 데려갈 거요?"

아이다호는 두건이 만들어낸 그림자 속을 들여다보려는 것처럼 그녀를 응시했다.

알 팔리가 앞으로 나섰다. "부인, 설마 진심으로……."

"나 자신의 운명을 결정하는 건 나의 권리가 아니오?" 제시카가 물었다.

"하지만 이 사람은……." 알 팔리가 고갯짓으로 아이다호를 가리켰다.

"이 사람은 알리아가 태어나기 전 나를 충성스럽게 지켜주었소. 그러다 내 아들과 나를 위해 목숨을 바쳤지. 우리 아트레이데스 사람들은 그런 은혜를 항상 잊지 않소." 제시카가 말했다.

"그럼 저와 함께 가실 겁니까?" 아이다호가 물었다.

"부인을 어디로 데려갈 거요?" 알 팔리가 물었다.

"당신은 모르는 게 좋을 거요." 제시카가 말했다.

알 팔리는 험악한 표정을 지었지만 아무 말도 하지 않았다. 그의 얼굴에 망설이는 기색이 나타났다. 그녀의 말이 맞는다는 것을 이해했지만 아이다호를 믿어도 되는지 아직 결단을 내리지 못한 모양이었다.

"나를 도왔던 페다이킨은 어떻게 되는 거요?" 제시카가 물었다.

"타브르에 도착할 수 있다면 스틸가의 도움을 얻게 될 겁니다." 아이다호가 말했다.

제시카는 알 팔리를 똑바로 바라보며 말했다. "당신에게 그곳으로 가라는 명령을 내리겠소, 내 친구. 스틸가가 내 손자들을 찾는 데 페다이킨을 이용할 수도 있겠지."

늙은 나입은 시선을 내리깔며 말했다. "무앗딥 어머님의 명령에 따르겠습니다."

'저 사람은 지금도 폴에게 복종하고 있군.' 그녀는 생각했다.

"우린 빨리 이곳에서 나가야 합니다. 수색에 이곳이 포함될 것은 확실합니다. 그것도 아주 일찍." 아이다호가 말했다.

제시카는 앞으로 몸을 기울이며 흐르는 듯 우아한 동작으로 몸을 일으켰다. 베네 게세리트들은 노화로 인해 고통을 느끼고 있을 때에도 그런 우아함을 잃어버리는 법이 결코 없었다. 하룻밤 도망을 치고 난 지금 그녀는 자신이 늙었음을 느꼈다. 몸을 움직이면서도 그녀의 정신은 손자와 나눴던 그 기묘한 대화에 계속 고정되어 있었다. 그 아이는 정말로 무엇을 하고 있는 걸까? 그녀는 두건을 바로잡는 척하면서 고개를 저었다. 레토를 과소평가하는 함정에 빠지기는 너무 쉬웠다. 보통 아이들에 대한 기억 때문에 사람들은 그 쌍둥이들이 물려받은 특징을 제대로 보지 못했다.

그때 아이다호의 자세가 그녀의 주의를 끌었다. 그는 긴장하지 않은 듯하면서도 폭력에 대비한 자세로 서 있었다. 한 발을 다른 발 앞에 내밀고 있는 그 자세는 그녀 자신이 그에게 가르친 것이었다. 그녀는 두 프레멘 젊은이와 알 팔리를 재빨리 살펴보았다. 늙은 프레멘 나입은 아직도 의혹에 시달리고 있었고, 두 젊은이도 그것을 느끼고 있었다.

"난 이 사람에게 내 목숨을 맡기겠소. 전에도 그런 적이 있으니까." 그녀가 알 팔리에게 말했다.

"부인." 알 팔리가 항의하려는 듯 입을 열었다. "이건 정말……." 그는 아이다호를 노려보았다. "저자는 콘 틴의 남편입니다!"

"하지만 그는 나의 공작님과 내게 훈련을 받았소." 그녀가 말했다.

"하지만 그는 골라입니다!" 알 팔리가 가슴속을 쥐어짜는 듯한 소리로 말했다.

"내 아들의 골라요." 그녀가 그에게 일깨워주었다.

이것은 죽을 때까지 무앗딥을 지지하겠다고 맹세했던 전직 페다이킨 대원이 감당하기에는 너무 벅찬 말이었다. 그는 한숨을 쉬며 옆으로 물러서서 두 젊은이에게 커튼을 열라고 손짓으로 지시했다.

제시카가 커튼을 통과하고 아이다호가 뒤를 따랐다. 그녀는 몸을 돌려 문간에 서 있는 알 팔리에게 말했다. "당신은 스틸가에게 가시오. 그는 믿어도 되는 사람이오."

"네……." 그러나 그녀는 노인의 목소리에서 아직도 의혹을 읽을 수 있었다.

아이다호가 그녀의 팔을 잡았다. "즉시 떠나야 합니다. 가져가시고 싶은 것이 있습니까?"

"내 상식만 있으면 되오." 그녀가 말했다.

"왜죠? 지금 이 행동이 혹시 실수는 아닌지 두려우신 겁니까?"

그녀는 그를 올려다보았다. "그대는 항상 우리 군대 최고의 오니숍터 조종사였소, 던컨."

그는 이 말이 별로 즐겁지 않은 표정이었다. 그가 그녀 앞으로 나서 재빨리 움직이면서 자신이 온 길을 되짚어 갔다. 알 팔리가 제시카의 뒤에 자리를 잡았다. "저 사람이 오니숍터를 타고 왔다는 걸 어떻게 아셨습니까?"

"사막복을 입지 않고 있으니까." 제시카가 말했다.

알 팔리는 눈에 뻔히 보이는 그 사실에 무안해진 모양이었다. 그러나 입을 다물고 가만히 있으려 하지는 않았다. "저희 전령이 스틸가의 전령으로부터 직접 그를 인수받아 이리로 데려왔습니다. 누군가 그 모습을 봤는지도 모릅니다."

"누가 그대의 모습을 봤소, 던컨?" 제시카가 아이다호의 등을 향해 물었다.

"잘 아시지 않습니까. 저희는 모래언덕 꼭대기보다 낮게 날았습니다." 그가 말했다.

그들은 아래로 향하는 나선형 계단이 있는 측면 통로로 접어들어, 마침내 갈색 바위 위에 높게 걸린 발광구들로 밝게 밝혀진 넓은 방에 들어섰다. 오니숍터 한 대가 뛰어오를 준비를 하는 곤충처럼 웅크린 모양으로 반대편 벽을 향해 놓여 있었다. 그렇다면 그 벽은 가짜 바위인 모양이었다. 사실은 사막을 향해 열리게 되어 있는 문인 것이다. 이 시에치는 아주 가난했지만 비밀과 기동력을 지키기 위한 장비들을 여전히 보유하고 있었다.

아이다호가 그녀를 위해 오니숍터의 문을 열어준 다음 그녀가 오른쪽 좌석에 앉을 수 있게 도와주었다. 그녀는 그의 옆을 지나치면서 흑염소털 같은 머리칼 한 줌이 흐트러져 있는 그의 이마에 배어 나온 땀을 보았다. 제시카는 시끄러운 동굴에서 그 머리가 피를 분수처럼 뿜어 올리던 모습을 자기도 모르게 떠올렸다. 강철 구슬 같은 틀레이랙스 눈이 그녀를 그 기억에서 빼내주었다. 이제 겉으로 보이는 모습 그대로인 것은 하나도 없었다. 그녀는 바삐 안전띠를 맸다.

"그대가 나를 태우고 날았던 것도 아주 오래전 일이군, 던컨." 그녀가 말했다.

"멀고 오래된 얘깁니다." 그가 말했다. 그는 벌써 조종판을 확인하고 있었다.

알 팔리와 두 프레멘 젊은이는 가짜 바위의 조종대 옆에서 문을 열 준비를 하고 있었다.

"내가 그대에 대해 의혹을 품고 있다고 생각하오?" 제시카가 부드러운 목소리로 아이다호에게 물었다.

아이다호는 엔진 조종에만 집중하면서 추진기에 시동을 걸고 계기판의 바늘이 움직이는 것을 지켜보았다. 그의 입가에 미소가 살짝 걸렸다. 그의 날카로운 얼굴에 나타난 그 무정한 미소는 나타났을 때처럼 재빨리 사라져버렸다.

"난 아직 아트레이데스 사람이오." 제시카가 말했다. "하지만 알리아는 아니지."

"걱정하실 것 없습니다. 저는 아직 아트레이데스 가문을 위해 일하고 있습니다." 그가 이를 갈듯이 말했다.

"알리아는 이제 아트레이데스 사람이 아니오." 제시카가 같은 말을 되풀이했다.

"내게 그걸 일깨워줄 필요 없습니다!" 그가 고함을 질렀다. "이제 이걸 조종해야 하니까 입 다물고 계십시오."

그의 목소리에 깃든 절박함은 그녀가 알던 아이다호와는 어울리지 않는 뜻밖의 것이었다. 새롭게 피어오르는 두려움을 억누르면서 제시카가 물었다. "우린 어디로 가는 거요, 던컨? 이젠 내게 말해 줘도 되지 않소."

그러나 그는 말없이 알 팔리를 향해 고갯짓을 했다. 가짜 바위가 밝은 은색 햇빛 속으로 열렸다. 오니숩터가 밖으로 도약하면서 위로 떠오르고 날개가 고동치듯 움직였다. 제트 엔진은 포효하듯 소리를 질러댔다. 이제 두 사람은 텅 빈 하늘에 떠 있었다. 아이다호는 사하야 능선을 향해 남서쪽으로 방향을 잡았다. 사막 위에서 능선이 검은 선처럼 보였다.

이윽고 그가 말했다. "저를 나쁘게 평가하지 마십시오, 부인."

"난 그대가 스파이스 맥주에 취해 소리를 지르며 아라킨의 중앙 홀로 들어왔던 그날 밤 이후 그대를 나쁘게 평가한 적이 없소." 그녀가 말했다. 그러나 그의 말은 그녀의 의혹에 새로운 힘을 실어주었다. 그녀는 긴장을 풀고 만반의 준비를 갖추는 완벽한 프라나 빈두 방어 자세에 들어갔다.

"저도 그날 밤을 잘 기억하고 있습니다. 그때 저는 아주 젊었고⋯⋯ 경험이 없었습니다."

"하지만 내 공작님의 수행원들 중 최고의 검술 대가였지."

"꼭 그런 것은 아니었습니다, 부인. 거니는 저와 열 번 싸워 여섯 번 정도는 이길 수 있었으니까요." 그가 그녀를 흘끗 바라보며 말을 이었다. "거니는 어디 있습니까?"

"내 명령을 수행하고 있소."

그가 고개를 가로저었다.

"우리가 어디로 가는 건지 알고 있소?" 그녀가 물었다.

"예, 부인."

"그럼 내게 말해 주시오."

"좋습니다. 저는 아트레이데스 가문에 대항하는 그럴듯한 음모를 꾸미겠다고 약속했습니다. 그러기 위해서는 사실 한 가지 방법밖에 없습니다." 그가 조종 핸들에 있는 단추를 누르자 고치 모양의 구속 장치가 제시카의 좌석에서 채찍처럼 뻗어 나와 깨뜨릴 수 없는 부드러움으로 그녀를 감쌌다. 밖으로 나와 있는 것은 그녀의 머리뿐이었다. "전 부인을 살루사 세쿤더스로 데려갈 겁니다." 그가 말했다. "파라든에게요."

그녀에게서는 아주 드물게만 볼 수 있는, 통제되지 않은 경련 같은 움직임으로 제시카가 구속 장치를 향해 달려들었다. 그러나 구속 장치가 더 조여드는 것이 느껴졌다. 구속 장치가 느슨해지는 것은 그녀가 몸의 긴장을 풀고 있을 때뿐이었다. 게다가 그녀는 보호용 피복 속에 무서운 시거와이어가 숨겨져 있다는 것도 느낄 수 있었다.

"그 시거와이어 발사 장치의 연결을 끊어놓았습니다." 그가 그녀에게 시선을 돌리지 않은 채 말했다. "그렇고말고요. 그리고 제게 '목소리'를 사용할 생각은 하지 마십시오. 부인이 저를 그런 식으로 움직일 수 있던 시절 이후 저는 먼 길을 왔으니까요." 그가 그녀를 바라보았다. "틀레이락스 인들은 그런 책략에 저항할 수 있는 갑옷을 제게 입혀주었습니다."

"넌 알리아의 명령에 복종하고 있다." 제시카가 말했다. "그리고 그 애는⋯⋯."

"알리아가 아닙니다. 우리는 설교자의 명령에 따르고 있습니다. 그분은 부인이 예전에⋯⋯ 폴을 가르쳤듯이 파라든을 가르치기를 원하고 계십니다."

제시카는 얼어붙은 듯 침묵을 지키며 레토의 말을 기억해 냈다. 그녀가 흥미로운 학생을 만나게 될 것이라던 말을.

이윽고 그녀가 말했다.

"그 설교자라는 사람…… 그가 내 아들이오?"

멀리서 들려오는 소리처럼 아이다호의 목소리가 그녀에게 닿았다.
"저도 그걸 알았으면 좋겠습니다."

우주는 그냥 '그곳'에 있다. 그것이 페다이킨이 우주를 보면서 자신의 감각을 계속 통제할 수 있는 단 하나의 방법이다. 우주는 위협도, 약속도 하지 않는다. 우주는 우리가 움직일 수 없는 것들을 품고 있다. 운석의 추락, 스파이스 개화의 분출, 늙어 죽는 것. 이것들이 이 우주의 현실이며, 너희들은 이것들에 대해 어떤 '감정'을 갖고 있든 상관없이 이것들을 정면으로 받아들여야 한다. 이런 현실을 말로 물리칠 수는 없다. 현실은 그 특유의 무언의 방식으로 너희들에게 다가올 것이며 그때, 그때 너희들은 '삶과 죽음'이란 말의 진정한 의미를 깨달을 것이다. 이것을 깨달으면 너희는 기쁨으로 가득 찰 것이다.

—무앗딥이 페다이킨 대원들에게 한 말

"우리가 벌인 일이 그런 것이다. 너를 위해 한 거야." 웬시시아가 말했다.

파라든은 어머니의 거실에서 어머니와 마주 보고 앉아 꼼짝도 하지 않았다. 황금색 햇빛이 그의 등 뒤에서 들어와 하얀 카펫이 깔린 바닥에 그의 그림자를 만들었다. 어머니 뒤의 벽에서 반사된 빛은 그녀의 머리칼 주위에 후광을 그리고 있었다. 그녀는 여느 때처럼 황금색으로 가장자리가 장식된 하얀 로브를 입고 있었다. 그들이 황족이던 시절을 일깨워주는 옷이었다. 하트 모양인 그녀의 얼굴은 차분해 보였지만, 그는 그녀가 자신의 모든 반응을 관찰하고 있다는 걸 알고 있었다. 금방 아침을 먹었는데도 배 속이 텅 빈 것 같았다.

"찬성하지 않는 거냐?" 웬시시아가 물었다.

"제가 찬성하지 않을 것이 뭐가 있겠습니까?" 그가 물었다.

"글쎄…… 우리가 지금까지 이걸 네게 비밀로 했다는 것?"

"아, 그거요." 그는 어머니를 유심히 살펴보면서 이 문제에서 자신이 차지하고 있는 복잡한 입장을 곰곰이 생각해 보려고 했다. 그러나 그가 생각할 수 있는 것이라고는 최근에 눈치챈 어떤 일, 즉 티예카니크가 그녀를 더 이상 '나의 공주님'이라고 부르지 않는다는 사실뿐이었다. 그가 요즘 그녀를 뭐라고 부르더라? 대비님이었던가?

'내가 왜 상실감을 느끼는 거지?' 그는 생각했다. '내가 뭘 잃고 있기에?' 대답은 뻔했다. 근심 걱정 없는 태평한 시절이 그에게서 멀어져가고 있었다. 자신의 마음을 끄는 일들을 마음껏 할 수 있던 시절이. 어머니가 밝힌 이 음모가 성공하면 그런 시절은 영원히 사라져버릴 터였다. 그리고 새로운 책임들이 그의 관심을 요구할 것이다. 그는 자신이 이것에 깊이 분개하고 있음을 깨달았다. 저들이 어찌 감히 그의 시간을 이렇게 마음대로 한단 말인가? 나와 미리 상의하지도 않고서!

"할 말 있으면 해라. 뭔가가 마음에 걸리는 거지?" 어머니가 말했다.

"만약 이 계획이 실패하면 어떡하실 겁니까?" 그가 머릿속에 가장 먼저 떠오른 생각을 말했다.

"실패할 리가 없지 않느냐?"

"전 모르겠습니다……. 어떤 계획이든 실패할 수 있습니다. 이 일에서 어머니는 아이다호를 어떻게 이용하고 계신 겁니까?"

"아이다호? 왜 그에게 관심을……. 아, 그래. 티예크가 나와 상의도 하지 않고 데려온 그 신비주의자 때문이군. 그가 그런 짓을 한 건 정말 잘못이었다. 그 신비주의자가 아이다호에 대한 얘기를 했지, 그렇지 않느냐?"

그것은 그녀답지 않게 서투른 거짓말이었다. 파라든은 놀라움으로 가득 차서 어머니를 뚫어지게 바라보았다. 그녀는 처음부터 설교자에 대해 알고 있었다!

"그저 제가 골라를 한 번도 본 적이 없기 때문입니다." 그가 말했다.

그녀는 이 말을 받아들였다. "우린 중요한 일을 위해 아이다호를 아껴 두고 있다."

파라든은 소리 없이 윗입술을 잘근잘근 씹었다.

웬시시아는 그 모습을 보며 세상을 떠난 그의 아버지를 떠올렸다. 달락도 때로 저런 태도를 보였다. 내면으로 향한 그 복잡한 반응을 파악하기가 어려웠다. 달락이 하시미르 펜링 백작의 친척이었다는 사실을 그녀는 자신에게 일깨웠다. 그 두 사람에게는 뭔가 멋쟁이 같으면서도 광신도 같은 면이 있었다. 파라든도 그 길을 따를 것인가? 그녀는 티예크를 시켜 이 아이를 아라킨의 종교로 끌어들인 것을 후회하기 시작했다. 그 종교가 이 아이를 어디로 이끌지 누가 알겠는가?

"요즘 티예크가 어머니를 뭐라고 부릅니까?" 파라든이 물었다.

"그게 무슨 소리냐?" 그녀는 이 화제의 전환에 깜짝 놀랐다.

"그가 어머니를 더 이상 '나의 공주님'이라고 부르지 않는 것 같아서요."

'관찰력이 대단한 아이야.' 그녀는 이 사실이 왜 자신을 불안하게 만드는 건지 의아해하면서 속으로 생각했다. '저 애는 내가 티예크를 연인으로 삼았다고 생각하는 걸까? 말도 안 돼. 그게 사실이든 아니든 결코 문제 될 것이 없는데. 그럼 왜 그런 질문을 한 거지?'

"그는 나를 '부인'이라고 부른다." 그녀가 말했다.

"왜죠?"

"그게 모든 대가문의 관습이니까."

'아트레이데스도 거기 포함되겠군.' 그는 속으로 생각했다.

"누가 우리 얘기를 엿듣는다 해도 들킬 위험이 적어지지. 아마 우리가 우리의 정당한 야심을 포기했다고 생각하는 사람도 있을 거다." 그녀가 설명했다.

"그렇게 바보 같은 사람이 누가 있겠습니까?" 그가 물었다.

그녀는 입을 꾹 다물고 이 문제를 그냥 흘려버리기로 결정했다. 작은 문제였지만, 커다란 작전은 원래 작은 문제들로 구성되는 법이었다.

"레이디 제시카는 칼라단을 떠나지 말았어야 했습니다." 그가 말했다.

그녀는 날카롭게 고개를 흔들었다. 이건 뭔가? 저 아이의 생각이 미친 듯이 여기저기 돌아다니고 있어! 그녀가 말했다. "그게 무슨 뜻이냐?"

"그녀는 아라키스로 돌아가지 말았어야 했습니다. 그건 나쁜 전략이었어요. 의아할 정도입니다. 자기 손자들로 하여금 칼라단을 방문하게 하는 게 더 나았을 겁니다."

'저 애가 옳아.' 그녀는 자신이 이런 생각을 한 번도 하지 못했다는 사실이 당혹스러웠다. 티예크에게 이 문제를 즉시 검토해 보라고 해야 할 것 같았다. 그녀는 다시 고개를 흔들었다. '안 돼!' 파라든은 도대체 무슨 생각일까? 사제들이 쌍둥이 두 명을 한꺼번에 우주로 내보내는 위험을 결코 무릅쓰지 않으리라는 것을 그도 틀림없이 알고 있을 텐데.

그녀는 이 생각을 파라든에게 말했다.

"사제들입니까, 아니면 레이디 알리아입니까?" 그가 물었다. 그는 자신이 원하던 방향으로 그녀의 생각이 흘러갔음을 알 수 있었다. 자기가 이처럼 새로이 중요한 위치를 갖게 되었다는 사실, 정치적 음모에서 사용할 수 있는 정신적 대결을 해냈다는 사실이 짜릿했다. 어머니의 생각이 그의 흥미를 끈 것은 실로 오랜만의 일이었다. 계략으로 그녀를 조종하는 것은 너무 쉬웠다.

"넌 알리아가 스스로 권력을 잡고 싶어 한다고 생각하는 거냐?" 웬시시아가 물었다.

그는 어머니에게서 시선을 돌렸다. 알리아는 당연히 권력을 원하지! 그 저주받은 행성에서 보내온 모든 보고서들이 이 점에 동의하고 있었다. 그의 생각이 새로운 방향을 향했다.

"저는 요즘 그들의 행성학자에 대한 자료를 읽고 있습니다. 모래벌레와 모래송어에 대한 단서가 거기 어딘가에 분명히 있을 겁니다. 다만……."

"지금은 그 문제를 다른 사람들에게 맡겨두어라!" 그녀가 말했다. 아들을 상대하는 일에 점점 짜증이 나기 시작했다. "우리가 너를 위해 해놓은 일들에 대해 네가 할 말은 그것뿐인 거냐?"

"어머니가 그 일을 한 건 저를 위해서가 아닙니다." 그가 말했다.

"뭐, 뭐라고?"

"어머니는 코리노 가문을 위해 그 일을 하신 겁니다. 그리고 지금은 어머니가 바로 코리노 가문입니다. 제게는 어떤 권한도 맡겨지지 않았습니다." 그가 말했다.

"너도 책임을 맡고 있어!" 그녀가 말했다. "네게 의지하고 있는 사람들을 다 잊은 거냐?"

그녀의 말이 자신의 몸에 짐을 올려놓기라도 한 것처럼 그는 코리노 가문을 따르는 모든 사람들의 희망과 꿈의 무게를 느꼈다.

"아뇨, 그들에 대해서는 저도 알고 있습니다. 하지만 제 이름으로 행해진 일 중에 일부는 정말 싫습니다."

"싫…… 어떻게 그런 말을 할 수 있지? 어떤 대가문이든 자신의 지위를 한층 높이기 위해 우리와 똑같은 일을 했을 거다!"

"그렇습니까? 제가 보기에는 어머니가 조금 심했던 것 같은데요. 그만! 제 말을 가로막지 마세요. 만약 제가 황제가 될 운명이라면, 어머니는 제 말에 귀를 기울이는 법을 배우시는 게 좋을 겁니다. 제가 행간에 숨겨진 의미를 읽지 못하는 줄 아십니까? 그 호랑이들은 어떤 훈련을 받았습니까?"

그녀는 이처럼 예리하게 드러난 그의 인지 능력에 말을 잃었다.

"그렇군요. 티예크는 살려두겠습니다. 어머니가 그를 이 일에 끌어들였다는 걸 알고 있으니까요. 그는 대부분의 경우 훌륭한 장교입니다. 하지만 자신에게 호의적인 곳에서만 자신의 원칙을 위해 싸우죠."

"자신의…… 원칙이라고?"

"훌륭한 장교와 형편없는 장교 사이에는 강인한 성격이라는 차이 말고는 심장이 다섯 번 뛸 정도의 차이밖에 없습니다. 그는 자신의 원칙이 어디서 도전을 받더라도 그것을 굳게 지켜야 합니다."

"호랑이는 꼭 필요했다."

"놈들이 성공하면 그 말을 믿기로 하죠. 하지만 놈들을 훈련시키는 과정에서 저질러진 일들을 묵과하지는 않겠습니다. 항변할 생각은 하지 마세요. 그건 불을 보듯 뻔한 일이니까. 놈들은 '세뇌'되어 있습니다. 어머니가 직접 그렇게 말씀하셨어요."

"뭘 할 작정이지?" 그녀가 물었다.

"가만히 기다리면서 상황을 볼 겁니다. 어쩌면 제가 황제가 될지도 모르죠."

그녀는 가슴에 한 손을 얹고 한숨을 쉬었다. 잠시 동안 그가 너무나 무서웠다. 그가 그녀를 탄핵할 거라고 거의 믿을 뻔했을 정도였다. 원칙이라니! 그러나 이제는 그도 같은 배에 몸을 실었다. 그녀는 그것을 분명히 알 수 있었다.

파라든은 자리에서 일어나 문으로 가서 종을 울려 어머니의 시종들을 불렀다. 그리고 뒤를 돌아보며 말했다. "얘기는 끝난 거죠, 그렇지 않습니까?"

"그래." 그가 방을 나가려고 하자 그녀는 손을 들어 그를 제지했다. "어딜 가는 거냐?"

"도서관에요. 최근 코리노의 역사에 매혹되었거든요." 그리고 그는 이제 자신이 책임져야 할 새로운 일들이 생겨났음을 느끼며 그녀의 곁을 떠났다.

'빌어먹을 어머니!'

그러나 그는 자신이 그 일에 동참하기로 했음을 알고 있었다. 그리고 시거와이어에 기록되어 한가할 때 읽는 역사에 깊은 정서적 차이가 있음을 깨달았다. 그런 역사와 사람이 실제로 경험하는 역사 사이에는 깊은 차이가 있었다. 그의 주위로 새로이 점점 모여드는 것이 느껴지는 이 살아 있는 역사에는 돌이킬 수 없는 미래 속으로 몸을 던지는 듯한 느낌이 있었다. 파라든은 이제 자신과 함께 운명을 건 모든 사람들의 욕망이 자신을 몰아대고 있음을 느낄 수 있었다. 그 속에서 자신의 욕망을 분명하게 구분해 낼 수 없다는 사실이 이상했다.

무앗딥이 언젠가 두 개의 바위 사이에서 자라나려고 애쓰는 잡초를 보고 바위 하나를 옮겨놓았다는 얘기가 있다. 후에 그 잡초가 무성하게 자란 것을 보고 그는 나머지 바위로 잡초를 덮어버렸다. "이것이 그 잡초의 운명이다." 그는 이렇게 설명했다.

—『주석집』

"지금이야!" 가니마가 소리쳤다.

그녀보다 두 발 앞서서 바위틈에 가까이 다가가 있던 레토는 망설이지 않았다. 그는 틈 속으로 몸을 던져 어둠이 자신을 감쌀 때까지 앞으로 기어갔다. 가니마가 등 뒤로 떨어지는 소리가 들리더니 갑자기 정적이 찾아왔다. 그리고 서두르는 기색도, 두려워하는 기색도 없는 그녀의 목소리가 들려왔다.

"움직일 수가 없어."

그는 사냥감을 찾는 짐승들의 발톱이 닿을 수 있는 곳에 자신의 머리가 노출된다는 것을 알면서도 자리에서 일어나 좁은 통로 속에서 방향을 바꾼 다음 내뻗은 가니마의 손이 만져질 때까지 온 길을 다시 기어갔다.

"로브야. 로브가 걸렸어." 그녀가 말했다.

그는 바로 아래쪽에서 바위들이 떨어지는 소리를 들으며 그녀의 손을 잡아당겼지만 그녀의 몸은 조금밖에 움직이지 않았다.

아래쪽에서 헐떡이는 숨소리와 으르렁거리는 소리가 들렸다.

레토는 몸에 힘을 주고 바위에 엉덩이를 붙인 채 가니마의 팔을 힘껏 잡아당겼다. 천이 찢어지는 소리와 함께 그가 있는 쪽으로 그녀가 홱 잡아당겨지는 것이 느껴졌다. 그녀가 이 사이로 숨을 들이켜는 소리가 들렸다. 그는 그녀가 아파한다는 것을 알았지만, 한 번 더 세게 그녀를 잡아당겼다. 그녀가 구멍 안으로 더 깊숙이 들어오더니 결국 그가 있는 곳까지 끌려 들어와서 그의 옆에 털썩 쓰러졌다. 그러나 그들이 있는 곳은 바위 틈새의 입구와 너무 가까웠다. 그는 몸을 돌려 네 발로 땅을 짚고 재빨리 더 안쪽으로 들어갔다. 가니마가 그의 뒤를 따랐다. 그녀가 움직일 때마다 숨을 몰아쉬며 힘겨워하는 것으로 보아 상처를 입은 것 같았다. 그는 구멍의 끝까지 와서 몸을 뒤집은 다음, 이 피신처의 좁은 틈을 통해 위를 올려다보았다. 그의 머리 위 약 2미터 높이에 있는 그 틈은 별들로 가득 채워져 있었다. 그런데 뭔가 커다란 것이 별들을 가렸다.

낮게 으르렁거리는 소리가 쌍둥이들 주위의 공기를 가득 채웠다. 그것은 고대부터 계속되어 온 낮고 위협적인 소리, 사냥꾼이 먹이를 향해 말을 거는 소리였다.

"얼마나 다친 거야?" 레토가 목소리를 차분하게 유지하면서 물었다.

가니마 역시 그와 한 치도 다르지 않은 어조로 말했다. "한 놈이 발톱으로 나를 할퀴는 바람에 왼쪽 다리의 사막복이 찢어졌어. 지금 피가 흐르고 있어."

"얼마나 심해?"

"정맥이 찢어진 거야. 내가 피를 멈출 수 있어."

"상처를 꼭 눌러. 그리고 움직이지 마. 저 친구들은 내가 알아서 할게."

"조심해. 놈들이 내가 생각했던 것보다 더 커."

레토는 크리스나이프를 칼집에서 꺼내 위로 뻗었다. 호랑이들은 틀림 없이 아래쪽을 탐색하면서 자기 몸이 들어갈 수 없는 좁은 통로를 발톱 으로 할퀴고 있을 터였다.

천천히, 천천히, 그는 칼을 뻗었다. 갑자기 뭔가가 칼날 끝부분을 쳤다. 팔 전체에 걸쳐 타격이 느껴지는 바람에 하마터면 칼을 놓칠 뻔했다. 뿜 어져 나온 피가 그의 손을 따라 흘러내리면서 얼굴에 튀었다. 그리고 곧 바로 귀가 멀 정도로 커다란 비명 소리가 들려왔다. 다시 별들이 눈에 보 였다. 뭔가가 바위를 마구 후려치더니 발정기의 고양이처럼 난폭하게 그르렁거리는 소리와 함께 사막을 향해 아래로 떨어져 내렸다.

다시 별들이 가려지고 사냥꾼의 으르렁거림이 그의 귀에 들렸다. 두 번 째 호랑이가 동료의 운명에는 신경도 쓰지 않은 채 자리를 잡은 것이다.

"끈질긴 놈들이군." 레토가 말했다.

"한 놈은 네가 분명히 잡았어. 들어봐!" 가니마가 말했다.

그들의 아래쪽에서 들려오는 비명 소리와 경련하듯 뭔가를 후려치는 소리가 점점 희미해지고 있었다. 그러나 두 번째 호랑이는 여전히 별들 을 가리는 커튼처럼 자리를 지키고 있었다.

레토는 칼을 칼집에 꽂고 가니마의 팔을 잡았다. "네 칼을 줘. 저놈을 확실히 잡으려면 새 칼이 필요해."

"저들이 세 번째 놈을 준비해 뒀을까?" 그녀가 물었다.

"아마 아닐 거야. 라자 호랑이들은 둘씩 짝을 지어서 사냥하니까."

"우리와 똑같네."

"그래, 똑같아." 그가 동의했다. 그는 그녀의 크리스나이프 손잡이가 자신의 손바닥 안으로 스르륵 들어오는 것을 느끼고 그것을 단단히 잡았다. 그리고 다시 조심스럽게 칼을 위로 뻗어 탐색을 시작했다. 그러나 그가 위험할 정도로 높은 곳까지 팔을 뻗었는데도 칼날에 부딪히는 것은 텅 빈 허공뿐이었다. 그는 칼을 거둬들이고 생각에 잠겼다.

"놈을 못 찾겠어?"

"아까 그놈하고 행동이 달라."

"놈은 아직 저기 있어. 냄새가 느껴져?"

그는 바짝 마른 목구멍으로 침을 삼켰다. 고양이과 동물의 사향 냄새가 축축하게 배어 있는 짐승의 불쾌한 입냄새가 콧구멍을 강타했다. 별들은 여전히 시야에서 가려져 있었다. 첫 번째 호랑이의 소리는 전혀 들리지 않았다. 크리스나이프에 발라둔 독이 임무를 완수한 모양이었다.

"아무래도 일어서야 할 것 같아." 그가 말했다.

"안 돼!"

"놈을 자극해서 칼이 닿는 곳까지 끌어들이는 수밖에 없어."

"그래, 하지만 미리 얘기했잖아. 우리 둘 중 하나가 부상을 피할 수 있다면……."

"지금 네가 상처를 입었잖아. 그러니까 네가 돌아가야 해."

"하지만 네가 심한 부상을 당한다면 난 널 남겨두고 갈 수 없을 거야."

"그럼 더 좋은 생각이라도 있는 거야?"

"내 칼을 돌려줘."

"넌 다리를 다쳤어!"

"안 다친 다리로 설 수 있어."

"저놈이 발을 한 번 휘두르기만 해도 네 머리가 날아가 버릴 수 있어. 어쩌면 마울라로……."

"저 밖에 사람이 있어서 그 소리를 듣는다면 우리가 미리 준비를 하고 왔다는 걸 알게⋯⋯."

"네가 위험을 무릅쓰는 건 싫어!"

"저 밖에 누가 있든 우리에게 마울라가 있다는 걸 알려서는 안 돼, 아직은." 그녀가 그의 팔을 잡으며 말을 이었다. "조심할게. 머리를 올리지 않을 거야."

그가 말을 하지 않자 그녀는 다시 입을 열었다. "지금 이걸 해야 하는 게 바로 나라는 걸 너도 알잖아. 내 칼을 돌려줘."

그는 마지못한 듯 자유로운 손으로 허공을 더듬어 그녀의 손을 찾은 후 칼을 돌려주었다. 논리적으로는 이렇게 하는 것이 맞았다. 그러나 그의 마음속에서 논리와 온갖 감정들이 전쟁을 벌이고 있었다.

가니마가 그에게서 멀어지는 것이 느껴지더니 그녀의 로브가 모래투성이의 바위에 쓸리는 소리가 났다. 그녀가 흡 하고 숨을 들이켜는 소리가 나서 그는 그녀가 지금 일어서 있다는 것을 알 수 있었다. '제발 조심해!' 그는 생각했다. 그녀를 다시 뒤로 잡아당긴 다음 마울라 권총을 쓰자고 고집을 부리고 싶은 마음이 굴뚝같았다. 그러나 총을 쓰면 저 밖에 있는 사람에게 자신들이 무기를 갖고 있음을 알리게 될 터였다. 게다가 더 심각한 것은 총소리 때문에 호랑이가 손이 닿지 않는 곳으로 물러나 그들이 이곳에 갇히게 되리라는 것이었다. 부상당한 호랑이가 저 바위들 사이 어디에선가 여전히 그들을 기다리고 있는 채로.

가니마는 깊이 숨을 들이쉰 다음 바위 틈새의 한쪽 벽에 단단히 등을 붙였다. '재빨리 행동해야 해.' 그녀는 생각했다. 그리고 칼끝을 위로 뻗었다. 호랑이의 발톱에 할퀸 왼쪽 다리가 욱신거렸다. 피부에 말라붙은 피와 새로 흘러나오기 시작한 피가 느껴졌다. '아주 빨리!' 그녀는 베네 게세리트 방법에 따라 차분하게 위기를 대비하는 상태로 자신의 감각들을 가라앉히고, 통증을 비롯해서 자신의 주의를 산만하게 하는 모든 것들을 의식 밖으로 몰아냈다. 호랑이는 틀림없이 아래쪽으로 발을 뻗을 것이다! 천천히 그녀는 위를 향해 열린 구멍 가장자리를 따라 칼을 움직였다. 그 망할 놈의 짐승은 어디 있는 거지? 다시 한번 그녀는 허공을 할퀴었다. 아무것도 없었다. 아무래도 호랑이를 꼬드겨서 공격하게 만들어야 할 것 같았다.

조심스럽게 그녀는 자신의 후각으로 주변을 탐색했다. 따뜻한 숨결이 왼쪽에서 느껴졌다. 그녀는 자세를 갖추고 깊이 숨을 들이쉰 다음 날카롭게 소리쳤다. "타콰!" 이것은 오래전부터 프레멘들이 전투에 나설 때 지르는 소리였다. 가장 오래된 전설에서 발견되는 이 말의 의미는 '자유의 대가!'였다. 이 외침과 함께 그녀는 칼날을 약간 옆으로 기울여 어두운 구멍 가장자리를 따라 칼을 찔렀다. 칼이 호랑이의 살에 닿기 전에 호랑이의 발톱이 먼저 그녀의 팔꿈치에 닿았다. 그녀가 그 고통의 근원지를 향해 팔목을 약간 기울이자마자 팔꿈치에서부터 팔목까지 팔을 할퀴는 듯한 통증이 느껴졌다. 그 고통 속에서도 그녀는 독을 발라둔 칼끝이 호랑이의 몸속에 박히는 것을 느꼈다. 감각이 마비된 그녀의 손가락에서 칼이 떨어져 나갔다. 그러나 위를 향한 바위 틈새의 어두운 구멍은 다시 별들을 향해 열려 있었고, 죽어가는 호랑이의 울부짖음이 밤을 가득 채웠다. 두 사람은 그 단말마를 통해 호랑이의 뒤를 좇았다. 호랑이는 몸부림을 치면서 바위들 사이를 구르듯 내려가고 있었다. 이윽고 죽음의 침묵이 찾아왔다.

"놈한테 팔을 당했어." 가니마가 로브 자락으로 상처 주위를 묶으려고 애쓰면서 말했다.

"심해?"

"그런 것 같아. 손에 감각이 없어."

"내가 불을 켜고……."

"그 전에 은폐막을 설치해야 해!"

"서두를게."

그가 프렘 행낭을 집으려고 몸을 비트는 소리가 들리고, 어둡고 매끈한 야간 은폐막이 머리 위에 내려앉아 그녀의 등 뒤에서 고정되는 것이 느껴졌다. 그는 수분 누출을 막기 위해 은폐막을 단단히 조이는 데에는 신경도 쓰지 않았다.

"내 칼은 이쪽에 있어. 내 무릎에 손잡이가 닿은 게 느껴져." 그녀가 말했다.

"그건 그냥 내버려둬."

그가 작은 발광구를 밝혔다. 빛이 너무 밝아서 그녀는 눈을 깜박였다. 레토는 모래투성이 바닥 한쪽에 발광구를 내려놓고 그녀의 팔을 본 순간 놀라서 숨을 집어삼켰다. 호랑이의 발톱에 할퀸 상처가 그녀의 팔꿈치에서부터 팔 뒤쪽을 따라 거의 팔목에 이르기까지 길게 입을 벌리고 있었다. 그 상처를 보니 그녀가 칼끝을 호랑이의 발에 갖다 대기 위해 팔을 비트는 모습이 생생하게 그려졌다.

가니마는 상처를 한 번 흘끗 바라본 다음 눈을 감고 '공포에 맞서는 기도문'을 외기 시작했다. 레토도 기도문을 외고 싶었지만 아우성치는 자신의 감정들을 옆으로 제쳐두고 상처를 묶기 시작했다. 출혈을 멈추게 하면서도 가니마가 혼자 묶은 것처럼 서투르게 보여야 할 필요가 있었다. 그는 그녀에게 자유로운 손으로 매듭을 짓도록 했다. 그녀는 붕대 한쪽을 이로 물고 매듭을 지었다.

"이제 다리를 보자." 그가 말했다.

그녀는 몸을 비틀어 다리 상처를 보여주었다. 다리는 팔만큼 심하지 않았다. 종아리를 따라 발톱에 할퀸 자국이 얕게 나 있을 뿐이었다. 그러나 사막복 안으로 피가 엄청나게 흘러 있었다. 그는 가능한 한 깨끗이 피를 닦아낸 다음 사막복 안에서 상처를 묶었다. 그리고 붕대 위에서 사막복의 찢어진 자국을 봉했다.

"안에 모래가 있어. 돌아가는 즉시 치료를 받도록 해." 그가 말했다.

"우리 상처 속의 모래라. 그건 프레멘에게는 흔한 얘기지." 그녀가 말했다.

그는 간신히 미소를 지어 보이며 앉은 채 몸을 뒤로 기댔다.

가니마가 깊이 숨을 들이쉬며 말했다. "우리가 해냈어."

"아직은 아냐."

그녀는 놀란 가슴을 진정시키려고 애쓰면서 마른침을 삼켰다. 발광구 불빛에 드러난 그녀의 얼굴이 창백해 보였다. 그녀는 속으로 생각했다. '그래, 이제 우린 서둘러야 해. 저 호랑이들을 조종한 사람이 누군지는 몰라도 어쩌면 지금 저 밖에 있을지도 몰라.'

레토는 누이를 물끄러미 바라보면서 문득 가슴이 뒤틀리는 듯한 상실감을 느꼈다. 무거운 통증이 그의 가슴을 꿰뚫고 지나갔다. 그와 가니마는 이제 헤어져야 했다. 태어났을 때부터 지금까지 그 오랜 세월 동안 그들은 한 사람이었다. 그러나 그들의 계획은 이제 변화를 요구하고 있었다. 매일 경험을 공유한다 하더라도 다시는 예전처럼 하나가 될 수 없는 각자의 길로 헤어져야 하는 것이다.

그는 지금 반드시 해야 하는 현실적인 일들 속으로 도피했다. "여기 내 프렘 행낭이 있어. 내가 거기서 붕대를 꺼냈어. 누군가가 그걸 알아차릴

지도 몰라."

"그래." 그녀는 자신의 행낭과 그의 행낭을 바꿨다.

"저 밖에 호랑이를 조종하는 원격 조종기를 가진 사람이 있어. 우리가 정말 죽었는지 확인하려고 그 사람이 카나트 근처에서 기다리고 있을 가능성이 커." 그가 말했다.

그녀는 프렘 행낭 위에 놓여 있는 마울라 권총을 집어 들어 로브 밑의 허리띠 속에 쑤셔 넣었다. "내 로브가 찢어졌어."

"그래."

"아마 수색대가 곧 여기 도착할 거야." 그가 말했다. "어쩌면 그중에 반역자가 끼어 있을지도 몰라. 너 혼자 몰래 돌아가는 게 제일 좋아. 하라한테 숨겨달라고 해."

"내가…… 내가 돌아가는 즉시 반역자 수색을 시작할게." 그녀가 말했다. 그녀는 오빠의 얼굴을 들여다보며 지금부터 자신들이 서로 다른 경험을 쌓게 될 것이라는 고통스러운 사실을 함께 나눴다. 앞으로 다시는 다른 어느 누구도 이해할 수 없는 지식들을 공유하며 한 사람처럼 움직일 수 없을 것이다.

"난 자쿠루투로 갈 거야." 그가 말했다.

"폰닥 말이지." 그녀가 말했다.

그가 수긍의 뜻으로 고개를 끄덕였다. 자쿠루트와 폰닥은 같은 곳임에 틀림없었다. 그 전설적인 장소가 숨겨질 수 있는 방법은 그것뿐이었다. 이건 물론 밀수꾼들의 소행이었다. 그들의 존재를 가능하게 해주는 무언의 관습을 은폐막으로 삼고 활동하면서 한 곳의 이름을 다른 것으로 바꾸는 것쯤 그들에게는 아주 쉬운 일일 것이다. 행성을 통치하는 가문은 항상 궁지에 몰렸을 때를 대비해서 도망칠 수 있는 뒷문을 갖고 있어야 했다. 그런데 밀수꾼들이 이윤을 올리는 데에 조금 참여하는 것만으로 그 뒷문을 마련할 수 있었다. 폰닥이자 자쿠루투인 곳에서 밀수꾼들은 거주자들에 의해 어지럽혀지지 않았으면서도 모든 기능을 완벽하게 갖추고 있는 시에치를 손에 넣었다. 그리고 그들은 프레멘들의 출입을 막는 금기를 이용해서 자쿠루투를 누구나 볼 수 있는 곳에 안전하게 숨겨온 것이다.

"날 찾으려고 그런 곳까지 올 생각을 하는 프레멘은 아무도 없을 거야." 그가 말했다. "물론 밀수꾼들을 조사하기는 하겠지. 하지만……."

"우리가 미리 합의한 대로 하는 거야." 그녀가 말했다. "다만……."

"알아." 레토는 자신의 목소리를 들으면서 자신들이 서로 똑같은 존재로 있을 수 있는 이 마지막 순간을 질질 끌고 있다는 것을 깨달았다. 비틀린 미소가 그의 입가를 스치면서 그의 얼굴에 몇 년의 세월을 덧붙여 놓았다. 가니마는 자신이 지금 시간의 베일을 꿰뚫어 지금보다 더 나이든 레토의 모습을 보고 있음을 알았다. 눈시울이 뜨거워졌다.

"아직은 죽은 사람들에게 물을 줄 필요가 없어." 그가 축축하게 젖은 그녀의 뺨을 손가락으로 스치듯 만지면서 말했다. "아무도 내 소리를 들을 수 없는 곳까지 멀리 가서 벌레를 부를 거야." 그가 자신의 프렘 행낭 바깥쪽에 접혀서 묶여 있는 창조자 작살을 가리켰다. "지금으로부터 이틀 후 동이 트기 전에 자쿠루투에 도착할 거야."

"벌레를 타고 빨리 가도록 해, 내 오랜 친구." 그녀가 속삭였다.

"난 네게 돌아올 거야, 나의 유일한 친구. 카나트에서 조심하는 거 잊지 마." 그가 말했다.

"좋은 벌레를 선택해야 해." 그녀가 프레멘들이 헤어질 때 하는 인사말을 했다. 그리고 왼손으로 발광구를 끄고 야간 은폐막을 잡아당겨 접어서 행낭 안에 넣었다. 은폐막의 천이 서로 스치는 소리를 냈다. 레토가 자리를 뜨는 것이 느껴졌다. 그가 바위 사이를 기어 사막으로 내려감에 따라 그의 몸에서 나는 아주 작은 소리들도 재빨리 사라져갔다.

가니마는 지금부터 해야 하는 일을 위해 마음을 굳게 먹었다. 그녀에게 레토는 반드시 죽은 사람이 되어야 했다. 스스로 그 사실을 믿게 만들어야 했다. 그녀의 머릿속에는 자쿠루투도, 프레멘의 신화 속으로 사라져버린 장소를 찾고 있는 오빠도 존재할 수 없었다. 지금 이 순간부터 그녀는 레토를 살아 있는 사람으로 생각해서는 안 되었다. 오빠가 이곳에서 라자 호랑이들에 의해 죽임을 당했다는 사실을 완전히 믿고 그 믿음을 바탕으로 행동하도록 스스로를 세뇌해야 하는 것이다. 진실을 말하는 자를 속일 수 있는 인간은 많지 않았다. 그러나 그녀는 자신이 그럴 수 있다는 것을…… 아마도 반드시 그렇게 해야 하리라는 것을 알고 있었다. 그녀와 레토가 공유했던 그 많은 생명들이 그들에게 방법을 가르쳐주었다. 그것은 시바의 시대에도 이미 오래된 것이었던 일종의 최면술이었다. 물론 지금 살아 있는 인간 중에 시바를 현실로서 회상할 수 있는 인간은 아마 그녀뿐일 터였다. 마음속 깊은 곳에 심어질 강박은 아주 조심스럽게 설계된 것이었다. 레토가 떠난 후 오랫동안 가니마는 자신의 의식을 개조해서 쌍둥이들 중에 홀로 살아남은 외로운 누이의 모습을 구축했다. 마침내 그것이 완전히 믿을 수 있는 사실이 될 때까지. 이 작업을 하면서 그녀는 자신의 의식을 침범하는 자들로부터 자신의 내면이 점점 멀어져서 조용해지는 것을 느꼈다. 그것은 전혀 예상치 못했던 부수적인 효과였다.

'레토가 살아서 이걸 알게 됐다면 얼마나 좋을까.' 그녀는 생각했다. 이 생각이 전혀 모순되게 느껴지지 않았다. 자리에서 일어나 그녀는 호랑이가 레토를 데려간 사막을 내려다보았다. 저 멀리 사막에서 어떤 소리가 점점 크게 들려오고 있었다. 프레멘에게는 친숙한 모래벌레가 지나가는 소리였다. 이 지역에 모래벌레가 나타나는 것이 드물어지기는 했어도, 아주 나타나지 않는 것은 아니었다. 어쩌면 첫 번째 호랑이가 내지른 죽음의 단말마 때문에…… 그래, 레토는 첫 번째 호랑이를 죽인 뒤 두 번째 호랑이에게 당했다. 지금 모래벌레가 나타난 것이 묘하게 상징적이었다. 최면에 의한 강박이 마음속 아주 깊숙이 심어졌기 때문에 그녀는 사막 위에서 실제로 세 개의 검은 점을 보았다. 호랑이 두 마리와 레토였다. 그다음에 벌레가 나타났고, 그 샤이 훌루드가 지나간 뒤에는 새로 물결 같은 무늬가 그려진 사막만이 남아 있을 뿐이었다. 벌레의 몸집은 그리 크지 않았다……. 그러나 작은 것도 아니었다. 스스로에게 건 최면 때문에 그녀는 체절로 이루어진 벌레의 등에 타고 있는 작은 사람의 모습을 보지 못했다.

슬픔을 억누르면서 가니마는 프렘 행낭을 봉하고 은신처에서 조심스럽게 기어 나왔다. 그리고 마울라 권총에 손을 갖다 댄 채 주위를 살폈다. 원격 조종기를 가진 사람이 있는 기미는 전혀 없었다. 그녀는 달 그림자 사이를 기어 바위 사이로 올라가서 바위의 반대편으로 건너갔다. 그리고 앞길에 잠복하고 있는 암살자가 없다는 것을 확실히 확인할 때까지 계속 기다렸다.

광활한 공간 너머 타브르 시에치에서 횃불이 보였다. 그 흔들리는 불빛은 수색에 나선 사람들의 움직임을 보여주었다. 검은 덩어리 같은 것이 사막을 가로질러 수행원을 향해 움직였다. 그녀는 점점 가까워지는 일행의 북쪽으로 멀리 도망치는 길을 택해 사막으로 내려와서 모래언덕의 그림자 속으로 들어갔다. 벌레의 주의를 끌지 않기 위해 불규칙한 리듬으로 조심스레 발을 내딛으면서 그녀는 레토가 죽은 곳과 타브르 사이의 고독하고 먼 여행을 시작했다. 카나트에 도착하면 아주 조심해야 한다는 것을 그녀는 알고 있었다. 무슨 일이 있어도 그녀의 오빠가 호랑이들로부터 그녀를 구하려다 죽은 이야기를 사람들에게 들려줘야 했다.

정부는 오랫동안 존속하는 경우 항상 귀족 정치적인 형태에 점점 더 가까워지는 경향이 있다. 역사상 그 어떤 정부도 이 패턴에서 벗어나지 못했다. 귀족 정치가 발달함에 따라 정부는 점점 더 지배 계급의 이익만을 위해 행동하는 경향을 보인다. 그 지배 계급이 세습에 의한 왕족이건, 금융 제국을 이룬 과두 독재자이건, 단단히 자신의 몸을 둘러싼 관료들이건 상관없다.

—『반복되는 현상으로서의 정치: 베네 게세리트 훈련 입문서』

"그가 왜 우리에게 이런 제안을 한 거요? 그게 가장 중요한 문제요." 파라든이 말했다.

그는 티예카니크 바샤르와 함께 자신의 거처 거실에 서 있었다. 웬시시아는 한쪽 옆에 있는 나지막한 푸른색 긴 의자에 앉아 있었는데, 대화의 참여자라기보다는 거의 청중에 가까웠다. 그녀는 자신이 지금 어떤 위치에 있는지 알고 분개하고 있었다. 그러나 그녀에게서 음모에 대해 들은 그날 아침 이후 파라든의 변화는 무서웠다.

늦은 오후의 나지막한 햇빛이 코리노 성에 있는 이 거실의 조용함과 편안함을 더욱 강조해 주었다. 이 방의 벽에는 플래스티노로 재생해 낸 진짜 책들이 빙 둘러 꽂혀 있고, 선반에는 수많은 오락용 필름, 데이터 블록, 시거와이어 두루마리, 기억 증폭기 등이 놓여 있었다. 이 방이 자주 사용되는 곳이라는 흔적은 사방에서 찾아볼 수 있었다. 군데군데 낡은 책들, 닳아서 밝게 변한 증폭기의 금속 부분, 귀퉁이가 너덜너덜하게 해어진 데이터 블록 등. 긴 의자는 하나밖에 없었지만 팔걸이의자는 아주 많았는데 모두 편안하게 설계된 형상 인식 공중 의자들이었다.

파라든은 창을 등지고 서 있었다. 그는 회색과 검은색으로 된 평범한 사다우카 제복 차림이었다. 장식물이라고는 깃에 붙인 황금색 사자 발톱 상징밖에 없었다. 그는 공식적인 환경에서보다 더 편안하게 대화를 나눌 수 있으리라는 생각에 일부러 이 방에서 바샤르와 어머니를 맞았다. 그러나 티예카니크가 끊임없이 '공자님', '부인' 등의 호칭을 불러대는 바람에 그들 사이의 거리는 전혀 좁혀지지 않았다.

"공자님, 저는 그가 해낼 수 없는 일을 제안하지는 않았을 거라고 생각합니다." 티예카니크가 말했다.

"당연하지!" 웬시시아가 끼어들었다.

파라든은 단순히 흘끗 바라보는 것만으로 어머니의 입을 막은 후 질문을 던졌다. "우리가 아이다호에게 아무런 압력도 가하지 않았고, 설교자에게 약속을 이행하라고 하지도 않았다는 게 사실이오?"

"그렇습니다." 티예카니크가 말했다.

"그럼 평생 동안 아트레이데스 가문에 광적인 충성을 보인 것으로 유명한 던컨 아이다호가 왜 지금 레이디 제시카를 우리 손에 넘겨주겠다는 제안을 한 거란 말이오?"

"아라키스에 문제가 있다는 소문이……." 웬시시아가 용기를 내서 입을 열었다.

"그건 확인되지 않았습니다." 파라든이 말했다. "혹시 설교자가 이런 상황을 재촉한 걸까?"

"그럴 수도 있습니다. 하지만 제가 보기에는 그럴 만한 동기가 없습니다." 티예카니크가 말했다.

"그는 그녀를 위한 피난처를 찾고 있다고 했소." 파라든이 말했다. "만약 그 소문이⋯⋯."

"내 말이 그 말이다." 그의 어머니가 말했다.

"혹은 이 제안이 모종의 책략일 수도 있습니다." 티예카니크가 말했다.

"몇 가지 가정을 세우고 조사해 봐야겠군. 만약 아이다호가 레이디 알리아의 미움을 받게 되었다면?" 파라든이 말했다.

"그럼 이 상황이 설명될 수도 있겠지." 웬시시아가 말했다. "하지만 그는⋯⋯."

"밀수꾼들에게서는 아직 아무 소식이 없소?" 파라든이 어머니의 말을 잘랐다. "왜 우리가⋯⋯."

"이런 계절에는 통신이 항상 느립니다." 티예카니크가 말했다. "그리고 안전을 위해⋯⋯."

"그래, 물론 그렇지. 하지만 그래도⋯⋯." 파라든이 고개를 저으며 말을 이었다. "난 우리가 세운 가정이 마음에 들지 않소."

"그래도 너무 서둘러 그 가정을 폐기하면 안 돼." 웬시시아가 말했다. "알리아와 그 사제에 대한 소문들 말인데, 그 사제 이름이 뭔진 모르겠지만⋯⋯."

"야비드입니다. 하지만 그 남자는 분명히⋯⋯." 파라든이 말했다.

"그는 우리에게 아주 가치 있는 정보원이었다." 웬시시아가 말했다.

"전 그가 분명히 이중간첩이라는 말을 할 생각이었습니다." 파라든이 말했다. "그가 이번 일에서 어떻게 자기 자신을 비난하는 정보를 줄 수 있겠습니까? 그 사람을 믿어서는 안 됩니다. 너무 많은 조짐들이……"

"난 도대체 뭐가 조짐이라는 건지 모르겠구나." 그녀가 말했다.

그는 그녀의 명청함에 불쑥 화가 치밀어서 말했다. "제가 그렇다면 그런 줄 아세요, 어머니! 조짐은 분명히 있습니다. 나중에 설명해 드리겠어요."

"죄송하지만 저도 공자님과 같은 생각입니다." 티예카니크가 말했다.

웬시시아는 속이 상해서 입을 다물었다. 저놈들이 어찌 감히 그녀를 이런 식으로 회의에서 밀어낸단 말인가? 마치 생각이 모자라는 변덕쟁이 여자를 대하듯이…….

"아이다호가 한때 골라였다는 점을 잊어서는 안 됩니다." 파라든이 말했다. "틀레이랙스 인들이……" 그는 곁눈질로 티예카니크를 살짝 바라보았다.

"그 방면도 조사해 보겠습니다." 티예카니크가 말했다. 그는 파라든의 머리가 돌아가는 것을 보며 감탄하고 있었다. 파라든은 기민하고 탐색적이고 예리했다. 그래, 틀레이랙스 인들이 아이다호에게 생명을 되돌려주면서 자기들이 사용할 수 있는 강력한 가시 같은 것을 심어놓았을 가능성도 있었다.

"하지만 나는 틀레이랙스 인들이 그렇게 할 만한 동기를 찾지 못하겠소." 파라든이 말했다.

"우리의 운이 바뀔 때를 대비한 투자가 아닐까요? 나중에 우리의 호의를 얻기 위한 작은 보험 같은 것 말입니다." 티예카니크가 말했다.

"그렇다면 아주 커다란 투자로군 그래." 파라든이 말했다.

"위험하기도 하지." 웬시시아가 말했다.

파라든도 그녀의 말에 동의할 수밖에 없었다. 레이디 제시카의 능력은 제국 내에서 악명이 높았다. 어쨌든 그녀는 바로 무앗딥을 훈련시킨 사람이었으니까.

"만약 우리가 그녀를 데리고 있다는 것이 알려진다면⋯⋯." 파라든이 말했다.

"그렇습니다, 그건 양날의 칼이 될 겁니다. 하지만 그 사실이 꼭 세상에 알려질 필요는 없습니다." 티예카니크가 말했다.

"우리가 이 제안을 받아들인다고 일단 가정해봅시다. 그녀의 가치가 뭐지? 뭔가 더 중요한 것과 그녀를 교환할 수 있겠소?"

"공개적으로는 안 되지." 웬시시아가 말했다.

"당연히 안 되지요!" 파라든은 기대를 담은 눈길로 티예카니크를 응시했다.

"그건 두고봐야 알겠지요." 티예카니크가 말했다.

파라든은 고개를 끄덕였다. "그래. 만약 우리가 그 제안을 받아들인다면, 레이디 제시카를 정해지지 않은 용도를 위해 저축해 둔 돈으로 생각해야 할 것 같소. 어쨌든 재산이라는 것을 꼭 어떤 특정한 일에 사용해야 할 필요는 없으니까. 재산은 다만⋯⋯ 잠재적으로 유용한 것일 뿐이오."

"그녀는 아주 위험한 포로가 될 겁니다." 티예카니크가 말했다.

"그래, 그 점도 생각해야겠지. 그녀가 베네 게세리트 방법을 통해 목소리를 미세하게 변화시키는 것만으로도 사람을 조종할 수 있다고 들었소." 파라든이 말했다.

"혹은 자기 몸을 사용할 수도 있겠지." 웬시시아가 말했다. "언젠가 이룰란이 자기가 배운 것들을 내게 밝힌 적이 있다. 그때 이룰란은 자기가 배운 걸 자랑하고 있었는데, 난 그게 실제로 쓰이는 걸 한 번도 보지 못했어. 하지만 베네 게세리트들이 자기들의 목적을 달성하기 위한 수단을 갖고 있다는 상당히 결정적인 증거들이 있다."

"그녀가 저를 유혹할지도 모른다는 얘깁니까?" 파라든이 물었다.

웬시시아는 어깨를 으쓱할 뿐이었다.

"그러기에는 그녀의 나이가 조금 많은 것 같은데요, 그렇지 않습니까?" 파라든이 물었다.

"베네 게세리트가 상대라면 확실한 건 하나도 없습니다." 티예카니크가 말했다.

파라든은 두려움이 옅게 스민 흥분의 전율을 경험했다. 코리노 가문을 높은 권력의 자리에 되돌려놓기 위해 이런 게임을 벌이는 것은 그에게 매력적인 동시에 혐오스러웠다. 이 게임을 그만두고 물러나 자기가 좋아하는 일, 즉 역사 연구를 하며 이곳 살루사 세쿤더스를 다스리는 데 필요한 분명한 의무들을 배우고 싶다는 충동이 지금도 얼마나 유혹적인지. 사다우카의 힘을 회복시키는 것만도 상당한 일이었다……. 그리고 이 일에서 티예크는 여전히 훌륭한 도구였다. 어쨌든 행성 하나를 책임지는 것만도 엄청난 일임에는 틀림없었다. 그러나 제국 전체를 책임지는 것은 훨씬 더 엄청난 일이었으며, 제국은 권력의 매개체로서 훨씬 더 매력적이었다. 파라든은 무앗딥/폴 아트레이데스에 대해 더 많은 자료를 읽을수록 권력에 더욱 매혹되었다. 샤담 4세의 후계자이자 코리노 가문의 정당한 수장으로서 자신의 혈통을 사자의 옥좌에 되돌려놓는다면 그것이 얼마나 위대한 업적이 될 것인가. 그는 그것을 원했다! 그는 그것을 원했다. 파라든은 이 유혹적인 말을 속으로 여러 번 반복하면 순간적인 의혹들을 극복할 수 있음을 알게 되었다.

티예카니크가 말을 하고 있었다. "……그리고 물론, 베네 게세리트는 평화가 공격성을 부추겨서 전쟁에 불을 붙인다고 가르칩니다. 그 역설은……."

"어쩌다 우리가 그런 얘기를 하게 된 거요?" 파라든이 사색의 영역으로부터 주의를 되돌리며 물었다.

"이런." 웬시시아가 아들의 얼굴에 나타난 멍한 표정을 눈치채고 상냥한 말투로 말했다. "내가 티예크에게 교단의 뒷받침이 되는 철학에 대해 잘 아느냐고 물었을 뿐이다."

"철학을 대할 때에는 경의를 보일 필요가 없습니다." 파라든은 티예카니크에게 얼굴을 돌리면서 말을 이었다. "아이다호의 제안과 관련해서 우리가 더 조사해 보아야 할 필요가 있을 것 같소. 우리가 뭔가를 알게 되었다는 생각이 들 때야말로 그 문제를 더 깊이 들여다봐야 하는 순간이오."

"그렇게 하겠습니다." 티예카니크가 말했다. 파라든의 이 조심스러운 성향이 마음에 들었다. 그러나 그는 이런 성향이 속도와 정확성을 요구하는 군사적 결정에까지 연장되지 않기를 바랐다.

파라든이 겉보기에는 전혀 상관이 없는 듯한 질문을 던졌다. "내가 아라키스의 역사에서 가장 흥미롭게 생각하는 것이 뭔 줄 아시오? 원시 시대의 프레멘들이 눈에 쉽게 띄는 특유의 두건이 달린 사막복을 입지 않은 사람을 닥치는 대로 모두 죽여버린 관습이오."

"사막복에 그렇게 관심을 가지시는 이유가 무엇입니까?" 티예카니크가 물었다.

"아, 당신도 눈치를 챈 모양이군, 그렇소?"

"너 하는 짓을 보고 어찌 눈치를 채지 못하겠니?" 웬시시아가 물었다.

파라든은 짜증스러운 눈으로 어머니를 흘끗 바라보았다. 어머니는 무엇 때문에 저런 식으로 끼어드는 걸까? 그는 티예카니크에게 시선을 돌렸다.

"사막복은 그 행성의 특징에 대한 열쇠요, 티예크. 바로 듄의 증명서란 말이오. 사람들은 물리적인 특징에 집중하는 경향이 있소. 사막복은 몸의 수분을 보존하고 재활용해서 그런 행성에서 살아가는 것을 가능하게 만들어주지. 프레멘의 관습에 따르면 가족 한 사람당 사막복이 한 벌씩 돌아간다는 걸 아시오? 하지만 식량을 채집하는 자들은 예외요. 그들에게는 여벌이 있지. 하지만 두 사람 모두 잘 새겨두세요……." 그가 자신의 얘기에 어머니까지 포함되도록 자리를 옮기며 말을 이었다. "……사막복처럼 보이지만 실제로는 아닌 옷들이 제국 전체에서 크게 유행하고 있습니다. 정복자를 그대로 흉내 내는 건 인간의 정말 두드러진 특징이에요!"

"그런 정보가 정말로 가치 있다고 생각하시는 겁니까?" 티예카니크가 영문을 알 수 없다는 어조로 말했다.

"티예크, 티예크, 그런 정보가 없으면 통치를 할 수 없소. 사막복이 그들의 특성에 대한 열쇠라고 말했는데, 그건 사실이오! 그건 전통적인 것이오. 그들이 저지르는 실수도 전통적인 실수가 될 것이오."

티예카니크는 웬시시아를 살짝 바라보았다. 그녀는 걱정스러운 듯 인상을 찌푸린 채 아들을 뚫어지게 바라보고 있었다. 파라든의 이런 성격은 티예카니크에게 매력적인 동시에 걱정거리이기도 했다. 과거의 샤담과는 너무 달랐다. 그때는 정수만 골라서 모아놓은 사다우카, 즉 금제가 거의 가해지지 않은 살인 병사들이 있었다. 그러나 샤담은 그 저주스러운 폴의 지휘를 받는 아트레이데스 가문에게 무너졌다. 실제로 그가 읽은 폴 아트레이데스에 대한 자료들에는 지금 파라든이 보여주는 것과 같은 성격이 드러나 있었다. 파라든이 어쩔 수 없이 잔인한 행동을 해야 하는 경우 아트레이데스보다 덜 망설일 가능성은 있었지만, 그것은 그가 받은 사다우카의 훈련 때문이었다.

"그런 종류의 정보 없이 통치했던 사람도 많습니다." 티예카니크가 말했다.

파라든은 잠시 그를 빤히 바라보기만 하다가 입을 열었다. "통치하다가 실패했지."

샤담의 실패를 분명하게 암시하는 이 말에 티예카니크는 딱딱하게 입을 다물었다. 그것은 사다우카의 실패이기도 했다. 그 일을 마음 편히 회상할 수 있는 사다우카는 한 명도 없었다.

자신이 하고 싶은 말을 전달한 파라든이 다시 입을 열었다. "알겠소, 티예크? 행성이 그 거주자들의 집단적 무의식에 미치는 영향은 지금까지 한 번도 완전히 인정받지 못했소. 아트레이데스를 물리치기 위해 우리는 칼라단뿐만 아니라 아라키스도 이해해야 하오. 칼라단은 부드러운 곳이고 아라키스는 어려운 결정들을 위한 훈련장이지. 그건 아주 독특한 사건이었소. 아트레이데스와 프레멘의 결합 말이오. 그 결합이 어떻게 효과를 발휘할 수 있었는지 알지 못한다면 그들을 물리치는 것은 고사하고 그들과 쌍벽을 이룰 수도 없을 거요."

"이것이 아이다호의 제안과 무슨 관계가 있다는 거지?" 웬시시아가 다그치듯 물었다.

파라든은 가엾다는 듯이 어머니를 흘끗 내려다보았다. "우리가 그들의 사회에 스트레스를 부추겨 그들을 물리치는 작업을 시작하는 겁니다. 그건 아주 강력한 도구예요. 스트레스 말입니다. 그리고 스트레스가 없다는 것 역시 중요합니다. 아트레이데스가 이곳 상황을 얼마나 부드럽고 편안하게 만들어놓았는지 아십니까?"

티예카니크는 수긍의 뜻으로 짧게 고개를 끄덕였다. 그것은 훌륭한 지적이었다. 사다우카는 결코 너무 부드러워져서는 안 되는 사람들이었다. 그러나 아이다호의 제안이 여전히 마음에 걸렸다. 그가 말했다. "어쩌면 그 제안을 거절하는 것이 최선인지도 모르겠습니다."

"아직은 아니에요. 우리에게는 여러 가지 선택이 열려 있어요. 우리가할 일은 선택의 여지를 가능한 한 많이 파악해 내는 거예요. 내 아들의말이 옳아요. 우리에겐 더 많은 정보가 필요해요." 웬시시아가 말했다.

파라든은 그녀를 물끄러미 바라보며 그녀의 말의 표면적인 의미는 물론 그 안에 담긴 저의가 무엇인지 생각해 보았다. "하지만 대안을 선택할수 없는 지점을 지났을 때 우리가 그걸 알게 될까요?" 그가 물었다.

티예카니크의 입에서 비틀린 웃음소리가 흘러나왔다. "제 생각에, 우린 이미 오래전에 돌아올 수 없는 지점을 지났습니다."

파라든은 고개를 뒤로 젖히고 큰 소리로 웃음을 터뜨렸다. "하지만 우리에겐 아직 대안을 선택할 여지가 있소, 티예크! 더 이상 선택의 여지가없는 끝에 이르렀을 때, 그것이야말로 반드시 우리가 알아차려야 하는지점이오."

인간의 교통수단 중에 초광속으로 깊은 우주를 횡단하는 장치와 사실상 사람이 지나다닐 수 없는 행성 표면에서 인간을 빠르게 운반해 주는 다른 장치들이 포함되어 있는 이 시대에 발로 걸어서 긴 여행을 시도할 생각을 하는 것은 이상해 보인다. 그러나 도보 여행은 아라키스에서 지금도 가장 중요한 여행 수단이다. 이는 사람들의 취향 때문이기도 하고 이 행성이 기계와 관련된 모든 것들을 위해 예비해 둔 혹독한 대접 때문이기도 하다. 아라키스의 혹독한 환경 속에서 인간의 육체는 지금도 하즈를 위한 가장 튼튼하고 믿을 만한 자원으로 남아 있다. 아라키스가 영혼의 궁극적인 거울이 되는 것은 어쩌면 사람들이 이 사실을 은연중에 의식하고 있기 때문인지도 모른다.

—『하즈 안내서』

천천히 조심스럽게 가니마는 타브르를 향해 움직였다. 모래언덕의 가장 짙은 그림자 속에 몸을 감추고 남쪽에서 수색대가 지나갈 때는 몸을 웅크린 채 꼼짝도 하지 않았다. 무서운 생각이 그녀를 사로잡았다. 호랑이와 레토의 시체는 모래벌레가 해치워버렸다. 위험은 앞에 있었다. 그는 죽었다. 그녀의 쌍둥이 형제가 죽었다. 그녀는 눈물을 옆으로 밀어두고 분노를 키웠다. 그런 점에서 그녀는 순수한 프레멘이었다. 그녀도 그것을 알고 그 안에 흠뻑 빠져들었다.

그녀는 프레멘에 대해 사람들이 하는 말을 이해했다. 프레멘들은 양심이 없는 사람들로 간주되었다. 자신들을 오랜 방랑의 길로 내몰아 이 행성 저 행성을 전전하게 만든 사람들에 대한 타는 듯한 분노 속에서 양심을 잃어버렸다는 것이다. 물론 바보 같은 소리였다. 양심이 없는 것은 전혀 다듬어지지 않은 원시인들뿐이었다. 프레멘은 고도로 발달된 양심을 갖고 있었으며 그 양심은 하나의 민족으로서 자신들의 안녕에 집중되어 있었다. 그들이 잔인하게 보이는 것은 오로지 외부인들을 대할 때뿐이었다. 외부인들이 프레멘에게 잔인하게 보이는 것과 마찬가지였다. 모든 프레멘은 자신이 잔인한 짓을 하고도 죄책감을 전혀 느끼지 않을 수 있다는 것을 아주 잘 알고 있었다. 다른 사람들이라면 죄책감을 느낄 일에 프레멘들은 죄책감을 느끼지 않았다. 그들의 의식(儀式)은 죄책감으로부터 그들을 해방시켜 주었다. 그렇지 않았다면 아마 그 죄책감이 그들을 파멸시켜 버렸을 것이다. 그들은 어떤 범죄라도 적어도 부분적으로는 사람들이 모두 인정하고 있는, 정상이 참작될 수 있는 상황 탓으로 돌려질 수 있다는 것을 마음속 깊은 곳에서 알고 있었다. '권위 있는 당국의 실패', 모든 인간들이 공유하고 있는 '선천적인 못된 성향', 지능이 있는 생물이라면 누구나 한정된 생명을 지닌 육체와 이 우주의 외부적 혼돈 사이의 충돌로 파악할 수 있는 '불운' 등이 그런 것이었다.

이런 맥락에서 가니마는 자신이 순수한 프레멘이며, 신중하게 준비된 부족적 잔인함의 연장선상에 있다는 것을 느끼고 있었다. 그녀에게 필요한 것은 과녁뿐이었고, 그 과녁은 분명히 코리노 가문이었다. 그녀는 자기 발치의 땅 위에 파라든의 피가 흩뿌려지는 모습을 너무나 보고 싶었다.

카나트에서 그녀를 기다리는 적은 없었다. 심지어 수색대도 다른 곳으로 가버렸다. 그녀는 흙으로 만든 다리를 이용해 물을 건넌 다음 시에치의 은밀한 출구를 향해 키 큰 풀 속을 기었다. 갑자기 앞쪽에서 빛이 번쩍이자 가니마는 땅바닥에 납작하게 몸을 던졌다. 그리고 거대한 자주개자리 줄기 사이로 밖을 내다보았다. 한 여자가 바깥쪽에서 은밀한 통로로 들어오자, 누군가가 모든 시에치 입구에서 마땅히 준수되어야 하는 방식에 따라 통로에 준비를 해둔 모양이었다. 고난의 시기에 사람들은 시에치에 들어오는 모든 사람들을 밝은 빛과 함께 맞았다. 새로 들어온 사람이 순간적으로 앞을 볼 수 없게 만들어서 파수를 보는 사람들에게 상대를 보고 결정을 내릴 시간을 벌어주기 위해서였다. 그러나 그런 인사를 위한 빛이 사막 전체에 널리 퍼져서는 안 되었다. 여기서 빛이 보인다는 것은 바깥쪽의 문막이가 한쪽으로 치워져 있음을 의미했다.

가니마는 시에치의 보안이 이처럼 배반당한 것에 씁쓸함을 느꼈다. 저렇게 흘러넘치는 빛이라니. 레이스로 짠 셔츠를 입은 새로운 프레멘들의 방식이 이렇게 도처에서 발견되다니!

절벽 기슭의 땅 위에 부채꼴로 퍼진 빛은 꺼질 줄을 몰랐다. 젊은 여자 하나가 과수원의 어둠 속에서 빛 속으로 뛰어나왔다. 그녀의 행동에는 뭔가를 두려워하는 기색이 배어 있었다. 가니마는 통로 안에서 밝은 원 모양의 빛을 던지고 있는 발광구와 그 주위를 후광처럼 둘러싼 곤충들을 볼 수 있었다. 통로에 서 있는 두 개의 검은 그림자가 빛 속에 드러났다. 어떤 남자와 조금 전의 젊은 여자였다. 그들은 손을 맞잡고 서로의 눈을 들여다보고 있었다.

가니마는 그 남자와 여자에게서 뭔가 잘못되었다는 느낌을 받았다. 그들은 수색대에서 몰래 빠져나와 잠깐의 밀회를 즐기는 단순한 연인들이 아니었다. 빛은 통로에 서 있는 그들의 머리 위와 등 뒤에 매달려 있었다. 두 사람은 누구라도 그들의 움직임을 볼 수 있는 바깥의 밤 속으로 자신들의 그림자를 던지면서 빛나는 아치를 배경으로 이야기를 나눴다. 간간이 남자가 한쪽 손을 여자에게서 떼어내곤 했다. 그리고 그 손으로 빛 속에서 뭔가 손짓을 했는데, 날카롭고 은밀한 그 손짓을 마친 뒤에는 다시 어둠 속으로 손을 되돌렸다.

밤의 생물들이 내는 고독한 소리가 가니마 주위의 어둠을 가득 채웠지만 그녀는 정신을 산만하게 하는 그 소리들을 자신의 의식으로부터 차단시켰다.

저 두 사람이 왜 이상하게 느껴지는 걸까?

남자의 동작이 너무나 정적이고, 너무나 신중했다.

그가 몸을 돌렸다. 여자의 로브에 반사된 빛이 그를 비추면서 부스럼 투성이의 커다란 코가 있는 시뻘건 얼굴이 드러났다. 가니마는 그를 알아보고 소리 없이 깊게 숨을 들이쉬었다. '팔림바샤!' 그는 한 나입의 손자였다. 그 나입의 아들들은 아트레이데스 가문에서 복무하다가 목숨을 잃었다. 그 얼굴과 그가 몸을 돌리는 바람에 로브 자락이 열리면서 드러난 또 다른 광경이 가니마에게 모든 것을 알려주었다. 그는 로브 밑에 허리띠를 찼는데, 그 허리띠에는 단추와 다이얼이 번쩍이는 상자가 하나 붙어 있었다. 틀레이랙스나 익스에서 만들어진 물건임에 틀림없었다. 그리고 그것이 틀림없이 호랑이들을 사막에 풀어놓은 원격 조종기일 터였다. 팔림바샤. 이는 나입의 가문이 또다시 코리노 가문 쪽으로 넘어갔음을 뜻했다.

그렇다면 저 여자는 누구일까? 그건 중요하지 않았다. 그녀는 팔림바샤에게 이용당하고 있는 사람이었다.

가니마의 머릿속에 베네 게세리트다운 생각 하나가 저절로 떠올랐다. '모든 행성은 각각 나름의 주기를 갖고 있고, 그것은 각각의 생명도 마찬가지이다.'

그녀는 여자와 함께 서 있는 팔림바샤를 지켜보고 그의 원격 조종기와 은밀한 동작들을 바라보면서 기억 속에 있는 그의 모습을 생생하게 기억해 냈다. 팔림바샤는 시에치 학교에서 수학을 가르쳤다. 그러나 그는 수학의 촌뜨기였다. 사제들에게 검열을 당할 때까지 수학을 통해 무앗딥을 설명하려 시도한 적도 있었다. 그는 지극히 간단한 과정을 통해 사람들의 정신을 노예로 삼았다. 가치관의 전이 없이 기술적인 지식만 전하는 것이 그의 노예화 방법이었다.

'좀 일찍 저 사람을 의심했어야 했어. 모든 조짐이 나타나 있었는데.' 그녀는 생각했다.

그때 배 속이 찌르는 듯한 고통과 함께 뒤틀리면서 또 다른 생각이 떠올랐다. '저자가 내 오빠를 죽였어!'

그녀는 억지로 차분하게 마음을 가라앉혔다. 만약 그녀가 저 은밀한 통로에서 팔림바샤의 옆을 지나가려고 시도한다면 그는 그녀 역시 죽일 것이다. 이제 그녀는 그가 프레멘답지 않게 빛을 과시하면서 숨겨진 출구를 밖으로 드러낸 이유를 이해할 수 있었다. 그들은 자기들의 사냥감 중에 혹시 도망친 사람은 없는지 그 빛을 이용해서 지켜보고 있었던 것이다. 아무것도 모른 채 그렇게 기다리는 시간이 그들에게는 정말 끔찍하게 느껴질 터였다. 가니마는 이미 원격 조종기를 보았으므로 팔림바샤의 손짓을 분명하게 이해할 수 있었다. 팔림바샤는 성난 몸짓으로 원격 조종기의 단추 하나를 자꾸만 누르고 있었다.

이 두 사람의 존재가 가니마에게 많은 것을 알려주었다. 시에치 안으로 들어가는 모든 길 깊숙한 곳에 이들과 비슷한 감시자가 있을 가능성이 컸다.

그녀는 흙먼지 때문에 가려운 코를 긁었다. 부상당한 다리는 지금도 욱신거렸고, 칼을 잡는 팔은 화끈거리다가 아프다가 했다. 손가락에는 아직도 감각이 없었다. 만약 칼싸움을 해야 한다면 왼손으로 칼을 잡을 수밖에 없었다.

가니마는 마울라 권총을 사용할까 생각해 보았지만, 마울라 특유의 소리가 틀림없이 다른 사람들의 주의를 끌 터였다. 뭔가 다른 방법을 찾아야 했다.

팔림바샤가 다시 입구에 등을 돌렸다. 빛을 등진 그의 모습이 검게 보였다. 여자는 말을 계속하면서 바깥의 밤 풍경으로 주의를 돌렸다. 여자에게는 잘 훈련된 기민함이 있었다. 그녀는 시야의 가장자리를 이용해서 어둠 속을 들여다보는 법을 알고 있는 것 같았다. 그렇다면 그녀는 단순히 쓸모 있는 도구 이상의 존재였다. 그녀는 더 깊은 음모의 일부였다.

가니마는 팔림바샤가 섭정 정부의 지배를 받는 정치적 총독인 케이마캄이 되고 싶어 했음을 기억해 냈다. 그는 더 커다란 계획의 일부일 것이다. 그것은 분명했다. 그리고 그와 함께하는 사람들이 많이 있을 터였다. 심지어 이곳 타브르에도. 가니마는 이렇게 노출된 문제의 가장자리를 조사해 본 다음 그 안쪽을 탐색하기 시작했다. 만약 저 감시자들 중 하나를 사로잡을 수 있다면, 다른 많은 감시자들이 무력해질 것이다.

작은 동물이 등 뒤의 카나트에서 물을 마시면서 내는 살랑거리는 소리가 가니마의 의식을 사로잡았다. 자연스러운 소리와 자연스러운 것들. 그녀는 이상하게 조용해진 머릿속의 장벽을 뚫고 기억을 뒤져 아시리아에서 산헤립 왕에게 잡혔던 조우프의 여사제를 찾아냈다. 그 여사제의 기억이 가니마에게 여기서 해야 할 일을 일러주었다. 저기 있는 팔림바샤와 그의 여자는 말 안 듣고 위험한 아이들에 지나지 않았다. 그들은 조우프에 대해 아무것도 몰랐으며, 산헤립과 여사제가 흙으로 돌아간 행성의 이름조차 알지 못했다. 만약 누군가가 저 두 음모꾼들에게 이제 막 일어나려고 하는 일을 설명해 준다면, 이곳에서 뭔가가 시작되고 있다는 식으로밖에 설명할 수 없을 것이다.

그리고 이곳에서 뭔가가 끝나고 있다고도.

가니마는 몸을 굴려 옆으로 누워서 프렘 행낭을 빼낸 다음 모래스노클을 끈에서 살짝 빼냈다. 그리고 모래스노클의 뚜껑을 열고 그 안에 있는 기다란 필터를 제거했다. 이제 그녀의 손에 남은 것은 끝이 열린 튜브였다. 그녀는 수리 도구함에서 바늘을 찾고 크리스나이프를 칼집에서 빼낸 다음, 독을 발라놓은 칼끝의 구멍 속에 바늘을 집어넣었다. 그 구멍은 원래 모래벌레의 신경이 있던 곳이었다. 부상당한 팔 때문에 작업을 하기가 힘들었다. 그녀는 독을 바른 바늘을 천천히 신중하게 다루면서 행낭 속에 있던 스파이스 섬유 뭉치를 꺼냈다. 바늘 몸체가 섬유 뭉치 속에 꼭 맞게 들어가서 일종의 미사일이 되었고, 그녀는 그것을 모래스노클로 만든 튜브 속에 꼭 맞게 집어넣었다.

그 무기를 납작하게 들고 가니마는 자주개자리 밭을 가능한 한 흐트러뜨리지 않도록 조심하며 천천히 기어서 빛을 향해 가까이 다가갔다. 그렇게 움직이면서 그녀는 빛 주위의 곤충들을 유심히 살펴보았다. 그래, 날개를 퍼덕거리는 그 곤충 무리 속에 피윰 파리들도 있었다. 그들은 인간의 살을 깨물기로 악명 높은 놈들이었다. 어쩌면 상대는 독화살을 눈치채지 못하고 살을 무는 파리를 잡듯이 자기 몸을 찰싹 때리기만 할지도 몰랐다. 하지만 아직 결정해야 할 것이 남아 있었다. 저 둘 중 누구를 공격해야 할 것인가. 남자인가 여자인가!

무리즈. 가니마의 머릿속에 이 이름이 저절로 떠올랐다. 그것이 저 여자의 이름이었다. 그 이름과 함께 저 여자에 대해 떠도는 이야기들도 기억 속에 되살아났다. 그녀는 빛 주위에서 날개를 퍼덕거리는 곤충들처럼 팔림바샤 주위를 어른거리는 사람들 중 하나였다. 그녀는 쉽게 남에게 휘둘리는 약한 인간이었다.

잘된 일이었다. 팔림바샤가 오늘 밤의 동료를 잘못 고른 것이다.

가니마는 튜브를 입에 물고 자신의 의식 속에 선명한 조우프의 여사제의 기억을 되새기며 조심스럽게 상대를 겨냥한 다음 세게 숨을 내뱉었다.

팔림바샤가 자신의 뺨을 찰싹 쳤다. 뺨에서 떼어낸 그의 손에는 피가 조금 묻어 있었다. 바늘은 어디에도 보이지 않았다. 그의 손동작과 함께 바닥으로 가볍게 떨어져버린 것이다.

여자가 뭔가 달래는 듯한 말을 건넸고 팔림바샤는 소리 내어 웃었다. 그가 그렇게 웃는 동안 다리가 휘청거리기 시작했다. 그가 여자를 향해 힘없이 풀썩 쓰러지자 여자가 그의 몸을 지탱하려 했다. 그녀가 죽은 자의 무게로 인해 여전히 휘청거리고 있을 때 가니마는 옆으로 다가가서 칼집을 벗긴 크리스나이프의 칼끝을 그녀의 허리에 바짝 갖다 댔다.

그리고 가벼운 이야기를 건네는 듯한 어조로 말했다. "움직이지 마, 무리즈. 내 칼에는 독이 발라져 있거든. 이제 팔림바샤를 놓아줘도 좋아. 그는 죽었어."

사회화에 관여하는 모든 중요한 세력들 속에서 여러분은 언어의 사용을 통해 권력을 얻고 유지하려는 움직임이 저변에 깔려 있음을 발견하게 될 것입니다. 주술사에서 부터 사제와 관료에 이르기까지 모두 똑같습니다. 통치의 대상인 민중은 반드시 권력의 언어를 실질적인 것으로 받아들이고, 상징으로 변한 시스템을 현실적인 우주와 혼동하도록 세뇌되어야 합니다. 이런 권력 구조를 유지하는 과정에서 일부 상징들은 대중이 이해할 수 있는 범위 밖에 보관됩니다. 경제적 조작과 관련된 상징이나 건강한 정신에 대한 지역적 해석을 규정하는 상징들이 그것입니다. 이런 형태의 상징 비밀주의는 분절화된 2차 언어의 발달로 이어지며, 각각의 2차 언어는 그 사용자들이 모종의 권력을 축적하고 있다는 신호입니다. 권력의 추이에 대한 이러한 통찰력을 가지고 우리 제국 경비대는 반드시 2차 언어의 형성에 대해 항상 경계를 늦추지 말아야 할 것입니다.

—이룰란 공주가 아라킨 전쟁 대학에서 행한 강연

"어쩌면 당신들에게 이런 말을 하는 것이 필요 없을지도 모르지만, 조금이라도 실수를 피하기 위해 벙어리가 당신들에게 배치되었으며 그에게는 내가 마법에 굴복하는 조짐이 나타나는 경우 당신들 두 사람을 모두 죽여버리라는 명령이 하달되었음을 밝혀두겠습니다." 파라든이 말했다.

그는 이 말이 상대에게 어떤 변화를 일으킬 거라고는 기대하지 않았다. 레이디 제시카와 아이다호 두 사람 모두 그의 이런 기대를 충족시켜 주었다.

파라든은 이 두 사람을 처음 조사하는 장소를 신중하게 골랐다. 그 결과 선택된 것이 샤담이 과거에 사용하던 공식 알현실이었다. 이 방에 화려함은 없었지만 이국적인 설비들이 그 약점을 메워주었다. 방의 바깥은 겨울 오후였지만, 창문이 하나도 없는 이 방에는 익스의 순수한 수정으로 만든 발광구들이 예술적으로 배치되어서 황금색 빛에 흠뻑 젖은, 시간을 초월한 여름날 같은 분위기가 연출되었다.

아라키스에서 날아온 소식은 파라든의 마음을 조용한 흥분으로 가득 채워주었다. 쌍둥이 중 남자아이인 레토가 암살용 호랑이에게 죽임을 당했다고 했다. 그의 누이인 가니마는 고모의 보호하에 있었으며, 들리는 말에 의하면 인질 신세라고 했다. 이 사건에 대한 완전한 보고서 내용은 아이다호와 레이디 제시카가 이곳에 와 있는 이유를 설명해 주었다. 그들이 원하는 것은 피난처였다. 코리노의 첩자들은 아라키스에서 불안한 휴전이 이루어졌다고 보고해 왔다. 알리아는 '귀신에 홀린 자에 대한 시련'을 받기로 동의했는데, 이 시련의 목적이 무엇인지는 분명하게 밝혀지지 않았다. 그러나 이 시련이 실시될 날짜가 정해지지 않아서 코리노의 첩자 두 명은 어쩌면 이 시련이 아예 실시되지 않을 가능성도 있다고 생각하고 있었다. 어쨌든 확실한 것은 사막의 프레멘과 제국군 소속 프레멘 사이에 전투가 있었으며, 하마터면 내전이 될 뻔한 이 전투 때문에 정부의 기능이 일시적으로 정지되었다는 사실이다. 인질 교환 후 스틸가의 땅은 중립 지대로 정해졌다. 가니마가 이 인질 중의 하나로 간주되었음은 분명했지만, 그 과정은 아직 분명하지 않았다.

제시카와 아이다호는 공중 의자에 단단하게 묶인 채 알현실로 운반되었다. 두 사람 모두 조금만 몸을 움직여도 살을 베어버리는 가느다란 시거와이어 끈으로 묶여 있었다. 그들을 알현실로 데려온 사다우카 병사두 명은 포박을 확인한 후 소리 없이 사라졌다.

사실 파라든의 경고는 불필요한 것이었다. 제시카는 오른쪽 벽 앞에 무장을 한 벙어리 병사가 서 있는 것을 이미 보았다. 그 병사의 손에는 옛날 것이지만 효과적인 발사용 무기가 들려 있었다. 그녀는 방 안의 이국적인 상감 장식을 이리저리 둘러보았다. 희귀한 철관목의 널찍한 이파리들이 눈동자 진주로 새겨져 있었고, 그 무늬들이 서로 엇갈리면서 둥근 천장 한가운데에 초승달 모양을 그려냈다. 아래쪽의 바닥에는 파사케트의 뼈로 만든 직사각형 테두리 안에 카부주 조개껍데기와 다이아몬드 나무가 번갈아 깔려 있었다. 이 바닥 장식은 끝없이 계속 이어졌으며 레이저로 잘려서 매끈매끈하게 광택이 났다. 벽은 엄선된 단단한 재료들이 단단하게 짜인 형태로 장식되어 있었는데, 이 무늬들은 죽은 샤담 4세의 후계자들이 자신의 것이라고 주장하는 사자 상징이 놓인 네 군데 지점의 바깥쪽 테두리 역할을 했다. 사자 상징은 다듬지 않은 황금으로 만들어져 있었다.

파라든은 포로들을 서서 맞이하기로 결정했다. 군복 반바지와 목 부분이 트인 밝은 황금색 엘프 실크 재킷 차림인 그의 몸에 달린 장식품이라고는 그가 왕족임을 나타내는, 왼쪽 가슴의 폭발하는 듯한 별 모양 장식뿐이었다. 사다우카의 황갈색 예복과 묵직한 부츠 차림으로 옆에 배석한 티예카니크 바샤르는 그의 허리띠 쬠쇠에 달린 정면 권총집에 화려하게 장식된 레이저총을 차고 있었다. 제시카는 파라든의 왼쪽으로 세 발짝 떨어진 곳에 약간 뒤로 물러나 있는 티예카니크의 어두운 얼굴을 베네 게세리트의 보고서를 통해 이미 알고 있었다. 그 두 사람 바로 뒤의 벽과 가까운 바닥에는 검은 나무로 만든 옥좌가 있었다.

"자, 뭐 하고 싶은 말 없습니까?" 파라든이 제시카를 향해 말했다.

"왜 우리를 이렇게 묶어놓았는지 묻고 싶소." 제시카가 시거와이어를 가리키며 말했다.

"우린 당신들이 여기 오게 된 이유를 설명해 주는 보고서를 바로 조금 전에야 아라키스로부터 받았습니다." 파라든이 말했다. "내가 곧 당신들을 풀어줄 수도 있겠죠." 그가 빙긋 웃었다. "만약 당신들이……." 그는 자기 어머니가 포로들 뒤의 공식 출입구를 통해 안으로 들어오는 것을 보고 말을 끊었다.

웬시시아는 제시카와 아이다호를 거들떠보지도 않고 서둘러 그들 옆을 지나가 파라든에게 작은 연락용 입방체를 보여주고는 그것을 작동시켰다. 그는 빛을 내며 반짝이는 입방체 표면을 유심히 지켜보면서 가끔 제시카를 흘끗 바라보곤 했다. 입방체의 빛이 꺼지자 그는 그것을 어머니에게 돌려주며 티예카니크에게도 보여주라고 손짓으로 지시했다. 그녀가 자신의 명령을 수행하는 동안 그는 제시카를 향해 험악한 표정을 지었다.

이윽고 웬시시아가 어두워진 입방체를 하얀 드레스 자락 속에 반쯤 숨긴 채 파라든의 오른쪽에 자리잡았다.

제시카는 오른쪽의 아이다호를 살짝 바라보았지만 그는 그녀와 눈을 마주치려 하지 않았다.

"베네 게세리트가 내게 유감을 표시하고 있습니다. 그들은 당신 손자의 죽음에 내가 책임이 있다고 믿고 있어요." 파라든이 말했다.

제시카는 얼굴에 아무런 감정을 드러내지 않은 채 속으로 생각했다.

'그럼 가니마의 이야기를 믿어야 하는 거로군. 다만⋯⋯.' 그녀는 자신이 의심하고 있는 미지의 사실들이 마음에 들지 않았다.

아이다호는 눈을 감았다가 뜨고 제시카를 살짝 바라보았다. 그녀는 계속 파라든을 응시하고 있었다. 아이다호는 자기가 라지아 상태에서 본 환영에 대해 그녀에게 이야기해 주었지만, 그녀는 걱정하지 않는 것 같았다. 그는 그녀가 아무런 감정도 드러내지 않는 것을 어떻게 이해해야 할지 알 수 없었다. 그러나 그녀가 아직 밝히지 않은 뭔가를 알고 있음은 분명했다.

"지금 상황은 이렇습니다." 파라든이 아라키스에서 일어난 일들에 대해 자신이 알게 된 것들을 낱낱이 설명하기 시작했다. 그리고 이렇게 결론지었다. "당신 손녀는 살아남았습니다. 하지만 그 아이는 레이디 알리아의 보호하에 있다고 합니다. 이 정도면 당신도 만족하겠지요."

"당신이 내 손자를 죽였소?" 제시카가 물었다.

파라든은 솔직하게 대답했다. "아닙니다. 난 최근에 음모가 있다는 걸 알게 되었지만, 그건 내가 짠 계획이 아니었습니다."

제시카는 웬시시아를 바라보았다. 그리고 그녀의 하트 모양 얼굴에 흡족한 표정이 떠오른 것을 보고 속으로 생각했다. '저 여자가 한 짓이야! 저 암사자가 자기 새끼를 위해 음모를 꾸몄어.' 저 암사자는 앞으로 아마 이런 게임을 벌인 것을 후회하게 될 터였다.

제시카는 파라든에게 다시 시선을 돌리며 말했다. "하지만 교단은 당신이 그 아이를 죽였다고 믿고 있소."

파라든은 어머니에게 시선을 돌렸다. "레이디 제시카에게 그 메시지를 보여주세요."

웬시시아가 망설이자 그는 날 선 목소리로 어머니에게 다시 말했다.

제시카는 나중에 이용하기 위해 그 어조를 머릿속에 새겨두었다. "보여 주라고 했잖습니까!"

웬시시아는 창백해진 얼굴로 메시지가 담겨 있는 입방체의 정면을 제시카에게 돌리고 입방체를 작동시켰다. 입방체 표면 위에 글자들이 나타나 제시카의 눈 움직임에 따라 흐르듯이 움직였다. '왈락 제9행성에 있는 베네 게세리트 평의회는 레토 아트레이데스 2세의 암살과 관련해서 코리노 가문에 정식으로 항의를 제기한다. 변론과 증거 제출은 랜드스라드 내부 경비 위원회에 배당되었다. 앞으로 중립 지대가 선택될 것이며, 모든 관련자들의 승인을 받기 위해 재판관들의 이름이 제출될 것이다. 이에 대해 즉각적인 답변을 해주기 바란다. 랜드스라드의 사비트 레쿠시.'

웬시시아는 아들의 옆자리로 돌아갔다.

"어떤 답변을 보낼 생각이오?" 제시카가 물었다.

웬시시아가 말했다. "내 아들은 아직 공식적인 코리노 가문의 수장이 아니기 때문에 내가…… 너 어디 가는 거냐?" 이 마지막 말은 파라든을 향한 것이었다. 파라든은 그녀가 말하는 동안 몸을 돌려 감시 중인 벙어리 병사 근처의 옆문으로 향하고 있었다.

파라든은 걸음을 멈추고 몸을 반쯤 돌렸다. "난 내 책들과 이보다 훨씬 더 재미있는 다른 일들로 돌아갈 겁니다."

"감히 그런 말을 하다니!" 웬시시아가 다그치듯 말했다. 그녀의 얼굴이 목에서부터 뺨까지 벌겋게 달아올랐다.

"전 제 이름으로 꽤 많은 일들을 감히 저지를 수 있습니다. 어머니는 제 이름으로 결정을 내리셨습니다. 그런데 그 결정들이 저는 아주 싫습니다. 지금 이 순간부터 제가 제 이름으로 결정을 내리게 하시든지, 아니면 코리노 가문의 다른 후계자를 직접 찾아보세요!" 파라든이 말했다.

제시카는 이렇게 대결을 벌이고 있는 두 사람을 재빨리 훑어보면서 파라든에게서 진짜 분노를 보았다. 바샤르는 뻣뻣하게 차려 자세로 서서 아무것도 듣지 못한 척하려고 애쓰고 있었다. 웬시시아는 금방이라도 고함을 지르며 화를 터뜨릴 것 같은 표정으로 잠시 머뭇거렸다. 파라든은 자신이 던진 주사위에서 어떤 결과가 나오더라도 기꺼이 받아들일 생각인 것 같았다. 제시카는 그의 자세에 조금 감탄하면서 이 대결에서 자신에게 가치 있는 것이 될 수도 있는 것들을 많이 발견했다. 그녀의 손자들에게 암살용 호랑이를 보내자는 결정은 파라든이 알지 못하는 새에 내려진 것 같았다. 음모를 나중에야 알게 되었다는 그의 말은 거의 의심의 여지 없는 진실이었다. 어떤 결정이 내려지든 그것을 받아들일 자세를 갖추고 서 있는 그의 눈은 분명히 진정으로 분노하고 있었다.

웬시시아가 떨리는 숨을 깊이 들이쉰 후 입을 열었다. "좋다. 널 가문의 공식적인 수장으로 임명하는 의식을 내일 열겠다. 하지만 지금부터 미리 네가 수장으로서 행동해도 좋아." 그녀는 티예카니크를 바라보았지만, 티예카니크는 그녀와 눈을 마주치려 하지 않았다.

'저 모자는 일단 여기를 나간 후에 서로 소리를 질러대며 싸울 거야. 하지만 파라든이 이겼어.' 제시카는 생각했다. 그리고 그녀는 랜드스라드가 보내온 메시지에 대해 다시 생각하기 시작했다. 교단은 베네 게세리트의 계획에 힘입은 교묘한 솜씨로 전령을 심사했다. 공식적인 항의 통보문 속에는 제시카를 위한 메시지가 숨겨져 있었다. 교단의 첩자들이 제시카의 상황을 알고 있으며, 파라든이 그 메시지를 포로들에게 보여줄 것이라고 추측할 정도로 그를 정확하게 판단하고 있다는 뜻이었다.

"난 내 질문에 대한 답을 듣고 싶소." 제시카는 파라든이 그녀를 정면에서 바라볼 수 있는 자리로 돌아오자 그를 향해 말했다.

"나는 랜드스라드에 내가 이번 암살과 아무 관련이 없다고 말할 겁니다. 그리고 이번 암살의 결과를 전적으로 불쾌하게 생각하지는 않지만, 암살의 방법에 대해서는 교단과 마찬가지로 불쾌감을 느낀다고 덧붙이겠습니다. 이번 일로 인해 당신이 느꼈을 슬픔에 대해 사과하는 바입니다. 운은 모든 곳을 흐릅니다."

'운은 모든 곳을 흐른다고!' 제시카는 생각했다. 이것은 그녀의 공작이 가장 좋아하던 말이었다. 게다가 파라든의 태도를 보니 그가 이 사실을 알고 있는 듯했다. 그녀는 그들이 정말로 레토를 죽였을지도 모른다는 가능성을 억지로 무시하려 했다. 가니마가 레토를 걱정해서 자신들의 계획을 제시카에게 모두 밝혔다고 가정해야만 했다. 그렇다면 밀수꾼들이 거니를 레토와 만날 수 있는 곳에 배치할 것이고, 교단의 책략들이 수행될 것이다. 레토는 반드시 시험을 받아야 했다. 반드시 그래야 했다. 시험을 받지 않으면 그도 알리아와 같은 운명이 될 수밖에 없었다. 그리고 가니마는…… 뭐, 그 문제는 나중에 생각해도 되었다. 미리 태어난 자를 가이우스 헬렌 모히암 대모와 같은 사람 앞으로 보낼 방법은 하나도 없었다.

제시카는 깊은 한숨을 내쉬었다. "조만간 당신과 내 손녀가 우리 두 가문을 결합시켜 오랜 상처를 치유할 수도 있다는 생각을 하는 사람이 나타날 거요." 그녀가 말했다.

"그런 가능성에 대해 나도 이미 들었습니다." 파라든이 어머니를 흘끗 바라보면서 말했다. "그때 나는 최근 아라키스에서 일어난 사건들의 결과를 기다리는 편이 더 좋다고 대답했지요. 서둘러 결정을 내릴 필요는 없습니다."

"당신이 이미 내 딸의 술수에 넘어갔을 가능성은 언제나 존재하오." 제시카가 말했다.

파라든의 안색이 딱딱하게 굳었다. "자세히 설명하십시오!"

"아라키스의 문제는 겉으로 보이는 그대로가 아니오. 알리아는 자기만의 게임을 하고 있소. 저주스러운 자의 게임이지. 알리아가 내 손녀를 이용할 방법을 고안해 내지 못한다면, 그 아이는 위험해질 것이오."

"당신과 당신의 딸이 서로 대립하고 있다고 믿으란 말입니까? 아트레이데스가 아트레이데스와 싸우고 있다고?"

제시카는 웬시시아를 바라본 다음 다시 파라든에게 시선을 돌렸다. "코리노도 코리노와 싸우고 있소."

파라든의 입술이 비틀린 미소를 지었다. "잘 알겠습니다. 내가 당신 딸의 술수에 넘어갔다면, 과연 어떻게 그렇게 되었을까요?"

"내 손자의 죽음에 연루되었고 나를 납치했기 때문이오."

"납치라니……."

"이 마녀의 말을 믿지 마라." 웬시시아가 경고했다.

"누구를 믿을지는 제가 결정합니다, 어머니." 파라든이 말했다. "미안하지만, 레이디 제시카, 난 그 납치라는 말을 이해할 수 없습니다. 당신과 당신의 충실한 가신이……."

"그는 알리아의 남편이오." 제시카가 말했다.

파라든은 아이다호에게 시선을 돌려 평가하는 듯한 눈으로 바라보다가 바샤르에게 눈을 돌렸다. "어떻게 생각하오, 티예크?"

바샤르는 제시카가 말한 것과 비슷한 생각을 하고 있었는지 이렇게 말했다. "레이디 제시카의 추리가 마음에 듭니다. 조심하세요!"

"그는 골라 멘타트요. 그를 죽도록 시험한다 해도 확실한 대답을 찾지 못할 수 있소." 파라든이 말했다.

"하지만 우리가 속임수에 넘어갔다고 가정하는 것이 현실적이고 안전합니다." 티예카니크가 말했다.

제시카는 자신이 움직여야 하는 순간이 왔음을 깨달았다. 아이다호가 슬픔 때문에 자신이 선택한 역할에서 벗어나지 않아주기만을 바랄 뿐이었다. 그를 이런 식으로 이용하는 것이 마음에 들지 않았지만, 그녀는 더 큰 문제들을 고려해야 했다.

"우선, 내가 자유 의지로 이곳에 왔다고 공개적으로 발표할 수도 있소." 제시카가 말했다.

"재미있군요." 파라든이 말했다.

"당신은 나를 믿고 이곳 살루사 세쿤더스에서 내게 완전한 자유를 허용해 주어야 할 것이오. 내가 강제로 어쩔 수 없이 그런 말을 한다는 모습이 드러나서는 안 되오." 제시카가 말했다.

"안 돼!" 웬시시아가 반대했다.

파라든은 그녀를 무시했다. "이곳에 온 이유를 뭐라고 할 겁니까?"

"내가 당신의 교육을 위해 이곳에 파견된 교단의 전권 대사라고 하겠소."

"하지만 교단은……."

"그래서 당신이 결단력을 발휘할 필요가 있는 것이오." 제시카가 말했다.

"저 여자를 믿지 마!" 웬시시아가 말했다.

파라든은 지극히 정중한 태도로 그녀를 바라보며 말했다. "한 번만 더 나를 방해한다면, 티예크를 시켜서 어머니를 쫓아내겠습니다. 제게 공식적인 수장의 자리를 주겠다고 어머니가 동의하는 걸 티예크도 들었습니다. 그 말 때문에 지금 그는 제게 묶여 있습니다."

"저 여자는 마녀야. 내 말 들어!" 웬시시아는 벽 앞의 벙어리 병사를 바라보았다.

파라든이 잠시 머뭇거리다가 입을 열었다. "티예크, 어떻게 생각하오? 내가 마녀의 술수에 넘어간 것 같소?"

"제가 보기에는 아닙니다. 레이디 제시카는……."

"두 사람 모두 마녀에게 넘어간 거야!"

"어머니." 파라든이 냉담하고 단호한 어조로 말했다.

웬시시아는 주먹을 꼭 쥐고 뭐라 말을 하려다가 몸을 휙 돌려 도망치듯 방을 나갔다.

파라든이 다시 제시카를 향해 몸을 돌리며 물었다. "베네 게세리트가 이런 계획에 동의하겠습니까?"

"동의할 거요."

파라든은 이 말 속에 내포된 의미를 흡수하고 긴장된 미소를 지었다. "이번 일에서 교단이 원하는 게 뭡니까?"

"당신이 내 손녀와 결혼하는 것."

아이다호가 의문이 담긴 시선으로 제시카를 쏘아보며 뭔가 말을 할 듯한 기색을 보였지만 입을 열지는 않았다.

제시카가 말했다. "뭔가 할 말이 있는 거요, 던컨?"

"저는 베네 게세리트가 옛날부터 항상 원하던 것을 원하고 있다고 말할 생각이었습니다. 자기들에게 간섭하지 않는 우주 말입니다."

"뻔한 가정이군." 파라든이 말했다. "하지만 당신이 왜 참견하는지 모르겠소."

아이다호는 시거와이어에 묶인 몸 대신 눈썹으로 어깨를 으쓱하는 시능을 했다. 그리고 당혹스럽게도 그가 미소를 지었다.

파라든은 그 미소를 보고 휙 몸을 돌려 아이다호를 정면으로 바라보았다. "내가 재미있소?"

"지금의 상황 전체가 재미있습니다. 당신 가문의 누군가가 암살 도구를 아라키스로 수송하는 데 우주 조합을 이용함으로써 조합의 체면을 손상시켰습니다. 그 도구의 의도는 결코 숨길 수 없는 것이었지요. 당신들은 베네 게세리트가 유전자 교배 프로그램을 위해 원하고 있던 남자 아이를 죽임으로써 베네 게세리트의 화를 돋워……."

"내가 거짓말을 했다는 건가, 골라?"

"아닙니다. 저는 당신이 그 음모에 대해 몰랐다는 말을 믿습니다. 하지만 저는 이 상황을 분명하게 정리할 필요가 있다고 생각했습니다."

"저 사람이 멘타트라는 사실을 잊지 마시오." 제시카가 경고했다.

"나도 바로 그 생각을 하고 있었습니다." 파라든이 말했다. 그리고 다시 제시카를 향해 돌아섰다. "내가 당신을 풀어주고 당신이 아까 말한 대로 발표를 한다고 가정해 볼까요? 그래도 당신 손자의 죽음이라는 문제는 그대로 남습니다. 멘타트의 말이 옳아요."

"당신 어머니의 짓이오?" 제시카가 물었다.

"공자님!" 티예카니크가 경고하듯 외쳤다.

"괜찮소, 티예크." 파라든이 아무것도 아니라는 듯 손을 흔들었다. "내가 그것이 내 어머니의 짓이었다고 말한다면 어떻게 하겠습니까?"

코리노 가문 내부의 분열 상황을 시험하기 위해 제시카는 모든 위험을 무릅쓰고 이렇게 말했다. "당신이 당신 어머니를 탄핵하고 추방해야 하오."

"공자님, 어쩌면 책략 속에 또 책략이 있는 건지도 모릅니다." 티예카니크가 말했다.

아이다호가 입을 열었다. "그리고 속임수에 넘어간 건 레이디 제시카와 저로군요."

파라든의 안색이 굳었다.

제시카는 속으로 생각했다. '끼어들지 마, 던컨! 지금은 안 돼!' 그러나 아이다호의 말 때문에 논리에 대한 그녀 자신의 베네 게세리트 능력이 움직이기 시작했다. 그의 말은 그녀에게 충격을 주었다. 그녀는 자신이 이해할 수 없는 방식으로 이용당하고 있는 것은 아닌지 생각하기 시작했다. 가니마와 레토…… 미리 태어난 자들은 수없이 많은 내면의 경험을 이용할 수 있었다. 그것은 살아 있는 베네 게세리트가 의지할 수 있는 것보다 훨씬 더 광범위한 조언의 저장고였다. 의문은 또 있었다. 그녀의 교단이 과연 그녀에게 완전히 솔직했던 걸까? 어쩌면 그들이 아직 그녀를 믿지 않을 가능성도 있었다. 어쨌든 그녀는 그들을 한 번 배신했으니까…… 그녀의 공작을 위해.

파라든이 영문을 모르겠다는 듯 미간을 찌푸리고 아이다호를 바라보았다. "멘타트, 그 설교자라는 사람이 당신에게 무엇인지 알아야겠소."

"그가 이곳까지 오는 방법을 주선해 주었습니다. 저는…… 우리는 말을 열 마디도 주고받지 않았습니다. 다른 사람들이 그를 대신해서 움직였지요. 그는 어쩌면…… 어쩌면 폴 아트레이데스일 수도 있습니다. 하지만 확신하기에는 자료가 충분하지 않습니다. 내가 확실히 알고 있는 것은 내가 그곳을 떠날 때가 되었고 그가 그 수단을 갖고 있었다는 겁니다."

"당신은 속임수에 넘어갔다는 얘기를 했소." 파라든이 그를 일깨워주었다.

"알리아는 당신이 우리를 조용히 죽여버리고 그 증거를 감출 거라고 생각하고 있습니다. 그녀에게서 레이디 제시카를 제거해주었으니 저는 이제 더 이상 그녀에게 쓸모가 없습니다. 그리고 레이디 제시카도 교단의 목적을 위해 일을 해주었으니 더 이상 교단에 쓸모가 없습니다. 알리아는 베네 게세리트에게 설명하라고 요구하겠지만 그들이 이길 겁니다."

제시카는 집중을 위해 눈을 감았다. 그의 말이 옳았다. 그는 그의 목소리에서 멘타트다운 단호함, 그 의견의 깊은 진실성을 느낄 수 있었다. 모든 조각이 틈 하나 없이 제자리를 찾았다. 그녀는 두 번 깊이 숨을 들이쉬고 기억을 돕는 무아지경으로 들어가 머릿속으로 자료들을 굴려본 후 무아지경을 빠져나와 눈을 떴다. 그것은 파라든이 그녀의 앞쪽에서 아이다호에게로 옮겨 가는 동안 벌어진 일이었다. 아이다호에게서 겨우 반 발짝도 떨어지지 않은 곳으로 옮겨 간 파라든이 움직인 거리는 많아야 세 발짝을 넘지 않았다.

"더 이상 말하지 마시오, 던컨." 제시카가 말했다. 그리고 그녀는 레토가 베네 게세리트에서 받은 교육을 조심하라고 경고했던 것을 생각하며 슬픔에 잠겼다.

아이다호가 막 뭐라고 말을 하려다가 입을 다물었다.

"이곳에서 명령을 내리는 것은 나입니다. 계속하시오, 멘타트." 파라든이 말했다.

아이다호는 침묵을 지켰다.

파라든은 몸을 반쯤 돌리고 제시카를 유심히 살펴보았다.

그녀는 반대편 벽의 한 지점을 뚫어지게 바라보며 아이다호의 말과 자신의 무아지경을 통해 구축된 사실들을 검토해 보았다. 베네 게세리트가 아트레이데스 혈통을 버리지 않은 것은 물론이었다. 그러나 그들은 퀴사츠 해더락을 지배하고 싶어 했고, 오랫동안 계속된 유전자 교배 프로그램에 너무 많은 것을 쏟아부었다. 그들은 아트레이데스와 코리노가 공공연하게 충돌하기를 바라고 있었다. 그러면 그들이 중재자로 그 상황에 개입할 수 있을 터였다. 던컨의 말이 옳았다. 그들은 그 결과 가니마와 파라든을 모두 장악하게 될 것이다. 가능성이 있는 타협안은 그것뿐이었다. 놀라운 것은 알리아가 그 가능성을 미리 보지 못했다는 점이었다. 제시카는 단단하게 조여드는 것 같은 목구멍으로 마른침을 삼켰다. 알리아…… 저주스러운 존재! 가니마가 그녀를 동정할 만도 했다. 그러나 이제 누가 남아 가니마를 동정해 줄 것인가?

"교단은 가니마를 당신의 짝으로 삼아 당신을 옥좌에 올려주겠다고 약속했소." 제시카가 말했다.

파라든은 뒤로 한 걸음 물러났다. 저 마녀가 내 생각을 읽기라도 한 건가?

"그들은 비밀리에 활동해 왔고, 당신 어머니는 그 도구가 아니었소. 나 역시 그들의 계획에 비밀리에 관여하지 않았다는 말을 그들에게서 들었겠지." 제시카가 말했다.

그녀는 파라든의 표정에 드러난 사실들을 읽었다. 그의 생각이 정말 얼마나 훤하게 드러나는지. 그러나 그 계획 전체는 사실이었다. 아이다호는 자신이 사용할 수 있는 제한된 자료를 근거로 그 계획의 구조를 꿰뚫어 보는 데 멘타트로서 명인의 경지에 이른 능력을 보여주었다.

"그럼 그들이 이중으로 책략을 쓰면서 그 사실을 당신에게 말해 주었군요." 파라든이 말했다.

"그들은 이 일에 대해 내게 한마디도 하지 않았소. 던컨의 말이 옳지. 그들은 나를 속였소." 제시카는 혼자 고개를 끄덕였다. 그것은 교단의 전통적인 행동방식 속에 있는 고전적인 지연작전이었다. 그들의 저의라고 짐작되는 것과 부합하기 때문에 누구나 쉽게 받아들일 수 있는 그럴듯한 얘기를 제시해 주는 것. 그러나 그들은 제시카가 자기들에게 방해가 되는 것을 원하지 않았다. 그녀는 한 번 그들을 저버린, 결함이 있는 자매였다.

티예카니크가 파라든의 옆으로 다가왔다. "공자님, 이 두 사람은 너무 위험하니……."

"잠깐 멈추시오, 티예크." 파라든이 말했다. "지금 수레바퀴 속에 또 수레바퀴가 들어 있소." 그가 제시카를 정면으로 바라보며 말을 이었다. "우리는 알리아가 직접 내 신부가 되겠다고 나설 가능성도 보고 있습니다."

아이다호는 자기도 모르게 깜짝 놀랐지만 곧 자신의 반응을 억제했다. 놀라서 몸을 움직이는 바람에 시거와이어에 베인 그의 왼쪽 손목에서 피가 뚝뚝 떨어지기 시작했다.

제시카는 아주 조금 눈을 크게 떴다. 원래의 레토를 자신의 연인으로서, 아이들의 아버지로서, 비밀을 털어놓는 친구로서 알고 있는 그녀는 차가운 추론 능력이라는 그의 특징이 저주스러운 존재의 비틀린 사고를 통해 변화된 형태로 발휘되고 있음을 알아보았다.

"그 제안을 받아들이실 겁니까?" 아이다호가 물었다.

"생각 중이오."

"던컨, 조용히 하라고 했소." 제시카가 말했다. 그리고 그녀는 파라든을 향해 말을 이었다. "그 아이가 부른 값은 하찮은 죽음 둘이겠군. 바로 우리 둘."

"우린 음모를 의심했습니다. '음모가 음모를 낳는다'고 말한 것이 바로 당신 아들 아닙니까?" 파라든이 말했다.

"교단이 아트레이데스와 코리노를 장악하려고 나섰소. 그게 뻔히 보이지 않소?" 제시카가 말했다.

"지금 우리는 당신의 제안을 받아들일 것인지를 놓고 얘기하고 있습니다, 레이디 제시카. 하지만 던컨 아이다호는 사랑하는 아내에게 반드시 돌려보내야 할 것 같군요."

'고통은 신경의 작용으로 생기는 것이다. 고통은 빛이 눈에 들어오는 것처럼 찾아온다. 힘은 신경이 아니라 근육에서 나온다.' 아이다호는 자신을 일깨웠다. 이것은 오래전부터 이어져온 멘타트의 훈련용 문구였다. 그는 이 말을 숨 한 번 쉴 동안에 다 외고 오른쪽 손목을 움직여 시거와이어를 이용해서 동맥을 끊었다.

티예카니크가 그의 의자로 달려들어 포박을 풀기 위해 스위치를 누른 다음 의사를 불러오라고 소리쳤다. 벽 속에 숨겨진 문들을 통해 보좌관들이 즉시 무리를 지어 달려오는 모습은 정말 의미심장했다.

'던컨에게는 항상 조금 바보스러운 면이 있었어.' 제시카는 생각했다.

의사들이 아이다호를 보살피는 동안 파라든은 잠시 제시카를 유심히 살펴보았다. "난 그의 알리아를 받아들일 거라고 말하지 않았습니다."

"그가 손목을 그은 것은 그 때문이 아니오." 제시카가 말했다.

"그렇습니까? 난 그가 간단하게 자신을 제거해 버리려는 줄 알았는데요."

"공연히 멍청한 척하지 마시오. 나를 상대로 연기를 하는 건 그만둬요." 제시카가 말했다.

그가 미소를 지었다. "알리아가 나를 파멸시키리라는 걸 나는 아주 잘 알고 있습니다. 베네 게세리트조차 내가 그녀를 받아들일 거라고 기대하지는 않을 겁니다."

제시카는 무게가 실린 시선으로 파라든을 뚫어지게 바라보았다. 코리노 가문의 이 어린 자제는 도대체 어떤 자인가? 그는 바보 흉내를 그리 잘 내지 못했다. 흥미로운 학생을 만나게 될 거라던 레토의 말이 다시 생각났다. 게다가 아이다호의 말에 따르면 설교자도 이것을 원한다고 했다. 설교자라는 사람을 직접 만났더라면 좋았을 거라는 생각이 들었다.

"웬시시아를 추방할 거요?" 제시카가 물었다.

"그것이 괜찮은 흥정 조건인 것 같습니다." 파라든이 말했다.

제시카는 아이다호를 슬쩍 바라보았다. 의사들이 이미 그의 치료를 끝낸 다음이었다. 그는 이제 공중 의자에 덜 위험스러운 끈으로 묶여 있었다.

"멘타트들은 절대적인 것들을 경계해야 하오." 그녀가 말했다.

"저는 지쳤습니다. 제가 얼마나 지쳤는지 부인은 전혀 모르실 겁니다." 아이다호가 말했다.

"지나친 착취를 당하면 충성심조차 결국 닳아서 없어져버리죠." 파라든이 말했다.

제시카는 평가하는 듯한 시선으로 또 그를 쏘아보았다.

이 모습을 보며 파라든은 속으로 생각했다. '시간이 흐르면 저 여자는 나를 확실히 알게 될 거고, 그건 상당한 가치를 지닐 수 있어. 변절한 베네 게세리트가 내 것이 되다니! 저 여자의 아들은 갖고 있었지만 나는 가지지 못한 게 바로 그거야. 지금은 저 여자에게 나를 살짝 보여주기만 하자. 나머지는 나중에 저 여자가 볼 수 있을 거야.'

"그건 공정한 교환입니다. 당신의 조건대로 제안을 받아들이겠습니다." 파라든은 이렇게 말하고 나서 벽 앞의 벙어리 병사에게 복잡한 수신호를 보냈다. 벙어리 병사가 고개를 끄덕였다. 파라든은 몸을 굽히고 의자의 스위치를 눌러 제시카를 풀어주었다.

티예카니크가 물었다. "공자님, 진심이십니까?"

"우리가 얘기한 게 바로 그것 아니오?" 파라든이 물었다.

"그렇습니다. 하지만……."

파라든이 쿡쿡 웃으며 제시카를 향해 말했다. "티예크는 내 정보원을 의심하고 있습니다. 하지만 책과 필름 두루마리를 통해 배우는 것은 어떤 일들이 이루어질 수 있다는 가능성뿐이죠. 실질적인 학습을 위해서는 그런 일들을 직접 해볼 필요가 있습니다."

제시카는 의자에서 몸을 일으키면서 이 말을 곰곰이 생각해 보았다. 그녀의 생각이 파라든의 수신호로 되돌아갔다. 그는 아트레이데스 식의 전투 암호를 사용하고 있었다! 그것은 신중한 분석이 행해졌음을 의미하고 있었다. 이곳의 누군가가 의식적으로 아트레이데스를 모방하고 있는 것이다.

"물론이오. 당신은 베네 게세리트의 교육 방법 그대로 내가 당신을 가르쳐주기를 원하게 될 거요."

파라든이 그녀를 향해 얼굴을 빛냈다. "내가 저항할 수 없는 제안이로군요." 그가 말했다.

내게 암호를 전달해 준 것은 아라킨 지하 감옥에서 죽은 어떤 남자였네. 보게, 내가
거북 모양의 이 반지를 산 곳도 거기였어. 반역자들이 나를 숨겨준 곳은 도시 외곽의
'수크'였네. 암호 말인가? 아, 그때 이후로 암호는 수없이 바뀌었네. 내가 받은 암호
는 '끈기'였어. 그리고 여기에 응답하는 암호는 '거북'이었지. 그 암호 덕분에 나는 살
아서 그곳을 빠져나올 수 있었네. 내가 이 반지를 산 건 그 때문이야. 그때 일을 잊지
않기 위해서.

—『타지르 모한디스: 친구와의 대화』

뒤쪽에서 벌레의 소리가 들려왔을 때 레토는 사막 멀리까지 나가 있
었다. 벌레는 그가 죽은 호랑이들 주위에 흩뿌려놓은 스파이스 가루와
모래막대기가 있는 곳을 향해 다가오고 있었다. 그들의 계획이 시작되
려는 지금 이것은 좋은 징조였다. 대부분의 경우 이 지역에서는 모래벌
레가 아주 드물었다. 모래벌레가 꼭 필요한 것은 아니었지만 그래도 있
으면 도움이 되었다. 시체가 사라진 이유를 가니마가 설명하지 않아도
될 테니까.

지금쯤이면 가니마가 스스로에게 그가 죽었다는 믿음을 심어놓았으

리라는 것을 그는 알고 있었다. 그녀에게 남은 것은 아주 작고 고립된 캡슐 같은 의식의 조각뿐일 것이다. 봉인된 그 기억을 되살릴 수 있는 것은 온 우주에서 그들 둘만이 알고 있는 고대어 어구뿐이었다. '세체르 은비우', '황금의 길'을 뜻하는 이 말을 그녀가 듣는다면…… 그래야만 그녀는 그를 기억해 낼 것이다. 그때까지 그는 죽은 사람이었다.

이제 레토는 정말로 혼자가 된 기분이었다.

그는 사막의 자연스러운 소리와 똑같은 소리를 내는 불규칙한 걸음걸이로 움직였다. 그가 지나간 길에는 저 뒤의 모래벌레에게 인간이 이곳에서 움직이고 있음을 알려주는 흔적이 전혀 남지 않았다. 그 걸음걸이는 그의 머릿속에 너무나 깊이 박혀 있어서 굳이 그렇게 걸어야겠다고 생각할 필요도 없었다. 발이 저절로 움직이면서 불규칙한 박자를 만들어낸 것이다. 그의 발에서 나는 소리는 바람이나 중력 때문에 생기는 소리로 생각될 수 있었다. 이곳을 지나간 인간은 아무도 없었다.

뒤쪽의 모래벌레가 시체 처리를 다 끝냈을 때, 레토는 모래언덕의 급경사면 뒤에 웅크린 채 수행원이 있는 쪽을 돌아보았다. 그래, 이 정도면 충분히 멀었다. 그는 모래막대기를 바닥에 박고 자신의 교통수단이 되어줄 모래벌레를 불렀다. 벌레가 너무 빠르게 다가왔기 때문에 그는 놈이 모래막대기를 삼켜버리기 전에 간신히 자리를 잡을 수 있었다. 벌레가 옆으로 지나가는 순간 그는 창조자 작살을 타고 놈의 옆구리로 올라가 민감한 부분인 체절의 앞쪽 가장자리를 열었다. 그리고 이 어리석은 짐승을 남동쪽으로 몰았다. 벌레는 몸집이 작았지만 강한 놈이었다. 그는 놈이 슛슛 소리를 내며 모래언덕을 가로지르기 위해 몸을 비트는 동작에서 힘을 느낄 수 있었다. 그의 뒤를 따라 산들바람이 불어왔고, 그는 자신들이 지나가는 바람에 생긴 열기, 즉 벌레가 자신의 몸속에서 스파이스 생성의 초기 단계로 변환시킨 마찰력을 느꼈다.

벌레의 움직임을 따라 그의 생각도 움직였다. 벌레를 타고 가는 여행에 그를 처음으로 데려가준 사람은 스틸가였다. 기억을 자유스럽게 풀어놓기만 해도 레토는 스틸가의 목소리를 들을 수 있었다. 그의 목소리는 차분하고 정확했으며, 다른 시대의 관습에 따른 정중함으로 가득했다. 스파이스 술에 취해 위협적인 모습으로 비틀거리는 프레멘의 모습은 스틸가에게서 찾아볼 수 없었다. 요즘 흔히 들을 수 있는 커다란 목소리와 고함 소리도 스틸가에게는 해당되지 않았다. 스틸가에게는 해야할 임무가 있었다. 그는 황족을 가르치는 교사였다. "옛날에는 새들이 부르는 노래를 본떠 새들의 이름을 지었습니다. 바람에도 각각 이름이 있었지요. 6킬로미터짜리 바람은 파스타자라고 불렸고, 20킬로미터짜리 바람은 쿠에시마였습니다. 그리고 100킬로미터짜리 바람은 헤이날리였습니다. 헤이날리는 인간을 밀어버리는 것이라는 뜻이죠. 탁 트인 사막에는 악마의 바람이 있었습니다. 살을 먹는 바람인 훌라시칼리 왈라가 그것입니다."

이런 것들을 이미 알고 있던 레토는 이런 가르침에 담긴 지혜에 감사하는 마음에서 고개를 끄덕였다.

그러나 스틸가의 목소리는 때로 귀중한 이야기들을 아주 많이 해주었다.

"옛날에 물 사냥꾼이라고 알려진 부족들이 있었습니다. 그들은 이두알리라고 불렸는데, 그건 '물의 곤충'이라는 뜻이었습니다. 그 사람들이 조금도 망설이지 않고 다른 프레멘의 물을 훔치곤 했기 때문입니다. 사막에 혼자 있는 사람을 발견하면 그들은 그 사람 몸속의 물조차 남겨두지 않았습니다. 그들이 사는 곳은 자쿠루투 시에치였습니다. 다른 부족들이 단결해서 이두알리를 쏠어버린 곳도 그곳이었습니다. 이건 아주 오래전의 얘깁니다. 심지어 카인즈도 나타나기 전인, 제 고조부 시절의 얘기죠. 그날부터 지금까지 자쿠루투에 간 프레멘은 아무도 없습니다. 그건 금기입니다."

이런 방법으로 레토는 자신의 기억 속에 들어 있던 지식을 되살렸다. 그것은 기억의 작용에 대한 중요한 교훈이었다. 기억의 쓸모가 밝혀지고 그 가치가 판단의 대상이 되지 않는 한 기억만으로는 충분하지 않았다. 그 자신처럼 수많은 형태의 과거를 지닌 사람에게도 그것은 마찬가지였다. 자쿠루투에는 물, 바람덫 등 프레멘 시에치 고유의 모든 물건들이 있을 것이다. 게다가 거기에 덧붙여서 어떤 프레멘도 감히 그곳까지 오지 않으려 한다는, 비교할 수 없는 가치도 있었다. 많은 젊은이들은 심지어 자쿠루투 같은 곳이 존재했다는 사실조차 모르고 있을 터였다. 아, 물론 그들도 폰닥에 대해서는 알고 있을 것이다. 그러나 폰닥은 밀수꾼들이 있는 곳이었다.

그곳은 죽은 사람이 숨기에 완벽한 장소였다. 밀수꾼들과 다른 시대의 죽은 자들 사이에 숨는 것.

'고맙소, 스틸가.'

모래벌레는 동이 트기 전에 지쳐버렸다. 레토는 벌레의 옆구리를 미끄러지듯 내려와서 녀석이 그 특유의 친숙한 동작으로 천천히 움직이면서 모래언덕 속으로 파고들어 가는 모습을 지켜보았다. 녀석은 깊은 곳으로 들어가 한동안 토라져 있을 것이다.

'해가 질 때까지 여기서 기다려야겠어.' 그는 생각했다.

그는 모래언덕 꼭대기에 서서 주위를 샅샅이 훑어보았다. 어디를 봐도 텅 빈 공간뿐이었다. 사라져버린 벌레가 남긴 구불구불한 흔적만이 그 공허를 깨뜨렸다.

밤새의 느린 울음소리가 동쪽 지평선을 따라 처음으로 나타난 초록색 빛의 선에 도전하듯 울렸다. 레토는 몸을 숨기기 위해 모래 속으로 파고 들어 가 부풀린 사막 텐트를 몸 주위에 두르고 공기를 찾기 위해 모래스 노클의 끝부분을 위로 올려보냈다.

잠이 들기 전 오랫동안 그는 불도 켤 수 없는 어둠 속에 누워 자신과 가니마가 내린 결정에 대해 생각해 보았다. 그건 쉬운 결정이 아니었다. 특히 가니마에게는 더욱 그러했다. 그는 그녀에게 자신이 본 환영을 모두 얘기해 주지도 않았고, 거기서 파생된 자신의 생각을 모두 얘기해 주지도 않았다. 지금 그의 생각 속에서 그것은 꿈이 아니라 분명한 환영이었다. 그러나 그가 그것을 환영의 환영으로 보았다는 점이 독특했다. 그의 아버지가 아직 살아 있다고 그를 확신시킬 수 있는 논리가 어딘가에 존재한다면, 그것은 바로 그 환영의 환영 속에 있었다.

'예언자의 생애는 우리를 그의 환영 속에 붙들어두지. 그리고 예언자는 그 환영과 일치하지 않는 자신의 죽음을 만들어내야만 그 환영을 뚫고 탈출할 수 있어.' 레토는 생각했다. 레토의 이중 환영 속에 나타난 것이 바로 이것이었다. 그것은 자신이 내린 선택과 관련이 있기 때문에 그는 곰곰이 생각해 보았다. '세례 요한은 정말 안됐어. 그가 다른 방법으로 죽을 용기를 갖고 있기만 했어도……. 하지만 어쩌면 그의 선택이 가장 용기 있는 것이었는지도 모르지. 그의 앞에 어떤 대안이 펼쳐져 있었는지 내가 어찌 알겠어? 하지만 아버지 앞에 어떤 대안이 펼쳐져 있었는지는 알지.'

레토는 한숨을 쉬었다. 아버지에게 등을 돌리는 것은 신을 배반하는 것과 같았다. 그러나 아트레이데스의 제국을 한 번 뒤흔들어 정신을 차리게 할 필요가 있었다. 제국은 폴의 환영 중 최악의 것을 구현하고 있었다. 이 제국이 얼마나 무심하게 사람들을 없애버리는지. 제국은 두 번 생각해 보지도 않고 그런 짓을 저질렀다. 종교적 광기가 시계태엽처럼 단단히 감겨서 계속 똑딱거렸다.

'그리고 우린 아버지의 환영 속에 갇혀 있어.'

그 광기에서 탈출하는 길이 황금의 길을 따라 놓여 있다는 것을 레토는 알고 있었다. 그의 아버지도 그것을 보았다. 그러나 인류가 그 황금의 길에서 빠져나와 길 아래쪽에 있는 무앗딥의 시대를 바라보며 그 시절을 더 좋은 시대로 보게 될 수도 있었다. 인류는 무앗딥이 아닌 다른 대안을 반드시 경험해 보아야 했다. 그렇지 않으면 인류는 스스로 만들어 낸 신화를 결코 이해하지 못할 터였다.

'안정…… 평화…… 번영…….'

선택권이 주어진다면 제국 시민 대부분이 무엇을 선택할지에 대해서는 거의 의심의 여지가 없었다.

'그들이 나를 증오하더라도. 가니가 나를 증오하더라도.' 그는 생각했다.

오른손이 간지러웠다. 그는 자신이 본 환영의 환영에 나왔던 그 무서운 장갑을 생각했다. '그렇게 될 거야. 그래, 그렇게 될 거야.' 그는 생각했다. 그리고 기도했다.

'아라키스여, 내게 힘을 줘.'

발밑과 주위에 있는 그의 행성은 여전히 강했으며 생생하게 살아 있었다. 그 행성의 모래가 사막 텐트를 단단하게 짓눌렀다. 듄은 단단하게 뭉친 자신의 부를 세는 거인이었다. 듄은 거짓말쟁이였으며 아름다운 동시에 몹시 추악했다. 듄의 상인들이 진정으로 알고 있는 유일한 화폐는 자기들이 지닌 권력의 맥박뿐이었다. 그 권력을 어떻게 쌓았든 그 방법은 상관없었다. 그들은 남자가 도망칠 수 없는 정부(情婦)를 소유하듯이, 베네 게세리트가 교단의 자매들을 소유하듯이 이 행성을 소유하고 있었다.

스틸가가 장사꾼 사제들을 증오한 것도 무리는 아니었다.

'고맙소, 스틸가.'

레토는 과거 시에치 시절의 아름다운 삶을 떠올렸다. 제국의 기술주의 정치가 도래하기 전의 삶이었다. 그의 생각이 흘렀다. 스틸가의 꿈이 흐르듯이. 발광구와 레이저가 등장하기 전에, 오니숍터와 스파이스 크롤러가 등장하기 전에, 다른 방식의 삶이 존재했었다. 갈색 피부의 어머니들이 아기를 엉덩이에 매달고, 짙은 계피향 속에서 램프가 스파이스 기름을 태우고, 어느 누구도 억지로 복종시킬 수 없음을 아는 나입들이 자기 부족 사람들을 설득하던 시절이었다. 그것은 어두운 바위굴 속에서 사람들이 무리를 지어 살아가던 삶이었다…….

'무서운 장갑이 그 균형을 회복해 줄 거야.' 레토는 생각했다.

곧 그는 잠이 들었다.

TRUST

나는 그분의 피와 날카로운 발톱에 찢긴 그분의 로브 조각을 보았다. 그분의 누이는 호랑이들의 모습과 확신에 찬 그들의 공격을 생생히 보고했다. 우리는 음모꾼 한 명을 신문했으며, 다른 음모꾼들은 죽었거나 감금되어 있다. 모든 것이 코리노 가문의 음모를 가리킨다. 진실을 말하는 자가 이 증언을 보증했다.

—랜드스라드 위원회에 제출된 스틸가의 보고서

파라든은 첩보 회로를 통해 던컨 아이다호를 유심히 살피며 그 이상한 남자의 행동에 대한 단서를 찾으려 했다. 방금 정오가 지난 시각이었는데, 아이다호는 레이디 제시카에게 할당된 거처 바깥에서 그녀에게 만나주기를 청하며 기다리고 있었다. 그녀가 그를 만나줄 것인가? 물론 그녀는 자신들이 감시당하고 있음을 알 것이다. 하지만 그녀가 그를 만나줄 것인가?

파라든이 있는 곳은 티예카니크가 라자 호랑이들의 훈련을 이끈 방이었다. 틀레이랙스 인들과 익스 인들의 손으로 만들어진 금지된 도구들로 가득 차 있는 이 방은 사실 불법적인 곳이었다. 파라든은 오른쪽 스위치를 움직여서 여섯 개의 다른 각도에서 아이다호를 바라보거나, 바깥

못지않게 정교한 감시 장치들이 설치된 레이디 제시카의 거처 안을 살펴볼 수 있었다.

파라든은 아이다호의 눈이 마음에 걸렸다. 틀레이랙스 인들이 재생 탱크 안에 있는 골라에게 심어준, 곰보처럼 얽은 자국이 있는 금속 구들은 그 소유주가 다른 인간들과 크게 다르다는 사실을 분명히 알려주었다. 파라든은 자신의 눈꺼풀을 어루만지며 스파이스 중독으로 완전히 파랗게 변해 버린 눈을 가려주는 영구 콘택트렌즈의 딱딱한 감촉을 느꼈다. 아이다호의 눈은 틀림없이 다른 우주를 보고 있을 터였다. 그렇지 않을 리가 없었다. 파라든은 틀레이랙스의 외과 의사들을 찾아내서 그 질문을 직접 던져보고 싶다는 강한 유혹을 느꼈다.

아이다호는 왜 자살을 하려고 했을까?

정말로 자살시도였나? 우리가 가만히 있지 않으리라는 걸 분명히 알았을 텐데.

아이다호는 아직도 위험한 미지수야.

티예카니크는 그를 살루사에 묶어두거나 죽이고 싶어 했다. 어쩌면 그것이 최선의 방법일 수도 있었다.

파라든은 정면을 볼 수 있는 각도로 화면을 바꿨다. 아이다호는 레이디 제시카의 거처 밖에 놓인 딱딱한 벤치에 앉아 있었다. 그곳은 밝은색 나무로 된 벽에 창 모양의 깃발이 장식된 로비였다. 아이다호가 그곳에 앉은 지 이미 한 시간 이상이 지나 있었지만, 그는 그곳에서 언제까지라도 기다릴 각오가 돼 있는 것처럼 보였다. 파라든은 스크린 가까이 몸을 숙였다. 아트레이데스의 충성스러운 검술 대가이며 폴 무앗딥의 교사였던 그는 아라키스에서 보낸 세월의 호의를 입은 모습이었다. 그의 걸음걸이에는 젊은이 같은 탄력이 있었다. 물론 꾸준히 스파이스를 섭취한 것도 도움이 되었을 것이다. 게다가 틀레이랙스의 탱크가 항상 부여해주는 신진대사의 놀라운 균형도 있었다. 아이다호는 탱크에 들어가기 전의 과거를 정말로 기억하는 걸까? 틀레이랙스 인들이 되살린 사람들 중 그런 주장을 한 사람은 하나도 없었다. 아이다호는 정말 수수께끼 같은 인물이었다!

도서관에는 그의 죽음에 대한 보고서가 있었다. 그를 죽인 사다우카가 자신의 용맹함을 보고했던 것이다. 그러나 아이다호가 쓰러지기 전에 그의 손에 죽임을 당한 사다우카가 열아홉 명이었다. 사다우카 열아홉 명이라니! 그의 육체는 재생 탱크로 보내질 만한 충분한 가치를 지니고 있었다. 그러나 틀레이랙스 인들은 그를 멘타트로 만들었다. 재생된 그 육체에 정말 이상한 생물이 살고 있는 셈이었다. 이미 많은 능력을 갖고 있었으면서 거기에 덧붙여 인간 컴퓨터가 되는 것은 과연 어떤 기분일까?

'그는 왜 자살을 하려 했을까?'

파라든은 자신의 능력을 분명히 알고 있었으며, 그 능력에 대해 환상 같은 것은 거의 없었다. 그는 역사학자이자 고고학자였으며 사람을 보는 눈이 있었다. 그가 자신을 위해 일하는 사람들에 대한 전문가가 된 것은 필요에 의해 어쩔 수 없는 일이었다. 아트레이데스에 대한 철저한 연구도 한몫을 했다. 그는 이것을 귀족 정치가 항상 요구하는 대가로 보았다. 통치하기 위해서는 자신의 권력을 대신 휘두르는 자들에 대해 정확하고 날카로운 판단을 내릴 필요가 있었다. 부하들의 실수와 월권행위 때문에 쓰러진 통치자가 한둘이 아니었다.

아트레이데스를 철저하게 연구한 결과 그들이 부하를 고르는 데 탁월한 능력을 갖고 있음이 밝혀졌다. 그들은 충성심을 유지하는 법, 전사들의 열정을 예민하고 날카롭게 유지하는 법을 알고 있었다.

아이다호의 행동은 그답지 않았다.

'왜지?'

파라든은 눈을 가늘게 뜨고 그의 껍질 속을 보려고 애썼다. 아이다호에게는 영속적인 느낌이 있었다. 그가 지쳐 쓰러지는 일은 절대 없을 것 같다는 느낌이었다. 그는 자제력이 강한 존재, 단단하게 통합되어 잘 조직된 하나의 전체 같은 인상을 주었다. 틀레이랙스의 탱크가 인간을 뛰어넘는 어떤 것을 세상에 내놓은 것이다. 파라든은 그것을 느낄 수 있었다. 저 남자에게는 스스로를 새롭게 재생해 가는 듯한 움직임이 있었다. 마치 그가 불변의 법칙들에 따라 행동하면서 한 가지가 끝날 때마다 매번 새롭게 시작하는 것 같았다. 그는 항성의 주위를 도는 행성처럼 참을성 있게 고정된 궤도 안에서 움직였다. 그는 압박을 받아도 조금도 흐트러지지 않고 금방 대처하곤 했다. 자신의 궤도를 조금 바꾸기만 하면 되는 일이었다. 그러나 기본적인 것은 결코 바꾸지 않았다.

'그가 왜 손목을 그었을까?'

동기가 무엇이었든 간에 그는 아트레이데스를 위해, 자신을 지배하는 가문을 위해 그런 행동을 했다. 아트레이데스는 그의 궤도의 항성이었다.

'이유는 모르겠지만 그는 내가 레이디 제시카를 여기 데리고 있는 것이 아트레이데스의 힘을 강화시켜 준다고 믿고 있어.'

그리고 파라든은 자신을 일깨웠다. '멘타트가 이런 생각을 하고 있는 거야.'

이것이 그 생각에 더욱 깊이를 주었다. 멘타트도 실수를 하기는 하지만, 그건 그리 자주 있는 일이 아니었다.

이런 결론에 이른 파라든은 하마터면 보좌관들을 불러 레이디 제시카와 아이다호를 어딘가로 보내버리라고 명령을 내릴 뻔했다. 그는 막 부하들을 부를 자세를 갖추다가 행동을 멈췄다.

저 두 사람, 골라 멘타트와 베네 게세리트 마녀는 이 힘의 게임에서 미지수로 남아 있는 세력에 역공을 가할 수 있는 도구였다. 아이다호는 반드시 아라키스로 돌려보내야 했다. 그것이 틀림없이 아라키스에 문제를 일으킬 테니까. 제시카는 반드시 이곳에 남겨두어야 했다. 그리고 코리노 가문의 이익을 위해 그 이상한 지식들을 그녀로부터 모두 빼앗아야 했다.

파라든은 자신이 미묘하고 무서운 게임을 하고 있다는 걸 알고 있었다. 그러나 자신이 주위 사람들보다 더 똑똑하고 예민하다는 것을 깨달은 이후 오랫동안 이런 일이 생길 때를 대비해 스스로 준비를 해왔다. 그 깨달음은 아직 아이였던 그에게는 무서운 발견이었지만, 도서관을 스승이자 피난처로 삼았다.

그러나 지금 그는 의혹에 시달리고 있었다. 자기가 정말로 이런 게임을 감당할 수 있을지 의심스러웠다. 그는 어머니를 멀리함으로써 그녀의 조언을 잃었지만, 그녀가 내리는 결정들은 항상 그에게 위험했다. 호랑이를 사용하다니! 호랑이들의 훈련 과정은 잔혹했고, 그들을 실제로 사용한 것은 어리석은 짓이었다. 그 호랑이들의 뒤를 추적하는 것이 얼마나 쉽겠는가! 그녀는 벌이 추방으로 끝난 것에 마땅히 감사해야 했다. 그 점에서 레이디 제시카의 조언은 그의 생각과 멋지도록 정확하게 들어맞았다. 반드시 그녀에게서 아트레이데스가 생각하는 방식을 캐내야 했다.

그의 의혹들이 사라져가기 시작했다. 그는 자신의 명령에 따라 사치스러운 생활이 금지된 가운데 엄격한 훈련을 통해 갈수록 강인하고 유연하게 변해 가는 사다우카들을 다시 생각했다. 그의 사다우카 군단은 지금도 얼마 되지 않았지만, 예전처럼 프레멘들과 일 대 일로 싸울 수 있는 수준으로 회복되어 있었다. 그러나 아라킨 조약 때문에 군대의 상대적 규모가 제한되는 한 그것은 거의 아무런 소용이 없었다. 내전이라도 일어나서 프레멘들이 꼼짝없이 붙들려 약해지지 않는다면 그들은 숫자로 그를 압도해 버릴 수 있었다.

사다우카가 프레멘을 상대로 전투를 벌이기에는 때가 너무 일렀다. 그에게는 시간이 필요했다. 불만에 찬 대가문들과 새로운 권력을 얻은 소가문들 사이에서 새로운 동맹을 찾아낼 필요가 있었다. 초암의 재정에 대한 접근권도 필요했다. 그에게는 사다우카들이 더 강해지고, 프레멘들이 더 약해질 시간이 필요했다.

파라든은 참을성 있는 골라의 모습을 보여주는 스크린을 다시 바라보았다. 아이다호는 왜 지금 레이디 제시카를 만나려 하는 것일까? 그는 자신들이 감시당하고 있다는 것, 말 한마디 손짓 하나까지 모두 기록되어 분석된다는 것을 알고 있을 터였다.

'왜지?'

파라든은 스크린에서 눈을 돌려 조종 스위치 옆의 선반을 흘끗 바라보았다. 기계의 창백한 빛 속에서 그는 아라키스에서 가장 최근에 날아온 보고서가 담긴 필름 두루마리를 알아볼 수 있었다. 그의 첩자들은 철저했다. 그 점은 인정해 줘야 했다. 그 보고서에는 그에게 희망과 즐거움을 가져다주는 얘기들이 많이 들어 있었다. 그는 눈을 감았다. 보고서의 주요 내용이 묘한 논평 같은 형태로 그의 머릿속을 지나갔다. 그가 자신에게 맞게 보고서 내용을 그렇게 정리해 놓았기 때문이었다.

'그 행성이 비옥해지면서 프레멘들은 땅의 압박에서 해방되었으며, 그들의 새로운 공동체는 전통적인 시에치 겸 요새의 성격을 잃어버렸다. 과거의 시에치 문화에서 프레멘들은 갓난아기 때부터 이런 가르침을 받았다. "네 존재 자체에 대한 지식과 마찬가지로, 시에치는 네가 세상과 우주 속으로 나아갈 수 있는 단단한 기반을 형성한다."

전통적인 프레멘들은 "마시프를 보라"고 말한다. 최고의 과학은 법이라는 뜻이다. 그러나 오랜 법적 제한 규정들은 새로운 사회 구조 때문에 느슨해지고 있다. 기강이 흐트러지고 있다는 뜻이다. 새로운 프레멘 지도자들은 조상들의 '낮은 교리'와 신화적 구조를 가진 노래 속에 감춰진 역사밖에 알지 못한다. 새로 생긴 지역 사회의 주민들은 더 변덕스럽고 개방적이다. 그들은 자주 다툼을 벌이며, 권위에 대해 덜 민감하다. 시에치의 노인들은 더 엄격하게 훈련되어 있고 집단행동을 중시하며 더 열심히 일하는 경향이 있다. 자원도 신중하게 관리한다. 노인들은 질서 있는 사회가 개인의 성취라고 아직도 믿고 있다. 젊은이들은 점점 이 믿음으로부터 멀어진다. 아직 남아 있는 과거 문화를 신봉하는 사람들은 젊은이들을 보며 "죽음의 바람이 저들의 과거를 갈아서 없애버렸다"고 말한다.'

파라든은 자신이 요약해 놓은 내용이 대단히 예리해서 마음에 들었다. 아라키스에 새로 나타난 다양성은 오로지 폭력을 불러올 뿐이었다. 보고서가 담긴 두루마리에는 기본적인 개념들이 분명하게 새겨져 있었다.

'무앗딥의 종교는 과거 프레멘 시에치의 문화적 전통에 단단히 뿌리박고 있는 반면, 새로운 문화는 그런 규율로부터 점점 더 멀어져가고 있다.'

전에도 몇 번 그랬던 것처럼, 파라든은 티예카니크가 그 종교를 받아들인 이유가 무엇일까 속으로 질문을 던져보았다. 티예카니크는 자신의 새로운 도덕 속에서 이상하게 행동하고 있었다. 그는 정말로 진지해 보였지만, 자신의 의사에 어긋나는 일을 하고 있는 듯한 분위기를 풍겼다. 티예카니크는 회오리바람을 시험하려고 발을 들여놓았다가 자기가 통제할 수 없는 힘에 붙들린 사람 같았다. 티예카니크의 개종은 아무런 특징도 없이 너무 완벽하다는 점에서 파라든의 신경을 긁었다. 그것은 아주 오랜 사다우카 관습으로의 회귀였다. 그는 젊은 프레멘들이 언젠가 비슷한 방식으로 회귀할 가능성이 있으며, 그들의 머릿속에 깊이 배어 있는 타고난 전통이 승리를 거둘 것이라고 경고했다.

파라든은 다시 보고서에 대해 생각해 보았다. 보고서에는 걱정스러운 얘기가 실려 있었다. 프레멘 역사 중 가장 오래된 시대의 문화적 잔재인 '잉태의 물' 관습이 아직도 끈질기게 남아 있다는 것이었다. 프레멘들은 신생아가 태어나면 양수를 버리지 않고 증류해서 아이가 처음 먹는 물에 섞어 넣었다. 원래 전통에 따르면 아이의 대모가 물을 먹이면서 "여기 그대의 잉태의 물이 있다"고 말하도록 되어 있었다. 그런데 젊은 프레멘들도 여전히 이 전통을 따르고 있다고 했다.

'그대의 잉태의 물이라.'

자신을 낳아준 양수에서 증류한 물을 마신다는 생각이 혐오스러웠다. 파라든은 살아남은 쌍둥이 가니마에 대해 생각해 보았다. 그녀가 그 이상한 물을 마셨을 때 그녀의 어머니는 이미 이 세상 사람이 아니었다. 그녀는 과거와의 그 이상한 연결 고리에 대해 나중에 생각해 보았을까? 아마 하지 않았을 것이다. 그녀는 프레멘으로 길러졌다. 프레멘들이 자연스럽게 받아들일 수 있는 일이라면 그녀 역시 자연스럽게 받아들일 수 있었다.

순간적으로 파라든은 레토 2세의 죽음이 유감스럽다고 생각했다. 이 문제를 놓고 그와 토론을 벌였다면 아주 재미있었을 것이다. 어쩌면 가니마와 이 문제를 토론할 기회가 생길지도 몰랐다.

'아이다호는 왜 손목을 그었을까?'

그가 감시용 스크린을 바라볼 때마다 이 질문이 끈질기게 머릿속에 떠올랐다. 의혹들이 또다시 파라든을 공격했다. 그는 폴 무앗딥처럼 신비스러운 스파이스의 무아지경에 빠질 수 있는 능력을 소망했다. 그 속에서 미래를 찾아내고 자신의 의문들에 대한 대답을 알아낼 수 있기를 소망했다. 그러나 스파이스를 아무리 많이 먹어도 그의 평범한 의식은 '현재'라는 단 하나의 흐름 속에 끈질기게 머물면서 불확실한 우주를 보여주었다.

감시용 스크린에 하인 하나가 레이디 제시카의 거처 문을 여는 모습이 비쳤다. 그 하녀가 아이다호를 손짓으로 부르자 그가 벤치에서 일어나 문 안으로 들어갔다. 하녀가 나중에 완벽한 보고서를 제출할 테지만, 파라든은 다시 호기심이 완전히 발동해서 조종판의 다른 스위치를 눌렀다. 그리고 아이다호가 레이디 제시카의 거실로 들어가는 모습을 지켜보았다.

멘타트의 모습은 차분하고 조심스럽기 그지없었다. 그리고 그의 골라 눈은 전혀 그 깊이를 알 수 없었다.

다른 무엇보다도, 멘타트는 한 분야의 전문가가 아니라 종합적인 지식을 가진 사람이 되어야 한다. 중대한 결정을 내릴 때는 종합적인 지식을 가진 사람에게 그 결정을 검토시키는 것이 현명하다. 전문가들은 사람을 금방 혼란에 빠뜨리기 때문이다. 그들은 쓸데없이 남의 흠을 들춰내는 행동의 원천이며, 쉼표 하나를 두고 사납게 궤변을 늘어놓는다. 반면 종합적인 지식을 가진 멘타트는 의사 결정 과정에 건전한 상식을 가져다준다. 그는 자신의 우주에서 일어나고 있는 일들에 대한 광범위한 시야로부터 스스로를 차단해서는 안 된다. 그는 반드시 "지금 이것에 대해 정말로 신비스러운 수수께끼 같은 것은 없다. 이것은 지금 우리가 원하는 것이다. 나중에는 이것이 잘못으로 판명될지 모르지만 우리는 때가 됐을 때 그 잘못을 수정할 것이다"라고 말할 수 있어야 한다. 종합적인 지식을 가진 멘타트는 우리가 우리 우주로 인정할 수 있는 모든 것이 더 큰 현상의 일부에 지나지 않음을 이해해야 한다. 그러나 전문가는 뒤를 바라본다. 자기 전문 분야의 협소한 기준 속을 들여다보는 것이다. 종합적인 지식을 가진 사람은 밖을 바라본다. 그리고 살아 있는 원칙을 찾는다. 그는 그런 원칙이 변화한다는 것, 발전한다는 것을 잘 알고 있다. 종합적인 지식을 가진 멘타트가 바라보아야 하는 것은 바로 변화 그 자체의 특징이다. 그런 변화에 대한 영구적인 목록이나 안내서, 또는 입문서 같은 것은 없다. 우리는 가능한 한 선입견을 배제한 채 그것을 바라보며 "자, 이것이 지금 뭐지?"라는 질문을 스스로에게 던져야 한다.

—『멘타트 안내서』

무앗딥을 따르는 자들의 첫 번째 신성 축일인 퀴사츠 해더락의 날이었다. 이날은 신격화된 폴 아트레이데스를 동시에 모든 곳에 존재할 수 있는 사람, 즉 남성과 여성의 조상 모두를 분리할 수 없는 힘 속에서 뒤섞어 '모두와 함께하는 하나'가 되게 하는 남성 베네 게세리트로 인정했다. 신자들은 그의 존재를 '모든 곳에서 현실'이 되도록 만든 죽음을 기념하기 위해 이날을 아일, 즉 '희생'이라고 불렀다.

설교자는 이날 이른 아침 시간을 골라 알리아의 신전 앞 광장에 다시 모습을 드러냈다. 그것은 모두들 알고 있는 그의 체포 명령에 도전하는 행위였다. 알리아의 사제들과 반란을 일으킨 사막 부족들 사이에서 불안한 휴전이 아직 효력을 발휘하고 있었지만, 사람들은 이 휴전의 존재를 손에 잡힐 듯이 생생하게 느낄 수 있었으며 그 때문에 아라킨의 모든 사람들이 불안한 마음으로 움직였다. 설교자도 그런 분위기의 일부였다.

그날은 무앗딥의 아들을 위한 공식적인 추도 기간의 스물여덟 번째 날이었으며, 반란 때문에 지연되었던 추도 의식이 '옛 고개'에서 있은 지 엿새째 되는 날이었다. 그러나 싸움조차도 하즈를 막지 못했다. 설교자는 이날 광장에 수많은 사람들이 몰려들 것임을 알고 있었다. 대부분의 순례자들은 '퀴사츠 해더락의 날에 그의 신성한 존재를 느끼기 위해' 자신들이 아라키스에 머무르는 기간 중에 아일이 포함되도록 일정을 조절하려고 했다.

설교자는 새벽의 첫 햇살과 함께 광장에 들어와 광장에 이미 잔뜩 모여 있는 신자들을 보았다. 그는 어린 안내인의 걸음걸이를 통해 그의 냉소적인 자부심을 느끼며 그의 어깨에 한 손을 가볍게 대고 걸었다. 설교자가 다가올 때 사람들은 그의 행동에 나타난 모든 뉘앙스들을 알아챘다. 어린 안내인으로서는 그렇게 주목받는 것이 싫기만 하지는 않았다.

설교자는 사람들의 시선을 어쩔 수 없는 일로 받아들일 뿐이었다.

신전 계단의 세 번째 줄에 올라선 설교자는 사람들이 잠잠해지기를 기다렸다. 침묵이 군중 사이로 파도처럼 번져나가고 그의 말을 들으려고 서둘러 달려오는 다른 사람들의 발소리가 광장 가장자리에서 들려올 때 그는 헛기침을 하며 목을 가다듬었다. 주위의 공기는 아침이라서 추웠고, 건물 꼭대기에 걸려 있는 햇빛도 아직 광장까지 내려오지 않았다. 그는 입을 열어 말을 시작하면서 커다란 광장의 음울한 침묵을 느꼈다.

"나는 레토 아트레이데스 2세에게 경의를 표하고, 그를 기념하는 설교를 하러 왔다." 그가 사막에서 벌레를 타는 사람들을 강하게 상기시키는 힘찬 목소리로 소리쳤다. "내가 이렇게 하는 것은 고통받는 모든 사람들에 대한 연민 때문이다. 죽은 레토가 알아낸 것을 그대들에게 말해 주겠다. 내일은 아직 다가오지 않았으며, 어쩌면 영원히 다가오지 않을 수도 있다는 것이다. 지금 이 순간은 관찰이 가능한 유일한 시간이며 우리 우주에서 우리를 위한 유일한 장소이다. 그대들에게 말하노니, 이 순간을 감상하고 그것이 가르치는 바를 이해하라. 그대들에게 말하노니, 정부의 성장과 죽음은 그 시민들의 성장과 죽음 속에 분명히 나타난다는 것을 배워라."

불안한 웅성거림이 광장 전체에 퍼졌다. 저 사람이 레토 2세의 죽음을 조롱하는 건가? 사람들은 사제 경비대가 당장 달려나와서 설교자를 체포할지도 모른다고 생각했다.

알리아는 설교자를 방해하는 그런 사건은 일어나지 않으리라는 것을 알고 있었다. 오늘 그를 괴롭히지 말고 내버려두라고 명령을 내린 것은 바로 그녀였다. 그녀는 수분 마스크가 달린 훌륭한 사막복으로 코와 입을 가리고 두건이 달린 평범한 로브로 머리카락을 숨겨 정체를 감췄다.

그녀는 설교자 아래의 두 번째 줄에 서서 그를 조심스럽게 관찰했다. 이 사람이 폴일까? 어쩌면 그동안의 세월이 그를 이렇게 바꿔놓았는지도 모를 일이었다. 게다가 그는 언제나 '목소리'를 훌륭하게 사용했다. 그 때문에 연설만 듣고 그의 정체를 알아보기는 힘들었다. 그래도 이 설교자 역시 자신의 목소리를 자유자재로 사용했다. 폴도 이보다 더 잘할 수는 없었을 것이다. 그녀는 그에게 맞서 행동에 나서기 전에 그의 정체를 반드시 알아야겠다고 생각했다. 그의 말은 그녀에게 눈이 부실 정도였다!

그녀는 설교자의 말에서 비꼬는 듯한 기색을 전혀 느끼지 못했다. 그는 명확한 문장들을 강렬하고 진지하게 토로할 때의 유혹적인 매력을 이용하고 있었다. 사람들이 그의 말이 지닌 의미에 당황하는 것은 아마 한순간에 불과할 것이다. 그러고 나서 사람들은 그가 그들을 당황하게 만들어 가르침을 주려 했음을 깨달을 것이다. 실제로 그는 군중의 반응을 감지하고 이렇게 말했다. "비꼬는 말은 흔히 사람의 생각이 그 자신의 가정(假定)을 넘어서지 못하는 것을 가려준다. 난 비꼬고 있는 것이 아니다. 가니마는 '오빠의 피를 씻어버릴 수 없다'고 그대들에게 말했다. 나도 동의한다.

사람들은 레토가 아버지가 간 길을 갔으며, 아버지가 한 일을 했다고 말할 것이다. 무앗딥의 교회는 그가 자신의 인간성을 위하여 어쩌면 어리석고 무모하게 보일 수도 있지만 나중에 역사가 승인해 줄 길을 선택했다고 말한다. 역사는 지금도 다시 만들어지고 있다.

그대들에게 말하노니, 이들의 삶과 종말에서 배워야 할 교훈이 또 있다."

알리아는 모든 뉘앙스에 신경을 곤두세운 채 설교자가 왜 '죽음' 대신 '종말'이라는 말을 썼는지 혼자 질문을 던져보았다. 레토와 폴 모두, 또는 둘 중의 하나가 사실은 죽지 않았다는 말을 하고 있는 걸까? 그게 어떻게 가능하지? 진실을 말하는 자가 이미 가니마의 이야기를 확인해 주었다. 그렇다면 지금 이 설교자의 말은 무슨 뜻인가? 그의 말은 신화인가, 현실인가?

"이 또 하나의 교훈을 잘 새겨두어야 한다!" 설교자가 팔을 치켜들며 천둥처럼 큰 소리로 말했다. "인간성을 소유하고 싶다면 이 우주를 놓아 버려라!"

그는 팔을 내리고 텅 빈 눈구멍으로 알리아를 똑바로 겨냥했다. 마치 그가 그녀에게 직접 친밀하게 말을 걸고 있는 것 같았다. 그 행동이 너무나 노골적이었기 때문에 그녀 주위의 사람들 몇 명이 그녀 쪽으로 고개를 돌려 호기심에 찬 시선으로 바라보았다. 알리아는 그의 안에 있는 힘을 느끼며 전율했다. 어쩌면 이 사람이 폴일 수도 있었다. 그럴지도 몰랐다!

"그러나 나는 인간들이 현실을 그리 많이 감당하지 못한다는 것을 알고 있다." 그가 말했다. "대부분의 인생은 자아로부터의 도피이다. 대부분의 사람들은 마구간의 진실을 더 좋아한다. 그대들은 마구간의 칸막이 기둥에 머리를 들이박고 만족스럽게 먹이를 우적우적 씹어 먹으며 살다가 죽는다. 나머지 사람들은 자기들의 목적을 위해 그대들을 이용하지. 그대들은 단 한 번도 마구간 밖에서 머리를 들고 자기만의 인생을 살지 못한다. 무앗딥은 그대들에게 그것을 말해 주러 왔다. 그의 메시지를 이해하지 못하고서 그를 숭배할 수는 없다!"

아마도 변장한 사제일 가능성이 높은 누군가가 더 이상 참을 수 없다는 반응을 보였다. 그가 목이 쉰 듯한 남성적인 목소리를 높여 소리를 질렀다. "너는 무앗딥의 삶을 따르지 않는다! 네가 어찌 감히 다른 사람들에게 그를 숭배하는 법을 가르친단 말인가!”

“그는 죽었으니까!” 설교자가 고함쳤다.

알리아는 누가 설교자에게 도전했는지 보려고 몸을 돌렸다. 남자의 모습은 가려져서 그녀에게 보이지 않았지만 고함을 치는 그의 목소리가 사람들의 머리 위로 또다시 들려왔다. “그분이 정말로 죽었다고 믿는다면, 지금부터 너는 혼자다!”

알리아의 생각에 저자는 틀림없이 사제였다. 그러나 누구의 목소리인지는 알 수 없었다.

“나는 단지 간단한 질문을 던지기 위해 왔을 뿐이다.” 설교자가 말했다. “모든 사람이 도덕적인 자살로 무앗딥의 죽음을 뒤따라야 하는가? 그것이 메시아가 남긴 필연적인 후유증인가?”

“그렇다면 너도 그분을 메시아로 인정하는구나!” 군중 속의 그 남자가 외쳤다.

“내가 그의 시대의 예언자인데, 안 그럴 이유가 있는가?” 설교자가 물었다.

그의 어조와 태도에는 조용한 확신이 너무나 강하게 배어 있어서 그에게 도전했던 남자조차 입을 다물었다. 군중들은 불안한 웅성거림으로 답했다. 짐승들이 내는 듯한 낮은 소리였다.

“그렇다. 나는 이 시대의 예언자이다.” 설교자가 같은 말을 반복했다.

그에게 주의를 집중하고 있던 알리아는 ‘목소리’의 미세한 억양을 감지했다. 그는 틀림없이 사람들을 장악하고 있었다. 저자가 베네 게세리트의 훈련을 받은 걸까? 이건 보호 선교단의 또 다른 책략일까? 저 사람은 폴이 아니라 끝없는 권력 게임의 또 다른 일부일 뿐인 걸까?

“나는 신화와 꿈을 명확하게 표현한다!” 설교자가 소리쳤다. “나는 아이를 받고 아이가 태어났음을 선포하는 의사이다. 그러나 나는 죽음의 시기에 그대들에게 왔다. 그대들은 그것이 불안하지 않은가? 이건 그대들의 영혼이 뒤흔들려야 마땅한 일이다!"

그의 말에 분노를 느끼면서도 알리아는 그의 신랄한 연설 방식을 이해했다. 그녀는 자신이 다른 사람들과 함께 조금씩 계단에 가까이 다가가고 있음을 깨달았다. 사막의 옷을 입은 이 키 큰 남자를 향해 군중과 함께 몰려가고 있었던 것이다. 그의 어린 안내인이 그녀의 시선을 끌었다. 소년의 눈은 어찌 저리도 맑고 그 태도는 어찌 저리도 불손하단 말인가! 무앗딥이라면 저렇게 냉소적인 아이를 고용했을까?

"난 그대들을 불안하게 만들 생각이다! 그것이 나의 의도다! 난 그대들의 인습적이고 제도화된 종교의 기만과 환상에 맞서 싸우려고 왔다. 그런 종교들이 으레 그렇듯이, 제도화된 그대들의 종교도 비겁함을 향해 움직이고 있다. 평범함, 타성, 자기만족을 향해 움직이고 있다."

군중들 한가운데에서 성난 웅성거림이 일기 시작했다.

알리아는 사람들 속의 긴장을 느끼고 흡족한 기분으로 혹시 폭동이 일어나는 것은 아닌지 모르겠다고 생각했다. 설교자가 이런 긴장을 감당할 수 있을 것인가? 감당하지 못한다면, 그는 바로 여기서 죽을 수도 있었다!

"내게 도전했던 사제여!" 설교자가 군중 속을 가리키며 소리쳤다.

'저 사람은 알고 있어!' 알리아는 생각했다. 전율이 그녀의 몸을 훑고 지나갔다. 왠지 성적인 흥분과 거의 흡사했다. 설교자는 위험한 게임을 하고 있었지만 그 솜씨가 일품이었다.

"그래, 평복을 입은 사제여." 설교자가 소리쳤다. "그대는 자기만족에 빠진 자들을 위한 사제다. 나는 무앗딥에게 도전하러 온 것이 아니라 그대에게 도전하러 왔다! 그대의 종교는 그대에게 아무 대가도 요구하지 않고 아무런 위험 부담도 없는데 그것이 진짜 종교인가? 그대는 그 종교를 이용해서 살을 찌우고 있는데 그것이 진짜 종교인가? 그대는 그 종교의 이름으로 잔혹한 일들을 저지르는데 그것이 진짜 종교인가? 그대가 원래의 계시로부터 이렇게 타락한 것은 어찌 된 일인가? 대답하라, 사제여!"

그러나 도전자는 침묵을 지켰다. 알리아는 군중들이 또다시 설교자의 말에 탐욕스럽게 빠져들어서 귀를 기울이고 있음을 알 수 있었다. 사제를 공격함으로써 그는 군중의 공감을 얻어낸 것이다! 게다가 만약 그녀의 첩자들 말이 옳다면, 아라키스에 있는 순례자들과 프레멘들 대부분은 이 남자가 무앗딥이라고 믿었다.

"무앗딥의 아들은 위험을 무릅썼다!" 설교자가 소리쳤다. 알리아는 그의 목소리에서 눈물을 느꼈다. "무앗딥은 위험을 무릅썼다! 그들은 자기들의 대가를 치렀다! 그렇게 해서 무앗딥이 무엇을 성취했는가? 그를 제거해 버리고 있는 종교를 성취했을 뿐이다!"

'만약 저 말을 폴이 직접 했다면 정말 다르게 들렸겠지.' 알리아는 생각했다. '꼭 알아내야겠어!' 그녀는 계단으로 더 가까이 다가갔다. 다른 사람들이 그녀와 함께 움직였다. 그녀는 군중 사이를 비집고 나아가 손을 뻗으면 저 신비스러운 예언자의 몸을 금방이라도 만질 수 있을 것 같은 거리에 이르렀다. 그녀는 그에게서 사막의 냄새를 맡았다. 스파이스와 부싯돌 냄새가 섞인 냄새였다. 설교자와 그의 어린 안내인은 모두 먼지투성이였다. 마치 조금 전에 광활한 사막에서 온 사람들 같았다. 그녀는 단단하게 조여진 사막복의 손목 부분에서 불쑥 튀어나온 설교자의 손 피부 위에 크게 튀어나온 혈관들을 보았다. 그가 한때 왼손에 반지를 낀 적이 있다는 것도 알 수 있었다. 반지 자국이 아직도 남아 있었다. 폴도 똑같은 손가락에 반지를 끼고 있었다. 지금은 타브르 시에치에서 쉬고 있는 아트레이데스의 매 모양 반지였다. 레토가 살아 있었다면……아니, 그녀가 그에게 옥좌에 오르는 것을 허락했더라면 그 반지를 끼었을 것이다.

설교자가 텅 빈 눈구멍으로 다시 알리아를 겨냥하고 친밀하게 직접 말을 걸듯이 말했다. 그러나 그의 목소리는 군중들 모두에게 전달될 수 있을 만큼 우렁찼다.

"무앗딥은 그대들에게 두 가지를 보여주었다. 확실한 미래와 불확실한 미래. 완전한 인식과 함께 그는 더 큰 우주의 궁극적인 불확실성에 맞섰다. 그는 이 세상에서 자신이 차지한 자리로부터 '눈먼 사람처럼' 내려섰다. 그는 우리에게 사람이 항상 그렇게 해야 한다는 것, 확실한 것 대신 불확실을 선택해야 한다는 것을 보여주었다." 이 말이 끝날 무렵 그의 목소리가 애원하는 듯한 어조를 띠었다는 것을 알리아는 알아차렸다.

알리아는 주위를 둘러보고 크리스나이프의 손잡이에 살짝 한 손을 갖다 댔다. '내가 지금 저 사람을 죽이면 군중들이 어떻게 할까?' 그녀는 또다시 전율이 온몸을 훑고 지나가는 것을 느꼈다. '만약 내가 저 사람을 죽이고 내 정체를 밝힌다면, 그리고 설교자가 사기꾼이자 이단이었다고 고발한다면!'

하지만 만약 설교자가 폴이었다고 군중들이 증명하면 어떡하지?

누군가가 알리아를 그에게 더 가까이 밀었다. 그녀는 분노를 잠재우려고 애쓰면서도 그의 존재가 자신을 사로잡는 것을 느꼈다. 이 사람이 폴일까? 세상에! 내가 할 수 있는 일이 뭐지?

"우리가 또 한 명의 레토를 빼앗긴 이유가 무엇인가?" 설교자가 다그치듯 물었다. 진정한 고통이 밴 목소리였다. "할 수 있으면 대답해 보아라! 아아, 그들의 메시지는 분명하다. 확실성을 버리라는 것이다." 그는 우렁차게 울리는 목소리로 같은 말을 반복했다. "확실성을 버리라는 것이다! 그것이 생명의 가장 통렬한 요구다. 그것이 바로 생명이다. 우리는 미지의 것, 불확실한 것 속으로 파고드는 탐침이다. 그대들은 왜 무앗딥의 말을 듣지 못하는가? 확실성이 절대적인 미래를 절대적으로 아는 것이라면, 그것은 변장한 죽음일 뿐이다! 그런 미래는 '지금'이 된다! 그는 그대들에게 이것을 보여주었다!"

설교자는 무서울 정도로 정확하게 팔을 뻗어 알리아의 팔을 그러쥐었다. 그는 허공을 더듬지도 머뭇거리지도 않았다. 그녀는 그에게서 벗어나려고 했지만, 그가 아플 정도로 세게 그녀를 붙잡고 그녀의 얼굴을 정면으로 바라보며 말했다. 그들 주위의 사람들이 혼란에 빠져 슬금슬금 뒤로 물러나기 시작했다.

"폴 아트레이데스가 그대에게 뭐라고 말했는가, 여자여?" 그가 다그쳤다.

'내가 여자라는 걸 저 사람이 어떻게 아는 거지?' 그녀는 속으로 질문을 던졌다. 그녀는 내면의 생명들 속으로 들어가 그들의 보호를 요청하고 싶었지만 내면세계는 자신들의 과거에서 온 이 사람에게 꼼짝도 할 수 없을 만큼 놀라서 무서울 정도로 침묵을 지키고 있었다.

"그는 그대에게 완성이 죽음과 같다고 말했다!" 설교자가 소리쳤다. "절대적인 예언은 완성이다…… 죽음이다!"

그녀는 그의 손가락을 하나씩 비틀어 떼어내려고 했다. 칼을 잡아 그를 베어 자신에게서 떨쳐버리고 싶었지만 감히 그럴 수가 없었다. 평생 동안 이렇게 위압감을 느낀 적은 한 번도 없었다.

설교자가 턱을 치켜들고 그녀의 머리 너머로 사람들에게 소리쳤다.

"내가 그대들에게 무앗딥의 말을 주겠다! 그는 이렇게 말했다. '나는 그대들이 피하고자 하는 것들 속에 그대들의 얼굴을 비벼대겠다. 그대들이 위안이 되는 것만을 믿고 싶어 하는 것이 이상하다고 생각하지 않는다. 그렇지 않고서야 인간들이 어찌 우리를 배반해 평범함 속으로 떨어뜨리는 덫을 만들어내겠는가? 그렇지 않고서야 우리가 어찌 비겁함을 정의하겠는가?' 이것이 무앗딥이 그대들에게 한 말이다!"

그는 갑작스레 알리아의 팔을 놓아주더니 군중 속으로 그녀를 불쑥 밀었다. 잔뜩 모여 있는 사람들이 지탱해 주지 않았다면 그녀는 바닥에 쓰러졌을 것이다.

"존재하는 것은 배경으로부터 떨어져 나와 혼자 서는 것이다." 설교자가 말했다. "자신의 존재를 판단할 때 자신의 정신마저 기꺼이 위험에 노출시킬 생각이 없다면 그대들은 생각을 하는 것도 진정으로 존재하는 것도 아니다."

설교자는 계단에서 내려서면서 다시 알리아의 팔을 잡았다. 그는 비틀거리지도 머뭇거리지도 않았다. 하지만 이번에는 좀더 부드러웠다. 알리아에게 가까이 몸을 기울이면서 그가 그녀의 귀에만 들리는 목소리로 말했다. "또다시 나를 배경 속으로 끌어들이려는 짓은 그만두어라, 누이여."

그러고 나서 그는 어린 안내인의 어깨에 손을 올린 채 군중 속으로 들어갔다. 그 기묘한 한 쌍을 위해 길이 만들어졌다. 사람들은 설교자를 만지려고 손을 뻗었지만 그들의 몸짓에는 경외심과 뒤섞인 부드러움이 있었다. 그 먼지투성이 프레멘 로브 밑에서 무엇을 발견하게 될지 두려워하는 것 같았다.

사람들이 설교자를 따라 빠져나가는 동안 알리아는 충격 속에 혼자 서 있었다.

확신이 그녀를 채웠다. 저 사람은 폴이었다. 의심의 여지가 없었다. 저 사람은 그녀의 오빠였다. 그녀는 군중들이 느낀 것을 느꼈다. 그녀는 신성한 존재를 만났고, 이제 그녀의 우주가 사방에서 굴러 떨어지고 있었다. 그의 뒤를 쫓아 뛰어가 자기 자신으로부터 자기를 구해 달라고 애원하고 싶었지만 움직일 수가 없었다. 다른 사람들이 설교자와 그 안내인을 따라 몰려가는 동안 그녀는 절대적인 절망에 취해 서 있었다. 고뇌가 너무 깊어서 그녀는 자신의 근육조차 마음대로 움직이지 못한 채 그 고뇌와 함께 떨 수밖에 없었다.

'내가 뭘 해야 하지? 내가 뭘 해야 해?' 그녀는 속으로 질문을 던졌다.

이제 그녀에게는 의지가 되어줄 던컨조차 없었다. 어머니도 없었다. 내면의 생명들은 침묵을 지키고 있었다. 성안에서 경비병들의 감시를 받으며 확실하게 잡혀 있는 가니마가 있었지만, 알리아는 살아남은 쌍둥이에게 차마 이런 고뇌를 가져갈 수 없었다.

'모두들 내게 등을 돌렸어. 내가 할 수 있는 일이 뭐지?'

ᚱᚢᛊᛏ

한눈으로 바라본 우주는 문제를 찾으려고 먼 곳을 보아서는 안 된다고 말한다. 어쩌면 그런 문제가 결코 우리에게 도착하지 않을지도 모른다. 대신 우리 울타리 안에 있는 늑대를 보살펴라. 바깥을 배회하는 늑대 무리는 어쩌면 아예 존재하지 않는지도 모른다.

—『아자르 책』,「샴라」I:4

제시카는 거실 창가에서 아이다호를 기다렸다. 이 방은 부드러운 긴 의자와 구식 의자가 있는 편안한 방이었다. 그녀의 방들 중 어디에도 반중력장치가 없었고, 발광구는 다른 시대의 수정으로 만들어져 있었다. 창문에서는 한 층 아래의 안마당 정원이 보였다.

하녀가 문을 여는 소리가 들리더니 나무 바닥에 닿는 아이다호의 발소리가 났다. 발소리는 곧 카펫에 닿는 소리로 바뀌었다. 그녀는 몸을 돌리지 않은 채 그 소리에 귀를 기울이며 안마당의 초록색 바닥에 비친 얼룩덜룩한 빛을 계속 응시했다. 소리 없이 벌어지는 감정들 사이의 무서운 전쟁을 지금은 억눌러야 했다. 그녀는 프라나 빈두 훈련에서 배운 대로 깊이 숨을 들이쉬고, 억지로 불러온 차분함이 밖으로 흘러 나가는 것을 느꼈다.

높이 떠 있는 태양이 먼지가 떠다니는 탐조등 같은 빛을 안마당에 던져 보리수 가지에 팽팽하게 걸쳐진 은빛 거미줄을 돋보이게 했다. 보리수 가지는 거의 그녀의 창문까지 뻗어 있었다. 거처 내부는 선선했지만, 단단하게 봉인된 창문 바깥에서는 공기가 열기에 취한 듯 떨리고 있었다. 코리노 성은 안마당의 초록색 식물들이 이곳의 현실과는 다르다는 것을 보여주는 황량한 곳에 자리잡고 있었다.

아이다호가 그녀의 바로 뒤에서 걸음을 멈추는 소리가 들렸다.

몸을 돌리지 않은 채 그녀가 말했다. "말의 재능은 속임수와 환상의 재능이오, 던컨. 왜 나와 얘기를 나누고 싶어 한 거요?"

"어쩌면 우리 둘 중 한 사람만이 살아남을지도 모르기 때문입니다." 그가 말했다.

"그럼 그대는 내가 그대의 노력을 잘 보고해 주기를 바라는 거요?" 그녀는 몸을 돌려 그가 차분하기 그지없는 모습으로 서 있는 것을 보았다. 그는 초점의 중심이 없는 그 회색의 금속 눈으로 그녀를 지켜보고 있었다. 그 눈이 얼마나 텅 비어 보이는지!

"던컨, 혹시 역사 속에서 그대가 차지하고 있는 자리에 질투심을 느끼는 거요?"

그녀는 비난하는 듯한 어조로 말했다. 그리고 말을 하면서 자신이 이 남자와 이렇게 맞섰던 과거의 기억을 떠올렸다. 그때 그는 취해 있었고, 그녀를 감시할 임무를 맡은 후 상충되는 임무 때문에 괴로워했다. 그러나 그것은 골라 이전의 던컨이었다. 이 사람은 절대로 그와 똑같은 사람이 아니었다. 이 사람은 자신의 행동 때문에 분열되지도, 괴로워하지도 않았다.

그는 미소를 지음으로써 그녀의 생각이 옳았음을 증명했다. "역사는 그 나름의 법정을 열고 그 나름의 판결을 내립니다. 제게 내려질 판결을 제가 걱정할 것 같지는 않습니다." 그가 말했다.

"왜 여기 온 거요?" 그녀가 물었다.

"부인이 여기에 온 것과 같은 이유입니다, 부인."

그녀는 이 간단한 말로 인해 받은 충격을 겉으로 드러내지 않았지만 속으로는 정신없이 생각을 하고 있었다. '내가 이곳에 왜 왔는지 정말로 알고 있단 말인가?' 어떻게? 아는 사람은 가니마뿐이었다. 그렇다면 그가 멘타트로서 계산을 할 수 있을 만큼 충분한 자료를 갖고 있는 건가? 그건 가능한 일이었다. 만약 그가 그녀의 의도를 드러낼 말을 해버린다면 어떻게 하지? 만약 그가 그녀와 똑같은 이유로 이곳에 왔다면 과연 그런 짓을 할까? 그는 자신들의 동작 하나, 말 한마디가 모두 파라든이나 그의 부하들에게 감시당하고 있다는 것을 분명히 알 터였다.

"아트레이데스 가문이 모진 기로에 이르렀소. 가족들이 서로에게 등을 돌렸지. 그대는 나의 공작님에게 가장 충성했던 사람 중의 하나요, 던컨. 하코넨 남작이……."

"하코넨의 얘기는 하지 말기로 하지요. 그건 다른 시대의 일이고, 부인의 공작님은 돌아가셨습니다." 이 말을 하고 나서 아이다호는 속으로 생각했다. '부인은 아트레이데스 가문에 하코넨의 피가 흐르고 있다는 사실을 폴이 밝혔다고 짐작하지 못하는 건가?' 그것이 폴에게는 얼마나 위험한 일이었을까. 그러나 그 말은 던컨 아이다호를 그에게 훨씬 더 단단하게 묶어주었다. 사실을 밝힌 그 말 속에 포함된 신뢰는 상상도 할 수 없을 만큼 컸다. 폴은 남작의 부하들이 아이다호에게 무슨 짓을 했는지 알고 있었다.

"아트레이데스 가문은 죽지 않았소." 제시카가 말했다.

"아트레이데스 가문이 무엇입니까? 부인이 아트레이데스 가문입니까? 알리아입니까? 가니마입니까? 이 가문을 위해 일하는 사람들입니까? 그 사람들을 보면, 그들은 말로 표현할 수 없는 노고의 흔적을 갖고 있습니다! 그들이 어떻게 아트레이데스일 수 있습니까? 부인의 아드님 말씀이 맞았습니다. 그분은 '노고와 박해는 나를 따르는 모든 사람들의 운명이다'라고 하셨죠. 저는 그런 운명에서 벗어나고 싶습니다, 부인."

"정말로 파라든에게 넘어간 거요?"

"부인도 그렇게 하시지 않았던가요, 부인? 가니마와 결혼하면 우리가 가진 모든 문제가 해결될 것이라고 파라든을 설득하기 위해 여기 오신 것이 아닙니까?"

'정말로 저렇게 생각하고 있는 걸까? 아니면 우리를 감시하는 첩자들이 들으라고 저런 말을 하는 걸까?' 그녀는 생각했다.

"아트레이데스 가문은 언제나 기본적으로 하나의 관념이었소. 그대도 알지 않소, 던컨. 우리는 충성심으로 충성심을 샀소." 그녀가 말했다.

"백성들에게 봉사한다는 말이지요." 아이다호가 비웃었다. "아아, 부인의 공작님께 그런 말씀을 들은 것이 몇 번인지 모릅니다. 공작님은 아마 무덤 안에 누워서 불안해하고 계실 겁니다, 부인."

"우리가 그렇게까지 타락했다고 진심으로 생각하는 거요?"

"부인, 프레멘 중에 아트레이데스 가문과 심지어 무앗딥까지 저주하는 반란자들이 있다는 걸 모르셨습니까? 그들은 스스로를 '깊은 사막의 후작'이라고 부릅니다."

"파라든에게서 얘길 들었소." 그녀가 말했다. 아이다호가 무슨 얘기를 하려는 건지 모르겠다는 생각이 들었다.

"그게 다가 아닙니다, 부인. 파라든이 얘기한 것 이상이에요. 저는 그들이 퍼붓는 저주를 직접 들었습니다. 이런 식이었죠. '너희들에게 타는 불이 떨어지리라, 아트레이데스여! 너희는 영혼도 정신도 몸도 망령도 마법도 뼈도 머리카락도 단 한마디의 말도 갖지 못할 것이다. 너희는 무덤도 집도 구멍도 묘도 갖지 못할 것이다. 너희는 정원도 나무도 덤불도 갖지 못할 것이다. 너희는 물도 빵도 빛도 불도 갖지 못할 것이다. 너희는 자식도 가족도 후계자도 부족도 갖지 못할 것이다. 너희는 머리도 팔도 다리도 걸음걸이도 씨도 갖지 못할 것이다. 너희는 어느 행성에서도 앉을 자리를 찾지 못할 것이다. 너희의 영혼은 심연에서 올라오는 것을 허락받지 못할 것이며, 지상에 살아도 좋다고 허락받은 사람들 틈에 결코 끼지 못할 것이다. 너희는 언제가 되어도 샤이 훌루드를 보지 못할 것이지만, 가장 깊은 증오 속에 차꼬를 차고 묶여 있을 것이며 너희의 영혼은 영원히 영광스러운 빛 속으로 들어오지 못할 것이다.' 그들의 저주는 이런 식입니다, 부인. 프레멘이 그런 증오를 품을 거라고 상상이나 할 수 있었겠습니까? 그들은 모든 아트레이데스를 저주받은 왼손과 타는 듯한 열기로 가득 찬 '여자 태양'에게 넘깁니다."

제시카는 전율했다. 아이다호는 틀림없이 자기가 들은 것과 똑같은 목소리로 그 저주의 말들을 옮겼을 것이다. 그가 이 사실을 코리노 가문에 밝히는 이유가 뭘까? 그녀는 격분한 프레멘이 분노 때문에 무서운 모습을 하고 자신의 부족 앞에 서서 그 고대의 저주를 퍼부어대는 장면을 그려볼 수 있었다. 아이다호는 왜 이 말을 파라든에게 들려주었을까?

"그대는 가니마와 파라든의 결혼을 강력하게 찬성하고 있군." 그녀가 말했다.

"부인께서는 항상 문제에만 전념하는 분이셨지요. 가니마는 프레멘입니다. 그녀는 페이, 즉 보호를 받기 위한 세금을 지불하지 않는 사람하고만 결혼할 수 있습니다. 코리노 가문은 자기들이 보유하고 있는 초암의 주식 전부를 부인의 아드님과 그 후계자들에게 넘겨주었습니다. 파라든은 아트레이데스의 관용에 기대어 살고 있습니다. 부인의 공작님께서 아라키스에 매 깃발을 꽂았을 때를 기억하십시오. 그분이 '지금 있는 이곳에 나는 머무를 것이다!'라고 말씀하신 것을 기억하십시오. 그분의 유해는 아직도 거기 있습니다. 그리고 파라든은 사다우카와 함께 아라키스에서 살아야 할 겁니다."

아이다호는 이런 식의 동맹을 생각하며 고개를 흔들었다.

"양파 껍질을 벗기듯이 문제를 벗겨가야 한다는 옛 속담이 있소." 그녀가 차가운 목소리로 말했다. '저자가 어찌 감히 내게 저리도 잘난 척을 한단 말인가? 저자가 지금 우리를 감시하는 파라든의 눈 때문에 연극을 하는 게 아니라면…….'

"잘은 모르겠지만, 저는 프레멘과 사다우카가 한 행성에서 함께 살아가는 모습을 상상할 수 없습니다. 그건 양파를 아무리 벗겨도 나오지 않는 부분입니다." 아이다호가 말했다.

그녀는 아이다호의 말로 인해 파라든과 그의 자문들이 떠올릴지도 모르는 생각들이 마음에 들지 않아서 날카로운 목소리로 말했다. "아트레이데스 가문은 지금도 이 제국의 법이오!" 그리고 속으로 생각했다. '아이다호는 파라든이 아트레이데스 없이도 옥좌를 되찾을 수 있다고 믿기를 바라는 걸까?'

"아, 그렇군요. 하마터면 잊을 뻔했습니다. 아트레이데스의 법을! 물론 황금 묘약의 사제들이 번역한 내용 그대로의 법이지요. 눈을 감기만 해도 부인의 공작님께서, 폭력을 행사하거나 혹은 폭력을 행사하겠다고 위협해야 항상 부동산을 취득해서 보유할 수 있다고 말씀하시는 목소리가 들리는 듯합니다. 거니가 예전에 노래하곤 했던 것처럼 운은 모든 곳을 흐릅니다. 결과가 수단을 정당화해 주지요? 아니면 제가 속담을 혼동한 건가요? 뭐, 쇠장갑을 낀 주먹을 휘두르는 것이 프레멘 군단이건 사다우카 군단이건, 아니면 그것이 아트레이데스의 법 속에 숨겨져 있건 상관없습니다. 주먹이 존재하는 건 사실이니까요. 양파에서 나오지 않는 부분은 끝내 나오지 않을 겁니다, 부인. 궁금한 게 있는데, 파라든이 어떤 주먹을 요구할까요?"

'이 사람이 지금 뭘 하고 있는 거지?' 제시카는 생각했다. 코리노 가문은 이 말다툼을 고스란히 빨아들이고서 고소해할 것이다!

"그래, 그대는 사제들이 가니마와 파라든의 결혼을 허락하지 않을 거라고 생각하는 거요?" 제시카는 아이다호가 무슨 말을 하고 싶은 건지 탐색하기 위해 과감히 물어보았다.

"허락이라고요? 세상에! 사제들은 알리아가 포고하는 일이라면 무슨 짓이든 내버려둘 겁니다. 알리아가 직접 파라든과 결혼할 수도 있습니다!"

'이 사람이 하고 싶은 말이 이건가?' 제시카는 생각했다.

"아닙니다, 부인. 그건 중요한 게 아니에요. 이 제국의 백성들은 아트레이데스의 정부와 짐승 같은 라반의 정부를 구분하지 못합니다. 아라킨의 지하 감옥에서는 사람들이 매일같이 죽어 나갑니다. 제가 그곳을 떠난 건 아트레이데스 가문에 단 한 시간이라도 더 이상 제 칼을 바칠 수 없었기 때문입니다! 제 말을 이해하지 못하시는 겁니까? 제가 아트레이데스의 대표에 가장 가까운 사람으로서 왜 부인을 만나러 여기 왔는지? 아트레이데스 제국은 부인의 공작님과 아드님을 배신했습니다. 저는 부인의 따님을 사랑했지만 그녀와 저의 길은 어긋나버렸습니다. 그럴 상황이 된다면, 저는 파라든에게 가니마와 결혼하라고 조언할 겁니다. 아니면 알리아도 괜찮습니다. 그가 자신의 조건을 관철시키기만 한다면요!"

'아아, 이 사람은 아트레이데스 가신의 자리에서 명예롭게 공식적으로 물러날 무대를 마련하고 있는 거로군.' 그녀는 생각했다. 그러나 그가 얘기한 다른 문제들의 경우, 그 문제들이 그녀를 대신해서 그녀의 일을 얼마나 잘 해주고 있는지 혹시 그가 알고 있는 걸까? 그녀는 그를 향해 험악하게 인상을 찌푸렸다. "첩자들이 말 한마디 한마디를 모두 듣고 있다는 걸 그대도 알고 있겠지, 그렇지 않소?"

"첩자라고요?" 그가 키득키득 웃어댔다. "저라도 그들의 입장이라면 그들처럼 귀를 기울일 겁니다. 제 충성심이 다른 방향으로 움직이는 걸 모르십니까? 제가 사막에서 혼자 보낸 밤이 얼마나 되는지. 사막에 대한 프레멘들의 말은 옳았습니다. 사막에서는, 특히 밤에는, 열심히 생각하는 것이 위험하다는 사실과 마주치게 됩니다."

"프레멘들이 우리를 저주하는 걸 들은 것도 그곳이오?"

"그렇습니다. 알 우루바 사람들과 함께 있을 때였죠. 저는 설교자의 명령으로 그들과 합류했습니다, 부인. 우리는 스스로를 자르 사두스라고 부릅니다. 사제들에게 굴복하기를 거절한 사람들이죠. 저는 적의 영토에서 스스로 물러나겠다는 뜻을 아트레이데스 가문 사람에게 공식적으로 밝히기 위해 왔습니다."

제시카는 그를 유심히 살피며 그의 내심을 드러내주는 사소한 징후들을 찾으려고 했지만 아이다호는 거짓을 말하고 있거나 숨겨진 계획을 갖고 있는 듯한 기색을 조금도 드러내지 않았다. 혹시 그가 정말로 파라든에게 넘어간 걸까? 그녀는 교단의 격언을 상기했다. '인간사에서 영속적인 것은 하나도 없다. 모든 인간사는 빙글빙글 바깥을 향해 움직이면서 나선 속에서 회전한다.' 만약 아이다호가 정말로 아트레이데스의 울타리를 떠났다면, 그가 지금 보여주는 행동을 이해할 수 있었다. 그는 빙글빙글 바깥을 향해 움직이고 있었다. 그녀는 이것을 하나의 가능성으로 고려해야 했다.

'하지만 아이다호가 설교자의 명령에 따랐다는 얘기를 강조한 이유가 뭐지?'

제시카의 머리가 빠른 속도로 회전했다. 다른 대안들을 생각해본 후 그녀는 어쩌면 자신이 아이다호를 죽여야 할지도 모른다는 사실을 깨달았다. 그녀가 희망을 걸고 있는 계획은 지금도 너무나 섬세해서 그 어떤 간섭도 허락할 수 없었다. 어떤 것도. 아이다호의 말은 그가 그녀의 계획을 알고 있음을 암시하고 있었다. 그녀는 이 방 안에서 자신과 그가 차지하고 있는 상대적 위치를 가늠하며 치명적인 타격을 가할 수 있는 위치로 옮겨 가기 위해 방향을 틀어 움직였다.

"나는 파우프레루체스의 표준화 효과가 우리 힘의 기둥이라고 항상 생각했소." 그녀가 말했다. 그녀가 왜 계급 구분 시스템에 관한 얘기로 대화의 방향을 바꿨는지 궁금해할 테면 하라지. "대가문들의 랜드스라드 평의회, 지역적인 시셀라드, 이 모든 것은 우리의……."

"제 주의를 흐트러뜨리려 하지 마십시오." 그가 말했다.

아이다호는 그녀의 행동이 너무나 뻔하게 변해 버렸다고 생각했다. 숨어 지내는 동안 그녀가 느슨해진 것일까? 아니면 그가 마침내 그녀가 받은 베네 게세리트 훈련의 벽을 뚫은 걸까? 그는 후자의 설명이 옳다는 결론을 내렸다. 그러나 어느 정도는 그녀의 탓이기도 했다. 나이를 먹어 가면서 그녀에게 변화가 일어난 것이다. 신세대 프레멘이 과거의 프레멘과 조금씩 달라진 것을 보는 것은 그에게 슬픈 일이었다. 사막이 사라지는 것은 인간들에게 소중한 뭔가가 사라지는 것이었으며, 그는 그것이 무엇인지 설명할 수 없었다. 레이디 제시카에게 일어난 변화를 설명할 수 없는 것과 마찬가지였다.

제시카는 노골적인 경악이 담긴 표정으로 아이다호를 뚫어지게 바라보았다. 자신의 반응을 숨기려고 하지도 않았다. 그가 그녀를 그토록 쉽게 읽어낼 수 있단 말인가?

"절 죽일 생각은 하지 마십시오." 그가 말했다. 그리고 그는 프레멘들이 쓰는 경고의 말을 사용했다. "부인의 피를 제 칼 위에 던지지 마세요." 그리고 속으로 생각했다. '나도 거의 프레멘이 다 됐군.' 자신의 두 번째 인생을 품어준 그 행성의 방식을 자신이 그토록 깊이 받아들였음을 깨닫고 그는 비틀린 지속성을 느꼈다.

"그대는 여기서 나가는 게 좋겠소." 그녀가 말했다.

"아트레이데스의 가신을 그만두겠다는 제 뜻을 부인이 받아들일 때까지는 안 됩니다."

"받아들이겠소!" 그녀가 물어뜯듯이 말했다. 이 말을 내뱉은 후에야 그녀는 지금의 이 대화에 순수한 반사 작용이 얼마나 크게 작용했는지를 깨달았다. 그녀에게는 생각하고 재고할 시간이 필요했다. 그녀가 무엇을 하려 하는지 아이다호가 어떻게 알았을까? 그녀는 그가 스파이스를 이용해서 시간을 뛰어넘을 수 있다고는 생각하지 않았다.

아이다호는 등 뒤에 문이 닿을 때까지 뒷걸음질로 그녀에게서 멀어졌다. 그가 고개를 숙여 인사했다. "한 번만 더 부인을 부인으로 부르고, 다시는 부르지 않겠습니다. 저는 파라든에게 부인을 현실적으로 가능한 한 빨리 조용하고 신속하게 왈락으로 돌려보내라고 조언할 겁니다. 부인은 곁에 두기에는 너무 위험한 장난감입니다. 그가 부인을 장난감으로 여긴다고 생각하지는 않지만 말입니다. 부인은 아트레이데스가 아니라 교단을 위해 일하고 계십니다. 지금 생각해 보면 부인이 아트레이데스를 위해 일한 적이 한 번이라도 있었는지 궁금합니다. 부인과 같은 마녀들은 너무나 교묘하고 은밀하게 움직이기 때문에 평범한 인간으로서는 결코 믿을 수가 없습니다."

"골라 주제에 자신을 평범한 인간으로 생각하는군." 그녀가 비웃었다.

"부인과 비교하면 그렇습니다."

"나가시오!" 그녀가 명령했다.

"저도 그럴 생각입니다." 그는 미끄러지듯 문밖으로 나가 대화를 엿듣고 있었음이 분명한 하녀의 호기심 어린 시선을 지나쳤다.

'해냈군. 저들은 이것을 한 가지 의미로밖에 읽지 못할 거야.' 그는 생각했다.

오직 수학의 영역에서만 미래에 대한 무앗딥의 정확한 시각을 이해할 수 있다. 따라서 첫째, 우리는 우주에 불특정 숫자의 점 차원이 있다고 가정한다(이것은 n차원의 고전적인 n배 확장 집합이다). 이 틀 속에서 일반적인 개념의 '시간'은 1차원적 속성의 집합이 된다. 이것을 무앗딥 현상에 적용하면, 우리는 '시간'의 새로운 속성과 만나거나, 우리가(무한대 미적분을 통한 약분에 의해) n개의 집단적 속성을 지닌 별도의 시스템들을 다루고 있음을 깨닫게 된다. 우리는 무앗딥이 후자의 경우였을 거라고 추정하고 있다. 약분에 의해 증명된 것처럼 n배의 점 차원들은 '시간'의 여러 틀 속에서 따로따로 존재할 수 있을 뿐이다. '시간'의 서로 다른 차원들은 따라서 공존하고 있음이 증명된다. 이것은 불가피한 사실이므로 무앗딥이 예언을 하려면 그는 n배를 확장 집합이 아니라 하나의 틀 안에서 일어나는 작용으로 인식해야 했을 것이다. 사실 그는 자신의 우주를 '시간'에 대한 그의 시각이라는 하나의 틀 속에 동결시켰다.

—팔림바샤, 타브르 시에치에서 행한 강연

레토는 모래언덕 꼭대기에 누워서 광활한 사막 건너편에 노출되어 있는 구불구불한 모양의 바위를 응시했다. 바위는 아침 햇빛 속에서 납작하고 위협적인 모습으로 사막 위에 거대한 모래벌레처럼 누워 있었다. 그곳에서는 아무것도 움직이지 않았다. 머리 위를 선회하는 새도 없었고 바위 사이를 재빨리 달리는 짐승도 없었다. 그 '벌레' 바위의 등 쪽 거의 한가운데에 바람덫의 가늘고 긴 구멍들이 보였다. 그곳에는 물이 있을 터였다. 그 벌레 바위는 살아 있는 것들이 없다는 점만 빼면, 시에치 은신처 같은 친숙한 모습을 하고 있었다. 그는 조용히 누워서 모래와 하나가 된 듯 기척을 감추고 계속 지켜보았다.

거니 할렉의 노래 하나가 단조롭고 끈질기게 그의 머릿속을 떠나지 않았다.

> 언덕 아래에서 여우가 가볍게 달리고 있네
> 얼룩빼기 태양이 밝게 빛나고
> 그곳에 하나뿐인 내 사랑이 아직도 있어
> 언덕 아래 회향나무 숲 속에서
> 나는 깨어날 수 없는 내 사랑을 훔쳐보지.
> 그는 무덤 속에 숨어 있네
> 언덕 아래에서.

저곳의 입구가 어디일까? 레토는 속으로 생각했다.

그는 그곳이 틀림없이 자쿠루투이자 폰닥이라고 확신했다. 그러나 단순히 동물들의 움직임이 없다는 것 외에도 뭔가가 이상했다. 의식적인 인식의 가장자리에서 뭔가가 깜박이며 그에게 경고를 발했다.

저 언덕 아래에는 뭐가 숨어 있는 거지?

동물들이 없다는 점이 마음에 걸렸다. 그의 프레멘다운 조심성이 눈을 떴다. '사막에서 생존 문제를 생각할 때에는 동물들이 있는 것보다 없는 편이 더 많은 의미를 지니고 있지.' 그러나 저곳에는 바람덫이 있었다. 따라서 물도 있고 그 물을 사용하는 사람들도 있을 것이다. 저곳은 폰닥이라는 이름 뒤에 숨겨진 금기의 장소였다. 이곳의 또 다른 이름은 프레멘들 대부분의 기억 속에서조차 사라져버렸다. 그런데 저곳에는 새도 동물도 전혀 보이지 않았다.

사람도 없었다. 그러나 황금의 길이 시작되는 곳은 이곳이었다.

언젠가 아버지가 이런 말을 한 적이 있었다. "어떤 순간에도 사방에는 온통 미지의 것들이 있다. 네가 지식을 구하는 곳이 바로 그곳이다."

레토는 모래언덕 꼭대기를 따라 오른쪽을 흘긋 바라보았다. 얼마 전에 폭풍의 모체가 되는 폭풍이 불어왔다. 아즈라크 호수가 모래 이불을 벗고 밖으로 노출되어 석고처럼 하얀 평원 같은 모습을 드러내고 있었다. 프레멘들의 미신에 따르면 비얀, 즉 '하얀 땅'을 본 사람은 누구나 양날의 칼 같은 소원, 즉 자신을 파멸시킬지도 모르는 소원을 허락받았다. 레토의 눈에 보이는 것은 석고 같은 평원뿐이었고, 그 평원은 이곳 아라키스에도 한때 지면을 흐르는 물이 존재했음을 알려주었다.

이곳에 물이 존재하게 될 미래의 모습과 똑같이.

그는 하늘을 향해 고개를 들고 뭔가 움직이는 것을 찾으려고 사방을 둘러보았다. 폭풍이 지나간 후의 하늘에는 수많은 구멍들이 나 있었다. 그 하늘을 통과하는 빛 때문에 하늘이 우유처럼 보였다. 저 높은 허공에 끈질기게 남아 있는 흙먼지 장막 위 어딘가에 은빛 태양이 있었다.

레토는 다시 구불구불한 바위로 시선을 돌렸다. 그는 프렘 행낭에서 쌍안경을 꺼내 저절로 움직이는 렌즈의 초점을 맞추고 그 무방비한 회색 물체를 응시했다. 지면 위로 튀어나온 저 바위는 한때 자쿠루투의 사람들이 살던 곳이었다. 쌍안경에 비친 확대된 모습을 보니 '밤의 여왕'이라고 불리는 가시덤불이 있었다. 덤불은 저 낡은 시에치의 입구인지도 모르는 바위틈에서 어두운 그림자 속에 편안히 자리잡고 있었다. 그는 바위를 끝에서 끝까지 샅샅이 살펴보았다. 은빛 태양이 붉은색을 회색으로 바꿔놓는 바람에 기다란 바위가 납작하게 퍼져 있는 것처럼 보였다.

그는 몸을 굴려 자쿠루투를 등지고 쌍안경으로 자신의 주위를 자세히 살펴보았다. 이 황무지에는 인간이 지나간 흔적이 전혀 남아 있지 않았다. 바람이 벌써 그의 발자국마저 지워버려, 그가 밤에 모래벌레에서 내린 자리에는 희미한 둥그런 흔적만이 남아 있을 뿐이었다.

그는 다시 자쿠루투를 바라보았다. 바람덫을 제외하면 인간이 이 길을 지나간 흔적은 하나도 없었다. 그리고 저 구불구불한 바위가 없다면 그저 하얗게 표백한 것 같은 사막만이 있을 뿐이었다. 지평선에서 지평선까지 끝없는 황야였다.

자신이 조상들이 남긴 시스템 속에 갇히는 것을 거부했기 때문에 지금 이곳에 있는 것이라는 생각이 불쑥 들었다. 레토는 사람들이 자기를 보던 표정을 생각했다. 가니마를 제외한 모든 사람들은 한결같이 그를 잘못 보고 있었다.

'남루한 패거리 같은 그 다른 기억들을 제외하면, 이 아이는 결코 아이가 아니었어.'

'난 우리가 내린 결정에 대한 책임을 받아들여야 해.'

그는 다시 바위를 샅샅이 훑어보았다. 어느 모로 보나 이곳은 틀림없이 폰닥이었다. 이곳이 자쿠루투임이 분명했다. 그는 이곳의 금기와 기묘하게 공명하는 친밀감을 느꼈다. 베네 게세리트 방법으로 그는 자쿠루투를 향해 마음을 열고 이곳에 대해 아무것도 알려고 하지 않았다. '아는 것'은 배움을 막는 장벽이었다. 잠깐 동안 그는 아무런 요구도 하지 않고, 아무런 질문도 던지지 않은 채 단순히 공명하도록 스스로를 내버려두었다.

문제는 짐승들이 없다는 데 있었지만, 특히 그의 경계심을 불러일으킨 것이 있었다. 그 순간 그가 알아차린 그것은 썩은 고기를 먹고 사는 새들이 한 마리도 없다는 사실이었다. 독수리도 콘도르도 매도 없었다. 다른 생명체들이 숨어버릴 때에도 이 새들은 남아 있게 마련이었다. 이 사막에서 물이 나는 곳이라면 어디나 나름대로의 먹이사슬을 갖고 있었다. 그 사슬의 끝에 있는 것이 어디에나 존재하는, 썩은 고기를 먹고 사는 새들이었다. 그런데 그의 존재를 조사하러 온 생물이 하나도 없었다. '시에치의 감시견'을 그가 얼마나 잘 알고 있었던가. 타브르의 절벽 가장자리에 줄지어 웅크린 그 새들은 고기를 기다리는 원시적인 장의사들이었다. 프레멘들은 그들을 '우리의 경쟁자'라고 불렀다. 그러나 이 말 속에 시기심은 전혀 없었다. 먹이를 찾아 헤매는 새들이 낯선 자의 접근을 알려주는 경우가 흔하기 때문이었다.

　　'이 폰닥이 밀수꾼들에게조차 버림받았다면 어떡하지?'

　　레토는 잠시 생각을 멈추고 집수 튜브에 있는 물을 마셨다.

　　'여기에 정말로 물이 하나도 없다면?'

　　그는 자신의 입장을 검토해 보았다. 그는 이곳에 도착하기 위해 모래벌레 두 마리를 사막으로 몰았다. 밤새도록 채찍을 후려치며 몰아댔기 때문에 그들은 나중에 거의 반주검이 되었다. 이곳은 밀수꾼들의 은신처가 있어야 마땅한 '깊은 사막'이었다. 만약 이곳에 생명체가 존재한다면, 이곳에 생명체가 존재할 수 있다면, 반드시 물이 있을 터였다.

　　'이곳에 물이 없다면? 이곳이 폰닥이자 자쿠루투가 아니라면?'

　　그는 다시 쌍안경으로 바람덫을 살펴보았다. 바람덫의 바깥쪽은 모래에 긁혀서 수리가 필요한 것 같았다. 그러나 바람덫의 원형은 충분히 보존되어 있었다. 반드시 물이 있을 터였다.

'하지만 물이 없다면?'

버려진 시에치는 공기에 물을 빼앗길 수도 있었고, 여러 가지 재앙으로 인해 물을 잃어버릴 수도 있었다. 썩은 고기를 먹는 새들이 왜 없는 걸까? 누군가 그들 몸속의 물을 빼앗으려고 죽여버린 건가? 누가? 어떻게 그들이 모두 사라질 수 있는 거지? 독인가?

'독이 든 물이군.'

자쿠루투의 전설에는 저수지에 독이 풀렸다는 얘기가 전혀 없었다. 그러나 그런 일이 일어났을 가능성도 있었다. 만약 원래 이곳에 있던 짐승들이 살해당했다 해도, 지금쯤이면 새로운 동물들이 나타나지 않았을까? 이두알리들은 벌써 몇 세대 전에 깡그리 사라졌고, 전하는 얘기에는 독이 전혀 언급되지 않았다. 그는 쌍안경으로 다시 바위를 살펴보았다. 어떻게 시에치 전체가 말살될 수 있단 말인가? 분명히 도망친 사람들이 있을 터였다. 시에치의 모든 주민이 다 집에 있는 경우는 거의 없었다. 사막을 방황하고 도시까지 힘든 여행을 하는 사람들이 반드시 있었다.

체념의 한숨을 쉬며 레토는 쌍안경을 치웠다. 그리고 모래언덕의 숨겨진 경사면을 미끄러져 내려와 각별히 조심스럽게 사막 텐트 자리를 판 다음, 하루 중 가장 뜨거운 시간을 보낼 준비를 하면서 자신의 흔적을 모두 감췄다. 그가 어둠 속으로 들어가 텐트를 봉인하는 동안 피곤이 서서히 살금살금 그의 팔다리를 따라 퍼져나갔다. 땀에 전 텐트의 답답한 공간 속에서 그는 낮 시간의 대부분을 꾸벅꾸벅 졸며 보냈다. 그리고 그동안 자신이 저질렀을지도 모르는 실수들에 대해 생각했다. 그의 꿈들은 방어적이었지만, 그와 가니마가 선택한 이 시련에서는 자기 방어가 있을 수 없었다. 실패는 그들의 영혼을 뜨겁게 태워버릴 것이다. 그는 스파이스 비스킷을 먹고 잠들었다가 한 번 더 식사를 하고 물을 마시고 다시 잠들었다. 이곳까지 오는 긴 여행은 아이의 근육이 감당하기에는 가혹한 시련이었다.

저녁이 되어갈 무렵 그는 원기를 회복한 몸으로 깨어나 생물들의 소리가 나지는 않는지 귀를 기울였다. 그리고 모래투성이의 덮개 같은 텐트 바깥으로 기어 나왔다. 하늘에서는 흙먼지가 높이 떠서 바람에 실려 한쪽 방향으로 움직이고 있었다. 그러나 다른 방향에서 날아온 모래가 뺨을 따끔따끔하게 찔러댔다. 날씨가 변할 것이라는 확실한 조짐이었다. 그는 폭풍이 다가오는 것을 느꼈다.

조심스럽게 그는 모래언덕 꼭대기로 기어 올라가 수수께끼 같은 바위를 다시 응시했다. 바위까지의 허공은 노란색이었다. 이건 배 속에 죽음을 품고 다니는 코리올리 폭풍이 다가오고 있다는 징조였다. 바람에 날려 온 모래가 커다란 시트처럼 펄럭이게 될 것이다. 그 시트는 때에 따라 위도로 4도에 이르는 지역을 덮을 만큼 커지기도 했다. 석고처럼 하얀색으로 황량하게 텅 비어 있던 분지의 표면이 지금은 먼지구름의 색을 반사하는 노란색으로 변해 있었다. 저녁의 거짓 평화가 그를 둘러쌌다. 그러더니 낮이 갑자기 무너지듯 사라지고 밤이 되었다. 갑작스럽게 찾아오는 깊은 사막의 밤이었다. 바위들은 첫 번째 달빛에 서리를 맞은 듯 하얗게 빛나는 각진 고원들로 변신해 있었다. 모래가 가시처럼 피부를 찌르는 게 느껴졌다. 마른 천둥소리가 멀리서 들려오는 북소리의 메아리처럼 울렸고, 달빛과 어둠 사이의 공간에서 그는 뭔가가 갑자기 움직이는 것을 보았다. 박쥐였다. 박쥐들이 날개를 퍼덕이는 소리, 자그맣게 끽끽대는 소리가 들렸다.

'박쥐야.'

고의든 우연이든 이곳은 황량하게 버림받은 분위기를 풍기고 있었다.

반쯤은 전설이 되어버린 밀수꾼들의 거점 폰닥이 있어야 할 곳이 바로 여기였다. 하지만 이곳이 폰닥이 아니라면? 금기가 아직도 이곳을 지배해서 유령 같은 자쿠루투의 껍데기만 남아 있는 거라면?

레토는 모래언덕의 바람이 닿지 않는 쪽에 몸을 웅크리고 밤이 그 나름의 리듬을 찾아 안정되기를 기다렸다. 인내심과 신중함. 신중함과 인내심. 한동안 그는 초서가 런던에서 캔터베리로 갈 때의 길을 되짚어보며 즐겁게 시간을 보냈다. 그는 서더크에서부터 도시 이름들을 하나하나 나열해 보았다. 성 토머스의 물이 나오는 곳까지 3.2킬로미터, 뎁포드까지 8킬로미터, 그리니치까지 9.6킬로미터, 로체스터까지 48킬로미터, 시팅본까지 64킬로미터, 블린 아래의 보턴까지 88킬로미터, 하블다운까지 93킬로미터, 그리고 캔터베리까지 96킬로미터. 지금 이 우주에서 초서를 기억하거나, 간시리드에 있는 마을이 아닌 런던을 알고 있는 사람이 거의 없다는 사실이 그에게 시간을 초월한 활기를 안겨주었다. 성 토머스는 『오렌지 가톨릭 성경』과 『아자르 책』에 기록되어 있었지만, 캔터베리는 그곳이 있던 행성과 함께 사람들의 기억 속에서 사라져버렸다. 그가 가진 기억의 짐이, 그를 집어삼키겠다고 위협하는 그 모든 생명들의 짐이 바로 거기 놓여 있었다. 그는 캔터베리까지의 여행을 전에 한 적이 있었다.

그러나 이번 여행이 더 길고 위험했다.

이윽고 그는 모래언덕 꼭대기로 기어 올라가 달빛을 받은 바위를 향해 나아갔다. 그는 어둠과 섞여 자신의 존재를 알릴 수 있는 소리를 완전히 죽인 채 모래언덕 꼭대기를 미끄러지듯 가로질렀다.

폭풍 직전에는 흔히 그렇듯이 흙먼지는 사라지고 없었다. 밤은 눈부셨다. 낮에는 아무런 움직임도 드러나지 않았지만 그는 바위에 가까이 다가

가면서 어둠 속에서 부산하게 움직이는 작은 생물들의 소리를 들었다.

두 모래언덕 사이의 계곡에서 그는 날쥐 일가족과 마주쳤다. 녀석들은 그가 다가가자 질겁해서 도망쳐 버렸다. 그는 천천히 다음 모래언덕 꼭대기를 넘었다. 그의 감정은 감당하기 힘든 근심들에 포위당한 상태였다. 그가 보았던 바위틈, 그것이 입구로 이어지는 걸까? 걱정거리는 또 있었다. 옛날 시에치들에는 항상 시에치를 지키기 위한 함정이 있었다. 구덩이에 독을 묻힌 가시철망을 넣어두거나, 식물의 가시에 독을 발라두는 식이었다. 그는 '밤에는 귀가 중요하다'는 프레멘의 말에 자신이 사로잡혔음을 느꼈다. 그는 아주 작은 소리라도 나지 않는지 귀를 기울였다.

이제 회색 바위들이 그의 머리 위로 탑처럼 솟아 있었다. 그가 가까워졌기 때문에 거인처럼 크게 보이는 것이다. 귀를 기울이자 눈에 보이지 않는 새들이 절벽에서 내는 소리가 들렸다. 날개 달린 사냥감이 부드럽게 외치는 소리였다. 그건 낮새의 소리였지만 밤이 되자 멀리까지 퍼져나갔다. 무엇이 저들의 세상을 뒤집어놓은 걸까? 인간들의 지나친 사냥일까?

갑자기 레토는 모래 바닥에 몸을 댄 채 얼어붙었다. 절벽에 불이 피어올랐다. 검은 거즈 같은 밤 풍경 속에서 신비스러운 보석처럼 반짝이며 발레를 추는 그 불빛은 시에치가 광활한 사막을 건너는 방랑자들에게 보낼 법한 신호였다. 저곳을 차지하고 있는 사람들은 누구일까? 그는 절벽 밑동의 가장 짙은 그림자 속으로 기어가서 한 손을 바위에 댄 채 미끄러지듯 움직이면서 낮에 보았던 바위틈을 찾았다. 그는 여덟 번째 걸음에서 그 틈을 찾아내고 행낭에서 모래스노클을 꺼낸 다음 어둠 속을 자세히 조사했다. 그가 움직이자 뭔가 단단하게 동여매는 듯한 것이 어깨와 팔 위로 떨어져 그를 결박했다.

'함정 덩굴이야!'

그는 몸부림치고 싶은 것을 참았다. 몸부림을 쳐봤자 덩굴이 더 단단하게 조여들기만 할 것이다. 그는 스노클을 떨어뜨리고 오른손 손가락을 움직여 허리춤에 있는 칼을 잡으려 했다. 멀리서 그 틈 속으로 뭔가를 집어던져 위험한 것이 있는지 미리 시험을 해보았어야 하는 건데. 자신이 벌거벗은 어린애가 된 듯한 기분이었다. 그는 절벽에 나타난 불에 너무 정신을 빼앗기고 있었다.

움직일 때마다 덩굴이 더욱 조여들었지만 마침내 손가락이 칼자루에 닿았다. 그는 살그머니 자루를 움켜쥐고 살짝 칼을 빼내기 시작했다.

그 순간 섬광 같은 빛이 그를 둘러싸면서 모든 움직임을 정지시켜 버렸다.

"아아, 우리 그물에 좋은 놈이 걸렸군." 그 묵직한 남성적 목소리는 레토의 등 뒤에서 들려왔다. 그 어조가 막연하게나마 친숙하게 느껴졌다. 레토는 너무 자유스럽게 움직이면 몸을 눌러 부숴버리는 덩굴의 위험한 성질을 의식하며 고개를 돌리려고 해보았다.

그가 자신을 사로잡은 사람을 보기도 전에 누군가의 손이 그의 칼을 빼앗아 갔다. 그 손은 전문가다운 솜씨로 그의 몸 위를 움직이면서 그와 가니마가 생존을 위해 가져왔던 작은 도구들을 꺼내 갔다. 그 어느 것도 수색자의 손을 벗어나지 못했다. 머리카락 속에 숨겨둔 시거와이어 올가미도 마찬가지였다.

레토는 아직 남자의 모습을 전혀 보지 못했다.

남자의 손가락이 함정 덩굴로 뭔가를 하자 숨쉬기가 조금 편해졌다. 그러나 남자는 이렇게 말했다. "몸부림치지 마라, 레토 아트레이데스. 내 잔 안에 네 물이 들어 있다."

레토는 엄청난 노력을 동원해서 차분함을 유지한 채 말했다. "내 이름을 아는가?"

"물론이지! 함정을 미끼로 쓸 때는 다 목적이 있는 법이야. 특정한 사냥감을 겨냥하는 거지, 그렇지 않은가?"

레토는 침묵을 지켰다. 그러나 머릿속은 정신없이 소용돌이치고 있었다.

"배신감을 느끼는군!" 묵직한 목소리가 말했다. 그리고 두 손이 뻗어나와 그를 돌려세웠다. 부드러웠지만 분명한 힘을 보여주는 손길이었다. 성인 남자가 아이에게 싸움의 승산이 어디 있는지 알려주고 있는 것이다.

레토는 공중 섬광기 한 쌍에서 나오는 눈부신 빛 속을 노려보았다. 사막복 마스크를 쓴 사람 얼굴의 검은 실루엣과 두건이 보였다. 눈이 빛에 적응함에 따라 그는 어둡게 보이는 피부의 일부와 멜란지에 중독되어 완전히 어둠 속에 잠긴 눈을 알아볼 수 있었다.

"우리가 왜 이렇게까지 공을 들였는지 궁금하겠지." 남자가 말했다. 그의 목소리는 마스크에 덮인 얼굴 아래쪽에서 뭔가에 한 꺼풀 덮여 있는 것처럼 이상하게 울려 나왔다. 마치 그가 말씨를 감추려 하는 것 같았다.

"나는 아트레이데스 쌍둥이의 죽음을 원하는 사람들이 그토록 많다는 사실에 놀라는 것을 이미 오래전에 그만두었다. 그들이 그러는 이유는 뻔하지." 레토가 말했다.

그가 이 말을 하는 동안 그의 정신은 우리에 몸을 부딪히는 것처럼 미지의 것들에 스스로를 부딪혀 정신없이 답을 탐색하고 있었다. 함정을 미끼로 썼다고? 하지만 가니마 외에 누가 알고 있단 말인가? 불가능한 일이었다! 가니마는 절대로 오빠를 배신할 사람이 아니었다. 그렇다면 누군가가 그의 행동을 예측할 만큼 그를 잘 알고 있다는 건가? 누구지? 할머니? 할머니가 어떻게?

"네게는 전처럼 살아가는 것이 허락될 수 없다." 남자가 말했다. "정말 안됐군. 옥좌에 오르기 전에 네게는 교육이 필요하다." 흰자위가 없는 눈이 레토를 쏘듯이 내려다보았다. "너 같은 사람을 어떻게 교육시킬 생각을 하는지 궁금하겠지? 기억 속에 수많은 사람들의 지식을 갖고 있는 널 말이야. 바로 그거다, 알겠나! 넌 자신이 교육을 충분히 받았다고 생각하지. 하지만 넌 기껏해야 죽은 자들의 저장고일 뿐이다. 넌 아직 네 자신의 삶을 갖지 못했어. 넌 그저 다른 사람들로 흘러넘칠 만큼 가득 차서 걸어 다니는 존재일 뿐이다. 모두들 목표는 하나지. 죽음을 찾는 것. 그건 통치자로서 좋은 게 아냐. 죽음을 찾는 사람이 되는 것 말이다. 넌 네 주위를 온통 시체로 뒤덮게 되겠지. 예를 들어, 네 아버지도 결코 이해하지 못……."

"감히 아버지를 그런 식으로 얘기하다니."

"내가 감히 그런 얘기를 한 적은 수없이 많다. 그는 어쨌든 폴 아트레이데스였을 뿐이야. 좋다, 아이야, 학교에 온 걸 환영한다."

남자가 로브 밑에서 손을 꺼내 레토의 뺨을 건드렸다. 레토는 따귀를 맞은 듯한 충격을 느끼고 자신이 초록색 깃발이 휘날리는 어둠을 향해 아래쪽으로 구불구불한 곡선을 그리며 떨어지고 있음을 깨달았다. 그것은 밤과 낮의 상징들이 있는 아트레이데스의 초록색 깃발이었다. 그 깃발의 듄 깃대에는 물 튜브가 숨겨져 있었다. 의식을 점점 잃어가면서 그는 쿨럭쿨럭 물이 흐르는 소리를 들었다. 아니 누군가가 키득키득 웃어대는 소리였던가?

우리는 하이젠베르크 이전의 황금시대를 아직도 기억할 수 있다. 하이젠베르크는 미리 운명 지워진 우리의 논쟁을 둘러싸고 있는 벽을 보여주었다. 내 안의 생명들은 이것을 재미있게 여기고 있다. 알겠는가? 목적이 없는 지식은 아무 쓸모도 없지만 우리를 둘러싸는 벽을 세우는 것은 목적이다.

─레토 아트레이데스 2세, 그의 목소리

알리아는 신전 로비에서 경비대원들과 마주 서서 그들을 심하게 꾸짖고 있는 자신을 깨달았다. 교외를 순찰하느라 먼지투성이가 된 초록색 제복의 경비대원 아홉 명이었는데, 아직 땀을 뻘뻘 흘리며 숨을 고르는 중이었다. 늦은 오후의 햇살이 그들 뒤의 문으로 들어왔다. 주위의 순례자들은 모두 다른 곳으로 쫓겨난 뒤였다.

"그래, 내 명령이 너희들에게는 아무 의미도 없단 말이냐?" 그녀가 다그쳤다.

그녀는 화를 참지 않고 그냥 흘러나오도록 내버려두면서 자신이 왜 이렇게 화를 내고 있는 건지 이상하다고 생각했다. 해방되지 못한 긴장 때문에 그녀의 몸이 떨렸다. 아이다호가 사라졌다……. 레이디 제시카에 대해서는…… 아무 보고도 없었다…… 그들이 살루사에 있다는 소문이 있을 뿐이었다. 아이다호가 왜 연락을 보내오지 않은 걸까? 그가 무슨 짓을 저지른 거지? 결국 그가 야비드에 대해 알게 된 건가?

알리아는 아라킨에서 애도를 뜻하는 노란색 옷을 입고 있었다. 노란색은 프레멘 역사에서 불타는 태양의 색이었다. 몇 분 후 그녀는 '낡은 골짜기'로 두 번째이자 마지막 장례 행렬을 이끌 예정이었다. 그곳에서 잃어버린 조카를 위한 돌기념비를 완성하기 위해서였다. 작업은 밤에 끝날 터였다. 그것은 프레멘을 이끌 운명을 갖고 있던 사람에게 잘 맞는 경의의 표시였다.

사제 경비대원들은 그녀의 분노 앞에서 전혀 수치스러워하지 않고 반항적인 태도를 보였다. 그들은 스러져가는 빛을 받으며 그녀 앞에 서 있었다. 도시 거주자들이 입는 가볍고 비효율적인 사막복에서 그들의 땀 냄새가 쉽게 새어 나왔다. 그들의 대장인 카자는 금발머리에 키가 큰 사람으로 카델람 가문의 부르카 상징을 달고 있었다. 그가 더 분명한 목소리를 내기 위해 사막복 마스크를 한쪽으로 팽개치듯 젖혔다. 한때 아비르 시에치를 다스렸던 가문의 후손답게 그의 목소리에는 자부심이 가득했다.

"저희가 그를 잡으려 한 건 사실입니다!"

그는 그녀의 공격에 격분한 모습이었다. "그의 말은 신성모독입니다! 저희는 섭정님의 명령을 잘 알고 있지만 그의 말을 저희 귀로 직접 들었습니다!"

"하지만 그를 잡는 데 실패했지." 알리아가 비난이 섞인 낮은 목소리로 말했다.

경비대원 중 키가 작은 젊은 여자가 자신들의 행동을 변호하려 했다.

"사람들이 가득했습니다! 맹세컨대 사람들이 분명히 저희를 방해했습니다!"

"저희는 계속 그를 쫓을 겁니다. 그리고 항상 실패만 하지는 않을 겁니다." 카델람이 말했다.

알리아는 험악한 표정을 지었다. "왜 내 말을 이해하고 복종하려 하지 않는 거지?"

"섭정님, 저희는……."

"어떻게 할 작정이냐, '구경거리 양'(Cade Lamb, 카델람(Cadelam)의 이름으로 말장난을 한 것임 ─옮긴이)의 자손아? 그를 잡은 후 그가 정말로 내 오빠라고 밝혀진다면."

그는 사제 경비대원이 된 것으로 보아 약간의 교육과 거기에 어울리는 이해력을 갖고 있음이 분명한데도 그녀가 자신의 이름을 특별히 이상하게 강조한 것을 듣지 못한 모양이었다. 그는 자기 자신을 희생하고 싶은 걸까?

카델람은 침을 꿀꺽 삼키고서 입을 열었다. "반드시 저희가 직접 그를 죽여야 합니다. 그가 혼란을 만들어내고 있으니까요."

다른 경비대원들은 이 말에 경악한 표정을 지었지만 여전히 반항적인 태도를 보였다. 그들은 자기들이 지금 무슨 말을 들은 건지 잘 알고 있었다.

"그는 부족들에게 섭정님께 맞서서 뭉치라고 외치고 있습니다." 카델람이 말했다.

알리아는 이제 그를 어떻게 다뤄야 하는지 알 수 있었다. 그녀가 조용하고 사무적인 어조로 말했다. "알겠다. 네가 모든 사람들이 보는 앞에서 네가 누구고 무슨 일을 하는 사람인지 훤히 드러낸 채 그를 잡아들임으로써 자신을 꼭 희생해야겠다면, 그럴 수밖에 없겠구나."

"자신을 희생⋯⋯." 그가 말을 끊고 동료들을 흘끗 바라보았다. 이 일행의 카자, 즉 대장으로 임명된 자로서 그는 그들을 대변할 권리를 갖고 있었다. 그러나 그는 그냥 침묵을 지킬걸 그랬다는 표정이었다. 다른 경비대원들이 불안하게 동요했다. 추적의 열기 속에서 그들은 알리아를 거역했다. 지금은 '천국의 자궁'을 그런 식으로 거역한 행동에 대해 반성할 수밖에 없었다. 경비대원들은 눈에 띄게 불안한 태도로 자신들과 카자 사이에 조금 틈을 벌렸다.

"교회를 위해 우리의 공식적인 반응은 엄격해야 할 것이야. 너도 이해하고 있겠지?" 알리아가 말했다.

"하지만 그는⋯⋯."

"나도 그의 말을 들었다. 하지만 이건 특별한 경우야."

"그가 무앗딥일 리가 없습니다, 섭정님!"

'넌 정말 아무것도 모르는군!' 그녀는 생각했다. 그리고 입을 열었다. "우리는 다른 사람들이 볼 수 있는 곳에서 공개적으로 그를 잡아들여 그에게 위해를 가하는 위험을 무릅쓸 수 없다. 다른 기회가 생긴다면 물론 잡아야겠지."

"그는 요즘 언제나 사람들에게 둘러싸여 있습니다!"

"그럼 아무래도 너희들이 인내심을 가져야 할 것 같다. 물론, 네가 나를 거역하겠다고 고집을 부린다면⋯⋯." 그녀는 그런 행동의 결과를 그냥 막연하게 남겨두었다. 그러나 그녀가 그 결과를 입 밖에 내지 않아도 경비대원들은 그 뜻을 잘 알고 있었다. 카델람은 야망이 컸고 그의 앞에는 빛나는 미래가 놓여 있었다.

"거역할 뜻은 없었습니다, 섭정님." 카델람이 이제 자제력을 발휘하고 있었다. "저희의 행동이 성급했습니다. 이제 저도 알겠습니다. 용서해 주십시오. 하지만 그는…….."

"아무 일도 일어나지 않았으니 용서할 것도 없다." 그녀가 프레멘들 사이에서 흔히 쓰이는 상투적인 문구를 얘기했다. 그것은 부족이 구성원들 사이의 평화를 유지하기 위해 사용하는 여러 방법 중의 하나였다. 그리고 카델람은 아직 그것을 기억하고 있을 만큼 옛날 프레멘에 가까웠다. 그의 가문은 오랫동안 지도자였다. 죄책감은 아껴가며 사용해야 하는 나입의 채찍이었다. 프레멘들은 죄책감이나 앙심을 품지 않았을 때 최고의 능력을 발휘했다.

그는 고개를 숙이고 이렇게 말함으로써 그녀의 판단을 인정했음을 보여주었다. "부족의 이익을 위해. 알겠습니다."

"가서 좀 쉬어라. 몇 분 후면 장례 행렬이 시작된다."

"예, 섭정님." 그들은 서둘러 사라졌다. 그들이 이렇게 도망칠 수 있다는 데에 안도하고 있음이 모든 동작에 드러났다.

알리아의 머릿속에서 저음의 목소리가 묵직하게 울렸다. "아아아, 정말 솜씨 좋게 잘 처리했다. 저들 중 한둘은 네가 설교자의 죽음을 원한다고 아직도 믿고 있지. 그들이 방법을 찾아낼 거다."

"닥쳐요!" 그녀가 숨죽인 소리로 소리쳤다. "닥쳐! 당신의 말에 절대로 귀를 기울이지 말아야 했어! 당신이 무슨 짓을 저질렀는지…….."

"너를 불사의 길 위에 올려놓았지." 저음의 목소리가 말했다.

그녀는 그 목소리가 두개골 속에서 어렴풋한 통증처럼 울리는 것을 느끼며 속으로 생각했다. '내가 숨을 수 있는 곳이 어디지? 아무 데도 갈 데가 없어!'

"가니마의 칼은 날카롭다. 그걸 기억해라." 남작이 말했다.

알리아는 눈을 깜박였다. 그래, 그것은 반드시 기억해야 하는 중요한 사실이었다. 가니마의 칼은 날카로웠다. 그 칼이 언젠가 지금의 궁지에서 탈출할 길을 그들에게 열어줄지도 몰랐다.

ᚱᚢᛊᛏ

만약 당신이 어떤 말을 믿는다면, 그것은 그 말 속에 숨겨진 주장을 믿는 것이다. 당신이 어떤 것을 옳거나 그르다고, 참이거나 거짓이라고 믿는다면, 그것은 그 주장을 표현하는 말 속의 가정을 믿는 것이다. 그런 가정은 흔히 구멍들로 가득하지만 그 말에 설득당한 사람에게는 무엇보다 소중한 것으로 남는다.

—결론이 자유로운 증명, 『파노플리아 예언』 중에서

레토의 정신은 맹렬한 냄새들의 도가니 속에 떠 있었다. 그는 멜란지의 짙은 계피향, 제한된 공간에서 움직이는 몸의 땀 냄새, 뚜껑이 닫히지 않은 죽음의 증류기의 자극적인 냄새, 부싯돌 냄새가 강한 온갖 종류의 흙먼지 냄새 등을 알아보았다. 그 냄새들은 꿈의 모래 속에 긴 꼬리 같은 흔적을 만들고, 죽은 땅에서 안개 같은 모양들을 만들어냈다. 그는 이 냄새들이 그에게 뭔가를 말해 주고 있음이 틀림없다는 걸 알았지만, 그의 정신 중 일부가 아직 귀를 기울일 수 있는 상태가 아니었다.

유령 같은 생각들이 그의 머릿속을 부유하며 지나갔다. '지금 이 시간에 내게는 완성된 모습이 없다. 나는 나의 모든 조상들이다. 사막으로 지는 해는 내 영혼 속으로 지는 해다. 내 안의 이 많은 사람들은 한때 위대했지만 그건 끝난 일이다. 나는 프레멘이고 프레멘으로서 끝을 맞을 것이다. 황금의 길은 시작도 하기 전에 끝났다. 그것은 바람에 날려 생긴 흔적일 뿐이다. 우리 프레멘들은 자신을 감추기 위한 모든 요령을 알고 있었다. 우리는 대변도, 물도, 발자국도 남기지 않았다……. 지금 내 흔적이 사라지는 것을 보아라.'

어떤 남자의 목소리가 그의 귀 가까이에서 말했다. "나는 너를 죽일 수도 있다, 아트레이데스. 나는 너를 죽일 수도 있다, 아트레이데스." 이 말은 의미를 잃고 레토의 꿈속에 들어온 말없는 주문 같은 것이 될 때까지 자꾸만 반복되었다. "나는 너를 죽일 수도 있다, 아트레이데스."

레토는 헛기침을 했다. 그리고 이 단순한 행동의 현실성이 그의 감각들을 뒤흔드는 것을 느꼈다. 그는 바짝 마른 목으로 간신히 입을 열었다. "누구……."

그의 옆에서 나는 목소리가 말했다. "나는 교육받은 프레멘이고 내 사람을 죽였다. 너희는 우리의 신들을 빼앗아 갔다, 아트레이데스. 너희의 냄새 나는 무앗딥 따위가 무슨 상관이냐? 너희의 신은 죽었다!"

이것이 정말로 우라바 목소리일까, 아니면 꿈의 또 다른 일부일까? 레토는 눈을 떴다. 자신이 딱딱한 침상 위에 자유로운 몸으로 누워 있음을 알 수 있었다. 그는 시선을 들어 바위와 어슴푸레한 발광구, 그리고 마스크를 쓰지 않고 자신을 내려다보는 얼굴을 바라보았다. 그 얼굴이 너무 가까워서 시에치 음식의 익숙한 냄새가 섞인 입 냄새가 느껴졌다. 그 얼굴은 프레멘이었다. 가무잡잡한 피부와 날카로운 이목구비, 물이 부족한 그 몸을 잘못 볼 리가 없었다. 이 사람은 결코 통통한 도시 거주자가 아니었다. 그는 사막의 프레멘이었다.

"난 남리다. 야비드의 아버지지. 이제 내가 누군지 알겠느냐, 아트레이데스?" 프레멘이 말했다.

"야비드는 알고 있다." 레토가 갈라진 목소리로 말했다.

"그래. 너희 가문은 내 아들을 잘 알고 있지. 난 그 애가 자랑스럽다. 너희 아트레이데스는 이제 곧 그 애를 더 잘 알게 될 거다."

"무슨……."

"난 네 선생 중의 한 명이다, 아트레이데스. 내가 맡은 일은 단 하나밖에 없지. 난 너를 죽일 수도 있는 사람이다. 그렇게 되면 난 너를 기쁘게 죽일 거야. 이 학교를 졸업하려면 살아남아야 한다. 실패하면 내 손에 떨어지게 되지."

레토는 그의 목소리에서 타협의 여지가 없는 진심을 읽었다. 소름이 끼쳤다. 이 사람은 인간 곰 자바였다. 그가 인간의 무리 속에 들어올 권리를 갖고 있는지 시험하기 위한 오만한 적이었다. 레토는 여기에 할머니가 관여했음을 느꼈다. 그리고 할머니의 뒤에는 얼굴을 드러내지 않는 베네 게세리트 집단이 있었다. 몸서리가 쳐졌다.

"네 교육은 나로부터 시작된다. 그것이 정당하지. 그것이 적절해. 네 교육이 내게서 끝날 수도 있으니까. 이제 내 말 잘 들어라. 내 말 한 마디 한 마디 속에 네 생명이 들어 있다. 나의 모든 것이 네 죽음을 품고 있다." 남리가 말했다.

레토는 재빨리 방 안을 둘러보았다. 바위벽, 그가 누워 있는 침상과 어슴푸레한 발광구밖에 없는 황량한 방, 그리고 남리 뒤의 어두운 통로가 보였다.

"넌 날 제치고 가지 못한다." 남리가 말했다. 레토는 그의 말을 믿었다.

"왜 이런 짓을 하는 거지?" 레토가 물었다.

"그건 이미 설명했다. 네 머릿속에 무슨 계획이 들어 있는지 생각해 봐! 넌 이곳에 왔고 현재의 상황에 미래를 끼워 맞추지 못하고 있다. 그 두 가지는 함께 가지 않아. 현재와 미래 말이다. 하지만 네가 네 과거를 정말로 알고 있다면, 뒤를 돌아보고 네가 지금까지 있었던 곳을 보게 된다면, 어쩌면 다시 이성을 갖게 될지도 모르지. 그렇지 못하면 너는 죽을 것이다."

레토는 남리의 어조가 고약하지는 않다는 것을 눈치챘다. 그러나 그의 어조는 단호했고, 그 안에 살기가 어려 있음을 부인할 수 없었다.

남리가 발꿈치를 축으로 몸을 뒤로 젖히면서 바위 천장을 물끄러미 바라보았다. "옛날에는 동이 틀 때 프레멘들이 동쪽을 향했다. 에오스지, 알고 있느냐? 그건 옛날 언어로 '여명'을 뜻하는 말이다."

레토는 씁쓸한 자부심이 담긴 목소리로 말했다. "나도 그 언어를 할 줄 알아."

"그럼 내 말을 전혀 듣지 않았다는 얘기군." 남리가 말했다. 그의 목소리가 칼날처럼 날카로웠다. "밤은 혼돈의 시간이었다. 낮은 질서의 시간이었지. 네가 할 줄 안다는 그 언어의 시대에 세상은 그런 모습이었다. 어둠은 무질서, 빛은 질서. 우리 프레멘들이 그걸 바꿔놓았다. 에오스는 우리가 불신한 빛이었다. 우리는 달빛이나 별빛을 더 좋아했어. 빛은 너무나 질서정연해서 파멸을 불러올 수 있다. 너희들 에오스 아트레이데스가 무슨 짓을 했는지 알겠느냐? 사람은 자신을 보호해 주는 그 빛만의 생물이다. 듄에서 태양은 우리의 적이었다." 남리가 레토의 눈높이로 시선을 낮추며 말을 이었다. "너는 어떤 빛을 더 좋아하느냐, 아트레이데스?"

뭔가 준비가 된 듯한 남리의 태도를 통해 레토는 이 질문에 커다란 무게가 실려 있음을 느꼈다. 정답을 내놓지 못하면 저 남자가 나를 죽일 것인가? 그럴 수도 있었다. 레토는 남리의 손이 크리스나이프의 윤기 나는 손잡이 바로 옆에 조용히 머물러 있는 것을 보았다. 마법의 거북 모양을 한 반지가 그 손에서 반짝였다.

레토는 천천히 몸을 일으켜 팔꿈치를 바닥에 괴고 머릿속으로 프레멘의 신념 체계를 탐색했다. 그들은 법을 신뢰했으며 법 속의 교훈을 비유로 설명한 얘기를 아주 좋아했다. 과거의 프레멘들은 그랬다. 달빛이라고?

"나는…… 리사누 룻하크의 빛을 더 좋아한다." 레토가 말했다. 그리고 남리가 미세하게나마 내심을 드러내지는 않는지 지켜보았다. 남리는 실망한 기색이었지만 그의 손은 칼자루에서 멀어졌다. 레토는 말을 이었다. "그것은 진실의 빛, 완벽한 인간의 빛이다. 그 빛 안에서 알 무타칼림의 영향력을 선명하게 볼 수 있어. 인간이 그보다 더 좋아할 빛이 무엇이겠는가?"

"넌 믿는 자가 아니라 머릿속에 들어 있는 얘기를 읊는 자처럼 말하는군." 남리가 말했다.

레토는 속으로 생각했다. '내가 그렇게 얘기를 읊은 건 사실이야.' 그러나 그는 남리의 생각의 흐름을 느끼기 시작했다. 그의 말은 고대의 수수께끼 게임에 대해 어렸을 때부터 받은 훈련을 통해 걸러지고 있었다. 수천 개나 되는 그 수수께끼들은 프레멘의 훈련에 이용되었으며, 레토는 이 관습에 주의를 돌리기만 해도 그 수수께끼의 예들을 홍수처럼 떠올릴 수 있었다. '물음: 침묵은? 대답: 사냥당하는 자의 친구.'

남리가 마치 그와 같은 생각을 하고 있는 것처럼 혼자서 고개를 끄덕이더니 입을 열었다. "프레멘들에게 생명의 동굴인 동굴이 있다. 그것은 사막이 숨겨온 진짜 동굴이다. 모든 프레멘의 위대한 할아버지인 샤이훌루드가 그 동굴을 봉인했지. 내 숙부 지아마드가 그 동굴 얘기를 내게 해주었는데, 숙부는 내게 한 번도 거짓말을 한 적이 없다. 그 동굴은 존재한다."

남리가 말을 마쳤을 때 레토는 자신에게 도전하는 침묵의 소리를 들었다. 생명의 동굴이라고? "나의 아저씨 스틸가도 내게 그 동굴에 대해 얘기해 주었다. 그 동굴은 겁쟁이들이 그곳에 숨는 것을 막기 위해 봉인되었지." 레토가 말했다.

어둠 속에 잠긴 남리의 눈에 발광구 불빛이 반사되어 반짝였다. 그가 물었다. "너희 아트레이데스는 그 동굴을 열고 싶은 거냐? 너희는 정부의 부처를 통해 생명을 통제하려 한다. 정보, 아우카프와 하즈를 위한 너희의 중앙부 말이다. 그 부를 맡고 있는 마울라나는 카우사르라고 불리지. 그의 가문이 처음에 니아지의 암염 광산에서 일했던 것에 비하면 꽤나 출세한 셈이야. 말해 봐라, 아트레이데스. 너희의 그 부의 잘못된 점이 무엇이냐?"

레토는 남리와의 수수께끼 게임이 본격적으로 시작되었으며 게임에서 지면 그 벌로 죽음을 맞으리라는 것을 인식하고 똑바로 일어나 앉았다. 남리는 레토가 잘못된 대답을 하는 즉시 크리스나이프를 사용하겠다는 뜻을 노골적으로 드러내고 있었다.

남리가 레토의 이러한 의식 변화를 알아차리고 말했다. "내 말은 진심이다, 아트레이데스. 나는 바보들을 분쇄하는 자다. 나는 '철의 망치'야."

레토는 이제 모든 것을 이해할 수 있었다. 남리는 자신을 '미르자바', 즉 죽은 자들이 낙원에 들어가기 전에 반드시 대답해야 하는 질문에 만족스러운 답변을 하지 못했을 때 그들을 때리는 철의 망치로 여기고 있었다.

'알리아와 그녀의 사제들이 만들어낸 중앙부의 잘못된 점이 무엇이냐고?'

레토는 자신이 왜 사막으로 들어왔는지 그 이유에 대해 생각해 보았다. 자신의 우주에 언젠가 황금의 길이 나타날지도 모른다는 작은 희망이 다시 생겨났다. 남리의 질문에 내포된 의미는 무앗딥의 아들을 사막으로 몰아낸 동기, 바로 그것이었다.

"그건 신의 길을 보여주기 위한 것이다." 레토가 말했다.

남리가 입을 쩍 벌리면서 날카로운 시선으로 레토를 쏘아보았다. "네가 정말로 그걸 믿는 거냐?" 그가 다그쳤다.

"내가 이곳에 온 것은 그 때문이다." 레토가 말했다.

"길을 찾으려고?"

"내가 직접 길을 찾으려고." 레토는 발을 침상에서 내려놓았다. 바위로 된 바닥은 카펫이 깔려 있지 않아 차가웠다. "사제들은 그 길을 감추려고 정부를 만들었지."

"진짜 반역자 같은 말을 하는군." 남리가 말했다. 그리고 그는 손가락에 끼워진 거북 모양 반지를 문질렀다. "두고 보면 알겠지. 이번에도 내 말을 잘 들어라. 잘랄루드 딘에 있는 높은 방어벽을 알고 있느냐? 그 방어벽에는 초창기에 새겨진 우리 가문의 표식이 있다. 내 아들 야비드는 그 표식을 보았지. 내 조카 아베디 잘랄도 그것을 보았다. '다른 자들'의 무자히드 샤프카트도 우리의 표식을 보았다. 수카르가 가까운 폭풍의 계절에 나는 내 친구 야쿠프 아바드와 함께 그곳 근처로 내려왔다. 바람은 우리에게 춤을 가르쳐준 회오리바람처럼 살을 태울 만큼 뜨거웠지. 우리는 그 표식을 보려 하지 않았다. 폭풍이 길을 막아버렸으니까. 하지만 폭풍이 지나갔을 때 우리는 바람에 날려온 모래 위에서 타타의 환영을 보았다. 샤키르 알리의 얼굴이 잠깐 나타나서 자신의 묘지 도시를 내려다보았지. 그 환영은 금방 사라져버렸지만 우리 모두 그것을 보았다. 말해 봐라, 아트레이데스. 내가 그 묘지의 도시를 어디서 찾을 수 있겠느냐?"

'우리에게 춤을 가르쳐준 회오리바람. 타타와 샤키르 알리의 환영.' 레토는 생각했다. 이것은 진정한 사막의 사람들은 자기들뿐이라고 생각하는 젠수니 방랑자들의 말이었다.

'프레멘들은 무덤을 갖는 것이 금지되어 있었어.'

"묘지의 도시는 모든 사람이 따라가는 길의 끝에 있다." 레토가 말했다. 그리고 그는 젠수니의 축복의 말들을 생각해 냈다. "그것은 사방이 1000걸음 길이인 정원 안에 있다. 길이가 233걸음이고, 너비가 100걸음인 훌륭한 입구 회랑이 있는데, 그 회랑은 모두 고대 자이푸르에서 가져온 대리석으로 포장되어 있다. 거기에 아르 라자크가 살고 있다. 그는 구하는 자들 모두에게 음식을 주는 자이다. 심판의 날에 자리에서 일어나 묘지의 도시를 찾는 모든 사람이 그 도시를 찾지는 못할 것이다. 이렇게 적혀 있기 때문이다. 한 세계에서 그대가 알고 있는 것을 다른 세상에서 찾지는 못할 것이다."

"이번에도 믿음 없이 그냥 암송하듯 말하는군." 남리가 이죽거렸다. "하지만 일단은 그 말을 받아들이기로 하지. 네가 왜 이곳에 왔는지 알고 있는 것 같으니까." 차가운 미소가 그의 입술을 스쳤다. "네게 잠정적인 미래를 허락하겠다, 아트레이데스."

레토는 조심스럽게 상대를 살펴보았다. 이건 다른 모습으로 위장한 또 다른 질문인가?

"좋아!" 남리가 말했다. "네 의식(意識)이 준비되었다. 내가 가시 철망을 깊숙이 박아 넣었어. 그렇다면 한 가지만 더 말하겠다. 저 먼 카드리시의 도시들에서 사람들이 모조 사막복을 사용한다는 얘길 들은 적이 있느냐?"

남리가 대답을 기다리는 동안 레토는 숨겨진 의미를 찾기 위해 자신의 머릿속을 뒤졌다. '모조 사막복? 그건 수많은 행성에서 사용되고 있어.' 레토는 입을 열었다. "카드리시 사람들의 멋 부리는 버릇은 자주 되풀이 되는 익숙한 얘기다. 현명한 짐승은 주위 풍경 속으로 섞여 들어간다."

남리가 천천히 고개를 끄덕였다. "너를 함정에 빠뜨려 이곳으로 데려 온 자가 곧 너를 만날 것이다. 이곳을 떠나려 하지 마라. 그건 곧 죽음이 될 것이다." 말을 하면서 자리에서 일어선 남리가 어두운 통로 속으로 사 라졌다.

그가 간 후 오랫동안 레토는 통로를 노려보았다. 바깥쪽에서 나는 소 리들을 들을 수 있었다. 그를 감시하는 사람들의 조용한 목소리였다. 신 기루 환영에 대한 남리의 이야기가 레토의 머릿속을 떠나지 않았다. 이 곳에 오기 위해 오랫동안 사막을 횡단했던 일이 떠올랐다. 이곳이 자쿠 루투이자 폰닥인지 아닌지는 이제 더 이상 중요하지 않았다. 남리는 밀 수꾼이 아니었다. 그는 그보다 훨씬 더 커다란 힘을 지닌 존재였다. 그리 고 남리의 수수께끼 게임에서는 레이디 제시카의 냄새가 났다. 베네 게 세리트의 악취가 났다. 레토는 이 깨달음 속에서 자신을 둘러싸는 위험 을 느꼈다. 그러나 남리가 사라진 저 어두운 통로가 이 방에서 나가는 유 일한 출구였다. 그리고 그 밖에는 이상한 시에치가 있었다. 그 너머는 사 막이었다. 사막의 가혹함, 신기루와 끝없이 이어진 모래언덕들이 있는 사막의 질서정연한 혼돈이 그를 붙든 함정의 일부로서 레토를 엄습했 다. 그가 그 사막을 다시 건널 수는 있었다. 그러나 그렇게 도망쳐서 도 착하는 곳이 어디일까? 이 생각은 한곳에 고여 있는 물과 같았다. 그런 물로는 그의 갈증이 사라지지 않을 것이다.

៘ᒋᘏᒋ

우리의 정신이 관습적으로 빠져 있는, 한 방향만을 향한 '시간'의 의식 때문에 사람들은 모든 것을 순서대로 이어지는 언어 지향적인 틀 속에서 생각하는 경향이 있다. 이 정신의 함정은 위기에 대한 변함없는 무계획적 대응의 조건인, 효율성과 결과에 대한 매우 단기적인 개념들을 낳는다.

—리에트 카인즈, 『아라키스 연구록』

'말과 행동을 동시에.' 제시카는 자신을 일깨우며 앞으로 다가올 만남을 위해 꼭 필요한 정신적 준비로 생각의 방향을 바꿨다.

아침 식사 직후라서 살루사 세쿤더스의 황금빛 태양이 그녀의 창문 밖으로 내다보이는 담으로 둘러싸인 정원의 반대편 벽에 막 닿은 참이었다. 그녀는 오늘 옷차림을 신중하게 골랐다. 두건이 달린 대모의 검은 겉옷. 그러나 그 옷의 아랫단과 소매 끝동에는 아트레이데스의 상징인 매의 문장이 황금색 실로 빙 둘러 수놓아져 있었다. 제시카는 창문을 등지고 돌아서면서 아래로 드리워진 옷자락을 조심스럽게 정돈하고, 매 문양 장식이 드러나게 왼팔로 허리를 감쌌다.

파라든은 아트레이데스의 상징인 그 장식을 발견하고 방으로 들어오면서 그것에 대해 가볍게 뭐라고 말을 했다. 그러나 분노나 놀라움을 드러내지는 않았다. 그녀는 그의 목소리에서 미세한 익살스러움을 감지하고 의아해졌다. 그는 그녀가 제안했던 회색 레오타드를 입고 있었다. 그리고 그녀의 지시에 따라 나지막한 초록색 긴 의자에 앉은 다음 오른팔을 등받이에 걸치고 편안한 자세를 취했다.

'내가 왜 저 여자를 믿는 거지? 저 여자는 베네 게세리트의 마녀인데!' 그는 생각했다.

제시카는 그의 편안한 자세와 대조적인 얼굴 표정에서 그의 생각을 읽었다. 그녀가 미소를 지으며 말했다. "당신이 나를 믿는 건 우리가 좋은 흥정을 했다는 걸 당신이 알고 있고, 내게서 가르침을 원하기 때문이오."

그녀는 찌푸린 표정이 그의 이마를 살짝 스치는 것을 보고 그를 진정시키기 위해 왼손을 흔들었다. "아니, 내가 사람들의 생각을 읽는 것은 아니오. 내가 읽는 것은 얼굴 표정, 몸짓, 독특한 버릇, 어조, 팔이 놓인 모양 등이지. 베네 게세리트 방법을 배운 사람이라면 누구나 할 수 있는 일이오."

"그럼 내게 가르쳐주겠습니까?"

"당신은 틀림없이 우리에 대한 보고서를 자세히 살펴봤을 거요. 우리가 직접적으로 약속한 일을 지키지 않았다는 보고가 하나라도 있었소?"

"없었습니다. 하지만……."

"우리가 지금까지 살아남은 이유 중의 하나는 우리가 거짓을 말하지 않는다는 걸 사람들이 완벽하게 믿을 수 있다는 거요. 그 점은 변하지 않았소."

"일리 있는 말이로군요. 나는 한시라도 빨리 시작하고 싶습니다."

"당신이 베네 게세리트에 교사를 보내달라고 한 번도 요청하지 않았다니 놀랍군. 그들은 당신에게 빚을 지울 수 있는 기회를 놓치지 않으려고 냉큼 달려들었을 텐데."

"어머니에게 그렇게 하자고 했지만 어머니는 내 말을 들으려 하지 않았습니다. 하지만 지금은……." 그는 어깨를 으쓱했다. 웬시시아의 추방에 대한 그의 생각을 분명하게 드러내는 동작이었다. "이제 시작할까요?"

"당신이 훨씬 어렸을 때 시작했다면 더 좋았을 텐데. 지금은 당신에게 이것이 어려울 거요. 시간도 더 많이 걸리겠지. 우선 인내심, 극도의 인내심을 배우는 것부터 시작해야 하오. 당신이 이것을 지나치게 비싼 대가라고 생각하지 않기를 기도하겠소." 제시카가 말했다.

"당신이 제안한 보상에 비하면 비싸지 않습니다."

그녀는 그의 목소리에서 진실함, 강한 기대, 그리고 약간의 경외심을 읽었다. 이런 것들이 모여서 출발점을 형성했다. 그녀가 말했다. "그럼 인내심의 기술에 대해 이야기하겠소. 먼저 다리와 팔, 그리고 호흡을 위한 기초적인 프라나 빈두 연습부터 시작해야 하오. 손과 손가락은 나중을 위해 남겨둡시다. 준비됐소?"

그녀는 그와 마주 보는 자리에 놓인 등받이가 없는 의자에 앉았다.

파라든은 갑자기 일기 시작한 두려움을 감추려고 기대에 찬 표정을 계속 유지하며 고개를 끄덕였다. 티예카니크는 레이디 제시카의 제안에 틀림없이 속임수가 있을 거라고 경고했다. 교단이 꾸민 음모가 있으리라는 것이었다. "그 여자가 교단을 다시 버렸다거나, 교단이 그 여자를 버렸다고 믿어서는 안 됩니다." 파라든은 벌컥 화를 내며 티예카니크의 말을 막아버렸지만, 곧 미안한 마음이 들었다. 그래서 티예카니크의 예방 조치에 재빨리 동의해 버렸다. 파라든은 방의 모퉁이들을 흘끗 바라보았다. 아치형 천장에서 첩보 장치들이 눈에 잘 띄지 않게 반짝이고 있었다. 이 방 안에서 일어나는 모든 일이 기록될 것이고, 뛰어난 부하들이 모든 뉘앙스, 모든 단어, 모든 동작을 검토할 것이다.

제시카는 그의 시선의 방향을 눈치채고 빙긋 웃었다. 그러나 그가 어디에 주의를 쏟고 있는지 아는 기색을 내비치지는 않았다. 그녀가 말했다. "베네 게세리트 방법으로 인내심을 배우려면, 먼저 본질적인 것, 우리 우주의 가공되지 않은 불안정성을 인식해야 하오. 우린 자연을 궁극의 비(非)절대라고 부르지. 그것은 자연이 보여주는 모든 것들을 총칭하는 말이오. 당신의 시야를 해방시키고 이 가정(假定)적인 자연의 변화를 인식하기 위해 두 손을 앞으로 팔 길이만큼 떨어진 거리에 들고 그 자세를 유지하시오. 그리고 뻗은 손을 응시하시오. 처음에는 손바닥, 다음에는 손등. 그다음에는 손가락 앞뒤. 시작하시오."

파라든은 지시에 따랐다. 그러나 바보짓을 하는 것 같았다. 그는 자기 손이 어떻게 생겼는지 잘 알고 있었다.

"당신 손이 늙어가고 있다고 상상하시오. 당신 눈앞에서 아주 늙게 변해야 하오. 아주, 아주 늙은 모습. 피부가 얼마나 건조한지 보고……."

"내 손에는 아무런 변화가 없습니다." 그가 말했다. 벌써부터 팔 근육이 벌벌 떨렸다.

"계속 손을 응시하시오. 그리고 당신이 상상할 수 있는 한 가장 늙은 모습으로 만드시오. 아마 시간이 걸릴 거요. 하지만 그 손이 늙는 걸 보게 되면 그 과정을 역으로 밟아야 하오. 손을 당신이 상상할 수 있는 한 가장 젊게 만드는 거지. 갓난아기의 손에서 아주 늙은 손까지, 늙은 손에서 갓난아기의 손까지 마음대로 모양을 변화시킬 수 있게 노력하시오."

"변하지 않는단 말입니다!" 그가 소리쳤다. 어깨가 아팠다.

"당신의 감각에게 그것을 요구하면 손이 변할 것이오. 당신이 원하는 만큼의 시간 흐름을 시각적으로 그려보는 데 정신을 집중해요. 갓난아기에서 노인으로, 노인에서 갓난아기로. 몇 시간, 며칠, 몇 달이 걸릴 수도 있소. 하지만 이건 해낼 수 있는 일이오. 그 변화의 흐름을 바꾸는 과정은 모든 시스템을 상대적인 안정 속에서…… 오직 상대적인 안정 속에서만 회전하는 것으로 보는 법을 가르쳐줄 것이오." 그녀가 말했다.

"이게 인내심을 배우는 방법이라고 하지 않았습니까?" 그녀는 그의 목소리에서 분노를 읽었다. 그의 목소리가 울화 때문에 날카로워져 있었다.

"상대적인 안정에 대해서도 배우는 것이오. 이건 당신이 당신 자신의 믿음을 가지고 만들어내는 시각이오. 믿음은 상상력으로 조작될 수 있소. 당신은 우주를 보는 제한된 방법밖에 배우지 못했소. 이제는 우주를 당신의 창조물로 만들어야 하오. 그러면 모든 상대적 안정을 당신의 필요에 따라 이용할 수 있게 될 것이오. 당신이 상상할 수 있는 모든 용도로."

"시간이 얼마나 걸린다고 했지요?"

"인내심을 가지시오." 그녀가 그를 일깨웠다.

그가 자기도 모르게 씩 웃었다. 그의 눈이 머뭇머뭇 그녀를 향했다.

"손을 보시오!" 그녀가 날카롭게 소리쳤다.

그의 얼굴에서 미소가 사라졌다. 그는 시선을 휙 돌려서 앞으로 뻗은 손을 못 박힌 듯 바라보았다.

"팔이 피곤해지면 어떻게 해야 합니까?" 그가 물었다.

"말은 그만하고 집중해요. 지나치게 피곤하면 멈추시오. 그리고 몇 분간 쉬면서 운동을 한 다음에 다시 시작하는 거요. 성공할 때까지 끈기 있게 계속해야 하오. 지금 당신의 단계에서 이건 당신이 짐작조차 할 수 없을 만큼 중요한 일이오. 이걸 배우지 못하면 다른 것도 배우지 못할 것이오."

파라든은 깊이 숨을 들이쉬고 입술을 잘근잘근 씹으면서 자신의 손을 노려보았다. 그가 천천히 손을 돌렸다. 앞으로, 뒤로, 앞으로, 뒤로……. 너무 힘들어서 어깨가 벌벌 떨렸다. 앞으로, 뒤로…… 아무런 변화도 일어나지 않았다.

제시카가 자리에서 일어나 이 방의 유일한 문으로 다가갔다.

그가 손에서 눈을 떼지 않은 채 말했다. "어디 가는 겁니까?"

"혼자 있으면 더 잘할 수 있을 거요. 한 시간쯤 후에 돌아오겠소. 인내심을 가지시오."

"나도 알아요!"

그녀는 잠시 그를 유심히 살펴보았다. 얼마나 열심히 집중하는 모습인지. 문득 잃어버린 아들이 생각나서 심장을 누가 잡아당기는 것 같았다. 그녀는 한숨을 쉬며 말했다. "돌아와서 근육을 이완시키는 운동을 가르쳐주겠소. 서두르지 마시오. 당신의 몸과 감각들을 어떻게 마음대로 움직일 수 있는지 나중에 깜짝 놀라게 될 거요."

그녀는 밖으로 나갔다.

그녀가 복도를 성큼성큼 걸어가기 시작하자 어디에나 존재하는 경비병들이 세 발짝 뒤에서 따라왔다. 그들이 그녀에게 경외심과 두려움을 느끼고 있음은 분명했다. 그들은 사다우카였으며, 그녀의 능력에 대해 몇 번이나 주의를 들었고, 사다우카가 아라키스에서 프레멘에게 패한 이야기를 들으며 자란 사람들이었다. 그런데 이 마녀는 프레멘의 대모이고 베네 게세리트였으며 아트레이데스 사람이었다.

제시카는 뒤를 흘끗 돌아보았다. 경비병들의 엄격한 얼굴이 그녀의 계획 속에 있는 이정표처럼 보였다. 계단에 이르자 그녀는 경비병들에게서 시선을 돌리고 계단을 내려가 짤막한 통로를 지나서 자기 방 창문 밑의 정원으로 나갔다.

'이제 던컨과 거니가 자기들의 몫을 해줄 수만 있다면 좋겠는데.' 그녀는 좁은 길에 깔린 자갈을 발밑으로 느끼면서 생각했다. 초록색 식물들 사이로 황금빛 햇살이 보였다.

정신 교육의 다음 단계를 완수하면 통합적인 의사소통 방법을 배울 것이다. 이것은 우리가 이미 터득한 멘타트 색인-카탈로그 기술로부터 대량의 복잡한 입력 자료를 분리해 내서 우리의 의식 속에 자료 경로를 덧씌우는 통일적인 기능이다. 첫 번째 문제는 분화된 주제에 대한 사소한 사실들과 자료의 다양한 집합에서 생겨나는 긴장을 깨뜨리는 것이 될 것이다. 조심해야 한다. 멘타트의 덧씌우기 통합이 없다면 '바벨 문제' 속에 빠져버릴 수 있다. 바벨 문제란 정확한 정보로부터 잘못된 조합을 이끌어 내는, 항상 존재하는 위험을 가리키는 말이다.

—『멘타트 입문서』

천이 서로 스치는 소리 때문에 섬광 같은 의식들이 레토의 머릿속을 훑고 지나갔다. 그는 자신이 소리만으로 천의 종류를 저절로 알아낼 만큼 민감해져 있다는 사실에 깜짝 놀랐다. 소리는 프레멘의 로브가 문의 커튼 역할을 하는 거친 천과 스치는 소리였다. 그는 소리를 향해 몸을 돌렸다. 그 소리는 몇 분 전에 남리가 사라진 통로에서 들려오고 있었다. 몸을 돌리면서 그는 자신을 붙잡은 사람이 들어오는 것을 보았다. 처음에 함정 덩굴로 그를 잡은 바로 그 사람이었다. 그 사람과 똑같이 사막복 마스크 위로 거무스름한 피부가 조금 드러나 있었고, 타는 듯한 눈도 그 사람과 똑같았다. 남자가 한 손을 마스크로 가져가서 콧구멍에서 집수 튜브를 빼내고 마스크를 아래로 내렸다. 그리고 연이어서 두건을 뒤로 젖혔다. 남자의 턱을 따라 나 있는 잉크덩굴 채찍 흉터에 시선의 초점을 맞추기도 전에 레토는 그가 누구인지 알아보았다. 그를 알아본 것은 그의 의식 속에서 순간적으로 일어난 일이었기 때문에 자신이 눈으로 본 것을 확인하기 위해 다른 세세한 특징들을 찾기 시작한 것은 그다음이 었다. 틀림없었다. 굴러다니는 덩어리처럼 생긴 이 사람은 전사이자 음 유 시인인 거니 할렉이었다!

레토는 순간적인 충격에 압도되어 주먹을 꽉 쥐었다. 아트레이데스 가 문의 가신 중에 이 사람보다 충성스러운 사람은 없었다. 방어막을 켜고 하는 싸움에서 이 사람보다 뛰어난 사람도 없었다. 그는 폴이 신뢰하던 친구이자 스승이었다.

그는 레이디 제시카의 종이었다.

이러한 깨달음과 그 밖에 다른 것들이 레토의 머릿속을 빠른 속도로 지나갔다. 거니가 그를 붙잡은 사람이었다. 거니와 남리가 함께 이 음모 를 꾸몄다. 그리고 제시카도 그들과 함께 여기에 개입했다.

"우리 남리를 이미 만나셨겠지요. 그의 말을 꼭 믿으셔야 합니다, 어린 도련님. 그가 맡은 일은 한 가지밖에 없습니다. 그는 필요한 경우 당신을 죽일 수 있는 사람입니다." 할렉이 말했다.

레토는 자기도 모르게 아버지의 말투로 대답했다. "자네가 나의 적들 과 합류한 건가, 거니! 설마 그럴 줄은……."

"나한테 그 악마 같은 책략을 써먹을 생각은 하지 마십시오, 꼬마 도련 님." 할렉이 말했다. "당신의 모든 책략들도 저에게는 소용없습니다. 저는 할머님의 명령을 따르고 있습니다. 도련님의 교육은 최후의 세세한 점까지 계획되어 있습니다. 제가 남리를 선택한 것을 승인한 분도 할머님이셨습니다. 앞으로 일어나는 일들은 아무리 고통스럽게 보일지라도 모두 할머님의 명령에 따른 것입니다."

"그래, 할머님이 뭘 명령하셨지?"

할렉은 로브 자락 속에 있던 한 손을 들어 프레멘 주사기를 보여주었다. 원시적이었지만 효과적인 물건이었다. 그 투명한 튜브 속에는 푸른색 액체가 들어 있었다.

레토는 침상 위에서 꿈틀거리듯 뒤로 물러났지만 바위벽에 부딪히고 말았다. 그가 움직이는 동안 남리가 들어와서 한 손을 크리스나이프에 댄 채 할렉 옆에 섰다. 그들 두 사람이 함께 유일한 출구를 막고 있었다.

"이 스파이스 추출액을 알아보신 모양이군요. 당신은 이제 '벌레의 여행'을 하셔야 합니다, 꼬마 도련님. 꼭 그걸 경험하셔야 합니다. 그렇지 않으면 아버님께서 감행하셨지만 당신은 그러지 못한 이 일이 평생 동안 당신의 머리 위에 걸려 있을 겁니다." 할렉이 말했다.

레토는 말없이 고개를 흔들었다. 이것이 자신들을 압도해 버릴 수도 있다는 것을 그와 가니마는 알고 있었다. 거니는 아무것도 모르는 멍청이였다! 어떻게 제시카가…… 레토는 자신의 기억 속에 있는 아버지의 존재를 느꼈다. 그 존재가 그의 정신 속으로 불쑥 뛰어들어 와서 그의 방어 자세를 벗겨내려고 했다. 레토는 분노의 비명을 지르고 싶었지만 입술을 움직일 수 없었다. 그러나 이것은 미리 태어난 그의 의식이 가장 두려워하던 무언의 것이었다. 이것은 예지의 무아지경이었으며 불변성과 공포를 고스란히 간직한 불변의 미래를 읽는 것이었다. 제시카가 자기 손자에게 그런 시련을 주라고 명령했을 리가 없었다. 그러나 그녀의 존재가 그의 머릿속에서 크게 나타나 이것을 받아들여야 한다는 주장으로 그를 가득 채웠다. 공포에 맞서는 기도문조차 반복적으로 윙윙 울리는 소리로 그를 압박했다. '두려워해서는 안 된다. 두려움은 정신을 죽인다. 두려움은 완전한 소멸을 초래하는 작은 죽음이다. 나는 두려움에 맞설 것이며 두려움이 나를 통과해서 지나가도록 허락할 것이다. 두려움이 지나가면…….'

칼데아(Chaldea, 고대 바빌로니아의 한 지역―옮긴이)가 생긴 지 얼마 되지 않았을 때에도 이미 지극히 오래된 것이었던 맹세의 말과 함께 레토는 몸을 움직여 자기를 굽어보며 서 있는 두 남자에게 달려들려고 했다. 그러나 그의 근육이 말을 듣지 않았다. 마치 이미 무아지경에 들어간 것처럼 레토는 할렉의 손이 움직이고 주사기가 다가오는 것을 보았다. 발광구의 불빛이 푸른 액체 속에서 반짝였다. 주사기가 레토의 왼팔에 닿았다. 고통이 찌르듯이 몸을 훑고 지나가 머릿속의 근육을 향해 치솟아 올랐다.

갑자기 레토는 여명 속에서 조잡한 오두막 밖에 앉아 있는 젊은 여자를 보았다. 그녀는 바로 그의 앞에 앉아 커피 열매가 장밋빛이 도는 갈색이 되도록 구우면서 카더몬(Cardamon, 생강과의 향료 식물―옮긴이)과 멜란지를 섞어 넣었다. 그의 뒤쪽 어디에선가 레벡의 소리가 울려 나왔다. 음악 소리는 계속 울리고 또 울리다가 마침내 그의 머릿속으로 들어왔고, 그러고도 계속 울렸다. 그 소리가 그의 몸을 가득 채우자, 그는 자신이 아주아주 커진 것을 느꼈다. 그는 결코 아이가 아니었다. 그의 피부도 그의 것이 아니었다. 그는 이 느낌을 알고 있었다! 그의 피부는 그의 것이 아니었다. 따스함이 몸속으로 번져나갔다. 첫 번째 환영처럼 갑작스럽게 그는 자신이 어둠 속에 서 있음을 깨달았다. 밤이었다. 비처럼 쏟아지는 깜부기불 같은 별들이 눈부신 우주에서 정신없이 떨어져 내렸다.

그의 의식 일부는 도망칠 길이 없다는 것을 아는데도 그는 아버지의 존재가 끼어들 때까지 계속 맞서 싸우려고 했다. "무아지경 속에서 내가 너를 보호해 주겠다. 내면의 다른 자들이 너를 빼앗지 못할 것이다."

바람이 횡횡 소리를 내며 레토를 넘어뜨리고 그의 몸을 굴리면서 흙먼지와 모래를 쏟아붓고, 팔과 얼굴을 베고, 옷을 긁어 찢어버리고, 이제 아무 쓸모 없어진 천의 너덜너덜한 끝을 채찍처럼 휘둘렀다. 그러나 그는 전혀 고통을 느끼지 못했다. 베인 상처가 생겨날 때만큼 빠른 속도로 치유되는 것이 보였다. 여전히 그는 바람과 함께 굴렀다. 그의 피부는 그의 것이 아니었다.

'이건 앞으로 일어날 일이야!' 그는 생각했다.

그러나 이 생각은 아련하게 그의 생각이 아닌 것처럼 그를 찾아왔다. 정말로 그의 생각이 아닌 것처럼. 그의 피부와 마찬가지였다.

이 환영이 그를 빨아들였다. 그리고 과거와 현재, 미래와 현재, 미래와 과거를 분리시키는 입체 해석적인 기억으로 진화했다. 각각 분리된 것들은 삼안경의 초점 속으로 섞여 들어갔고, 그는 이것을 미래의 자신에 관한 다차원의 돋을새김 지도로 이해했다.

그는 생각했다. '시간은 공간의 척도야. 거리 측정기가 공간을 측정하는 도구인 것과 똑같아. 하지만 측정은 우리를 우리가 측정하는 공간 속에 가둬버리지.'

그는 무아지경이 더 깊어지는 것을 느꼈다. 그것은 내적인 의식의 확대라는 형태로 찾아왔고, 그의 자아 본체는 그것을 빨아들였다. 그리고 그것을 통해 그는 자신이 변하고 있음을 느꼈다. 그것은 살아 있는 '시간'이었으며 그는 그중 단 한순간도 붙들어둘 수 없었다. 기억의 단편들, 미래와 과거가 그를 압도했다. 그러나 그 단편들은 움직이는 몽타주로서 존재했다. 그들의 관계가 끊임없이 이어지는 춤을 만났다. 그의 기억은 렌즈였다. 그 단편들을 골라내서 서로를 분리시키지만 그의 시야 속으로 파도처럼 밀려오는 변화와 끊임없는 움직임을 멈추게 하는 데에는 항상 실패하는 밝은 탐조등이었다.

그와 가니마가 계획했던 것이 그 탐조등을 통과하며 모든 것을 지배했다. 그러나 이제 그는 그것이 소름 끼칠 만큼 무서웠다. 환영의 현실이 그의 안에서 욱신거렸다. 그 무비판적인 필연성 때문에 그의 자아가 움찔거렸다.

그의 피부는 그의 것이 아니었다! 과거와 현재가 구르듯이 그를 통과해서 그의 공포의 장벽을 노도처럼 타넘었다. 그는 그들을 분리할 수 없었다. 한순간 그는 자신이 인간의 의식을 흉내 낸 모든 기계를 파괴하겠다는 열정을 안고 버틀레리안 지하드에 나서는 것을 느꼈다. 그건 과거임에 틀림없었다. 이미 끝난 과거. 그러나 그의 감각들은 이 경험을 총알처럼 통과하면서 가장 사소한 점들까지 모두 흡수했다. 장관 동무가 연단에서 연설하는 소리가 들렸다. "우리는 생각하는 기계들을 부정해야 합니다. 인간들이 자신의 지침을 스스로 정해야 합니다. 이것은 기계가 할 수 있는 일이 아닙니다. 이성적인 추론은 하드웨어가 아니라 프로그램에 달린 것이며, 우리야말로 궁극의 프로그램입니다!"

그는 이 목소리를 선명하게 들었고 자신이 어디에 있는지 알았다. 어두운 창문들이 있고 나무로 지은 거대한 강당이었다. 탁탁 소리를 내며 타고 있는 불꽃이 방 안을 비춰주었다. 그의 장관 동무가 말했다. "우리의 지하드는 '쓰레기 처리 프로그램'입니다. 우리는 인간으로서의 우리를 파괴하는 것들을 버릴 겁니다!"

레토의 머릿속에는 그 강연자가 컴퓨터의 종, 즉 컴퓨터를 잘 알고 컴퓨터를 위해 봉사했던 사람이라는 생각이 들어 있었다. 그러나 그 장면이 사라지고 가니마가 그의 앞에 서서 말하고 있었다. "거니는 알고 있어. 그가 내게 말해 주었어. 그건 던컨의 말인데, 던컨은 그때 멘타트로서 말하고 있었어. '선행을 할 때 악명을 피하라. 악행을 할 때 자기 인식을 피하라.'"

이것은 미래임에 틀림없었다. 아주 먼 미래. 그러나 그에게는 현실처럼 느껴졌다. 그것은 내면에 있는 수많은 생명들의 과거만큼이나 강렬했다. 그는 속삭였다. "그게 사실 아닙니까, 아버지?"

그러나 내면에 있는 아버지의 존재가 경고하듯이 말했다. "재앙을 자초하지 마라! 넌 지금 섬광 같은 의식을 배우고 있어. 그것이 없으면 지나치게 자신을 혹사해서 '시간' 속에서 장소의 표식을 잃어버릴 수도 있다."

얕은 돋을새김 같은 그 이미지는 계속 끈질기게 남아 있었다. 그를 침범하려는 것들이 그를 망치처럼 두들겨댔다. 과거-현재-지금. 진정한 분리는 존재하지 않았다. 그는 자신이 이것과 함께 흘러가야 한다는 것을 알고 있었지만, 그 흐름에 겁을 집어먹었다. 그가 어떻게 자기가 알아볼 수 있는 장소로 되돌아올 수 있단 말인가? 그러나 그는 모든 저항을 그만두라는 강요가 자신에게 가해지고 있음을 느꼈다. 그는 움직임이 없고 꼬리표가 달린 조각들로 이루어진 자신의 새로운 우주를 붙잡을 수 없었다. 그 어떤 조각도 가만히 있으려 하지 않았다. 항상 모든 것을 조직적으로 정돈해 놓는 것은 불가능했다. 그는 변화의 리듬을 찾아 그 변화들 사이로 변화하는 과정 그 자체를 보아야 했다. 그것이 어디서 시작됐는지도 모른 채 그는 자신이 거대한 지복(至福)의 순간 속에서 움직이고 있으며 미래 속에서 과거를, 과거 속에서 현재를, 과거와 미래 속에서 지금을 볼 수 있음을 깨달았다. 심장이 한 번 뛰고 그다음 뛸 때까지의 짧은 순간 동안 한데 축적된 수백 년을 경험하는 셈이었다.

레토의 의식이 자유롭게 떠다녔다. 의식을 보충해 줄 객관적인 영혼도 장벽도 없었다. 남리가 말한 '잠정적인 미래'는 그의 기억 속에 경쾌하게 남아 있었지만 그 밖에도 많은 미래들이 의식을 공유했다. 그리고 이 충격적인 의식 속에서 그의 모든 과거, 모든 내면의 생명들이 그의 것이 되었다. 자기 안에 있는 가장 위대한 자의 도움으로 그가 지배했다. 그들은 '그의 것'이었다.

그는 생각했다. '멀리서 어떤 물체를 관찰할 때에는 그것의 원칙만 보일 거야.' 그는 이제 그만큼 거리를 벌렸으므로 자신의 삶을 볼 수 있었다. 다중의 과거와 그 기억은 그의 짐이자 기쁨이었으며, 그에게 꼭 필요한 것이었다. 그러나 '벌레의 여행'이 또 다른 차원을 덧붙여놓았고, 아버지는 이제 더 이상 그의 내면에서 파수를 서고 있지 않았다. 이제 그럴 필요가 없기 때문이었다. 레토는 그 먼 거리를 통해 과거와 현재를 선명하게 보았다. 그리고 과거가 그에게 궁극의 조상을 보여주었다. '하룸'이라 불리는 사람으로 그가 없었다면 먼 미래도 존재하지 않을 것이다. 이 선명한 거리가 새로운 원칙, 새로운 공유의 차원들을 제공해 주었다. 이제 내면의 삶 중 어떤 것을 선택하든, 그는 다중의 경험이라는 자율적인 영역 속에서 그것을 살아낼 수 있었다. 그 자율적인 영역은 평생이 걸려도 세대를 다 셀 수 없을 만큼 많은 삶들이 복잡하게 뒤얽힌 흔적이었다. 이 다중의 경험이 깨어나면 그의 자아를 억누를 수 있는 힘을 갖고 있었다. 이 다중의 경험은 개인, 국가, 사회, 또는 문명 전체로 하여금 자신의 존재를 느끼게 할 수 있었다. 거니가 그를 무서워해야 한다는 가르침을 받은 것은 당연히 그 때문이었다. 남리의 칼이 대기하고 있는 것도 그 때문이었다. 그들에게는 그의 안에 있는 이 힘을 보는 것이 허락될 수 없었다. 그 어느 누구도, 심지어 가니마조차도 그것을 완전히 볼 수 없었다.

이윽고 레토가 일어나 앉았다. 남리만이 남아서 그를 지켜보고 있었다.

노인의 목소리로 레토가 말했다. "모든 사람들에게 통용되는 단 하나의 한계 기준은 없다. 보편적인 예지는 공허한 신화이지. '시간'의 국지적인 흐름 중에서도 가장 강력한 것들만이 예언될 수 있다. 그러나 무한한 우주에서는 '국지적'이라는 개념도 너무 거대해서 너의 정신은 움츠러들 것이다."

남리가 이 말을 이해하지 못하고 고개를 흔들었다.

"거니는 어디 있소?" 레토가 물었다.

"내가 당신을 죽이는 걸 보지 않으려고 이 자리를 떠났소."

"날 죽여주겠소, 남리?" 그것은 그에게 자기를 죽여달라는 애원에 가까웠다.

남리가 칼에서 손을 떼었다. "당신이 내게 그렇게 해달라고 요구하기 때문에, 나는 그렇게 하지 않겠소. 하지만 당신이 아무래도 좋다는 무관심한 태도를 보였다면……."

"무관심이라는 질병이 많은 것들을 파괴하고 있지." 레토가 말했다. 그리고 혼자 고개를 끄덕이며 말을 이었다. "그래……. 심지어 문명조차 그 병 때문에 죽어. 새로운 수준의 복잡성이나 의식을 성취하는 대가가 바로 그것인 것처럼." 그가 남리를 올려다보았다. "그래, 그들이 당신더러 내게서 무관심한 태도를 찾으라고 말한 모양이군?" 그 순간 그는 남리가 단순히 사람을 죽이는 자가 아님을 알았다. 남리는 사악했다.

"그것이 억제되지 않은 방종한 힘의 징후라고 했소." 남리가 말했다. 그러나 이 말은 거짓이었다.

"무관심한 힘이라, 그래." 레토는 일어나 앉아서 깊은 한숨을 쉬었다. "내 아버지의 인생에는 도덕적인 위대함이 전혀 없었소, 남리. 그가 스스로 만든 국지적인 함정이 있었을 뿐이지."

㉡⽅ⓗ

오 폴, 그대 무앗딥이여,

모든 인간의 마디여,

내뱉어진 그대의 숨결이

후리센을 내뿜었다.

　　　　　　　　　　　　　　　　　　　　　　　　　　—「무앗딥의 노래」

"절대 안 됩니다! 결혼식 날 밤에 난 그를 죽여버릴 거예요." 가니마가
말했다. 가시가 돋친 듯한 완고한 태도였다. 지금까지 그녀는 그런 태도
로 모든 감언이설에 저항했다. 알리아와 그녀의 자문들은 밤이 절반이
나 지나도록 그 문제를 물고 늘어졌다. 그 때문에 황족들을 위한 거처가
계속해서 불안에 휩싸여 있었고, 그들은 새로운 자문들과 음식을 가져
오라고 사람을 보냈다. 신전 전체와 바로 옆에 있는 성이 내려지지 못한
결정들로 인한 울화 때문에 들끓고 있었다.

　가니마는 자신의 거처에서 초록색 공중 의자 위에 차분한 태도로 앉
아 있었다. 시에치의 바위벽을 흉내 내기 위해 벽을 거친 황갈색으로 처
리한 커다란 방이었다. 그러나 천장은 푸른빛이 깜박이는 임바르 수정

이었고 바닥은 검은색 타일이었다. 가구는 빈약했다. 작은 필기용 탁자, 공중 의자 다섯 개, 우묵한 공간 속에 놓여 있는 좁은 침상이 있을 뿐이었다. 프레멘 식이었다. 가니마는 애도를 뜻하는 노란색 로브를 입고 있었다.

"넌 자기 인생의 모든 문제들을 결정할 수 있는 자유로운 사람이 아냐." 알리아가 말했다. 이 말을 하는 것이 백 번째는 되는 것 같았다. '저 멍청한 꼬마는 조만간 이걸 꼭 깨달아야 해! 파라든과 약혼하는 걸 반드시 받아들여야 한다고. 반드시! 나중에 저 아이가 그를 죽일 테면 죽이라지. 하지만 약혼을 하려면 약혼한 프레멘이 그 사실을 반드시 공개적으로 인정해야 해.'

"그가 오빠를 죽였습니다." 가니마가 자신을 지탱해 주는 단 하나의 사실에 매달리며 말했다. "모두들 그걸 알고 있어요. 만약 내가 이 약혼에 동의한다면 프레멘들은 내 이름이 언급될 때마다 침을 뱉을 겁니다."

'네가 반드시 동의해야 하는 이유 중의 하나가 바로 그거야.' 알리아는 생각했다. "그건 그의 어머니가 한 짓이야. 그는 그 때문에 어머니를 추방했다. 그에게 더 이상 뭘 원하는 거지?"

"그의 피를 원합니다. 그는 코리노예요." 가니마가 말했다.

"그는 자기 어머니를 탄핵했어." 알리아가 반박했다. "그리고 네가 프레멘 놈들에 대해 걱정해야 할 이유가 없잖니. 그놈들은 뭐든 우리가 받아들이라고 하면 받아들일 거다. 가니, 제국의 평화를 위해서는……."

"난 동의하지 않을 겁니다. 고모는 내 동의 없이 약혼을 발표할 수 없어요." 가니마가 말했다.

가니마가 말을 하는 동안 방 안으로 들어오던 이룰란이 무슨 일이냐는 시선으로 알리아와 그녀 옆에 풀죽은 표정으로 서 있는 여성 자문 두

명을 바라보았다. 알리아가 넌더리가 난다는 듯 두 팔을 던져 올리며 가니마 맞은편의 의자에 풀썩 주저앉는 게 보였다.

"당신이 말 좀 해봐요, 이룰란." 알리아가 말했다.

이룰란은 공중 의자를 끌어당겨 알리아 옆에 앉았다.

"당신은 코리노예요, 이룰란. 당신도 별수 없어요." 가니마가 말했다. 그리고 자리에서 일어나 자신의 침상으로 가서 책상다리를 하고 앉아 두 여자를 노려보았다. 이룰란은 알리아와 똑같은 검은 아바를 입고 있었으며, 뒤로 젖힌 두건 밖으로 황금색 머리카락이 드러나 있었다. 방을 밝혀주는 발광구의 노란 불빛에 그 머리카락이 애도의 색을 띠었다.

이룰란은 알리아를 흘끗 바라보고 자리에서 일어나 가니마에게 다가가 그녀를 마주 보는 자리에 섰다. "가니, 문제를 해결할 수만 있다면 내가 그를 죽일 수도 있어. 그리고 네가 친절하게 강조해 주었듯이 파라든은 나의 혈연이지. 하지만 네게는 프레멘에 대한 의리보다 훨씬 더 고귀한 의무가……."

"당신의 말이나 내 소중한 고모의 말이나 내게는 다 똑같아요. 형제의 피는 씻어버릴 수 없어요. 그건 하잘것없는 프레멘의 상투적인 말 따위가 아닙니다." 가니마가 말했다.

이룰란은 입을 꾹 다물었다가 다시 말했다. "파라든은 네 할머니를 포로로 잡고 있어. 던컨도 잡고 있고. 만약 우리가……."

"이 모든 일이 어떻게 일어나게 됐는지에 대한 고모의 설명이 마음에 들지 않아요." 가니마가 이룰란 너머의 알리아를 응시하며 말했다. "예전에 던컨은 적들에게 내 아버지가 사로잡히게 하느니 차라리 죽음을 택했습니다. 어쩌면 이 새로운 골라의 몸이 더 이상 예전 같지……."

"던컨은 네 할머니의 목숨을 지키라는 임무를 맡고 있었어!" 알리아가

의자에 앉은 채 몸을 홱 돌리며 말했다. "그가 그런 선택을 한 것은 틀림없이 임무를 위해서였을 거다." 그리고 그녀는 속으로 생각했다. '던컨! 던컨! 이런 식으로 그 일을 하면 안 되는 거였잖아요.'

가니마는 알리아의 목소리에서 모략의 냄새를 눈치채고 고모를 노려보았다. "거짓말을 하고 있군요, 천국의 자궁이라는 분이. 고모가 할머님과 싸웠다는 얘길 들었습니다. 할머님과 고모의 소중한 던컨에 대해 고모가 감히 털어놓지 못하고 있는 그 얘기가 뭐죠?"

"네가 들은 얘기가 다야." 알리아가 말했다. 그러나 그녀는 이 노골적인 비난에 내포된 의미 때문에 몸을 찌르는 듯한 두려움을 느꼈다. 너무 피곤해서 부주의한 짓을 했다는 것을 그녀는 깨달았다. 그녀가 자리에서 일어나면서 말했다. "내가 아는 걸 너도 모두 알고 있다." 그리고 그녀는 이룰란을 향해 시선을 돌리면서 말을 이었다. "당신이 저 애를 설득해 봐요. 꼭 저 애가……."

가니마가 프레멘들이 사용하는 거친 저주의 말로 고모의 말을 막았다. 어린 입술에서 나오는 그 말은 충격적이었다. 곧바로 찾아온 침묵 속에서 그녀가 말했다. "고모는 나를 그냥 아이로만 생각하고 있어요. 고모가 나이를 더 먹었으니 나를 설득할 수 있을 것이고, 결국 내가 이 일을 받아들이게 될 거라고. 다시 생각하는 게 좋을 겁니다, 거룩한 섭정님. 내 내면에 얼마나 많은 세월이 들어 있는지 고모는 어느 누구보다 잘 알고 있어요. 난 그들의 말을 들을 겁니다. 고모의 말이 아니라."

알리아는 화가 나서 가니마의 말에 응수하고 싶은 것을 간신히 참고 그녀를 무섭게 쏘아보았다. 저주스러운 존재인가? 이 아이는 대체 누구지? 가니마에 대한 새로운 두려움이 알리아의 내면에서 일기 시작했다. 저 아이도 미리 태어난 자에게 찾아오는 내면의 생명들과 나름대로 타협을 한 걸까? 알리아가 말했다. "아직은 네가 이성을 되찾을 시간이 있다."

"아직은 내가 내 칼 앞에서 파라든의 피가 뿜어져 나오는 광경을 볼 시간이 있겠죠." 가니마가 말했다. "틀림없어요. 그와 단둘이 남기만 하면, 우리 둘 중의 하나가 분명히 죽을 겁니다."

"네가 나보다 더 네 오빠를 사랑했다고 생각하니?" 이룰란이 다그쳤다. "넌 바보짓을 하고 있어! 난 너와 마찬가지로 그 아이에게도 어머니였다. 나는……."

"당신은 오빠를 한 번도 제대로 알지 못했어요. 가끔 나의 '사랑하는 고모님'을 제외하고는 당신들 모두 고집스럽게 우리를 아이로 생각했죠. 바보는 당신이에요! 알리아는 알고 있어요! 고모가 도망치는 걸 보세요……."

"난 도망치는 게 아냐." 알리아가 말했다. 그러나 그녀는 이룰란과 가니마에게 등을 돌리고 이 언쟁을 듣지 못한 척하고 있는 두 여전사를 바라보았다. 그들은 이미 가니마를 포기한 모양이었다. 어쩌면 가니마에게 공감하고 있는지도 몰랐다. 화가 나서 알리아는 그들을 밖으로 내보냈다. 그녀의 명령에 따르는 그들의 얼굴에 안도의 기색이 역력했다.

"고모는 도망치고 있습니다." 가니마는 주장을 굽히지 않았다.

"난 내게 맞는 삶의 방식을 택했다." 알리아가 다시 몸을 돌려 침상 위에 책상다리를 하고 앉은 가니마를 노려보며 말했다. 저 아이도 내면의 생명들과 그 끔찍한 타협을 한 걸까? 알리아는 가니마에게서 타협의 조짐을 찾아보았지만 그녀의 내심을 보여주는 징후를 단 하나도 찾을 수 없었다. 알리아는 속으로 생각했다. '저 아이가 내게서 그런 징후를 본 걸까? 하지만 저 애가 어떻게?'

"고모는 다중의 창구가 되는 걸 두려워했지요. 하지만 우리는 미리 태어난 자이니까 알고 있습니다. 고모는 의식적이든 무의식적이든 그들의 창구가 될 겁니다. 고모는 그들을 부인할 수 없어요." 가니마가 말했다. 그리고 속으로 생각했다. '그래, 난 알고 있지, 저주스러운 존재. 어쩌면 나도 당신과 같은 길을 갈지도 몰라. 하지만 지금은 당신을 동정하고 경멸할 수밖에 없어.'

가니마와 알리아 사이에 무겁게 침묵이 내려앉았다. 거의 손으로 만져질 듯한 그 침묵에 이룰란의 베네 게세리트 훈련이 눈을 떴다. 그녀는 두 사람을 번갈아 바라보다가 입을 열었다. "왜 갑자기 두 사람 다 조용해진 거지?"

"방금 상당히 깊이 생각해 봐야 하는 생각을 했어요." 알리아가 말했다.

"그런 생각은 한가한 때에 하시죠, 사랑하는 고모님." 가니마가 이죽거렸다.

알리아는 피곤으로 인한 분노를 억누르며 말했다. "오늘은 그만두자! 저 아이가 혼자 생각하게 내버려둬요. 어쩌면 제정신을 찾을지도 모르니까."

이룰란이 자리에서 일어나면서 말했다. "어쨌거나 동틀 때가 거의 다 됐어요. 가니, 우리가 가기 전에 파라든이 보낸 가장 최근의 메시지를 듣겠니? 그는……."

"듣고 싶지 않아요. 그리고 지금부터는 나를 어린애 취급하는 그 우스꽝스러운 이름으로 부르지 말아요. 가니라니! 그 이름은 내가 아이라는 잘못된 생각을 부추길 뿐……."

"너와 알리아가 아까 왜 그렇게 갑자기 조용해졌던 거지?" 이룰란이 조금 전에 했던 질문을 다시 던졌다. 그러나 지금 그녀는 '목소리'를 세심하게 사용하고 있었다.

가니마가 고개를 뒤로 젖히고 웃음을 터뜨렸다. "이룰란! 당신이 나한 테 '목소리'를 사용하는 거예요?"

"뭐?" 이룰란은 깜짝 놀랐다.

"그건 할머니에게 달걀 빠는 법을 가르치는 것과 같아요." 가니마가 말했다.

"할머니가 뭐?"

"나는 그 표현을 기억하는데 당신은 그 말을 한 번도 들어본 적이 없다 는 사실을 잘 생각해 보세요. 그건 비웃음을 표현하는 오래된 말이에요. 이 말이 사용되고 있을 때 당신들 베네 게세리트는 아직 신생 단체였죠. 이걸로도 부족하다면 황제와 황비였던 당신 부모님이 도대체 무슨 생각 에서 당신 이름을 이룰란으로 지었을지 한번 생각해 보세요. 아니, 이룰 란이 아니라 루이날(이룰란(Irulan)의 철자 배열을 바꾼 것. 파멸을 뜻하는 루인(ruin)을 연상시킴 — 옮긴이)이었던가요?"

베네 게세리트 훈련을 받았음에도 이룰란은 얼굴이 벌겋게 달아올랐 다. "날 자극해서 선동하려는 짓은 그만둬, 가니마."

"당신은 내게 '목소리'를 사용하려 했어요. 나한테! 난 인간이 처음으 로 그런 재주를 사용하려 했던 때를 기억하고 있습니다. 그때를 기억하 고 있다고요, 루이너스(Ruinous, 파멸(ruin)의 형용사형 — 옮긴이) 이룰란. 이제 여기서 나가주세요. 당신들 모두."

그러나 알리아는 이제 피곤마저 쫓아버리는 내면의 제안에 끌려 흥미 를 느끼고 있었다. 그녀가 말했다. "어쩌면 내가 네 마음을 바꿀 수 있을 만한 제안을 내놓을 수 있을 것 같다, 가니."

"또 가니!" 부서질 것 같은 웃음소리가 가니마의 입술에서 터져 나왔 다. 그녀가 말했다. "잠깐만 생각해 보세요. 내가 파라든을 죽이려 한다면, 고모의 계획에 참가하기만 하면 됩니다. 고모도 그걸 생각해 보셨겠죠. ‘가니’가 고분고분하게 굴 때를 조심하셔야 합니다. 보세요, 난 지금 고모한테 완전히 내 속마음을 털어놓고 있어요.”

“내가 바란 게 바로 그거야.” 알리아가 말했다. “만약 네가…….”

“형제의 피는 씻어버릴 수 없습니다.” 가니마가 말했다. “난 나의 사랑하는 프레멘들 앞에서 그 말을 배신할 수 없어요. 결코 용서하지 말고, 결코 잊지 말라. 이게 우리의 교리 아닌가요? 지금 여기서 경고하겠습니다. 그것도 공개적으로. 고모는 나를 파라든과 약혼시킬 수 없습니다. 날 아는 사람이라면 누가 그걸 믿겠어요? 파라든도 믿지 못할 겁니다. 프레멘들은 그런 약혼 소식을 들으면 소매로 입을 가리고 웃으면서 ‘봐라! 그녀가 그를 함정으로 유인하고 있다’고 하겠죠. 만약 고모가…….”

“무슨 말인지 안다.” 알리아가 이룰란 옆으로 다가가면서 말했다. 이룰란은 이 대화의 방향을 벌써 짐작하고 충격 속에서 침묵을 지키며 서 있었다.

“그래요, 내가 그를 함정으로 유인하겠습니다. 만약 고모가 원하는 게 그거라면 나도 동의하겠어요. 하지만 그가 함정에 빠지지 않을지도 모릅니다. 만약 고모가 할머님과 고모의 소중한 던컨을 되찾아오기 위한 미끼로 이 거짓 약혼을 이용할 생각이라면 마음대로 하세요. 하지만 모든 건 고모가 책임져야 합니다. 두 사람을 되찾으세요. 하지만 파라든은 내 것입니다. 그는 내가 죽일 거예요.”

이룰란은 알리아가 뭐라고 말을 하기 전에 급하게 몸을 돌려 그녀를 마주 보았다. “알리아! 만약 우리가 그런 속임수를 쓴다면…….” 그녀는 알리아가 미소를 지으며 파우프레루체스 회의에서 분출될 수 있는 대가문들의 분노와 아트레이데스의 명예에 대한 파괴적인 결과, 그리고 종교적 신뢰의 상실 등, 이 속임수로 인해 무너져 내릴 크고 작은 제국의 기초들을 생각하면서 자신의 말에 내포된 의미를 느낄 수 있게 잠시 내버려두었다.

"그건 우리에게 불리하게 작용할 거예요." 이룰란이 항변했다. "폴의 예언자적 지위에 대한 모든 믿음이 무너질 거라고요. 그것은…… 제국은……."

"무엇이 옳고 무엇이 그른지 판단하는 우리의 권리에 누가 감히 의문을 제기할 수 있겠어요?"

알리아가 온화한 목소리로 말했다. "우리는 선과 악의 중재자예요. 내 말 한마디면……."

"이런 속임수를 쓸 수는 없어요." 이룰란이 반대했다. "폴에 대한 기억은……."

"교회와 국가의 도구일 뿐입니다. 바보 같은 소리 그만하세요, 이룰란." 가니마가 말했다. 그녀는 허리춤의 크리스나이프에 손을 갖다 대고 알리아를 올려다보며 말을 이었다. "내가 똑똑한 고모님을 잘못 판단했군요, 무앗딥의 제국에서 거룩한 모든 것을 다스리는 섭정님. 정말로 고모를 잘못 판단했어요. 원한다면 파라든을 우리 객실로 유인하세요."

"이건 무모한 짓이에요." 이룰란이 애원했다.

"이 약혼에 동의하는 거냐, 가니마?" 알리아가 이룰란을 무시하고 물었다.

"내가 내건 조건이 관철된다면." 가니마가 말했다. 그녀의 손은 여전히 크리스나이프에 닿아 있었다.

"난 이 일에서 손을 씻겠어요." 이룰란이 실제로 양손을 꽉 쥐고 비틀면서 말했다. "난 진정한 약혼에 찬성하는 말을 기꺼이 할 생각이었어요.

그건 치유를 위한…….”

“치유하기가 훨씬 어려운 상처를 당신에게 드리겠습니다, 알리아와 제가.” 가니마가 말했다. “만약 그가 오겠다고 하면 재빨리 불러오세요. 아마 그는 오겠다고 할 겁니다. 그가 나처럼 어린 아이를 의심하겠어요? 그가 반드시 참석해야 하는 공식적인 약혼식을 열죠. 그리고 내가 그와 단둘이 있을 기회를 만드는 겁니다……. 일이 분만 있어도…….”

이룰란은 가니마가 결국 완전한 프레멘임을 보여주는 이 증거에 부르르 몸을 떨었다. 이렇게 끔찍할 정도로 잔인하다는 점에서 가니마는 어른들과 조금도 다르지 않은 아이였다. 사실 프레멘 아이들은 전쟁터에서 부상자를 죽이는 데 익숙했다. 여자들이 시체를 모아 죽음의 증류소로 가져갈 수 있도록 아이들이 그 귀찮은 일을 대신 해주는 것이다. 프레멘 아이의 목소리로 말하고 있는 가니마는 그 말 속에 부자연스러운 성숙함이 들어 있다는 점에서, 고대로부터 전해 내려온 피투성이 복수극의 느낌이 주위에 영기(靈氣)처럼 매달려 있다는 점에서 더욱더 무서웠다.

“좋다.” 알리아가 말했다. 그녀는 자신이 느끼고 있는 환희가 목소리와 표정에 드러나지 않게 하려고 무진 애를 썼다. “공식적인 약혼 증서를 준비하겠다. 대가문들로부터 적당한 사람들을 불러와 약혼 증서에 대한 증인으로 삼을 거야. 파라든은 의심할 리가…….”

“그는 의심하겠지만 그래도 올 겁니다. 경호대를 데려오겠죠. 하지만 그들이 나를 경계할 생각을 할까요?” 가니마가 말했다.

“폴이 하려 했던 모든 일을 위해서라도, 최소한 파라든의 죽음을 우연한 사고처럼 꾸미기라도 해요.” 이룰란이 말했다. “아니면 다른 사람들이 원한을 품고 저지른 걸로…….”

"난 형제들에게 피 묻은 내 칼을 기쁘게 자랑할 겁니다." 가니마가 말했다.

"알리아, 부탁이에요." 이룰란이 말했다. "이 무분별한 미친 짓을 그만 둬요. 파라든에게 칸리를 선언해요. 뭐든……."

"그에게 유혈의 복수를 공식적으로 선언할 필요는 없습니다. 우리가 지금 어떤 심정인지 온 제국이 다 알고 있으니까요." 가니마가 말했다. 그녀는 자기가 입고 있는 로브의 소매를 가리키면서 말을 이었다. "우리 는 애도의 노란색을 입고 있습니다. 내가 이것을 벗고 약혼한 프레멘이 입는 검은 옷을 입을 때, 거기에 누가 속아 넘어갈까요?"

"파라든이 속아 넘어가기를 기도해야지." 알리아가 말했다. "우리가 증인으로 초대할 대가문의 사절들도……."

"그 사절들 한 사람 한 사람이 모두 당신에게 등을 돌릴 거예요. 당신 도 알잖아요!" 이룰란이 말했다.

"훌륭한 지적이군요. 사절들을 신중하게 고르세요, 알리아. 나중에 제 거해 버려도 상관없는 사람들이어야 합니다." 가니마가 말했다.

이룰란은 절망적인 심정으로 두 팔을 위로 던져 올린 다음 몸을 돌려 도망치듯 방을 나갔다.

"이룰란이 조카에게 경고를 보내지 못하게 철저하게 감시하세요." 가 니마가 말했다.

"음모를 어떻게 수행해야 하는지 나한테 가르칠 생각 마." 알리아가 말했다. 그리고 몸을 돌려 이룰란의 뒤를 따랐다. 그러나 그녀의 걸음걸 이는 이룰란보다 느렸다. 밖에서 기다리던 경비대원들과 보좌관들이 모 래벌레가 몸을 일으킬 때 생기는 소용돌이 속으로 빨려 들어가는 모래 알들처럼 그녀의 뒤를 따랐다.

문이 닫히는 것을 보며 가니마는 슬픈 듯 고개를 가로저었다. '불쌍한 레토와 내가 생각했던 그대로야. 세상에! 레토 대신 내가 호랑이에게 죽었어야 하는 건데.'

많은 세력들이 아트레이데스 쌍둥이를 장악하고자 했다. 그리고 레토의 죽음이 알려졌을 때 이러한 음모와 거기에 맞서는 음모의 움직임이 증폭되었다. 각 세력들의 상대적인 동기에 주목하라. 교단은 어른이 된 저주스러운 존재인 알리아를 두려워했지만 아트레이데스 혈통의 유전적 특징을 여전히 원하고 있었다. 아우카프와 하즈의 교회 성직자들은 무앗딥의 후계자를 장악했을 때 얻을 수 있는 힘만을 보았다. 초암은 듄의 부로 통하는 문을 원했다. 파라든과 그의 사다우카들은 코리노 가문의 영광을 되찾고자 했다. 우주 조합은, 아라키스는 곧 멜란지라는 등식을 두려워했다. 스파이스가 없으면 그들은 항해를 할 수 없었다. 제시카는 자신이 베네 게세리트에 복종하지 않아서 생긴 일을 교정하고 싶어 했다. 때가 너무 늦을 때까지, 쌍둥이들에게 그들의 계획이 무엇인지 물어볼 생각을 한 사람은 거의 없었다.

—『크레오스의 책』

저녁 식사를 마친 직후, 레토는 어떤 남자가 자기 방 앞의 아치형 문간을 걸어서 지나가는 것을 보았다. 그의 정신이 그를 따라갔다. 통로는 열려 있었고, 레토는 저쪽에서 사람들이 움직이는 것을 보았다. 여자 세 명이 바퀴 달린 스파이스 바구니를 밀며 지나가고 있었다. 다른 행성의 정교한 솜씨가 분명하게 드러나는 옷을 입은 것으로 보아 그 여자들은 밀수꾼이었다. 레토의 정신을 데려간 그 남자도 움직임이 스틸가와 비슷하다는 점을 빼면 그들과 전혀 달라 보이지 않았을 것이다. 그는 아주 젊은 스틸가 같았다.

레토의 마음을 끈 것은 그 남자의 독특한 걸음걸이였다. '시간'이 둥근 항성처럼 레토의 의식을 채웠다. 그는 무한한 시공을 볼 수 있었지만, 자신의 미래 속으로 억지로 비집고 들어가야만 자신의 몸이 어떤 순간 속에 놓여 있는지 알 수 있었다. 다면체 같은 그의 기억 속 생명들이 파도처럼 몰려왔다가 뒤로 물러났다. 그러나 그들은 이제 그의 것이었다. 그들은 해변에 몰려오는 파도 같았지만, 너무 높이 솟아오르면 그가 물러나라는 명령을 내릴 수 있었다. 그러면 그들은 황족 하룸을 뒤에 남기고 물러났다.

때로 그는 그 기억 속 생명들에게 귀를 기울였다. 그들 중 한 사람이 무대 뒤에서 대사를 불러주는 사람처럼 일어나서 무대 밖으로 머리를 내밀고 큰 소리로 그의 행동을 지시하곤 했다. 그 정신의 산책 도중에 아버지가 그에게 와서 말했다. "너는 어른이 되려고 하는 아이다. 네가 어른이 되면 예전 아이였을 때를 헛되이 찾겠지."

그동안 내내 그는 제대로 관리가 이루어지지 않은 오래된 시에치의 벼룩과 이 들이 몸을 귀찮게 하는 것을 느꼈다. 그러나 스파이스가 잔뜩 들어간 음식을 가져다주는 시종들 중 누구도 그 벌레들 때문에 귀찮아하는 것 같지 않았다. 이 사람들은 그런 벌레들에게 면역성을 갖고 있는 걸까, 아니면 벌레들과 하도 오래 같이 살아서 불편함을 무시할 수 있게 된 것일까?

거니 주위로 모여든 이 사람들은 누구일까? 그들이 어떻게 이곳으로 오게 된 거지? 여기가 자쿠루투일까? 그가 갖고 있는 다중의 기억들이 대답을 내놓았지만 그는 그 대답들이 마음에 들지 않았다. 그들은 못생긴 사람들이었고, 그중에서도 거니가 가장 형편없었다. 그러나 그 못생긴 외모 밑에서 완벽함이 잠복하듯 기다리며 떠다니고 있었다.

그의 의식 일부는 자신이 스파이스에 묶여 있으며, 모든 음식에 들어 있는 엄청난 양의 멜란지에 속박되어 있음을 알고 있었다. 아직 어린 그의 몸은 반항하고 싶어 했지만, 그의 정신은 억겁의 세월로부터 운반되어 온 기억들이 바로 옆에 있는 것을 미친 듯이 기뻐하고 있었다.

그의 정신이 산책에서 돌아왔다. 자기 몸이 정말로 뒤에 남겨져 있었던 건지 잘 모르겠다는 생각이 들었다. 스파이스가 그의 감각들을 혼란시켰다. 사막의 절벽 아래에서부터 천천히 경사로처럼 스스로 쌓여가는 기다란 바라칸 모래언덕들처럼 자기 한계의 압박이 그의 옆에 점점 쌓여가는 것이 느껴졌다. 언젠가 모래 몇 알이 절벽 위로 흘러넘칠 것이고, 점점 더 많은 모래가 뒤를 이을 것이다……. 그리고 하늘 아래 오로지 모래만이 남을 것이다.

그러나 그 밑에는 여전히 절벽이 있을 것이다.

'난 지금도 무아지경 안에 있어.' 그가 생각했다.

그는 자신이 곧 삶과 죽음의 기로에 도달하리라는 것을 알고 있었다. 그를 잡아두고 있는 사람들은 그가 스파이스에 예속된 상태로부터 돌아올 때마다 그의 대답에 만족하지 못해서 자꾸만 다시 그를 그 예속 상태로 돌려보냈다. 그가 돌아올 때마다 항상 수상쩍은 남리가 칼을 가지고 기다렸다. 레토는 헤아릴 수 없이 많은 과거들과 미래들을 알고 있었지만 남리…… 또는 거니 할렉을 만족시킬 만한 것을 아직 더 배워야 했다. 그들은 환영 외의 뭔가를 원했다. 삶과 죽음의 기로가 레토를 유혹했다. 자신의 삶이 스스로를 환영의 환경 위로 끌어올려 주는 내적인 의미를 소유해야 한다는 것을 그는 알고 있었다. 이것을 생각하다 보니 내면의 의식이 진짜 자신이고 외적인 존재는 무아지경이라는 느낌이 들었다. 무서웠다. 그는 벼룩들과 남리와 거니 할렉이 있는 시에치로 돌아가고 싶지 않았다.

'난 겁쟁이야.' 그는 생각했다.

그러나 겁쟁이도, 아무리 겁쟁이라도 어떤 몸짓 하나만으로 용감하게 죽을 수 있었다. 그를 다시 완전하게 만들어줄 그 몸짓은 어디 있는 걸까? 무아지경과 환영에서 깨어나 거니가 요구하는 우주 속으로 어떻게 들어갈 수 있지? 그런 전환이 없다면, 아무런 목적이 없는 환영들로부터 깨어나지 않는다면, 자신이 스스로 선택한 감옥에서 죽을 수도 있음을 그는 알고 있었다. 그런 의미에서 그는 마침내 자신을 붙들어두고 있는 사람들과 협력하게 되었다. 어디선가 그는 지혜를, 우주에 반사되어 차분한 힘의 이미지를 그에게 돌려줄 내적인 균형을 찾아야 했다. 그때서야 그는 황금의 길을 찾아나서 자기 것이 아닌 피부를 이기고 살아남을 수 있을 것이다.

누군가가 시에치 안에서 발리세트를 연주하고 있었다. 레토는 아마도 자기 몸이 현재 속에서 그 음악을 듣고 있는 것 같다고 느꼈다. 자신의 등 밑으로 침상이 느껴졌다. 그는 음악 소리를 들을 수 있었다. 발리세트를 연주하는 것은 거니였다. 연주하기가 가장 어려운 그 악기를 다루는 그의 솜씨에 비견될 수 있는 사람은 없었다. 그는 오래된 프레멘 노래를 연주했다. 그 노래의 내면적인 이야기와 목소리가 아라키스에서 살아남기 위해 필요한 행동 양식을 상기시키기 때문에 '하디트'라고 불렸다. 그 노래는 시에치 안에서 인간이 하는 일들에 대한 이야기를 들려주고 있었다.

레토는 음악이 자신을 데리고 오래된 신기한 동굴을 지나는 것을 느꼈다. 그는 여자들이 연료를 얻기 위해 스파이스 찌꺼기를 발로 밟는 모습, 발효시키기 위해 스파이스를 굳히는 모습, 스파이스 천을 짜는 모습을 보았다. 멜란지는 시에치 안 어디에나 있었다.

레토가 음악과 동굴 환영 속의 사람들을 구분할 수 없는 순간이 왔다. 직조기에서 나는 휭휭 소리와 찰싹 소리는 발리세트에서 나는 휭휭 소리와 찰싹 소리였다. 그러나 그의 내면의 눈은 인간의 머리카락으로 만든 천, 돌연변이한 쥐의 기다란 털, 사막 무명실, 새의 몸에서 둥글게 말려 올라간 기다란 피부 조각을 보았다. 그는 시에치 학교를 보았다. 듄의 생태 언어가 음악의 날개를 타고 그의 마음속을 노도처럼 지나갔다. 그는 태양열 부엌과 사막복을 만들고 수리하는 기다란 방을 보았다. 그는 사막에서 가져온 막대기를 읽는 날씨 예보관들을 보았다.

이 여행의 어디에선가 누군가가 음식을 가져와 튼튼한 팔로 그의 머리를 붙들고 숟가락으로 떠먹여 주었다. 그는 이것이 현실 시간 속의 감각임을 알고 있었지만 내면에서는 놀라운 움직임의 공연이 계속되었다.

그는 휭휭 소리를 내며 날아오는 모래폭풍을 보았다. 마치 스파이스가 잔뜩 든 음식을 먹은 직후에 폭풍이 찾아온 것 같았다. 모래의 숨결 속에서 움직이는 이미지들이 나방의 눈 모양을 한 황금빛 이미지가 되었고, 그의 삶이 기어 다니는 곤충이 남긴 찐득찐득한 흔적으로 전락했다.

파노플리아 예언에 있는 말이 그의 몸속에서 날뛰었다. '우주 어디에도 확고한 것, 균형 잡힌 것, 오래 견디는 것은 없다고들 한다. 어떤 것도 그 상태 그대로 남아 있지 않으며 매일, 매시간이 변화를 가져온다고들 한다.'

그는 생각했다. '옛날의 보호 선교단은 자기들이 하는 일을 확실하게 알고 있었어. 그들은 끔찍한 목적들에 대해 알고 있었어. 그들은 사람과 종교를 조종하는 법을 알고 있었어. 심지어 아버지도 그들에게서 벗어나지 못했지. 결국에는 그랬어.'

거기에 그가 찾던 단서가 놓여 있었다. 레토는 그것을 자세히 살펴보았다. 몸속으로 힘이 다시 흘러들어 오는 것이 느껴졌다. 다면체와 같은 그의 존재 전체가 방향을 바꿔 우주를 내다보았다. 그는 자리에서 일어나 앉아 자신이 어둑한 방 안에 혼자 있음을 깨달았다. 억겁의 세월 이전에 남자가 걸어서 지나가면서 그의 정신을 데려갔던 바깥쪽 통로에서 들어오는 빛만이 방을 비춰주고 있었다.

"우리 모두에게 행운이 있기를!" 그가 전통적인 프레멘 방식으로 소리쳤다.

거니 할렉이 아치형 문간에 나타났다. 바깥쪽 통로에서 들어오는 빛 속에 그의 머리가 검은 실루엣으로 드러났다.

"빛을 가져오시오." 레토가 말했다.

"더 시험을 받고 싶은 겁니까?"

레토는 소리 내어 웃었다. "아니. 이제 내가 당신들을 시험할 차례요."

"두고 보면 알겠지요." 할렉이 몸을 돌려 사라졌다가 밝은 푸른색 발광구를 구부린 왼팔에 끼우고 금세 돌아왔다. 그는 발광구를 방 안에 풀자 빛이 머리 위로 날아 올라갔다.

"남리는 어디 있소?" 레토가 물었다.

"바로 바깥에 제가 부를 수 있는 곳에 있습니다."

"아아, 영원의 아버지께서는 항상 참을성 있게 기다리시는 법이지." 레토가 말했다. 이상하게도 해방된 듯한 느낌, 뭔가를 막 발견하게 될 것 같은 느낌이 들었다.

"샤이 홀루드에게만 사용되는 이름으로 남리를 부르시는 겁니까?" 할렉이 물었다.

"그의 칼은 모래벌레의 이빨이오. 따라서 그는 영원의 아버지지." 레토가 말했다.

할렉은 무서운 미소를 지었지만 아무 말도 하지 않았다.

"당신은 아직도 내게 판결을 내리려고 기다리고 있군. 판결을 내리지 않고서는 정보를 교환할 방법이 없다는 걸 나도 인정하겠소. 하지만 우주에게 정확해질 것을 요구할 수는 없는 법이오." 레토가 말했다.

할렉의 뒤에서 나는 옷자락 스치는 소리에 레토는 남리가 다가오고 있음을 감지했다. 남리는 할렉의 왼쪽으로 반 발짝 떨어진 곳에 멈춰 섰다.

"아아, 저주받은 자들의 왼손이로군." 레토가 말했다.

"신과 절대에 대해 농담을 하는 건 현명하지 못하오." 남리가 으르렁거리듯이 말했다. 그는 곁눈질로 할렉을 홀끗 바라보았다.

"절대 운운하다니, 당신이 신이오, 남리?" 레토가 물었다. 그러나 그는 할렉에게서 시선을 떼지 않았다. 판결을 내리는 것은 바로 할렉이었다.

두 남자는 대답하지 않고 레토를 뚫어지게 바라보기만 했다.

"모든 판결은 실수의 가장자리에서 비틀거리지." 레토가 설명했다. "절대적인 지식을 주장하는 것은 괴물이 되는 것이오. 지식은 불확실성의 가장자리에 있는 끝없는 모험이오."

"지금 무슨 말장난을 하는 겁니까?" 할렉이 다그쳤다.

"말하게 내버려두시오." 남리가 말했다.

"이건 남리가 나와 함께 시작한 게임이오." 레토가 말했다. 늙은 프레멘이 맞다는 뜻으로 고개를 끄덕이는 것이 보였다. 그는 분명히 이것이 수수께끼 게임임을 알고 있었다. "우리의 감각들에는 항상 적어도 두 가지 단계가 있소." 레토가 말했다.

"사소한 것과 메시지." 남리가 말했다.

"훌륭하군! 당신은 내게 사소한 것(trivia, 사소한 일이라는 뜻과 대답이 별난 것으로 나오는 퀴즈 게임이라는 뜻이 있음―옮긴이)을 주었소. 나는 당신에게 메시지를 주겠소. 나는 보고 듣고 냄새를 감지하고 물건을 만지지. 나는 온도와 맛의 변화를 느끼오. 나는 시간의 흐름을 느끼오. 감정적인 표본을 채취할 수도 있겠군. 아아아! 나는 행복하오. 알겠소, 거니? 남리? 인간의 삶에 신비스러운 수수께끼 같은 것은 없소. 인생은 풀어야 할 문제가 아니라 경험해야 할 현실이오."

"우리 인내심을 시험하고 있군, 젊은이. 이곳에서 죽고 싶소?" 남리가 말했다.

그러나 할렉이 손을 들어 그를 막았다.

"첫째, 나는 젊은이가 아니오." 레토가 말했다. 그리고 오른쪽 귀에서 첫 번째 상징을 그렸다. "당신은 나를 죽이지 못하오. 내가 당신에게 물의 짐을 지웠으니까."

남리가 크리스나이프를 반쯤 칼집에서 빼냈다. "난 당신에게 아무것도 빚지지 않았어!"

"하지만 신은 신자들을 훈련시키려고 아라키스를 창조하셨소. 나는 당신에게 내 믿음을 보여주었을 뿐만 아니라 당신이 자신의 존재를 의식하게 해주었소. 삶에는 분쟁이 필요하지. 당신은 당신의 현실이 다른 모든 현실과 다르다는 걸 알게 되었소. 바로 내 덕분에! 그렇게 해서 당신은 당신이 살아 있다는 걸 알게 된 거요." 레토가 말했다.

"내게 불경스러운 말을 하는 건 위험한 짓이오." 남리가 말했다. 그는 크리스나이프를 반쯤 빼 들고 있었다.

"불경은 종교의 가장 중요한 요소이지. 철학에서의 중요성은 말할 것도 없고. 불경은 우리 우주를 시험하기 위해 우리에게 남아 있는 유일한 방법이오." 레토가 말했다.

"그럼 도련님은 우주를 이해한다고 생각하시는 겁니까?" 할렉이 물으면서 자신과 남리 사이의 공간을 벌렸다.

"자아알한다." 남리가 말했다. 그의 목소리에 살기가 있었다.

"우주는 바람에 의해서만 이해될 수 있소." 레토가 말했다. "두뇌 속에 강력한 이성이 살고 있는 자리는 없소. 창조는 발견이오. 신은 우리를 '허공' 속에서 발견했소. 신이 이미 알고 있던 배경 속에서 우리가 움직였기 때문이지. 벽에는 아무것도 없었소. 그런데 다음 순간 움직임이 생겨났지."

"그런 행동은 죽음과 숨바꼭질을 벌이는 겁니다." 할렉이 경고했다.

"하지만 당신들 두 사람은 모두 내 친구요." 레토가 말했다. 그리고 남리를 마주 보며 말을 이었다. "당신들은 당신 시에치의 친구가 될 후보를 제안할 때, 봉헌 제물로 매와 독수리를 죽이지 않소? 그리고 '신은 사람이 마지막에 이르렀을 때 그러한 매, 그러한 독수리, 그러한 친구를 보낸다'고 응답하지 않소?"

칼을 쥐고 있던 남리의 손이 스르르 떨어졌다. 칼은 칼집 속으로 다시 미끄러져 들어갔다. 그가 눈을 휘둥그렇게 뜨고 레토를 뚫어지게 바라보았다. 각각의 시에치는 우정을 맺는 의식을 비밀로 하고 있었다. 그런데 레토가 그 의식 중 중요한 부분을 말한 것이다.

그러나 할렉은 질문을 던졌다. "여기가 도련님이 종말을 맞는 장소입니까?"

"당신이 내게서 무슨 말을 들으려 하는지 알고 있소, 거니." 레토가 거니의 못생긴 얼굴을 스치고 지나가는 희망과 의심을 지켜보면서 말했다. 레토는 자신의 가슴에 손을 대면서 말을 이었다. "이 아이는 한 번도 아이였던 적이 없소. 내 아버지가 내 안에 살고 계시지만 아버지는 내가 아니오. 당신은 아버지를 사랑했지. 아버지는 화려한 사람이었소. 아버지가 벌인 일들은 높은 파도가 되어 해안을 때렸지. 아버지의 의도는 전쟁의 순환 주기를 폐쇄하는 것이었지만, 생명에 의해 표현되는 무한의 움직임을 계산하지 못했소. 그것이 라지아요! 남리는 알고 있소. 유한한 생명을 가진 모든 존재가 라지아의 움직임을 볼 수 있소. 미래의 가능성들을 좁히는 길들을 조심하시오. 그런 길들을 따라가면 무한에서 벗어나 치명적인 함정에 빠지게 되오."

"제가 도련님께 꼭 들어야 하는 말이 무엇입니까?" 할렉이 물었다.

"저 아이는 그냥 말장난을 하고 있을 뿐이오." 남리가 말했다. 그러나 그의 목소리에는 강한 망설임과 의혹이 깃들어 있었다.

"나는 아버지에게 맞서서 남리와 동맹이 되겠소. 그리고 내 안의 아버지는 사람들이 만들어놓은 자신의 모습에 맞서서 스스로 우리와 동맹을 맺었소." 레토가 말했다.

"왜?" 할렉이 다그치듯 물었다.

"내가 인류에게 가져다주는 것은 아모르 파티, 즉 궁극적인 자기반성이기 때문이오. 이 우주에서 나는 인류에게 굴욕을 가져다주는 모든 세력에 맞서는 자들의 편이 될 것이오. 거니! 거니! 당신은 사막에서 태어나 자라지 않았소. 당신의 몸은 내가 말하는 진실을 알지 못하오. 그러나 남리는 알고 있소. 사방이 탁 트인 땅에서는 어떤 방향을 택하든 달라질 것이 없소."

"저는 아직 꼭 들어야 하는 말을 듣지 못했습니다." 할렉이 고함쳤다.

"저 아이는 전쟁을 찬성하고 평화에 반대하는 말을 하고 있소." 남리가 말했다.

"아니요. 그리고 내 아버지도 전쟁에 반대하지는 않았소. 하지만 사람들이 아버지를 어떻게 만들어놓았는지 보시오. 이 제국에서 평화에는 단 한 가지 의미밖에 없소. 그것은 단 한 가지의 삶의 방식을 유지하는 것이오. 당신들은 만족해야 한다는 명령을 받고 있소. 삶은 모든 행성에서 이곳 제국 정부와 똑같은 모습이어야 하오. 사제들이 연구를 하는 중요한 목적은 인간 행동의 올바른 형태를 찾는 것이오. 이를 위해 그들은 무앗딥의 말에 기대고 있소! 말해 보시오, 남리. 당신은 만족하고 있소?" 레토가 말했다.

"아니요." 단호하고 거침없는 대답이었다.

"그럼 당신은 신성을 모독하는 불경한 생각을 하고 있소?"

"그럴 리가 없지 않소!"

"하지만 당신은 만족하지 않고 있소. 알겠소, 거니? 남리가 그것을 우리에게 증명하고 있소. 모든 질문, 모든 문제에 꼭 한 가지 정답만 있는 것은 아니오. 우리는 반드시 다양성을 허용해야 하오. 단일체는 불안정하오. 그런데 당신은 왜 내게 단 하나의 정답을 요구하는 것이오? 그것이 당신이 내리는 끔찍한 판결의 척도가 되는 거요?"

"제게 당신을 죽여달라고 강요할 생각이십니까?" 할렉이 물었다. 그의 목소리에 고뇌가 배어 있었다.

"아니요, 나는 당신에게 연민을 갖게 될 거요. 할머님께 내가 협력할 것이라고 연락을 보내시오. 교단은 나와 협력하게 된 것을 후회할지도 모르지만, 이건 아트레이데스의 이름으로 하는 약속이오." 레토가 말했다.

"진실을 말하는 자에게 시험을 받아야 하오." 남리가 말했다. "아트레이데스 사람들은⋯⋯."

"도련님은 할머님 앞에서 반드시 해야 하는 말을 할 기회를 갖게 될 것이오." 할렉이 말했다. 그리고 고갯짓으로 통로를 가리켰다.

남리는 방을 나가려다 잠시 움직임을 멈추고 레토를 흘끗 바라보았다. "저 아이를 살려두는 것이 올바른 판단이기를 기도하겠소."

"가시오, 친구들. 가서 곰곰이 생각해 보시오." 레토가 말했다.

두 남자가 밖으로 나가자 레토는 침상에 몸을 던지듯 반듯이 누워 등뼈에 닿는 차가운 침상을 느꼈다. 몸을 움직였기 때문에 그의 머리가 빙글빙글 돌면서 스파이스의 짐을 진 그의 의식 밖으로 떨어져버렸다.

그 순간 그는 이 행성 전체를 보았다. 모든 마을, 모든 도시, 사막으로 남아 있는 곳, 식물이 심어진 곳 모두를. 그의 환영에 강렬하게 부딪혀 오는 모든 형태들은 자기들 안팎에 있는 여러 요소들의 혼합과 밀접한 관계를 갖고 있었다. 그는 제국의 행성들과 그 행성들에 존재하는 사회의 물리적 구조에 반영된 제국 사회의 구조를 보았다. 내면에서 거대한 조립 주택이 펼쳐지는 것처럼 그는 이 계시가 마땅히 취해야 하는 의미 그대로 계시를 보았다. 이 계시는 눈에 보이지 않는 사회의 여러 부분들로 통하는 창문이었다. 이것을 보면서 레토는 모든 시스템이 그런 창문을 갖고 있다는 것을 깨달았다. 심지어 그의 우주와 자신의 시스템도 마찬가지였다. 그는 그 창문들 안을 응시하기 시작했다. 우주적 엿보기를 하는 셈이었다.

그의 할머니와 교단이 추구하던 것이 바로 이것이었다! 그는 그것을 분명히 알 수 있었다. 그의 의식이 한층 높은 새로운 수준에서 흘렀다. 그는 자신의 세포, 기억, 자신의 가정들을 끝내 따라다니며 괴롭히는 원형들, 자신을 에워싼 신화들, 자신의 언어들과 선사 시대부터 내려온 그 언어들의 파편 속에 운반되는 과거를 느꼈다. 인간이기도 했고 인간이 아니기도 했던 그의 과거에서 나온 모든 모습들, 그가 지금 장악하고 있는 모든 생명들이 마침내 그의 안에서 하나로 통합되었다. 그는 자신을 뉴클레오티드(모든 생물의 세포핵에 들어 있는 핵산의 구성 성분. DNA를 구성하는 아데닌, 구아닌, 시토신, 티민도 뉴클레오티드이다 — 옮긴이)의 흐름 속에 붙들린 물체로 느꼈다. 무한을 배경으로 한 그는 원생생물 같은 존재였으며 그 안에서 삶과 죽음은 사실상 동시적인 것이었다. 그러나 그는 분자적 기억을 가진 원생생물 같은 존재이자 무한이었다.

'우리 인간들은 일종의 군생 유기체야!' 그는 생각했다.

저들은 그의 협력을 원하고 있었다. 협력을 약속함으로써 그는 남리의 칼을 다시 한번 유예시킬 수 있었다. 그를 협력하도록 불러들임으로써 저들은 치유자를 찾아내려 했다.

그는 생각했다. '하지만 난 그들이 원하는 대로 사회 질서를 가져다주지 않을 거야!'

레토는 입을 일그러뜨리며 인상을 찌푸렸다. 그는 자신이 아버지처럼 자기도 모르게 악의적인 행동을 하지는 않으리라는 것을 알고 있었다. 아버지는 한편에는 독재 정치를, 다른 한편에는 노예 제도를 만들어놓았다. 그러나 어쩌면 이 우주는 '좋았던 그 시절'을 다시 보게 되기를 바라는지도 몰랐다.

그때 내면의 아버지가 그에게 말을 걸었다. 그의 관심을 요구하는 것이 아니라 자신의 말을 들어달라고 탄원하는, 조심스럽게 탐색하는 듯한 목소리였다.

레토는 아버지에게 대답했다. "아뇨. 우린 저들에게 복잡한 것들을 주어 거기에 정신을 빼앗기게 만들 겁니다. 위험에서 도망치는 데에는 여러 가지 방법이 있어요. 저들이 나를 수천 년간 경험해 보지 않는 이상 내가 위험하다는 걸 어찌 알겠습니까? 그렇습니다, 내면의 아버지. 우린 저들에게 물음표를 던져줄 겁니다."

당신들은 유죄도 무죄도 아니다. 그 모든 것은 과거가 되었다. 죄는 죽은 자들을 공격하고, 나는 '철의 망치'가 아니다. 죽은 자들의 무리인 당신들은 특정한 일들을 했던 사람들에 불과하다. 그리고 그런 일들에 대한 기억이 내 길을 밝혀주고 있다.

— 하르크 알 아다 풍으로 정리한 '레토 2세가 기억 속의 생명들에게 건넨 말'

"그게 저절로 움직였습니다!" 파라든이 말했다. 거의 속삭이는 것 같은 목소리였다.

그는 레이디 제시카의 침대를 굽어보며 서 있었고, 경비병들이 반원형으로 그의 뒤에 바짝 붙어 서 있었다. 레이디 제시카는 침대에서 팔로 몸을 받치고 일어났다. 그녀는 희미하게 반짝이는 흰색의 파라실크 가운을 입고, 청동색 머리카락에는 가운과 똑같은 색의 머리띠를 하고 있었다. 파라든은 바로 조금 전 그녀 방의 문을 박차고 갑자기 나타났다. 그는 전과 똑같은 회색 레오타드를 입고 있었다. 흥분한 상태로 궁전 회랑을 정신없이 달려왔기 때문에 얼굴은 땀투성이였다.

"지금 몇 시지?" 제시카가 물었다.

"시간?" 파라든은 어리둥절한 표정이었다.

경비병 한 명이 입을 열었다. "자정이 지난 지 세 시간이 되었습니다, 부인." 경비병은 두려운 시선으로 파라든을 흘끗 바라보았다. 이 젊은 공자가 야간 등을 켜놓은 회랑을 정신없이 달려오는 바람에 깜짝 놀란 경비병들도 그의 뒤를 따라왔다.

"하지만 그게 움직인단 말입니다." 파라든이 말했다. 그리고 왼손과 오른손을 차례로 내밀었다. "내 손이 점점 줄어들어서 통통한 주먹으로 바뀌는 것을 보았습니다. 그리고 기억이 났어요! 그건 내가 갓난아기였을 때 내 손이었습니다. 내가 갓난아기였을 때를 기억했단 말입니다. 하지만 기억이…… 더 선명했습니다. 나는 옛 기억들을 다시 정돈하고 있었던 겁니다!"

"잘했소." 제시카가 말했다. 그녀도 덩달아 흥분하기 시작했다. "그럼 당신 손이 늙었을 때는 어떤 일들이 벌어졌소?"

"내 정신이…… 둔해졌습니다. 등도 아팠고. 바로 여기가." 그가 왼쪽 콩팥이 있는 자리를 가리켰다.

"이제 가장 중요한 교훈을 배운 거요. 그 교훈이 뭔지 아시오?" 제시카가 말했다.

그는 양손을 옆구리에 늘어뜨리고 그녀를 빤히 바라보았다. 그리고 입을 열었다. "내 정신이 나의 현실을 통제합니다." 그는 눈을 반짝이며 더 커다란 소리로 같은 말을 반복했다. "내 정신이 나의 현실을 통제합니다!"

"그것이 프라나 빈두 균형의 시작이오. 하지만 그건 시작일 뿐이지." 제시카가 말했다.

"다음에는 뭘 해야 합니까?" 그가 물었다.

"부인." 아까 그녀의 질문에 대답했던 경비병이 용기를 내서 두 사람의 대화에 끼어들었다. "시간이……."

'이 시간에도 저들의 감시 기둥이 배치되어 있지 않나?' 그녀는 생각했다. "나가거라. 우리에겐 할 일이 있다."

"하지만 부인." 경비병이 말했다. 그리고 두려움이 담긴 시선으로 파라든과 제시카를 차례로 바라보고 다시 파라든에게 시선을 돌렸다.

"내가 그를 유혹할 것이라고 생각하는 거냐?" 제시카가 물었다.

경비병의 안색이 굳었다.

파라든이 웃음을 터뜨렸다. 유쾌한 폭소였다. 그가 물러가라는 뜻으로 한 손을 흔들었다. "부인의 말씀을 듣지 않았느냐. 물러가거라."

경비병들은 서로 얼굴을 쳐다보았지만 명령에 복종했다.

파라든이 침대에 걸터앉았다. "다음은 뭡니까?" 그는 고개를 저으며 말을 이었다. "난 당신을 믿고 싶었지만 믿지 않았습니다. 그런데…… 마치 내 정신이 녹아 내린 것 같았습니다. 그때 난 피곤했어요. 내 정신은 당신에게 맞서 싸우는 것을 포기했습니다. 그랬더니 그 일이 일어난 겁니다. 바로 그렇게!" 그가 손가락을 퉁겼다.

"당신의 정신이 싸운 건 내가 아니오." 제시카가 말했다.

"물론입니다. 나는 나 자신과 싸우고 있었죠. 내가 배운 온갖 헛소리들과. 다음은 뭡니까?"

제시카는 미소를 지었다. "솔직히 말해서 당신이 이렇게 빨리 성공할 거라고 생각하지 않았소. 겨우 8일밖에 안 됐는데……."

"나는 참을성 있게 기다렸습니다." 그가 활짝 웃으며 말했다.

"이제 당신은 인내심도 배우기 시작한 거요."

"시작?"

"당신은 이제 이 배움의 가장자리를 막 기어서 넘은 셈이오. 이제 당신은 정말로 갓난아기와 같소. 전에는…… 그냥 잠재적인 존재였을 뿐이오. 아직 태어나지도 않았던 거지."

파라든의 입가가 축 처졌다.

"그렇게 우울해하지 마시오. 당신은 해냈소. 그것이 중요하지. 자기가 다시 태어났다고 말할 수 있는 사람이 몇 명이나 되겠소?"

"다음은 뭡니까?" 그가 고집스럽게 물었다.

"지금 배운 것을 연습해야 하오. 이것을 마음대로 쉽게 할 수 있어야 하니까. 나중에 당신은 이것이 열어준 의식 속의 새로운 장소를 채우게 될 거요. 그곳은 당신의 요구를 기준으로 모든 현실을 시험하는 능력으로 채워질 거요."

"내가 할 일이 그것뿐입니까……? 연습을……."

"아니요. 이제 당신은 근육 훈련을 시작할 수 있게 되었소. 한번 해보시오. 몸의 다른 근육을 전혀 움직이지 않고 왼발 새끼발가락만 움직일 수 있겠소?"

"내 왼발……." 그가 발가락을 움직이려고 노력함에 따라 그의 얼굴에 아련한 표정이 떠올랐다. 이윽고 그는 자기 발을 뚫어지게 내려다보기 시작했다. 이마에 땀이 배어 나왔다. 그리고 그의 입에서 깊은 한숨이 새어나왔다. "할 수 없습니다."

"아니, 할 수 있소. 그 방법을 배우게 될 것이오. 당신 몸에 있는 모든 근육을 배우게 될 것이오. 지금 당신의 손을 알게 된 것처럼 그 근육들을 알게 될 것이오." 그녀가 말했다.

그는 이 말에 담긴 엄청난 의미를 깨닫고 마른침을 꿀꺽 삼켰다. "지금 내게 무슨 짓을 하고 있는 겁니까? 나를 가지고 무엇을 할 계획이죠?"

"난 당신을 이 우주에 풀어놓을 생각이오. 당신은 무엇이든 당신이 가장 깊이 원하는 것이 될 것이오." 그녀가 말했다.

그는 잠시 이 말을 곰곰이 생각해 보았다. "무엇이든 내가 원하는 것?"

"그렇소."

"그건 불가능합니다!"

"당신이 당신의 현실을 통제하듯이 당신의 욕구를 통제하는 법을 배우지 않는다면 그렇지." 그녀가 말했다. 그리고 속으로 생각했다. '그래! 이 아이의 부하들이 이 말을 마음껏 분석해 보라지. 그들은 내 말을 조심스럽게 받아들이라고 충고할 거야. 하지만 파라든은 내가 정말로 무엇을 하고 있는지에 대한 깨달음에 한 발 더 가까이 다가서겠지.'

그는 자신의 짐작을 말했다. "사람에게 그 사람이 가장 깊이 원하고 있는 것을 깨닫게 될 거라고 말하는 것과, 그 깨달음을 실제로 실현하는 건 별개의 문제입니다."

"내 생각보다 훨씬 더 많은 성취를 이루었군. 좋소. 내 약속하리다. 이 학습 프로그램을 끝내면 당신은 당신 자신만의 사람이 될 거요. 당신이 무엇을 하든 그건 당신이 원해서 하는 일이 될 거요."

'그리고 진실을 말하는 자로 하여금 그걸 꼬치꼬치 캐게 만드는 거야.'

그는 자리에서 일어섰다. 그러나 그녀를 바라보는 그의 표정은 따스했다. 일종의 동지애 같은 것이 느껴지는 표정이었다. "음, 나는 당신을 믿습니다. 이유는 정말 모르겠지만, 하여튼 당신을 믿습니다. 그리고 내가 지금 생각하고 있는 다른 것들에 대해서는 한마디도 하지 않을 겁니다."

그가 침실에서 나가는 동안 제시카는 점점 멀어지는 그의 등을 지켜보았다. 그리고 발광구를 끈 다음 자리에 누웠다. 이 파라든이라는 아이에게는 깊이가 있었다. 그는 자기가 그녀의 계획을 깨닫기 시작했음을 그녀에게 말했다. 그러나 자기 자신의 의지로 그녀의 음모에 동참하고 있었다.

'저 아이가 자신의 감정을 배우기 시작할 때까지 기다리자.' 그녀는 생각했다. 이 생각과 함께 그녀는 다시 잠을 자기 위해 마음을 가라앉혔다. 내일이면 우연인 듯 그녀와 마주쳐서 별 뜻 없어 보이는 질문들을 던지는 궁전 직원들에게 시달리게 되리라는 것을 그녀는 알고 있었다.

ᛏᚱᚢᛊᛏ

인류는 자기들이 벌이는 일들의 속도가 빨라지는 시기를 주기적으로 경험한다. 그리고 이를 통해 살아 있는 자들의 재생 가능한 생기와 자신들을 유혹하는 부패한 타락 사이의 경주를 경험한다. 이 주기적인 경주에서 조금이라도 걸음을 멈추는 것은 사치이다. 그때서야 사람은 모든 것이 허용되어 있으며, 모든 것이 가능하다는 사실을 곰곰이 생각해 볼 수 있다.

—『무앗딥 외전』

'모래의 촉감은 중요해.' 레토는 속으로 혼잣말을 했다.

그는 눈부신 하늘 밑에 앉아 있는 자신의 엉덩이 아래에 왕모래들이 깔려 있는 것을 느낄 수 있었다. 이곳 사람들이 그에게 또다시 엄청난 양의 멜란지를 억지로 먹이는 바람에 레토의 정신은 소용돌이처럼 스스로를 덮치고 있었다. 대답을 찾지 못한 질문 하나가 깔때기 모양을 한 그 소용돌이의 안쪽 깊숙한 곳에 놓여 있었다. '저들은 왜 내가 그 말을 해야 한다고 고집을 부리는 거지?' 거니는 완고했다. 그건 의심의 여지가 없었다. 그는 레이디 제시카가 내린 명령을 수행해야 했다.

그들은 이번 '교육'을 위해 그를 시에치 바깥의 햇빛 속으로 데리고 나왔다. 그는 사람들이 자신의 몸을 시에치 밖으로 데리고 나가도록 내버려둔 채, 자신의 내면적인 존재가 레토 1세 공작과 하코넨 노남작 사이의 전투를 중재하는 것 같은 이상한 감각을 느꼈다. 두 사람은 그의 안에서 그를 통해 싸웠다. 그들이 서로 말을 주고받는 것을 그가 허락하려 하지 않기 때문이었다. 이 싸움은 알리아에게 일어난 일이 무엇인지 그에게 가르쳐주었다. 가엾은 알리아.

'내가 스파이스 여행을 두려워한 건 옳은 일이었어.' 그는 생각했다.

레이디 제시카를 향한 원망이 점점 솟아올라 그를 가득 채웠다. 그 망할 놈의 곰 자바 같으니! 그녀의 곰 자바와 싸워서 이기든지, 싸우다가 죽는 수밖에 없었다. 그녀는 그의 목에 독바늘을 갖다 댈 수는 없었지만, 그녀의 딸을 데려가 버린 그 위험의 계곡 속으로 그를 보낼 수는 있었다.

코를 쿵쿵거리는 소리가 그의 의식 속을 침범했다. 그 소리가 조금 흔들리더니 점점 커지고 부드러워졌다가 다시 커지고…… 다시 부드러워졌다. 그 소리가 지금의 현실인지 아니면 스파이스 때문인지 알 길이 없었다.

레토의 몸이 팔짱을 낀 채 축 늘어졌다. 엉덩이를 통해 뜨거운 모래가 느껴졌다. 바로 앞에 융단이 있는데도 그는 햇빛에 노출된 모래 위에 앉아 있었다. 그리고 그림자 하나가 융단 위에 가로놓여 있었다. 남리였다. 레토는 융단의 층층한 무늬를 뚫어지게 바라보며 거기서 거품들이 잔물결을 일으키는 것을 느꼈다. 그의 의식이 스스로의 흐름을 타고 떠돌면서 헝클어진 머리칼 같은 초록색 식물들의 지평선까지 펼쳐진 풍경을 지나갔다.

그의 두개골이 북소리 때문에 둥둥 울렸다. 그는 열기를 느꼈다. 그의 감각을 타는 듯한 뜨거움으로 가득 채워 짓누르는 그 열기가 몸에 대한 인식을 밀어냈다. 그가 자신이 처한 위험의 움직이는 그림자들만을 느낄 수 있게 될 때까지. 남리와 칼. 압박…… 압박…… 레토는 마침내 하늘과 모래 사이의 허공에 걸려 있게 되었고, 그의 정신은 열기를 제외한 모든 것에 무감각했다. 이제 그는 무슨 일이 일어나든 그것이 최초이자 유일한 일이 될 것임을 느끼며 뭔가가 일어나기를 기다렸다.

뜨겁게, 뜨겁게 사람을 두드려대는 햇빛이 그의 주위로 눈부시게 부서져 내렸다. 차분함도, 그것을 피할 방법도 찾을 수 없었다. '내 황금의 길은 어디 있지?' 어디를 봐도 벌레들이 기어 다녔다. 어디를 봐도. '내 피부는 내 것이 아니야.' 그는 자신의 신경들에게 메시지를 보낸 다음 응답을 질질 끄는 다른 인격의 대답을 끝까지 기다렸다.

'머리를 위로.' 그는 자기 신경에게 명령했다.

전에는 어쩌면 그의 것이었는지도 모르는 머리가 살짝 들어 올려져서 밝은 빛 속에 드러난 텅 빈 땅을 바라보았다.

누군가가 속삭였다. "저 애는 이제 그 안으로 깊이 들어갔소."

아무도 대답하지 않았다.

타는 불꽃 같은 태양이 열기 위에 또 열기를 쌓았다.

그의 의식의 흐름이 천천히 밖으로 구부러지면서 그를 데리고 텅 빈 초록색 땅의 마지막 차단막을 통과했다. 바로 그곳, 하얀 선처럼 뻗어 있는 절벽 너머 기껏해야 1킬로미터쯤 되는 거리에 낮게 겹쳐진 모래언덕들 위, 바로 그곳에 초록색 싹을 틔우는 미래가 있었다. 그 미래의 싹은 돌진하듯 튀어올라 끝없는 초록색 풍경, 부풀어 오르는 초록색 풍경, 끝없이 밖을 향해 퍼져나가는 푸르디푸른 풍경 속으로 흘러들어 갔다.

그 초록색 풍경 어디에도 위대한 모래벌레의 모습은 전혀 보이지 않았다.

식물들은 제멋대로 무성하게 자라고 있었지만 샤이 훌루드는 어디에도 없었다.

레토는 자신이 오래된 경계를 넘어 오직 상상력으로만 보았던 새로운 땅에 감히 발을 들여놓았음을, 지루한 기색이 역력한 인류가 '미지'라고 부르는 바로 다음의 베일 너머를 보고 있음을 느꼈다.

그것은 피에 굶주린 현실이었다.

그는 자신의 생명인 빨간 과일이 나뭇가지 위에서 흔들리고 있는 것을 느꼈다. 그에게서 체액이 스르르 빠져나갔고, 그 체액은 그의 핏줄을 따라 흐르는 스파이스 추출액이었다.

샤이 훌루드가 없으면 스파이스도 더 이상 존재하지 않았다.

그는 듄의 저 위대한 회색 뱀 같은 벌레가 존재하지 않는 미래를 보았다. 그는 이것을 알고 있었지만, 무아지경에서 자신을 떼어내 이 미래로 통하는 통로를 막아버릴 수 없었다.

갑자기 그의 의식이 뒤로, 뒤로 고꾸라지듯 물러나 그 무서운 미래로부터 멀어졌다. 그의 생각은 그의 창자 속으로 들어가 강렬한 감정에 의해서만 움직이는 원시적인 것이 되었다. 그는 자신의 환영이나 주위 풍경 중 일부를 떼어서 거기에 초점을 맞출 수 없다는 것을 깨달았다. 그러나 내면에 누군가의 목소리가 있었다. 그 목소리는 고대어로 말을 했으며 그는 그 말을 완벽하게 이해했다. 그 목소리는 음악적이고 경쾌했지만, 그 목소리가 하는 말은 몽둥이처럼 그를 후려쳤다.

"미래에 영향을 미치는 것은 현재가 아니다, 이 멍청아. 미래가 현재를 형성하는 거지. 넌 모든 걸 거꾸로 이해하고 있어. 미래가 이미 정해져 있으니, 그 미래가 반드시 일어나도록 하는 사건의 전개 역시 이미 고정되어 변하지 않는다."

이 말이 그를 꿰뚫었다. 그는 무거운 물질들로 이루어진 자기 몸속에 공포가 뿌리박혀 있는 것을 느꼈다. 이를 통해 그는 자기 몸이 아직 존재하고 있음을 알았다. 그러나 그의 환영이 지닌 무모한 본성과 엄청난 힘 때문에 그는 자신이 무방비하고 오염되었으며 근육에 신호를 보내 복종시킬 수 없다는 것을 느꼈다. 그는 자신이 내면에 있는 집단적인 생명들의 맹습에 점점 더 굴복하고 있음을 깨달았다. 그 생명들의 기억은 한때 그로 하여금 자신의 존재를 현실로 믿게 해주었는데. 두려움이 그를 가득 채웠다. 자신이 내면의 생명들에 대한 지휘권을 잃고 있으며, 마침내 저주스러운 존재로 전락해 가는 건지도 모른다는 생각이 들었다.

레토는 자신의 몸이 공포로 인해 뒤틀리는 것을 느꼈다.

그는 내면의 기억들에 대한 자신의 승리와 그것을 통해 얻은 호의적인 협력에 의지하고 있었다. 그런데 그들은 모두 그에게 등을 돌렸다. 그가 믿었던 황족 하룸까지도. 그는 뿌리가 없는 표면 위에 아지랑이처럼 흔들리며 누워 있었으며, 자신의 생명을 어떻게도 표현할 수 없었다. 그는 자신의 자아에 대한 정신적인 이미지에 정신을 집중시키려 했지만 서로 겹쳐진 틀들과 부딪혔다. 각각의 틀은 갓난아기에서부터 비틀거리는 노인에 이르기까지 서로 다른 나이를 보여주고 있었다. 그는 아버지가 어렸을 때 받은 훈련을 회상했다. 자기 손을 젊게 만들었다가 다시 늙게 만드는 훈련. 그러나 그의 몸 전체가 이 잃어버린 현실 속에 잠겨 있었고, 이미지들의 행렬 전체가 녹아서 다른 사람들의 얼굴로 변했다. 전에 그에게 자신의 기억을 준 사람들의 얼굴이었다.

그때 다이아몬드 같은 번개가 그를 산산이 부쉈다.

레토는 자신의 의식 조각들이 표류하면서 서로에게서 멀어지는 것을 느꼈다. 그러나 존재와 비존재 사이 어딘가에서 자아의 감각을 여전히 유지하고 있었다. 희망이 되살아나면서 그는 자신의 몸이 숨 쉬는 것을 느꼈다. 들이쉬고…… 내쉬고. 그는 깊이 숨을 들이쉬었다. 그것은 음(陰)이었다. 그는 숨을 내뱉었다. 그것은 양(陽)이었다.

그가 이해할 수 있는 영역 바로 너머에 최고의 독립성을 지닌 장소가 놓여 있었다. 그의 내면에 있는 수많은 생명들의 내재적인 혼란에 대한 승리의 장소였다. 그것은 그들을 장악하고 있다는 거짓 느낌이 아니라 진정한 승리였다. 그는 자신이 전에 저지른 실수가 무엇인지 이제 알 수 있었다. 자신과 가니마가 서로 부추긴 두려움에 직면하는 대신 힘을 구하는 것을 택하고 무아지경의 현실 속에서 힘을 구한 것, 그것이었다.

'알리아는 두려움 때문에 패배한 거야!'

그러나 힘의 추구는 또 다른 함정을 펼쳐 그를 공상 속으로 이끌었다. 그는 환상을 보았다. 환상 전체가 반 바퀴 회전했다. 이제 그는 자신이 아무 목적 없이 자신의 환영과 내면에 있는 생명들의 패주를 지켜볼 수 있는 중심이 어디인지 알 수 있었다.

흥분이 그를 가득 채웠다. 소리 내어 웃고 싶었지만, 그는 그런 사치를 거부했다. 그것이 기억의 문을 막아버리리라는 것을 알기 때문이었다.

'아아아, 나의 기억들. 난 너희들의 환상을 봤어. 너희들은 이제 더 이상 나를 위해 다음 순간을 만들어내지 못해. 너희들은 새로운 순간들을 만들어내는 방법을 내게 보여줄 뿐이야. 난 과거의 길에 스스로를 가두지 않겠어.' 그는 생각했다.

이 생각이 표면을 깨끗하게 닦아내는 것처럼 그의 의식을 통과해 지나갔고, 그는 그것이 지나간 자리에서 자신의 몸 전체를 느꼈다. 세포 하나하나, 신경 하나하나에 대해 아주 세세한 점까지 보고해 주는 몰입의 순간이었다. 그는 극도로 조용한 상태가 되었다. 이 정적 속에서 그는 목소리들을 들었다. 그리고 목소리들이 아주 먼 곳에서 들려오는 것임을 알았다. 그러나 그것들은 마치 깊은 구렁에서 메아리쳐 들려오는 것처럼 선명했다.

그 목소리 중 하나는 할렉의 것이었다. "우리가 도련님에게 그걸 너무 많이 줬는지도 모르겠군."

남리가 대답했다. "우린 그녀가 주라고 한 분량을 정확히 줬소."

"다시 저리로 나가서 도련님을 살펴봐야 할 것 같소."

"사비하는 그런 일에 능하오. 뭔가 잘못된다면 그 아이가 우릴 부를 거요."

"난 이 일에 사비하를 개입시키는 게 마음에 들지 않소."

"그 아이는 꼭 필요한 요소요."

레토는 자신의 밖에서는 밝은 빛을, 내면에서는 어둠을 느꼈다. 그러나 그 어둠은 비밀스럽고 보호적이었으며 따스했다. 빛이 이글거리기 시작했다. 그는 그 빛이 내면의 어둠에서 나와 눈부신 구름처럼 밖을 향해 소용돌이치고 있음을 느꼈다. 그의 몸이 투명해져서 그를 끌어 올렸지만 그는 모든 세포, 모든 신경과 접촉하는 몰입의 순간을 여전히 유지하고 있었다. 내면에 있는 수많은 생명들이 줄을 맞춰 늘어섰다. 얽힌 것이나 뒤섞인 것은 하나도 없었다. 그들은 그의 내면에 자리잡은 침묵을 흉내 내듯 아주 조용해졌다. 기억으로 존재하는 각각의 생명은 추상적이었으며, 형체가 없고 나뉘지 않은 실체였다.

레토는 그들에게 말했다. "나는 너희들의 영혼이다. 나는 너희들이 실감할 수 있는 유일한 생명이다. 나는 어디에도 존재하지 않는 땅, 너희들에게 남은 유일한 고향인 그 땅에 있는 너희 영혼의 집이다. 내가 없으면 우리가 이해할 수 있는 우주는 혼돈으로 회귀한다. 창조적인 것과 심연이 내 안에서 도저히 풀 수 없도록 연결되어 있다. 그들 사이를 중재할 수 있는 것은 나뿐이다. 내가 없으면 인류는 수렁과 '아는 것'의 허영 속으로 가라앉을 것이다. 나를 통해서 너희와 그들은 혼돈에서 탈출하는 유일한 길을 찾게 될 것이다. 그 길은 '살아감으로써 이해하는 것'이다."

이 말과 함께 그는 자신을 놓아버리고 진정한 자기 자신이 되었다. 자신의 과거 전체를 아우르는 자기 자신만의 사람이 된 것이다. 그것은 승리도 패배도 아니었다. 그가 내면의 생명 중 어떤 것을 선택하든 그 생명과 함께 나눠야 할 새로운 것이었다. 레토는 이 새로움을 음미하며 그것이 모든 세포, 모든 신경을 소유하도록 내버려두었다. 그리고 몰입의 순간이 자신에게 보여준 것을 포기하고 동시에 완전성을 회복했다.

어느 정도 시간이 흐른 후 그는 하얀 어둠 속에서 깨어났다. 섬광 같은 의식으로 그는 자신의 몸이 어디 있는지 깨달았다. 그의 몸은 시에치의 북쪽 경계선 역할을 하는 절벽으로부터 약 1킬로미터 떨어진 모래 위에 앉아 있었다. 그는 이제 그 시에치의 정체를 알고 있었다. 그곳은 틀림없는 자쿠루투였다……. 그리고 폰다이었다. 그러나 그 시에치는 밀수꾼들이 허용했던 소문, 전설, 신화와 거리가 멀었다.

젊은 여자 하나가 그의 바로 앞 융단에 앉아 있었고, 왼쪽 소매에 고정된 밝은 발광구가 그녀의 머리 바로 위에서 떠다니고 있었다. 레토가 발광구에서 시선을 돌리자 별들이 보였다. 그는 이 젊은 여자를 알고 있었다. 그녀는 그가 전에 본 환영에서 커피를 굽고 있던 여자였다. 그녀는 남리의 조카였으며, 남리 못지않게 칼을 쓸 준비를 갖추고 있었다. 칼은 그녀의 무릎에 있었다. 그녀는 회색 사막복 위에 단순한 디자인의 초록색 로브를 입고 있었다. 사비하, 이것이 그녀의 이름이었다. 그리고 남리는 그녀를 위해 나름의 계획을 갖고 있었다.

사비하가 그의 눈이 깨어나는 것을 보고 말했다. "동틀 때가 거의 다 됐어요. 당신은 온 밤을 이곳에서 보냈습니다."

"낮의 대부분도 여기서 보냈지. 당신은 커피를 잘 만드는 사람이오." 그가 말했다.

이 말을 듣고 그녀는 어리둥절한 표정을 지었지만 한 가지 목표에만 전념하기 위해 이 말을 무시했다. 그녀의 이런 태도는 그녀가 엄격한 훈련을 받았다는 것, 지금 그녀가 보여주는 행동에 대해 분명한 지시를 받았다는 것을 말해 주었다.

"지금은 암살자들의 시간이오. 하지만 당신의 칼은 이제 필요 없소." 레토가 말했다. 그리고 그는 그녀의 무릎에 놓인 크리스나이프를 살짝 바라보았다.

"그걸 판단하는 건 남리의 몫입니다." 그녀가 말했다.

'그렇다면 할렉이 아닌 모양이군.' 그녀의 말은 그의 내면이 알고 있던 사실을 확인해 주었을 뿐이다.

"샤이 훌루드는 위대한 쓰레기 수집가이며 원하지 않는 증거의 제거자요. 나도 그를 그런 식으로 이용한 적이 있소." 레토가 말했다.

그녀는 칼자루에 한 손을 가볍게 갖다 대고 있었다.

"우리가 어디에 어떻게 앉아 있는지를 통해서 얼마나 많은 것들이 드러나는지. 당신은 융단 위에 앉아 있고, 나는 모래 위에 앉아 있소." 그가 말했다.

그녀의 손이 칼자루를 감싸쥐었다.

레토는 턱이 아플 정도로 입을 크게 벌리고 하품을 했다. "나는 당신이 나오는 환영을 봤소." 그가 말했다.

그녀의 어깨에서 긴장이 조금 풀렸다.

"우린 그동안 아라키스에 대해 너무 일방적이었소. 야만적이었지. 우리가 해온 일에는 어느 정도 자체적인 추진력이 있지만 이제는 우리가 해놓은 일들 중 일부를 처음으로 되돌려야 하오. 저울추의 균형을 더 잘 맞춰야 해." 그가 말했다.

무슨 말인지 알 수 없다는 듯 살짝 인상을 찌푸린 표정이 사비하의 얼굴을 스쳤다.

"내 환영에 의하면, 우리가 이곳 듄에서 삶의 춤을 회복시키지 않는 한 사막의 용은 더 이상 존재하지 않을 거요."

그가 위대한 모래벌레를 부르는 오래된 프레멘 이름을 사용했기 때문에 그녀는 한순간 그의 말을 이해하지 못했다. 그러나 다음 순간 그녀가 입을 열었다. "모래벌레 말인가요?"

"우린 어두운 통로 속에 있소. 스파이스가 없으면 제국은 무너질 거요. 조합은 움직이지 않을 거요. 행성들은 다른 행성에 대한 선명한 기억을 서서히 잃어가겠지. 그들은 안으로 움츠러들 거요. 조합의 항법사들이 항해 기술을 잃어버리면 우주는 경계선이 될 거요. 우리는 모래언덕 꼭대기에 매달려서 우리 머리 위와 발밑에 뭐가 있는지 알지 못하게 될 거요."

"이상한 말을 하는군요. 당신의 환영 속에서 어떻게 나를 본 거죠?"

'프레멘의 미신에 의지해야 해!' 그는 생각했다. "나는 예지의 기호 같은 것이 되었소. 나는 반드시 일어나야 하는 변화들을 써나가는, 살아 있는 상형문자요. 내가 그 글자들을 쓰지 않으면 당신들은 어떤 인간도 경험해서는 안 되는 커다란 마음의 고통을 겪게 될 거요."

"그게 무슨 말이죠?" 그녀가 물었다. 그러나 그녀의 손은 칼에 여전히 가볍게 닿아 있는 채였다.

레토는 자쿠루투의 절벽을 향해 고개를 돌렸다. 동트기 전에 바위들 뒤를 지나가는 두 번째 달이 빛을 내기 시작했다. 사막토끼가 죽어가면서 지르는 비명이 충격처럼 그의 몸을 꿰뚫고 지나갔다. 사비하가 몸을 부르르 떠는 것이 보였다. 날개가 퍼덕이는 소리가 들리기 시작했다. 밤에 활동하는 육식조였다. 새들이 절벽의 깨어진 틈새들을 향해 그의 머리 위를 지나갈 때, 깜부기불처럼 빛나는 그들의 수많은 눈동자가 보였다.

"나는 새로 생긴 내 마음의 명령을 따라야 하오. 당신은 나를 그냥 아이로만 보고 있겠지만, 사비하, 만약⋯⋯."

"당신을 조심해야 한다는 말을 들었습니다." 사비하가 말했다. 이제 그녀의 어깨는 딱딱하게 준비태세를 취하고 있었다.

그는 그녀의 목소리에 두려움이 배어 있음을 알고 말했다. "날 두려워하지 마시오, 사비하. 당신은 나의 이 육체보다 8년을 더 살았소. 그 때문에 나는 당신을 존중하고 있소. 하지만 나는 다른 생명들을 통해 아무도 알지 못하는 수천 년의 세월을 더 갖고 있소. 당신이 알고 있는 것보다 훨씬 더 많은 세월이지. 나를 아이로 보지 마시오. 나는 많은 미래들에 다리를 놓았고, 그중 하나에서 우리가 연인으로서 서로 껴안고 있는 것을 보았소. 당신과 내가 말이오, 사비하."

"무슨⋯⋯ 그럴 리가⋯⋯." 그녀는 혼란에 빠져 말을 멈췄다.

"아마 당신도 그런 생각에 점점 익숙해질 거요. 이제 시에치까지 돌아가는 걸 도와주겠소? 난 먼 곳을 다녀왔기 때문에 피곤해서 몸이 약해져 있소. 내가 어디에 다녀왔는지 남리에게 반드시 들려줘야 하오."

그는 그녀가 망설이는 것을 보고 말을 이었다. "나는 '동굴의 손님'이 아니오? 내가 알아낸 것을 남리도 반드시 알아야 하오. 우리 우주가 퇴보하게 하지 않으려면 할 일이 많소."

"난 당신의 말을 믿지 않아요⋯⋯ 모래벌레에 대한 그 말을."

"우리가 연인으로서 껴안고 있었다는 말도?"

그녀는 고개를 끄덕였다. 그러나 그는 그녀의 머릿속에서 여러 생각들이 바람에 날리는 깃털처럼 떠다니는 것을 볼 수 있었다. 그의 말은 그녀에게 매력적인 동시에 혐오스러웠다. 권력자의 배우자가 되는 것, 그것이 대단히 매력적인 일임엔 틀림없었다. 그러나 삼촌에게서 받은 명령이 있었다. 하지만 이 무앗딥의 아들은 언젠가 이곳 듄과 우주의 가장 먼 곳까지 통치하는 사람이 될지도 몰랐다. 순간 그녀는 그런 미래에 대해 지극히 프레멘다운, 동굴에 숨어 사는 사람들 특유의 혐오감을 느꼈다. 레토의 배우자는 많은 사람들의 눈앞에 노출될 것이며, 잡담과 억측의 대상이 될 것이다. 하지만 그녀는 부를 소유할 수 있을 것이다. 그리고…….

"나는 무앗딥의 아들이고 미래를 볼 수 있소." 그가 말했다.

그녀는 천천히 칼을 칼집에 다시 꽂고 편안한 동작으로 융단에서 몸을 일으켰다. 그리고 그의 옆으로 가서 그가 일어서는 것을 도와주었다. 순간 레토는 자신이 그녀의 이런 행동에 즐거워하고 있음을 깨달았다. 그녀는 융단을 깔끔하게 접어 오른쪽 어깨에 걸쳤다. 그는 그녀가 자기들 두 사람의 몸 크기를 비교해 보며 '연인으로서 서로 껴안고 있었다'는 그의 말을 곰곰이 생각하고 있음을 알았다.

'크기도 변화하는 것 중의 하나지.' 그는 생각했다.

그녀는 그의 움직임을 돕고 그를 통제하기 위해 팔을 잡았다. 그가 휘청거리자 그녀가 날카로운 목소리로 말했다. "시에치까지 한참 가야 하는데 이러면 어떻게 해요!" 그건 그가 낸 소리가 모래벌레를 끌어들일지도 모른다는 뜻이었다.

레토는 자신의 몸이 허물을 벗은 곤충이 버리고 간 바싹 마른 껍질처럼 변해 버렸음을 느꼈다. 그는 이 껍질을 잘 알고 있었다. 이 껍질은 멜란지 무역과 '황금 묘약의 종교' 위에 구축된 사회와 하나였다. 그 껍질은 스스로의 무절제한 행동 때문에 텅 비어버렸다. 무앗딥의 높은 목표는 마술로 전락했고 아우카프의 군사력이 그 마술을 집행했다. 무앗딥의 종교에는 이제 다른 이름이 있었다. '시엔 산 샤오'라는 그 이름은 익스 인들이 붙인 것으로, 자신들이 크리스나이프의 칼끝을 들이댐으로써 우주를 낙원으로 데려갈 수 있다고 믿는 사람들의 맹렬함과 광기를 가리키고 있었다. 그러나 익스가 변한 것처럼 그 이름 역시 변할 것이다. 익스는 자신이 속한 항성계의 아홉 번째 행성에 지나지 않았고, 익스 인들은 자기들 행성 이름의 어원이 된 언어조차 잊어버렸다.

"지하드는 일종의 집단 광기였소." 그가 중얼거렸다.

"예?" 사비하는 이 탁 트인 사막에서 자신들의 존재를 감추기 위해 그가 불규칙한 걸음으로 걷게 하는 데 정신을 집중하고 있었다. 그래서 그의 말에 주의를 기울이는 데에는 조금 시간이 걸렸다. 그리고 너무 피곤해서 그런 말을 했을 거라고 해석해 버렸다. 그녀는 그가 무아지경에 모든 힘을 빼앗겨서 약해진 것을 느낄 수 있었다. 이런 짓을 하는 것이 무의미하고 잔인해 보였다. 만약 남리가 말한 대로 그를 반드시 죽여야 한다면, 이런 쓸데없는 짓을 하지 말고 재빨리 죽여버리는 것이 맞았다. 그러나 레토는 놀라운 계시에 대해 이야기했다. 어쩌면 남리가 찾던 것이 바로 그것인지도 모르는 일이었다. 그것이 이 아이 할머니의 행동 뒤에 숨은 동기임에는 틀림없었다. '듄의 부인'이 아이를 상대로 한 이런 위험한 짓을 허락할 이유가 달리 또 뭐가 있단 말인가?

'아이라고?'

그녀는 다시 한번 그의 말을 곰곰이 생각해 보았다. 이제 그들은 절벽 기슭에 다다라 있었다. 그녀는 레토의 걸음을 멈추고 그가 비교적 안전한 이곳에서 잠시 쉴 수 있게 해주었다. 희미한 별빛 속에서 그를 내려다보며 그녀가 물었다. "어떻게 모래벌레가 더 이상 존재하지 않게 된다는 거죠?"

"오직 나만이 그걸 바꿀 수 있소. 두려워하지 마시오. 난 무엇이든 바꿀 수 있소."

"하지만 그건……."

"세상에는 답이 없는 질문도 있지. 난 그 미래를 보았소. 하지만 그 모순적인 모습은 당신을 혼란스럽게만 할 거요. 우리 우주는 변화하고 있고, 무엇보다도 기묘한 변화는 바로 우리들이오. 우리는 많은 영향들에 공명하지. 우리의 미래는 끊임없는 갱신을 필요로 하고 있소. 지금, 우리가 반드시 제거해야 하는 장벽이 있소. 그 일을 위해 우리는 잔인한 짓을 하고, 우리의 가장 기본적인 소망, 우리가 가장 소중히 여기는 소망들을 배반해야 하오……. 하지만 그 일은 반드시 이루어져야 하오."

"무엇을 반드시 해야 한다는 거죠?"

"친구를 죽여본 적이 있소?" 그가 물었다. 그리고 몸을 돌려 시에치의 숨겨진 입구를 향해 경사로처럼 위로 뻗어 있는 틈새 속으로 앞장서서 들어갔다. 그는 무아지경 때문에 피곤해진 자신의 몸으로 가능한 한 빨리 움직였다. 그러나 그녀가 뒤로 바짝 다가와서 로브를 붙들고 잡아당겨 걸음을 멈추게 했다.

"친구를 죽이다니, 무슨 말이에요?"

"어차피 그는 죽을 거요. 내가 그 일을 할 필요는 없소. 하지만 그 일을 막을 수는 있소. 만약 그 일을 막지 않는다면 그것이 바로 그를 죽이는 것 아니오?" 레토가 말했다.

"그게 누구…… 누가 죽는다는 거죠?"

"그가 죽지 않을 경우 일어날 일 때문에 나는 입을 다물 수밖에 없소. 어쩌면 나는 내 누이를 괴물에게 주어야 할지도 모르겠소."

그는 다시 그녀에게서 몸을 돌렸다. 그녀가 로브를 잡아당겼지만 이번에는 그가 저항하면서 그녀의 질문에 대답하려 하지 않았다. '때가 될 때까지 그녀가 모르는 게 제일 좋아.' 그는 생각했다.

자연 도태는 자연 환경이 자손을 남길 개체들을 선택적으로 걸러내는 것이라고 설명된다. 그러나 인간의 경우에는 이것이 매우 제한적인 설명이 된다. 성행위에 의한 번식은 실험과 혁신으로 기우는 경향을 보인다. 이것이 많은 의문들을 제기하는데, 여기에는 돌연변이가 일어난 후에 자연 환경이 선택의 기능을 발휘하는지, 아니면 자연 환경이 어떤 돌연변이를 걸러낼 것인지 결정하는 과정에서 미리 선택의 기능을 발휘하는지를 둘러싼 오랜 의문도 포함되어 있다. 듄은 이러한 질문들에 대답을 해주지는 않았다. 레토와 교단이 앞으로 500세대 동안 답을 찾으려고 시도할지도 모르는 새로운 의문들을 제기했을 뿐이다.

—하르크 알 아다 풍으로 집필된 『듄의 재앙』

방어벽의 벌거벗은 갈색 바위들이 멀리 흐릿하게 보였다. 가니마에게 그것은 그녀의 미래를 위협하는 환영의 화신처럼 보였다. 그녀는 석양을 등진 채 성 꼭대기의 지붕 정원에 서 있었다. 흙먼지 구름 속에서 태양이 짙은 오렌지색으로 빛났다. 모래벌레의 입 가장자리처럼 풍부한 색깔이었다. 그녀는 한숨을 쉬며 속으로 생각했다. '알리아…… 알리아…… 당신의 운명이 내 운명이 되는 건가요?'

내면의 생명들은 최근 점점 더 시끄러워지고 있었다. 프레멘 사회에서 여성들이 겪는 사회화 과정 때문에 그들은 내면의 물결에 더 취약했다. 어쩌면 그것이 타고난 성별차이일 수도 있지만, 어떻든 상관없었다. 그녀의 할머니는 그녀와 함께 계획을 짜면서 그 위험성에 대해 경고했다. 그녀의 말은 베네 게세리트의 축적된 지혜에 바탕을 둔 것이었지만 가니마 내면에 있는 그 지혜의 위협을 각성시키는 것이기도 했다.

레이디 제시카는 이렇게 말했다. "우리는 미리 태어난 자를 저주스러운 존재라고 부른다. 저주스러운 존재들은 오랫동안 고통스러운 경험을 겪은 역사를 갖고 있지. 저주스러운 존재가 되는 건 내면의 생명들이 분열되기 때문인 것 같다. 호의적인 생명들과 악의적인 생명들로 나뉘는 거지. 호의적인 생명들은 항상 유순하고 많은 도움이 된다. 악의적인 생명들은 하나의 강력한 정신으로 결합돼서 자신들이 거주하는 살아 있는 몸과 그 의식을 점령하려 한다. 이 과정에는 상당한 시간이 걸리는 것으로 알려져 있는데, 그 징조들은 분명하게 알려져 있다."

"할머님은 왜 알리아를 버리셨어요?" 가니마가 물었다.

"난 내가 만들어낸 것이 너무 무서워서 도망쳤다." 제시카가 낮은 목소리로 말했다. "포기한 거야. 이제 나의 짐은…… 어쩌면 내가 너무 일찍 포기했던 건지도 모르겠다."

"무슨 뜻이에요?"

"아직은 설명할 수 없구나. 하지만…… 어쩌면…… 아냐! 네게 헛된 희망을 주지는 않겠다. 정신을 산만하게 만드는 저 혐오스러운 가플라는 인간의 신화 속에서 오랜 역사를 갖고 있다. 그건 여러 이름으로 불렸지만 가장 자주 불린 이름은 '귀신에 홀리는 것'이었지. 겉으로 보이는 모습이 그러니까. 미리 태어난 자가 악의적인 생명들의 적의 속에서 길을 잃으면 그들이 그 사람을 점령해 버리는 거다."

"레토는…… 스파이스를 두려워했어요." 가니마가 말했다. 그녀는 자신이 그에 대해 조용한 목소리로 말할 수 있음을 깨달았다. 그들에게 요구된 대가가 얼마나 끔찍한 것인지!

"그건 현명한 태도였다." 제시카가 말했다. 그리고 더 이상 말을 하려 하지 않았다.

그러나 가니마는 내면의 기억들이 폭발할 위험을 무릅쓰고 이상하게 흐려진 베일 너머를 들여다보며 베네 게세리트가 두려워하는 것들을 자세히 설명하려는 헛된 노력을 했다. 알리아에게 일어난 일을 설명하는 것은 그 두려움을 조금도 덜어주지 않았다. 그러나 베네 게세리트의 축적된 경험은 그 함정의 탈출구일지도 모르는 길을 가리켜 보여주었고, 가니마는 위험을 무릅쓰고 내면의 공유를 시도하면서 먼저 모할라타를 불렀다. 모할라타는 그녀를 보호해 줄지도 모르는 호의적인 생명들의 결합체였다.

그녀는 성의 지붕 정원 가장자리에 태양빛을 받으며 서서, 그때 경험한 내면의 공유를 떠올렸다. 즉시 기억 속에 존재하는 어머니가 느껴졌다. 챠니는 가니마와 먼 절벽들 사이에 서 있었다.

"이곳에 들어오면 넌 지옥의 음식인 자쿰의 과일을 먹게 될 거다!" 챠니가 말했다. "이 문을 막아버려라, 내 딸아. 네가 안전할 수 있는 길은 그것뿐이야."

내면의 아우성이 챠니의 환영 주위로 떠올랐고, 가니마는 거기에서 도망쳐 교단의 신조 속에 자신의 의식을 가라앉혔다. 그것은 교단의 신조를 신뢰한 행동이 아니라 필사적인 반응이었다. 재빨리 그녀는 입술을 움직여 속삭이는 듯한 소리로 교단의 신조를 암송했다.

"종교는 아이가 어른을 흉내 내는 것이다. 종교는 과거의 신념 체계들을 포낭에 싸놓은 것이다. 어림짐작으로 만들어진 신화, 우리가 우주를 신뢰한다는 숨겨진 가정, 인간이 개인적 권력을 찾는 과정에서 만들어 놓은 의견들, 이 모든 것들이 계몽의 단편들과 뒤섞여 있다. 그리고 말로 표현되지 않는 궁극의 계명은 언제나 '의문을 품지 말라!'는 것이다. 그러나 우리는 의문을 품는다. 우리는 당연한 듯이 이 계명을 깨뜨린다. 우리가 스스로에게 부과한 작업은 상상력의 해방, 인류가 가슴 가장 깊숙이 품고 있는 창의성에 상상력을 비끄러매는 것이다.”

천천히 가니마의 생각들에 질서가 되돌아왔다. 그러나 그녀는 몸이 벌벌 떨고 있음을 느끼고 자신이 얻은 이 평화가 연약하기 짝이 없음을, 그 흐릿한 베일이 머릿속에 계속 남아 있음을 깨달았다.

“렙 카마이. 내 적의 심장이여, 너는 나의 심장이 되지 못할 것이다.” 그녀는 속삭였다.

그리고 파라든의 얼굴을 떠올렸다. 그의 젊은 얼굴은 무뚝뚝했으며 눈썹이 짙고 입은 단호해 보였다.

'증오가 나를 강하게 만들어줄 거야. 증오 속에서 난 알리아의 운명에 저항할 수 있어.' 그녀는 생각했다.

그러나 파르르 떨고 있는 그녀의 약한 입장은 그대로였다. 그녀가 생각할 수 있는 것이라고는 파라든이 할아버지인 샤담 4세를 무척 많이 닮았다는 사실뿐이었다.

“여기 있었구나!”

이룰란이 가니마의 오른쪽에서 다가오며 말했다. 그녀는 남자 같은 동작으로 난간을 따라 씩씩하게 걸어오고 있었다. 가니마는 고개를 돌리면서 속으로 생각했다. '저 여자는 샤담의 딸이야.'

“왜 자꾸 혼자 몰래 밖으로 나오는 거냐?” 이룰란이 가니마 앞에 멈춰 서서 험상궂은 표정으로 탑처럼 그녀를 내려다보며 다그치듯 물었다.

가니마는 자신이 혼자가 아니라고, 자신이 지붕 위로 올라오는 것을 경비대원들이 보았다고 말하고 싶은 것을 참았다. 이룰란이 화를 내는 것은 이렇게 탁 트인 곳에 나와 있으면 멀리서 누군가가 무기로 자신들을 겨냥할 수도 있다는 사실 때문이었다.

"사막복을 입지 않았군요. 옛날에는 시에치 밖에서 사막복을 입지 않은 사람이 발견되면 자동적으로 죽여버렸다는 걸 아세요? 물을 낭비하는 건 부족을 위험에 빠뜨리는 짓이니까요." 가니마가 말했다.

"물! 물!" 이룰란이 날카로운 목소리로 소리쳤다. "네가 왜 이렇게 자신을 위험에 빠뜨리는 건지 모르겠다. 안으로 들어가자. 넌 우리 모두를 힘들게 하고 있어."

"지금 무슨 위험이 있다는 거죠? 스틸가가 반역자들을 모두 제거했어요. 알리아의 경비대원들이 사방에 있고요."

이룰란은 어두워지는 하늘을 올려다보았다. 청회색 하늘을 배경으로 벌써 별들이 보였다. 그녀는 가니마에게 다시 시선을 돌렸다. "너랑 말다툼하고 싶지는 않다. 파라든에게서 소식이 왔다는 얘길 전해 주라고 해서 온 거니까. 파라든은 우리 제안을 받아들였다. 하지만 무슨 이유에서인지 약혼식을 늦추고 싶다고 했어."

"얼마나요?"

"아직은 몰라. 지금 협상 중이다. 하지만 던컨을 집으로 돌려보내겠다고 했다."

"할머님은요?"

"네 할머니는 스스로 한동안 살루사에 머무르겠다고 했다."

"그럴 만도 하죠."

"알리아하고 그렇게 멍청한 싸움을 하다니!"

"날 속일 생각은 하지 마세요, 이룰란! 그건 전혀 멍청한 싸움이 아니었어요. 나도 들은 얘기가 있어요."

"교단의 두려움은……."

"진짜예요. 자, 이제 할 말은 다 한 거죠? 이 기회를 이용해서 다시 나를 말릴 생각인가요?"

"난 이미 포기했다."

"나한테 거짓말해 봤자 소용없다는 걸 알 텐데요."

"그래, 좋다! 난 계속해서 너를 말릴 거다. 이런 방법은 미친 짓이야." 이룰란은 가니마의 도발에 자기가 왜 이렇게 화를 내는 건지 알 수 없었다. 베네 게세리트라면 어떤 것에도 짜증을 낼 필요가 없었다. 그녀가 말했다. "난 네가 커다란 위험에 처할까 봐 그걸 걱정하고 있어. 너도 알잖니. 가니, 가니…… 넌 폴의 딸이다. 어떻게 네가……."

"내가 아버지의 딸이니까요. 우리 아트레이데스의 역사는 아가멤논까지 거슬러 올라가요. 그래서 우리는 우리 핏속에 뭐가 있는지 알죠. 절대 그걸 잊지 마세요, 아이를 낳지 못한 내 아버지의 아내. 우리 아트레이데스 가문은 피투성이 역사를 갖고 있고, 우린 피를 보는 일을 아직 끝내지 않았어요."

이룰란은 가니마의 말 중에서 지금 얘기와 상관없는 말에 잠시 정신을 빼앗겼다. "아가멤논이 누구지?"

"당신들이 그토록 자랑하는 베네 게세리트의 교육이 얼마나 빈약한지 저절로 증명되고 있군요. 당신들이 역사를 축소하고 있다는 걸 난 자꾸 잊어먹어요. 하지만 내 기억은……." 그녀는 말을 끊었다. 언뜻 잠이 든 내면의 망령들을 깨우지 않는 것이 최선이었다.

"네 기억이 무엇이든, 이런 방법이 얼마나 위험한지 너도 반드시 알아야……."

"난 그를 죽일 거예요. 그는 내게 생명의 빚을 지고 있어요."

"내가 있는 힘껏 그걸 막을 거야."

"우린 이미 알고 있어요. 당신이 그럴 기회를 얻지 못하리라는 걸. 알리아는 당신을 남쪽에 새로 생긴 도시로 보내 일이 모두 끝날 때까지 묶어둘 거예요."

이룰란은 어찌할 바를 몰라 고개를 흔들었다. "가니, 난 너를 모든 위험에서 지키겠다고 맹세했다. 필요하다면 내 목숨을 바쳐서라도 그 맹세를 지킬 거야. 내가 벽돌담으로 둘러싸인 제디다에서 풀죽어 있을 거라고 생각한다면……."

"언제나 후아누이가 있어요." 가니마가 부드러운 목소리로 말했다. "'죽음의 증류기'라는 대안이 있다고요. 거기서 우리 일에 간섭할 수는 없겠죠."

이룰란은 창백하게 질려서 한순간 자신이 받은 모든 훈련을 잊어버리고 한 손으로 입을 막았다. 동물적인 두려움 외에 거의 모든 것을 완전히 버린 이런 태도에서 그녀가 가니마를 얼마나 생각하고 있는지가 드러났다. 그녀는 마음이 산산이 부서지는 것 같은 충격 속에서 입술이 떨리든 말든 개의치 않고 입을 열었다. "가니, 난 내 안위를 걱정하는 게 아냐. 너를 위해서라면 모래벌레의 입속에 몸을 던질 수도 있어. 그래, 네가 말한 그대로다. 나는 아이를 낳지 못한 네 아버지의 아내야. 하지만 넌 내가 한 번도 가져보지 못한 내 아이야. 내가 이렇게 빌게……." 눈물이 그녀의 눈가에서 반짝였다.

가니마는 목이 메어오는 것을 억누르며 말했다. "우리 사이에는 차이

점이 또 있어요. 당신은 결코 프레멘이었던 적이 없어요. 난 처음부터 끝까지 프레멘이에요. 이게 우리를 갈라놓고 있는 깊은 틈이에요. 알리아는 이걸 알고 있어요. 알리아가 지금은 프레멘이 아닌지 몰라도, 이것만은 알고 있어요."

"알리아가 뭘 알고 있는지 아는 사람은 아무도 없어." 이룰란이 쓰디쓴 목소리로 말했다. "그녀가 아트레이데스 사람이라는 걸 내가 몰랐다면, 난 틀림없이 그녀가 자기 가문을 파괴하려 하고 있다고 생각했을 거다."

'알리아가 지금도 아트레이데스 사람이라는 걸 당신은 어떻게 알죠?' 가니마는 이룰란의 이런 무지가 의아했다. 이룰란은 베네 게세리트였다. 저주스러운 존재의 역사에 대해 베네 게세리트보다 더 잘 아는 사람이 어디 있단 말인가? 그런데 이룰란은 저주스러운 존재를 믿기는커녕 그것에 대해 생각조차 하지 않으려 했다. 틀림없이 알리아가 이 가엾은 여자에게 뭔가 마술을 걸어놓은 모양이었다.

가니마가 말했다. "난 당신에게 물의 짐을 지고 있어요. 그러니까 내가 당신의 목숨을 지켜주겠어요. 하지만 당신 조카에게는 그런 권리가 없어요. 더 이상 이러쿵저러쿵하지 마세요."

이룰란은 떨리는 입술을 진정시키고 눈물을 닦았다. "난 네 아버지를 정말로 사랑했다. 그가 죽을 때까지 난 그 사실을 알지도 못했어." 그녀가 속삭였다.

"어쩌면 아버지는 죽지 않았는지도 모르죠. 그 설교자가……."

"가니! 가끔은 널 정말 이해할 수가 없구나. 폴이 자기 가족을 공격할 사람이냐?"

가니마는 어깨를 으쓱하고 어두워지는 하늘을 바라보았다. "아버지는 어쩌면 재미있다고 생각할지도……."

"그걸 어떻게 그리 가볍게 말할 수가……."

"어두운 심연을 피하기 위해서예요. 난 당신을 조롱하는 게 아니에요. 신들도 아실 거예요. 하지만 난 그저 내 아버지의 딸일 뿐이에요. 난 아트레이데스에 씨를 준 모든 사람이에요. 당신은 저주스러운 존재에 대해 생각하지 않으려 하지만, 난 그것 외에 다른 것을 생각할 수가 없어요. 난 미리 태어난 자예요. 내 안에 뭐가 있는지 난 알고 있어요."

"그런 바보 같은 낡은 미신을……."

"그만!" 가니마가 이룰란의 입을 향해 한 손을 뻗었다. "난 할머님의 대까지 계속된 그 망할 놈의 유전자 교배 프로그램으로 태어난 모든 베네 게세리트예요. 그리고 그보다 훨씬 더 많은 존재예요." 그녀는 자신의 왼손 손바닥을 피가 흐를 때까지 손톱으로 쥐어뜯었다. "이 몸은 어리지만 이 몸이 지닌 경험은……. 오, 세상에, 이룰란! 내 경험들은! 안 돼!" 이룰란이 가까이 다가오려 하자 그녀는 다시 손을 뻗어 그녀를 막았다. "난 아버지가 탐색했던 모든 미래들을 알고 있어요. 그리고 수많은 인생들의 지혜를 갖고 있어요. 그 모든 무지도…… 모든 연약함도. 이룰란, 날 돕고 싶다면 먼저 내가 누군지 알아야 해요."

본능적으로 이룰란은 몸을 굽혀 가니마를 품속에 끌어안았다. 뺨과 뺨이 부딪힐 정도로 꼭 끌어안았다.

'내가 이 여자를 죽이지 않아도 되기를. 제발 그런 일이 일어나지 않기를.' 가니마는 생각했다.

이 생각이 그녀를 휩쓸고 지나가는 동안 사막 전체가 밤으로 변했다.

작은 새 한 마리가 그대를 불렀다.
줄무늬가 있는 진홍빛 부리로
그 새가 타브르 시에치 위에서 한 번 울었고
그대는 장례의 평원으로 나아갔다.

—「레토 2세를 위한 애가」

　　레토는 여자의 머리에서 나는 찰랑거리는 물고리 소리에 깨어났다. 그는 자신이 갇혀 있는 방의 열린 문간을 바라보았다. 사비하가 그곳에 앉아 있었다. 스파이스에 반쯤 잠긴 의식 속에서 그는 자신이 환영을 통해 알게 된 그녀에 관한 모든 것들이 윤곽선처럼 그녀를 둘러싸고 있는 것을 보았다. 그녀는 대부분의 프레멘 여자들이 결혼하거나 적어도 약혼하는 나이를 2년이나 지나 있었다. 따라서 그녀의 가족이 뭔가를 위해…… 아니 누군가를 위해 그녀를 아껴두고 있다고 봐야 했다. 그녀는 혼기가 꽉 차 있었다…… 분명히. 수의 같은 환영에 둘러싸인 그의 눈은 그녀를 인류가 지구에서 살았던 과거에서 튀어나온 존재로 보고 있었다. 검은 머리, 하얀 피부, 푸른자위에 푸른 눈동자가 있는 눈이 살짝 초록색을 띤 것처럼 보이게 하는 깊은 눈자위. 그녀의 코는 작고, 날카로운 턱 위에 있는 입은 널찍했다. 그에게 있어 그녀는 이곳 자쿠루투 사람들이 베네 게세리트의 계획을 알고 있거나 짐작하고 있다는, 살아 있는 신호였다. 그럼 그들은 그를 통해 파라오 시대 같은 제국주의를 되살리려 하는 건가? 그렇다면 그에게 누이와의 결혼을 강요하려는 그들의 계획은 뭐지? 사비하가 그것을 막을 수 없음은 분명했다.

그러나 그를 붙잡아두고 있는 사람들은 그 계획을 알고 있었다. 그들이 그걸 어떻게 알아낸 걸까? 그들은 그의 환영을 알지 못했다. 그들은 생명이 다른 차원에서 움직이는 막이 되는 곳으로 그와 함께 간 적이 없었다. 사비하의 모습을 보여준 환영의 재귀적이고 순환적인 주관성은 오로지 그만의 것이었다.

사비하의 머리카락 속에서 물고리들이 다시 찰랑거렸다. 그리고 그 소리가 그의 환영들을 일깨웠다. 그는 자신이 어디에 가 있었으며 무엇을 알게 되었는지 알고 있었다. 무엇으로도 그것을 지워버릴 수 없었다. 그는 지금 위대한 창조자의 몸에 고정된 가마를 탄 채, 자신과 함께 모래벌레의 몸 위에 올라탄 사람들의 노랫소리에 박자를 맞춰 찰랑거리는 물고리들의 소리를 듣고 있는 게 아니었다. 그런 게 아니었다…… 그는 이곳 자쿠루투의 한 방에 갇혀서 모든 여행 중에서도 가장 위험한 여행을 하고 있었다. '알 아스 수나 월 야마스'로부터 멀어졌다가 되돌아오는 여행, 즉 감각들로 이루어진 현실 세계를 떠났다가 다시 돌아오는 여행.

머리카락 속에서 물고리들을 찰랑거리며 저 여자가 뭘 하고 있는 걸까? 아, 그래. 그녀는 여러 가지 재료를 섞어서 더 많은 음식을 만들고 있었다. 그들은 그것이 그를 붙들어두고 있다고 생각했다. 스파이스 추출액이 들어간 그 음식은 그가 죽거나 할머니의 계획이 성공할 때까지 그를 반은 현실 세계에 있고 반은 그렇지 않은 상태로 묶어두기 위한 것이었다. 그리고 그가 이 싸움에서 이겼다고 생각할 때마다 그들은 그를 환영 속으로 다시 돌려보냈다. 레이디 제시카의 생각이 당연히 옳다고 생각하는 거겠지. 그 늙은 마녀 같으니! 하지만 이런 짓을 하다니. 내면에 있는 모든 생명들의 기억을 총체적으로 되살려봤자 그가 그 자료들을 정리해서 마음대로 기억해 낼 수 있을 때까지는 아무 소용이 없었다. 그 생명들은 전혀 가공되지 않은 무질서한 재료들이었다. 그들 중 하나, 또는 그들 모두가 그를 압도해 버릴 수도 있었을 것이다. 스파이스와 이곳 자쿠루투의 독특한 환경은 필사적인 도박이었다.

'지금 거니는 징조를 기다리고 있고, 난 그걸 그에게 보여주지 않으려 하고 있어. 그의 인내심이 얼마나 버틸 수 있을까?'

그는 사비하를 물끄러미 바라보았다. 그녀의 두건이 뒤로 젖혀서 관자놀이에 있는 부족의 문신이 드러나 있었다. 레토는 처음에 그 문신을 알아보지 못했지만 곧 자신이 있는 곳이 어딘지 기억해 냈다. 그래, 자쿠루투는 아직도 살아 있었다.

레토는 할머니에게 고마워해야 하는지 아니면 그녀를 증오해야 하는지 알 수 없었다. 그녀는 그가 의식 수준의 본능을 갖게 되기를 원했다. 그러나 본능은 위기에 대처하는 법에 대한 종족의 기억에 지나지 않았다. 내면에 있는 다른 생명들에 대한 그의 직접적인 기억들은 그보다 훨씬 많은 것들을 말해 주었다. 그는 이제 그 모든 것을 정돈해 놓았기 때문에 자신의 참모습을 거니에게 드러내면 위험하다는 것을 알 수 있었다. 그러나 남리에게 감추고 있을 수는 없었다. 남리는 또 다른 문제였다.

사비하가 그릇을 들고 방 안으로 들어왔다. 그는 밖에서 들어오는 빛이 그녀의 머리카락 주위에 무지갯빛 원들을 그려내는 것을 보고 감탄했다. 그녀는 그의 머리를 부드럽게 들어 올려 그릇에 든 음식을 먹이기 시작했다. 그때서야 그는 자신이 얼마나 약해졌는지 깨달았다. 그는 그녀가 먹이는 음식을 순순히 받아먹었지만 그동안 그의 정신은 이리저리 방랑하면서 거니, 남리와 함께 이야기를 나누었던 때의 기억을 떠올렸다. 그들은 그를 믿었다! 거니보다 남리가 더 그를 믿었다. 그러나 거니도 이 행성에 대해 자신의 감각이 이미 느끼고 있는 것들을 부정할 수 없었다.

사비하가 로브 자락으로 그의 입가를 닦아주었다.

'아아, 사비하.' 그는 자신의 가슴을 고통으로 가득 채우는 또 다른 환영의 기억을 떠올리면서 속으로 생각했다. '땅 위를 흐르는 물 옆에서 머리 위로 지나가는 바람 소리를 들으며 꿈을 꾼 밤이 얼마나 많았던가. 내 몸이 뱀굴 옆에 누워 있는 가운데 여름의 열기 속에서 사비하의 꿈을 꾼 밤이 얼마나 많았던가. 나는 그녀가 빨갛게 달아오른 플래스틸 판에서 구운 스파이스 빵을 저장해 두는 모습을 보았지. 나는 카나트를 흐르는 깨끗한 물, 부드럽게 빛나는 그 물을 보았어. 하지만 폭풍이 내 심장을 꿰뚫고 지나갔어. 그녀는 커피를 마시고 음식을 먹는다. 그녀의 이가 그림자 속에서 빛난다. 그녀가 나의 물고리들을 자신의 머리카락에 땋아 넣는 모습이 보인다. 그녀의 가슴에서 풍기는 호박(琥珀)의 향기가 내 몸을 꿰뚫어 가장 깊은 감각들을 강타한다. 그녀의 존재 자체가 나를 괴롭히고 억압한다.'

그가 가진 수많은 기억들의 압박이 그가 저항하려 했던, 시간이 멈춰버린 구(球)를 터뜨렸다. 그는 한데 엉켜 있는 몸과 성행위의 소리, 그리고 입술, 호흡, 촉촉한 호흡, 혀 등 모든 감각 속에 들어 있는 리듬을 느꼈다. 그의 환영 어딘가에 석탄빛의 나선형들이 있었다. 그는 그 나선형들이 자신의 내면에서 회전할 때 북소리처럼 박자를 맞춰 울려 나오는 소리를 들었다. 그의 두개골 속에서 누군가의 목소리가 애원했다. "제발, 제발, 제발, 제발……." 그의 음부가 어른처럼 부풀어 올랐고, 그는 자신이 입을 벌린 채 최고의 황홀경에 매달려 있는 것을 느꼈다. 다음 순간 한숨이 새어 나오고, 미련처럼 제자리에 남아 점점 고조되는 달콤함이 느껴지더니, 몸이 무너져 내렸다.

아, 그것이 실재가 되도록 허락하는 건 얼마나 달콤한지!

"사비하. 아, 나의 사비하." 그가 속삭였다.

그가 음식을 먹은 후 무아지경 속에 깊이 빠져들었음이 분명해지자 사비하는 그릇을 들고 자리를 떴다. 그리고 문간에 멈춰 서서 남리에게 말을 건넸다. "그가 내 이름을 또 불렀어요."

"가서 그의 옆에 있어라. 난 할렉을 찾아서 이 일을 의논해 봐야겠다." 남리가 말했다.

사비하는 문간 옆에 그릇을 놓고 방 안으로 돌아갔다. 그리고 침상에 걸터앉아 그림자 속에 잠긴 레토의 얼굴을 물끄러미 바라보았다.

이윽고 그가 눈을 뜨고 한 손을 내밀어 그녀의 뺨을 만졌다. 그리고 말을 건네기 시작했다. 그녀가 살고 있던 환영에 대한 이야기였다.

그가 말하는 동안 그녀는 자신의 손으로 그의 손을 덮었다. 그가 얼마나 다정한지…… 얼마나 다정……. 그녀는 침상 위로 무너지듯 쓰러졌다. 그의 손이 쿠션처럼 그녀를 받쳐주었다. 그가 손을 빼내기도 전에 그녀는 벌써 의식을 잃고 있었다. 레토는 일어나 앉아 자신의 몸이 정말로 약해졌음을 실감했다. 스파이스와 그로 인한 환영이 그의 기운을 모두 고갈시켜 버린 것이다. 그는 에너지의 불꽃을 조금이라도 찾아내려고 모든 세포를 뒤지며 사비하가 깨지 않게 조심조심 침상에서 내려왔다.

그는 떠나야 했다. 그러나 자신이 그리 멀리 가지 못하리라는 것을 알고 있었다. 천천히 그는 사막복을 단단히 여미고 로브를 몸에 두른 다음 통로를 통해 바깥쪽 수직 통로로 살짝 빠져나갔다. 주위에 사람들이 몇 명 있었지만 모두들 자기 일을 하느라고 바빴다. 그들도 그를 알고 있었다. 그러나 그는 그들의 책임이 아니었다. 남리와 할렉은 그가 무엇 때문에 이런 짓을 하는지 알 것이다. 그리고 사비하도 그들과 비슷할 것이다.

그는 지금 자신에게 꼭 필요한 측면 통로를 찾아내고 대담하게 그 통로를 따라 걸었다.

그 뒤에서 사비하는 할렉이 깨울 때까지 평화롭게 잠들어 있었다.

그녀는 일어나 앉아 눈을 비비며 텅 빈 침상을 보았다. 할렉 뒤에 삼촌이 서 있는 것과 두 사람의 얼굴에 분노가 서린 것을 보았다.

남리가 그녀의 얼굴에 나타난 표정에 답을 해주었다. "그래, 그가 사라졌다."

"어떻게 도련님이 도망치도록 내버려둘 수가 있지? 어떻게 그럴 수 있는 거냐?" 할렉이 격노했다.

"그가 아래쪽 출구를 향해 가는 모습이 눈에 띄었소." 남리가 말했다. 그의 목소리는 묘하게 차분했다.

사비하는 그들 앞에서 움츠러든 채 기억을 되살렸다.

"어떻게 된 거냐?" 할렉이 힐문했다.

"모르겠어요. 모르겠어요."

"지금은 밤이고 그는 약해져 있소. 멀리 가지는 못할 것이오." 남리가 말했다.

할렉이 그를 향해 바람처럼 몸을 돌렸다. "당신은 도련님이 죽기를 바라고 있어!"

"그가 죽더라도 내가 슬퍼하지는 않겠지."

할렉은 다시 사비하를 바라보았다. "무슨 일이 일어난 건지 말해라."

"그가 제 뺨을 만졌어요. 자기 환영에 대해 계속 얘기를 했는데…… 우리가 함께 있는 환영이었어요." 그녀는 텅 빈 침상을 내려다보았다. "그가 나를 잠들게 했어요. 내게 뭔가 마법을 건 거예요."

할렉이 남리를 살짝 바라보았다. "도련님이 혹시 이 안 어디엔가 숨어 있을 가능성은 없소?"

"이 안은 아니오. 그랬다면 누군가의 눈에 띄어 발견됐겠지. 그는 출구를 향하고 있었소. 그는 밖에 있어요."

"마법이에요." 사비하가 중얼거렸다.

"마법이 아니다." 남리가 말했다. "그가 저 아이에게 최면을 걸었소. 나한테도 그럴 뻔했지, 기억하고 있소? 내가 자기 친구라고 했어."

"도련님은 지금 아주 약해져 있소." 할렉이 말했다.

"몸만 약해진 거요. 하지만 멀리 가지는 못할 거요. 내가 그의 사막복에 있는 발꿈치 펌프를 작동하지 못하게 해놓았소. 우리가 그를 찾아내지 못하면 그는 물이 없어서 죽을 거요."

할렉은 하마터면 몸을 돌려서 남리를 한 대 칠 뻔했다. 그러나 자신을 단단하게 억제했다. 제시카는 남리가 어쩌면 그 아이를 죽여야 할지도 모른다고 그에게 경고했다. 세상에! 어쩌다 이 지경이 되었단 말인가. 아트레이데스와 아트레이데스가 서로 등을 돌리다니. 그가 말했다. "혹시 도련님이 스파이스의 무아지경 속에서 이곳을 떠나 그냥 배회하고 있는 게 아닐까?"

"그래봤자 달라지는 게 뭐 있겠소? 그가 우리에게서 도망친다면 반드시 죽어야 하오." 남리가 말했다.

"해가 뜨자마자 수색을 시작하겠소. 도련님이 프렘 행낭을 가져갔소?"

"문막이 옆에 항상 프렘 행낭이 몇 개 놓여 있소. 그걸 가져가지 않았다면 그가 바보인 거지. 그러나 이유는 잘 모르겠지만 내 눈에 그가 바보처럼 보인 적은 한 번도 없었소."

"그럼 우리 친구들에게 연락을 보내시오. 이곳에서 벌어진 일을 알려 줘요."

"오늘 밤에는 연락을 보낼 수 없소. 폭풍이 다가오고 있거든. 부족들은 벌써 사흘째 폭풍을 추적하고 있소. 자정이 되면 폭풍이 여기까지 올 거요. 통신은 벌써 끊겨버렸소. 인공위성들이 두 시간 전에 이 지역에 대한 신호 전송을 중단했으니까."

깊은 한숨이 할렉의 몸을 뒤흔들었다. 만약 모래를 신고 오는 폭풍에 붙들린다면 아이는 저 밖에서 틀림없이 죽을 것이다. 폭풍은 그의 뼈에서 살을 발라내고 뼈를 조각조각 부숴버릴 것이다. 거짓으로 꾸몄던 그의 죽음이 이제 현실이 되는 것이다. 그는 주먹으로 손바닥을 쳤다. 폭풍은 그들을 시에치 안에 가둬버릴 수 있었다. 하다못해 수색 작업조차 할 수 없게 되는 것이다. 게다가 폭풍으로 인한 전파 장해 때문에 이 시에치는 벌써 고립되어 있었다.

"디스트랜스." 그는 박쥐의 목소리에 메시지를 새겨서 경보와 함께 보낼 수 있을지도 모른다는 생각을 했다.

남리가 고개를 저었다. "박쥐들은 폭풍 속에서 날려고 하지 않을 거요. 알잖소. 녀석들은 우리보다 더 민감해요. 녀석들은 폭풍이 지나갈 때까지 절벽 속에 웅크리고 있을 거요. 인공위성들이 우리 신호를 다시 받을 때까지 기다리는 게 최선이오. 그때가 되면 그의 잔해를 찾아볼 수 있을 거요."

"그가 프렘 행낭을 가져가서 모래 속에 숨었다면 얘기가 달라요." 사비하가 말했다.

숨죽인 소리로 저주의 말들을 퍼부으면서 할렉은 그들로부터 몸을 돌려 성큼성큼 방을 나갔다.

평화는 해법을 요구한다. 그러나 우리는 결코 살아 있는 해법에 닿지 못한다. 그저 해법에 가까워지기 위해 노력할 뿐이다. 고정된 해법은 당연히 죽은 해법이다. 평화가 문제가 되는 것은 뛰어난 능력에 보상을 주기보다는 실수를 처벌하는 경향 때문이다.

—『내 아버지의 어록』, 하르크 알 아다가 재구성한 무앗딥의 말

"어머니가 그를 훈련시키고 있다고요? 어머니가 파라든을 훈련시켜요?"

알리아는 일부러 분노와 믿을 수 없다는 표정을 뒤섞어 던컨 아이다호를 노려보았다. 조합의 하이라이너가 아라키스의 궤도에 들어온 것은 아라키스 시간으로 정오였다. 한 시간 후 우주선은 아이다호를 아라킨에 내려놓았다. 그의 도착은 미리 통보되지 않았지만 별로 중요한 일이 아닌 것처럼 모두 공개적으로 처리되었다. 그로부터 몇 분 되지 않아 오니숍터 한 대가 그를 성 지붕에 내려놓았다. 그가 곧 도착할 거라는 소식을 미리 들은 알리아가 그곳에서 그를 맞았다. 경비대 앞이라 차갑고 공식적인 태도였다. 그러나 지금 두 사람은 북쪽 가장자리 밑에 있는 그녀

의 개인 거처에 서 있었다. 그는 멘타트의 방식으로 모든 자료를 하나하나 강조하며 사실 그대로 정확한 보고를 막 마친 참이었다.

"정신이 나간 모양이군요." 알리아가 말했다.

그는 이 말을 멘타트의 문제로 처리했다. "모든 지표들은 그녀가 잘 균형 잡힌 정신을 갖고 있음을 보여주고 있소. 그녀의 정신 지표는……."

"그만해요!" 알리아가 날카롭게 소리쳤다. "어머니는 도대체 무슨 생각을 하는 거죠?"

지금 자신의 정서적 균형이 멘타트다운 차가움 속으로 도피하는 데 달려 있음을 알고 있는 아이다호는 이렇게 말했다. "내 계산에 의하면 그녀는 손녀의 약혼에 대해 생각하고 있소." 그는 조심스럽게 무표정을 유지했다. 그것은 마구 날뛰면서 그를 집어삼키려 하는 슬픔을 감추기 위한 가면이었다. 이곳에 알리아는 없었다. 알리아는 죽었다. 얼마 동안 그는 자신의 감각들 앞에 신화처럼 꾸며낸 알리아의 모습을 유지하고 있었다. 그 알리아는 그가 자신의 필요에 의해 만들어낸 사람이었다. 그러나 멘타트가 그런 자기기만을 유지할 수 있는 시간은 한정되어 있었다. 인간의 탈을 쓴 이 생물은 귀신에게 홀려 있었다. 악마의 영혼이 그녀를 조종하고 있었다. 수많은 홑눈을 언제나 마음대로 사용할 수 있는 그의 강철 눈이 각 홑눈의 중심에 신화처럼 꾸며낸 알리아의 수많은 모습들을 재생해 냈다. 그러나 그가 그 모습들을 하나의 이미지로 통합했을 때 알리아는 없었다. 그녀의 얼굴은 다른 사람의 요구에 따라 움직였다. 그녀는 껍데기였고 그 안에서 차마 말로 할 수 없는 일들이 저질러지고 있었다.

"가니마는 어디 있소?" 그가 물었다.

그녀가 손을 저어 그 질문을 가볍게 물리쳤다. "내가 이룰란과 함께 스틸가에게 보냈어요."

'중립 지대로군. 반란을 일으킨 부족들과 또 한 번 협상이 있었어. 알리아는 기반을 잃고 있지만 그걸 몰라…… 아니 알고 있는 걸까? 또 다른 이유가 있는 걸까? 스틸가가 알리아의 편으로 넘어온 걸까?' 그는 생각했다.

"약혼 말인데, 코리노 가문의 상태는 어떤가요?" 알리아가 생각에 잠긴 듯 말했다.

"살루사는 우트라인 친척들로 우글거리고 있소. 모두들 파라든이 권력을 되찾았을 때 한몫 잡으려고 그에게 공작을 펴고 있지."

"그런데 어머니가 그에게 베네 게세리트 훈련을……."

"가니마의 남편에게 그게 어울리지 않소?"

알리아는 가니마의 꺾이지 않는 분노를 생각하며 혼자 미소를 지었다. 파라든이 훈련을 받을 테면 받으라지. 제시카는 지금 시체를 훈련시키고 있었다. 모든 일이 다 잘 풀릴 것이다.

"이 문제를 깊이 생각해 봐야겠어요. 당신, 말이 너무 없군요, 던컨."

"난 당신의 질문을 기다리고 있소."

"그렇군요. 그거 알아요? 난 당신에게 아주 화가 났어요. 어머니를 파라든에게 데려가다니!"

"당신은 내게 그 일을 사실처럼 꾸미라고 명령했소."

"난 당신들 두 사람이 포로로 잡혔다는 보고서를 발표할 수밖에 없었어요."

"난 당신의 명령에 복종했소."

"가끔 당신은 너무 융통성이 없어요, 던컨. 거의 당신이 무서울 정도예요. 하지만 당신이 그렇게 하지 않았다면, 뭐……."

"레이디 제시카는 안전한 곳에 있소. 그리고 가니마를 위해 우리는 마땅히 감사해야……."

"대단히 감사하고 있어요." 그녀가 동의했다. 그리고 속으로 생각했다. '이젠 저 사람을 믿을 수 없어. 던컨은 아트레이데스 가문에 빌어먹을 충성심을 갖고 있지. 그를 멀리 보낼 구실을 만들어야 해……. 그리고 그를 제거하는 거야. 물론 사고로 꾸며야지.'

그녀가 그의 뺨을 만졌다.

아이다호는 그녀의 손을 잡고 입을 맞추면서 그녀의 손길에 억지로 응답했다.

"던컨, 던컨, 정말 얼마나 슬픈 일인지. 하지만 당신을 여기 묶어둘 수가 없군요. 너무 많은 일이 벌어지고 있는데, 내가 완전히 믿을 수 있는 사람이 너무 적어요." 그녀가 말했다.

그는 그녀의 손을 놓고 다음 말을 기다렸다.

"난 가니마를 타브르로 보내지 않을 수 없었어요. 이곳 상황은 너무 불안정해요. '파괴된 땅'에서 온 습격자들이 카가 분지의 카나트를 부수고 그 안의 물을 모두 모래 속에 흩뿌렸어요. 아라킨에는 식량이 부족해졌죠. 분지에는 아직 모래송어들이 살아 있어서 물의 수확물을 거둬들이고 있어요. 물론 우리가 그들에게 대처하고는 있지만 힘이 너무 분산되어 있어요." 그녀가 말했다.

그는 성안에 알리아의 여전사 경비대원들이 너무 적다는 사실을 이미 눈치채고 있었다. 그는 생각했다. '깊은 사막의 후작들은 계속해서 알리아의 방어 태세를 탐색할 거야. 알리아는 그걸 모르는 건가?'

"타브르는 아직 중립 지대예요. 지금도 그곳에서 협상이 진행되고 있죠. 야비드가 사제 파견단과 함께 그곳에 가 있어요. 하지만 당신이 그곳에 가서 그들을 감시해 줬으면 좋겠어요. 특히 이룰란을요." 그녀가 말했다.

"그녀가 코리노인 건 사실이지." 그가 동의했다.

그러나 그는 그녀의 눈빛에서 그녀가 자신을 거부하고 있음을 보았다. 알리아의 탈을 쓴 이 생물은 속이 훤히 드러나는 존재가 되어 있었다!

그녀가 손을 흔들었다. "지금 가세요, 던컨. 내 마음이 약해져서 당신을 내 옆에 붙들어두기 전에. 당신이 정말 보고 싶었어요……."

"나도 당신을 보고 싶었소." 그가 자신의 모든 슬픔을 목소리로 드러내며 말했다.

그녀는 그의 슬픔에 깜짝 놀라서 그를 빤히 바라보았다. 그리고 입을 열었다. "나를 위해서 그렇게 해줘요, 던컨." 그리고 속으로 생각했다. '정말 안됐어요, 던컨.' "지아가 당신을 타브르로 데려다줄 거예요. 오니숍터를 다시 이곳으로 가져와야 하니까요."

'알리아가 총애하는 여전사로군. 그 여자를 경계해야겠어.' 그는 생각했다.

"알겠소." 그가 다시 그녀의 손을 잡아 입을 맞추면서 말했다. 그는 한때 그의 알리아였던 사랑스러운 몸을 물끄러미 바라보았다. 자리를 뜨면서 그는 차마 그녀의 얼굴을 바라볼 수 없었다. 그녀의 눈 속에서 누군가 다른 사람이 그를 마주 바라보고 있었다.

성의 지붕 이착륙장으로 올라가면서 아이다호의 머릿속에서 아직 답을 찾지 못한 질문들이 점점 강하게 느껴졌다. 그는 그 느낌을 자세히 탐색해 보았다. 알리아와의 만남은 계속해서 자료용 징조들을 읽어내고 있던 멘타트로서의 그에게 지극히 힘들었다. 그는 성의 여전사 한 명과 오니숍터 옆에서 기다리면서 불길한 기분으로 남쪽을 물끄러미 바라보았다. 그의 시선이 상상 속에서 방어벽을 넘어 타브르 시에치로 향했다. '지아가 왜 나를 타브르로 데려다주는 걸까? 오니숍터를 다시 가져오는

건 하찮은 일이야. 그녀가 왜 이렇게 늦어지는 거지? 지아가 특별한 지시를 받고 있는 건가?'

아이다호는 감시를 게을리하지 않는 경비병을 살짝 바라보고 나서 오니숍터의 조종석에 올랐다. 그리고 밖으로 몸을 내밀고 말했다. "알리아에게 내가 스틸가의 부하를 시켜 오니숍터를 즉시 돌려보낼 거라고 전해라."

경비병이 뭐라고 반대하기도 전에 그는 문을 닫고 오니숍터의 시동을 걸었다. 경비병이 엉거주춤하게 서 있는 것이 보였다. 알리아의 남편에게 누가 감히 의문을 제기할 수 있겠는가? 경비병이 마음을 결정하기 전에 그는 오니숍터를 공중으로 띄웠다.

이제 오니숍터 안에서 혼자가 된 그는 온몸을 괴롭게 뒤흔드는 흐느낌 속에 자신의 슬픔을 모두 쏟아부었다. 알리아는 사라져버렸다. 두 사람의 영원한 이별이었다. 틀레이랙스 인들이 준 눈에서 눈물이 흘러내렸다. 그는 속삭이듯 작은 소리로 말했다. "듄의 물이 모두 모래 속으로 흘러들어 간다 해도 내 눈물만큼 많지는 않을 거야."

그러나 이것은 멘타트답지 않은 무절제한 행동이었다. 그는 이것을 인식하고 억지로 마음을 가다듬어 현재 꼭 필요한 일들에 대해 생각하기 시작했다. 오니숍터가 그의 관심을 요구하고 있었다. 오니숍터를 조종하는 행위가 그에게 약간의 안도감을 가져다주었고, 그는 자제력을 되찾았다.

'가니마가 다시 스틸가와 함께 있어. 이룰란도.'

그와 동행할 사람으로 지아가 지명된 이유가 무엇일까? 그는 이 문제를 멘타트로서 생각해 보았다. 그리고 그렇게 찾아낸 대답에 등골이 오싹해졌다. '내가 사고를 당해 목숨을 잃게 만들 작정이었어.'

한 통치자의 두개골에 바쳐진 이 바위 신전은 기도를 허락하지 않는다. 이 신전은 비탄의 무덤이 되었다. 오직 바람만이 이곳의 목소리를 듣는다. 밤의 생물들의 외침과 두 개의 달의 일시적인 경이, 이 모든 것이 그의 시대가 끝났음을 얘기하고 있다. 탄원자들은 이제 오지 않는다. 손님들은 연회의 자리를 떠나버렸다. 이 산을 내려가는 길이 얼마나 황량한지.

—이름을 알 수 없는 한 아트레이데스 공작의 신전에 새겨진 글

얼핏 보기에 그것은 레토에게 단순해 보였다. 환영을 피하고 환영 속에 나타나지 않은 행동을 하는 것. 그는 자신의 생각 속에 있는 함정을 알고 있었다. 고정된 미래의 별로 중요하지 않은 가닥들이 한데 몸을 꼬아서 마침내 사람을 단단히 붙들어버린다는 것을. 그러나 그는 그 가닥들을 새로운 방법으로 움켜쥐고 있었다. 그는 자신이 자쿠루투에서 도망치는 모습을 어디에서도 보지 못했다. 사비하와 연결된 가닥을 가장 먼저 끊어버려야 했다.

그는 하루의 마지막 햇빛 속에서 자쿠루투를 보호하는 바위의 동쪽 가장자리에 웅크리고 있었다. 그는 프렘 행낭에서 에너지 정제와 음식

을 꺼내 먹었다. 그리고 몸에 힘이 생기기를 기다리고 있었다. 서쪽에는 모래벌레가 나타나기 전의 시대에 물이 지표면을 흐르던 석고 같은 평원, 아즈락 호수가 있었다. 눈에 보이지는 않지만 동쪽에는 새로운 거주지들이 광활한 사막을 잠식해 들어가며 여기저기 흩어져 있는 베네 세르크가 있었다. 그리고 남쪽에는 공포의 땅, 탄제르우프트가 있었다. 38킬로미터에 이르는 그 황무지의 풍경을 깨뜨리는 것은 풀을 심어 고정시킨 모래언덕들과 거기에 물을 공급하기 위한 바람덫뿐이었다. 아라키스의 풍경을 새롭게 바꿔놓고 있는 생태학적 변화의 결과였다. 사람들이 오니숍터를 타고 공중에서 그 모래언덕들과 바람덫을 관리했지만 그곳에 오래 머무는 사람은 아무도 없었다.

'남쪽으로 가야겠어. 거니는 내가 그렇게 할 거라고 예상할 거야.' 그는 속으로 혼잣말을 했다. 지금은 전혀 뜻밖의 행동을 할 때가 아니었다.

곧 날이 어두워지면 이 임시 은신처를 떠날 수 있을 것이다. 그는 남쪽 지평선을 물끄러미 바라보았다. 지평선을 따라 어둠침침한 하늘이 휭휭 바람소리를 내며 연기처럼 흔들리고 있었다. 그리고 파도처럼 움직이는 흙먼지들이 타는 듯 뜨거운 선 모양을 이루고 있었다. 폭풍이었다. 그는 뭔가를 찾는 모래벌레처럼 대평지에서 솟아오르는 폭풍의 높은 중앙부를 지켜보았다. 꼬박 1분 동안 그는 그 중앙부를 지켜보았다. 그리고 그것이 오른쪽으로도, 왼쪽으로도 움직이지 않는다는 것을 깨달았다. 프레멘들의 오래된 격언이 머릿속에 불쑥 떠올랐다. '중앙부가 움직이지 않는다면, 너는 그놈이 지나갈 길 위에 있는 것이다.'

그 폭풍이 상황을 바꿔놓았다.

잠시 동안 그는 서쪽의 타브르가 있는 방향을 바라보며 얼핏 평화로워 보이는 회색과 황갈색 사막의 밤을 느꼈다. 하얀 석고 같은 분지의 가장자리에 바람에 깎여 둥글어진 자갈들이 보였다. 흙먼지 구름의 색깔을 반사하며 눈부신 하얀색으로 빛나고 있는 그 비현실적인 표면의 황량한 공허함도 느껴졌다. 그가 보았던 환영 어디에도 그가 회색 뱀 같은 어머니 폭풍을 이기고 살아남거나 도저히 살아남을 수 없을 정도로 모래 속에 깊이 파묻히는 장면은 없었다. 바람 속에서 흔들리는 환영뿐이었다……. 그러나 그 환영 속의 일이 어쩌면 나중에 일어날 수도 있었다.

폭풍이 여러 개의 위도에 걸친 지역을 구불구불 휘몰아쳐 오며 이 세상을 채찍으로 후려쳐 굴복시키고 있었다. 어쩌면 위험을 무릅쓸 수 있을 것 같기도 했다. 항상 친구의 친구에게서 들었다는 식으로 전해 오는 오래된 얘기들이 있었다. 지친 모래벌레의 널찍한 체절 하나를 창조자 작살로 벌려서 놈을 지면에 꼼짝 못 하게 묶어둔 다음, 바람이 불어 가는 쪽의 그림자 속에서 폭풍이 지나갈 때까지 버틸 수 있다는 얘기였다. 대담함과 자포자기에 가까운 무모함 사이에 걸쳐진 이 이야기가 그를 유혹했다. 폭풍이 아무리 빨라도 자정까지는 이곳에 도착하지 않을 것이다. 그렇다면 시간이 있었다. 여기서 얼마나 많은 가닥들을 끊어버릴 수 있을까? 마지막 것까지 포함해서 모두?

'거니는 내가 남쪽으로 갈 거라고 예상하겠지만 폭풍 속으로 들어갈 줄은 모를 거야.'

그는 남쪽을 내려다보며 길을 찾았다. 자쿠루투의 바위들 사이로 부드럽게 곡선을 그리고 있는 흑단처럼 까만색의 깊은 협곡이 보였다. 그는 그 협곡의 내부에서 물결치는 모래를 보았다. 카이메라 모래였다. 그 모래는 자기가 물이라도 되는 양 평원 위로 당당한 개울을 뻗어냈다. 그는 모래의 맛이 섞인 갈증을 느끼면서 프렘 행낭을 어깨에 메고 협곡으로 통하는 길로 내려섰다. 아직 누군가 그의 모습을 볼 수 있을 만큼 날이 밝았지만 그는 지금 시간과 도박 중이었다.

　그가 협곡 가장자리에 도착했을 때 깊은 사막의 빠른 밤이 그를 덮쳤다. 탄제르우프트까지 길을 밝혀줄 것은 미끄러지듯 비추고 있는 메마른 달빛뿐이었다. 그의 풍부한 기억들이 일깨워준 온갖 두려움 때문에 심장 박동이 빨라지는 것이 느껴졌다. 자신이 후아누이 나로 내려가고 있는 것인지도 모른다는 느낌이 들었다. 그것은 프레멘들이 두려운 마음으로 폭풍 중에서도 가장 큰 것에 붙여준 이름이었다. '대지의 죽음의 증류기'. 하지만 무엇이 오든 그것은 환영에 나타나지 않은 것이 될 것이다. 한 걸음 내디딜 때마다 스파이스로 인해 야기된 디아나, 즉 아무런 움직임이 없는 인과 관계의 사슬을 향해 펼쳐지는 그의 직관적이고 창의적인 본성의 의식이 번져나가는 상태가 뒤로 자꾸 멀어졌다. 이제 백 걸음을 걸을 때마다 적어도 한 걸음은 옆으로 내딛어야 했다. 그가 새롭게 움켜쥔 내면의 현실과 소통하기 위해 언어의 경지를 넘어서는 곳으로.

　'어떤 방법으로든, 아버지, 저는 당신께 가고 있습니다.'

　주위의 바위들 속에는 새들이 있었다. 그들의 모습은 눈에 보이지 않았지만, 작은 소리가 그들의 존재를 알렸다. 프레멘 식으로, 그는 자신이 눈으로 볼 수 없는 곳에서 길을 찾기 위해 그들의 메아리에 귀를 기울였다. 그가 틈새들을 지나갈 때 불길한 초록색 눈들이 자주 눈에 띄었다. 폭풍이 다가오고 있음을 아는 생물들이 숨어서 몸을 웅크리고 있는 것이다.

　그는 협곡을 통과해 사막으로 나왔다. 살아 있는 모래들이 움직이며 그의 발밑에서 숨을 쉬었다. 그리고 땅속 깊은 곳에서 일어나는 일들과 잠복하고 있는 화산들에 대해 알려주었다. 그는 고개를 돌려 우뚝 솟은 산처럼 생긴 자쿠루투의 꼭대기에서 달빛을 받고 있는 화산암을 올려다보았다. 그 화산암 꼭대기는 주로 압력에 의해 형성된 변성암이었다. 아라키스는 자신의 미래에 대해 아직 뭔가 말하려고 했다. 그는 모래벌레를 부르기 위해 모래막대기를 땅에 박고, 그것이 사막 위에서 딱딱 소리를 내기 시작하자 주위를 지켜보며 소리에 귀를 기울일 수 있는 곳에 자리를 잡았다. 그의 오른손이 무의식적으로 디시다샤의 매듭 주름 속에 숨겨져 있는 아트레이데스의 매 모양 반지를 향했다. 거니는 그것을 찾았지만 그냥 내버려두었다. 그는 폴의 반지를 보면서 무슨 생각을 했을까?

'아버지, 제가 곧 가겠어요.'

모래벌레는 남쪽에서 왔다. 녀석은 바위들을 피하기 위해 몸을 비스듬하게 구부리고 있었다. 기대했던 것만큼 큰 놈은 아니었지만 그 격차를 메울 방법이 있었다. 그는 놈이 지나가는 것을 지켜보다가 작살을 박았다. 그리고 놈이 흙먼지를 흩뿌리며 모래막대기를 덮칠 때 재빨리 비늘이 있는 놈의 옆구리로 올라갔다. 벌레는 작살의 압박 속에서 쉽게 방향을 돌렸다. 놈이 내는 속도로 인해 생겨난 바람 때문에 로브가 채찍처럼 펄럭이기 시작했다. 그는 흙먼지 때문에 흐릿해 보이는 남쪽 하늘의 별들을 바라보며 벌레를 그쪽 방향으로 몰았다.

'바로 폭풍 속으로 들어가는 거야.'

첫 번째 달이 떠오르자 레토는 폭풍의 높이를 가늠해 보고 그것의 도착 시간을 처음보다 늦춰 잡았다. 폭풍은 해가 뜨기 전에는 도착하지 않을 것이다. 녀석은 넓게 번져나가면서 한 번의 커다란 도약을 위해 더 많은 에너지를 끌어모으고 있었다. 생태학적 변화를 담당한 사람들에게 할 일이 많이 생길 것 같았다. 마치 이 행성이 의식적인 분노를 표출하면서 그들과 싸우고 있는 것 같았다. 생태학적 변화가 더 많은 땅을 점령할수록 행성의 분노도 커졌다.

밤새도록 그는 벌레를 남쪽으로 재촉했다. 그의 발을 통해 전달되는 움직임 속에서 놈이 비축하고 있던 에너지가 느껴졌다. 때로 그는 짐승이 서쪽으로 방향을 트는 것을 내버려두었다. 눈에 보이지 않는 자기 영역의 경계선 때문인지, 아니면 다가오는 폭풍에 대한 인식이 의식 깊숙한 곳에 자리잡고 있기 때문인지 놈은 계속해서 서쪽으로 가려고 했다. 모래벌레들은 원래 땅속에 몸을 파묻고 모래를 몰고 오는 바람을 피했다. 그러나 창조자 작살이 체절을 벌려두고 있는 동안엔 이놈이 사막 밑으로 들어가려 하지 않을 것이다.

자정이 되자 벌레가 지친 기색이 역력했다. 그는 거대한 산맥 같은 놈의 몸 뒤쪽으로 가서 채찍을 사용했다. 그리고 놈이 속도를 늦추는 것을 허용하면서 계속 남쪽으로 몰았다.

폭풍은 동이 튼 직후에 도착했다. 처음에는 넓게 퍼져서 꼼짝도 하지 않는 사막의 새벽이 모래언덕들을 눌러 서로 합쳐지게 만들었다. 그다음에는 흙먼지가 다가오는 바람에 그는 얼굴 덮개로 얼굴을 단단히 덮었다. 점점 짙어지는 흙먼지 속에서 사막은 선 하나 없는 암갈색 그림이 되었다. 모래가 바늘처럼 뺨과 눈꺼풀을 찌르기 시작했다. 혓바닥에 거친 모래를 느끼면서 그는 결정의 순간이 왔음을 알았다. 기운이 거의 다 빠져버린 모래벌레를 꼼짝 못 하게 만들어서 옛 이야기에 나오는 방법을 감행해야 하는가? 그는 심장이 겨우 한 번 뛰는 동안 이 방법을 포기하기로 결정했다. 그리고 벌레의 꼬리 쪽으로 가서 작살을 느슨하게 해주었다. 벌레는 힘겹게 간신히 움직이면서 땅속으로 파고들어 가기 시작했다. 그러나 놈의 열 전달 시스템에서 나온 과도한 열기 때문에 점점 빨라지는 폭풍 속에 서 있는 그의 등 뒤에서 찜통처럼 뜨거운 회오리바람이 계속 일었다. 프레멘 아이들은 가장 먼저 이야기를 통해 벌레의 꼬리 근처에 있는 것이 얼마나 위험한지 배운다. 모래벌레는 산소 공장이었다. 그래서 내부의 마찰력에 화학적으로 적응하는 과정에서 정신없이 내뱉는 숨을 연료 삼아 그들이 지나가는 길에서 불이 거세게 타오르곤 했다.

모래가 그의 발치를 채찍처럼 후려치기 시작했다. 레토는 작살을 빼낸 다음 꼬리 쪽의 용광로를 피하기 위해 널찍하게 뛰었다. 이제 모래벌레가 흐트러뜨린 모래 속으로 들어가는 것에 모든 것이 달려 있었다.

정전기를 이용한 압축기를 왼손에 움켜쥐고 그는 모래언덕의 가파른 경사면 속으로 파고들었다. 벌레는 너무 지쳐서 방향을 돌려 하얀색과 오렌지색이 섞인 그 거대한 입으로 그를 집어삼킬 수 있는 상태가 아니었다. 그는 왼손으로 땅을 파는 한편 오른손으로는 프렘 행낭에서 사막 텐트를 꺼내 부풀릴 준비를 했다. 이 모든 일에 1분도 채 걸리지 않았다. 그는 모래언덕의 바람이 닿지 않는 쪽에 주머니 모양으로 단단하게 뭉쳐진 모래 속에 텐트를 놓았다. 그리고 텐트를 부풀린 다음 안으로 기어 들어갔다. 괄약근 모양의 입구를 봉하기 전에 그는 압축기를 쥔 손을 밖으로 뻗어 자신이 아까 했던 작업을 되돌리기 시작했다. 경사면의 모래가 텐트 위로 미끄러져 내려왔다. 그가 입구를 봉할 때 안으로 들어온 것은 모래알 몇 개뿐이었다.

이제 그는 훨씬 더 빠른 속도로 움직여야 했다. 그 어떤 모래스노클도 저 위쪽까지 닿아 그에게 공기를 공급해 줄 수 없었다. 이건 거대한 폭풍이었다. 살아남는 사람이 거의 없는 그런 폭풍. 폭풍은 몇 톤이나 되는 모래로 이곳을 덮어버릴 것이다. 그를 보호해 주는 것은 단단히 압축된 모래에 둘러싸인 부드러운 거품 모양의 사막 텐트뿐이었다.

레토는 몸을 쭉 펴고 똑바로 누워서 가슴 위에 양손을 포개고 휴면 무아지경으로 들어갔다. 이 상태에서라면 그의 허파는 한 시간에 한 번밖에 움직이지 않을 것이다. 이 상태 속에서 그는 미지의 것에 자신을 맡겼다. 폭풍은 지나갈 것이다. 그리고 폭풍 때문에 그의 연약한 은신처가 노출되지 않는다면, 아마도 밖으로 나갈 수 있을 것이다……. 아니면 마디나트 아스 살람, 즉 평화의 거주지로 들어가게 될 수도 있었다. 그는 무슨 일이 일어나든 마침내 황금의 길 하나만이 남도록 가닥들을 하나하나 끊어버려야 한다는 것을 알고 있었다. 그렇지 않으면 아버지의 후계자라는 지위로 돌아갈 수 없었다. 그는 더 이상 아버지의 행정관들에게 단조로운 말을 되풀이하면서 데스포시니, 즉 저 끔찍한 후계자의 삶을 거짓으로 살고 싶지 않았다. 그는 사제가 "그분의 크리스나이프가 악마들을 녹여버릴 것이다!"라고 불쾌하기 짝이 없는 허튼소리를 지껄일 때 더 이상 침묵하고 싶지 않았다.

이런 다짐과 함께 레토의 의식이 시간을 초월한 도(道)의 거미줄 속으로 미끄러지듯 들어갔다.

모든 행성계에는 더 높은 질서의 영향력이 분명히 존재한다. 이것은 흔히 새로 발견된 행성에, 그 행성에 맞게 개조한 생명체를 도입할 때 증명된다. 모든 사례에서 비슷한 지역의 생명체들은 환경에 적응해 나가면서 놀라울 정도로 흡사한 형태를 갖게된다. 이 형태는 단순한 모양 이상의 훨씬 많은 것을 의미한다. 즉 생존을 위한 조직의 존재와 그런 조직들 사이의 관계를 암시하는 것이다. 이러한 상호 의존적인 질서와 그 안에 존재하는 틈새를 찾기 위한 인간의 탐색은 반드시 필요한 일이다. 그러나이런 탐색은 동일성에 대한 보수적인 집착으로 왜곡될 수 있다. 이것은 지금까지 항상 시스템 전체에 대해 치명적인 것으로 판명되었다.

―하르크 알 아다 풍으로 집필된 『듄의 재앙』

"내 아들은 사실 미래를 본 것이 아니오. 그 애는 창조의 과정, 그리고 그 과정과 신화들의 관계를 보았소. 인간은 그 신화들 안에서 잠자고 있지." 제시카가 말했다. 빠른 말투였지만 서두르는 것처럼 보이지는 않았다. 그녀는 숨어서 지켜보는 자들이 그녀가 지금 무엇을 하고 있는지 알아차리자마자 어떻게든 방해하리라는 것을 알고 있었다.

파라든은 등 뒤의 창문을 통해 비스듬히 쏟아져 들어오는 오후의 햇살을 받으며 바닥에 앉아 있었다. 반대편 벽 앞에 선 제시카가 건너편을 살짝 바라보면 안뜰 정원에 있는 나무 꼭대기가 조금 눈에 들어왔다. 지금 그녀가 보고 있는 것은 새로운 파라든이었다. 그는 전보다 더 호리호리했고, 더 강인했다. 몇 개월에 걸친 훈련이 그에게 필연적인 마법을 베푼 것이다. 그녀를 뚫어지게 바라보는 그의 눈이 반짝였다.

"그 애는 기존의 힘들이 다른 쪽으로 전환되지 않는다면 만들어내게 될 형태들을 보았소. 그 애는 동료 인간들에게 등을 돌리는 대신 자기 자신에게 등을 돌렸지. 그 애는 자신에게 위안을 가져다주는 것만을 받아들이는 행위를 거부했소. 그건 도덕적으로 비겁한 짓이었으니까." 제시카가 말했다.

파라든은 자신의 질문을 날카롭게 다듬을 때까지 그 질문들을 시험하고 탐색하고 보류하며 말없이 귀를 기울이는 법을 이미 터득하고 있었다. 그녀는 의식(儀式)의 형태로 표현되는 분자적 기억에 대한 베네 게세리트의 관점에 대해 이야기하고 있었는데, 그러다가 무앗딥에 대한 교단의 분석 방식으로 이야기가 샌 것은 지극히 당연한 일이었다. 그러나 파라든은 그녀의 말과 행동에서 움직이는 그림자를 보았다. 그녀의 말에 담긴 표면적 의도와는 모순되는 무의식적인 생각들이 그렇게 투사되고 있었다.

그녀는 전에 이렇게 말했다. "우리의 모든 관찰 결과 중에서 이것이 가장 중요하오. 생명은 가면이고, 우주는 그 가면을 통해 스스로를 표현하지. 우리는 모든 인류와 인류를 부양하는 생명체들이 '자연'의 공동체를 대표하며, 모든 생명의 운명은 개인의 운명 속에 달려 있다고 가정하고 있소. 따라서 궁극의 자기반성, 즉 아모르 파티의 문제에 이르면, 우리는 신처럼 행세하는 것을 그만두고 가르침으로 회귀하지. 결정적인 시기에 우리는 개인들을 선택해서 우리가 할 수 있는 한 최고로 자유롭게 풀어

주고 있소."

그는 이제 그녀가 무엇을 목표로 하고 있는지 알 수 있었다. 그리고 그것이 감시안을 통해 지켜보고 있는 자들에게 어떤 영향을 미칠지 알기 때문에 문을 향해 걱정스러운 시선을 던지고 싶은 것을 참았다. 그가 순간적으로 균형을 잃었음을 감지할 수 있는 것은 훈련받은 자의 눈뿐이었다. 제시카는 그의 상태를 눈치채고 미소를 지었다. 어쨌거나 미소의 의미는 어떻게도 해석될 수 있는 것이니까.

"이건 일종의 졸업식이오. 난 당신에게 아주 만족하고 있소, 파라든. 이제 자리에서 일어서 주겠소?" 그녀가 말했다.

그는 그녀의 말에 따랐다. 그가 일어서자 그의 뒤에 있는 창을 통해 보이던 나무 꼭대기가 그녀의 시야에서 가려졌다.

제시카는 양팔을 딱딱하게 옆구리에 붙이고 말했다. "난 당신에게 이 말을 해야 할 책임이 있소. '나는 신성한 인간의 존재 앞에 서 있소. 내가 지금 그렇게 하듯이 당신도 언젠가는 이렇게 서 있을 것이오. 나는 반드시 그런 일이 이루어지도록 당신의 존재를 향해 기도드리오. 미래는 여전히 불확실하고, 또 반드시 불확실해야 하오. 미래는 우리가 우리의 욕망을 그려나가는 캔버스이기 때문이오. 따라서 인간의 조건은 항상 아름답도록 텅 빈 캔버스를 마주하고 있소. 우리는 우리가 공유하고 창조하는 신성한 존재에게 계속적으로 우리 자신을 바쳐야 하는 이 순간만을 소유하고 있소.'"

제시카가 이 말을 마칠 무렵 티예카니크가 그녀 왼쪽의 문으로 들어와서 짐짓 무심한 태도로 움직였다. 그러나 그의 얼굴에 나타난 험상궂은 표정이 그의 태도를 배반하고 있었다.

"공자님."

그가 말했다. 하지만 이미 너무 늦었다. 제시카의 말과 그 전에 이루어진 모든 준비 작업이 임무를 끝마친 것이다. 파라든은 이제 코리노가 아니었다. 그는 베네 게세리트였다.

초암 이사회의 당신들은 상행위에서 진정한 충성심을 좀처럼 찾기 힘들다는 사실을 이해하지 못하는 것 같다. 사무원이 자기 회사를 위해 목숨을 바쳤다는 얘기를 마지막으로 들은 게 언제인가? 아마 당신들의 그런 결함은 당신들이 사람에게 생각하고 협력하라는 명령을 내릴 수 있다는 잘못된 가정 때문인 것 같다. 이것은 모든 역사를 통틀어 종교에서부터 군사 참모들에 이르기까지 모든 사람이 저지른 실수였다. 군사 참모들은 자기들의 국가를 파괴한 오랜 역사를 갖고 있다. 종교와 관련해서는 토마스 아퀴나스를 다시 읽을 것을 권고한다. 초암의 당신들의 경우, 당신들이 믿는 것이 얼마나 말도 안 되는 허튼소리인지! 사람이 뭔가를 하고 싶다고 생각할 때에는 반드시 가슴속 가장 깊은 곳에서 우러나는 충동 때문이어야 한다. 위대한 문명이 제대로 작동할 수 있도록 해주는 것은 상업적 조직이나 명령 계통이 아니라 사람이다. 모든 문명은 자신이 만들어내는 개인들의 자질에 의존하고 있다. 인간을 지나치게 조직화하고, 지나치게 법제화하고, 위대해지고 싶다는 충동을 억압한다면, 인간은 일을 할 수 없게 되고 문명은 붕괴할 것이다.

—초암에게 보낸 서한, 설교자가 쓴 것으로 알려져 있음

레토는 상태의 변화를 명확히 구분할 수 없을 만큼 부드러운 전이 과정을 거쳐 무아지경에서 빠져나왔다. 의식이 하나의 수준에서 다른 수준으로 그냥 이동했다.

그는 자기가 있는 곳이 어디인지 알고 있었다. 에너지 회복 과정이 파도처럼 그의 몸을 휩쓸고 지나갔지만 그는 산소가 결핍되어 생명을 위협할 정도로 답답한 사막 텐트 안의 공기 속에서 또 다른 의미를 읽어냈다. 지금 움직이지 않는다면 자신이 시간을 초월한 거미줄, 즉 모든 사건들이 공존하는 영원한 '지금' 속에 계속 붙들려 있게 되리라는 것을 그는 알고 있었다. 유혹적인 생각이었다. 그는 '시간'을 지능 있는 모든 생물들의 집단적인 정신에 의해 형성된 집합으로 보았다. '시간'과 '공간'은 그의 '정신'이 우주에 강요한 범주들이었다. 그가 해야 할 일이라고는 예지의 환영이 그를 유혹하는 그 다중성을 떨치고 나오는 것뿐이었다. 대담한 선택이 잠정적인 미래들을 변화시킬 수 있었다.

지금 이 순간은 어떤 대담함을 요구하고 있는 걸까?

무아지경 상태가 그를 유혹했다. 자신이 알람 알 미탈을 떠나 현실의 우주 속으로 들어왔지만 결국 그 두 세계가 똑같다는 것을 깨달았을 뿐이라는 생각이 들었다. 그는 자신의 계시에 들어 있는 리하니 마법을 유지하고 싶었다. 그러나 생존의 문제가 그에게 결단을 요구했다. 생명을 원하는 그의 가차 없는 성향이 신경들에게 신호를 보냈다.

그는 모래 압축기를 놓아두었던 곳을 향해 불쑥 오른손을 내밀었다. 그리고 압축기를 잡은 다음 배를 깔고 엎드려서 텐트의 입구를 열었다. 고여 있던 모래가 그의 손을 타고 아무렇게나 흘러내렸다. 답답한 공기를 자극제로 삼아 그는 어둠 속에서 재빨리 움직여 가파른 각도로 위를 향해 터널을 만들었다. 그의 키보다 여섯 배나 되는 터널을 만들고서야 비로소 깨끗한 공기가 있는 어둠 속으로 뚫고 나올 수 있었다. 그는 길게 곡선을 그리고 있는 모래언덕의 바람이 불어오는 쪽 경사면의 달빛 속으로 살짝 빠져나왔다. 자신이 모래언덕 꼭대기에서 3분의 1쯤 되는 지점에 있음을 알 수 있었다.

머리 위에 떠 있는 것은 두 번째 달이었다. 달은 재빨리 그의 머리 위를 가로질러 모래언덕 너머로 가버렸다. 별들이 길 옆에 놓인 밝은 돌멩이들처럼 머리 위에 펼쳐져 있었다. 레토는 방랑자 별자리를 찾았다. 그리고 길게 뻗은 팔 모양의 그 별자리를 따라 시선을 움직여 눈부시게 반짝이는 폼 알 후트에 이르렀다. 그 별은 남반구의 북극성이었다.

'너의 빌어먹을 우주가 여기 있다!' 그는 생각했다. 가까이서 자세히 살펴보니 이 우주는 주위의 모래처럼 부산하게 움직이는 곳이었으며, 변화의 장소, 독특함 위에 독특함이 켜켜이 쌓인 장소였다. 멀리서 보면 눈에 보이는 것은 모래가 그려낸 무늬들뿐이었다. 그리고 그 무늬들은 절대를 믿으라고 사람을 유혹하고 있었다.

'절대 속에서 우리는 길을 잃을 수도 있어.' 프레멘의 단가에 나오는 익숙한 경고가 생각났다. '탄제르우프트에서 길을 잃는 사람은 생명을 잃는다.' 모래의 무늬는 길잡이가 될 수도 있고 함정이 될 수도 있었다. 그 무늬들이 변한다는 것을 반드시 기억해야 했다.

그는 깊이 숨을 들이쉬고 움직이기 시작했다. 그는 자신이 기어 나온 통로를 다시 미끄러져 내려가 텐트를 접어 밖으로 가지고 나온 다음 프렘 행낭을 다시 꾸렸다.

포도주색 빛이 동쪽 지평선을 따라 생겨나기 시작했다. 그는 행낭을 어깨에 메고 모래언덕 꼭대기로 올라갔다. 그리고 떠오르는 태양이 오른쪽 뺨에 따뜻하게 느껴질 때까지 차가운 새벽 공기 속에 서 있었다. 그러고 나서 빛의 반사를 줄이기 위해 눈자위에 얼룩을 묻혔다. 지금은 사막과 싸우는 대신 사막에게 구애해야 했다. 얼룩을 묻히는 도구를 행낭속에 다시 집어넣은 다음 그는 집수튜브에서 물을 마셨다. 그러나 물이 몇 방울 나오더니 그다음부터는 공기뿐이었다.

모래 위에 주저앉아 그는 자신의 사막복을 조사하기 시작했다. 그리고 마침내 발꿈치 펌프에 이르렀다. 펌프는 바늘칼에 의해 교묘하게 잘려 있었다. 그는 사막복을 벗어 그 부분을 수리했다. 그러나 이미 발생한 피해는 어쩔 수 없었다. 그의 몸에서 나온 물 중 적어도 절반이 사라져버린 것이다. 사막 텐트가 수분을 포획하지 않았다면……. 그는 사막복을 입으면서 이 문제를 곰곰이 생각해 보았다. 자신이 이런 일을 예상하지 못했다는 것이 아주 이상하게 여겨졌다. 환영에 나타나지 않은 미래의 분명한 위험이 바로 이런 것이었다.

레토는 모래언덕 꼭대기에 웅크리고 앉아 이곳의 고독을 강렬하게 느껴보았다. 그는 이리저리 시선을 돌리면서 바람이 횡횡 빠져나오는 구멍, 스파이스나 모래벌레의 존재를 암시하는 모래언덕의 불규칙한 모양 등을 찾아보았다. 그러나 이 땅은 폭풍 때문에 어디를 봐도 똑같은 모습으로 변해 있었다. 이윽고 그는 행낭에서 모래막대기를 꺼내 딱딱이를 장전한 다음 땅속 깊은 곳에서 샤이 훌루드를 불러 올리기 위해 그것을 작동시켰다. 그리고 옆으로 물러서서 기다리기 시작했다.

벌레는 한참 만에야 나타났다. 그는 벌레를 눈으로 보기 전에 소리를 먼저 듣고, 땅을 뒤흔드는 움직임 때문에 공기가 진동하는 동쪽으로 시선을 돌려 모래 위로 벌레의 오렌지색 입이 솟아오르기를 기다렸다. 벌레는 쉿쉿 소리와 함께 흙먼지를 엄청나게 피워 올리며 땅속 깊은 곳에서부터 올라왔다. 흙먼지 때문에 녀석의 옆구리가 잘 보이지 않을 정도였다. 곡선 모양의 회색 벽 같은 녀석의 몸이 레토의 옆을 휙 지나갔고, 그는 작살을 꽂은 다음 쉽게 옆구리로 올라갔다. 그리고 벌레의 몸 위로 기어오르면서 벌레가 거대한 곡선을 그리며 남쪽으로 방향을 돌리도록 조종했다.

몸을 찔러대는 작살 때문에 벌레는 속도를 높였다. 바람 때문에 그의 로브가 채찍처럼 몸에 휘감겼다. 그는 벌레가 작살의 재촉을 받고 있는 것처럼 자신도 재촉받고 있음을 느꼈다. 그의 음부에 강렬한 창조의 흐름이 있었다. 각각의 행성은 나름의 주기를 갖고 있고, 각각의 생명도 마찬가지임을 그는 자신에게 일깨웠다.

그가 잡은 모래벌레는 프레멘들이 '으르렁거리는 놈'이라고 부르는 부류에 속했다. 녀석은 꼬리를 계속 움직이면서 몸의 앞판 속으로 자꾸 파고들어 가려고 했다. 이 때문에 낮게 울리는 소리가 나면서 녀석의 몸 일부가 움직이는 혹처럼 모래 위로 완전히 솟아올랐다. 그러나 녀석은 속도가 빨랐다. 뒤를 쫓아오는 바람과 마주치자 꼬리에서 분출되는 용광로 같은 열기 때문에 그의 몸 위로 뜨거운 바람이 불었다. 그 바람은 홍수처럼 쏟아져 나온 산소에 의해 운반된 불쾌한 냄새로 가득 차 있었다.

벌레가 남쪽을 향해 속도를 내는 동안 레토는 자신의 정신을 자유롭게 내버려두었다. 그는 이 여행을 자신의 인생을 위한 새로운 의식(儀式), 즉 황금의 길을 얻기 위해 치러야 할 대가에 대한 생각을 막아주는 의식으로 생각하려 했다. 과거의 프레멘들처럼 그는 자신의 인격이 기억 속에 존재하는 여러 부분들로 나뉘는 것을 막기 위해, 자신의 영혼을 탐욕스럽게 찾아다니는 사냥꾼들을 영원히 제자리에 묶어두기 위해 새로운 의식들을 많이 받아들여야 한다는 것을 알고 있었다. 결코 결합되지 않는 모순적인 이미지들이 이제 내면에서부터 그를 몰아대는 분열의 힘, 즉 살아 있는 긴장 속에 봉해져야 했다.

'항상 새로움이 있어야 해. 내 환영에서 항상 새로운 가닥들을 찾아야 해.' 그는 생각했다.

오후가 막 되었을 때 앞에 불쑥 튀어나온 것이 그의 주의를 끌었다. 그것은 그가 가는 길에서 약간 오른쪽으로 비껴가 있었다. 그 튀어나온 것이 서서히 좁은 고원 모양을 갖춰가기 시작했다. 위를 향해 솟아오른 그 바위는 예상했던 바로 그 자리에 서 있었다.

'자, 남리…… 자, 사비하, 당신의 형제들이 내 존재를 어떻게 받아들이는지 이제 보기로 하지.' 그는 생각했다. 그의 앞에 있는 것은 모든 가닥들 중에서도 가장 섬세한 것이었다. 그리고 노골적으로 위협이 되기보다 오히려 유혹적이라는 점에서 위험했다.

바위 고원의 차원이 바뀔 때까지는 시간이 오래 걸렸다. 한동안은 그가 그것에 다가가는 것이 아니라 그것이 그에게 다가오는 것처럼 보였다.

이제 지치기 시작한 모래벌레는 자꾸만 왼쪽으로 휘려고 했다. 레토는 거대한 경사로 같은 벌레의 몸을 미끄러져 내려와서 작살을 새로 박아 이 거대한 녀석이 똑바로 앞을 향해 나아가게 만들었다. 멜란지의 순하고 날카로운 냄새가 그의 콧구멍에 닿았다. 멜란지가 풍부하게 매장되어 있다는 신호였다. 그들은 스파이스의 개화가 있었던 비늘 같은 모양의 보라색 모래를 지났다. 그는 멜란지 매장지를 지나 한참 앞으로 갈 때까지 벌레를 단단히 붙들고 있었다. 레토가 점점 높이 솟아오르는 고원을 향해 벌레의 방향을 똑바로 바꿀 때까지 톡 쏘는 계피향을 짙게 풍기는 산들바람이 한동안 그들을 쫓아왔다.

갑자기 남쪽의 광활한 사막 저 멀리에서 여러 가지 색깔들이 깜박거렸다. 인간이 만든 거대한 유물에서 무지개 색깔이 조심성 없이 번쩍이고 있었다. 그는 쌍안경을 위로 올리고 오일 렌즈의 초점을 맞췄다. 멀리서 스파이스 정찰기의 날개가 밖으로 기운 채 햇빛을 받아 반짝이고 있는 것이 보였다. 그 아래에서는 커다란 수확기가 번데기처럼 날개를 벗어버리고 꿍음을 내며 멀어져가고 있었다. 레토가 쌍안경을 내리자 수확기의 모습이 작은 점처럼 작아졌다. 그는 하다합, 즉 어디에나 존재하는 사막의 거대함에 압도되는 것을 느꼈다. 그것은 저 스파이스 사냥꾼들의 눈에 그의 모습이 어떻게 비칠 것인지를 알려주었다. 그는 사막과 하늘 사이에 있는 검은 물체처럼 보일 것이다. 그리고 그것은 프레멘들에게 '인간'을 상징했다. 그들은 당연히 그를 보고 신중을 기할 것이다. 그리고 기다릴 것이다. 프레멘들은 사막에서 항상 서로를 경계했다. 새로 나타난 사람이 누군지 알아보거나 그 사람이 전혀 위협이 되지 않는다고 확신할 때까지. 세련된 제국 문명과 정교한 법칙들 안에서도 그들은 여전히 반쯤 길든 야만인으로 남아 크리스나이프의 소유자가 죽으면 크리스나이프가 분해되어 버린다는 사실을 항상 의식했다.

'우리를 구해 줄 수 있는 게 바로 그거야. 그 야성.' 레토는 생각했다.

멀리서 스파이스 정찰기가 오른쪽으로 기체를 기울였다가 다시 왼쪽으로 기울였다. 그것은 지상에 있는 사람들에게 보내는 신호였다. 그는 정찰기 안에 있는 사람들이 벌레와 벌레를 탄 사람들이 더 있는지 알아보기 위해 그의 등 뒤에 있는 사막을 탐색하는 모습을 그려보았다.

레토는 벌레의 몸을 왼쪽으로 굴린 다음, 녀석이 완전히 거꾸로 돌아설 때까지 붙들고 있었다. 그리고 옆구리를 내려와 땅 위로 뛰어내렸다. 자신을 재촉하는 그의 손에서 풀려난 벌레는 몇 번 숨을 쉬는 동안 땅 위에서 토라져 있다가 몸뚱이 앞쪽 3분의 1을 땅속에 가라앉히고 가만히 누워 기운을 회복했다. 그가 벌레를 너무 오래 타고 있었다는 확실한 표시였다.

그는 벌레에게서 시선을 돌렸다. 지금 녀석은 저 자리에 그냥 머물러 있을 터였다. 정찰기는 여전히 날개로 신호를 보내면서 크롤러 위를 선회하고 있었다. 전자 통신 장비를 경계하는 것으로 보아 그들은 틀림없이 밀수꾼들에게서 돈을 받고 일하는 도망자들이었다. 저 아래에서 사냥꾼들이 곧 스파이스에 달라붙을 것이다. 크롤러가 저곳에 있는 것이 바로 그 징조였다.

정찰기가 다시 한번 선회하더니 날개를 살짝 내렸다 올리고는 그 자리를 벗어나 곧바로 그를 향해 날아왔다. 그는 그것이 할아버지가 아라키스에 도입한 가벼운 타입의 오니솝터임을 알아보았다. 오니솝터는 그의 머리 위에서 한 번 선회한 다음 그가 서 있는 모래언덕의 선을 따라 날아오다가 바람을 거슬러 땅을 향해 기체를 기울였다. 그리고 여기저기서 흙먼지를 피워 올리며 그가 있는 곳에서 채 10미터도 되지 않는 곳에 착륙했다. 그의 측면 쪽에 있는 문이 살짝 열리더니 두꺼운 프레멘 로브를 입은 사람 하나를 뱉어냈다. 그 사람의 로브 오른쪽 가슴에는 창 모양의 상징이 달려 있었다.

그 프레멘은 각자 상대를 살펴볼 수 있게 천천히 다가왔다. 남자는 키가 컸으며 눈은 완전히 푸른색으로 스파이스에 중독된 눈이었다. 그의 얼굴 아래쪽 절반은 사막복 마스크에 가려지고, 두건은 이마를 보호하기 위해 깊게 내려와 있었다. 로브의 움직임을 보니 그가 로브 밑에서 한 손으로 마울라 권총을 들고 있음을 알 수 있었다.

남자는 레토에게서 두 발짝 떨어진 곳에 멈춰 서서 영문을 알 수 없다는 듯 눈가에 잔주름을 짓고 그를 내려다보았다.

"우리 모두에게 행운이 있기를." 레토가 말했다.

남자는 주위를 둘러보며 텅 빈 풍경을 탐색했다. 그리고 다시 레토에게 시선을 돌렸다. "여기서 뭘 하는 거냐, 아이야?" 그가 다그치듯 물었다. 그의 목소리가 사막복 마스크 때문에 흐릿하게 들렸다. "모래벌레 구명의 마개라도 되려는 거냐?"

레토는 다시 전통적인 프레멘의 어법을 사용했다. "사막이 내 집이오."

"웬?" 남자가 다그치듯 물었다. '어느 쪽으로 가는 길이냐?'는 뜻이었다.

"난 자쿠루투에서 남쪽으로 여행하고 있소."

남자에게서 갑작스러운 웃음이 터져 나왔다. "이런, 바티그! 넌 내가 탄제르우프트에서 본 것 중에 가장 이상한 물건이로구나."

"난 당신의 '어린 멜론'이 아니오." 레토가 '바티그'라는 말에 응답했다. 그 말은 무시무시한 의미가 함축되어 있는 호칭이었다. 사막의 가장자리에서 '어린 멜론'은 누구든 자신을 발견하는 사람에게 자신의 물을 바치는 사람을 뜻했다.

"우리가 널 마시지는 않을 거다, 바티그. 난 무리즈라고 한다. 이 타이프의 아리파지." 남자가 고갯짓으로 저 멀리 보이는 스파이스 크롤러를 가리키며 말했다.

레토는 남자가 자신을 자기 무리의 '판관'으로 칭했으며, 다른 사람들을 타이프, 즉 한 무리 또는 일행이라고 불렀음을 주목했다. 그들은 이찬, 즉 형제들의 무리가 아니었다. 틀림없이 돈을 받고 일하는 도망자들이었다. 그에게 필요한 가닥이 바로 여기 있었다.

레토가 침묵을 지키자 무리즈가 물었다. "네게 이름이 있느냐?"

"바티그면 족하오."

무리즈가 몸을 흔들며 쿡쿡 웃었다. "네가 여기서 뭘 하고 있는 건지 아직 내게 말하지 않았다."

"난 모래벌레의 족적을 찾고 있소." 레토가 자신의 움마, 즉 개인적 계시를 찾기 위해 하즈를 하고 있음을 뜻하는 종교적 문구를 사용해서 대답했다.

"이렇게 어린 나이에?" 무리즈가 말했다. 그리고 고개를 저으며 말을 이었다. "널 어떻게 해야 할지 모르겠구나. 네가 우리를 보았으니."

"내가 뭘 봤단 말이오? 난 자쿠루투를 얘기했는데 당신은 아무 응답도 하지 않았소."

"수수께끼 게임이군. 그럼 저건 뭐냐?" 그가 고갯짓으로 저 멀리 보이는 고원을 가리켰다.

레토는 환영에서 본 것을 말했다. "슐로치일 뿐이오."

무리즈의 안색이 굳었다. 레토는 자신의 심장 박동이 빨라지는 것을 느꼈다.

긴 침묵이 이어졌다. 레토는 남자가 여러 가지 대답들을 생각해 보다가 모두 안 되겠다고 버리는 것을 보았다. 슐로치라니! 시에치에서 식사를 마치고 조용히 이야기를 들려주는 시간이 되면, 슐로치의 대상(隊商) 숙소에 대한 이야기들이 자주 되풀이되곤 했다. 이야기를 듣는 사람들은 항상 슐로치가 신화이며 재미있는 일들이 일어나는 곳이고 오직 이야기 속에만 존재하는 곳이라고 생각했다. 레토는 슐로치 이야기 하나를 떠올렸다. 한 방랑자가 사막의 가장자리에서 발견되어 시에치로 옮겨졌다. 처음에 그 방랑자는 자기를 구해 준 사람들의 말에 전혀 대답하려 하지 않았다. 그러다가 그가 입을 열었는데, 아무도 그의 말을 이해하지 못했다. 며칠이 지나도 그는 여전히 사람들의 말에 대답하지 않았으며 옷을 갖춰입으려고도, 어떤 식으로든 협력하려고도 하지 않았다. 혼자 남겨질 때마다 그는 손을 이상하게 움직이곤 했다. 시에치의 모든 전문가들이 불려와서 이 방랑자를 조사했지만 아무런 대답도 얻지 못했다. 그때 아주 나이가 많은 노파가 문간을 지나다가 그의 손 움직임을 보고 웃음을 터뜨렸다. "저 사람은 스파이스 섬유를 굴려 노끈을 만들던 자기 아버지를 흉내 내고 있을 뿐이야. 슐로치에서는 아직도 저렇게 하지. 저 사람은 그저 고독을 덜어보려고 저렇게 하고 있을 뿐이다." 노파가 설명했다. 이 이야기에 담긴 교훈은 이런 것이었다. '슐로치의 오래된 관습 속에 삶의 황금 실에 대한 소속감과 안정이 있다.'

무리즈가 침묵을 지키자 레토가 말했다. "나는 손을 움직이는 것밖에 모르는 슐로치의 방랑자요."

남자의 머리가 화들짝 움직이는 것을 보고 레토는 무리즈가 그 이야기를 알고 있음을 알았다. 무리즈가 위협이 가득 들어 있는 낮은 목소리로 천천히 응답했다. "너는 인간이냐?"

"당신과 같은 인간이오."

"네 말투는 아이치고 너무 이상하군. 다시 말하지만, 나는 타콰에 응답할 수 있는 판관이다."

'아, 그래.' 레토는 생각했다. 이런 판관의 입에서 나오는 '타콰'라는 말에는 즉각적인 위협이 들어 있었다. 타콰는 악마의 존재가 불러일으키는 공포를 뜻하는 말로, 나이가 많은 프레멘들은 이런 공포를 정말로 믿고 있었다. 아리파는 악마를 죽이는 법을 아는 사람이었으며, 항상 '잔인하지 않으면서도 무자비해질 수 있고, 친절이 사실상 더 커다란 잔인성을 향한 길일 때 그것을 알아낼 수 있는 지혜를 가졌다'는 이유로 선택되었다.

그러나 지금의 상황이 레토가 바라던 지점에 이르렀으므로 그는 이렇게 말했다. "나는 마샤드를 받을 수 있소."

"영적인 시험에 대한 판단은 내가 내린다. 이걸 받아들이겠느냐?" 무리즈가 말했다.

"비 라 카이파." 레토가 말했다. '무조건적으로'라는 뜻이었다.

무리즈의 얼굴에 교활한 표정이 나타났다. 그가 말했다. "내가 왜 이걸 허락하는지 모르겠군. 널 당장 죽여버리는 게 최선인데. 하지만 넌 어린 바티그이고 난 아들을 하나 잃었다. 와라. 슐로치로 가서 내가 너에 대한 결정을 내리기 위해 이스나드를 소집하겠다."

레토는 남자의 태도 하나하나에서 그가 무서운 결정을 내렸음이 은근히 드러나는 것에 주목하면서 이런 사람에게 속아 넘어갈 사람이 과연 있을지 모르겠다고 생각했다. 그가 말했다. "난 슐로치가 알 아스 수나 월 야마스라는 걸 알고 있소."

"어린애 주제에 현실 세계에 대해 뭘 안다는 거지?" 무리즈가 레토에게 앞장서서 오니솝터로 걸어가라고 손짓하면서 말했다.

레토는 그의 지시에 따랐으나 그 프레멘 남자의 발소리에 조심스럽게 귀를 기울였다. "비밀을 유지하는 가장 확실한 방법은 사람들로 하여금 자기가 이미 대답을 알고 있다고 믿게 만드는 것이지. 그러면 의문을 품지 않으니까. 자쿠루투에서 쫓겨난 당신들은 정말 영리했소. 얘기와 신화 속에 나오는 슐로치가 정말로 존재한다고 누가 믿겠소? 게다가 밀수꾼이나 듄에 접근하고 싶어 하는 다른 사람들에게는 정말 편리하기 그지없지." 레토가 말했다.

무리즈의 발걸음이 멈췄다. 레토는 오니솝터의 옆구리가 자신의 등 뒤에, 날개가 왼쪽에 오도록 몸을 돌렸다.

무리즈는 마울라 권총을 꺼내 들고 똑바로 레토를 겨냥한 채 반 발짝 떨어진 곳에 서 있었다. "그래, 넌 아이가 아니구나. 우리를 정탐하러 온 저주받은 꼬마둥이야! 네가 아이치고는 너무 지혜로운 말을 한다고 생각했는데, 넌 너무 빨리 너무 많은 말을 했다."

"충분히 말하지는 않았지. 난 폴 무앗딥의 자식인 레토다. 네가 나를 죽인다면 너와 네 종족은 모래 속으로 가라앉을 것이다. 네가 나를 살려 둔다면 너희를 위대한 길로 이끌겠다.”

“나한테 장난칠 생각은 하지 마라, 꼬마둥이.” 무리즈가 고함을 질렀다. “레토는 네가 왔다고 말한 진짜 자쿠루투에 있…….” 그가 말을 멈췄다. 그리고 영문을 모르겠다는 듯 인상을 찌푸리고 눈을 가늘게 뜨면서 총을 든 손을 약간 내렸다.

레토는 그런 머뭇거림을 미리 예상하고 있었다. 그는 모든 근육을 움직여 왼쪽으로 이동하는 시늉을 했다. 그리고 몸을 겨우 1밀리미터만 옆으로 이동시키면서 프레멘의 총을 잡아 날개 가장자리에서 정신없이 흔들었다. 마울라 권총이 무리즈의 손에서 날아갔고, 그가 미처 충격에서 회복하기 전에 레토는 옆으로 다가가 무리즈의 크리스나이프를 등에 바짝 갖다 댔다.

“칼끝에 독이 묻어 있다. 오니숍터 안에 있는 네 친구에게 꼼짝 말고 그 자리에 그대로 있으라고 말해라. 그렇지 않으면 너를 죽일 수밖에 없다.” 레토가 말했다.

무리즈는 부상당한 손을 어루만지면서 오니숍터 안의 사람에게 고갯짓을 하면서 말했다. “내 동료인 베할레트도 당신 말을 들었소. 그는 바위처럼 꼼짝도 하지 않을 거요.”

이 두 사람이 함께 작전 계획을 짜거나 두 사람의 동료들이 조사하러 올 때까지 시간이 별로 없다는 것을 알고 있는 레토가 빠른 말투로 말했다. “네게는 내가 필요하다, 무리즈. 내가 없으면 모래벌레와 스파이스가 듄에서 사라질 것이다.” 그는 프레멘의 몸이 뻣뻣하게 경직되는 것을 느꼈다.

“하지만 슐로치에 대해 어떻게 알고 있는 거지? 자쿠루투 사람들은 틀림없이 아무 말도 하지 않았을 텐데." 무리즈가 말했다.

"그럼 내가 레토 아트레이데스라는 말을 받아들이는 거냐?"

"그럼 당신이 누구겠소? 하지만 어떻게……."

"네가 여기 있으니까, 슐로치는 존재한다. 따라서 나머지는 아주 간단하지. 너희들은 자쿠루투가 파괴될 때 탈출한 '버림받은 자들'이다. 난 너희들이 날개로 신호를 보내는 걸 봤다. 그건 너희들은 멀리서 남이 엿들을 가능성이 있는 장치를 사용하지 않는다는 뜻이지. 너희가 스파이스를 채취한다는 건 거래를 한다는 뜻이고. 너희가 거래할 수 있는 대상은 밀수꾼뿐이다. 너희는 밀수꾼이지만 프레멘이야. 그러니 슐로치 사람들임이 틀림없다."

"왜 당신을 당장 죽여버리도록 날 유혹한 거요?"

"슐로치에 돌아가면 어쨌든 나를 죽일 테니까."

무리즈의 몸이 극도로 뻣뻣하게 경직됐다.

"조심해라, 무리즈." 레토가 경고했다. "난 너희들에 대해 알고 있다. 너희들은 역사적으로 조심성 없는 여행자들의 물을 훔쳤지. 지금쯤이면 그게 너희들에게 일반적인 의식이 되었을 거야. 그렇지 않고서야 우연히 너희의 모습을 본 사람들의 입을 어떻게 막을 수 있었겠나? 어떻게 너희들의 비밀을 지킬 수 있었겠어? 바티그라니! 넌 상냥한 애칭과 친절한 말로 나를 꼬드겼다. 내 물을 모래 위에 낭비할 필요가 없지 않느냐? 그리고 다른 많은 사람들처럼 내가 실종되더라도…… 뭐, 탄제르우프트가 나를 데려갔다고 하면 되겠지."

무리즈는 레토의 말이 불러온 리하니를 쫓아버리기 위해 오른손으로 '모래벌레의 뿔'을 뜻하는 상징을 그렸다. 레토는 나이 많은 프레멘들이 멘타트처럼 확장된 논리를 이용해서 자신들의 낌새를 알아채는 것들을 불신한다는 사실을 알고 있었기 때문에 미소를 억눌렀다.

"남리가 자쿠루투에서 우리에 대해 이야기했군." 무리즈가 말했다. "내 그놈의 물을 빼앗……."

"계속 그렇게 바보 시늉을 한다면 텅 빈 모래 외에는 아무것도 갖지 못할 것이다. 듄 전체가 초록색 풀, 나무, 지면을 흐르는 물로 가득 차면 어떻게 하겠나, 무리즈?" 레토가 말했다.

"그런 일은 결코 일어나지 않아!"

"그 일은 지금 네 눈앞에서 일어나고 있다."

무리즈가 분노와 울화 때문에 이를 가는 소리가 들렸다. 이윽고 그가 이를 갈면서 말했다. "당신이 이걸 어떻게 막겠다는 거요?"

"난 변화 계획을 모두 알고 있다. 그 안에 있는 약점과 강점을 모두 알고 있지. 내가 없으면 샤이 훌루드는 영원히 사라질 것이다."

무리즈가 다시 교활해진 목소리로 물었다. "이런, 여기서 언쟁을 벌일 필요가 없지 않소? 우린 서로의 입장만을 고수하고 있소. 당신은 칼을 갖고 있지. 당신이 나를 죽일 수도 있겠지만, 그러면 베할레트가 당신을 쏠 것이오."

"그 전에 내가 네 권총을 되찾을걸. 그럼 난 네 오니숍터를 차지하게 되겠지. 그래, 난 저걸 조종할 수 있다."

무리즈의 이마가 두건 밑에서 잔뜩 주름을 만들며 험상궂은 표정을 지었다. "당신의 정체가 당신의 말과 다르다면?"

"내 아버지가 날 알아보시지 못할 것 같은가?" 레토가 물었다.

"아아, 그렇게 해서 알아낸 거로군, 그렇지? 하지만……." 그는 말을 끊고 고개를 저었다. "내 아들이 그의 안내인이오. 그 아이 말로는 당신들 두 사람이 한 번도…… 어떻게……."

"그럼 너희는 무앗딥이 미래를 읽는다는 걸 믿지 않는 거로군."

"물론 믿고말고! 하지만 그는 자기 자신이……." 무리즈가 다시 말끝을 흐렸다.

"너는 너희가 아버지를 불신하는 걸 아버지가 모를 거라고 생각했지. 난 너를 만나기 위해 정확한 시간에 정확한 장소로 왔다, 무리즈. 난 너와…… 네 아들을 이미 보았기 때문에 너에 대해 모든 걸 알고 있어. 나는 너희가 스스로 안전하다고 믿는다는 것, 무앗딥을 조롱한다는 것, 너희가 갖고 있는 작은 사막의 땅을 보존하려고 음모를 꾸민다는 것을 알고 있다. 하지만 내가 없으면 사막에 있는 너희의 그 작은 땅은 사라져버릴 거다, 무리즈. 영원히 잃어버리는 거지. 이곳 듄에서는 일이 지나치게 진행되었다. 내 아버지의 환영은 이미 거의 동나 버렸으니 너희가 기댈 사람은 나뿐이야."

"그 장님이……." 무리즈는 말을 멈추고 마른침을 삼켰다.

"아버지는 곧 아라킨에서 돌아오실 거다. 그럼 아버지가 얼마나 눈이 멀었는지 알게 되겠지. 너희는 과거의 프레멘 관습으로부터 얼마나 벗어나 있나, 무리즈?"

"뭐?"

"아버지는 너희와 함께 있는 와드키야스이다. 너희 종족은 사막에 혼자 있는 그를 발견해서 슐로치로 데려왔다. 그건 정말 굉장한 발견이었다! 스파이스 광맥보다 더 풍요로운 발견이지. 와드키야스라니! 그는 너희와 함께 살았고, 그의 물이 너희 부족의 물과 섞였다. 그는 너희의 '영혼의 강'의 일부다." 레토는 무리즈의 로브에 닿은 칼에 힘을 주었다. "조심해라, 무리즈." 레토는 왼손을 들어 무리즈의 얼굴 덮개를 풀어 아래로 떨어뜨렸다.

레토의 계획이 무엇인지 알고 무리즈가 말했다. "만약 우리 둘을 모두 죽이게 된다면 어디로 갈 생각이오?"

"자쿠루투로 돌아갈 거다."

레토는 자기 엄지손가락의 살이 통통한 부분을 무리즈의 입에 대고 눌렀다. "깨물고 마셔라, 무리즈. 그렇게 하지 않으면 죽을 것이다."

무리즈는 망설이다가 레토의 살을 세게 깨물었다.

레토는 남자의 목을 지켜보았다. 그리고 남자의 목이 뭔가를 삼키느라 움직이는 것을 보고 칼을 남자의 등에서 떼어 돌려주었다.

"와드키야스. 난 네가 내 물을 받아들일 수 있도록 네 부족의 화를 돌울 수밖에 없었다." 레토가 말했다.

무리즈는 고개를 끄덕였다.

"네 권총은 저기 있다." 레토가 턱짓을 하며 말했다.

"이제 나를 믿는 거요?" 무리즈가 물었다.

"그렇지 않고서야 버림받은 자들과 함께 살 수가 없지 않나?"

레토는 무리즈의 눈에서 또다시 교활한 표정을 보았다. 그러나 이번에는 경제적인 면을 가늠하고 재어보는 표정이었다. 남자가 갑자기 몸을 돌렸다. 그건 그가 비밀스러운 결정을 내렸음을 의미했다. 그는 자신의 마울라 권총을 찾아 들고 날개의 계단이 있는 곳으로 돌아왔다. "오시오. 모래벌레의 은신처에서 너무 오래 지체했소." 그가 말했다.

예지의 미래를 항상 과거의 규칙들 속에 가둬둘 수는 없다. 존재의 가닥은 수많은 미지의 법칙들에 따라 엉킨다. 예지의 미래는 자신만의 규칙들을 고집한다. 예지의 미래는 젠수니의 명령에도 과학의 명령에도 따르지 않을 것이다. 예지력은 상대적인 완전성을 구축한다. 예지력은 이 순간의 작업을 요구하며, 모든 가닥을 과거의 천에 짜 넣을 수 없다고 항상 경고한다.

—『칼리마: 무앗딥 어록』, 슐로치 주석집

무리즈는 숙련된 솜씨로 오니숍터를 슐로치 위로 몰았다. 그의 옆에 앉은 레토는 무장을 하고 뒤에 앉아 있는 베할레트의 존재를 느꼈다. 이제 모든 것이 신뢰와 그가 매달리고 있는 환영의 좁은 가닥에 의지해 진행되고 있었다. 만약 그것이 실패하면, 알라후 아크바르. 때로는 더 위대한 질서에 굴복할 수밖에 없는 법이다.

평원에 홀로 우뚝 선 고원 모양의 슐로치는 이 사막에서 아주 인상적인 모습이었다. 이곳이 알려지지 않은 채 존재하고 있다는 것은 수많은 뇌물과 수많은 죽음이 있었음을, 그리고 높은 자리에 친구들이 많이 있음을 말해 주었다. 레토는 슐로치의 중심부에서 절벽들이 벽처럼 둘러싸고 있는 분지를 볼 수 있었다. 그 분지의 가장자리 안쪽에 있는 막다른 협곡들이 더 안쪽으로 이어져 있었다. 그늘비늘과 소금덤불이 협곡의 가장자리 아래쪽 윤곽선을 따라 무성하게 자라고 있었고, 그 안쪽에는 부채꼴 야자수들이 둥근 고리 모양으로 늘어서 있었다. 이곳에 물이 풍부하다는 증거였다. 부채꼴 야자수들이 있는 곳에서 바깥을 향해 초록 덤불과 스파이스 섬유로 만든 조잡한 건물들이 늘어서 있었다. 이 건물들은 모래 위에 흩어진 초록색 단추처럼 보였다. 저곳에는 죽음 속으로 걸어 들어가는 것을 빼면 더 이상 아래로 내려갈 수 없는, 버림받은 자들 가운데에서도 버림받은 자들이 살고 있을 것이다.

무리즈는 협곡 중 하나의 기슭 근처에 있는 분지에 착륙했다. 오니숍터 바로 앞쪽의 모래 위에 건물 하나가 서 있었는데, 열기로 녹여 붙인 스파이스 천으로 겉을 두른 사막덩굴과 베야토 이파리의 이엉으로 지은 건물이었다. 그것은 최초로 선을 보였던 조잡한 사막 텐트의 살아 있는 복제품이었으며, 슐로치에 살고 있는 사람들 중 일부에게는 생활이 퇴보했다는 증거였다. 레토는 그 건물에서 수분이 누출될 것이며, 근처의 식물에서 날아온 살을 무는 밤벌레들이 그곳에 가득하리라는 것을 알 수 있었다. 그의 아버지가 살고 있는 곳이 바로 이런 곳이었다. 그리고 불쌍한 사비하도. 그녀에게는 이곳이 처벌의 장소가 될 터였다.

무리즈의 명령에 따라 레토는 오니숍터에서 나와 모래 위로 뛰어내려 오두막을 향해 성큼성큼 걸어갔다. 많은 사람들이 야자수들 사이에 있는 협곡 저쪽에서 일하고 있는 것이 보였다. 그들은 남루하고 빈곤해 보였다. 그리고 그들이 레토나 오니숍터를 거의 보려 하지 않는다는 사실은 이곳에서 억압이 행해지고 있음을 분명히 알려주었다. 일꾼들 뒤로 바위로 된 카나트의 경계선이 보였다. 공기 중에 수분이 들어 있는 느낌도 분명했다. 지면을 흐르는 물이 있다는 얘기였다. 레토는 오두막을 지나치면서 그 오두막이 예상했던 그대로 조잡하게 지어져 있음을 알았다. 그는 카나트에 바짝 다가가서 아래를 내려다보았다. 검게 흐르는 물속에서 육식 물고기가 요동치는 것이 보였다. 일꾼들은 그의 시선을 피하면서 바위로 된 경계선에서 모래를 치우는 작업을 계속했다.

무리즈가 레토의 뒤로 다가와서 말했다. "당신이 서 있는 곳은 물고기와 모래벌레 사이의 경계선이오. 저 협곡에는 각각 모래벌레가 있지. 카나트가 열렸으니 모래송어를 끌어들이기 위해 곧 저 물고기를 제거할 거요."

"당연히 그래야겠지. 여긴 가둬두는 곳이니까. 너희들은 모래송어와 모래벌레들을 다른 행성에 팔고 있어." 레토가 말했다.

"그건 무앗딥이 제안한 일이오!"

"알아. 하지만 너희들의 모래벌레와 모래송어 중에는 듄을 떠나서 오랫동안 살아남은 놈이 하나도 없어."

"아직은 그렇소. 하지만 언젠가……."

"1만 년이 지나도 안 될걸." 레토가 말했다. 그리고 몸을 돌려 무리즈의 얼굴에 나타난 혼란을 지켜보았다. 카나트에 물이 흐르듯이 질문들이 그의 얼굴에서 흘렀다. 이 무앗딥의 아들이 정말로 미래를 읽을 수 있는 걸까? 어떤 사람들은 무앗딥이 미래를 읽었다고 아직도 믿고 있지만…… 이런 일을 어떻게 판단해야 한단 말인가?

이윽고 무리즈가 몸을 돌려 레토를 이끌고 오두막으로 돌아왔다. 그는 조잡한 문막이를 열고는 레토에게 들어가라고 손짓했다. 스파이스 기름 램프가 타고 있는 맞은편 벽 앞에 몸집이 작은 사람 하나가 문을 등진 채 웅크리고 있었다. 타고 있는 기름에서 짙은 계피향이 풍겨왔다.

"그들이 무앗딥의 시에치를 보살피라고 포로를 새로 보내주었소. 저 여자가 일을 잘한다면 한동안 자기 몸속의 물을 보존할 수 있을 거요." 무리즈가 이죽거렸다. 그리고 레토를 마주 보며 말을 이었다. "어떤 사람들은 그런 물을 취하는 것이 사악하다고 생각하지. 레이스 셔츠를 입은 프레멘들은 새로 지은 자기들의 도시에 쓰레기 더미를 만들고 있소! 쓰레기 더미를! 지금까지 듄은 쓰레기 더미를 본 적이 없소! 저 여자 같은 사람들은 여기 들어오면……." 그가 램프 옆에 있는 사람을 가리키며 말을 이었다. "……대개 공포 때문에 반쯤 미쳐버리오. 자기와 같은 부류의 사람들에게는 영원히 잊혔고 진정한 프레멘들에게는 결코 받아들여지지 못하니까. 내 말 이해하겠소, 레토 바티그?"

"그래, 이해한다." 웅크리고 있는 사람은 꼼짝도 하지 않았다.

"당신은 우리를 이끌겠다고 했소. 프레멘들을 이끄는 사람은 몸에 피를 묻힌 적이 있는 사람이어야 하지. 당신은 우리를 어디로 이끌 수 있소?"

"크랄리제크로." 레토가 웅크리고 있는 사람에게 시선을 못 박은 채 말했다.

무리즈는 남색 눈 위에서 눈썹을 찌푸린 채 그를 노려보았다. 크랄리제크라고? 그건 단순히 전쟁이나 혁명을 뜻하는 말이 아니었다. 그건 '투쟁의 태풍'이었다. 그것은 프레멘의 전설 중에서도 가장 오래된 것인 우주의 끝에서 벌어진 싸움의 전설에서 나온 말이었다. 크랄리제크라고?

무리즈는 발작적으로 마른침을 삼켰다. 이 꼬마 녀석은 도시의 멋쟁이 만큼이나 예측 불허였다! 무리즈는 웅크리고 있는 사람에게 시선을 돌렸다. "거기 여자! 리반 와히드!" 그가 명령했다. '스파이스 음료를 가져와!'라는 뜻이었다.

그녀가 머뭇거렸다. "그의 말대로 하시오, 사비하." 레토가 말했다.

그녀가 펄쩍 뛰듯이 일어나 재빨리 몸을 돌렸다. 그리고 그의 얼굴에서 시선을 떼지 못한 채 계속 그를 노려보았다.

"저 여자를 아시오?" 무리즈가 물었다.

"그녀는 남리의 조카다. 자쿠루투에서 죄를 범해 그들이 이곳으로 보낸 거지."

"남리? 하지만……."

"리반 와히드." 레토가 말했다.

그녀는 서둘러 그들 옆을 지나 문막이를 찢듯이 밖으로 나갔다. 그녀가 달려가는 소리가 들려왔다.

"멀리 가진 않을 거요." 무리즈가 말했다. 그리고 손가락을 코 옆구리에 갖다 대면서 말을 이었다. "남리의 친척이라, 거참. 재미있군. 저 여자가 무슨 죄를 지었다는 거요?"

"내가 도망치는 것을 잡지 못했지." 레토는 몸을 돌려 사비하를 쫓아갔다. 그녀는 카나트 옆에 서 있었다. 레토는 그녀의 옆으로 다가가 물을 내려다보았다. 근처의 야자수들 속에 새들이 있었다. 새들의 울음소리와 날갯짓 소리가 들렸다. 일꾼들은 모래를 옮기면서 긁히는 듯한 소리를 냈다. 그래도 그는 사비하와 똑같이 아래를 내려다보았다. 물속 깊은 곳과 물 위에 비친 모습들을. 야자수 이파리 속에 있는 파란색 잉꼬들의 모습이 시야의 가장자리에 들어왔다. 한 마리가 카나트를 가로질러 날아갔다. 그는 물고기가 만들어낸 은빛 소용돌이 속에 녀석의 모습이 비치는 것을 보았다. 마치 새와 육식 물고기가 같은 창공에서 헤엄치고 있는 것처럼 함께 움직였다.

사비하가 헛기침을 했다.

"당신은 나를 증오하는군." 레토가 말했다.

"당신은 내게 수치를 안겨줬어. 내 부족 사람들 앞에서 수치를 당하게 했다고. 사람들은 이스나드를 열고 내 몸속의 물을 잃어버리도록 나를 이곳으로 보냈지. 모두 당신 때문이야!"

무리즈가 그들 뒤의 가까운 곳에서 웃음을 터뜨렸다. "이제 알겠소, 레토 바티그? 우리의 영혼의 강에 공물을 바치는 사람들이 많다는 걸?"

"하지만 내 물은 네 핏줄 속을 흐르고 있다." 레토가 몸을 돌리며 말했다. "그건 공물이 아냐. 사비하는 내 환영의 운명이고, 나는 그녀를 따른다. 나는 이곳 슐로치에서 내 미래를 찾으려고 사막을 가로질러 도망쳤다."

"당신과……." 무리즈가 사비하를 가리키며 고개를 뒤로 젖히고 웃음을 터뜨렸다.

"당신들 두 사람이 믿음직한 그런 형태로는 이루어지지 않을 것이다. 이걸 기억해라, 무리즈. 나는 내 모래벌레의 족적을 찾았다." 레토가 말했다. 그리고 자기 눈물이 가득 차오르는 것을 느꼈다.

"그는 죽은 자들에게 물을 주고 있어." 사비하가 속삭였다.

심지어 무리즈도 경외의 시선으로 그를 빤히 바라보았다. 프레멘들은 눈물이 영혼의 가장 깊은 선물인 경우를 제외하고는 결코 울지 않았다. 거의 당황하다시피 한 무리즈가 입마개를 닫고 제발라 두건을 이마 위로 낮게 눌러썼다.

레토는 무리즈의 뒤쪽을 응시하며 말했다. "이곳 슐로치 사람들은 사막의 가장자리에서 여전히 이슬을 기원하고 있다. 가라, 무리즈. 가서 크랄리제크를 위해 기도해라. 크랄리제크가 올 거라고 내가 약속한다."

프레멘의 어법은 대단한 간결함과 정확한 표현 감각을 암시한다. 그들의 어법은 절대에 대한 환상 속에 잠겨 있다. 그들의 사고방식은 절대론적인 종교를 위한 비옥한 토양이 된다. 게다가 프레멘들은 도덕적인 설교를 좋아한다. 그들은 제도화된 문장들을 가지고 모든 것들의 소름 끼치는 불안정성에 맞선다. 그들은 이렇게 말한다. "우리가 습득할 수 있는 모든 지식의 '총체'라는 것은 존재하지 않음을 알고 있다. 그것은 신의 영역이다. 그러나 무엇이든 인간이 배울 수 있는 것이라면, 인간이 품을 수 있다." 우주에 대한 이처럼 날카로운 시각을 바탕으로 그들은 조짐과 징조, 그리고 자신들의 운명에 대한 환상적인 믿음을 쌓아간다. 이것이 그들의 크랄리제크 전설, 즉 우주의 끝에서 벌어진 전쟁에 대한 전설의 기원이다.

—『베네 게세리트 비밀 보고서』, 쪽 번호 800881

"그들은 안전한 곳에서 그를 확실히 데리고 있소." 남리가 돌로 된 사각형 방에서 맞은편의 거니 할렉을 향해 미소 지으며 말했다. "이 사실을 당신 친구들에게 보고해도 좋소."

"그 안전한 곳이 어디요?" 할렉이 물었다. 그는 남리의 어조가 마음에 들지 않았다. 제시카의 명령 때문에 갑갑한 기분도 들었다. 빌어먹을 마녀 같으니! 레토가 그의 끔찍한 기억들을 장악하지 못하는 경우 일어날 수 있는 일들에 대한 경고를 제외하면, 그녀의 말은 전혀 말이 되지 않았다.

"그곳은 안전한 곳이오. 내가 말할 수 있는 건 그것뿐이오." 남리가 말했다.

"당신은 이걸 어떻게 알게 된 거요?"

"디스트랜스를 이용했소. 사비하가 그와 함께 있소."

"사비하! 그 아이는 도련님을……."

"이번에는 아니오."

"도련님을 죽일 작정이오?"

"그건 이제 더 이상 내게 달린 일이 아니오."

할렉은 인상을 찌푸렸다. 디스트랜스라니. 저 빌어먹을 동굴 박쥐들의 행동 범위가 얼마나 되는 거지? 그는 그들이 끽끽거리는 울음소리에 각인된 비밀 메시지를 가지고 사막을 훨훨 날아 가로지르는 모습을 자주 보았다. 그러나 이 지옥 같은 행성에서 그들이 날아갈 수 있는 거리가 도대체 얼마나 되는 걸까?

"내가 직접 도련님을 만나야겠소." 할렉이 말했다.

"그건 허락할 수 없소."

할렉은 마음을 가라앉히기 위해 깊게 숨을 들이쉬었다. 그는 수색대의 보고를 기다리며 이틀 낮, 이틀 밤을 보냈다. 지금 새로운 아침이 밝았는데, 자신의 역할이 주위에서 부스러지면서 자신을 알몸으로 만들어버린 듯한 기분이었다. 사실 그는 지휘자의 자리를 좋아한 적이 한 번도 없었다. 다른 사람들이 재미있고 위험한 일을 하는 동안 지휘자는 항상 기다리기만 했다.

"그게 왜 허락되지 않는단 말이오?" 그가 물었다. 이 안전 시에치를 주선해 준 밀수꾼들은 너무 많은 의문들에 대답을 해주지 않고 떠났다. 그는 남리에게서 더 이상 똑같은 대접을 받고 싶지 않았다.

"당신이 이 시에치를 봤을 때, 너무 많은 것을 봐버렸다고 생각하는 사람들이 있소." 남리가 말했다.

할렉은 그 말 속에 들어 있는 위협을 감지하고 몸의 긴장을 풀며 잘 훈련된 전사다운 편안한 자세를 취했다. 그의 손은 칼 근처에 있었지만 칼에 닿아 있지는 않았다. 방어막이 있으면 정말 좋겠다는 생각이 들었지만, 폭풍 때문에 생성된 정전기 속에서는 방어막의 지속 시간이 짧은 데다가 방어막이 모래벌레에게 미치는 영향도 있어서 그건 안 될 일이었다.

"이런 식의 비밀주의는 우리 협정에 포함되어 있지 않소." 할렉이 말했다.

"만약 내가 그를 죽였다면, 그것이 협정에 포함된 것이었겠소?"

할렉은 레이디 제시카의 경고 속에 포함되지 않았던, 눈에 보이지 않는 힘들의 교묘한 움직임을 다시 느꼈다. 레이디 제시카가 짠 이 망할 놈의 계획 같으니! 어쩌면 베네 게세리트를 믿지 말아야 하는 건지도 모른다. 그러나 즉시 그는 자신이 불충한 자가 된 것 같은 기분이 되었다. 그녀는 문제를 이미 설명해 주었고, 그는 계획이라는 것이 원래 그렇듯이 이 계획 역시 나중에 조정할 필요가 있으리라는 것을 이미 알고 그녀의 계획에 동참했다. 그녀는 그냥 평범한 베네 게세리트가 아니었다. 그녀는 아트레이데스의 제시카였고, 그에게 항상 친구이자 후원자였다. 그녀가 없었다면 자신이 지금보다 훨씬 더 위험한 우주에서 표류했으리라는 것을 그는 알고 있었다.

"내 질문에 대답하지 못하는군." 남리가 말했다.

"당신은 도련님이…… 귀신에 홀린 징후를 나타낼 때에만 도련님을 죽이도록 되어 있었소. 저주스러운 존재일 때에만." 할렉이 말했다.

남리는 주먹을 오른쪽 귀에 갖다 댔다. "당신의 레이디는 그런 것을 확인하는 시험 방법이 우리에게 있다는 걸 알고 있었소. 그녀가 그 판단을 내 손에 맡긴 건 현명한 처사였지."

할렉은 울화가 치밀어서 입을 굳게 다물었다.

"대모님께서 내게 하신 말씀을 당신도 들었소. 우리 프레멘들은 그런 여자들을 이해하지만 당신들 다른 행성 사람들은 결코 그들을 이해하지 못하지. 프레멘 여자들이 자기 아들들을 죽음의 자리로 보내는 건 흔한 일이오." 남리가 말했다.

할렉은 입술을 움직이지 않은 채 말했다. "당신이 도련님을 이미 죽였다는 말이오?"

"그는 살아 있소. 안전한 장소에 있지. 그는 계속 스파이스를 공급받을 것이오."

"만약 도련님이 살아 계신다면, 그분을 호위해서 할머님께 다시 모셔다 드리는 것이 내 일이오." 할렉이 말했다.

남리는 어깨를 으쓱할 뿐이었다.

할렉은 남리에게서 얻어낼 수 있는 대답이 이것뿐임을 알았다. 젠장! 이렇게 대답을 얻지 못한 의문들을 가지고 제시카에게 돌아갈 수는 없었다! 그는 고개를 흔들었다.

"당신이 바꿀 수 없는 것에 왜 의문을 품는 것이오? 당신은 돈을 많이 받고 있잖소?" 남리가 물었다.

할렉은 그를 향해 험악한 표정을 지었다. 프레멘들이란! 그들은 모든 외부인들이 일차적으로 돈의 영향을 받는다고 믿었다. 그러나 남리의 말에는 프레멘의 편견 이상의 것이 포함되어 있었다. 다른 힘들이 여기서 작동하고 있다는 사실이 베네 게세리트에 의해 관찰 훈련을 받은 사람의 눈에는 명백하게 보였다. 이번 일 전체에서 속임수 속에 또 속임수가 있고 또 속임수가 있고 또 속임수가 있는 냄새가 풍겼다.

무례할 정도로 허물없는 어조로 말투를 바꾸면서 할렉이 말했다. "레이디 제시카는 격노하실 거야. 어쩌면 군대를 보낼지도……."

"자나디크!" 남리가 저주의 말을 뱉었다. "넌 사무실에서 일하는 전령일 뿐이야! 넌 모할라타 밖에 서 있어! 나는 고귀한 민족을 위해 기쁘게 네 물을 취하겠다!"

할렉은 칼에 한 손을 갖다 댄 채 공격자들을 위해 자그마한 뜻밖의 무기 하나를 숨겨둔 왼쪽 소매를 사용할 준비를 했다. "여기에는 물이 전혀 흩뿌려지지 않았는걸. 어쩌면 자네는 자존심 때문에 눈이 멀어버린 건지도 모르겠군." 그가 말했다.

"네가 살아 있는 건 레이디 제시카가 어느 누구에게도 군대를 보내지 않으리라는 걸 네놈이 죽기 전에 내가 가르쳐주고 싶었기 때문이야. 너를 조용히 후아누이로 유인하는 짓은 하지 않겠다, 이 외계의 쓰레기. 나는 고귀한 민족에 속한다. 그리고 너는……."

"나는 그저 아트레이데스의 종일 뿐이지. 하지만 너희들의 냄새 나는 목에서 하코넨의 멍에를 벗겨준 건 우리 쓰레기들이었어." 할렉이 온화한 목소리로 말했다.

남리가 새하얀 이를 드러내며 험악한 표정을 지었다. "네놈의 레이디는 살루사 세쿤더스에 포로로 잡혀 있다. 네놈이 그녀에게서 왔다고 생각했던 메모들은 모두 그녀의 딸이 보낸 것이었어!"

할렉은 극도의 노력을 기울여서 간신히 목소리를 차분하게 유지할 수 있었다. "상관없다. 알리아 님은……."

남리가 크리스나이프를 빼 들었다. "천국의 자궁에 대해 네놈이 아는 게 뭐지? 나는 그분의 종이다, 이 남창아. 내가 네놈의 물을 취하는 건 그분의 명령에 따른 거야!" 그리고 그는 무모할 정도로 똑바르게 방을 가로질러 돌진해 왔다.

할렉은 언뜻 서툴러 보이는 이런 술수에 넘어가지 않고 로브의 왼팔을 위쪽으로 휙 휘둘러 거기 꿰매놓았던 무거운 천을 방출해 남리의 칼을 잡아버렸다. 그리고 동시에 접힌 천을 남리의 머리 위로 휘두르면서 그 아래로 들어가 칼로 천을 뚫고 곧바로 남리의 얼굴을 겨냥했다. 남리가 로브 아래에 받쳐 입은 금속 갑옷의 딱딱한 표면이 그의 몸을 치는 순간 자신의 칼끝이 깊숙이 박히는 것을 느꼈다. 남리는 분노에 차서 새된 비명을 지르며 경련하듯 뒷걸음질을 치다가 바닥에 쓰러졌다. 그는 입으로 피를 콸콸 쏟으며 그렇게 누워 있었다. 그의 눈이 할렉을 향해 이글거리다가 천천히 빛을 잃었다.

할렉은 입술 사이로 숨을 내쉬었다. 저 멍청한 남리 녀석은 어떻게 로브 밑에 갑옷이 있다는 걸 아무도 눈치채지 못할 거라고 생각한 걸까? 할렉은 가짜 소매를 회수하고 칼을 닦아 칼집에 넣으면서 시체를 향해 말했다. "우리 아트레이데스의 '종들'이 어떤 훈련을 받는 줄 알아, 이 멍청이야?"

그는 깊이 숨을 들이쉬면서 속으로 생각했다. '좋아. 나는 도대체 누구의 속임수인 거지?' 남리의 말에서는 진실의 냄새가 났다. 제시카가 코리노 가문의 포로이고 알리아가 자기 나름의 사악한 계획을 위해 움직이고 있다던 그 말. 제시카 자신도 알리아가 적이 되는 여러 가지 상황에 대해 경고했지만, 그녀 자신이 포로가 될 것이라는 예언은 없었다. 그래도 명령을 받았으니 따라야 했다. 이곳에서 도망치는 것이 우선이었다. 다행히도 로브를 입은 프레멘은 누구나 다 똑같아 보였다. 그는 남리의 시체를 구석으로 굴리고 그 위에 쿠션을 던진 다음 융단을 옮겨 핏자국을 가렸다. 그 일이 끝나자 그는 코와 입에 끼우는 사막복 튜브를 조정하고 사막에 나갈 준비를 하는 사람처럼 마스크를 끌어 올렸다. 그리고 로브의 두건을 앞으로 당겨쓴 다음 긴 통로로 나갔다.

'죄 없는 사람은 별로 조심하는 기색 없이 움직이는 법이지.' 그는 편안하게 산보하는 것처럼 걸음걸이를 조절하면서 생각했다. 이상하게 자유로운 기분이 들었다. 마치 위험 속으로 들어가는 것이 아니라 거기서 빠져나온 것 같았다.

'사실 난 도런님에 대한 부인의 계획이 정말 마음에 들지 않았어. 부인을 만나면 그렇게 얘기해야지. 부인을 만나게 된다면.' 만약 남리의 말이 사실이라면 가장 위험스러운 대안 계획이 이미 실행되고 있는 셈이었다. 알리아가 그를 붙잡게 된다면 결코 오래 살려두지 않을 것이다. 그러나 항상 스틸가가 있었다. 프레멘들의 훌륭한 미신을 믿는 훌륭한 프레멘인 스틸가가.

제시카는 이렇게 설명했다. "스틸가의 문명화된 행동은 원래 본성 위에 얇은 껍데기처럼 덮여 있을 뿐이에요. 그 껍데기를 벗겨내는 방법은……."

무앗딥의 정신은 말보다 더 중요하고, 그의 이름으로 생겨난 '법'의 조문들보다 더 중요하다. 무앗딥은 항상 자기만족적인 권력자들, 협잡꾼들, 독단적인 광신도들에게 맞서는 내면의 분노가 되어야 한다. 그리고 이 내면의 분노가 반드시 발언권을 지니고 있어야 한다. 무앗딥은 인간들이 사회적 정의의 동포애 속에서만 지속적으로 존재할 수 있음을 다른 무엇보다 중요하게 가르쳤기 때문이다.

—페디이킨 맹약

레토는 오두막 벽에 등을 기대고 앉아 사비하에게 주의를 집중한 채 자신의 환영의 가닥들이 풀려 나가는 것을 지켜보았다. 사비하는 이미 커피를 준비해서 한쪽 옆에 놓아두었다. 그리고 이제 건너편에 쪼그리고 앉아서 그의 저녁 식사를 젓고 있었다. 그의 저녁 식사는 멜란지 냄새가 짙게 풍기는 죽이었다. 국자를 든 그녀의 손이 빠르게 움직이고 남색 액체가 그릇 옆에 묻었다. 그녀는 여윈 얼굴을 그릇 위에 기울인 채 스파이스 농축액을 섞어 넣고 있었다. 이 오두막을 사막 텐트로 만들어주는 조잡한 막 중에서 그녀의 바로 뒤쪽 부분에 더 가벼운 천이 덧대어져 있었다. 이것이 일종의 회색 후광이 되었고, 요리용 불과 단 하나의 램프에

서 나오는 깜박거리는 빛에 비친 그녀의 그림자가 이 후광 속에서 춤을
추었다.

레토는 램프에 커다란 흥미를 느꼈다. 슐로치 사람들은 스파이스 기름
을 마구 써댔다. 발광구가 아니라 램프를 사용하는 것이 그 증거였다. 그
들은 가장 오래된 프레멘 전통에 나오는 그대로 자신들의 땅 안에서 버
림받은 자들로 이루어진 노예들을 데리고 있었다. 그러나 그들은 오니
숍터와 최신 스파이스 수확기를 사용했다. 고대와 현대가 조잡하게 뒤
섞여 있는 것이다.

사비하가 죽 그릇을 그에게 밀면서 요리용 불을 껐다.

레토는 그릇을 무시했다.

"당신이 이걸 먹지 않으면 내가 벌을 받을 거예요." 그녀가 말했다.

그는 그녀를 물끄러미 바라보며 생각했다. '내가 저 여자를 죽이면 환
영 하나가 박살 날 거야. 내가 저 여자에게 무리즈의 계획을 말해 주면
또 다른 환영 하나가 박살 나겠지. 만약 내가 여기서 아버지를 기다린다
면 이 환영의 가닥은 강력한 노끈이 될 거야.'

그의 정신이 가닥들을 분류했다. 어떤 가닥들은 그를 끈질기게 괴롭히
는 달콤함을 품고 있었다. 사비하와 함께하는 미래는 그의 예지의 의식 속
에서 유혹적인 현실을 담고 있었다. 그 미래가 다른 미래들을 모두 차단해
버릴 것 같았다. 그가 그 미래를 최후의 고뇌까지 따르게 하기 위해서.

"왜 그런 식으로 나를 빤히 바라보는 거죠?" 그녀가 물었다.

그래도 그는 대답하지 않았다.

그녀가 그릇을 그에게 더 가까이 밀었다.

레토는 바짝 마른 목구멍으로 침을 삼키려고 애썼다. 사비하를 죽이고
싶다는 충동이 내부에서 치밀어 올랐다. 그는 자신의 몸이 그 충동 때문

에 떨리고 있음을 깨달았다. 환영 하나를 박살 내서 야만이 마구 날뛰게 하는 건 정말 쉬운 일이었다!

"이건 무리즈의 명령이에요." 그녀가 그릇에 손을 갖다 대면서 말했다.

그래, 이건 무리즈의 명령이었다. 미신이 모든 것을 정복했다. 무리즈는 자신이 읽을 수 있는 환영을 원했다. 그는 마법사에게 황소의 뼈를 던져 그 펼쳐진 모양을 해석해 보라고 요구하는 고대의 야만인이었다. 무리즈는 '단순히 신중을 기하기 위해' 포로의 사막복을 빼앗았다. 그 말에는 남리와 사비하를 겨냥한 음흉한 조롱의 뜻이 포함되어 있었다. '포로가 탈출하게 내버려두다니, 너희는 바보야.'

그러나 무리즈에게는 깊은 정서적 문제가 있었다. 영혼의 강이 바로 그것이었다. 포로의 물이 무리즈의 혈관 속을 흐르고 있었다. 무리즈는 레토에게 죽음의 협박을 가할 수 있게 해주는 징조를 찾고 있었다.

'부전자전이군.' 레토는 생각했다.

"스파이스는 당신에게 환영을 줄 뿐이에요." 사비하가 말했다. 레토의 긴 침묵에 그녀는 불안해하고 있었다. "나도 잔치에서 여러 번 환영을 보았어요. 그런 환영에는 아무 의미도 없어요."

'바로 저거야!' 그는 생각했다. 그의 몸이 정적 속에 스스로를 가둬버렸고, 그 정적 때문에 피부가 차고 축축해졌다. 베네 게세리트 훈련이 그의 의식을 점령했다. 그리고 핀처럼 가느다란 빛이 그의 의식 너머로 부챗살처럼 퍼져나가 사비하와 그녀의 버림받은 동료들 모두에게 더욱더 밝은 환영의 빛을 던졌다. 고대의 베네 게세리트 학문은 분명히 이렇게 밝혔다.

'언어는 삶의 방식에서의 전문화를 반영하도록 구축된다. 각각의 전문화는 그 자체의 단어들, 그리고 가정들과 문장 구조에 의해 파악될 수 있다. 소리가 멈추는 부분을 찾아라. 전문화는 삶이 멈춰지는 장소들, 움직임이 막혀서 동결되는 장소들을 상징한다.' 순간 그는 사비하 역시 원래부터 환영을 만들어내는 자임을 깨달았다. 다른 모든 인간들도 똑같은 능력을 가지고 있었다. 그러나 그녀는 스파이스 잔치에서 본 자신의 환영들을 멸시했다. 그 환영들은 불안을 야기하므로 옆으로 제쳐두고 일부러 잊어버려야 하는 것이었다. 그녀의 부족 사람들이 샤이 훌루드에게 기도하는 것은 모래벌레가 그들의 환영을 많이 지배하고 있기 때문이었다. 그들이 사막의 가장자리에서 이슬을 기원하는 것은 수분이 그들의 삶을 제한하기 때문이었다. 그러나 그들은 스파이스의 부(富) 속에서 뒹굴면서 모래송어들을 지면 위의 카나트로 유인했다. 사비하는 아무 일도 아닌 것처럼 무정한 태도로 그에게 예지의 환영들을 공급했다. 그러나 그녀의 말 속에서 그는 밝게 밝혀진 신호들을 보았다. 그녀는 절대에 의존했으며 유한한 한계를 구하고 있었다. 이 모든 것은 그녀가 자신의 몸을 건드리는 끔찍한 결정들의 혹독함을 감당할 수 없기 때문이었다. 그녀는 우주에 대한 자신의 편협한 시각에 매달려 그 시각을 감싸 시간 속에 동결시키고 있었다. 그 시각을 대체할 수 있는 다른 것들이 그녀에게는 너무나 무섭기 때문이었다.

이와는 대조적으로 레토는 자신의 순수한 움직임을 느꼈다. 그는 무한한 차원들을 수집하는 막이었으며, 그 차원들을 직접 보고 있기 때문에 끔찍한 결정들을 내릴 수 있었다.

'아버지가 했던 것처럼.'

"이걸 꼭 먹어야 해요!" 사비하가 말했다. 성난 목소리였다.

레토는 이제 환영들의 패턴 전체를 보면서 자신이 어떤 가닥을 따라가야 하는지 알 수 있었다. '내 피부는 내 것이 아냐.' 그는 자리에서 일어나 로브 자락을 여몄다. 몸을 보호해 주는 사막복 없이 로브가 곧장 몸에 닿는 느낌이 이상했다. 녹여서 만든 바닥의 스파이스 천에 닿은 그의 발은 맨발이었다. 사람들의 발에 묻어 들어온 모래가 느껴졌다.

"뭐 하는 거죠?" 사비하가 다그쳤다.

"이 안의 공기가 나쁘군. 난 밖으로 나가야겠소."

"당신은 도망칠 수 없어요. 협곡마다 모래벌레가 있으니까요. 당신이 카나트 너머까지 가면 모래벌레들이 당신 몸의 수분을 통해 당신의 존재를 감지할 거예요. 거기 붙들려 있는 벌레들은 아주 기민해요. 사막에 있는 벌레들과 전혀 다르죠. 게다가……." 저렇게 고소해하는 목소리라니! "……당신에게는 사막복이 없어요."

"그럼 왜 걱정하는 거요?" 그가 물었다. 어쩌면 아직 그녀를 자극해 진정한 반응을 끌어낼 수 있을지도 모른다는 생각이 들었다.

"당신이 식사를 하지 않았으니까요."

"그래서 당신이 벌을 받을 거란 말이군."

"그래요!"

"하지만 난 이미 스파이스로 가득 차 있소. 순간순간이 모두 환영이야." 그는 맨발로 그릇을 가리키며 말을 이었다. "저걸 모래 위에 부어버리시오. 누가 알겠소?"

"그들이 감시하고 있어요." 그녀가 속삭였다.

그는 고개를 흔들며 자신의 환영들로부터 그녀를 떨쳐냈다. 자신을 둘러싸는 새로운 자유가 느껴졌다. 이 불쌍한 꼭두각시를 죽일 필요는 없다. 그녀는 스텝도 모른 채 다른 음악에 맞춰 춤을 추면서 슐로치와 자쿠루투의 굶주린 해적들을 유인한 그 힘을 자기도 언젠가 함께 나누게 될지 모른다고 믿고 있었다. 레토는 문막이로 다가가 그 위에 손을 얹었다.

"무리즈가 오면 아주 화를 낼……."

"무리즈는 공허의 상인이오. 내 고모님이 그의 물을 다 빼내 갔소." 레토가 말했다.

그녀가 자리에서 일어섰다. "나도 당신과 함께 나가겠어요."

그는 속으로 생각했다. '저 여자는 내가 자기 앞에서 어떻게 도망쳤는지 기억하고 있군. 이제 저 여자는 나를 붙들고 있는 자기 힘이 약하다는 걸 느끼고 있어. 그녀의 환영들이 그녀의 내면에서 동요하고 있어.' 그러나 그녀는 그 환영들에 귀를 기울이려 하지 않았다. 그가 좁은 협곡에 사로잡혀 있는 모래벌레를 어떻게 속일 수 있는지, 사막복이나 프렘 행낭 없이 탄제르우프트에서 어떻게 살아남을 수 있는지 곰곰이 생각해 보기만 하면 될 텐데.

"내 환영들을 살펴보려면 반드시 혼자 있어야 하오. 당신은 여기 남으시오." 그가 말했다.

"어디로 갈 거죠?"

"카나트로."

"밤에는 모래송어들이 떼 지어 몰려 나와요."

"그들은 나를 먹지 않을 것이오."

"가끔은 모래벌레가 물이 있는 곳 바로 뒤까지 오기도 해요. 만약 당신이 카나트를 건넌다면……." 그녀는 자신의 말이 위협적으로 들리도록 일부러 말끝을 흐렸다.

"작살도 없는 내가 어떻게 모래벌레에 올라타겠소?" 그녀가 그녀 자신의 환영을 아직 조금이라도 구출해 낼 수 있을지 모른다는 생각을 하며 그가 물었다.

"돌아와서 식사를 할 건가요?" 그녀가 그릇 옆에 다시 쪼그리고 앉아

국자를 손에 쥐고 남색을 띤 죽을 저으면서 물었다.

"모든 것이 때가 되면 이루어질 것이오." 그가 말했다. 그는 정교하게 '목소리'를 사용해서 자신이 원하는 바를 그녀의 의사 결정 과정에 교묘히 불어넣고 있음을 그녀가 감지하지 못하리라는 것을 알고 있었다.

"무리즈가 와서 당신이 환영을 보았는지 확인할 거예요." 그녀가 경고했다.

"나는 내 나름의 방법으로 무리즈를 다룰 것이오." 그가 말했다. 그녀의 동작이 아주 둔하고 느려졌음을 알 수 있었다. 모든 프레멘들의 특징이 그가 지금 그녀를 이끌고 있는 길과 자연스럽게 들어맞았다. 프레멘들은 해가 뜰 무렵에는 놀라운 에너지를 갖고 있지만, 밤이 내려앉으면 무기력한 우울함에 정복당해 버리는 경우가 많았다. 이미 그녀는 잠과 꿈 속으로 가라앉기를 원하고 있었다.

레토는 혼자서 밤의 공기 속으로 나갔다.

하늘에서 반짝이는 별들을 배경으로 그는 주위를 둘러싸고 있는 바위 고원의 모습을 알아볼 수 있었다. 그는 야자수 밑을 지나 카나트로 올라갔다.

오랫동안 레토는 카나트 가장자리에 웅크리고 앉아 저 너머 협곡에서 들려오는 모래의 불안한 쉿쉿 소리에 귀를 기울였다. 소리를 들어보니 몸집이 작은 모래벌레인 것 같았다. 틀림없이 몸집이 작다는 이유로 선택된 놈이겠지. 몸집이 작으면 운반이 더 쉬울 테니까. 그는 그 모래벌레가 어떻게 잡혔을지 생각해 보았다. 사냥꾼들은 잔치와 변화의 의식을 위해 모래벌레를 잡을 때 프레멘들이 사용하는 전통적인 방법을 이용해서 물을 안개처럼 뿌려 벌레의 움직임을 둔하게 만들곤 했다. 그러나 저 모래벌레는 잔치에 쓰이는 놈들처럼 물속에 잠겨 죽임을 당하지 않을 것이다. 저놈은 조합의 하이라이너를 타고 기대에 찬 구매자에게 운반될 것이다. 그러나 그 구매자의 사막에는 아마 수분이 너무 많을 것이다. 다른 행성 사람들은 모래송어들이 아라키스에서 기본적으로 유지하고 있는 건조한 환경을 잘 알아채지 못했다. 아니, 모래송어들이 그런 환경을 유지했던 건 옛날 얘기였다. 이곳 탄제르우프트에서조차 모래벌레들이 프레멘의 저수지 속에서 죽음을 맞는 경우를 제외하고 평소에 경험하던 것보다 몇 배나 많은 수분이 공기 중에 들어 있었다.

뒤쪽의 오두막 안에서 사비하가 몸을 뒤척이는 소리가 들렸다. 그녀는 자신이 억압해 버린 환영들 때문에 자극을 받아서 자꾸 뒤척이고 있었다. 그는 그녀와 함께 환영의 바깥에 살면서 저절로 찾아오는 순간순간을 그때마다 공유하는 것은 어떨까 생각해 보았다. 이 생각은 스파이스가 불러온 어떤 환영보다 훨씬 더 매력적이었다. 미지의 미래와 마주 서는 것에는 틀림없이 말끔한 느낌이 있었다.

'시에치에서 하는 입맞춤 한 번에는 도시에서 하는 입맞춤 두 번의 가치가 있다.'

이 오래된 프레멘의 격언이 모든 것을 말해 주었다. 전통적인 시에치에서는 분명히 알아볼 수 있는 야성과 수줍음이 서로 뒤섞여 있었다. 자쿠루투와 슐로치의 사람들에게도 그 수줍음의 흔적이 남아 있었지만, 그것은 그저 흔적일 뿐이었다. 이를 통해 그들이 무엇을 잃어버렸는지 알 수 있었기 때문에 그는 슬퍼졌다.

레토는 주위 사방에서 수많은 생물들이 부드럽게 스치는 듯한 소리를 내고 있음을 천천히, 아주 천천히 인식하기 시작했다. 그 인식이 찾아오는 속도가 너무 느려서 그는 그것의 시작을 미처 깨닫기도 전에 벌써 그 인식에 완전히 뒤덮여버렸다.

모래송어들이었다.

이제 곧 한 환영에서 다른 환영으로 넘어가야 하는 시간이 될 것이다. 그는 모래송어들의 움직임을 자기 내면의 움직임처럼 느끼고 있었다. 프레멘들은 수 세대 동안 이 이상한 생물들과 함께 살아오면서, 소량의 물만 미끼로 써도 이들을 손이 닿는 곳까지 유인할 수 있다는 것을 알고 있었다. 갈증으로 죽어가던 프레멘이 마지막으로 남은 몇 방울의 물을 이런 도박에 사용한 경우가 한두 번이 아니었다. 이 생물을 만지작거리면 나오는 달콤한 초록색 시럽이 에너지를 조금 보충해 줄 수도 있다는 것을 알기 때문이었다. 그러나 모래송어는 대개 아이들의 사냥감이었다. 아이들은 후아누이를 위해 모래송어를 잡았다. 그냥 놀이를 위해 모래송어를 잡는 경우도 있었다.

레토는 그 '놀이'가 지금 자신에게 무엇을 의미하는지 생각하면서 전율했다.

모래송어 한 마리가 그의 맨발 위에서 주르르 미끄러지듯 움직이는 것이 느껴졌다. 녀석은 잠시 머뭇거리다가 카나트 안에 있는 더 많은 양의 물에 끌려서 계속 앞으로 나아갔다.

그러나 짧은 한순간 동안 그는 자신이 내린 끔찍한 결정을 현실로 경험했다. '모래송어 장갑.' 그것은 아이들의 놀이였다. 모래송어 한 마리를 손에 들고 녀석의 몸을 피부 위에 매끈하게 펴면 녀석은 살아 있는 장갑이 되었다. 녀석들은 피부의 실핏줄 속에 있는 피의 흔적을 감지했지만, 핏속의 물에 섞여 있는 어떤 것 때문에 질겁하며 물러나곤 했다. 그래서 그 살아 있는 장갑은 이내 모래 속으로 스르르 떨어져 사람들의 손에 의해 스파이스 섬유로 짠 바구니 속에 담겼다. 스파이스는 녀석들이 죽음의 증류기 안에 던져질 때까지 녀석들을 진정시켜 주었다.

모래송어들이 카나트 안으로 떨어져 내리는 소리, 육식 물고기들이 소용돌이를 일으키며 그들을 잡아먹는 소리가 들렸다. 물은 모래송어들을 부드럽고 유연하게 만들었다. 아이들은 이것을 일찍부터 배웠다. 소량의 타액을 이용하면 녀석들에게서 달콤한 시럽을 얻을 수 있었다. 레토는 물이 튀는 소리에 귀를 기울였다. 이 모래송어들은 지면을 흐르는 물가로 이주하고 있었다. 그러나 육식 물고기가 순찰을 도는 카나트의 흐르는 물을 그들이 가둬둘 수는 없었다.

그래도 그들은 이곳으로 왔다. 그리고 여전히 풍덩 뛰어들었다.

레토는 모래송어의 가죽 같은 피부가 손가락에 닿을 때까지 오른손으로 모래 위를 더듬었다. 그가 기대했던 대로 큰 놈이었다. 녀석은 피하려 하지 않고 그의 피부 위로 열심히 올라왔다. 그는 자유로운 왼손으로 녀석의 몸을 더듬어보았다. 녀석은 대략 다이아몬드 모양을 하고 있었다. 머리도, 팔다리도, 눈도 없었지만 녀석은 정확하게 물을 찾아낼 수 있었다. 녀석은 밖으로 돌출한 섬모를 거칠게 엮어서 다른 모래송어들을 자신에게 붙들어두는 방법으로 몸과 몸을 결합시켜 마침내 물을 둘러싸는 커다란 자루 같은 유기체가 될 수 있었다. 그리고 이 유기체는 모래송어의 미래 모습인 거대한 샤이 훌루드로부터 '독'을 차단시키는 역할을 했다.

그의 손안에서 모래송어가 꿈틀거리며 몸을 길게 늘였다. 녀석이 움직임에 따라 그는 자신이 선택한 환영도 거기에 맞춰 길게 늘어나는 것을 느꼈다. '이 가닥이야. 아까 그 가닥이 아냐.' 모래송어가 자꾸 얇아져서 그의 손을 점점 뒤덮는 것이 느껴졌다. 어떤 모래송어도 이런 손과 마주친 적이 없었다. 그의 손에 있는 모든 세포가 스파이스로 포화 상태가 되어 있었다. 일찍이 그 어떤 인간도 이런 조건에서 목숨을 부지하며 이성적인 사고를 한 적이 없었다. 레토는 스파이스의 무아지경 속에서 얼은 분명한 확신을 바탕으로 자신의 효소 균형을 세심하게 조정했다. 그의 내면에 서로 뒤섞여 있는, 헤아릴 수 없이 많은 삶들에서 나온 지식이 확신을 제공해 주었고, 그 확신을 통해 그는 효소 균형을 정확하게 조정하면서 잠시라도 감시를 늦추면 자신을 집어삼켜 버릴 스파이스 과용으로 인한 죽음을 저지했다. 그리고 그와 동시에 자신을 모래송어와 조화시켜, 녀석의 영양분을 섭취하고 녀석에게 영양분을 주면서 녀석의 방식을 배웠다. 무아지경에서 본 그의 환영이 틀을 제공해 주었고, 그는 그 틀을 정확하게 따랐다.

모래송어가 점점 얇아지면서 손 위로 더욱더 넓게 퍼져나가 마침내 팔까지 닿는 것이 느껴졌다. 그는 다른 놈을 찾아내서 첫 번째 놈 위에 놓았다. 두 녀석은 서로 닿자마자 미친 듯이 꿈틀거리기 시작했다. 그들의 섬모가 서로 엉키더니 두 녀석은 그의 팔을 팔꿈치까지 덮는 하나의 막이 되었다. 두 번째 모래송어는 어린아이들의 놀이 같은 살아 있는 장갑에 적응했지만 그가 녀석을 피부 공생체의 역할 속으로 유인함에 따라 더 얇고 민감해졌다. 그는 살아 있는 장갑을 아래로 뻗어 모래를 만져보았다. 각각의 모래알들이 분명하게 느껴졌다. 이 녀석은 이제 더 이상 모래송어가 아니었다. 녀석은 더 튼튼하고 강했다. 앞으로도 녀석은 점점 더 강해질 것이다……. 바닥을 더듬던 그의 손이 또 다른 모래송어에 닿았다. 녀석은 처음 두 녀석에게 몸을 휘감아 하나가 되더니 자신의 새로운 역할에 적응했다. 가죽 같은 부드러움이 그의 팔에서 어깨까지 살며시 번져나갔다.

무서울 정도의 집중력으로 그는 새로운 피부와 자신의 몸을 결합시켜 거부 반응을 막았다. 자신이 이곳에서 하고 있는 일의 소름 끼치는 결과에 대해 생각할 정신은 남아 있지 않았다. 무아지경에서 본 환영의 필연성만이 중요했다. 이 시련에서 나올 수 있는 것은 황금의 길뿐이었다.

레토는 로브를 벗고 벌거벗은 채 모래 위에 누웠다. 그리고 이주하고 있는 모래송어들 앞에 장갑 낀 팔을 쭉 뻗었다. 언젠가 자신과 가니마가 모래송어 한 마리를 잡아 녀석이 '아기 벌레', 즉 딱딱한 튜브 모양으로 움츠러들 때까지 모래 위에 문질러댔던 기억이 났다. 녀석의 몸 안에는 초록색 시럽이 가득 들어 있었다. 사람들은 그렇게 변한 모래송어의 한쪽 끝을 가볍게 깨물어 상처가 아물기 전에 재빨리 달콤한 시럽을 몇 방울 빨아먹곤 했다.

이제 모래송어들이 그의 온몸을 뒤덮고 있었다. 레토는 이 살아 있는 막에 닿는 자신의 맥박을 느낄 수 있었다. 한 마리가 그의 얼굴을 덮으려고 했으나 그는 녀석이 몸을 늘려 얇은 두루마리처럼 변할 때까지 녀석을 거칠게 움직였다. 녀석은 아기 벌레보다 훨씬 더 길어졌지만 몸은 여전히 유연했다. 레토는 녀석의 몸 한쪽 끝을 깨물어 조금씩 흘러나오는 달콤한 시럽을 맛봤다. 시럽은 일찍이 어느 프레멘도 경험해 본 적이 없을 만큼 오랫동안 계속 흘러나왔다. 그 달콤한 시럽에서 나온 에너지가 그의 몸속을 흐르는 것이 느껴졌다. 묘한 흥분이 그의 몸을 가득 채웠다. 그는 한동안 모래송어의 막이 얼굴로 올라오지 않도록 그 막을 둘둘 마느라고 정신이 없었다. 마침내 턱에서 이마까지, 귀를 노출시킨 채 얼굴을 한 바퀴 도는 딱딱한 둑 같은 것이 만들어졌다.

이제 환영을 시험해야 했다.

그는 자리에서 일어나 몸을 돌려 오두막을 향해 뛰어가려 했다. 그러나 몸을 움직이는 순간 자신의 발이 균형을 잡을 수 없을 정도로 너무 빨리 움직이고 있음을 깨달았다. 그는 모래 속으로 고꾸라졌다가 몸을 굴리면서 뛰듯이 일어섰다. 그 도약 때문에 그는 모래 위 2미터 높이까지 뛰어올랐다. 그리고 다시 땅으로 떨어져 걸음을 걸으려고 했을 때에도 그는 여전히 너무 빨리 움직이고 있었다.

'멈춰!' 그는 자기 자신에게 명령을 내렸다. 그는 프라나 빈두의 강제적인 긴장 이완 상태로 들어가 의식의 연못 속에 자신의 감각들을 모아 넣었다. 이를 통해 자신이 시간을 경험하는 통로인 '계속되는 지금'의 안을 향한 잔물결을 한곳으로 모을 수 있었다. 그러고 나서 그는 환영의 흥분이 자신을 따스하게 데우는 것을 내버려두었다. 모래송어의 막은 환영이 예언했던 것과 조금도 어긋나지 않는 효과를 발휘하고 있었다.

'내 피부는 내 것이 아니야.'

그러나 이렇게 증폭된 움직임을 견디려면 근육을 조금 훈련시킬 필요가 있었다. 그는 걸으려고 할 때마다 바닥에 쓰러져서 굴렀다. 이윽고 그는 그냥 앉았다. 정적 속에서 턱 아래의 둑이 입을 덮는 막으로 변하려 했다. 그는 녀석에게 침을 뱉고 몸을 깨물어 달콤한 시럽을 조금 먹었다. 녀석은 그의 손에 밀려 아래를 향해 다시 몸을 말았다.

모래송어의 막과 그의 몸이 결합될 수 있을 만큼 충분한 시간이 흘렀다. 레토는 몸을 쭉 펴고 모래 위에 엎드렸다. 그리고 모래송어의 막이 모래에 긁히게 바닥을 기기 시작했다. 그는 모래를 분명하게 느낄 수 있었다. 그러나 그의 살을 긁어대는 것은 하나도 없었다. 수영하는 것 같은 동작을 몇 번 한 것만으로 그는 50미터를 나아갔다. 그의 몸이 마찰력에 의해 따뜻해지는 듯한 느낌이 일었다.

모래송어의 막은 이제 더 이상 그의 코와 입을 덮으려 하지 않았다. 그러나 이제 그는 황금의 길로 올라서는 두 번째 중요한 계단과 마주하고 있었다. 그는 어느새 카나트를 지나 모래벌레가 갇혀 있는 협곡 안으로 들어와 있었다. 모래벌레가 그의 움직임에 끌려서 쉿쉿거리며 그를 향해 다가오는 소리가 들렸다.

　레토는 뛰듯이 일어섰다. 그 자리에 서서 모래벌레를 기다릴 작정이었다. 그러나 운동 능력이 증폭된 몸 때문에 협곡 안으로 20미터를 더 들어가서 바닥에 벌렁 드러눕는 꼴이 되어버렸다. 엄청난 노력으로 자신의 몸을 통제하면서 그는 엉덩이를 깔고 일어나 앉아 몸을 똑바로 폈다. 곧 그의 바로 앞에서 모래가 부풀어 오르기 시작하더니 별빛을 받는 거대한 곡선 모양으로 솟아올랐다. 모래가 입을 벌린 곳은 그가 있는 곳으로부터 겨우 두 사람 키만 한 거리밖에 되지 않았다. 수정 같은 이빨이 희미한 빛 속에서 번득였다. 하품하듯 크게 벌린 동굴 같은 입속 저 안쪽에서 희미하게 너울거리는 불꽃이 보였다. 압도적인 스파이스 냄새가 그의 몸을 휩쓸었다. 그러나 모래벌레는 제자리에 멈춰 서 있었다. 녀석은 첫 번째 달이 고원 위로 솟아오를 때에도 여전히 그의 앞에 있었다. 녀석의 몸속 깊은 곳에서 타오르는 화학적 불꽃의, 이야기 속에나 나오는 듯한 빛을 받은 이빨에 달빛이 반사되었다.

　프레멘으로서 날 때부터 가지고 있던 두려움이 너무나 깊었기 때문에 레토는 도망치고 싶다는 욕망으로 갈등했다. 그러나 자신이 본 환영 때문에 그는 꼼짝 않고 서서 이렇게 길게 이어지고 있는 이 순간에 매혹되었다. 살아 있는 모래벌레의 입에 이렇게 가까이 있으면서 목숨을 부지한 사람은 지금까지 아무도 없었다. 레토는 부드럽게 오른발을 움직였다. 발이 모래 둔덕에 부딪혔다. 그러나 그의 반응이 너무 빨랐기 때문에 몸이 벌레의 입을 향해 날듯이 다가갔다. 그는 무릎을 꿇어 자신의 움직임을 멈췄다.

　그래도 모래벌레는 움직이지 않았다.

　녀석이 지금 감지하고 있는 것은 모래송어뿐이었으므로 모래 속 깊은 곳에 사는 자신의 동족을 공격하려 하지 않았다. 모래벌레는 자신의 영역에 들어온 다른 모래벌레를 공격하거나 노출된 스파이스를 찾아오곤 했다. 녀석을 막을 수 있는 것은 물의 장벽뿐이었다. 물을 캡슐처럼 싸서 가지고 있는 모래송어 역시 일종의 물의 장벽이었다.

실험을 하듯이 레토는 그 무서운 입을 향해 한 손을 움직였다. 모래벌레는 1미터나 뒤로 물러났다.

자신감을 되찾은 레토는 모래벌레에게서 시선을 돌려 자신의 근육들에게 이 새로운 힘과 함께 살아가는 법을 가르치기 시작했다. 조심스럽게 그는 다시 카나트를 향해 걸어갔다. 모래벌레는 그의 등 뒤에서 꼼짝도 하지 않았다. 레토는 카나트라는 물의 장벽을 넘은 다음 기쁨에 넘쳐 뛰어올랐다. 그 바람에 모래 위를 10미터나 날아가 바닥에 널브러졌지만 몸을 굴리며 큰 소리로 웃어댔다.

오두막의 문막이가 열리면서 모래 위에 빛이 번쩍 나타났다. 사비하가 노란색과 자주색이 섞인 램프의 불빛 속에 서서 그를 뚫어지게 바라보고 있었다.

소리 내어 웃으면서 레토는 달음질을 쳐 카나트를 다시 넘은 다음 모래벌레 앞에서 걸음을 멈추고 몸을 돌려 양팔을 쭉 편 채 그녀를 바라보았다.

"봐! 모래벌레가 내 명령에 따르고 있어!" 그가 소리쳤다.

그녀가 충격 때문에 얼어붙은 듯 서 있는 동안 그는 휙 몸을 돌려 벌레의 옆을 돌아 협곡 속으로 질주했다. 자신의 새로운 피부에 점점 익숙해짐에 따라 그는 근육을 아주 조금만 움직여도 달릴 수 있다는 것을 깨달았다. 거의 아무런 힘도 들지 않았다. 달리려고 근육에 힘을 주면 노출된 얼굴에 타는 듯 뜨거운 바람을 맞으며 모래 위를 질주하게 되었다. 협곡의 막다른 끝에서 달리기를 멈추는 대신 그는 꼬박 15미터를 뛰어올라 손톱으로 절벽을 움켜쥐고 할퀴며 곤충처럼 위로 올라갔다. 그렇게 탄제르우프트를 굽어보는 절벽 꼭대기에 이르렀다.

그의 앞에 사막이 펼쳐져 있었다. 달빛 속에서 거대한 사막이 은빛 파도처럼 물결치고 있었다.

레토의 광적인 흥분이 가라앉았다.

그는 자신의 몸이 너무나 가볍게 느껴진다고 생각하며 쪼그리고 앉았다. 몸을 움직였기 때문에 땀이 얇은 막처럼 배어 나와 있었다. 사막복이 있었다면 그 땀을 흡수해서 염분을 제거하는 전이 조직으로 보냈을 것이다. 그러나 그가 긴장을 풀고 쉬는 동안 땀이 사라지고 있었다. 모래송어의 막이 사막복보다 훨씬 빠른 속도로 땀을 흡수하고 있었던 것이다. 생각에 잠긴 채 레토는 입술 아래의 막을 펴서 입속으로 끌어당겨 달콤한 시럽을 마셨다.

그러나 그의 입은 마스크로 덮여 있지 않았다. 프레멘답게, 그는 숨을 내쉴 때마다 몸속의 수분이 낭비되고 있음을 느꼈다. 레토는 막의 일부를 입 위로 끌어당겼다가 그 막이 콧구멍을 막아버리려고 하자 다시 둘둘 말았다. 그는 둘둘 말린 막이 제자리에 가만히 머물러 있게 될 때까지 이런 동작을 반복했다. 사막의 생활 방식에 따라 그는 자동적으로 코로 숨을 들이쉬고 입으로 내뱉는 호흡 방식을 시작했다. 입을 덮고 있는 막이 작은 거품처럼 튀어나왔지만 제자리를 벗어나지는 않았다. 그의 입술과 콧구멍에 모이는 수분 중 공기 중에 노출된 것은 하나도 없었다. 그렇다면 적응이 진행되고 있다는 뜻이었다.

오니숍터 한 대가 레토와 달 사이로 날아와 기체를 비스듬히 기울인 채 비행하다가 고원 위에서 그의 왼쪽으로 100미터쯤 떨어진 곳에 날개를 활짝 펼친 채 착륙했다. 레토는 오니숍터를 흘끗 바라보고 나서 시선을 돌려 자신이 협곡에서 올라온 길을 돌아보았다. 카나트 너머 저 아래쪽에 많은 불들이 켜지고 수많은 사람들이 웅성거리는 것이 보였다. 누군가가 외치는 소리가 희미하게 들려왔다. 그 소리에서 히스테리가 느껴졌다. 오니숍터에서 남자 두 명이 내려 그를 향해 다가왔다. 달빛이 그들의 무기 위에서 반짝였다.

'마샤드야.' 레토는 생각했다. 그건 슬픈 생각이었다. 크게 도약해서 황금의 길로 올라갈 수 있는 길이 여기 있었다. 그는 모래송어의 막으로 이루어져 자가 수리가 가능한 살아 있는 사막복을 입고 있었다. 그것은 아라키스에서 측량할 수 없는 가치를 지닌 물건이었다…… 그 대가가 무엇인지 알게 될 때까지는. '난 이제 더 이상 인간이 아냐. 오늘 밤의 일들에 대한 전설이 점점 자라나서 이 일에 동참했던 사람들이 결코 알아볼 수 없는 것으로 확대되겠지. 하지만 그것이 진실이 될 거야. 그 전설이.'

그는 고원에서 아래를 내려다보았다. 저 아래 사막까지 200미터는 되는 것 같았다. 가파른 절벽 표면에 선반처럼 튀어나온 바위들과 바위틈들이 달빛에 드러났지만 그것들을 이어주는 길은 보이지 않았다. 레토는 자리에 서서 깊이 숨을 들이쉰 다음 자기를 향해 다가오고 있는 남자들을 흘끗 뒤돌아보았다. 그리고 절벽 가장자리로 다가가 허공 속으로 몸을 날렸다. 30미터쯤 떨어졌을 때 구부리고 있는 그의 다리에 좁은 선반 바위가 닿았다. 능력이 증폭된 근육들이 착지의 충격을 흡수하고 그대로 다시 튀어올라 옆에 있는 또 다른 바위를 향해 도약했다. 그곳에서 그는 밖으로 노출된 좁은 바위를 손으로 잡고 20미터 아래로 떨어진 다음 손으로 잡을 수 있는 것을 다시 찾았다. 그리고 다시 아래로 내려갔다. 튀어오르고, 도약하고, 자그마한 선반 바위들을 손으로 움켜쥐면서.

그는 한 번의 도약으로 마지막 40미터를 뛰어내려 무릎을 구부린 채 착지해 몸을 굴렸다. 그 바람에 몸이 모래언덕의 급경사면 아래로 고꾸라졌고, 그 위로 모래와 흙먼지가 소낙비처럼 쏟아져 내렸다. 경사면 바닥에 이르자 그는 재빨리 일어나 한 번의 도약으로 바로 옆의 모래언덕 꼭대기를 향해 몸을 날렸다. 절벽 꼭대기에서 사람들의 거친 고함 소리가 들려왔지만 그는 그 소리를 무시하고 모래언덕 꼭대기에서 꼭대기로 도약하는 데에 정신을 집중했다.

능력이 증폭된 근육에 점점 익숙해짐에 따라 그는 이렇게 먼 거리를 꿀꺽 집어삼키는 동작에서 미처 예상하지 못했던 감각적인 기쁨을 발견했다. 그것은 사막에서 추는 발레였으며, 어느 누구도 경험해 보지 못한 탄제르우프트에 대한 도전이었다.

오니숍터에 타고 있던 사람들이 충격을 극복하고 다시 추적을 시작할 때가 되었다는 판단이 들자 그는 달빛 때문에 그림자 속에 잠긴 모래언덕 측면으로 몸을 날려 그 안으로 파고들어 갔다. 새로운 힘을 얻은 그에게 모래는 무거운 액체처럼 느껴졌다. 그러나 그가 지나치게 빨리 움직이자 온도가 위험할 정도로 올라갔다. 그는 모래언덕의 반대편 측면으로 뚫고 나와 모래송어의 막이 콧구멍을 덮고 있음을 발견했다. 그는 그 막을 치우고, 자신의 새로운 피부가 땀을 흡수하느라 몸 위에서 고동치고 있음을 느꼈다.

레토는 입가의 막을 튜브 모양으로 만들어 시럽을 마시면서 별이 총총한 하늘을 올려다보았다. 슐로치에서 15킬로미터 정도 온 것 같았다. 이윽고 오니숍터 한 대가 별들을 가로질렀다. 거대한 새 모양의 그 오니숍터 뒤로 다른 오니숍터들이 연달아 나타났다. 오니숍터의 날개가 부드럽게 펄럭이는 소리, 소리를 죽인 가스 분출구의 속삭이는 듯한 소리들이 들려왔다.

살아 있는 튜브를 홀짝거리면서 그는 기다렸다. 첫 번째 달이 하늘의 길을 다 지나가고 두 번째 달이 나타났다.

동트기 한 시간 전에 레토는 밖으로 기어 나와 모래언덕 꼭대기로 올라가서 하늘을 살펴보았다. 사냥꾼들은 하나도 보이지 않았다. 이제 그는 자신이 결코 돌아올 수 없는 길에 발을 들여놓았음을 알았다. 그 자신과 모든 인류를 위한 잊을 수 없는 교훈으로 준비된 함정이 '시간'과 '공간' 속에서 앞에 놓여 있었다.

레토는 북동쪽으로 방향을 틀어 50킬로미터를 더 뛰어간 다음 낮을 보내기 위해 모래 속으로 파고들어 갔다. 그리고 모래송어를 튜브처럼 만들어 지표면까지 자그마한 구멍 하나만을 남겨놓았다. 그가 모래송어의 막과 함께 살아가는 법을 배우는 것과 마찬가지로 모래송어의 막도 그와 함께 살아가는 법을 배우고 있었다. 그는 이 막이 자신의 몸에 어떤 영향을 미치고 있는지에 대해서는 생각하지 않으려 했다.

'내일 가라 룰렌을 습격해야겠다. 그들의 카나트를 박살 내서 물을 모래 속으로 흘려버려야지. 그리고 계속해서 바람주머니, 낡은 골짜기, 하르그로 가겠어. 한 달 후면 생태학적 변화가 꼬박 한 세대 뒤로 후퇴해 있을 거다. 그러면 우리가 새로운 시간표를 작성할 여유가 생길 거야.'

사람들은 물론 반란을 일으킨 부족들이 너무 거칠어서 그런 짓을 저질렀다고 비난할 것이다. 어떤 사람들은 자쿠루투에 대한 기억을 되살리기도 할 것이다. 그리고 알리아는 정신없이 바빠질 것이다. 가니마는…… 레토는 그녀의 기억을 되살릴 문구를 소리 없이 입으로 말해 보았다. 그 말을 하는 것은 나중 일이었다. 두 사람이 모두 이토록 끔찍하게 뒤섞인 가닥들을 이기고 살아남는다면.

황금의 길이 사막 저 멀리에서 그를 유혹하고 있었다. 황금의 길은 그가 활짝 뜬 눈으로 볼 수 있을 만큼 거의 실체를 지닌 것으로 변해 있었다. 그는 그 길이 어떻게 진행될 것인지 생각해 보았다. 동물들이 반드시 땅을 가로질러 움직여야 하고 그들의 존재가 그 움직임에 달려 있듯이, 억겁의 세월 동안 봉쇄되어 있던 인류의 영혼이 움직일 수 있는 길이 필요해질 것이다.

그 순간 그는 아버지를 생각하며 혼잣말을 했다. "곧 우린 인간 대 인간으로 논쟁하게 될 거야. 그리고 오로지 하나의 환영만이 살아남겠지."

생존의 한계는 기후, 즉 한 세대만으로는 눈치채지 못할 수도 있는 그 오랜 변화의 흐름으로 결정된다. 그리고 패턴을 결정하는 것은 기후의 극단적인 조건들이다. 혼자일 때, 유한한 인간들은 기후의 범위, 연간 날씨의 변화를 관찰할 수 있다. 때로는 '이렇게 추운 해는 지금까지 없었다'는 식으로 기후 변화를 눈치챌 수도 있다. 이런 것들은 눈에 띄는 변화이다. 그러나 인간들이 아주 오랜 기간에 걸친 평균 기후의 변화에 경계심을 갖게 되는 경우는 거의 없다. 그런데 인간들이 어떤 행성에서든 살아남는 법을 배우는 것은 바로 이러한 경계심을 통해서이다. 인간들은 반드시 기후를 배워야 한다.

—하르크 알 아다 풍으로 집필된 『아라키스, 변화』

알리아는 침대 위에 책상다리를 하고 앉아 '공포에 맞서는 기도문'을 외면서 마음을 차분하게 가라앉히려고 했다. 그러나 그녀의 두개골 속에서 메아리치는 경멸의 웃음소리가 모든 노력을 방해했다. 그녀는 그 목소리를 들을 수 있었다. 그것이 그녀의 귀와 정신을 통제했다.

"이게 무슨 말도 안 되는 짓이냐? 네가 두려워할 게 뭐 있다고?"

그녀의 발이 달리는 동작을 만들어내려고 애씀에 따라 종아리 근육이 움찔거렸다. 도망칠 곳이 없었다.

그녀는 얇디얇은 팔리안 비단으로 만든 황금색 가운만을 걸치고 있었기 때문에 점점 포동포동해지기 시작한 몸매가 그대로 드러났다. 암살자들의 시간이 이제 막 지나고 여명이 가까웠다. 지난 3개월 동안의 일들을 담은 보고서들이 빨간색 이불 위에서 그녀 앞에 놓여 있었다. 공기조절기의 윙윙거리는 소리가 들려오고, 가벼운 산들바람이 시거와이어 두루마리로 된 보고서들의 표지를 뒤적였다.

두 시간 전에 보좌관들이 두려운 기색으로 그녀를 깨워 가장 최근에 일어난 무도한 행위의 소식을 들려주었다. 그래서 알리아는 정보의 패턴을 찾기 위해 보고서 두루마리를 가져오라고 명령했다.

그녀는 기도문 외는 것을 포기했다.

최근의 습격은 반란자들의 짓임이 분명했다. 틀림없었다. 무앗딥의 종교에 등을 돌리는 반란자들이 점점 늘어나고 있었다.

"그게 무슨 문제라는 거냐?" 조롱이 담긴 목소리가 그녀의 내면에서 물었다.

알리아는 난폭하게 고개를 흔들었다. 남리가 그녀를 실망시켰다. 그렇게 위험스러운 이중 꼭두각시를 믿다니, 그녀가 바보였다. 그녀의 보좌관들은 이 모든 일이 스틸가의 탓이며 그가 비밀리에 반란을 일으키고 있다고 속삭였다. 할렉은 또 어떻게 된 걸까? 밀수꾼 친구들 틈에 좌초해 버린 걸까? 그럴 수도 있었다.

그녀는 보고서 두루마리 하나를 집어 들었다. 무리즈! 그는 히스테리를 부리고 있었다. 그의 행동을 설명할 수 있는 방법은 그것뿐이었다. 그렇지 않다면 그녀 역시 기적을 믿는 수밖에 없을 것이다. (아무리 레토 같은 아이라 하더라도) 아이는 고사하고 그 어떤 인간도 슐로치의 바위 고원에서 뛰어내리고도 살아남아 모래언덕 꼭대기에서 꼭대기로 펄쩍펄쩍 뛰어다니며 사막을 가로질러 도망칠 수는 없었다.

손에 들고 있는 시거와이어의 차가움이 느껴졌다.

그렇다면 레토는 어디 있는 걸까? 가니마는 그가 죽었다고 철석같이 믿고 있었다. 진실을 말하는 자도 레토가 라자 호랑이에게 죽임을 당했다는 그녀의 말이 사실이라고 확인했다. 그렇다면 남리와 무리즈가 보고한 그 아이는 누구란 말인가?

그녀는 부르르 몸을 떨었다.

마흔 개의 카나트가 부서졌고 그 안에 있던 물이 모래 속으로 새어 나갔다. 충성스러운 프레멘들은 물론 반란자들까지도 모두 미신에 물든 촌뜨기들이었다! 그녀가 받은 보고서에는 신비스러운 일들에 대한 얘기가 흘러넘쳤다. 모래송어가 카나트 안으로 뛰어들어 간 다음 산산이 부서져서 똑같은 모습의 수많은 작은 생물들로 변했다는 얘기, 모래벌레들이 일부러 물에 빠져 죽었다는 얘기, 두 번째 달에서 아라키스로 피가 뚝뚝 떨어졌는데 그로 인해 거대한 폭풍이 일었다는 얘기 등이었다. 그런데 폭풍의 빈도가 늘어나고 있는 것은 사실이었다!

그녀는 타브르에서 외부와 연락이 두절되어 있는 던컨을 생각했다. 던컨은 그녀가 스틸가에게 강요한 제한 조치들 때문에 초조해하고 있었다. 그와 이룰란은 이러한 징조들에 숨겨진 '진짜' 의미 외의 다른 것에 대해서는 거의 말을 하지 않았다. 바보들! 심지어 그녀의 첩자들조차 이런 터무니없는 이야기들에 영향을 받고 있었다!

가니마는 왜 라자 호랑이가 레토를 죽였다고 고집하는 걸까?

알리아는 한숨을 쉬었다. 시거와이어 두루마리 중 단 하나의 보고서만이 그녀를 안심시켜 주었다. 파라든이 '어려운 시기에 여러분을 돕고 공식 약혼식을 위한 사전 준비를 하기 위해' 가문 경비대 파견단을 보냈다는 내용이었다. 알리아는 혼자 미소를 지으며 자신의 두개골 속에서 묵직하게 울리는 목소리와 함께 키득키득 웃어댔다. 적어도 그 계획만은 처음 그대로 고스란히 남아 있었다. 미신에 가득 찬 다른 터무니없는 일들을 쫓아버릴 논리적 설명이 발견될 것이다.

그동안 그녀는 파라든의 부하들을 이용해서 슐로치를 폐쇄하고 이미 알려진 반대 세력, 특히 나입들 가운데 있는 반대자들을 체포할 것이다. 그녀는 스틸가에게 적대적인 행동을 할 것인지 생각해 보았지만 내면의 목소리가 반대의 뜻을 밝혔다.

"아직은 안 돼."

"어머니와 교단은 아직도 나름의 계획을 갖고 있어요. 어머니가 파라든을 훈련시키는 이유가 뭐죠?" 알리아가 속삭였다.

"어쩌면 그 녀석이 그녀를 흥분시키는지도 모르지." 노남작이 말했다.

"그렇게 차가운 어머니가 그럴 리가 없어요."

"파라든에게 그녀를 돌려달라고 요청할 생각을 하는 건 아니겠지?"

"그것이 위험하다는 건 나도 알고 있어요!"

"그래. 그건 그렇고 지아가 최근에 데려온 그 젊은 보좌관 말이다. 그의 이름이 아가르베스였던 것 같은데…… 부에르 아가르베스. 그를 오늘 밤 이곳으로 초대한다면……."

"안 돼요!"

"알리아……."

"거의 동틀 때가 다 됐어요, 만족을 모르는 이 늙은 바보 같으니! 오늘 아침에는 군사 평의회가 있고 사제들이……."

"그들을 믿지 마라, 귀여운 알리아."

"당연하죠!"

"그래야지. 자, 그 부에르 아가르베스 말인데……."

"안 된다고 했어요!"

노남작은 그녀의 내면에서 침묵을 지켰다. 그러나 그녀는 두통을 느끼기 시작했다. 왼쪽 뺨에서부터 시작된 통증이 서서히 두개골 속까지 슬금슬금 기어 올라갔다. 언젠가 남작이 이 방법을 쓰는 바람에 그녀는 미친 듯이 날뛰면서 복도를 뛰어다닌 적이 있었다. 이번에는 그에게 저항하겠다고 굳게 결심했다.

"당신이 계속 고집을 부리면 난 진정제를 먹을 거예요." 그녀가 말했다.

그는 그녀의 말이 진심임을 알 수 있었다. 두통이 물러가기 시작했다.

"할 수 없군. 그럼 다음에 해야지." 토라진 목소리였다.

"그래요, 다음에." 그녀가 동의했다.

너는 너의 힘으로 모래를 갈랐다. 너는 사막에 사는 용의 머리를 부쉈다. 그래, 나는
그대를 모래언덕에서 올라오는 짐승으로 본다. 그대는 양처럼 두 개의 뿔을 갖고 있
으나 용처럼 말한다.

—『오렌지 가톨릭 성경』 개정판, 「아란」 II:4

　그것은 불변의 예언이었다. 가닥들이 노끈이 되었다. 레토는 그 노끈
을 마치 평생 동안 알고 있었던 것 같은 기분이었다. 그는 저녁의 그림자
들 너머에 있는 탄제르우프트를 바라보았다. 북쪽으로 170킬로미터 떨
어진 곳에 낡은 골짜기가 있었다. 방어벽을 꿰뚫고 지나가는 그 구불구
불하고 깊숙한 바위틈은 프레멘들이 처음 사막으로 이주해 올 때 지나
간 길이었다.

　레토에게는 아무런 의혹도 남아 있지 않았다. 그는 자신이 이곳 사막
에 혼자 서 있는 이유를 알고 있었으며, 그런데도 자신이 이 땅을 모두
소유하고 있다는 느낌, 이 땅이 반드시 자신의 명령에 따라야 한다는 느
낌으로 가득 차 있었다. 그는 자신을 모든 인류와 연결해 주는 끈을 느꼈
으며, 논리적으로 타당한 경험들의 우주, 그 영원한 변화 속에 인식할 수

있는 규칙성을 갖고 있는 우주에 대한 절실한 필요성을 느꼈다.

'난 이 우주를 알아.'

그를 이곳으로 데려다준 모래벌레는 그가 발을 구르는 소리를 듣고 다가와 앞에서 솟아오르더니 유순한 짐승처럼 그대로 멈춰버렸다. 그는 녀석의 몸 위로 뛰어오른 다음 모래송어의 막으로 능력이 증폭된 손만을 이용해서 체절을 열어 녀석을 지표면 위에 묶어두었다. 녀석은 밤새 북쪽을 향해 질주하느라 완전히 지쳐버렸다. 규소와 유황을 사용하는 녀석의 몸 안 '공장'이 최대한도로 가동되는 바람에 녀석의 입에서는 산소가 대량으로 쏟아져 나왔고, 그것은 그들의 뒤를 따라온 바람 때문에 회오리바람으로 변해 레토의 몸을 둘러쌌다. 때로 그는 그 따스한 산소 바람 때문에 현기증을 느꼈다. 그리고 정신이 이상한 감각들로 가득 찼다. 그의 환영이 지닌 재귀적이고 순환적인 주관성은 그의 가계를 향해 내면으로 돌아서서 지구의 과거를 일부 다시 경험할 것을 강요했다. 그리고 그 과거의 조각들과 변화하는 그의 자아를 비교해 보았다.

자신이 인간으로 인식될 수 있는 존재로부터 얼마나 멀리 떠나왔는지 그는 이미 느끼고 있었다. 그가 닥치는 대로 먹어치운 스파이스에 유혹당해 그의 몸을 덮은 막은 이제 더 이상 모래송어가 아니었다. 그가 더 이상 인간이 아닌 것과 마찬가지였다. 섬모들이 그의 살 속으로 살금살금 파고들어 와 앞으로 억겁의 세월이 지난 후 자기 나름의 변신을 구하게 될 새로운 생물을 형성했다.

'당신도 이걸 보셨지요, 아버지. 그리고 거부하셨어요. 마주하기에는 너무 끔찍한 것이었으니까.' 그는 생각했다.

레토는 사람들이 아버지에 대해 믿고 있는 사실들이 무엇인지, 그리고 왜 그렇게 믿고 있는지 알고 있었다.

'무앗딥은 예지력 때문에 죽었다.'

그러나 폴 아트레이데스는 아직 살아 있는 채로 현실의 우주에서 알람 알 미탈로 건너가 자신의 아들이 감행한 이 일로부터 도망쳤다.

이제 존재하는 것은 설교자뿐이었다.

레토는 모래 위에 웅크리고 앉아 계속 북쪽을 바라보았다. 모래벌레는 그쪽에서 올 것이고, 녀석의 등에는 두 사람이 타고 있을 것이다. 어린 프레멘과 맹인이.

창백한 박쥐들이 그의 머리 위를 지나 남동쪽으로 방향을 꺾었다. 그들은 어두워지는 하늘에 제멋대로 떠 있는 점들이었다. 아는 것이 많은 프레멘이라면 은신처가 어디 있는지 알아내기 위해 그들이 돌아가는 길을 기억해 둘 수 있을 것이다. 그러나 설교자는 그 은신처를 피할 터였다. 그의 목적지는 슐로치였고, 그곳에서는 야생 박쥐들이 이방인을 비밀의 장소로 인도하는 일이 없도록 그것들을 전혀 받아들이지 않았다.

모래벌레는 사막과 북쪽 하늘 사이에서 움직이는 검은 점으로 처음 모습을 드러냈다. 그 모습은 마타르, 즉 죽어가는 폭풍 때문에 높은 곳에서 떨어지는 모래비에 몇 분 동안 가려졌다가 다시 선명한 모습으로 더 가까운 곳에서 나타났다.

레토가 웅크린 모래언덕의 기슭에 있는 온도 경계선에 밤에 생기는 수분이 나타나기 시작했다. 그는 자신의 콧구멍 속에 금방 사라져버릴 습기가 생긴 것을 느끼고 모래송어 막의 거품 마개로 입을 덮었다. 이제 그는 스밈연못이나 빨대우물을 찾을 필요가 없었다. 어머니의 유전자 덕분에 그는 더 길고 커다란 프레멘의 내장을 갖고 있어서 그 안을 지나가는 모든 것들로부터 물을 빼앗을 수 있었다. 그의 살아 있는 사막복은 닿는 대로 수분을 움켜쥐고 한 방울도 놓치지 않았다. 그가 이곳에 앉아 있는 동안에도 모래에 닿아 있는 모래송어의 막은 자신이 저장할 수 있는 에너지를 조금이라도 찾기 위해 발처럼 생긴 섬모를 내밀고 있었다.

레토는 자신을 향해 다가오는 모래벌레를 유심히 살펴보았다. 지금쯤이면 어린 안내인이 이미 모래언덕 꼭대기에 작은 점처럼 보이는 자신의 모습을 봤으리라는 것을 알고 있었다. 모래벌레에 타고 있는 사람은 그렇게 멀리 보이는 물체에서 본질적인 것은 하나도 알아내지 못하겠지만, 프레멘들은 이 문제를 어떻게 다룰 것인지 이미 터득하고 있었다. 정체를 알 수 없는 물체는 모두 다 위험했다. 환영이 없어도 어린 안내인의 반응을 예측하기는 아주 쉬울 것이다.

그 예측에 딱 맞게, 모래벌레의 방향이 약간 바뀌어서 곧바로 레토를 향했다. 거대한 모래벌레는 프레멘들이 이미 여러 번 사용한 적이 있는 무기였다. 모래벌레들은 아라킨에서 샤담을 물리칠 때에도 도움이 되었다. 그러나 이 모래벌레는 자신의 몸 위에 올라탄 사람의 명령을 수행하지 못했다. 녀석은 10미터 떨어진 곳에서 멈춰 섰고, 아무리 채찍질을 해도 모래알 한 알만큼도 앞으로 나아가려 하지 않았다.

레토는 자리에서 일어났다. 뒤쪽에서 섬모들이 모래송어의 막 속으로 재빨리 되돌아오는 것이 느껴졌다. 그는 입의 덮개를 벗기고 소리를 질렀다. "아츨란, 와자츨란!" '환영한다, 두 배로 환영한다!'는 뜻이었다.

눈먼 남자는 벌레의 몸 위에서 어린 안내인의 어깨에 한 손을 얹은 채 그 뒤에 서 있었다. 남자는 자신을 방해한 자의 낌새를 냄새로 알아내려는 것처럼 얼굴을 높이 쳐들고 코로 레토의 머리 위를 겨냥했다. 석양이 그의 이마를 오렌지색으로 물들였다.

"누구냐?" 눈먼 남자가 안내인의 어깨를 흔들며 물었다. "왜 멈춘 거지?" 사막복 마개 때문에 그의 목소리에는 콧소리가 섞여 있었다.

소년이 두려운 기색으로 레토를 내려다보며 말했다. "사막에 어떤 사람이 혼자 있는 것뿐이에요. 보아하니 아이 같아요. 저는 모래벌레를 저 녀석의 몸 위로 몰아가려고 했지만 벌레가 움직이질 않아요."

"왜 내게 말하지 않았지?" 눈먼 남자가 다그쳤다.

"난 그냥 누군가가 사막에 혼자 있을 뿐이라고 생각했어요!" 소년이 항변했다. "하지만 저 녀석은 악마예요."

"자쿠루투의 진정한 아들처럼 말하는구나. 그리고 당신, 당신은 설교자군요." 레토가 말했다.

"내가 그 사람이다, 맞아." 설교자의 목소리에는 두려움이 배어 있었다. 이제야 마침내 그가 자신의 과거와 맞닥뜨렸기 때문이다.

"여긴 정원이 아닙니다. 하지만 오늘 밤 이곳을 저와 함께 나눠도 좋습니다."

"넌 누구냐? 어떻게 우리 벌레를 멈추게 한 거지?" 설교자가 다그쳤다. 뭔가를 인식한 듯 불길한 목소리였다. 이제 그는 지금과 같은 장면이 들어 있던 자신의 환영을 기억해 냈다……. 이곳에서 자신이 종말에 도달할 수도 있음을 그는 알고 있었다.

"저놈은 악마예요!" 어린 안내인이 항변했다. "이곳에서 도망치지 않으면 우리 영혼이……."

"시끄럽다!" 설교자가 고함쳤다.

"저는 레토 아트레이데스입니다. 당신의 벌레가 멈춘 건 제가 명령을 내렸기 때문이죠." 레토가 말했다.

설교자는 얼어붙은 듯 침묵을 지키며 서 있었다.

"오시죠, 아버지. 이곳에 내려 저와 함께 밤을 보내는 겁니다. 제가 달콤한 시럽을 드리겠습니다. 당신의 프렘 행낭에 들어 있는 음식과 물 항아리가 보이는군요. 이곳 모래 위에서 서로 가진 것을 나누기로 합시다." 레토가 말했다.

"레토는 아직 어리다. 그리고 사람들 말로는 코리노의 음모 때문에 죽 었다고 했어. 네 목소리에는 아이다움이 전혀 없다." 설교자가 반박했다.

"당신은 저를 알고 계십니다. 당신이 그랬던 것처럼 저도 나이에 비해 몸집이 작죠. 하지만 제 경험은 아주 오래되었고, 제 목소리는 많은 것을 배웠습니다." 레토가 말했다.

"이 깊은 사막에서 뭘 하고 있는 거지?" 설교자가 물었다.

"부 지." 레토가 말했다. '무(無)에서 무를'이라는 뜻이었다. 그것은 휴 식의 자세를 취하고 있을 때에만 별로 힘들이지 않고 주위 환경과 조화 를 이루며 행동하는 젠수니 방랑자들의 대답이었다.

설교자가 안내인의 어깨를 흔들었다. "저 녀석이 어린애냐? 정말로 어 린애야?"

"그래요." 소년이 두려운 시선으로 레토를 계속 바라보며 말했다.

몸이 부르르 떨릴 만큼 커다란 한숨이 설교자의 몸을 뒤흔들었다. "아 냐." 그가 말했다.

"저 녀석은 아이의 모습을 한 악마예요." 안내인이 말했다.

"당신은 이곳에서 밤을 보내셔야 합니다." 레토가 말했다.

"저 애의 말대로 하자." 설교자가 말했다. 그는 안내인을 잡고 있던 손 을 놓고 모래벌레의 옆구리로 살짝 내려와 벌레의 체절을 따라 사막 표 면까지 미끄러졌다. 그리고 발이 바닥에 닿자 펄쩍 뛰어 벌레에게서 떨 어졌다. 몸을 돌리면서 그가 말했다. "벌레를 데리고 가서 사막으로 돌려 보내라. 녀석은 지쳤으니 우리를 귀찮게 하지 않을 것이다."

"벌레가 움직이려 하질 않아요!" 소년이 반박했다.

"움직일 거다. 하지만 네가 그놈을 타고 도망치려 한다면 난 그놈이 널 잡아먹어도 가만히 내버려둘 것이다." 레토가 말했다. 그리고 모래벌레의 감각 범위 밖으로 물러나서 그들이 온 방향을 가리켰다. "저쪽으로 가라."

소년이 자기 뒤의 체절을 채찍으로 톡톡 두드리더니 체절을 열어두고 있던 작살을 흔들었다. 벌레가 천천히 모래 위를 미끄러져 가기 시작했다. 그리고 소년이 작살의 위치를 한쪽 옆구리 아래쪽으로 바꾸자 방향을 돌렸다.

설교자는 레토의 목소리를 따라 모래언덕의 경사면을 힘들게 기어 올라가 두 발짝 떨어진 곳에 섰다. 그의 동작이 재빠르고 확신에 차 있었기 때문에 레토는 이번 대결이 쉽지 않으리라는 것을 알 수 있었다.

이곳에서 환영들이 갈라졌다.

레토가 말했다. "사막복 마스크를 벗으시지요, 아버지."

설교자는 레토의 말에 따라 두건을 뒤로 떨어뜨리고 입마개를 벗었다.

레토는 자신의 얼굴을 이미 알고 있었으므로 눈앞의 얼굴을 유심히 살펴보았다. 자신과 닮은 선들이 빛 속에 있는 것처럼 선명하게 드러났다. 그 선들은 콕 집어 설명할 수 없는 조화를 이루었다. 그것은 날카로운 경계선이 없는 유전자의 통로였다. 틀림없었다. 그 선들은 콧노래를 부르던 시절부터, 물을 뚝뚝 떨어뜨리던 시절부터, 칼라단의 기적 같은 바다들로부터 레토에게까지 전해 내려온 것이었다. 그러나 지금 그들은 밤이 모래언덕들 위에 겹쳐질 순간을 기다리는 아라키스에서 길이 갈라지는 지점에 서 있었다.

"자, 아버지." 레토가 왼쪽을 흘끗 바라보며 말했다. 어린 안내인이 모래벌레를 보내고 나서 터벅터벅 그들에게 돌아오는 모습이 보였다.

"무 제인!" 설교자가 오른손으로 뭔가를 자르는 시늉을 하며 말했다.

'이건 좋지 않아!'라는 뜻이었다.

"쿨리시 제인." 레토가 부드러운 목소리로 말했다. '우리가 가질 수 있는 좋은 것은 이것뿐'이라는 뜻이었다. 그리고 아트레이데스의 전투 암호인 차콥사 어로 이렇게 덧붙였다. "지금 있는 이곳에 나는 머무를 것이다! 우린 이 말을 잊어버리면 안 됩니다, 아버지."

설교자의 어깨가 축 처졌다. 그는 양손을 텅 빈 눈자위에 갖다 댔다. 그것은 오랫동안 사용한 적이 없는 동작이었다.

"저는 전에 당신에게 제 시력을 한 번 주고 당신의 기억을 가져왔습니다. 저는 당신이 내린 결정들을 알고 있고, 당신이 스스로 숨으셨던 곳에도 다녀왔습니다." 레토가 말했다.

"알고 있다." 설교자가 손을 내리면서 말을 이었다. "이곳에 머무르겠느냐?"

"당신은 그 말을 자신의 문장(紋章)에 포함시킨 분의 이름을 따서 제 이름을 지었습니다. 쥐 스위, 쥐 레스트!(지금 있는 이곳에 나는 머무를 것이다─옮긴이)."

설교자가 깊은 한숨을 쉬었다. "얼마나 진행된 거냐? 네가 너 자신에게 저지른 그 일 말이다."

"제 피부는 제 것이 아닙니다, 아버지."

설교자는 몸을 부르르 떨었다. "그럼 네가 어떻게 여기서 나를 찾아냈는지 이제 알겠구나."

"그렇습니다. 저는 제 몸이 한 번도 경험하지 못한 곳에 제 기억을 묶어두었습니다. 저는 아버지와 하룻밤을 함께 보내야 합니다."

"난 네 아버지가 아니다. 그냥 한심한 복제품일 뿐이지. 유물일 뿐이야." 그는 자신에게 다가오는 안내인의 발소리를 향해 고개를 돌리며 말을 이었다. "난 이제 더 이상 내 미래를 위한 환영들을 향해 가지 않을 것이다."

그가 이 말을 하는 동안 어둠이 사막을 덮었다. 별들이 그들의 머리 위로 불쑥 튀어나왔고, 레토도 자신에게 다가오는 안내인을 향해 고개를 돌렸다. "우바크 울 쿠하르!" 레토가 소년에게 소리쳤다. '인사하겠소!'라는 뜻이었다.

소년의 응답이 돌아왔다. "수바크 운 나르!"

설교자가 쉰 듯한 목소리로 속삭이듯 말했다. "저 어린 아산 타리크는 위험한 녀석이다."

"버림받은 자들은 모두 다 위험하죠. 하지만 저한테는 상관없습니다." 레토가 말했다. 스스럼없고 나직한 목소리였다.

"그것이 네가 본 환영이라면, 난 그것을 너와 함께 나누지 않을 것이다." 설교자가 말했다.

"어쩌면 당신에게는 선택의 여지가 없는지도 모릅니다. 당신은 필 하퀴카입니다. '현실'이죠. 당신은 아부 두르, 즉 '무한한 시간의 길의 아버지'입니다." 레토가 말했다.

"나는 함정에 끼워둔 미끼에 지나지 않아." 설교자가 말했다. 쓰디쓴 목소리였다.

"알리아는 이미 그 미끼를 먹었습니다. 하지만 저는 그 맛이 마음에 들지 않더군요." 레토가 말했다.

"넌 이래서는 안 된다!" 설교자가 숨죽인 소리로 소리쳤다.

"전 이미 그 일을 했습니다. 제 피부는 제 것이 아니에요."

"어쩌면 아직 너무 늦지 않았는지도……."

"너무 늦었습니다." 레토가 한쪽으로 고개를 갸웃했다. 아산 타리크가 그들의 목소리를 따라 모래언덕을 터벅터벅 올라오는 소리가 들렸다. "인사하지, 슐로치의 아산 타리크." 레토가 말했다.

소년은 경사면에서 레토 바로 아래쪽에 멈춰 섰다. 별빛 속에서 그의 모습이 검은 그림자처럼 보였다. 그의 어깨에, 그가 고개를 약간 기울이는 모습에 주저의 기색이 있었다.

"그래, 난 슐로치에서 도망친 자이다." 레토가 말했다.

"내가 얘기를 들었을 때는……." 설교자가 말을 시작했다. 그리고 아까와 같은 말을 반복했다. "넌 이래서는 안 돼!"

"전 지금 그걸 하고 있습니다. 당신이 다시 한번 장님이 된들 무슨 상관이겠습니까?"

"내가 그걸 두려워한다고 생각하는 거냐? 저들이 내게 제공해 준 이 훌륭한 안내인이 보이지 않아?" 설교자가 물었다.

"잘 보입니다." 레토가 다시 타리크를 향해 돌아서면서 말을 이었다. "내 말을 듣지 못했느냐, 아산? 나는 슐로치에서 도망친 자이다."

"넌 악마야." 소년이 떨리는 목소리로 말했다.

"너의 악마지. 하지만 너도 나의 악마다." 레토가 말했다. 자신과 아버지 사이에 긴장이 점점 높아지는 것이 느껴졌다. 그들의 주위 사방에서 그림자 연극이 펼쳐지고 있는 것 같았다. 무의식적인 형태들이 투사된 것이다. 레토는 아버지의 기억을 느꼈다. 그것은 이 순간의 친숙한 현실로부터 환영들을 분류해 내는 일종의 뒤를 향한 예언이었다.

타리크도 이 환영들의 전투를 감지했다. 그는 경사면에서 아래를 향해 뒷걸음질로 몇 발짝 미끄러졌다.

"네가 미래를 통제할 수는 없어." 설교자가 속삭이듯 말했다. 그의 목소리에는 힘이 잔뜩 들어가 있었다. 마치 그가 엄청나게 무거운 물건을 들어 올리고 있는 것 같았다.

레토는 그 순간 자기들 사이의 불협화음을 느꼈다. 그것은 우주를 이루는 한 요소였고, 그의 일평생이 그 요소와 씨름하고 있었다. 곧 그와 아버지 중 한 사람이 행동하지 않을 수 없을 것이고, 그 행동을 통해 결정을 내려 환영을 선택하게 될 것이다. 아버지의 말이 옳았다. 우주를 궁극적으로 통제하려는 사람은 이 우주가 결국 자신을 물리치는 데 사용하게 될 무기를 만들 뿐이었다. 환영을 선택해서 관리하려면 단 하나의 얇은 가닥 위에서 균형을 잡아야 했다. 높은 곳에 팽팽하게 매어진 줄 위에서 양편에 우주적인 고독을 둔 채 신의 흉내를 내야 하는 것이다. 두 사람 중 어느 누구도 '역설을 벗어나는 일시적인 휴식으로서의 죽음' 속으로 후퇴할 수 없었다. 두 사람은 각자 환영들과 규칙들을 알고 있었다. 낡은 환상들이 모두 죽어갔다. 한 사람이 움직이면, 나머지 한 사람이 거기에 대항해서 움직일지도 몰랐다. 지금 그들에게 중요한 단 하나의 진실은 환영의 배경들로부터 자신들을 분리해 주는 그것뿐이었다. 안전한 곳은 어디에도 없었다. 관계들의 일시적인 변화만 있을 뿐이었다. 그 변화는 지금 그들이 강요하고 있는 한계 속에 뚜렷이 표시되어 있었으며, 불가피한 변화를 향하고 있었다. 두 사람이 각자 의지할 것이라고는 필사적이고 고독한 용기뿐이었다. 그러나 레토는 두 가지 이점을 지니고 있었다. 그는 결코 돌아올 수 없는 길에 자신을 완전히 바쳤으며, 자신에게 미칠 그 끔찍한 결과들을 받아들였다. 그의 아버지는 아직도 돌아갈 길이 있을 것이라는 희망을 안고 최종적으로 자신을 바치지 않고 있었다.

"그래서는 안 돼! 절대로 안 돼!" 설교자가 갈라진 목소리로 말했다.

'저 사람은 나의 이점을 알고 있군.' 레토는 생각했다.

레토는 가벼운 대화를 나누는 듯한 어조로 말하면서 자신의 긴장을 감췄다. 그것은 이 다른 수준의 대결이 요구하는 균형을 잡기 위한 노력이었다. "저는 진실을 열정적으로 믿지 않습니다. 제가 만들어낸 것 외에는 아무것도 믿지 않아요." 그가 말했다.

그 순간 자신과 아버지 사이에서 뭔가가 움직이는 것이 느껴졌다. 뭔가 날알 같은 특징을 지닌 것이 자기 자신에 대한 레토의 열정적이고 주관적인 믿음만을 건드렸다. 이런 믿음을 통해서 그는 자신이 황금의 길을 표시해 주는 표식들을 내걸었음을 깨달았다. 언젠가 이 표식들이 다른 사람들에게 인간이 되는 법을 알려줄 수 있을 것이다. 그것은 그때쯤이면 더 이상 인간이 아닐 생물이 주는 이상한 선물이었다. 그러나 이 표식들을 제자리에 놓는 것은 언제나 도박꾼들이었다. 레토는 그 표식들이 내면에 있는 삶들의 풍경 전체에 흩어져 있는 것을 느꼈다. 그리고 이것을 느끼면서 궁극의 도박을 위해 자세를 가다듬었다.

그는 자신과 아버지가 모두 반드시 나타날 것이라고 알고 있는 징조를 찾기 위해 허공을 향해 부드럽게 코를 킁킁거렸다. 한 가지 의문이 남아 있었다. 아버지가 아래쪽에서 겁에 질려 기다리고 있는 어린 안내인에게 경고를 할 것인가?

이윽고 레토는 콧구멍 속에서 오존 냄새를 감지했다. 방어막의 존재를 알려주는 냄새였다. 버림받은 자들로부터 받은 명령에 충실한 어린 타리크가 자신의 행동이 촉발할 끔찍한 일들을 모르고 이 위험한 아트레이데스 인간들을 모두 죽여버리려 하고 있었다.

"안 돼." 설교자가 속삭이듯 말했다.

그러나 레토는 이 징조가 진정한 것임을 알고 있었다. 그는 오존을 감지했지만 주위의 공기에는 간질거리는 느낌이 전혀 없었다. 타리크는 사막에서 가짜 방어막을 사용하고 있었다. 그것은 순전히 아라키스만을 위해 개발된 무기였다. 홀츠먼 효과는 모래벌레를 불러오는 한편, 벌레를 미치게 했다. 그런 벌레를 막을 수 있는 것은 하나도 없었다. 물도, 모래송어의 존재도…… 아무것도. 그래, 소년은 가짜 방어막을 모래언덕 경사면에 박아놓고 위험 지역으로부터 살금살금 벗어나려 하고 있었다.

레토는 아버지가 안 된다고 비명을 질러대는 소리를 들으며 모래언덕 꼭대기에서 몸을 날렸다. 능력이 증폭된 근육의 무시무시한 힘 때문에 그의 몸은 미사일처럼 날아갔다. 밖을 향해 튀어나가듯 뻗은 손이 타리크의 사막복 목 부위를 잡았고, 나머지 한 손은 재빨리 한 바퀴를 돌아 무서운 운명을 맞게 될 소년의 로브 허리 부분을 움켜쥐었다. 한 번 뚝 하는 소리와 함께 소년의 목이 부러졌다. 레토는 몸을 굴리며 섬세하게 균형이 맞춰진 기계처럼 자신의 몸을 들어 올렸다. 그리고 가짜 방어막이 숨겨진 모래 속으로 곧장 뛰어들었다. 손가락에 그 물건이 닿자 모래 밖으로 꺼내 남쪽 멀리 던졌다. 가짜 방어막이 둥글게 호선을 그리며 날아갔다.

이윽고 가짜 방어막이 날아간 곳의 사막에서 쉿쉿거리는 소리와 뭔가를 두드리는 소리가 섞인 멍멍한 소음이 들려왔다. 그러다가 그 소리가 가라앉고 침묵이 되돌아왔다.

레토는 아버지가 서 있는 모래언덕 꼭대기를 올려다보았다. 아버지의 태도는 여전히 도전적이었지만 아버지는 패배자였다. 레토가 받아들인 환영에서 도망친 결과로 눈먼 맹인이 되어 분노와 절망에 가까운 기분을 느끼며 저 위에 있는 사람은 폴 무앗딥이었다. 폴의 정신은 지금 젠수니의 '긴 공안(公案, 불교 선종에서 도를 깨치게 하기 위해 내는 화두—옮긴이)'을 곰곰이 생각하고 있을 터였다. '정확한 미래를 예언하는 한 가지 행위 속에서 무앗딥은 자신이 인간 존재를 보는 도구인 예지력 그 자체에 발전과 성장의 요소를 도입했다. 이를 통해 그는 자기 자신에게 불확실성을 초래했다. 정돈된 예언이라는 절대를 추구하면서 그는 무질서를 증폭시키고 예언을 왜곡시켰다.'

단 한 번의 도약으로 모래언덕 꼭대기로 돌아온 레토가 말했다. "이제 내가 당신의 안내인입니다."

"절대 안 된다!"

"슐로치로 돌아가실 겁니까? 당신이 타리크 없이 돌아갔을 때 그들이 당신을 환영해 준다 하더라도 슐로치가 지금 어떻게 되어 있습니까? 당신의 눈은 그걸 보지 못하는 겁니까?"

폴은 눈이 없는 눈구멍으로 레토를 겨냥하며 아들에게 맞섰다. "네가 여기서 창조해 낸 우주에 대해 넌 정말로 알고 있는 거냐?"

레토는 이 말 속에서 강조되고 있는 특별한 의미를 알아들었다. 두 사람 모두 이곳에서 어떤 환영이 무시무시하게 움직이기 시작했음을 알고 있었고, 그 환영은 시간의 어떤 특정한 '지점'에서 창조의 행위가 있을 것을 요구했다. 그 순간에 이 우주의 지능을 가진 모든 존재들은 질서정연한 진보의 성격을 지닌, 시간에 대한 단선적 시각을 공유했다. 그들은 움직이는 차량에 올라타듯이 이 시간 속에 들어왔으며, 이곳을 떠날 때에도 똑같은 방법을 사용해야 했다.

이것을 배경으로 레토는 수많은 가닥들로 이루어진 고삐를 쥐고 있었다. 그리고 시간을 여러 개의 선과 여러 개의 고리들로 이루어진 것으로 보는, 환영의 빛으로 밝혀진 시간에 대한 자신의 시각 속에서 균형을 잡았다. 그는 맹인들의 우주에 사는 앞을 볼 수 있는 사람이었다. 오직 그만이 질서정연한 원리를 흩어놓을 수 있었다. 이제 더 이상 아버지가 고삐를 쥐고 있지 않기 때문이었다. 레토의 견해로 보면, 아들이 이미 과거를 바꿔놓았다. 그리고 가장 먼 미래 속에서 아직 꿈도 꿀 수 없는 생각이 '지금'에 반영되어 그의 손을 움직일 수 있었다.

오로지 '그의' 손만을.

폴은 이것을 알고 있었다. 레토가 고삐를 어떻게 조작하는지 더 이상 볼 수 없기 때문에, 그리고 레토가 받아들인 비인간적인 결과를 인정할 수밖에 없기 때문이었다. 그는 속으로 생각했다. '내가 기원했던 변화가 여기 있다. 내가 왜 그걸 두려워하는 거지? 그것이 황금의 길이니까!'

"저는 진화에 목적을 주기 위해, 따라서 우리 삶에 목적을 주기 위해 이곳에 있습니다." 레토가 말했다.

"네가 어떻게 변할지 너도 이미 알고 있을 텐데, 그렇게 변화하면서 수천 년의 세월을 살고 싶은 거냐?"

레토는 아버지가 신체적인 변화를 가리키는 것이 아님을 알아차렸다. 신체적인 결과에 대해서는 두 사람 모두 알고 있었다. 레토는 계속 적응하고 또 적응해 나갈 것이다. 그의 것이 아닌 피부도 계속 적응하고 또 적응해 나갈 것이다. 레토와 그의 피부가 제공하는 진화의 추진력은 각각 서로의 안으로 녹아 들어가 단 하나의 변형된 모습이 탄생할 것이다. 변신이 이루어질 때, 아니 만약 변신이 이루어진다면, 엄청난 크기의 생각하는 동물이 이 우주에 출현할 것이며, 우주는 그를 숭배할 것이다.

아니…… 폴은 내면의 변화를 얘기하고 있었다. 숭배자들에게 강요될 생각들과 결정들을.

"당신이 죽었다고 생각하는 사람들, 그 사람들이 당신의 마지막 말에 대해 뭐라고 하는지 알고 계시겠지요?" 레토가 말했다.

"물론이다."

"'이제 나는 생명을 위해 모든 생명이 해야 하는 일을 할 것이다.' 당신은 이런 말을 한 적이 없습니다. 하지만 당신이 돌아와서 자기를 거짓말쟁이라고 비난할 리 없다고 생각한 어떤 사제가 이 말을 당신의 입속에 집어넣었죠." 레토가 말했다.

"난 그 사람을 거짓말쟁이라고 비난하지 않을 거다." 폴은 깊이 숨을 들이쉬며 말을 이었다. "그건 훌륭한 마지막 말이야."

"여기 머무르시겠습니까, 아니면 슐로치 분지에 있는 그 오두막으로 돌아가시겠습니까?" 레토가 물었다.

"이건 이제 네 우주다." 폴이 말했다.

패배감으로 가득 찬 그 말이 칼처럼 레토를 찔렀다. 폴은 개인적인 환영의 마지막 가닥들을 인도하려고 애썼다. 그건 타브르 시에치에서 이미 오래전에 그가 선택한 것이었다. 그것을 위해서 그는 자쿠루투의 잔해인 버림받은 자들을 위한 복수의 도구라는 자신의 역할을 받아들였다. 그들은 그를 오염시켰지만, 그는 레토가 선택한 우주에 대한 시각보다 차라리 그것을 받아들였다.

슬픔이 너무 커서 레토는 몇 분 동안 말을 하지 못했다. 간신히 목소리를 내게 되었을 때 레토는 이렇게 말했다. "그러니까 당신은 알리아를 미끼로 유혹한 거군요. 그녀를 유혹하고 혼란시켜서 아무런 행동도 하지 않고 잘못된 결정들을 내리게 만든 거예요. 그리고 이제 알리아는 당신이 누군지 알고 있습니다."

"알고 있지……. 그래, 알고 있다."

이 순간 폴의 목소리는 노인처럼 늙어 있었고 숨겨진 항변의 말들로 가득 차 있었다. 그러나 그에게는 도전의 기운이 아직 남아 있었다. 그가 말했다. "할 수만 있다면 내가 네게서 그 환영을 가져가겠다."

"수천 년에 걸친 평화입니다. 제가 저들에게 주는 것이 그거예요."

"그건 정지 상태야! 정체라고!"

"물론입니다. 그리고 제가 허용하게 될 폭력은 또 어떻고요. 그건 인류가 영원히 잊지 못할 교훈이 될 겁니다."

"난 네 교훈에 침을 뱉겠다! 네가 선택한 것과 비슷한 것을 내가 한 번도 보지 못한 줄 아느냐?"

"당신도 보셨지요."

"네 환영이 내 것보다 조금이라도 낫더냐?"

"더 나은 점은 조금도 없습니다. 어쩌면 더 나쁠지도 모르죠."

"그렇다면 나는 너한테 저항할 수밖에 없지 않느냐?" 폴이 다그쳤다.

"혹시 절 죽이실 겁니까?"

"난 그렇게 순진하지 않다. 난 네가 시작해 놓은 것이 무엇인지 알고 있어. 난 부서진 카나트와 사람들의 불안에 대해 알고 있다."

"그리고 이제 아산 타리크는 결코 슐로치에 돌아갈 수 없는 몸이 되었죠. 당신은 저와 함께 돌아가시든지, 아니면 절대 돌아가지 말아야 합니다. 이건 이제 제 환영이니까요."

"난 돌아가지 않겠다."

'아버지의 목소리가 저렇게 늙게 들리다니.' 레토는 생각했다. 몸이 뒤틀릴 정도로 가슴이 아팠다. 그가 말했다. "제 디시다샤 안에 아트레이데스의 매 모양 반지가 숨겨져 있습니다. 그 반지를 돌려받으시겠습니까?"

"내가 그때 죽기만 했어도……. 그날 밤 사막으로 갔을 때 난 정말로 죽고 싶었다. 하지만 난 이 세상을 떠날 수 없다는 걸 알고 있었지. 난 다시 돌아와야 했다. 그리고……." 폴이 속삭이듯 말했다.

"전설을 복원하셔야 했죠. 압니다. 그날 밤 자쿠루투의 주구들은 당신이 이미 알고 있던 것처럼 당신을 기다리고 있었습니다. 그들은 당신의 환영을 원했습니다! 당신은 그걸 알고 있었어요." 레토가 말했다.

"난 거절했다. 난 그들에게 단 하나의 환영도 주지 않았어."

"하지만 그들은 당신을 오염시켰습니다. 그들은 당신에게 스파이스 추출액을 먹이고 여자와 꿈을 강권했습니다. 그리고 당신은 환영을 보았습니다."

"가끔 보았지." 그의 목소리가 음흉하기 그지없었다.

"매 모양 반지를 돌려받으시겠습니까?"

폴은 갑자기 모래 위에 주저앉았다. 별빛 속에서 그의 몸이 검은 반점처럼 보였다. "싫다!"

'아버지도 그 길이 소용없다는 걸 아시는군.' 레토는 생각했다. 이것이 많은 것들을 알려주었지만 충분하지는 않았다. 환영의 대결은 선택이라는 민감한 국면에서 대안적인 환영들을 마구 버리는 국면으로 내려가 있었다. 폴은 자신이 이길 수 없음을 알고 있었다. 그러나 그는 레토가 매달리고 있는 그 환영을 파기해 버리겠다는 희망을 아직 품고 있었다.

이윽고 폴이 말했다. "그래, 나는 자쿠루투에 의해 오염되었다. 하지만 넌 스스로 자신을 오염시켰어."

"그건 맞는 말입니다." 레토가 시인했다. "저는 당신의 아들이니까요."

"그럼 너는 훌륭한 프레멘이냐?"

"네."

"눈먼 사람이 사막으로 가는 것을 이제 마침내 허락해 주겠느냐? 내가 나 자신의 방법으로 평화를 찾을 수 있게 해주겠어?" 그는 자기 옆의 모래를 주먹으로 두드렸다.

"아뇨, 허락하지 않을 겁니다. 하지만 당신이 굳이 그래야겠다면 당신의 칼 위에 스스로 몸을 던지는 건 당신의 권리입니다."

"그럼 너는 내 몸을 가질 생각이지!"

"그렇습니다."

"안 돼!"

'그래, 아버지도 그 길을 알고 계시는 거야.' 레토는 생각했다. 무앗딥의 몸이 아들에 의해 신전에 안치되는 것은 레토의 환영을 공고히 해주는 일종의 결합제로 꾸며질 수 있었다.

"그들에게 전혀 말해 주지 않았죠. 그렇지 않습니까, 아버지?" 레토가 말했다.

"난 그들에게 결코 말해 주지 않았다."

"하지만 저는 말해 주었습니다. 무리즈에게. 크랄리제크, 투쟁의 태풍에 대해서요."

폴의 어깨가 축 처졌다. "그럴 수는 없어." 그가 속삭이듯 말했다. "그럴 수는 없어."

"이제 저는 이 사막의 생물입니다. 당신은 코리올리 폭풍에게도 그런 말을 할 겁니까?"

"넌 그 길을 거부한 나를 겁쟁이라고 생각하고 있다." 폴이 말했다. 목이 쉰 듯한 그의 목소리가 떨렸다. "아, 난 너를 아주 잘 이해하고 있다, 아들아. 그들은 항상 점을 치면서 스스로 고통을 만들어냈지. 하지만 나는 발생할 가능성이 있는 미래들 속에서 한 번도 길을 잃은 적이 없다. 이 미래는 차마 입에 담을 수도 없는 것이니까!"

"그것에 비하면 당신의 지하드는 칼라단의 여름 소풍 같겠죠." 레토가 동의했다. "저는 지금 당신을 거니 할렉에게 데려갈 겁니다."

"거니! 그는 내 어머니의 명령에 따라 교단을 위해 일하고 있다."

이제 레토는 아버지가 본 환영의 범위를 이해할 수 있었다. "아닙니다,

아버지. 거니는 이제 어느 누구를 위해서도 일하지 않아요. 저는 그를 어디서 찾을 수 있는지 알고 있고, 당신을 그곳으로 데려다줄 수 있습니다. 이제 새로운 전설이 창조되어야 할 때가 되었습니다."

"내가 네 생각을 좌우할 수 없다는 건 잘 알겠다. 그렇다면 네 몸이라도 만지게 해다오. 넌 내 아들이니까."

레토는 오른손을 내밀어 더듬거리는 아버지의 손가락을 잡았다. 그 손가락의 힘이 느껴지자 그는 자기 손에도 똑같이 힘을 주며 폴이 팔을 움직일 때마다 저항했다. "이제는 독을 묻힌 칼조차 저를 해치지 못합니다. 제 몸의 화학 구조가 이미 달라졌어요." 레토가 말했다.

눈이 없는 눈자위에서 눈물을 흘리며 폴은 레토의 손을 놓고 자기 손을 옆구리로 늘어뜨렸다. "만약 내가 너와 같은 길을 택했다면 샤이탄의 비쿠로스가 되었을 거다. 넌 뭐가 되겠느냐?"

"한동안은 저 역시 사람들에게 샤이탄의 선교사라고 불릴 겁니다. 그러다가 사람들이 조금씩 의문을 품기 시작할 것이고 마침내 이해하게 되겠죠. 당신은 당신의 환영을 충분히 멀리까지 보지 않았습니다, 아버지. 당신의 손은 좋은 일도 하고 사악한 일도 했습니다."

"하지만 사악한 일은 벌어진 후에야 그 사실이 알려졌어!"

"그건 거대한 악이 많이 쓰는 방법이죠. 당신은 길을 건넜지만 결국 제 환영의 일부 속으로 들어오셨을 뿐입니다. 당신의 힘이 충분하지 않았던 겁니까?"

"내가 그곳에 머무를 수 없었다는 걸 알지 않느냐? 난 행동이 있기 전에 먼저 알려져버린 사악한 행동을 결코 할 수 없었다. 난 자쿠루투가 아냐." 그는 힘들게 자리에서 일어서면서 말을 이었다. "넌 내가 밤에 혼자 웃는 사람들 중의 하나라고 생각하느냐?"

"당신이 결코 진정한 프레멘이 되지 못했다는 건 슬픈 일입니다. 우리 프레멘들은 아리파를 어떻게 뽑아야 하는지 알고 있습니다. 우리의 판관들은 사악한 것들 사이에서 선택을 할 수 있어요. 우린 항상 그런 방법을 썼습니다."

"프레멘이란 말이지? 네가 일조를 해서 만들어내게 된 운명의 노예들이?" 폴은 레토를 향해 발을 내딛으며 묘하게 수줍어하는 동작으로 팔을 뻗어 막으로 뒤덮인 레토의 팔을 만졌다. 그리고 귀가 드러나 있는 부분까지 더듬어 올라갔다. 그다음에는 뺨으로, 그다음에는 입으로 그의 손이 옮겨 갔다. "아아, 여긴 아직 너의 살 그대로구나. 그 살이 너를 어디로 데려갈까?" 그는 손을 늘어뜨렸다.

"인간들이 순간마다 자신들의 미래를 창조할 수 있는 곳으로 가겠죠."

"그건 그냥 네 말이지. 저주스러운 존재도 아마 똑같은 말을 할 거다."

"전 저주스러운 존재가 아닙니다. 예전에는 혹시 그랬는지 몰라도. 전 알리아에게서 그것이 진행되는 걸 보았습니다. 그녀 안에는 악마가 살고 있습니다, 아버지. 가니와 저는 그 악마를 알고 있습니다. 당신의 할아버지인 남작이죠."

폴은 손에 얼굴을 묻었다. 그는 한동안 어깨를 떨다가 손을 내렸다. 그의 입이 엄격하게 꾹 다물어져 있었다. "우리 가문에는 저주가 내렸다. 난 네가 그 반지를 모래 속에 던져버리기를, 네가 나를 부정하고 도망쳐서…… 다른 삶을 살아가기를 기도했지. 네게는 그 길이 열려 있었다."

"그럼 그 대가는요?"

오랜 침묵 후에 폴이 말했다. "종말은 자기 뒤의 길을 조정한다. 나는 딱 한 번 나의 원칙을 위해 싸우지 못했다. 딱 한 번. 마디의 지위를 받아들였을 때. 내가 그걸 받아들인 건 차니를 위해서였다. 하지만 그 때문에 나는 형편없는 지도자가 되었지."

레토는 이 말에 아무런 대답도 할 수 없었다. 그때 그 결정에 대한 기억이 그의 내면에 있었다.

"나 자신에게 거짓말을 할 수 없는 것과 마찬가지로 난 네게 거짓말을 할 수 없다. 난 그걸 알아. 사람들에게는 모두 그런 감시자가 있어야 하지. 내 한 가지만 묻겠다. 투쟁의 태풍이 꼭 필요한 거냐?"

"그것이 없으면 인간들은 멸종할 겁니다."

폴은 레토의 말에 진실이 들어 있음을 알아채고, 아들의 환영이 훨씬 더 폭넓다는 것을 인정하는 낮은 목소리로 말했다. "나는 여러 선택의 길 중에서 그것을 보지 못했다."

"교단은 그걸 짐작하고 있을 겁니다. 할머니가 그런 결정을 내린 것에 대해 다른 설명을 생각할 수 없습니다."

그때 그들 주위로 차가운 밤바람이 불어왔다. 폴의 로브가 바람에 날려 다리에 휘감겼다. 그는 몸을 떨었다. 그 모습을 보며 레토가 말했다. "당신은 행낭을 갖고 있습니다, 아버지. 제가 텐트를 부풀리겠습니다. 그러면 우린 이 밤을 편안하게 보낼 수 있을 겁니다."

그러나 폴은 오늘 밤 이후 자신이 결코 평안을 누릴 수 없음을 알고 있었기 때문에 그저 고개만 가로저을 뿐이었다. 영웅 무앗딥은 반드시 파괴되어야 했다. 예전에 그 스스로 그런 말을 했다. 이제 계속 남아 있을 수 있는 것은 오직 설교자뿐이었다.

프레멘들은 행성계의 움직임과 관계들을 경험하는 도구인 의식/무의식의 상징학을 개발한 최초의 인간들이었다. 그들은 반(半)수학적 언어로 기후를 표현한 최초의 사람들이었으며, 그 언어의 상징들은 외적인 관계들을 구현(하고 내면화)했다. 그 언어 자체도 자신이 표현하는 시스템의 일부였다. 그 언어의 문자 형태에는 자신이 표현하는 것의 형태가 담겨 있었다. 생명을 부양하는 데 사용될 수 있는 것들에 대한 친밀한 지역적 지식이 이러한 발전 속에 함축적으로 표현되어 있었다. 우리는 프레멘들이 스스로를 풀을 뜯어 먹는 짐승으로 받아들였다는 사실을 통해 이 언어와 시스템 사이 상호 작용의 범위를 측정할 수 있다.

—『리에트 카인즈 이야기』, 하르크 알 아다

"카베 와히드." 스틸가가 말했다. '커피를 가져와라'라는 뜻이었다. 그는 바위벽으로 둘러싸인 검소한 방의 단 하나뿐인 문 옆에 서 있는 보좌관에게 한 손을 들어 신호를 보냈다. 그는 그 방에서 간밤을 꼬박 새운 참이었다. 늙은 프레멘 나입인 그는 대개 이곳에서 스파르타 식 아침을 먹었다. 아침 식사 시간이 거의 다 되었지만 밤을 너무 힘들게 보낸 탓에 배가 고프지 않았다. 그는 자리에서 일어나 근육들을 쭉 폈다.

던컨 아이다호는 하품을 억지로 참으며 문 옆의 나지막한 쿠션 위에 앉아 있었다. 그는 자신이 스틸가와 이야기를 하느라 밤을 꼬박 새웠다는 사실을 조금 전에야 겨우 깨달았다.

"미안하오, 스틸. 내가 당신을 밤새 붙들어두었군." 그가 말했다.

"밤을 새우면 우리 인생에 하루가 더 늘어나게 되지." 스틸가가 문 안으로 운반되어 온 커피 쟁반을 받으면서 말했다. 그는 아이다호 앞으로 나지막한 벤치를 하나 밀어놓고 그 위에 쟁반을 올려놓은 다음 손님 맞은편에 앉았다.

두 사람 모두 애도를 뜻하는 노란색 로브를 입고 있었지만, 아이다호의 로브는 다른 사람에게서 빌린 것이었다. 타브르 사람들이 그의 제복 색깔인 아트레이데스의 초록색에 반감을 표시했기 때문이다.

스틸가는 구리로 된 통통한 물병에 든 검은 커피를 따라 먼저 한 모금 마셨다. 그리고 잔을 들어 아이다호에게 신호를 보냈다. 그것은 '이것이 안전하오. 내가 이것을 이미 마셨소'라는 뜻의 오래된 프레멘 관습이었다.

커피는 하라의 작품으로 스틸가의 취향에 딱 맞게 끓여져 있었다. 커피 원두를 장밋빛이 도는 갈색이 될 때까지 볶은 다음 열이 식기 전에 돌절구로 곱게 갈아 즉시 끓인 것이다. 그리고 거기에 멜란지가 조금 첨가되어 있었다.

아이다호는 스파이스 냄새가 짙게 배인 향내를 들이마시며 조심스럽게, 그러나 요란한 소리를 내며 커피를 마셨다. 그는 자신이 스틸가를 설득하는 데 성공했는지 아직 알지 못했다. 이른 아침이 되자 그의 멘타트 능력이 둔하게 움직이기 시작했고, 그의 모든 계산 결과들은 거니 할렉의 메시지에 담긴 피할 수 없는 자료들에 마침내 직면하고 있었다.

알리아가 레토에 대해 알고 있었다니! 그녀가 알고 있었다니.

그렇다면 야비드도 틀림없이 그 사실을 알고 있을 터였다.

"당신은 나에 대한 제한 조치들을 풀어줘야 하오." 마침내 아이다호가 또다시 자신의 주장을 펼치기 시작했다.

스틸가는 한 발도 물러서지 않았다. "중립의 협약은 내게 힘든 판단을 요구하고 있소. 가니는 이곳에서 안전하오. 당신과 이룰란도 이곳에서 안전하오. 하지만 당신은 메시지를 보낼 수 없소. 메시지를 받는 것은 괜찮지만, 보낼 수는 없소. 난 그렇게 맹세했소."

"당신들은 위험을 함께한 오랜 친구이자 손님인 사람을 보통 이렇게 대접하지 않소." 아이다호가 말했다. 그러나 그는 자신이 이 말을 간밤에 이미 써먹었다는 것을 알고 있었다.

스틸가가 자신의 잔을 쟁반 위에 조심스럽게 내려놓고 잔에서 시선을 떼지 않은 채 입을 열었다. "다른 사람들이라면 죄책감을 느낄 일에 우리 프레멘들은 죄책감을 느끼지 않소." 그는 눈을 들어 아이다호의 얼굴을 바라보았다.

'스틸가가 가니를 데리고 여기서 도망치게 만들어야 해.' 아이다호는 생각했다. "죄책감의 폭풍을 일으키는 것은 내 의도가 아니었소." 그가 말했다.

"나도 알고 있소. 내가 그 문제를 제기한 건 당신에게 우리 프레멘들의 사고방식을 각인시키기 위해서였소. 우리가 지금 상대하고 있는 것이 바로 프레멘이기 때문이오. 심지어 알리아도 프레멘의 사고방식을 갖고 있소." 스틸가가 말했다.

"그럼 사제들은?"

"그들은 또 다른 문제요. 그들은 사람들이 죄악이라는 회색 바람을 삼켜서 그것을 영원 속으로 받아들이기를 원하고 있소. 이 거대한 종기를 통해 그들은 자신들의 신앙심을 알고자 하지." 스틸가의 목소리는 차분했다. 그러나 아이다호는 그 목소리에 비통함이 배어 있는 것을 느끼고 그런 비통함이 왜 스틸가를 흔들지 못하는 건지 모르겠다고 생각했다.

"그건 아주, 아주 오래된 전제 정치의 술수요. 알리아는 그것을 잘 알고 있소. 훌륭한 신민들은 반드시 죄책감을 느껴야 하지. 죄책감은 자신이 실패했다는 감정으로 시작되오. 뛰어난 독재자는 민중들이 실패할 기회를 많이 제공해 준다오."

"그건 나도 눈치챘소." 스틸가가 건조한 목소리로 말했다. "그러나 미안하지만 당신이 지금 얘기하고 있는 사람이 바로 당신 아내라는 사실을 다시 당신에게 말해 두어야겠소. 당신은 지금 무앗딥의 누이에 대해 얘기하고 있소."

"그녀가 귀신에 홀렸다고 말했잖소!"

"많은 사람들이 그런 말을 하지. 그녀는 언젠가 시험을 치러야 할 거요. 그때까지는 우리가 생각해야 할 더 중요한 일들이 있소."

아이다호는 슬픈 듯이 고개를 저었다. "내가 당신에게 얘기한 모든 것들을 검증할 수 있소. 자쿠루투와의 통신은 항상 알리아의 신전을 통해 이루어지고 있었소. 그곳에 쌍둥이들을 해치려는 음모에 동참한 공범들이 있지. 모래벌레들을 다른 행성에 팔아 챙긴 돈도 그곳으로 흘러가오. 모든 단서들이 알리아의 자리까지, 섭정의 자리까지 이어지고 있단 말이오."

스틸가는 고개를 저으며 깊이 숨을 들이쉬었다. "이곳은 중립 지대요. 나는 맹세를 했소."

"상황이 이런 식으로 계속될 수는 없소!" 아이다호가 소리쳤다.

"나도 동의하오." 스틸가가 고개를 끄덕이며 말을 이었다. "알리아는 원 안에 붙들려 있고, 그 원은 날이 갈수록 작아지고 있소. 마치 아내를 여럿 취하던 우리의 옛날 관습과 같지. 이건 남성이 무능해졌음을 정확하게 지적하고 있소." 그는 아이다호에게 의문이 담긴 시선을 돌렸다. "당신은 그녀가 다른 남자를 만남으로써 당신을 기만했다고 말하고 있소. 당신은 그걸 '성(性)을 무기로 사용하고 있다'고 표현했던 것 같은데. 그렇다면 당신에게는 완전히 합법적인 길이 열려 있소. 야비드가 알리아의 메시지를 가지고 타브르에 와 있소. 당신이 할 일이라고는……."

"당신의 중립 지대에서 말이오?"

"아니. 하지만 저 밖의 사막에서……."

"만약 내가 그 기회를 이용해서 도망친다면?"

"당신에게는 그런 기회가 주어지지 않을 거요."

"그래도, 맹세코 알리아는 귀신에게 홀려 있소. 내가 어떻게 해야 당신을 납득시킬 수……."

"그건 증명하기 어려운 일이오." 스틸가가 말했다. 밤새 그가 이미 여러 번 했던 말이었다.

아이다호는 제시카의 말을 떠올리고 말했다. "하지만 당신들에게는 그걸 증명할 방법이 있소."

"방법이 하나 있지, 맞소." 스틸가가 말했다. 그리고 다시 고개를 저으며 말을 이었다. "고통스럽고 돌이킬 수 없는 방법이야. 내가 죄책감에 대한 우리의 사고방식을 당신에게 일깨워준 건 그 때문이오. 우린 무슨 일에서든 우리를 파괴해 버릴 수도 있는 죄책감으로부터 스스로를 해방시킬 수 있소. '귀신에 홀린 자에 대한 시련'만 빼고. 그 시련에 대해서는 우리 민족에 속하는 모든 사람들로 구성되는 법정이 전적으로 책임을 지게 되어 있소."

"당신들은 전에 그 시험을 실시한 적이 있지, 그렇지 않소?"

"대모께서 이야기를 들려주실 때 우리 역사를 빼먹지 않았을 거라고 믿소. 우리가 그 시험을 실시한 적이 있다는 걸 당신도 잘 알고 있을 거요."

아이다호는 스틸가의 목소리에 배어 있는 짜증에 반응했다. "난 당신을 거짓의 함정에 빠뜨리려 한 게 아니오. 그저……."

"긴 밤을 보냈지만 대답 없는 의문들만 남았소. 이제 아침이 되었소."

"내가 제시카 님에게 연락을 보낼 수 있도록 허락해 주어야만 하오."

"그건 살루사에 연락을 보낸다는 뜻이오. 난 저녁의 약속을 하지 않소. 내 맹세는 반드시 지켜져야 하오. 타브르가 중립 지대인 건 그 때문이오. 난 당신을 침묵 속에 묶어두겠소. 나는 내 식솔 전부를 위해 그렇게 하겠다고 맹세했소."

"알리아는 반드시 시련을 받아야 해!"

"어쩌면 그럴지도 모르지. 먼저 정상을 참작할 만한 정황이 있는지 알아보아야 하오. 어쩌면 그녀가 자신의 권위를 잘못 행사한 것인지도 모르지. 아니면 그저 불운 때문이거나. 알리아는 귀신에 홀린 것이 아니라 모든 인간들이 공유하고 있는 선천적인 나쁜 성향을 갖고 있는 것에 지나지 않을 수도 있소."

"당신은 내가 그저 배신당한 남편으로서 자신의 복수를 대신해 줄 다른 사람을 찾고 있는 것이 아닌지 확인하고 싶어 하는군."

"다른 사람들이 그런 생각을 했소, 내가 아니라." 스틸가가 말했다. 그리고 그는 자신의 말에 들어 있는 가시를 누그러뜨리기 위해 미소를 지으며 말을 이었다. "우리 프레멘들은 전통이라는 과학을 갖고 있소. 우리의 하디트가 바로 그것이지. 멘타트나 대모님이 두려워질 때 우리는 하디트에 의지하오. 우리가 바로잡을 수 없는 유일한 두려움은 우리 자신의 실수에 대한 두려움이라고 일컬어지고 있소."

"레이디 제시카에게 꼭 알려야 하오. 거니가 말하기를……."

"그 연락이 어쩌면 거니 할렉에게서 온 것이 아닐 수도 있소."

"다른 사람이 그 연락을 보냈을 리가 없소. 우리 아트레이데스 사람들은 메시지의 진위를 확인하는 나름의 방법들을 갖고 있소. 스틸, 적어도 가능성만이라도……."

"자쿠루투는 더 이상 존재하지 않소. 수 세대 전에 파괴되었소." 스틸가는 아이다호의 소매를 잡으며 말을 이었다. "어쨌든, 나는 전사들을 다른 일에 돌릴 수 없소. 지금은 고난의 시대요. 카나트가 위협받고 있으니…… 이해하겠소?" 그는 뒤로 물러나 앉았다. "자, 알리아가……."

"알리아는 더 이상 존재하지 않소."

"그건 당신이 하는 말이지." 스틸가는 커피를 한 모금 더 마신 후 잔을 제자리에 내려놓았다. "그 얘기는 그만합시다, 친구 아이다호. 가시를 뽑아내려고 팔을 잡아뜯을 필요는 없는 경우가 많소."

"그럼 가니마에 대해 이야기합시다."

"그럴 필요 없소. 난 그분에게 호의를 약속했소. 이곳에서는 아무도 그분에게 해를 끼칠 수 없소."

'설마 스틸가가 저렇게 순진할 리가 없어.' 아이다호는 생각했다.

그러나 스틸가는 면담이 끝났음을 암시하며 자리에서 일어서고 있었다.

아이다호도 자리에서 일어났다. 무릎이 뻣뻣해진 것이 느껴졌다. 종아리에는 감각이 없었다. 아이다호가 일어서자 보좌관 하나가 들어와서 한쪽 옆에 섰다. 그 뒤를 따라 야비드가 방 안으로 들어왔다. 아이다호는 몸을 돌렸다. 스틸가는 네 발짝 떨어진 곳에 서 있었다. 아이다호는 망설이지 않고 재빨리 칼을 꺼내 아무것도 눈치채지 못한 야비드의 가슴속에 칼끝을 박아 넣었다. 야비드는 휘청거리며 뒷걸음질 쳐서 자신의 몸을 칼에서 빼냈다. 그리고 몸을 돌리더니 얼굴을 아래로 한 채 쓰러졌다. 그의 다리가 허공을 차듯 움직이고, 그는 곧 숨이 끊어졌다.

"이건 소문을 잠재우기 위한 것이었소." 아이다호가 말했다.

보좌관은 칼을 꺼내 들고 서서 어떤 반응을 보여야 하는지 망설이고 있었다. 아이다호는 이미 자기 칼을 칼집에 넣은 상태였다. 그가 입은 노란색 로브 끝에 핏자국이 조금 묻어 있었다.

"당신은 내 명예를 더럽혔소!" 스틸가가 소리쳤다. "이곳은 중립……."

"닥치시오!" 아이다호는 충격을 받은 스틸가를 노려보며 말을 이었다. "당신은 노예의 목걸이를 매고 있소, 스틸가!"

이것은 프레멘에게 가장 치명적인 세 가지 모욕 중 하나였다. 스틸가의 얼굴이 하얗게 질렸다.

"당신은 종이오. 당신은 저들의 물을 대가로 프레멘을 팔아넘겼소." 아이다호가 말했다.

이것은 가장 치명적인 모욕 세 가지 중 두 번째 것이었다. 원래의 자쿠루투가 파괴된 것은 이 말 때문이었다.

스틸가는 이를 갈면서 자신의 크리스나이프에 손을 댔다. 보좌관은 뒷걸음질 쳐서 문간에 있는 시체에게서 멀어졌다.

아이다호는 스틸가에게 등을 돌리고 야비드의 시체와 문설주 사이의 좁은 공간에 발을 디뎠다. 그리고 계속 등을 돌린 채 세 번째 모욕의 말을 던졌다. "당신에게는 불멸의 생명이 없소, 스틸가. 당신의 자손들 핏줄에는 당신의 피가 흐르지 않을 것이오!"

"이제 어디로 갈 건가, 멘타트?" 계속 방을 나가려 하는 아이다호에게 스틸가가 소리쳤다. 스틸가의 목소리는 극지방에서 불어오는 바람처럼 차가웠다.

"자쿠루투를 찾으러 가겠소." 아이다호가 여전히 등을 돌린 채 말했다.

스틸가는 칼을 빼 들었다. "어쩌면 내가 당신을 도울 수 있을지도 모르겠군."

아이다호는 이제 통로의 바깥쪽 가장자리에 다다라 있었다. 걸음을 멈추지 않은 채 그가 말했다. "당신의 칼로 나를 돕고 싶다면 내 등 뒤에서 해주시오, 물의 도둑. 악마의 노예 목걸이를 걸고 있는 자에게는 그것이 걸맞은 방법이지."

스틸가는 단 두 걸음으로 방을 가로질러 야비드의 시체를 밟고 넘은 다음 바깥쪽 통로에 있는 아이다호를 붙들었다. 그리고 마디가 굵은 손으로 아이다호의 몸을 핵 돌려 그의 걸음을 멈추게 했다. 스틸가는 이를 드러내고 칼을 빼 든 채 아이다호와 맞섰다. 분노가 너무 커서 스틸가는 아이다호의 얼굴에 떠오른 묘한 미소를 알아채지도 못했다.

"칼을 뽑아라, 이 멘타트 쓰레기!" 스틸가가 포효하듯 소리쳤다.

아이다호는 웃었다. 그리고 스틸가를 세게 때렸다. 왼손, 오른손으로 한 번씩 스틸가의 머리를 매섭게 찰싹 때렸다.

알아들을 수 없는 비명을 지르며 스틸가가 아이다호의 배에 칼을 박아 넣었다. 그리고 횡경막을 뚫고 심장까지 칼을 밀어 올렸다.

아이다호는 칼날 위로 힘없이 쓰러지며 활짝 웃는 얼굴로 스틸가를 올려다보았다. 스틸가의 분노가 녹아 얼음처럼 차가운 갑작스러운 충격으로 변했다.

"아트레이데스를 위해 두 번 죽는군. 두 번째 죽음의 이유도 첫 번째와 다름없어." 아이다호가 갈라진 목소리로 말했다. 그리고 옆으로 비틀거리더니 얼굴을 밑으로 한 채 돌바닥을 향해 무너지듯 쓰러졌다. 그의 상처에서 피가 번져 나왔다.

스틸가는 피가 뚝뚝 떨어지는 자기 칼 너머로 아이다호의 시체를 뚫어지게 바라보며 떨리는 숨을 깊이 들이쉬었다. 야비드는 그의 뒤에 죽어 있었다. 그리고 천국의 자궁인 알리아의 부군이 스틸가 자신의 손에 죽임을 당해 쓰러져 있었다. 나입인 그가 자신의 이름이 걸린 명예를 보호하기 위해, 중립성을 지키겠다는 자신의 약속에 대한 위협에 복수했을 뿐이라고 주장할 수도 있을 것이다. 그러나 지금 죽어 있는 사람은 던컨 아이다호였다. 어떤 주장을 동원하더라도, 아무리 '정상 참작의 여지가 있는 상황'이라도 이런 행동을 지워버릴 수는 없었다. 설사 알리아가 개인적으로는 이런 행동에 찬성하더라도 공개적으로는 복수라는 반응을 보일 수밖에 없을 것이다. 그녀는 어쨌든 프레멘이었다. 프레멘을 통치하기 위해서 그녀가 프레멘이 아닌 다른 것이 될 수 없었다. 아주 작은 부분까지도.

아이다호가 자신의 '두 번째 죽음'을 통해 만들어내고자 했던 상황이 지금 정확하게 벌어지고 있다는 생각이 그때서야 스틸가의 머릿속에 떠올랐다.

스틸가는 시선을 들었다. 주위를 에워싼 사람들 속에서 그의 두 번째 아내인 하라가 충격에 휩싸인 표정으로 그를 응시하고 있었다. 스틸가가 어디로 시선을 돌리든 사람들의 표정은 모두 똑같았다. 충격과 함께 이 사태의 결과가 무엇일지 이해하고 있는 표정.

천천히 스틸가는 몸을 똑바로 세우고 칼날을 소매에 닦은 다음 다시 칼집에 넣었다. 그리고 아무렇지도 않은 목소리로 충격에 휩싸인 사람들의 얼굴을 향해 말했다. "나와 함께 떠날 사람들은 즉시 짐을 싸라. 사람들을 내보내서 모래벌레를 부르게 해."

"어디로 갈 건가요, 스틸가?" 하라가 물었다.

"사막으로."

"난 당신과 함께 가겠어요."

"당연히 당신은 나와 함께 가야지. 내 아내들은 모두 나와 함께 갈 것이오. 그리고 가니마 님도. 가서 그분을 데려오시오, 하라. 즉시."

"알겠어요, 스틸가…… 즉시." 그녀가 머뭇거리다가 입을 열었다. "이룰란 님은요?"

"그분이 원하신다면."

"예, 여보." 그러나 그녀는 여전히 머뭇거리고 있었다. "가니 님을 인질로 데려가는 건가요?"

"인질?" 그는 이 말에 진심으로 깜짝 놀랐다. "여자들이란……." 그는 발끝으로 아이다호의 시체를 가볍게 건드리며 말을 이었다. "만약 이 멘타트의 말이 옳다면, 나는 가니 님의 유일한 희망이오." 순간 그는 레토의 경고를 기억해 냈다. '알리아를 조심하시오. 반드시 가니를 데리고 도망쳐야 하오.'

프레멘들 이후 모든 행성학자들은 생명을 에너지의 표현으로 보고 모든 것을 뛰어 넘는 가장 중요한 관계들을 찾으려 한다. 작은 조각과 부분 들이 점점 자라 일반적인 이해로 변해 가는 가운데 프레멘의 종족적 지혜는 새로운 확신으로 변환된다. 프레멘들이 하나의 민족으로서 갖고 있는 것을 다른 모든 민족들도 가질 수 있다. 에너지 관계들에 대한 감각을 개발하기만 하면 된다. 에너지가 사물의 패턴들을 빨아들여 그 패턴들을 이용해서 구축되는 것을 지켜보기만 하면 된다.

—하르크 알 아다 풍으로 집필된 『아라킨의 재앙』

'가짜 벽'의 안쪽 가장자리에 튜엑의 시에치가 있었다. 할렉은 시에치의 높은 입구를 방패처럼 가리고 있는 바위벽의 그림자 속에 서서 안에 있는 사람들이 그에게 피난처를 제공해 줄 것인지 말 것인지 결정을 내리기를 기다리고 있었다. 그는 시선을 밖으로 돌려 북쪽 사막을 바라보다가 고개를 들어 회청색의 아침 하늘을 올려다보았다. 이곳의 밀수꾼들은 다른 행성 사람인 그가 모래벌레를 붙잡아 타고 왔다는 사실을 알고 경악했다. 그러나 할렉 역시 그들의 반응에 놀라기는 마찬가지였다. 모래벌레를 붙잡아 타는 것은 그 광경을 여러 번 본 적이 있는 민첩한 사람에게는 간단한 일이었다.

할렉은 다시 사막으로 시선을 돌렸다. 빛나는 바위들이 있는 은빛 사막과 물이 마법을 부려놓은 회녹색 들판. 이 모든 것이 에너지와 생명을 너무나 연약한 힘으로 가둬두고 있다는 생각이 갑자기 그의 머릿속에 떠올랐다. 변화의 패턴이 갑자기 바뀌면서 모든 것이 위협받고 있었다.

그는 이런 반응의 원인을 알고 있었다. 그의 발 아래 사막 표면에서 부산하게 움직이고 있는 사람들의 모습이 바로 그 원인이었다. 죽은 모래송어가 담긴 컨테이너들이 바퀴에 실려 시에치 안으로 운반되고 있었다. 증류기로 물을 회수하기 위해서였다. 모래송어는 수천 마리나 되었다. 그들은 갑자기 쏟아져 나오는 물을 찾아 이곳으로 왔다. 그리고 그 물의 유출 때문에 할렉의 머릿속이 빠르게 돌아가기 시작했다.

할렉은 시에치의 들판과 카나트를 물끄러미 내려다보았다. 카나트에는 더 이상 소중한 물이 흐르지 않았다. 그는 카나트의 돌벽에 뚫린 구멍들을 이미 보았다. 바로 그 찢어진 바위틈을 통해서 물이 모래 속으로 흘러 나간 것이다. 무엇이 저런 구멍들을 만들었을까? 구멍들 중에는 카나트의 가장 취약한 부분을 따라 길이가 20미터나 되는 것들도 있었다. 그곳에서 부드러운 모래가 바깥을 향해 흘러 나가 물을 빨아들이는 움푹한 곳까지 이어졌다. 바로 그 움푹한 곳으로 모래송어들이 우글우글 모여들었다. 시에치 아이들이 모래송어를 죽여서 포획하고 있었다.

수리팀들이 부서진 카나트 벽을 수리했다. 다른 사람들은 소량의 관개수를 가장 물이 필요한 식물들이 있는 곳까지 운반했다. 튜엑의 바람덫 밑에 있는 거대한 저수지의 수원은 부서진 카나트로 물이 흘러가는 것을 막기 위해 봉쇄되어 있었다. 태양열 펌프의 연결선도 끊어두었다. 사람들은 점점 양이 줄어가는 카나트 바닥의 물과 시에치 안의 저수지에

THE
DUNE
CHRONICLES

있는 물을 힘겹게 끌어다가 관개수로 사용했다.

할렉의 등 뒤에 있는 문막이의 금속 틀이 점점 더워지는 낮의 열기 속에서 딱딱 소리를 냈다. 그 소리가 눈을 움직이기라도 한 것처럼 할렉은 자기도 모르게 가장 멀리 보이는 카나트의 굴곡, 물이 가장 대담하게 사막 속으로 뻗어 나간 그곳을 바라보았다. 정원을 만들겠다는 희망을 품은 시에치의 개발 계획자들이 그곳에 특별한 나무 한 그루를 심어놓았는데, 카나트의 물이 곧 회복되지 않는다면 그 나무는 죽을 수밖에 없었다. 할렉은 모래와 바람에 갈가리 찢겨 주책없이 나부끼고 있는 그 버드나무의 깃털 같은 가지들을 물끄러미 바라보았다. 그에게 그 나무는 자신과 아라키스의 새로운 현실을 상징하고 있었다.

'우리 둘 다 이곳에서는 이방인이지.'

시에치 사람들이 결정을 내리는 데에는 오랜 시간이 걸렸다. 그러나 훌륭한 전사는 그들에게 유용한 존재였다. 밀수꾼들에게는 항상 훌륭한 전사가 필요했다. 그러나 할렉은 그들에 대해 아무런 환상도 품지 않았다. 이 시대의 밀수꾼들은 오래전 공작의 영지가 분해될 때 그에게 피난처를 제공해 주었던 밀수꾼들이 아니었다. 그들은 이윤을 찾는 데 재빠른 신세대였다.

그는 다시 주책없는 버드나무에 시선의 초점을 맞췄다. 그 순간 이 새로운 현실의 폭풍이 이 밀수꾼들과 그들의 모든 친구들을 갈가리 찢어버릴지도 모른다는 생각이 들었다. 폭풍은 힘겹게 중립을 지키고 있는 스틸가를 파멸시키고, 알리아에게 여전히 충성을 바치는 부족들을 그와 함께 데려가 버릴 수도 있었다. 그들은 모두 식민지 백성이 될 것이다. 할렉은 전에 그런 일이 일어나는 것을 본 적이 있었다. 자신의 고향 행성에서 그런 변화의 쓰라린 맛을 경험했던 것이다. 그는 도시 프레멘들의 버릇, 근교 마을들의 패턴, 이곳 밀수꾼들의 은신처조차 닮아가는 시골 시에치의 분명한 생활 방식 등을 떠올리며 변화의 조짐을 분명히 보았다. 시골 지방은 중앙 도시의 식민지였다. 그들은 두툼하게 속을 채운 멍에를 메는 법을 배웠다. 미신 때문은 아닐망정, 적어도 자신들의 욕망 때문에 멍에 속으로 끌려 들어온 것이다. 심지어 이곳에서도, 아니 특히 이곳에서는, 사람들이 자유인의 태도가 아니라 속국 백성들의 태도를 갖고 있었다. 그들은 방어적이고 비밀이 많았으며 솔직하지 못했다. 모든 권위는 이곳에서 분개의 대상이 되었다. 섭정의 권위도, 스틸가의 권위도, 그들 자체의 평의회 권위도…….

'저들을 믿을 수는 없어.' 할렉은 생각했다. 그가 할 수 있는 일은 그들을 이용하고 다른 사람들에 대한 그들의 불신을 부추기는 것뿐이었다. 슬펐다. 서로 공평하게 주고받던 과거의 자유인들은 사라져버렸다. 과거의 관습들은 의식(儀式)에서나 사용되는 말로 전락해 버렸으며 그 말들의 기원은 사람들의 기억 속에서 사라져버렸다.

알리아는 반대 세력에 벌을 내리고 조력자들에게 포상을 내림으로써, 제국의 군대를 임의적으로 옮겨놓음으로써, 자신의 제국이 지닌 힘의 중요한 요소들을 감춤으로써 자신의 일을 훌륭하게 해냈다. 첩자들! 세상에, 그녀에게는 틀림없이 첩자들이 있을 터였다!

할렉은 반대 세력들이 갈피를 못 잡게 하려고 알리아가 사용하고 있는 여러 움직임들과 역공작의 무서운 리듬을 거의 눈으로 볼 수 있을 것 같았다.

'프레멘들이 계속 잠자듯 가만히 있으면 그녀가 이길 거야.' 그는 생각했다.

그의 등 뒤에서 문막이가 열리면서 딱딱 소리가 났다. 멜리데스라는 이름을 가진 시에치 안내원이 모습을 드러냈다. 그는 조롱박 같은 몸매의 키가 작은 남자였다. 그의 몸은 아래로 갈수록 점점 가늘어져서 빈약한 다리로 이어졌는데, 사막복은 그 흉한 모습을 더욱 강조해 줄 뿐이었다.

"당신을 받아들이기로 했소." 멜리데스가 말했다.

할렉은 그의 목소리에서 교활한 위선을 눈치챘다. 그 목소리를 통해 할렉은 이곳이 제한된 기간 동안만 피난처를 제공할 것임을 알 수 있었다.

'내가 저들의 오니숍터 한 대를 훔칠 때까지만 있으면 돼.' 그는 생각했다.

"당신 평의회에 감사드리오." 그가 말했다. 에스마르 튜엑이 생각났다. 이 시에치의 이름은 그의 이름을 따서 지은 것이었다. 누군가의 배신 때문에 오래전에 세상을 떠난 에스마르라면 이 멜리데스라는 인간을 보는 즉시 목을 그어버렸을 것이다.

ᚱᚢᛋᛏ

미래의 가능성들을 좁히는 모든 길은 치명적인 함정이 될 수 있다. 인간들은 미로 속을 요리조리 헤치면서 나아가고 있는 것이 아니다. 그들은 독특한 기회들로 가득 찬 광대한 지평선을 탐색한다. 미로 속의 점점 좁아지는 시야는 모래 속에 코를 파묻은 생물들에게만 호소력을 가질 수 있을 것이다. 성적인 방법으로 생산된 독특함과 차이점들은 종(種)의 생명 보호 장치이다.

—『우주 조합 안내서』

"내가 왜 슬픔을 느끼지 못하는 걸까?" 알리아는 작은 알현실 천장을 쳐다보며 질문을 던졌다. 이 방의 한쪽 면은 그녀가 열 걸음으로 가로지를 수 있는 길이였고, 다른 한 면은 열다섯 걸음 길이였다. 길고 좁은 창문 두 개를 통해 아라킨의 건물 지붕들 너머 방어벽이 내다보였다.

거의 정오가 다 된 시간이었다. 태양은 도시가 지어진 분지를 태울 듯이 내리쬐고 있었다.

알리아는 시선을 내려 부에르 아가르베스를 바라보았다. 전에 타브르에서 살던 그는 이제 신전 경비대를 지휘하는 지아의 보좌관이 되어 있었다. 야비드와 아이다호가 죽었다는 소식을 가져온 것이 바로 아가르베스였다. 아첨꾼 패거리와 보좌관, 경비대원들이 그와 함께 안으로 들어와 있었고, 더 많은 사람들이 바깥 통로에 우글우글 모여 있었다. 이는 아가르베스가 가져온 소식을 그들이 이미 알고 있음을 뜻했다.

아라키스에서 나쁜 소식은 빠르게 퍼져나갔다.

이 아가르베스라는 인물은 프레멘치고는 얼굴이 둥근 편인 자그마한 남자였다. 얼굴이 둥글다 못해 거의 아기처럼 보일 정도였다. 그는 물 덕분에 통통하게 살이 오른 신세대에 속했다. 알리아의 눈에 그는 두 개의 이미지로 쪼개져 있는 것처럼 보였다. 하나는 진지한 얼굴에 불투명한 남색 눈이 있고 입은 걱정스러운 표정을 짓고 있는 모습이었고, 다른 하나는 관능적이고 취약한, 짜릿할 정도로 취약한 모습이었다. 그녀는 두툼한 그의 입술이 특히 마음에 들었다.

아직 정오도 되지 않았는데, 주위를 둘러싼 충격의 침묵 속에서 알리아는 석양을 느꼈다.

'아이다호는 해가 질 때 죽었어야 했어.' 그녀는 속으로 혼잣말을 했다.

"네가 이 소식을 가져오게 된 것은 어찌 된 일이지, 부에르?" 그녀가 물었다. 경계심을 늦추지 않는 민첩함이 그의 표정 속으로 번지는 것이 보였다.

아가르베스는 마른침을 삼키려다가 거의 속삭임에 가까운 갈라진 목소리로 말했다. "저는 야비드와 함께 갔습니다. 기억하십니까? 그런데…… 스틸가 님이 저를 섭정님께 돌려보내면서 제가 그의 마지막 복종을 전달한다는 얘기를 섭정님께 말씀드리라고 했습니다."

"마지막 복종이라. 그게 무슨 뜻이냐?"

"전 모르겠습니다, 레이디 알리아." 그가 애원하듯 말했다.

"네가 본 것을 다시 설명해 보아라." 그녀가 명령했다. 자신의 피부가 너무 차갑게 느껴지는 것이 이상했다.

"저는……." 그는 불안한 표정으로 고개를 주억거리며 알리아 앞쪽의 바닥을 바라보았다. "저는 신성한 부군께서 중앙 통로 바닥에 시체로 누워 계시는 것을 보았습니다. 야비드 님은 근처의 측면 통로에 죽어 있었습니다. 여자들이 벌써 후아누이를 위한 준비를 하고 있었습니다."

"그리고 스틸가가 그 현장으로 너를 불렀단 말이지?"

"그렇습니다, 섭정님. 스틸가 님이 저를 불렀습니다. 그는 시에치의 전령인 '열심인 자' 모디보를 보내 저를 불렀습니다. 모디보는 제게 아무런 경고도 해주지 않았습니다. 그냥 스틸가 님이 저를 만나고 싶어 한다는 얘기만 했습니다."

"그래서 네가 바닥에 쓰러져 있는 내 남편의 시체를 보게 된 거라고?"

그는 재빨리 쏘는 듯한 시선으로 그녀와 눈을 마주쳤다가 다시 그녀 앞의 바닥으로 시선을 돌리고는 고개를 끄덕였다. "그렇습니다, 섭정님. 그리고 야비드 님이 그 근처에 죽어 있었습니다. 스틸가 님이 말씀하기를…… 말씀하기를 신성한 부군께서 야비드 님을 죽였다고 했습니다."

"그리고 네 말대로라면 내 남편은 스틸가가……."

"그분이 자기 입으로 직접 그렇게 말했습니다, 섭정님. 스틸가 님은 자기가 그렇게 했다고 말했습니다. 신성한 부군께서 자기를 도발해서 분노하게 만들었다고 했습니다."

"분노라. 어떻게 그리 됐다는 거냐?"

"그 말씀은 없었습니다. 아무도 말해 주지 않았고요. 제가 물어보았지만 아무도 말해 주지 않았습니다."

"그리고 그들이 너를 이 소식과 함께 내게 보냈단 말이지?"

"예, 섭정님."

"네가 어찌해 볼 수 없었느냐?"

아가르베스는 혀로 입술을 축인 다음 입을 열었다. "스틸가 님이 명령하셨습니다, 섭정님. 그곳은 그분의 시에치입니다."

"알겠다. 넌 항상 스틸가에게 복종했지."

"전 항상 그랬습니다, 섭정님. 그분이 저를 맹약에서 풀어주실 때까지는요."

"내 밑에서 일하도록 너를 보내면서 그리했단 말이냐?"

"지금 저는 오로지 섭정님께만 복종합니다, 섭정님."

"그래? 그렇다면 내가 너더러 너의 예전 나입인 스틸가를 죽이라고 명령하면 그렇게 하겠느냐, 부에르?"

그는 점점 단호해지는 시선으로 그녀와 눈을 마주쳤다. "섭정님께서 명령하신다면요."

"내가 그리하라고 명령한다. 그가 어디로 갔는지 혹시 알고 있느냐?"

"사막으로 갔습니다. 제가 아는 건 그것뿐입니다, 섭정님."

"사람을 몇 명이나 데려갔지?"

"실제 병력의 절반쯤 될 겁니다."

"게다가 가니마와 이룰란이 그와 함께 있다!"

"그렇습니다, 섭정님. 떠난 사람들은 여자와 아이들을 데리고 있는 데다가 짐 보따리까지 지고 있습니다. 스틸가 님은 모두에게 선택권을 주었습니다. 자신과 함께 가든지, 아니면 맹약에서 해방시켜 주겠다고요. 많은 사람이 해방을 택했습니다. 그들은 새로운 나입을 뽑을 겁니다."

"내가 그들의 새 나입을 정해 주겠다! 바로 너, 부에르 아가르베스가 그들의 새로운 나입이 될 거다. 네가 스틸가의 머리를 내게 가져오는 날!"

아가르베스는 결투를 통해 자신이 나입으로 선발되는 것을 받아들일 수 있었다. 그것이 프레멘의 방식이었다. 그가 말했다. "명령에 따르겠습니다, 섭정님. 제가 어떤 군대를 데려⋯⋯."

"지아와 상의해라. 네게 수색용 오니숍터를 많이 내줄 수는 없다. 다른 곳에 필요하니까. 하지만 전사들을 충분히 내주마. 스틸가는 자신의 명예를 훼손했다. 많은 사람들이 기꺼이 네 밑에서 복무할 것이다."

"열심히 하겠습니다, 섭정님."

"잠깐!" 그녀는 잠시 동안 그를 유심히 살펴보며 이 취약한 어린애를 감시할 자로 누구를 보낼 수 있을지 검토해 보았다. 그가 스스로 능력을 입증할 때까지 면밀히 감시할 필요가 있을 것이다. 지아라면 누구를 보내야 할지 알고 있을 터였다.

"아직 하실 말씀이 있으십니까, 섭정님?"

"너더러 나가도 좋단 말은 아직 하지 않았다. 스틸가를 잡기 위한 네 계획에 대해 너와 은밀하게 오랫동안 의논을 해야겠다." 그녀는 한 손으로 얼굴을 덮었다. "네가 내 복수를 해낼 때까지 나는 슬퍼하지 않을 것이다. 내가 마음을 가다듬게 몇 분만 기다려라." 그녀는 손을 내렸다. "내시종 한 명이 네게 길을 안내해 줄 것이다." 그녀는 시종 한 명에게 은밀한 수신호를 보내고 나서 새로 침실 시녀장으로 임명된 샬루스에게 속삭였다. "저자를 내게 데려오기 전에 몸을 씻겨서 향수를 뿌려줘라. 저자에게서 모래벌레 냄새가 난다."

"알겠습니다, 섭정님."

알리아는 몸을 돌려 느껴지지도 않는 슬픔을 느끼는 척하며 도망치듯 자신의 개인실로 향했다. 그곳, 자신의 침실에서 그녀는 쾅 소리가 나도록 문을 세게 닫은 후 욕을 하면서 발을 굴렀다.

'빌어먹을 던컨! 왜? 왜? 왜?'

그녀는 아이다호의 행동에서 고의적인 도발을 감지했다. 그는 야비드를 죽여 스틸가를 도발했다. 그건 그가 야비드에 대해 알고 있었다는 뜻이다. 이번 일 전체를 던컨 아이다호의 메시지로 받아들여야 했다. 이번 일은 그의 마지막 의사 표시였다.

그녀는 다시 발을 구르더니, 다시 분노에 날뛰면서 침실을 가로질렀다.

'빌어먹을 던컨! 빌어먹을 던컨! 빌어먹을 던컨!'

스틸가는 반란자들 편으로 넘어갔고 가니마도 그와 함께였다. 이룰란도 마찬가지였다.

'모두 다 저주를 받아야 해!'

마구 바닥을 구르던 그녀의 발이 고통스러운 장애물에 걸려 어떤 금속 조각 위에 부딪혔다. 고통 때문에 비명을 지르면서 그녀는 아래를 내려다보았다. 금속으로 된 허리띠 죔쇠 때문에 발에 멍이 들었음을 알 수 있었다. 그녀는 잡아채듯 죔쇠를 들어 올렸다. 그리고 손에 들린 그 물건을 보는 순간 선 채로 얼어붙었다. 그것은 오래된 죔쇠였다. 레토 아트레이데스 1세 공작이 칼라단에서 자신의 검술 대가인 던컨 아이다호에게 수여했던, 은과 백금으로 만들어진 원래의 죔쇠들 중 하나였다. 그녀는 던컨이 그 죔쇠를 차고 있는 모습을 여러 번 보았다. 그런데 그가 그것을 이곳에 버린 것이다.

알리아의 손이 경련하듯 죔쇠를 그러쥐었다. 아이다호는 이것을 여기 남겨두고 떠났다. 그가…… 그가…….

그녀의 눈에서 눈물이 솟아올라 프레멘의 강한 금기를 억누르고 밖으로 쏟아져 나왔다. 그녀의 입은 아래로 처져 얼어붙은 듯 찡그린 표정을 만들었다. 그녀는 자신의 두개골 안에서 오래전부터 있어온 전투가 시작되는 것을 느끼고 손을 뻗어 손가락 끝과 발가락을 만졌다. 자신이 두 사람이 된 것 같았다. 한 사람은 경악에 찬 표정으로 이 일그러진 육체를 관찰하고 있었다. 다른 한 사람은 그녀의 가슴속에서 번져가는 엄청난 고통에 굴복하려 했다. 이제 그녀의 눈에서는 걷잡을 수 없이 눈물이 흘러내렸다. 경악에 찬 사람이 그녀의 내면에서 투덜거리는 목소리로 다그쳤다. "누가 우는가? 누가 울고 있는 거야? 지금 누가 울고 있는가?"

그러나 어느 것도 눈물을 멈추게 하지 못했다. 그녀는 뜨거운 불꽃처럼 가슴을 훑고 지나간 고통이 자신을 움직여 침대에 몸을 던지게 하는 것을 느꼈다.

그런데도 뭔가가 너무나 경악에 찬 목소리로 계속 다그쳤다. "누가 우는가? 누가 울고⋯⋯."

이런 행동들을 통해 레토 2세는 진화의 계통에서 자신을 제거했다. 그는 일부러 칼로 베는 것처럼 자신을 제거하며 이렇게 말했다. "독립적이 되는 것은 제거되는 것이다." 쌍둥이 두 명은 모두 측정의 과정으로써, 즉 인간이라는 자신들의 기원들로부터 자신들이 얼마나 떨어져 있는지 파악하는 방법으로써 기억의 필요성 너머를 보았다. 그러나 진정한 창조물이 창조자로부터 독립적임을 깨닫고 그처럼 대담한 행동을 하는 것은 레토 2세에게 달린 일이었다. 그는 진화의 연속적인 과정을 재현하는 것을 거부하면서 이렇게 말했다. "그것 역시 나를 인류에게서 점점 더 먼 곳으로 데려간다." 그는 이 안에 암시된 의미를 보았다. 생명 속에 진정으로 폐쇄된 시스템은 존재할 수 없다는 것을.

—『신성한 변신』, 하르크 알 아다

부서진 카나트 너머 축축한 모래 속에 우글거리는 곤충들을 먹이로 새들이 번성하고 있었다. 앵무새, 까치, 어치들. 이곳은 제디다, 즉 밖으로 노출된 현무암을 기초로 세워진 새로운 도시들 중 최후의 것이었다. 지금 이곳은 사람들에게 버림받은 상태였다. 가니마는 오전 시간을 이용해서 버림받은 시에치의 원래 식물들 너머의 지역을 살펴보며 뭔가가 움직이는 것을 감지했다. 줄무늬가 있는 도마뱀붙이였다. 전에는 제디다의 진흙벽 속에 둥지를 차린 힐라 딱따구리도 있었다.

그녀는 이곳을 시에치로 생각했다. 그러나 이곳에는 사실 안정화된 진흙벽돌로 쌓은 나지막한 담들이 모여 있을 뿐이었고, 모래언덕을 고정시키기 위해 심은 식물들이 그 주위를 둘러싸고 있었다. 탄제르우프트 안에 있는 이곳은 시하야 능선으로부터 남쪽으로 600킬로미터 떨어져 있었다. 이곳을 관리할 인간의 손이 없기 때문에 이 시에치는 벌써 사막 속으로 녹아 들어가기 시작했다. 이곳의 담들은 모래를 싣고 오는 바람에 침식당했고, 식물들은 죽어가고 있었으며, 식물을 심어놓은 땅은 타는 듯한 태양 때문에 갈라져 있었다.

그러나 부서진 카나트 너머의 모래는 여전히 축축했다. 땅딸막하게 쪼그리고 앉은 듯한 모양의 커다란 바람덫이 아직도 작동하고 있다는 증거였다.

타브르에서 도망친 후 몇 달 동안 도망자들은 사막의 악마에 의해 사람이 살 수 없는 곳으로 변해 버린 이런 장소들 여러 군데에서 안전을 구했다. 눈에 뻔히 보이는 파괴된 카나트라는 증거를 부정할 수 없음에도 가니마는 '사막의 악마'가 있다고는 믿지 않았다.

그들은 가끔 반란을 일으킨 스파이스 사냥꾼들을 만나 북부 거주지의 소식을 들었다. 오니숍터 몇 대(어떤 사람들은 오니숍터가 여섯 대를 넘지 않는다고 말했다)가 스틸가를 찾아 수색 비행을 했지만 아라키스는 넓었고 사막은 도망자들에게 호의적이었다. 전해 들은 말에 의하면 스틸가의 무리를 찾아 파괴하는 임무를 맡은 부대가 있다고 했다. 그러나 전에 타브르에 살던 부에르 아가르베스가 이끄는 그 부대는 다른 임무들도 맡고 있었기 때문에 아라킨으로 되돌아가는 경우가 많았다.

반란자들은 자기들 편과 알리아의 군대 사이에 싸움이 거의 없다고 말했다. 사막의 악마가 아무렇게나 파괴를 자행하는 까닭에 본토 방위 문제가 알리아와 나입들의 가장 큰 관심사가 되었다. 심지어 밀수꾼들도 사막의 악마의 공격을 받은 적이 있었다. 그러나 그들은 스틸가의 목에 걸린 현상금을 노리고 그를 찾아 사막을 바삐 뒤지고 있다고 했다.

스틸가는 결코 실수하는 법이 없는 그 늙은 프레멘 코의 수분감지 능력을 따라 전날 어두워지기 직전에 일행을 이 제디다 안으로 이끌었다. 그는 곧 남쪽의 야자수목원을 향하게 될 거라고 약속했지만 언제 움직일 것인지 정확한 날짜를 정하지는 않았다. 예전 같으면 행성 하나를 사들일 수도 있는 돈이 현상금으로 걸려 있는데도 스틸가는 모든 사람들 중에서 가장 행복하고 가장 태평한 것처럼 보였다.

"이곳은 우리에게 좋은 장소이다." 그가 아직도 작동하고 있는 바람덫을 가리키며 말했다. "우리 친구들이 우리에게 물을 조금 남겨주었어."

이제 그들은 모두 합해 예순 명밖에 되지 않는 작은 규모의 일행이 되어 있었다. 노인과 병자, 그리고 아주 어린아이들은 남쪽의 야자수목원으로 조금씩 빠져나가 그곳의 믿을 만한 가족들에게 흡수되었다. 이제 남은 것은 가장 강한 사람들뿐이었고, 그들은 북쪽과 남쪽에 많은 친구들을 가지고 있었다.

가니마는 스틸가가 이 행성에서 일어나고 있는 일들에 대한 논의를 왜 거부하는지 궁금했다. 그는 지금 일어나고 있는 일을 보지 못한단 말인가? 카나트들이 부서짐에 따라 프레멘들은 예전에 자기들 소유지의 경계선이었던 북쪽과 남쪽 지대로 물러났다. 이런 움직임은 이 제국이 틀림없이 겪고 있는 변화의 조짐이었다. 이런 움직임이 제국의 변화를 거울처럼 비추고 있었다.

가니마는 사막복의 깃 아래를 손으로 쓸면서 다시 단단하게 여몄다.

걱정거리가 있는데도 그녀는 이곳에서 커다란 자유를 느꼈다. 내면의 생명들은 더 이상 그녀를 괴롭히지 않았다. 그러나 그들의 기억이 그녀의 의식 속으로 끼어들어 오는 것이 가끔 느껴지기는 했다. 그 기억들을 통해 그녀는 생태학적 변화 작업이 시작되기 전의 옛날에 이 사막이 어떤 곳이었는지 알고 있었다. 우선 이곳은 그때 더 건조했다. 수리도 되지 않은 저 바람덫이 아직도 작동하고 있는 것은 그 기계가 수분이 함유된 공기를 처리하고 있기 때문이었다.

예전에는 이 사막을 피했던 많은 생물들이 지금은 감히 이곳에서 살고 있었다. 일행 중 많은 사람들이 낮올빼미가 참 많이 번성하고 있다는 얘기들을 했다. 지금도 가니마의 눈에 개미잡이새의 모습이 보였다. 녀석들은 부서진 카나트 끝의 축축한 모래 속에 우글우글 모여 있는 곤충들의 선을 따라 급격히 상하로 움직이면서 춤을 추었다. 이곳에서 오소리는 거의 눈에 띄지 않았지만 캥거루쥐는 수를 헤아릴 수 없을 만큼 많았다.

미신적인 두려움이 새로운 프레멘들을 지배하고 있었고, 스틸가 역시 다른 사람들과 다를 바 없었다. 이 제디다는 11개월 동안 카나트가 다섯 번 부서진 후 사막으로 반환되었다. 이곳 사람들은 사막의 악마가 저지른 파괴의 흔적을 네 번이나 수리했지만, 여분의 물이 더 이상 없었기 때문에 또 한 번 물을 잃을지도 모르는 위험을 무릅쓸 수 없었다.

제디다에서도, 많은 구식 시에치들에서도 상황은 마찬가지였다. 새로운 거주지 아홉 개 중 여덟 곳이 사람들에게 버림을 받았다. 옛날 시에치 공동체 중 많은 곳들이 그 어느 때보다 붐비고 있었다. 사막이 이처럼 새로운 단계로 접어드는 동안 프레멘들은 과거의 관습으로 회귀했다. 그들은 모든 것에서 징조를 보았다. 탄제르우프트를 제외한 모든 곳에서 모래벌레들이 점점 희귀해진다고? 그것은 샤이 훌루드의 심판이었다! 게다가 죽음의 원인을 전혀 알 수 없는 모래벌레들의 시체도 발견되었다. 그들은 죽은 후 금방 사막의 흙먼지로 돌아가 버렸지만, 가루가 되어 부서져가는 그 커다란 잔해를 프레멘들이 우연히 발견하는 날에는 그 모습이 보는 사람들의 가슴을 공포로 가득 채웠다.

스틸가 일행은 전달에 그런 잔해를 만난 적이 있었는데, 그때의 불길한 느낌을 떨쳐버리는 데 나흘이 걸렸다. 그 잔해는 불쾌하고 유독한 부패의 악취를 풍기고 있었다. 썩어가는 그 커다란 몸뚱이는 거대한 스파이스 개화의 꼭대기에 앉아 있는 자세로 발견되었고, 그곳의 스파이스는 대부분 파괴되어 있었다.

가니마는 카나트를 지켜보던 시선을 돌려 제디다를 뒤돌아보았다. 그녀의 바로 앞에 깨어진 담이 누워 있었다. 예전에는 무슈타말, 즉 작은 정원 안마당을 보호해 주던 담이었다. 그녀는 자신의 호기심에 단단하게 의지한 채 그곳을 이미 탐험해 보았다. 그리고 그곳에서 돌로 된 상자 안에 저장되어 있는, 누룩을 넣지 않은 납작한 스파이스빵을 발견했다.

스틸가는 그 빵을 없애버리면서 이렇게 말했다. "프레멘이라면 좋은 음식을 남겨두고 떠났을 리가 없습니다."

가니마는 그의 생각이 잘못인지도 모른다고 생각했지만, 그 빵에는 굳이 그와 언쟁을 벌이거나 위험을 무릅쓸 가치가 없었다. 프레멘들은 바뀌고 있었다. 예전에 그들은 물, 스파이스, 교역 등 자연스러운 욕구에 끌려 광활한 사막을 자유롭게 돌아다녔다. 동물들의 활동이 그들에게는 자명종이었다. 그러나 대부분의 프레멘들이 북쪽 방어벽의 그림자 속에서 옛날에 살던 동굴 거주지 안에 서로 몸을 바짝 붙인 채 옹송그리고 있는 지금, 동물들은 낯설고 새로운 리듬에 맞춰 움직이고 있었다. 탄제르우프트에서는 스파이스 사냥꾼들이 드물었다. 과거의 방식대로 움직이고 있는 것은 스틸가 일행뿐이었다.

그녀는 스틸가를 믿었고 알리아에 대한 그의 두려움을 믿었다. 이룰란이 이제는 묘한 베네 게세리트의 명상으로 회귀해서 그의 주장에 힘을 보태주었다. 그러나 저 먼 살루사에는 파라든이 아직 살아 있었다. 언젠가는 반드시 심판이 이루어져야 할 터였다.

가니마는 회색과 은빛이 섞인 아침 하늘을 올려다보며 자신의 머릿속을 탐색했다. 어디서 도움을 찾을 수 있을까? 그녀가 주위에서 일어나고 있는 일들을 자신이 본 대로 밝힐 때 그 말을 들어줄 사람은 어디 있을까? 보고서가 정말로 믿을 만한 것이라면, 레이디 제시카는 살루사에 머무르고 있었다. 그리고 알리아는 받침대 위에 모셔진 생물이 되어 현실로부터 점점 더 멀어지면서 오로지 거대한 존재가 되는 데에만 열중하고 있었다. 거니 할렉은 어디에서도 찾을 수 없었다. 그러나 보고에 따르면 그는 도처에서 목격되고 있었다. 설교자는 어딘가로 숨어버려서 그의 이단적인 외침은 점점 희미해지는 기억에 지나지 않았다.

그리고 스틸가.

그녀는 깨어진 담 너머로 스틸가가 저수지 수리를 돕고 있는 곳을 바라보았다. 스틸가는 사막의 의지라는 자신의 역할을 한껏 즐기고 있었고, 그의 목에 걸린 현상금은 매달 늘어나고 있었다.

이제 더 이상 제대로 된 것은 하나도 없었다. 하나도.

카나트를 모래 속으로 넘어뜨려야 하는 거짓 우상처럼 파괴할 능력을 지닌 이 사막의 악마라는 생물은 도대체 누구인가? 제멋대로 돌아다니는 모래벌레일까? 반란에 가담한 제3의 세력, 즉 많은 사람들일까? 사막의 악마가 모래벌레라고 믿는 사람은 아무도 없었다. 어떤 벌레든 감히 카나트에 맞선다면 물이 그들을 죽여버릴 것이다. 많은 프레멘들은 사막의 악마가 알리아의 마디 정부를 전복하고 아라키스에 과거의 관습을 회복시키려고 결심한 혁명가 집단이라고 믿고 있었다. 이렇게 믿는 사람들은 그것이 좋은 일이 될 거라고 말했다. 자신의 평범한 능력을 떠받드는 것 외에는 거의 아무 일도 하지 않는 저 탐욕스러운 사도의 계승 제도를 제거해 버리는 것. 그리고 무앗딥이 주장했던 진정한 종교로 되돌아가는 것.

깊은 한숨이 가니마의 몸을 뒤흔들었다. '아, 레토. 네가 살아서 이런 시대를 보지 못하게 된 게 거의 기쁠 정도야. 나도 네가 있는 곳에 가고 싶어. 하지만 내 칼에는 아직 피가 묻지 않았어. 알리아와 파라든. 파라든과 알리아. 노남작이 알리아의 악마야. 그리고 그건 절대로 용납할 수 없어.' 그녀는 생각했다.

하라가 제디다에서 나와 꾸준히 사막의 거리를 좁히는 발걸음으로 가니마에게 다가왔다. 하라는 가니마 앞에서 걸음을 멈추고 다그치듯 물었다. "이곳에서 혼자 뭐 하시는 겁니까?"

"이곳은 이상한 곳이야, 하라. 우린 이곳을 떠나야 해."

"스틸가는 이곳에서 누군가를 만나려고 기다리고 있습니다."

"그래? 나한테는 그런 말 안 했는데."

"그가 왜 공주님께 모든 얘기를 해야 하죠? 마쿠?" 하라는 가니마의 로브 앞쪽에 불룩 튀어나온 물주머니를 찰싹 치면서 말을 이었다. "임신을 할 수 있는 성인 여자가 되신 겁니까?"

"내가 임신을 한 적은 너무 많아서 셀 수도 없을 정도야. 나한테 어른인 척하지 마!" 가니마가 말했다.

하라는 가니마의 목소리에 깃든 독기에 놀라 뒤로 한 발짝 물러났다.

"당신들은 멍청이 집단이야." 가니마는 손을 흔들어 스틸가와 그의 부하들의 움직임, 그리고 제디다를 한꺼번에 가리키면서 말했다. "난 당신들과 함께 오지 말아야 했어."

"그랬다면 공주님은 지금쯤 죽어 있을 겁니다."

"그럴지도 모르지. 하지만 당신들은 바로 코앞에서 벌어지는 일도 못보고 있어! 스틸가가 여기서 만나려고 기다리는 게 누구지?"

"부에르 아가르베스예요."

가니마는 그녀를 뚫어지게 바라보았다.

"붉은 구렁 시에치에 있는 우리 친구들이 그를 비밀리에 이곳으로 데려오고 있습니다." 하라가 설명했다.

"알리아의 작은 장난감 말이야?"

"그는 눈가리개를 한 채 이곳으로 오고 있어요."

"스틸가가 그걸 믿어?"

"부에르가 협상을 요청했습니다. 그리고 우리 조건을 모두 수락했어요."

"왜 나한테 그런 얘기를 하지 않은 거지?"

"스틸가는 공주님이 반대하시리라는 걸 알고 있었습니다."

"반대라니……. 이건 미친 짓이야!"

하라가 험악한 표정을 지었다. "잊지 마세요. 부에르는……."

"그가 '가족'이라는 얘기겠지!" 가니마가 날카롭게 쏘아붙였다. "그는 스틸가 사촌의 손자이지. 나도 알아. 그리고 내가 언젠가 피를 내고 말 파라든은 나와 가까운 친척이고. 그런 이유로 내가 칼을 멈출 거라고 생각해?"

"우리에겐 디스트랜스가 있습니다. 그의 일행을 뒤쫓는 사람은 아무도 없어요."

가니마가 낮은 목소리로 말했다. "이 일에서 좋은 결과는 결코 없을 거야, 하라. 당장 이곳을 떠나야 해."

"징조를 읽으셨습니까? 우리가 봤던 그 죽은 모래벌레군요! 그것이……."

"그런 소리는 당신 자궁에 채워 넣고 어디 다른 데 가서 낳도록 해!" 가니마가 분노에 찬 고함을 질렀다. "난 그 회담도 이곳도 마음에 들지 않아. 그걸로 충분하지 않아?"

"공주님의 말씀을 제가 스틸가에게……."

"내가 직접 말하겠어!" 가니마는 커다란 걸음으로 하라의 옆을 지나쳤다. 하라는 악마를 물리치기 위해 그녀의 등 뒤에서 모래벌레의 뿔을 나타내는 상징을 그렸다.

그러나 스틸가는 가니마의 두려움을 비웃으며 어린애에게 하듯이 가서 모래송어나 찾아보라고 명령할 뿐이었다. 그녀는 제디다 안의 버려진 집으로 도망쳐서 구석에 쪼그리고 앉아 자신의 분노를 달랬다. 그러나 그 감정은 재빨리 사라져버렸다. 그녀는 내면의 생명들이 웅성거리는 것을 느끼고 누군가의 말을 기억해 냈다. "만약 우리가 그들을 꼼짝 못 하게 만들 수 있다면 모든 일이 우리 계획대로 진행될 거야."

'참 이상한 생각이로군.'

그러나 그녀는 그런 말을 한 사람이 누구인지 기억하지 못했다.

무앗딥은 기득권을 빼앗겼고, 기득권을 빼앗긴 모든 시대의 사람들을 대변했다. 그는 사람들이 가르침에 따라 믿는 것들, 권리처럼 보이는 것들과 개인을 서로 갈라놓는 저 엄청난 부당함에 맞서 큰 소리로 외쳤다.

— '마디의 지위에 대한 분석', 하르크 알 아다

거니 할렉은 발리세트를 곁에 있는 스파이스 섬유 융단 위에 둔 채 슐로치의 바위 고원 위에 앉아 있었다. 그의 발아래, 절벽으로 둘러싸인 분지에는 곡식을 심는 일꾼들이 우글거렸다. 버림받은 자들이 스파이스를 뿌려 모래벌레를 유인하던 모래 경사로는 새로운 카나트로 막혀 있었다. 식물들이 그 경사로를 제자리에 묶어두기 위해 점점 아래로 내려가고 있었다.

정오의 식사를 할 시간이 거의 다 된 때였다. 할렉은 혼자서 생각할 시간을 가지려고 이 고원 위에 한 시간도 넘게 앉아 있는 참이었다. 저 아래에서는 인간들이 노동을 하고 있었지만, 그의 눈에 보이는 모든 것은 멜란지의 작품이었다. 레토의 개인적인 추정치에 따르면 스파이스 생산량이 곧 하코넨 시절의 정점에 비해 10분의 1로 떨어져서 그대로 유지

될 것이라고 했다. 제국 전역에 비축되어 있는 스파이스의 가격은 새로 값이 게시될 때마다 두 배로 뛰었다. 321리터의 스파이스가 있으면 메틀리 가문으로부터 노베브룬스 행성의 절반을 사들일 수 있을 거라는 얘기들도 있었다.

버림받은 자들은 악마의 재촉을 받는 사람처럼 일했다. 어쩌면 실제로 악마가 그들을 재촉하고 있는 것 같기도 했다. 매번 식사를 하기 전에 그들은 탄제르우프트를 바라보며 사람의 모습으로 나타난 샤이 훌루드에게 기도를 드렸다. 그들은 그런 시각으로 레토를 보았고, 그들의 눈을 통해 할렉은 대부분의 인류가 그런 시각을 공유하는 미래를 보았다. 할렉은 그런 미래의 전망이 마음에 드는지 확실히 알 수 없었다.

사람들이 그런 시각을 갖게 된 것은 레토가 할렉이 훔친 오니숍터로 할렉과 설교자를 이곳에 데려왔을 때였다. 레토는 맨손으로 슐로치 카나트를 깨뜨리고 커다란 돌덩이들을 50미터 이상 떨어진 곳으로 던졌다. 버림받은 자들이 그를 저지하려 하자 레토는 눈에 보이지도 않을 만큼 팔을 빠르게 한 번 휘두르는 것만으로 자신에게 손을 뻗친 첫 번째 사람의 목을 잘라버렸다. 그리고 다른 사람들을 동료들의 무리 속으로 던지며 그들의 무기를 비웃었다. 악마의 목소리로 그는 그들에게 포효하듯 외쳤다. "불도 나를 건드리지 못할 것이다! 너희들의 칼은 나를 해칠 수 없다! 나는 샤이 훌루드의 가죽을 입고 있다!"

버림받은 자들은 그때서야 그를 알아보고 그가 바위 고원에서 '사막으로 직접' 뛰어내려 탈출했을 때의 기억을 떠올렸다. 그들이 그의 앞에 엎드리자 레토는 명령을 내렸다. "내가 너희들에게 손님을 두 분 모시고 왔다. 그들을 지키고 정중히 대하라. 카나트를 다시 만들고 오아시스 정원에 식물을 심어라. 언젠가 내가 이곳을 내 집으로 삼을 것이다. 너희는

내 집을 준비하라. 스파이스를 더 이상 팔지 말고 채취하는 대로 조금도
남김없이 저장해 두어라."

그의 지시는 이렇게 계속되었다. 버림받은 자들은 두려움 때문에 흐릿
해진 눈으로, 공포와 경외감으로 그를 바라보며 그의 말 한마디 한마디
를 들었다.

마침내 모래 속에서 샤이 훌루드께서 올라오셨다!

가레 루덴에 있는 작은 반란자 시에치에서 가드힌 알 팔리와 함께 있
는 할렉을 발견했을 때 레토는 자신이 이처럼 변신하고 있음을 전혀 암
시해 주지 않았다. 그때 레토는 눈먼 길동무와 함께 모래벌레를 타고 이
제 모래벌레가 드물어진 지역을 통과하는 오래된 스파이스 길을 따라
사막에서부터 올라왔다. 그는 모래의 수분 때문에, 벌레를 중독시킬 정
도의 물 때문에 할 수 없이 길을 우회한 적이 여러 번이었다고 말했다.
그들은 정오 직후에 도착했으며 경비병들이 돌벽으로 둘러싸인 휴게실
로 그들을 데려왔다.

그때의 기억이 지금 할렉을 괴롭혔다.

"그래, 이 사람이 설교자로군요." 그는 그때 이렇게 말했다.

할렉은 커다란 걸음으로 맹인의 주위를 빙빙 돌면서 그를 유심히 살
폈다. 그리고 그에 관한 이야기들을 떠올렸다. 시에치 안에서 그의 늙은
얼굴은 사막복 마스크에 가려져 있지 않았다. 할렉이 기억 속의 모습과
비교해 볼 수 있도록 그의 얼굴이 바로 눈앞에 있었다. 그래, 그가 레토
에게 이름을 준 옛날의 공작과 닮아 보이는 것은 사실이었다. 우연히 이
렇게 닮은 모습을 지니게 된 걸까?

"이 사람에 대한 이야기들을 아십니까?" 할렉은 레토에게 귓속말로 물
었다. "저 사람이 사막에서 돌아오신 도련님의 아버님이라는 얘기 말입

니다."

"그런 얘기를 들은 적이 있소."

할렉은 몸을 돌려 소년을 자세히 살펴보았다. 레토는 얼굴과 귀 주위가 뭔가를 둘둘 말아놓은 것처럼 툭 튀어나온 이상한 사막복을 입고 있었다. 그 사막복을 가린 것은 검은 로브였고, 그의 발을 싸고 있는 것은 모래부츠였다. 그가 지금 이곳에 있다는 사실에 대해 들을 설명이 많았다. 그는 어떻게 또다시 탈출할 수 있었던 걸까?

"왜 설교자를 이곳으로 데려오셨습니까? 자쿠루투에서는 그가 자기들을 위해 일하고 있다고 말하던데요." 할렉이 물었다.

"이젠 아니오. 내가 그를 데려온 것은 알리아가 그의 죽음을 바라기 때문이오."

"그래요? 여기가 피난처라고 생각하십니까?"

"당신이 그의 피난처요."

그동안 내내 설교자는 두 사람 근처에 서서 그들의 말에 귀를 기울이고 있었다. 그러나 그들의 대화가 어떤 방향으로 향하는지 전혀 관심이 없는 것 같았다.

"그는 나를 위해 훌륭하게 일해 주었소, 거니. 아트레이데스 가문은 우리를 위해 일한 사람들에 대한 의리를 모두 잃어버리지 않았소." 레토가 말했다.

"아트레이데스 가문이라고요?"

"내가 아트레이데스 가문이오."

"도련님은 할머님이 명령하신 시험을 제가 끝내기 전에 자쿠루투에서 도망치셨습니다." 할렉이 차가운 목소리로 말했다. "그런 도련님이 어떻게⋯⋯."

"이 사람의 목숨을 당신 자신의 목숨처럼 지키시오." 레토의 말투에는 반박의 여지가 없었다. 그는 자신을 쏘아보는 할렉의 시선을 꿈쩍도 하지 않고 맞받았다.

제시카는 할렉에게 베네 게세리트의 세밀한 관찰법을 훈련시켰다. 그는 레토에게서 차분한 확신 이외의 다른 기색을 전혀 감지할 수 없었다. 그러나 제시카의 명령은 그대로 남아 있었다. "할머님께서는 도련님의 교육을 완수하고 도련님이 홀리지 않았다는 것을 확인할 임무를 제게 맡기셨습니다."

"난 홀리지 않았소." 단호한 이 말 한마디뿐이었다.

"왜 도망치셨습니까?"

"남리는 내가 무슨 짓을 하든 상관없이 나를 죽이라는 명령을 받았소. 그에게 명령을 내린 사람은 알리아요."

"그럼 도련님은 진실을 말하는 자입니까?"

"그렇소." 이번에도 확신으로 가득 찬 단호한 대답이었다.

"그럼 가니마 님도요?"

"아니요."

그 순간 설교자가 마침내 침묵을 깨고 입을 열었다. 앞을 볼 수 없는 그의 눈은 할렉을 향했지만 손가락으로는 레토를 가리켰다. "그대가 이 아이를 시험할 수 있다고 생각하시오?"

"우리 문제에 대해서, 그리고 그 문제가 일으킬 결과에 대해서 아무것도 모르면서 끼어들지 마시오." 할렉이 설교자를 쳐다보지도 않고 명령했다.

"아, 난 그 결과를 아주 잘 알고 있소. 난 언젠가 자기 일을 분명히 파악하고 있다고 생각하는 노파에게 시험을 받은 적이 있었소. 그 노파는 결국 자기 일을 모르는 것으로 판명되었지."

할렉은 그때서야 설교자를 바라보았다. "당신도 진실을 말하는 자인 거요?"

"누구라도 진실을 말하는 자가 될 수 있소. 심지어 그대도. 그건 자기 자신의 감정이 지닌 본질에 대한 자기 정직성의 문제이지. 즉각적인 인식을 가능하게 해주는 진실과 내적인 합의가 있어야 하오."

"당신은 왜 끼어드는 거요?" 할렉이 한 손을 크리스나이프에 갖다 대면서 물었다. 이 설교자라는 인물은 도대체 누구인가?

"난 지금의 사건들에 반응하는 거요. 내 어머니라면 제단 위에 자신의 피를 놓을 수도 있겠지만 내게는 다른 목적들이 있소. 그리고 난 그대의 문제를 확실히 알고 있소."

"그래요?" 이제 할렉은 정말로 호기심을 느끼고 있었다.

"레이디 제시카는 그대에게 늑대와 개를, 젯엡과 켓렙을 구분하라고 명령했소. 그녀의 정의에 따르면 늑대는 힘을 갖고 있으면서 그 힘을 잘못 사용하는 자이지. 그러나 늑대와 개 사이에는 그 둘을 구분할 수 없는 여명기가 존재하오."

"핵심에 꽤나 가까운 말이군." 할렉은 자기들의 대화를 들으려고 휴게실로 들어온 시에치 사람들의 숫자가 점점 늘어나고 있음을 의식하면서 말했다. "당신이 그걸 어떻게 알고 있는 거요?"

"내가 이 행성을 아니까. 모르겠소? 한번 생각해 보시오. 지표 밑에는 바위, 흙, 퇴적물, 모래가 있소. 그건 이 행성의 기억이고 이 행성의 역사를 그린 그림이지. 인간들의 경우도 마찬가지요. 개는 늑대를 기억하고 있소. 각각의 우주는 존재의 핵심 주위를 돌고 있소. 그리고 그 핵심에서부터 밖을 향해서 모든 기억들이 나아가지. 바로 표면까지."

"아주 재미있군. 그게 내 명령을 수행하는 데 어떻게 도움이 된다는 거요?" 할렉이 말했다.

"그대의 내면에 있는, 그대의 역사를 그린 그림을 다시 살펴보시오. 동물들이 의사를 소통하듯이 의사를 소통하시오."

할렉은 고개를 흔들었다. 이 설교자라는 인물에게는 거부할 수 없는 솔직함이 있었다. 그건 그가 아트레이데스 사람들에게서 수없이 보았던 특징이었다. 게다가 설교자가 '목소리'의 힘을 사용하고 있음을 암시하는 특징들이 적지 않았다. 할렉은 자신의 심장이 격렬하게 뛰기 시작하는 것을 느꼈다. 그게 가능한 일일까?

"제시카는 궁극적인 시험을 원했소. 손자의 저변을 이루는 구조가 스스로 모습을 드러내도록 하는 압박을. 하지만 그 구조는 그대가 얼마든지 볼 수 있는 곳에 항상 공개되어 있소." 설교자가 말했다.

할렉은 몸을 돌려 레토를 뚫어지게 바라보았다. 그건 저항할 수 없는 힘에 의해 저절로 이루어진 동작이었다.

설교자는 고집스러운 학생에게 강연을 하듯이 말을 계속했다. "이 어린 사람이 그대를 혼란에 빠뜨리는 것은 그가 단수의 존재가 아니기 때문이오. 그는 공동체요. 공동체가 압박을 받을 때 항상 그렇듯이, 그 공동체의 일원이라면 누구나 지휘자의 자리를 차지할 수 있소. 이 지휘자가 항상 선한 것은 아니오. 그리고 우리에게는 저주스러운 존재에 대한 이야기들이 있지. 하지만 그대는 이 공동체에 이미 충분히 상처를 입혔소, 거니 할렉. 변화가 벌써 일어난 것을 알지 못한단 말이오? 이 소년은 엄청나게 강력한 내면의 협조를 얻었소. 타도될 수 없는 협력을. 눈이 없어도 나는 그것을 보고 있소. 전에는 내가 그에게 반대했지만 지금은 그의 명령에 따르고 있소. 그는 치유자요."

"당신은 누구요?" 할렉이 다그치듯 물었다.

"난 그대의 눈에 보이는 모습 그대로요. 날 보지 마시오. 그대가 가르치고 시험할 것을 명령받은 이 사람을 보시오. 그는 위기에 의해 형성되었소. 그는 죽을 수도 있는 환경에서 살아남았소. 그는 이곳에 존재하오."

"당신은 누구요?" 할렉이 고집스럽게 물었다.

"난 그대에게 이 아트레이데스 소년만을 보라고 말했소! 그는 우리 종(種)이 의지하고 있는 궁극의 피드백이오. 그는 시스템이 과거에 수행한 일들의 결과를 시스템 속에 다시 끼워 넣을 것이오. 시스템이 과거에 수행한 일들을 이 아이만큼 잘 아는 사람은 없소. 그런데 그대는 그런 사람을 파괴해 버릴 생각을 하고 있소!"

"난 그를 시험하라는 명령을 받았소. 그런데 난 아직……."

"아니, 당신은 이미 시험했소!"

"그는 저주스러운 존재인 거요?"

지친 듯한 웃음이 설교자의 몸을 뒤흔들었다. "그대는 베네 게세리트의 헛소리를 계속 주장하는군. 그들은 인간을 잠들게 하는 신화를 만들어내고 있소!"

"당신은 폴 아트레이데스님이십니까?" 할렉이 물었다.

"폴 아트레이데스는 이제 없소. 그는 모든 도덕적 권리들을 포기하면서 최고의 도덕적 상징으로 서고자 했소. 그는 신이 없는 성자가 되었고, 그의 말은 모두 신성모독이 되었소. 그대가 어찌 그런 생각을……."

"당신이 그분의 목소리로 말하고 있기 때문입니다."

"날 시험할 테요, 지금? 조심하시오, 거니 할렉."

할렉은 마른침을 삼키고 레토에게 억지로 시선을 돌렸다. 레토는 무표정한 얼굴로 여전히 차분하게 두 사람을 지켜보며 서 있었다. "지금 시험을 받는 자가 누구요?" 설교자가 물었다. "혹시 레이디 제시카가 그대를 시험하는 게 아니오, 거니 할렉?"

할렉은 자신이 이 말에 깊이 동요하고 있음을 깨달았다. 이 설교자의 말이 자신을 왜 이토록 움직이는 건지 모르겠다는 생각이 들었다. 그러나 아트레이데스 가문의 종들에게는 그 독재적인 신비감에 대한 복종이 깊이 새겨져 있었다. 제시카는 이것을 설명하면서 한층 더 신비스럽게 만들어놓았다. 할렉은 이제 자신의 내부에서 뭔가가 변화하고 있음을 느꼈다. 제시카가 그에게 밀어 넣은 베네 게세리트 훈련은 그것의 가장자리를 겨우 건드리기만 했을 뿐이다. 분명히 표현할 수 없는 분노가 그의 내면에서 일었다. 그는 변하고 싶지 않았다!

"그대들 중 누가 신의 흉내를 내고 있으며, 그 목적은 무엇이오?" 설교자가 물었다. "이성에만 의지해서는 이 질문에 대답할 수 없을 것이오."

천천히, 신중하게 할렉은 레토에게서 시선을 들어 눈먼 남자를 바라보았다. 제시카는 카이리츠, 즉 '그대가 해도 되는 것, 그대가 해서는 안 되는 것'의 균형을 이룩해야 한다고 거듭 말했다. 그녀는 그것을 말과 경구가 없는, 규칙도 주장도 없는 규율이라고 불렀다. 그것은 그 자신의 내적인 진실의 날카롭게 다듬어진 가장자리였으며, 완전히 온 정신을 사로잡는 것이었다. 눈먼 남자의 목소리, 어조, 태도에 들어 있는 무엇인가가 분노에 불을 붙였고, 그 분노는 할렉의 내면에서 스스로 몸을 태워 눈이 부실 정도의 차분함으로 변했다.

"내 질문에 대답하시오." 설교자가 말했다.

할렉은 그의 말이 자신으로 하여금 이 장소, 지금 이 순간, 그리고 그 순간의 요구들에 더욱 깊이 집중하게 만들었음을 느꼈다. 우주에서 그가 차지하고 있는 위치를 결정하는 것은 그의 집중력뿐이었다. 그의 내면에 의혹은 전혀 남아 있지 않았다. 이 사람은 폴 아트레이데스였다. 그가 죽지 않고 돌아온 것이다. 그리고 아이가 아닌 이 아이는 레토였다. 할렉은 다시 레토를 바라보았다. 정말로 그의 참모습을 보았다. 그는 눈주위에 드러나 있는 스트레스의 흔적들과 레토가 서 있는 자세의 균형감, 기발한 유머 감각을 지닌 무표정한 입을 보았다. 레토는 마치 눈부시게 밝은 빛의 초점 속에 있는 것처럼 주변 풍경 속에서 유난히 두드러져 보였다. 그는 조화를 받아들이는 단순한 행동을 통해 조화를 이룩한 것이다.

"궁금한 게 있습니다, 폴 님. 어머님께서는 알고 계십니까?" 할렉이 말했다.

설교자는 한숨을 쉬었다. "교단에 말하시오. 모든 사람들이 단순히 조화를 받아들이기만 하는 것으로 조화를 이룩했소."

"말씀해 주십시오, 폴 님. 어머님께서는 알고 계십니까?"

설교자는 한숨을 쉬었다. "교단에게, 그곳에 속한 모든 사람에게, 나는 죽은 사람이오. 나를 되살리려 하지 마시오."

여전히 설교자를 보지 않은 채 할렉이 물었다. "하지만 어머님께서 왜……."

"그녀는 자신이 반드시 해야 하는 일을 하고 있소. 그녀는 자신이 많은 생명들을 다스린다고 생각하면서 자신만의 삶을 만들고 있소. 그러므로 우리 모두 신의 흉내를 내고 있는 것이오."

"하지만 당신은 살아 계십니다." 할렉이 속삭이듯 말했다. 그는 이제서야 자신이 깨달은 사실에 압도되어 마침내 고개를 돌려 설교자를 바라보았다. 그는 할렉 자신보다 젊었지만 사막 때문에 너무 늙은 모습이어서 할렉보다 두 배나 되는 세월을 짊어지고 있는 것 같았다.

"그게 무슨 소리요? 살아 있다니?" 폴이 다그치듯 물었다.

할렉은 자신들을 지켜보고 있는 주위의 프레멘들을 둘러보았다. 그들의 표정은 의혹과 경외 사이에 붙들려 있었다.

"어머니는 결코 나의 교훈을 배울 필요가 없었소." 이건 폴의 목소리였다! "신이 되는 것은 궁극적으로 지루하고 굴욕적인 일이 될 수 있소. 자유의지가 발명된 데에는 분명히 그럴 만한 이유가 있을 것이오! 신은 잠 속으로 도망쳐서 꿈속 생명들의 무의식적인 투영 속에서만 살아 있고 싶다고 생각할지도 모르오."

"하지만 당신은 살아 계십니다!" 할렉이 이번에는 더 큰 목소리로 말했다.

폴은 오랜 동료의 목소리에 깃든 흥분을 무시하고 물었다. "그대가 마샤드 시험에서 이 아이와 그의 누이를 정말로 경쟁시킬 수 있었겠소? 그런 무서운 헛소리라니! 두 아이는 각각 이렇게 말했을 거요. '안 돼! 날 죽여요! 저 애를 살려줘요!' 그런 시험이 과연 어떻게 끝났겠소? 그렇다면 살아 있다는 것은 무엇이오, 거니?"

"그런 시험이 아니었습니다." 할렉이 항변했다. 그는 프레멘들이 점점 가까이 몰려들어 레토를 무시한 채 폴을 유심히 살펴보는 것이 마음에 들지 않았다.

그러나 이 순간 레토가 끼어들었다. "구조를 보세요, 아버지."

"그래…… 그래……." 폴은 마치 공기의 냄새라도 맡으려는 것처럼 고개를 높이 쳐들었다. "그럼 파라든이로구나!"

"우리의 감각 대신 생각을 따라가는 건 정말 쉬운 일입니다." 레토가 말했다.

할렉은 이 생각을 따라가지 못해서 질문을 하려고 했지만 레토가 그의 팔에 손을 얹으면서 저지했다. "묻지 마시오, 거니. 어쩌면 당신이 내가 저주스러운 존재인지도 모른다는 의심을 다시 품게 될 수도 있소. 안되오! 그냥 그 일이 일어나게 내버려두시오, 거니. 당신이 그것에 억지로 힘을 가하려 하면 당신 자신이 파괴될 뿐이오."

그러나 할렉은 자신이 의혹에 압도되었음을 느꼈다. 제시카는 그에게 이렇게 경고했다. "그들은 아주 쉽게 사람을 속일 수도 있어요. 이 미리 태어난 자들 말이에요. 그들은 당신이 꿈에도 생각지 못한 속임수들을 갖고 있어요." 할렉은 천천히 고개를 저었다. 폴! 세상에! 폴이 살아서 자신이 낳은 이 의문투성이의 아이와 한편이 되어 있다니!

그들 주위의 프레멘들을 더 이상 막아낼 수 없었다. 그들은 할렉과 폴 사이로, 레토와 폴 사이로 밀고 들어와 할렉과 레토를 주위 풍경 속으로 밀어버렸다. 갈라진 목소리의 질문들이 허공에 소낙비처럼 쏟아져 내렸다. "무앗딥이십니까? 정말로 무앗딥이십니까? 그것이 정말입니까, 저 사람이 한 말이? 말씀해 주세요!"

"그대들은 나를 설교자로만 생각해야 할 것이다." 폴이 사람들을 밀어내면서 말했다. "나는 폴 아트레이데스도 무앗딥도 될 수 없다. 결코 다시는. 나는 챠니의 짝도 황제도 아니다."

할렉은 좌절감에 찬 이 질문들이 논리적인 대답을 찾지 못했을 때 무슨 일이 벌어질지 걱정이 되어서 막 행동에 나서려고 했다. 그러나 레토가 그보다 앞서서 움직였다. 레토의 몸 안에서 만들어진 끔찍한 변신의 한 요소를 할렉이 처음으로 본 것이 바로 그때였다. 레토가 황소 같은 목소리로 고함쳤다. "옆으로 물러서라!" 그리고 레토는 앞으로 나아가면서 어른 프레멘들을 오른쪽 왼쪽으로 마구 밀어내고 쓰러뜨리고, 손을 곤봉처럼 휘둘러 때리고, 그들이 손에 든 칼의 칼날을 잡아 억지로 칼을 빼앗았다.

1분도 채 되지 않아 아직 쓰러지지 않은 프레멘들은 벽 쪽으로 밀려난 채 너무 놀라서 침묵을 지키고 있었다.

레토가 아버지 옆에 섰다. "샤이 훌루드께서 말씀하실 때에는 복종해야 한다." 레토가 말했다.

그때 프레멘 몇 명이 반박을 하려 하자 레토는 방의 출구 옆에 있는 통로 벽에서 바위 한 귀퉁이를 찢어내 맨손으로 가루를 만들어버렸다. 그동안 내내 그는 미소를 짓고 있었다.

"너희들의 얼굴 주위에 있는 너희들의 시에치를 내가 찢어서 부숴버리겠다." 그가 말했다.

"사막의 악마야." 누군가가 속삭였다.

"너희들의 카나트도." 레토가 그 속삭임을 시인했다. "내가 카나트를 찢어버릴 것이다. 우린 여기 오지 않았다. 내 말 듣고 있는가?"

공포에 질려서 온순해진 사람들이 고개를 끄덕였다.

"이곳의 어느 누구도 우릴 보지 못했다. 너희들이 한마디 속삭이기만 해도 내가 돌아와서 너희들을 물도 없이 사막으로 내쫓을 것이다."

할렉은 사람들이 손을 들어 악마를 쫓는 몸짓인 벌레의 상징을 그리는 것을 보았다.

"이제 우린 가겠다. 내 아버지와 나, 그리고 우리의 오랜 친구가 동행할 것이다. 우리의 오니숍터를 대기시켜라." 레토가 말했다.

그리고 레토는 그들을 슐로치로 안내하며 자신들이 빨리 움직여야 한다고 말했다. "파라든이 곧 이곳 아라키스에 올 것이오. 아버지가 말씀하셨듯이, 당신은 그때 진정한 시험이 무엇인지 알게 될 거요, 거니." 그는 이렇게 설명했다.

슐로치의 고원에서 아래를 내려다보며 할렉은 매일 자신에게 던지는 질문을 다시 던졌다. "무슨 시험이지? 그분의 말은 무슨 뜻일까?"

그러나 레토는 이제 슐로치에 없었다. 그리고 폴은 대답을 거부했다.

교회와 국가, 과학적 이성과 신앙, 개인과 사회, 심지어는 진보와 전통, 이 모든 것들이 무앗딥의 가르침 속에서 조화될 수 있다. 그는 인간의 신념을 제외하면 서로 타협할 수 없을 정도로 반대되는 것들은 존재하지 않는다고 우리에게 가르쳤다. 누구라도 '시간'의 베일을 찢을 수 있다. 그대들은 과거 속에서, 또는 그대들 자신의 상상 속에서 미래를 발견할 수 있다. 이를 통해 그대들은 내면의 존재 속에서 그대들의 의식을 되찾게 된다. 그러면 그대들은 우주가 응집된 전체이며, 그대들이 그 우주와 불가분의 관계임을 알게 될 것이다.

— 설교자가 아라킨에서 한 말, 하르크 알 아다 풍으로 정리

가니마는 스파이스 램프의 빛이 비치는 원 바깥으로 멀리 물러나 앉아서 부에르 아가르베스라는 인물을 관찰했다. 그의 둥근 얼굴과 흥분한 눈썹, 말을 하면서 발을 움직이는 모습이 마음에 들지 않았다. 마치 그의 말이 숨겨진 음악이고 그는 그 음악에 맞춰 춤을 추고 있는 것 같았다.

'저자는 스틸과 협상을 하러 온 게 아냐.' 가니마는 속으로 혼잣말을 했다. 그의 모든 말과 동작이 그녀의 생각을 확인해 주었다. 그녀는 둥글게 둘러앉은 평의회 의원들로부터 더욱더 멀리 물러났다.

모든 시에치에는 이 방과 같은 방이 있었다. 그러나 이 버려진 제디다의 회의실은 가니마에게 비좁게 느껴졌다. 천장이 너무 낮기 때문이었다. 스틸가의 일행 예순 명, 그리고 아가르베스와 함께 온 아홉 명의 사람들은 회의실의 한쪽 끝만을 차지하고 있었다. 스파이스 기름 램프의 불빛이 천장을 지탱하는 나지막한 들보에 반사되었다. 빛은 벽 위에 춤을 추듯 흔들리는 그림자들을 던졌고, 살을 찌르는 듯한 램프의 연기가 이곳을 계피 냄새로 가득 채웠다.

회의는 수분의 기도와 저녁 식사가 끝난 후 황혼 무렵에 시작되었다. 회의가 시작된 지 한 시간이 넘었지만 가니마는 아가르베스의 행동 밑에 숨어 있는 저의를 추측할 수 없었다. 그의 말에는 아무런 문제도 없는 것 같았다. 그러나 그의 행동과 눈동자의 움직임은 말과 일치하지 않았다.

지금은 아가르베스가 스틸가의 부관이자 하라의 조카딸인 라지아의 질문에 대답하고 있었다. 그녀는 음울하고 금욕적인 젊은 여성이었으며 입가가 처져 있어서 항상 남을 믿지 못하는 듯한 인상이었다. 가니마는 지금 상황에서 그녀의 그런 표정이 마음에 들었다.

"알리아 님께서 여러분 모두를 완전히 사면해 주실 거라고 저는 분명히 믿고 있습니다. 그렇지 않았다면 제가 이런 메시지를 가지고 여기 오지도 않았을 겁니다." 아가르베스가 말했다.

라지아가 다시 발언하려 하자 스틸가가 끼어들었다. "나는 알리아 님을 믿어야 하는지보다는, 알리아 님이 당신을 믿고 있는 건지 더 걱정스럽소." 스틸가의 목소리에는 으르렁거리는 듯한 느낌이 섞여 있었다. 그는 자기가 과거의 지위로 돌아가게 될 거라는 제안을 거북해하고 있었다.

"알리아 님께서 저를 믿는가 하는 문제는 중요하지 않습니다. 솔직히 말해서 그분이 저를 믿는다고는 생각하지 않습니다. 저는 그토록 오랫동안 여러분을 찾아 헤맸는데도 찾아내지 못했습니다. 그러나 저는 여러분이 잡히는 것을 그분이 사실은 원하지 않는다고 항상 느끼고 있었습니다. 그분은……."

"그분은 내가 죽인 남자의 아내요." 스틸가가 말했다. "그가 죽음을 자초했다는 점은 나도 인정하오. 그가 자기 칼 위에 스스로 쓰러진 거나 다름없소. 하지만 이런 식의 태도 변화에서는 냄새가……."

아가르베스가 춤을 추는 듯한 동작으로 자리에서 일어섰다. 그의 얼굴에 분노가 역력히 드러나 있었다. "그분은 여러분들을 용서하셨습니다! 도대체 내가 몇 번이나 그 말을 해야 하는 겁니까? 그분은 사제들을 시켜서 일부러 신성한 가르침을 구하는……."

"당신의 말은 또 다른 문제를 제기했을 뿐이오." 이룰란이었다. 그녀가 라지아 옆에서 앞쪽으로 몸을 기울이자 라지아의 어두운 모습을 배경으로 그녀의 금발이 돋보였다. "알리아는 당신을 설득했지만 다른 계획을 갖고 있는지도 모르오."

"사제들은……."

"하지만 온갖 얘기들이 난무하고 있소." 이룰란이 말했다. "당신이 단순한 군사 자문이 아니라 그녀의……."

"그만!" 아가르베스는 분노 때문에 제정신이 아니었다. 그의 손이 자신의 칼 근처에서 어른거렸다. 그의 피부 바로 밑에서 상반되는 감정이 서로 다투며 움직이는 바람에 얼굴이 일그러졌다. "당신들 마음대로 생각해. 하지만 난 그 여자와 계속 해나갈 수 없어! 그 여자는 나를 더럽혔어! 그 여자는 자기 손에 닿는 모든 것을 더럽힌다고! 난 이용당한 거야. 난 더러워졌어. 하지만 난 내 일족들을 상대로 칼을 든 적이 없어. 이제는 더 이상 못 참아!"

가니마는 이것을 지켜보면서 속으로 생각했다. '적어도 저 말은 진실이군.'

놀랍게도 스틸가가 웃음을 터뜨렸다. "아아, 사촌. 미안하다. 하지만 분노에는 진실이 있지."

"그럼 동의하는 겁니까?"

"그런 말은 하지 않았어." 스틸가는 아가르베스가 다시 폭발하려고 하자 한 손을 들어 올려 그를 저지했다. "나 때문이 아니다, 부에르. 여기 다른 사람들 때문이지." 그가 주위를 가리켰다. "나는 이 사람들을 책임져야 해. 알리아 님이 제의하는 보상이 뭔지 잠시 생각해 보자."

"보상? 보상에 관한 말은 한마디도 없었습니다. 미안하지만 전혀⋯⋯."

"그럼 그분은 자신의 말에 대한 보증으로 뭘 제시하는 거지?"

"타브르 시에치와 당신을 나입으로 복귀시키는 것. 중립 지대로서 완전한 자율을 보장해 주는 것. 그분은 이제 이해를⋯⋯."

"난 그분의 수행원으로 돌아가지도 않을 것이고, 그분에게 전사들을 제공해 주지도 않을 거야. 알겠나?" 스틸가가 통고했다.

가니마는 스틸가가 약해지기 시작하는 것을 느끼고 생각했다. '안 돼요, 스틸! 안 돼!'

"당신이 그러실 필요는 없습니다. 알리아 님은 다만 가니마 님이 돌아오셔서 약혼의 약속이 수행되기를 바라실 뿐⋯⋯."

"그래 이제야 말하는군!" 스틸가가 눈썹을 아래로 모으며 말했다. "가니마 님이 내 사면의 대가야. 알리아 님은 내가⋯⋯."

"그분은 당신이 분별 있는 사람이라고 생각하십니다." 아가르베스가 다시 자리에 앉으면서 주장했다.

가니마는 기쁨에 가득 차서 속으로 생각했다. '스틸은 그렇게 하지 않을 거야. 그냥 입 다물고 잠자코 있어. 스틸은 그렇게 하지 않을 거야.'

이런 생각을 하면서 가니마는 자신의 뒤와 왼쪽에서 부드럽게 천이 스치는 소리를 들었다. 그녀는 고개를 돌리려 했지만 억센 손이 자신을 붙드는 것을 느꼈다. 그녀가 소리를 지르기 전에 수면제 냄새를 풍기는 두꺼운 천 조각이 먼저 그녀의 얼굴을 덮었다. 의식을 잃어가면서 그녀는 자신이 회의실 중에서도 가장 어두운 구석에 있는 문을 향해 운반되고 있음을 느꼈다. 그녀는 속으로 생각했다. '내가 왜 이걸 생각 못 했지! 미리 대비를 했어야 하는데!' 그러나 그녀를 붙들고 있는 손은 힘센 어른의 손이었다. 몸을 꿈틀거려도 그 손아귀에서 벗어날 수 없었다.

가니마의 감각이 마지막으로 느낀 것은 차가운 공기와 얼핏 보인 별들, 그리고 두건을 쓴 채 자신을 내려다보던 누군가의 얼굴이었다. 그 얼굴이 물었다. "가니마 님이 다친 건 아니지?"

이 질문에 대한 대답은 별들이 빠른 속도로 빙글빙글 돌면서 줄무늬처럼 시야를 가로질러 그녀의 자아의 내적 핵심인 눈부신 빛 속으로 사라지는 가운데 함께 사라져버렸다.

무앗딥은 우리에게 예언적 통찰력에 대해, 그런 통찰력을 둘러싸고 있는 행동과 '한 줄로 늘어서 있음'을 알 수 있는 사건들(다시 말해 예언자가 밝혀내서 해석하는 관련 시스템 안에서 발생하도록 설정되어 있는 사건들)**에 그것이 미치는 영향력에 대해 특별한 지식을 주었다. 다른 곳에서 지적된 바 있듯이 그런 통찰력은 예언자 자신에게 독특한 함정으로 작용한다. 예언자는 자신이 알고 있는 것의 희생자가 될 수 있다. 그런데 이것은 비교적 흔한 인간의 약점이다. 위험한 것은 현실의 사건들을 예언하는 사람이 자신의 진실에 지나치게 탐닉함으로써 생겨나는 양극화 효과를 간과해 버릴 수 있다는 점이다. 그들은 양극화된 우주에서는 모든 것이 정반대되는 것과 함께 있을 때에만 존재할 수 있다는 사실을 잊어버리는 경향이 있다.**

—『예지의 환영』, 하르크 알 아다

바람에 날려 온 모래가 지평선에 안개처럼 걸려서 떠오르는 태양을 가리고 있었다. 모래언덕의 그림자 속에 있는 모래는 차가웠다. 레토는 둥근 고리 모양의 야자수목원 밖에 서서 사막을 바라보았다. 흙먼지 냄새와 가시가 있는 식물들의 향내가 느껴졌고 사람들과 동물들이 내는 아침의 소리가 들려왔다. 이곳의 프레멘들은 카나트를 갖고 있지 않았다. 아주 작은 땅뙈기에 여자들이 가죽주머니에 물을 담아 운반하는 방식으로 물을 대고 손으로 식물을 심어놓았을 뿐이다. 그들의 바람덫은 연약해서 폭풍에 쉽게 파괴되었지만, 또한 쉽게 재건할 수도 있었다. 힘겨운 생활, 스파이스 교역의 어려움, 그리고 모험은 이곳에서 삶의 일부였다. 이 프레멘들은 흐르는 물소리가 천국이라고 아직도 믿고 있었지만, '자유'에 대한 예전의 생각을 소중히 간직하고 있었다. 그 점에서는 레토도 그들과 생각을 같이했다.

'자유는 고독한 상태야.' 그는 생각했다.

레토는 살아 있는 사막복을 덮고 있는 하얀 로브 자락을 정리했다. 모래송어의 막이 자신을 어떻게 바꿔놓았는지 그는 느낄 수 있었다. 그리고 이런 느낌이 느껴질 때면 항상 그렇듯이 깊은 상실감을 극복해야만 했다. 그는 이제 더 이상 완전한 인간이 아니었다. 이상한 것들이 그의 핏속에서 헤엄치고 있었다. 모래송어의 섬모가 모든 장기로 뚫고 들어가 적응하면서 변화하고 있었다. 모래송어들 자체도 변화하면서 적응하고 있었다. 그러나 이것을 알고 있는 레토는 잃어버린 인간성의 오랜 가닥들에 의해 자신이 찢기고, 오랜 연속성이 산산이 부서져버린 원초적인 고뇌 속에 자신의 삶이 붙들려 있는 것을 느꼈다. 그러나 그는 그런 감정에 빠져드는 것이 함정이라는 것을 알고 있었다. 아주 잘 알고 있었다.

'미래가 저절로 생겨나게 하자. 창조성을 다스리는 유일한 규칙은 창조의 행위 그 자체야.'

모래와 모래언덕에서, 저 위대한 텅 빈 땅에서 눈을 떼기가 어려웠다. 이곳 사막 가장자리에는 바위 몇 개가 누워 있었지만 그들은 상상력을 밖으로 이끌어 바람, 흙먼지, 드문드문 고독하게 서 있는 식물과 동물, 서로 겹쳐져서 하나가 되어가고 있는 모래언덕들과 사막 속으로 데려갔다.

뒤쪽에서 아침 기도를 위한 피리 소리가 들려왔다. 수분을 위한 그 성가는 지금 새로운 샤이 훌루드에게 바치는 세레나데로 살짝 변형되어 있었다. 레토의 머릿속에 들어 있는 이 지식이 그 음악에 영원한 고독의 느낌을 안겨주었다.

'나는 그냥 저 사막으로 걸어가 사라져버릴 수도 있어.'

그러면 모든 것이 변할 것이다. 어느 방향이든 다른 방향과 다를 것이 없었다. 그는 이미 소유로부터 자유로운 삶을 배웠다. 프레멘의 신비주의를 무서울 정도로 날카롭게 다듬어놓은 것이다. 그가 취하는 모든 물건은 반드시 필요한 것뿐이었으며, 그 이외의 다른 물건들은 취하지 않았다. 그러나 그는 자신이 입고 있는 로브와 그 자락 속에 숨겨진 아트레이데스의 매 모양 반지, 그리고 그의 것이 아닌 피부 외에는 아무것도 가지고 다니지 않았다.

여기서 그냥 사라져버리는 건 간단할 것이다.

하늘 높은 곳에서 뭔가 움직이는 것이 그의 시선을 끌었다. 날개 끝이 나팔꽃 모양으로 벌어진 것을 보니 콘도르였다. 그 모습이 그의 가슴을 고통으로 가득 채웠다. 야성의 프레멘과 마찬가지로 콘도르들이 이 땅에 살고 있는 것은 이곳이 그들이 태어난 곳이기 때문이다. 그들은 이보다 더 좋은 곳을 전혀 몰랐다. 사막이 그들을 지금의 모습으로 만들어주었다.

그러나 무앗딥과 알리아가 지나간 길에서 새로운 종류의 프레멘들이 솟아나고 있었다. 그가 아버지처럼 그냥 사막으로 걸어 들어가 사라져버릴 수 없는 것은 그들 때문이었다. 레토는 옛날에 아이다호가 했던 말을 떠올렸다. "이 프레멘들은 정말! 그들은 멋지게 살아 있습니다. 전 탐욕스러운 프레멘을 한 번도 만난 적이 없어요."

지금은 탐욕스러운 프레멘들이 아주 많았다.

슬픔이 물결처럼 레토를 스치고 지나갔다. 그는 그 모든 것을 바꿔놓을 수 있는 길에 몸을 바쳤지만 그 대가가 너무 끔찍했다. 그리고 그들이 소용돌이에 점점 가까워짐에 따라 그 길을 관리하는 것이 자꾸 어려워졌다.

크랄리제크, 투쟁의 태풍이 앞에 놓여 있었다……. 한 번만 발을 잘못 디뎌도 그 대가로 크랄리제크 또는 그보다 더 나쁜 일을 겪게 될 것이다.

레토의 뒤에서 사람들의 목소리가 들리더니 아이가 맑은 목소리로 재잘거렸다. "여기 계시네요."

레토는 몸을 돌렸다.

설교자가 어떤 아이의 인도를 받아 야자수목원 밖으로 나와 있었다.

'내가 왜 저 사람을 아직도 설교자라고 생각하는 거지?' 레토는 생각했다.

답은 깨끗한 서판 같은 레토의 머릿속에 놓여 있었다. '이 사람은 이제 더 이상 무앗딥이 아니고, 이제 더 이상 폴 아트레이데스가 아니기 때문이야.' 사막이 그를 지금의 모습으로 만들어놓았다. 사막과 멜란지를 지나치게 많이 먹는 자쿠루투의 주구들과 그들의 끊임없는 배신이. 설교자는 나이에 걸맞지 않게 늙어 있었다. 스파이스를 먹었는데도 늙은 것이 아니라, 스파이스를 먹었기 때문에 늙은 것이다.

"네가 지금 날 보자고 했다는 말을 들었다." 자신을 안내해 온 아이가 걸음을 멈추자 설교자가 말했다.

레토는 야자수목원에 살고 있는 그 아이를 바라보았다. 아이는 레토 자신과 거의 비슷한 키였으며, 탐욕스러운 호기심이 섞인 경외의 표정을 짓고 있었다. 아이의 크기에 맞춘 사막복 마스크 위에서 어린 눈이 어둡게 반짝였다.

레토는 한 손을 흔들면서 말했다. "물러가거라."

잠깐 동안 아이의 어깨에 반발하는 기색이 나타났지만 경외심과 사생활을 존중하는 프레멘의 선천적인 기질이 그것을 눌렀다. 아이는 두 사람 곁에서 물러났다.

"파라든이 이곳 아라키스에 와 있는 걸 알고 계십니까?" 레토가 물었다.

"거니가 어젯밤에 나를 데려다주면서 말해 주었다."

그리고 설교자는 속으로 생각했다. '저 아이의 말은 정말 차가울 정도로 또박또박하군. 저 아이는 옛날의 나와 같아.'

"전 어려운 선택을 해야 합니다." 레토가 말했다.

"네가 이미 선택할 것을 모두 선택한 줄 알았는데?"

"그것이 함정이라는 걸 아시지 않습니까, 아버지."

설교자는 헛기침을 했다. 지금의 긴장은 모든 것을 산산이 부숴버리는 위기가 아주 가까이 다가와 있음을 알려주었다. 이제 레토는 순수한 환영에 의지하지 않고 환영의 관리에 의존하게 될 것이다.

"내 도움이 필요한 거냐?" 설교자가 물었다.

"네. 전 아라킨으로 돌아갈 겁니다. 그때 당신의 안내인 자격으로 그곳에 가고 싶습니다."

"목적이 뭐지?"

"아라킨에서 한 번 더 설교를 하실 겁니까?"

"아마도. 아직 그들에게 하지 못한 말이 있다."

"당신은 사막으로 돌아오지 못할 겁니다, 아버지."

"너와 함께 간다면 그렇다는 말이냐?"

"네."

"난 무엇이든 네 결정에 따르겠다."

"생각해 보셨습니까? 파라든이 그곳에 있다면, 당신의 어머니가 그와 함께 있을 겁니다."

"틀림없이 그렇겠지."

설교자는 또다시 헛기침을 했다. 무앗딥이라면 자신의 불안감을 절대 이런 식으로 내비치지 않았을 것이다. 이 몸은 과거의 자기 훈련법으로부터 너무나 오랫동안 떨어져 있었고, 그의 정신은 자쿠루투 사람들에게 너무나 자주 배신을 당해 광기에 빠졌다. 그 순간 설교자는 자기가 아라킨으로 돌아가는 것이 현명한 일이 아닐지도 모른다는 생각을 했다.

"당신이 꼭 저와 함께 그곳으로 돌아가야 할 필요는 없습니다. 하지만 제 누이가 그곳에 있으므로 저는 반드시 돌아가야 합니다. 당신은 거니와 함께 가셔도 됩니다." 레토가 말했다.

"그럼 넌 아라킨에 혼자 가겠단 말이냐?"

"네. 전 반드시 파라든을 만나야 합니다."

"난 너와 함께 가겠다." 설교자는 한숨을 쉬었다.

레토는 설교자의 태도에서 과거와 같은 환영의 광기를 조금 감지했다. '아버지는 계속해서 예지력의 게임을 해온 걸까?' 아니었다. 그는 그 길을 결코 다시 갈 사람이 아니었다. 그는 불완전한 헌신의 함정을 알고 있었다. 설교자의 말 한마디 한마디는 그가 이 우주의 모든 것들이 이미 예측되었음을 알고 환영들을 아들에게 넘겼음을 확인해 주었다.

지금 설교자를 비웃어대고 있는 것은 양극으로 나뉘었던 과거였다. 그는 역설에서 도망쳤지만 다시 역설 속으로 들어가 버리고 만 것이다.

"그럼 몇 분 후에 떠나겠습니다. 거니에게 알려주실 겁니까?" 레토가 말했다.

"거니는 우리와 함께 가지 않는 거냐?"

"전 거니가 살아남기를 원합니다."

설교자는 그 순간 긴장을 향해 자신을 개방했다. 긴장은 그의 주위를 둘러싼 공기 속에, 발밑의 땅속에 존재하고 있었으며, 아이가 아닌 그의 아들에게 초점을 맞춘 채 저절로 움직이고 있었다. 그의 목구멍 속엔 그가 과거의 환영들 속에서 들었던 둔탁한 비명이 대기하고 있었다.

'이놈의 저주받은 신성함 같으니!'

모래투성이의 주스 같은 자신의 공포를 피할 길은 없었다. 그는 아라킨에서 자신들이 무엇과 직면하게 될지 알고 있었다. 그들은 결코 자신들에게 평화를 가져다줄 수 없는, 소름 끼치도록 무서운 세력들과 다시 한번 게임을 하게 될 터였다.

아버지의 갑옷을 입고 여행하기를 거부하는 아이, 이는 인간이 지닌 가장 독특한 능력의 상징이다. "내가 내 아버지 같은 사람이 될 필요는 없다. 내가 아버지의 규칙들에 복종하거나, 아버지가 믿었던 것을 모두 믿어야 할 필요는 없다. 내가 무엇을 믿고 무엇을 믿지 않을지, 무엇이 되고 무엇이 되지 않을지 스스로 결정을 내릴 수 있다는 것은 인간으로서 나의 강점이다."

—『레토 아트레이데스 2세』, 하르크 알 아다의 전기

순례자 여인들이 신전 광장에서 북소리와 피리 소리에 맞춰 춤을 추고 있었다. 그들은 아무것도 머리에 덮지 않았고, 목에는 장식용 고리가 걸려 있었으며, 옷은 얇고 노출이 심했다. 그들의 긴 머리는 뒤로 곧장 넘겨져 있어서 빙글빙글 돌 때마다 얼굴을 가리며 나부꼈다.

알리아는 신전 높은 곳에서 그 광경을 내려다보며 매력과 혐오를 동시에 느꼈다. 오전이 절반쯤 지난 시간이라 차일을 친 아치 밑의 행상인들로부터 스파이스 커피의 향기가 둥실둥실 번져나가기 시작했다. 곧 그녀는 밖으로 나가 파라든과 인사하고, 공식적인 선물을 증정한 다음 그와 가니마의 첫 만남을 감독해야 할 것이다.

모든 것이 계획대로 진행되고 있었다. 가니는 그를 죽일 것이고, 모든 것을 산산이 부숴버릴 그 사건의 여파 속에서 부서진 조각들을 주울 준비가 되어 있는 사람은 오직 한 사람뿐일 것이다. 줄을 당기자 인형들은 춤을 추었다. 스틸가는 그녀가 바라던 그대로 아가르베스를 죽였다. 그리고 아가르베스는 자기도 모르는 사이에 납치자들을 제디다로 이끌었다. 그녀가 그에게 준 새 부츠 속에 비밀 신호 송신기가 숨겨져 있는 덕분이었다. 이제 스틸가와 이룰란은 신전의 지하 감옥에서 기다리고 있었다. 아마 그들도 죽을 것이다. 그러나 어쩌면 그들을 달리 사용할 방법이 있을 것 같기도 했다. 기다려서 손해 볼 것은 없었다.

그녀는 아래쪽에서 춤추는 순례자들을 지켜보고 있는 도시의 프레멘들에게 주목했다. 그들의 눈은 강렬하고 흔들림이 없었다. 사막에서부터 생겨난 기본적인 남녀평등의 관습은 프레멘의 도시들에서도 계속 살아남았다. 그러나 남자와 여자의 사회적 차이가 벌써 느껴지고 있었다. 그것 역시 계획대로였다. 분열시켜서 약하게 만들어라. 알리아는 다른 행성에서 온 여자들의 이국적인 춤을 지켜보던 프레멘 두 명의 태도가 미묘하게 변했음을 눈치챌 수 있었다.

'지켜볼 테면 지켜보라지. 저들의 마음속에 가플라가 가득 차게 하는 거야.'

알리아가 내려다보고 있는 채광용 창문이 열려 있어서, 급격하게 기온이 올라가는 게 느껴졌다. 이런 계절에는 해가 뜰 무렵부터 날이 뜨거워지기 시작해서 오후 중반이 되면 정점에 이르곤 했다. 광장 돌바닥의 온도는 그보다 훨씬 더 높을 것이다. 그 때문에 불편할 법도 한데, 춤추는 여자들은 종교적인 헌신의 광기 속에서 여전히 몸을 돌리고 굽히며 팔과 머리카락을 흔들어댔다. 그들은 천국의 자궁인 알리아에게 자신들의 춤을 바쳤다. 보좌관 하나가 알리아에게 와서 이 사실을 속삭여주며 다른 행성에서 온 여자들의 괴상한 행동을 비웃었다. 그 보좌관은 저 여자들이 익스에서 왔다고 설명했다. 익스에는 금지된 과학과 기술의 잔재가 남아 있었다.

알리아는 코웃음을 쳤다. 저 여자들은 사막의 프레멘들만큼이나 무지하고 미신적이고 뒤떨어져 있었다……. 저들을 조롱하던 보좌관의 말이 딱 맞았다. 보좌관은 그 춤이 알리아에게 헌정됐음을 보고하면서 그녀에게 아첨하려고 했다. 그러나 그 보좌관도, 저 아래의 익스 인들도 익스라는 말이 잊힌 언어에서 어떤 숫자를 뜻하는 말에 지나지 않는다는 사실조차 전혀 모르고 있었다.

혼자 가볍게 웃음을 터뜨리면서 알리아는 생각했다. '춤을 출 테면 추라고 해.' 춤은 더욱 파괴적인 일에 쓰일 수도 있는 에너지를 낭비했다. 그리고 단조로운 팀파니 소리를 배경으로 조롱박 모양의 북과 손뼉 치는 소리로 연주되는 가느다란 울부짖음 같은 그 음악은 유쾌했다.

갑자기 광장 저편에서 여러 사람의 고함 소리가 들려오는 바람에 음악 소리가 묻혀버렸다. 춤추던 여자들은 스텝을 한 번 틀리더니 잠깐 혼란에 빠졌다가 원래대로 돌아갔다. 그러나 그들의 춤에서 감각적인 일체감은 사라져 있었다. 심지어 그들의 시선조차 광장 저편의 문 쪽을 슬금슬금 바라보고 있었다. 그곳에서 군중들이 카나트의 열린 밸브를 통해 쏟아지는 물처럼 돌바닥 위로 퍼져나가는 모습이 보였다.

알리아는 자신에게 물결처럼 다가오는 그 사람들을 뚫어지게 바라보았다.

이제 그들의 말이 귀에 들어왔다. 그중에서도 특히 한마디의 말이 뚜렷했다. "설교자다! 설교자다!"

그때서야 그녀는 그를 보았다. 그는 어린 안내인의 어깨에 한 손을 얹은 채, 맨 처음 물결처럼 움직이기 시작한 사람들과 함께 성큼성큼 걷고 있었다.

춤추던 순례자들은 빙글빙글 도는 춤을 포기하고 알리아 아래쪽의 계단으로 물러났다. 춤을 감상하던 사람들도 그들과 합류했다. 알리아는 구경꾼들에게서 경외감을 느낄 수 있었다. 그녀가 느끼고 있는 감정은 두려움이었다.

'저자가 어찌 감히!'

그녀는 경비대를 부르려고 반쯤 몸을 돌렸지만 마음을 고쳐먹었다. 군중이 벌써 광장을 가득 채우고 있었다. 저 눈먼 예언자의 말을 듣고 싶다는 노골적인 욕망을 좌절시키면 상황이 험악해질 수도 있었다.

알리아는 주먹을 꽉 쥐었다.

설교자라니! 폴이 왜 이런 짓을 하는 걸까? 이곳 사람들 중 절반 정도는 그를 '사막의 광인(狂人)'으로 생각했다. 따라서 그들에게 그는 신성한 존재였다. 나머지 사람들은 그가 틀림없이 무앗딥일 거라는 얘기들을 시장과 가게에서 서로 속삭이곤 했다. 마디 정부가 저토록 심한 이단을 얘기하는 그를 가만히 내버려두는 이유가 그것 말고 또 뭐가 있겠느냐는 것이었다.

알리아는 군중 사이에서 피난민들을 볼 수 있었다. 자기들이 살던 시에치를 버리고 도망쳐 온 그들은 누더기가 된 로브를 걸치고 있었다. 저 아래쪽이 위험해질 것 같았다. 어쩌면 뭔가가 잘못될 수도 있었다.

"섭정님?"

알리아의 뒤에서 목소리가 들려왔다. 그녀가 몸을 돌리자 바깥쪽 방으로 통하는 아치형 문간에 서 있는 지아가 보였다. 무장 근위대원들이 그녀의 뒤에 바짝 붙어 서 있었다.

"무슨 일이지, 지아?"

"섭정님, 파라든 님이 이곳으로 오셔서 알현을 청하고 계십니다."

"이곳에서? 그가 내 방에 있다고?"

"예, 섭정님."

"혼자더냐?"

"경호원 두 명, 그리고 레이디 제시카께서 함께 계십니다."

알리아는 한 손으로 자신의 목을 잡으며 어머니와 마지막으로 만났을 때를 생각했다. 그러나 시대가 이미 변해 있었다. 지금은 새로운 상황들이 그들의 관계를 지배하고 있었다.

"정말 충동적인 사람이로구나. 그가 왜 나를 만나고 싶다고 하더냐?" 알리아가 말했다.

"그분이 들은 얘기가 있는데……." 지아는 광장을 굽어보는 창문을 가리키며 말을 이었다. "섭정님께서 광장을 바라보기에 가장 좋은 장소를 갖고 계시다는 말을 들었답니다."

알리아는 인상을 찌푸렸다. "그 말을 믿느냐, 지아?"

"아니요, 섭정님. 제 생각에는 그분이 소문을 들은 것 같습니다. 섭정님의 반응을 지켜보고 싶은 거겠죠."

"이건 어머니가 그에게 시킨 일이야!"

"그럴 가능성이 아주 큽니다, 섭정님."

"내 귀여운 지아, 나를 위해 아주 중요한 일들을 해줘야겠다. 이리 가까이 오너라."

지아가 한 발짝도 되지 않는 거리로 다가왔다. "섭정님?"

"파라든과 경호원, 그리고 내 어머니를 들여보내라. 그리고 가니마를

데려올 준비를 해. 아주 작은 부분까지 모두 프레멘 신부의 모습으로 그
녀를 꾸며야 한다. 완벽하게."

"칼도요, 섭정님?"

"그래, 칼도."

"섭정님, 그건……."

"가니마는 내게 위협이 되지 못한다."

"섭정님, 가니마 님이 스틸가와 함께 도망을 친 건 다른 누구보다도 스
틸가를 보호하기 위해서였다고 믿을 만한 이유가……."

"지아!"

"예, 섭정님?"

"가니마는 이미 스틸가의 목숨을 살려달라고 내게 탄원했고 스틸가는
지금 살아 있다."

"하지만 가니마 님은 후계자로 간주되는 분입니다!"

"그냥 내 명령대로 해. 가니마를 준비시켜라. 그리고 네가 그 일을 하
는 동안 신전 사제단의 수행원 다섯 명을 저 아래 광장으로 보내라. 가서
설교자를 이 위로 초대하라고 하는 거다. 기회가 올 때까지 기다렸다가
그에게 말을 건네기만 하라고 해라. 다른 짓을 해서는 안 돼. 힘을 사용
해도 안 된다. 그들에게 정중하게 그를 초청하라고 해라. 절대 힘을 사용
하면 안 된다. 그리고 지아……."

"예, 섭정님?" 지아가 정말로 토라진 것 같은 목소리로 말했다.

"설교자와 가니마를 동시에 내 앞으로 데려와라. 내가 신호를 보내면
두 사람이 함께 들어와야 한다. 알겠느냐?"

"그 계획은 알겠습니다, 섭정님. 하지만……."

"그냥 시키는 대로 해! 함께 들여보내는 거다." 알리아는 여전사 보좌

관에게 물러가라는 뜻으로 고갯짓을 했다. 지아가 몸을 돌려 방을 나갈 때 알리아가 말했다. "나가는 길에 파라든 일행을 들여보내라. 하지만 네 부하들 중 가장 믿을 만한 사람 열 명이 반드시 그들보다 앞서 들어오게 해야 한다."

지아는 흘끗 뒤를 돌아보았지만 걸음을 멈추지 않고 그대로 방을 나 갔다. "명령대로 시행하겠습니다, 섭정님."

알리아는 몸을 돌려 창밖을 내려다보았다. 몇 분만 있으면 그녀의 계획이 피투성이 열매를 맺을 것이다. 그리고 폴은 신성한 척하는 가식에 딸이 최후의 일격을 가할 때 이 자리에 있게 될 것이다. 지아의 대원들이 안으로 들어오는 소리가 들렸다. 곧 모든 일이 끝날 터였다. 모두. 그녀는 승리감이 부풀어 오르는 것을 느끼며 설교자가 계단 첫 번째 줄에 자리를 잡고 서는 것을 내려다보았다. 그의 어린 안내인은 옆에 쪼그리고 앉았다. 알리아는 노란색 로브를 입은 신전 사제들이 밀려드는 군중에게 막혀 왼쪽에 대기하고 있는 것을 보았다. 그러나 그들은 군중을 다뤄본 경험이 많은 사람들이니, 목표물에 다가가는 길을 찾아낼 것이다. 설교자의 목소리가 광장 위에 우렁차게 울렸다. 군중은 넋을 잃고 그의 말을 기다렸다. 그의 말에 귀를 기울이고 싶다면 그렇게 하라지! 곧 그의 말은 그의 의도와 다른 의미를 지니게 될 터였다. 그리고 그때에는 그런 처사에 항변할 '설교자'가 더 이상 존재하지 않을 것이다.

파라든 일행이 안으로 들어오는 소리가 들리고, 곧 제시카의 목소리가 들렸다. "알리아?"

몸을 돌리지 않은 채 알리아가 말했다. "환영합니다, 파라든 공, 어머니. 이리 와서 쇼를 즐기시지요." 그러고 나서야 그녀는 흘끗 뒤를 돌아보았다. 커다란 몸집의 사다우카인 티예카니크가 길을 막고 있는 경비대원들을 향해 험악한 표정을 짓고 있었다. "이런, 대접이 소홀했군요. 저분들께 길을 터드려라." 알리아가 말했다. 지아의 명령대로 행동하고 있음이 분명한 경비대원 두 명이 그녀의 곁으로 다가와서 그녀와 다른 사람들 사이에 섰다. 나머지 대원들은 옆으로 물러났다. 알리아는 창문 오른쪽으로 물러나 손짓을 했다. "여긴 광장을 내려다보기에 정말로 가장 좋은 곳입니다."

전통적인 검은색 아바 로브를 입은 제시카가 알리아를 노려보며 창가까지 파라든과 동행했다. 그러나 그녀는 그와 알리아의 경비대원들 사이에 자리를 잡았다.

"정말 친절하십니다, 레이디 알리아. 저는 이 설교자라는 사람에 대해 정말 많은 얘기를 들었습니다." 파라든이 말했다.

"이제 저기 있는 그 사람을 실제로 보실 수 있습니다." 알리아가 말했다. 파라든은 아무 장식이 없는 사다우카 지휘관의 회색 예복을 입고 있었다. 그는 알리아가 감탄할 만큼 군더더기 없이 우아하게 움직였다. 이 코리노 왕자는 한가한 오락거리 이상의 존재인 것 같았다.

창문 옆의 증폭기를 통해 설교자의 목소리가 방 안에 크게 울렸다. 알리아는 그 소리 때문에 자신의 뼈가 진동하는 것을 느끼고 점점 더 홀린 듯이 그의 말에 귀를 기울이기 시작했다.

"나는 내가 잔의 사막에 있다는 것을 깨달았다." 설교자가 소리쳤다. "나는 마구 울부짖는 불모의 황야에 있었다. 그때 신께서 내게 그곳을 깨끗하게 만들라고 명령하셨다. 우리가 사막에서 도발을 당했고, 사막에서 슬퍼했고, 그 황야에서 우리의 관습을 저버리라는 유혹을 받았기 때문이다."

'잔의 사막이라.' 알리아는 생각했다. 그것은 프레멘들의 조상인 젠수니 방랑자들이 첫 번째 시련을 맞은 장소에 주어진 이름이었다. 하지만 그가 하는 말의 내용이라니! 그는 충성스러운 부족들의 시에치 요새에 대한 파괴 행위를 자기가 했다고 말하고 있는 건가?

"야생의 짐승들이 그대들의 땅 위에 누워 있다." 설교자가 말했다. 그의 목소리가 광장 전체에 우렁차게 울렸다. "수심에 잠긴 생물들이 그대들의 집을 채운다. 집에서 도망친 그대들은 이제 더 이상 모래 위에서 그대들의 세월을 늘려가지 못한다. 그렇다. 우리의 관습을 저버린 그대들이여, 그대들이 이 길을 계속 간다면 더럽혀진 보금자리에서 죽게 될 것이다. 그러나 그대들이 나의 경고에 주의를 기울인다면, 주님께서 함정으로 가득 찬 땅을 지나 '신의 산'으로 그대들을 이끌 것이다. 그렇다, 샤이 훌루드가 그대들을 이끌 것이다."

군중 사이에서 가벼운 신음 소리가 일었다. 설교자는 말을 멈추고 그 소리를 따라 눈이 없는 눈구멍을 좌우로 움직였다. 그러고는 양팔을 넓게 치켜들고 소리쳤다. "오 신이시여, 제 육체는 건조하고 목마른 땅에서 주님의 길을 갈망하고 있습니다!"

여기저기 기운 낡은 옷으로 보아 피난민임이 분명한 한 노파가 설교자 앞에 있다가 그를 향해 양손을 들어 올리며 애원했다. "저희를 도와주십시오, 무앗딥. 도와주세요!"

갑자기 두려움 때문에 가슴이 좋아드는 것을 느끼며 알리아는 저 노파가 정말로 진실을 알고 있는 것인지 속으로 질문했다. 알리아는 어머니를 살짝 바라보았지만 제시카는 여전히 꼼짝도 하지 않고 서서 알리아의 경비대와 파라든, 그리고 창밖의 풍경에 주의를 분산시키고 있었다. 파라든은 완전히 매혹되어서 그 자리에 뿌리가 박힌 듯 서 있었다.

알리아는 창밖을 살짝 내다보며 신전 사제들의 모습을 찾아보려고 했다. 그러나 그들이 눈에 보이지 않았다. 그녀는 그들이 계단을 곧바로 내려가는 길을 찾기 위해 아래쪽의 신전 정문 근처로 돌아간 모양이라고 생각했다.

설교자가 오른손으로 노파의 머리 위를 가리키며 소리쳤다. "그대를 도와줄 사람은 그대밖에 남아 있지 않다! 그대는 반항적이었다. 그대는 정화시킬 줄도 모르고 선선하게 기온을 식혀줄 줄도 모르는 건조한 바람을 가져왔다. 그대는 우리 사막의 짐을 지고 있다. 그리고 회오리바람이 그곳에서, 그 끔찍한 땅에서 온다. 나는 그 황야에 있었다. 부서진 카나트에서 물이 모래 위로 흐른다. 개울이 땅 위를 가로지른다. 물은 '듄의 허리띠'에서 하늘로부터 떨어졌다. 오 나의 친구들이여, 신께서 내게 명령하셨다. 사막에 우리 주님을 위한 똑바른 큰길을 만들라. 나는 황야에서부터 그대들을 찾아온 목소리다."

그는 부들부들 떨리는 뻣뻣한 손가락으로 자기 발밑의 계단을 가리켰다. "여기는 영원히 사람이 살지 않을 사라진 제디다가 아니다! 여기서 우리는 천국의 빵을 먹었다. 그리고 여기서 이방인들의 소음이 우리를 우리 집에서 쫓아낸다! 그들은 우리에게 황량한 땅을 만들어준다. 아무도 살지 않고, 아무도 지나가지 않는 땅을."

군중들이 불안하게 동요했다. 피난민들과 도시의 프레멘들은 주위를 둘러보며 자기들 가운데에 서 있는 하즈의 순례자들을 바라보았다.

'저러다 피투성이 폭동이 일어나겠어! 뭐, 마음대로 하라지. 내 사제들이 혼란통에 그를 붙잡을 수 있을 테니.' 알리아는 생각했다.

그때 다섯 명의 사제가 그녀의 눈에 들어왔다. 그들은 단단하게 뭉친 노란색 로브 덩어리 같은 모습으로 설교자 뒤의 계단을 내려가고 있었다.

"우리가 사막에 뿌린 물은 피가 되었다." 설교자가 팔을 크게 움직이면서 말했다. "우리 땅 위의 피가 되었다! 기뻐하며 꽃을 피울 수 있는 우리의 사막을 보라. 그 사막은 이방인들을 유혹해 우리들 가운데로 끌어들였다. 그들은 폭력을 저지르러 온다! 그들의 얼굴은 크랄리제크의 마지막 바람에 대비하기라도 하듯이 봉인되어 있다. 그들은 사막의 포로를 모은다. 그들은 모래의 풍부함, 깊은 곳에 숨겨진 보물을 빨아들인다. 그들이 사악한 일을 하러 나아가는 것을 보라. 이런 말이 적혀 있다. '그리고 나는 모래 위에 서서 짐승 한 마리가 모래에서 솟아오르는 것을 보았다. 그 짐승의 머리에는 신의 이름이 있었다!'"

군중 사이에서 성난 웅성거림이 일었다. 사람들이 주먹을 치켜들고 흔들어댔다.

"저자가 지금 뭘 하는 겁니까?" 파라든이 작은 소리로 물었다.

"저도 그걸 알았으면 좋겠습니다." 알리아가 말했다. 그녀는 한 손을 가슴에 대고 이 순간의 두려운 흥분을 느꼈다. 저자가 이런 식으로 계속 말한다면 군중은 순례자들을 공격할 것이다!

그러나 설교자는 몸을 반쯤 돌리고 죽어버린 눈구멍을 신전 쪽으로 겨냥하며 한 손을 들어 올려 높은 곳에 있는 알리아의 창문을 가리켰다. "신성모독 하나가 남아 있다! 신성모독이다! 그리고 그 신성모독의 이름은 알리아이다!" 그가 비명처럼 소리쳤다.

충격에 휩싸인 침묵이 광장을 움켜쥐었다.

알리아는 너무 놀라서 꼼짝도 하지 않고 서 있었다. 군중이 자신을 볼 수 없다는 것을 아는데도 자신이 노출되어 있다는 느낌, 자신이 쉽게 공격받을 수 있다는 느낌에 압도되었다. 그녀의 두개골 안에서 울리는, 그녀를 달래는 말들이 마구 날뛰는 심장과 경쟁을 벌였다. 그녀가 할 수 있는 것이라고는 모든 움직임이 멈춰버린 믿을 수 없는 광경을 내려다보는 것뿐이었다. 설교자는 여전히 한 손으로 그녀의 창문을 가리키고 있었다.

그러나 사제들로서는 그의 말을 도저히 참아 넘길 수가 없었다. 그들은 성난 외침으로 침묵을 깨고 사람들을 마구 밀치며 폭풍처럼 계단을 내려왔다. 그들이 움직이자 군중도 반응을 보이기 시작했다. 그들은 파도처럼 계단 위로 돌진하며 첫 번째 줄에 서 있던 구경꾼들을 휩쓸어버렸다. 그리고 그 앞에서 설교자가 떠밀리고 있었다. 그는 눈먼 사람처럼 휘청거리다가 어린 안내인과 떨어져버렸다. 그때 노란색 옷을 입은 누군가의 팔이 마구 몰려드는 사람들 사이에서 솟아올랐다. 그리고 그 손이 크리스나이프를 휘둘렀다. 그녀는 칼이 아래를 향해 치고 내려가다가 설교자의 가슴에 박히는 것을 보았다.

신전의 거대한 문이 닫히면서 천둥 같은 소리가 울리는 바람에 알리아는 충격에서 벗어났다. 경비대가 군중을 막기 위해 문을 닫은 모양이었다. 그러나 사람들은 벌써 뒤로 물러나면서 계단 위에 아무렇게나 널브러져 있는 사람 주위로 공간을 만들고 있었다. 기분 나쁜 침묵이 광장에 내려앉았다. 알리아의 눈에 보이는 시체는 많았지만, 혼자 누워 있는 시체는 그것뿐이었다.

그때 군중 속에서 누군가가 비명 같은 목소리로 외쳤다. "무앗딥! 저들이 무앗딥을 죽였다!"

"오 신이시여. 오 신이시여." 알리아가 떨리는 소리로 말했다.

"그런 말을 하기엔 때가 좀 늦은 것 같은데, 그렇지 않느냐?" 제시카가 물었다.

알리아는 갑작스레 몸을 휙 돌렸다. 파라든이 그녀의 얼굴에 나타난 분노를 보고 갑자기 깜짝 놀라는 모습이 보였다. "저들이 죽인 건 폴이었어요!" 알리아가 비명을 지르는 것처럼 소리쳤다. "저 사람은 당신 아들이었다고요! 저들이 그 사실을 확인하고 나면 무슨 일이 벌어질지 알고 계세요?"

제시카는 오랫동안 못 박힌 듯 서서 방금 들은 얘기는 자기가 이미 알고 있던 것이었다는 생각을 했다. 파라든이 손으로 그녀의 팔을 잡자 그 순간이 산산이 깨어졌다. "부인." 그가 말했다. 그의 목소리에 너무나 깊은 연민이 배어 있어서 제시카는 그 연민 때문에 자기가 지금 이 자리에서 죽어버릴지도 모르겠다고 생각했다. 그녀는 차갑게 이글거리는 분노가 드러난 알리아의 얼굴에서 시선을 돌려 연민 때문에 괴로워하는 파라든의 모습을 보며 생각했다. '어쩌면 내가 내 임무를 너무 잘 수행한 건지도 모르겠어.'

알리아의 말에 의심의 여지는 없었다. 제시카는 설교자의 어조를 하나하나 모두 기억하고 있었으며, 그 안에서 자신의 솜씨를 발견했다. 황제가 되도록 예정되어 있던 젊은이에게 그녀가 오랜 세월 동안 실시했던 교육의 흔적이었다. 그러나 그 젊은이는 지금 신전 계단 위에 완전히 망가진 피투성이 넝마 더미가 되어 누워 있었다.

'가플라가 내 눈을 가렸어.' 제시카는 생각했다.

알리아가 보좌관 한 명에게 손짓을 하며 소리쳤다. "지금 가니마를 데려와라."

제시카는 억지로 힘겹게 이 말을 인식했다. '가니마? 왜 지금 가니마를 데려오라는 거지?'

보좌관은 바깥쪽 문을 향해 돌아서서 그 문의 빗장을 풀라고 손짓했다. 그러나 그가 뭐라고 말을 하기도 전에 문이 불룩해졌다. 그리고 경첩이 튀듯이 떨어져 나왔다. 빗장은 뚝 부러져버렸고, 엄청난 힘도 견딜 수 있게 만들어진 두꺼운 플래스틸 문이 방 안으로 넘어졌다. 경비대가 그걸 피하려고 무기를 꺼내 든 채 뛰듯이 일어났다.

제시카와 파라든의 경호원들은 코리노의 왕자 주위로 단단히 모여들었다.

그러나 문이 있던 공간에 나타난 것은 아이 둘뿐이었다. 약혼식을 위한 검은색 로브를 입은 가니마가 왼쪽에, 사막의 때가 묻은 흰색 로브 밑에 매끈한 회색 사막복을 입은 레토가 오른쪽에 서 있었다.

알리아는 쓰러진 문에서 시선을 떼어 아이들을 뚫어지게 바라보며 자신이 걷잡을 수 없이 떨고 있음을 깨달았다.

"가족들이 우릴 맞으려고 와 있군." 레토가 말했다. "할머님." 그는 제시카를 향해 고개를 끄덕하더니 코리노의 왕자에게 시선을 돌렸다. "그리고 이 사람은 틀림없이 파라든 공이겠지. 아라키스에 오신 것을 환영하오, 공."

가니마의 눈은 텅 빈 것 같았다. 그녀는 허리춤에 있는 예식용 크리스나이프에 오른손을 대고 있었으며, 자신의 팔을 움켜쥔 레토의 손아귀에서 벗어나려고 애쓰고 있는 것 같았다. 레토가 그녀의 팔을 흔들자 그녀의 몸 전체가 함께 흔들렸다.

"나를 보시오, 가족 여러분. 나는 아리, 즉 아트레이데스의 사자요. 그리고 여기……." 그는 또다시 그녀의 온몸이 경련하듯 흔들릴 만큼 강력한 힘으로 아무렇지도 않게 가니마의 팔을 흔들면서 말을 이었다. "……여기 아리에, 아트레이데스의 암사자가 있소. 우리는 당신들을 세체르 은비우, 황금의 길 위에 올려놓으려고 왔소."

약속의 말인 '세체르 은비우'를 흡수한 가니마는 봉인되어 있던 의식이 자신의 머릿속으로 흘러들어 오는 것을 느꼈다. 그 의식은 일직선으로 깔끔하게 흘렀다. 그리고 그녀의 내면에 있는 어머니의 의식이 문을 지키는 수호신처럼 그 뒤에 어른거렸다. 그 순간 가니마는 자신이 시끄럽게 아우성치던 과거를 정복했음을 알았다. 그녀는 이제 과거가 필요할 때 들여다볼 수 있는 문을 가지고 있었다. 몇 달간 자기 최면으로 기억을 억압한 결과 안전한 장소가 구축되었고, 그녀는 그곳에서 자신의 몸을 조종할 수 있었다. 그녀는 이걸 설명해야겠다는 생각에서 레토를 향해 몸을 돌리려 하다가 자기가 어디에 누구와 함께 서 있는지 깨달았다.

레토가 그녀의 팔을 놓아주었다.

"우리 계획이 성공한 거야?" 가니마가 작은 소리로 말했다.

"아주 잘." 레토가 말했다.

충격에서 회복된 알리아가 자기 왼쪽에 모여 있는 경비대원들에게 소리쳤다. "저 애들을 잡아!"

그러나 레토가 몸을 구부려 한 손으로 쓰러진 문을 집어 든 다음 방 건너편의 경비대원들을 향해 밀었다. 경비대원 두 명이 벽에 박혀버렸다. 다른 경비대원들은 공포에 질려 뒤로 물러났다. 0.5톤이나 되는 문을 이 아이가 던진 것이다.

알리아는 문 뒤의 복도에도 쓰러진 경비대원들이 있다는 사실을 차츰 깨닫기 시작하면서 틀림없이 레토가 그들을 처리했으며, 저 난공불락의 문을 부순 것도 이 아이라는 것을 깨달았다.

제시카 역시 시체들을 보고 레토의 무서운 힘을 깨달았다. 그리고 알리아와 비슷한 생각을 했다. 그러나 가니마의 말이 베네 게세리트 훈련의 핵심을 건드렸기 때문에 제시카는 억지로 침착한 태도를 유지하지 않을 수 없었다. 손녀의 말에는 계획이라는 단어가 들어 있었다.

"무슨 계획이냐?" 제시카가 말했다.

"황금의 길, 우리 제국을 위한 제국의 계획이죠." 레토가 말했다. 그리고 그는 파라든을 향해 고개를 끄덕이며 말을 이었다. "날 나쁘게 생각하지 마시오, 사촌. 내 행동은 당신을 위한 것이기도 했소. 알리아는 가니마를 시켜서 당신을 죽이고 싶어 했소. 난 당신이 어느 정도 행복하게 천수를 누리는 편을 바라고 있소."

알리아가 통로에서 움츠리고 있는 경비대원들을 향해 소리질렀다. "저 애들을 붙잡아라! 명령이다!"

그러나 경비대는 방으로 들어오려 하지 않았다.

"여기서 기다려라, 누이여. 내게는 불쾌한 임무가 있으니까." 레토가 말했다. 그리고 방을 가로질러 알리아에게 다가갔다.

그녀는 그를 피해 뒷걸음질로 구석까지 물러나서 몸을 웅크린 채 칼을 빼 들었다. 칼자루에 박힌 초록색 보석들이 창에서 들어오는 빛을 받아 반짝였다.

레토는 그냥 계속 앞으로 나아가기만 할 뿐이었다. 그의 손엔 아무것도 없었지만 양쪽으로 벌려 만반의 준비를 갖추고 있었다.

알리아가 칼을 들고 돌진했다.

레토는 거의 천장까지 뛰어올라 왼발로 공격했다. 그의 발이 알리아의 머리를 스치듯 쳤을 뿐인데 그녀는 이마가 피투성이가 된 채 바닥에 널브러졌다. 그녀가 칼을 놓치는 바람에 칼이 불쾌한 소리를 내며 바닥에 미끄러졌다. 알리아는 급히 칼을 뒤쫓았지만 레토가 앞에 서 있었다.

알리아는 머뭇거리면서 자기가 알고 있는 베네 게세리트 훈련의 모든 것을 떠올렸다. 그리고 느슨하고 침착하게 바닥에서 뛰어올랐다.

또다시 레토가 그녀에게 달려들었다.

알리아는 왼쪽으로 공격하는 것처럼 속임수를 썼다. 그녀의 오른쪽 어깨가 위로 솟아오르고 오른발이 쏜살같이 튀어나와 발끝으로 상대를 찼다. 그 발이 정확하게 명중한다면 사람의 배를 가르고 내장이 쏟아지게 만들 수도 있었다.

레토는 팔로 타격을 받아내고 알리아의 발을 붙잡아 그녀를 들어 올렸다. 그리고 그녀를 자기 머리 주위에서 빙빙 돌렸다. 그 돌리는 속도가 엄청났기 때문에 로브가 그녀의 몸을 찰싹찰싹 때리면서 나는 펄럭거리는 소리와 휫휫거리는 소리가 방 전체에 울려 퍼졌다.

다른 사람들은 몸을 구부리고 뒤로 물러났다.

알리아는 계속 비명을 지르고 또 질렀다. 그러나 그녀의 몸은 여전히 빙글빙글 돌고 있었다. 이윽고 그녀가 조용해졌다.

천천히 레토는 그녀를 돌리는 속도를 늦추더니 부드럽게 바닥에 내려놓았다. 그녀는 숨을 헐떡이며 아무렇게나 쓰러졌다.

레토가 그녀 위로 몸을 숙였다. "난 저 벽을 뚫고 당신을 던져버릴 수도 있었습니다. 아마 그게 제일 좋은 방법이었겠죠. 하지만 지금 우리는 투쟁의 중심에 있습니다. 당신도 기회를 부여받을 자격이 있습니다."

알리아의 눈이 정신없이 좌우를 두리번거렸다.

"나는 내면의 생명들을 정복했습니다." 레토가 말했다. "가니를 보세요. 가니 역시……."

가니마가 끼어들었다. "알리아, 내가 보여줄 수도……."

"싫어!" 알리아가 억지로 쥐어짜듯이 말했다. 그녀의 가슴이 부풀더니 여러 목소리들이 그녀의 입에서 쏟아져 나오기 시작했다. 그들은 서로 단절된 채 저주를 퍼붓고 애원을 했다.

"이제 알았지! 왜 내 말을 듣지 않았나?"

"네가 왜 이런 짓을 하는 거냐? 무슨 일이 벌어지고 있는 거야?"

"저들을 막아! 저들에게 멈추라고 해!"

제시카는 눈을 가렸다. 쓰러지지 않도록 자신을 붙잡아주는 파라든의 손이 느껴졌다.

알리아는 여전히 미친 사람처럼 지껄이고 있었다. "널 죽여버리겠다!" 무시무시한 저주의 말들이 그녀에게서 터져 나왔다. "내가 네 피를 마실 것이다!" 수많은 언어들이 모두 뒤범벅되어 혼란스럽게 엉킨 채 그녀에게서 쏟아져 나오기 시작했다.

바깥쪽 통로에 한데 모여서 웅크리고 있던 경비대원들이 벌레의 상징을 그리고 나서 주먹을 꼭 쥐어 귓가에 갖다 댔다. 그녀는 귀신에게 홀려 있었다!

레토는 고개를 흔들면서 일어섰다. 그리고 창가로 가서 재빠르게 세 번 주먹을 뻗어 절대로 부술 수 없다고 알려져 있는 크리스탈 강화 유리를 부숴버렸다.

알리아의 얼굴에 음흉한 표정이 떠올랐다. 제시카는 자신과 비슷한 목소리가 그 일그러진 입에서 나와 베네 게세리트의 통제력을 서투르게 모방하는 것을 들었다. "당신들 모두! 그 자리에서 꼼짝하지 마시오!"

제시카는 손을 내렸다. 양손이 눈물로 젖어 있었다.

알리아는 몸을 굴려 무릎을 바닥에 대고 몸을 일으킨 다음, 비틀거리면서 완전히 일어섰다.

"내가 누군지 모르는 거예요?" 그녀가 다그치듯 물었다. 그것은 그녀의 예전 목소리였다. 지금은 더 이상 존재하지 않는 젊은 알리아의 달콤하고 노래하는 듯한 목소리였다. "왜 모두들 나를 그런 눈으로 보는 거예요?" 그녀는 몸을 돌려 애원하는 눈으로 제시카를 바라보았다. "어머니, 저 사람들에게 그만두라고 하세요."

제시카는 엄청난 경악과 전율에 사로잡혀서 그저 힘없이 고개를 가로 저을 수밖에 없었다. 베네 게세리트의 오랜 경고의 말들은 모두 사실이었다. 그녀는 알리아와 가까운 곳에 나란히 서 있는 레토와 가니를 바라보았다. 저 불쌍한 쌍둥이들의 경우 그 경고의 말들은 어떤 의미를 지니고 있는 것일까?

"할머님." 레토가 말했다. 애원하는 듯한 기색이 배어 있는 목소리였다. "귀신에 홀린 자에 대한 시련을 꼭 실시해야 합니까?"

"네가 뭔데 시련을 얘기하느냐?" 알리아가 물었다. 그녀의 목소리는 투덜거리는 듯한 남자의 것이었다. 방종하게 살다가 이미 오래전에 죽어버린 독재적이고 호색한 남자.

레토와 가니마 둘 다 그 목소리를 알아보았다. 하코넨 노남작. 가니마는 자신의 머릿속에서 똑같은 목소리가 메아리치기 시작하는 것을 들었다. 그러나 그녀 내면의 문이 닫히고 어머니가 그 앞에 서 있는 것이 느껴졌다.

제시카는 침묵을 지켰다.

"그럼 결정을 내리는 건 제 몫이군요." 레토가 말했다. "그리고 선택을 하는 것은 당신 몫입니다, 알리아. 귀신에 홀린 자에 대한 시련을 치르든지, 아니면……." 그는 깨어진 창문을 고갯짓으로 가리켰다.

"네가 뭔데 나한테 선택권을 주겠다는 거냐?" 알리아가 다그치듯 물었다. 여전히 노남작의 목소리였다.

"이 악마! 고모가 스스로 선택을 하게 내버려둬!" 가니마가 악쓰듯 소리쳤다.

"어머니." 알리아가 어린 소녀의 목소리로 애원했다. "어머니, 저 애들이 왜 저러는 거죠? 어머니는 제가 어떻게 했으면 좋겠어요? 절 도와주세요."

"당신이 스스로를 도우세요." 레토가 명령했다. 그리고 아주 짧은 한 순간 그는 산산조각으로 부서져버린 고모의 존재를 알리아의 눈 속에서 보았다. 절망으로 부릅뜬 눈동자가 그를 응시하다가 사라져버렸다. 그러나 그녀의 몸이 움직이기 시작했다. 막대기처럼 뻣뻣하게 억지로 다리를 뻗는 것 같은 걸음걸이였다. 그녀는 머뭇거리고 휘청거리다가 자신이 가던 길에서 벗어났지만 다시 돌아와 깨진 창문으로 점점 더 가까이 다가갔다.

노남작의 목소리가 그녀의 입을 통해 발광하듯 날뛰었다. "그만둬! 그만두라고! 명령이다! 그만둬! 이걸 느껴봐!" 알리아는 자신의 머리를 부여잡고 휘청거리며 창문으로 한층 더 가까이 다가갔다. 그녀의 허벅지가 창턱에 닿았지만 남작의 목소리는 여전히 날뛰고 있었다. "이러지 마! 그만둬! 그러면 내가 널 도와줄게. 나한테 계획이 있어. 내 말을 들어봐. 그만둬. 그만두라고. 기다려!" 그러나 알리아는 자신의 머리에서 손을 떼어내고 깨진 창틀을 움켜쥐었다. 그리고 한 번 휙 몸을 움직여서 창문턱 위로 올라가 그대로 사라져버렸다. 떨어지면서 그녀는 비명도 한 번 지르지 않았다.

방 안에 있는 사람들은 군중이 외치는 소리, 알리아가 저 아래쪽의 계단에 부딪히면서 나는 둔탁한 소리를 들었다.

레토가 제시카를 바라보았다. "고모를 불쌍하게 여겨야 한다고 저희가 말씀드렸죠?"

제시카는 고개를 돌려 파라든의 옷 속에 얼굴을 묻었다.

시스템의 의식적인 요소를 강하게 공격함으로써 시스템 전체가 더 잘 작동하게 만들 수 있다는 생각은 위험한 무지를 드러내는 것이다. 과학자와 기술자를 자처하는 사람들은 흔히 이렇게 무지한 사고방식을 갖고 있다.

—『버틀레리안 지하드』, 하르크 알 아다

"그는 밤에 달리기를 해요, 사촌. 달리기를 한다고요. 그가 달리는 걸 본 적 있어요?" 가니마가 말했다.

"아뇨." 파라든이 말했다.

그는 성의 작은 알현실 밖에서 가니마와 함께 기다리고 있었다. 알현에 참석하라는 레토의 부름을 받고 온 참이었다. 티예카니크는 한쪽 옆에 레이디 제시카와 함께 불편한 표정으로 서 있었다. 레이디 제시카는 정신이 다른 곳에 가 있는 사람처럼 위축되어 있었다. 아침 식사를 마친 지 한 시간도 채 지나지 않았지만 조합에 소환장이 전달되고, 초암과 랜드스라드에 메시지가 전달되는 등 벌써 많은 일들이 진행되고 있었다.

파라든은 이 아트레이데스 사람들을 잘 이해할 수 없었다. 레이디 제시카가 미리 그에게 주의를 주긴 했지만, 현실 속의 그들은 여전히 그를 어리둥절하게 만들었다. 그들은 지금도 약혼 얘기를 하고 있었다. 약혼의 계기가 되었던 가장 중요한 정치적 이유들이 사라져버린 것 같은데도. 레토가 옥좌를 차지할 것이다. 그건 거의 의심의 여지가 없는 일이었다. 그의 이상한 '살아 있는 피부'는 물론 제거해야 하겠지만…… 시간이 흐르면…….

"그는 자신을 지치게 만들기 위해 달리기를 하는 거예요. 그는 크랄리제크의 화신이에요. 어떤 바람도 그가 달리는 것처럼 달린 적이 없어요. 그는 모래언덕 꼭대기에서 꼭대기로 눈에 보이지도 않을 만큼 빠르게 움직여요. 내가 봤어요. 그는 달리고 또 달려요. 그러다가 마침내 기운이 다 빠지면 돌아와서 내 무릎을 베고 쉬어요. '내면에 있는 어머니에게 내가 죽을 수 있는 방법을 찾아달라고 해.' 그는 이렇게 애원해요."

파라든은 그녀를 뚫어지게 바라보았다. 광장에서 소란이 있은 지 1주일 만에 성은 이상한 리듬과 신비스러운 일들에 맞춰 움직이고 있었다. 방어벽 너머에서 격렬한 싸움이 있었다는 얘기가 티예카니크를 통해 그에게 전달되었다. 티예카니크는 군사적 자문을 요청받고 있었다.

"무슨 말인지 모르겠군요. 그가 죽을 수 있는 방법을 찾아달라니?" 파라든이 말했다.

"그는 나더러 당신을 준비시키라고 했어요." 가니마가 말했다. 그녀가 이 코리노 왕자의 기묘한 순진함에 충격을 받은 것은 이번이 처음이 아니었다. 제시카가 그를 이렇게 만들어놓은 것일까? 아니면 선천적으로 타고난 것일까?

"무슨 준비?"

"그는 이제 인간이 아니에요. 어제 당신은 그가 그 '살아 있는 피부'를 언제 제거할 거냐고 물었죠? 결코 제거하지 않을 거예요. 그건 이제 그의 일부가 되었고, 그는 그것의 일부예요. 레토는 변신 때문에 자신이 파괴될 때까지 아마 4000년 동안 살게 될 거라고 추측하고 있어요."

파라든은 바짝 마른 목구멍으로 마른침을 삼키려고 애썼다.

"그가 왜 달리기를 하는지 알겠어요?" 가니마가 물었다.

"하지만 그가 그렇게 오래 살 거라면, 그리고 그렇게……."

"인간이었던 기억이 그의 안에 너무 많기 때문이에요. 그 모든 생명들에 대해 한번 생각해 봐요, 사촌. 아뇨, 당신은 그게 어떤 건지 상상하지 못해요. 그걸 한 번도 경험해 보지 못했으니까요. 하지만 난 알아요. 난 그의 고통을 상상할 수 있어요. 그는 이전의 그 어느 누구보다도 많은 것을 포기했어요. 우리 아버지는 그걸 피하려고 사막으로 걸어 들어가셨죠. 알리아는 그것이 두려워서 저주스러운 존재가 되었어요. 우리 할머니는 이런 상황을 아기처럼 흐릿하게 경험하고 있을 뿐이에요. 그런데도 그걸 견디며 살기 위해 베네 게세리트의 방법들을 모두 동원해야 해요. 결과적으로 대모의 훈련이 지향하는 게 그런 것이죠. 하지만 레토는! 그는 완전히 혼자예요. 결코 다시는 그와 똑같은 존재가 나올 수 없어요."

파라든은 그녀의 말에 아연해졌다. 4000년 동안 황제가 된다고?

"제시카는 알고 있어요." 가니마가 할머니를 바라보며 말했다. "그가 어젯밤에 할머니에게 말해 주었어요. 그는 자기가 인류 역사상 최초의 진정한 장기 계획자라고 했어요."

"그가…… 무엇을 계획하고 있죠?"

"황금의 길. 그가 나중에 당신에게 설명해 줄 거예요."

"그럼 이…… 계획 속에 나의 역할도 있단 말인가요?"

"나의 짝이 되는 역할이죠. 그가 교단의 유전자 교배 프로그램을 인계

받을 거예요. 비범한 힘을 지닌 남자 대모를 향한 베네 게세리트의 꿈에 대해 우리 할머니가 당신에게 말해 줬을 거예요. 그는…….”

“당신 말은 우리가 그냥…….”

“그냥이 아니에요.” 그녀는 그의 팔을 잡고 따스하고 친숙한 태도로 자신의 손에 힘을 주었다. “그는 우리 둘에게 커다란 책임이 따르는 일들을 많이 줄 거예요. 물론 그 와중에 아이도 낳아야 하고요.”

“이런, 당신은 아직 너무 어려요.” 파라든이 자신의 팔을 빼내면서 말했다.

“다시는 그런 잘못된 생각을 하지 마세요.” 그녀가 말했다. 얼음처럼 차가운 말투였다.

제시카가 티예카니크와 함께 그들에게 다가왔다.

“티예크 말이 싸움이 행성 밖으로 번져나갔다는구나.” 제시카가 말했다. “비아레크에 있는 중앙 신전이 포위당했어.”

파라든은 이 말을 하는 그녀의 태도가 묘하게 차분하다고 생각했다. 그는 밤사이에 티예카니크와 함께 보고서들을 검토해 보았다. 반란의 거센 불길은 제국 전체로 번져가고 있었다. 물론 그 불길이 잡히기는 하겠지만, 레토는 초라하게 망가진 제국을 회복시켜야 할 것이다.

“저기 스틸가가 오는군요. 모두들 그를 기다리고 있었어요.” 가니마가 말했다. 그리고 또다시 파라든의 팔을 잡았다.

스틸가가 사막 시절 죽음의 특공대 대원이었던 동료 두 사람의 호위를 받으며 반대편 문으로 들어왔다. 그들은 모두 공식 의상인 검은색 로브를 입고 있었다. 로브의 가장자리는 하얀색으로 장식되어 있었고, 머리띠는 애도를 뜻하는 노란색이었다. 그들은 흔들림 없는 씩씩한 발걸음으로 다가왔다. 그러나 스틸가는 내내 제시카에게 시선을 고정시키고 있었다. 그가 그녀 앞에서 걸음을 멈추고 조심스럽게 고개를 숙였다.

"아직도 던컨 아이다호의 죽음에 대해 걱정하고 있군요." 제시카가 말했다. 그녀는 오랜 친구가 이처럼 조심스러운 태도를 보이는 것이 마음에 들지 않았다.

"대모님." 그가 말했다.

'그래, 그렇게 되는 거로군! 모든 것이 공식적으로 프레멘의 규칙에 따르는 거야. 지워버릴 수 없는 피 때문에.' 제시카는 생각했다.

"우리 견해로 당신은 던컨이 당신에게 할당해 준 역할을 수행한 데 지나지 않아요. 아트레이데스 가문을 위해 사람이 목숨을 바친 것이 이번이 처음은 아니죠. 그들이 왜 그렇게 하는 걸까요, 스틸? 당신도 그럴 각오를 한 적이 한두 번이 아니었어요. 왜죠? 아트레이데스 가문이 그것에 대해 얼마나 많은 보상을 해주는지 알고 있기 때문인가요?" 그녀가 말했다.

"대모님께서 복수를 위한 핑계를 찾지 않으시는 것이 저는 기쁩니다. 하지만 대모님의 손자분과 반드시 논의해야 할 문제들이 있습니다. 이 문제들 때문에 우리가 대모님과 영원히 결별하게 될지도 모릅니다." 그가 말했다.

"타브르가 그에게 경의를 바치지 않을 거라는 얘기예요?" 가니마가 물었다.

"판단을 유보하겠다는 뜻입니다." 그는 차가운 시선으로 가니마를 바라보며 말을 이었다. "전 지금 제 프레멘들의 모습이 마음에 들지 않습니다. 저희는 과거의 생활로 돌아갈 겁니다. 필요하다면 여러분들을 배제한 상태에서." 그가 으르렁거리듯이 말했다.

"아마 한동안은 그럴 수 있겠죠. 하지만 사막은 죽어가고 있어요, 스틸. 모래벌레도, 사막도 더 이상 존재하지 않게 되면 어떻게 할 거죠?" 가니마가 말했다.

"전 그런 말은 믿지 않습니다!"

"앞으로 백 년 안에 모래벌레는 쉰 마리도 채 남지 않게 될 거예요. 그나마 그 벌레들도 병에 걸려서 조심스럽게 관리되는 보호 구역 안에 보존될 거고요. 그들의 스파이스는 오로지 우주 조합을 위해서만 쓰이게 될 거예요. 그리고 그 가격은……." 가니마는 고개를 저으며 말을 이었다. "전 레토가 제시한 숫자를 봤어요. 그는 이 행성을 모두 다 다녀봤어요. 그러니까 알아요."

"이건 프레멘을 여러분의 가신으로 묶어두기 위한 또 다른 속임수입니까?"

"당신이 언제 나의 가신이었던 적이 있나요?" 가니마가 물었다.

스틸가는 험악하게 인상을 찌푸렸다. 그가 무슨 말을 하고 무슨 행동을 하든, 이 쌍둥이들은 항상 그것을 그의 잘못으로 만들어버렸다!

"어젯밤에 레토 님은 제게 황금의 길에 대해 얘기해 주셨습니다. 전 그것이 싫습니다!" 스틸가가 불쑥 말했다.

"그거 이상하군요." 가니마가 할머니를 살짝 바라보면서 말했다. "제국의 대부분이 그것을 환영할 거예요."

"그건 우리 모두의 파멸입니다." 스틸가가 투덜거렸다.

"하지만 모두들 황금시대를 갈망하고 있어요. 그렇지 않아요, 할머님?" 가니마가 말했다.

"모두들 그렇지." 제시카가 동의했다.

"그들은 파라오의 시대 같은 제국을 갈망하고 있고, 레토가 그들에게 그런 제국을 줄 거예요. 그들은 곡식을 풍부하게 수확하고, 교역이 많이 이루어지고, 황금의 통치자를 제외한 모든 사람들이 평등해지는 풍요

속의 평화를 갈망하고 있어요." 가니마가 말했다.

"그건 프레멘의 죽음이 될 겁니다!" 스틸가가 반박했다.

"어떻게 그런 말을 할 수 있죠? 가끔 생겨나는 불평분자들을 제거하기 위해 우리에게 병사들과 용감한 자들이 필요하지 않을까요? 이런, 스틸, 당신과 티예크의 용감한 동료들은 그 일을 하느라고 꽤나 바쁠 거예요."

스틸가는 사다우카 장교를 바라보았다. 그들 사이로 기묘한 이해의 빛이 지나갔다.

"그리고 레토가 스파이스를 장악할 겁니다." 제시카가 그들에게 일깨워주었다.

"그는 스파이스를 절대적으로 장악할 거예요." 가니마가 말했다.

파라든은 제시카가 가르쳐준 새로운 의식으로 이 대화에 귀를 기울이면서 이것이 미리 준비된 연극임을 알았다. 가니마와 할머니가 준비된 공연을 하고 있었다.

"평화가 계속, 계속 이어질 거예요. 전쟁의 기억은 거의 모두 사라지겠죠. 레토는 적어도 4000년 동안 인류를 그 정원으로 이끌 거예요." 가니마가 말했다.

티예카니크가 의문을 담은 시선으로 파라든을 살짝 바라보며 헛기침을 했다.

"뭐요, 티예크?" 파라든이 말했다.

"공자님과 따로 얘기하고 싶습니다."

파라든은 미소를 지었다. 그는 티예카니크의 군사적 사고방식 속에 들어 있는 질문이 무엇인지 알 것 같았다. 이 자리에 있는 사람들 중 그 질문을 알아차린 사람이 적어도 두 명이라는 사실도 알 수 있었다. "나는 사다우카를 팔아넘기지 않을 거요." 파라든이 말했다.

"그럴 필요가 없죠." 가니마가 말했다.

"이런 어린아이의 말을 들으시는 겁니까?" 티예크가 다그치듯 물었다. 그는 격분하고 있었다. 저기 저 늙은 나입은 이 모든 책략이 제기하는 문제들을 이해하고 있었다. 그러나 다른 사람들은 지금 상황에 대해 아무것도 몰랐다.

가니마가 음울한 미소를 지으면서 말했다. "그에게 말해 주세요, 파라든."

파라든은 한숨을 쉬었다. 아이가 아닌 이 아이가 이상하다는 사실을 그는 금방 잊어버리곤 했다. 그는 그녀와 결혼해서 살아가는 평생을, 그녀와 친밀한 행동을 할 때마다 그녀가 항상 자신에게 뭔가를 숨기고 있음을 느끼게 되리라는 사실을 상상할 수 있었다. 그건 즐겁다고만은 할 수 없는 생각이었다. 그러나 그것이 불가피하다는 사실을 조금씩 깨달아가고 있었다. 점점 줄어들고 있는 스파이스 공급량을 절대적으로 장악한다니! 스파이스가 없으면 이 우주의 어느 것도 움직이려 하지 않을 터였다.

"나중에, 티예크." 파라든이 말했다.

"하지만……."

"나중에 하자고 했소!" 생전 처음으로 그는 티예카니크에게 '목소리'를 사용했다. 티예카니크가 깜짝 놀라서 눈을 깜박이며 침묵을 지키는 모습이 보였다.

긴장된 미소가 제시카의 입가를 스쳤다.

"레토 님은 한 입으로 평화와 죽음을 말씀하십니다. 황금시대라니요!" 스틸가가 불평했다.

가니마가 말했다. "그는 죽음의 숭배를 통과해 풍요로운 삶의 자유로운 공기 속으로 인간들을 이끌 거예요! 그가 죽음을 얘기하는 건 그것이 필요하기 때문이에요, 스틸. 살아 있는 자들이 자신이 살아 있음을 알게 되는 건 죽음이라는 긴장을 통해서예요. 제국이 멸망하면…… 그렇고말고요, 제국은 멸망할 거예요. 당신은 지금이 크랄리제크라고 생각하죠. 하지만 크랄리제크는 아직 오지 않았어요. 그리고 크랄리제크가 오면 살아 있는 것에 대한 인간들의 기억은 새로워질 거예요. 살아 있는 인간이 한 사람이라도 남아 있는 한 그 기억은 계속 존속하겠죠. 우린 가혹한 시련을 한 번 더 겪게 될 거예요, 스틸. 그리고 우린 그 시련을 이기고 나올 거예요. 우린 언제나 우리의 재 속에서 몸을 일으켜요. 언제나."

파라든은 그녀의 말을 들으며 레토가 달리기를 한다던 그녀의 말이 무슨 뜻인지 깨달았다. '그는 인간이 아니게 되는 거야.'

스틸가는 아직 납득하지 못한 모양이었다. "그래도 모래벌레는 더 이상 존재하지 않을 겁니다." 그가 으르렁거리듯이 말했다.

"아, 모래벌레들은 돌아올 거예요. 앞으로 200년 내에 모래벌레들은 모두 죽어버리겠지만, 다시 돌아올 거예요." 가니마가 그를 안심시켰다.

"어떻게……." 스틸가가 말끝을 흐렸다.

파라든은 자신의 머릿속이 계시로 가득해지는 것을 느꼈다. 그는 가니마가 말을 하기도 전에 그녀가 무슨 말을 할 것인지 알 수 있었다.

"조합은 그 빈곤한 세월을 간신히 버텨낼 거예요. 그것도 순전히 자기들이 저장해 놓은 스파이스와 우리의 스파이스 덕분에. 하지만 크랄리제크 이후에는 풍요가 찾아올 거예요. 내 오빠가 모래 속으로 들어간 후에 모래벌레들이 돌아올 거예요." 가니마가 말했다.

수많은 다른 종교들의 경우에도 그랬듯이, 무앗딥의 '생명의 황금 묘약'도 형식적인 마법으로 퇴화했다. 이 종교의 신비주의적인 상징들은 좀더 깊숙한 심리적 과정들을 위한 상징에 지나지 않았으며, 그 과정들은 당연히 제멋대로 날뛰게 되었다. 그들에게 필요한 것은 살아 있는 신이었다. 그들은 그런 신을 갖고 있지 않았으나 무앗딥의 아들이 그 상황을 바로잡았다.

— 루 통 핀의 말이라고 알려져 있음(동굴의 손님, 루)

레토는 부족들의 경의를 받아들이기 위해 사자 옥좌에 앉아 있었다. 가니마는 그의 옆에서 한 계단 내려간 곳에 서 있었다. 중앙 홀에서 열린 의식은 몇 시간 동안 계속되었다. 프레멘 부족들이 파견단과 나입들의 몸을 빌려 차례로 그의 앞을 지나갔다. 그들은 각자 무서운 힘을 지닌 신, 자신들에게 평화를 약속한 복수의 신에게 걸맞은 선물을 가지고 있었다.

지난주에 그는 모든 부족들의 아리파가 모인 가운데 자신의 능력을 보여줌으로써 그들을 위협해 굴복시켰다. 판관들은 그가 불구덩이를 걸어서 통과하는 것을 보았다. 그는 상처 하나 입지 않은 모습으로 나타나 자신의 피부에 아무런 흔적도 남지 않은 것을 증명하기 위해 자신의 몸을 자세히 살펴보라고 말했다. 그는 그들에게 칼로 자기를 공격해 보라고 명령했으며, 그들이 아무 소용 없는 공격을 가하는 동안 도저히 뚫을 수 없는 그의 피부가 얼굴을 덮어주었다. 산성 물질로 공격해도 연기만 아주 옅은 안개처럼 피워 올리며 흘러내렸다. 그는 그들의 독을 먹고 그들을 비웃었다.

마지막으로 그는 모래벌레 한 마리를 불러 그들 앞에서 녀석의 입 앞에 서 있었다. 그리고 그곳에서 아라킨의 착륙장으로 자리를 옮겨 조합의 프리깃함을 착륙용 안정판 하나만 붙들고 당당하게 넘어뜨려 버렸다.

아리파들은 이 모든 일을 두려움이 섞인 경외의 감정으로 보고한 덕에, 이제 부족의 파견단들이 자신들의 복종을 확실히 하기 위해 이 자리에 와 있었다.

둥근 천장과 음향 완충 시스템이 있는 중앙 홀은 날카로운 소음들을 흡수할 수 있었지만, 끊임없이 사람들의 발이 스치면서 나는 소리가 밖에서 들어온 부싯돌 냄새와 흙먼지를 타고 사람들의 감각 속으로 스며들었다.

이 자리에 참석하기를 거절한 제시카는 옥좌 뒤 높은 곳에 위치한 감시창에서 이 광경을 지켜보았다. 그때 파라든의 모습이 그녀의 주의를 끌었고, 그녀는 자신과 파라든이 허를 찔렸다는 사실을 깨달았다. 레토와 가니마는 당연히 교단의 반응을 예측했을 것이다! 쌍둥이들은 지금 제국에 살아 있는 모든 베네 게세리트들보다 더 위대한 베네 게세리트들과 자신들의 내면에서 의논할 수 있는 몸이었다.

그녀는 교단의 신화가 알리아를 함정에 빠뜨렸다는 사실 때문에 특히 쓰라린 기분이었다. '두려움 위에 구축된 두려움이야!' 수 세대에 걸친 습관이 그녀에게 저주스러운 존재의 운명을 각인시켰다. 알리아는 전혀 희망을 알지 못했다. 그녀가 굴복한 것은 당연한 일이었다. 그녀의 운명 때문에 레토와 가니마의 성취를 대면하기가 훨씬 더 어려웠다. 함정에서 빠져나오는 길이 하나도 아니고 둘씩이나 있다니. 내면의 생명들에 대한 가니마의 승리와, 알리아에게 오로지 연민만을 품어야 한다는 그녀의 주장이야말로 무엇보다도 가혹한 것이었다. 스트레스를 받는 상황에서 최면으로 자신을 억압한 것이 호의적인 조상의 간청과 연결되어 가니마를 구했다. 어쩌면 알리아 역시 구할 수 있었는지도 모른다. 그러나 아무런 희망이 없었기 때문에 때가 너무 늦을 때까지 아무런 시도도 이루어지지 않았다. 알리아의 물은 모래 위에 쏟아져버렸다.

제시카는 한숨을 쉬며 옥좌에 앉아 있는 레토에게 시선을 돌렸다. 무앗딥의 물이 담긴 거대한 닫집 모양의 항아리가 그의 오른쪽 팔꿈치 옆에서 명예의 자리를 차지하고 있었다. 그는 자기 내면의 아버지가 이렇게 항아리를 놓아두는 것에 감탄하면서도 비웃고 있다고 제시카에게 자랑했다.

그 항아리와 레토의 자랑이 이 의식에 참석하지 않겠다는 그녀의 결심을 확고한 것으로 만들었다. 그녀는 자신이 살아 있는 한 레토의 입을 통해 폴이 말하는 것을 결코 받아들일 수 없을 것이라는 확신이 들었다. 아트레이데스 가문이 살아남은 것은 기뻤지만 어쩌면 가능했을지도 모르는 일들에 대한 생각을 도저히 견딜 수가 없었다.

파라든은 무앗딥의 물이 담긴 항아리 옆에 책상다리를 하고 앉아 있었다. 그곳은 그에게 새로 수여된 명예이자 그가 새로이 받아들인 명예인 황실 서기의 자리였다.

티예카니크는 아직도 펄펄 뛰면서 무시무시한 결과가 있을 거라고 단

언했지만 파라든은 자신이 이 새로운 현실에 훌륭하게 적응하고 있다고 느꼈다. 티예카니크와 스틸가는 불신의 동료 관계를 형성했는데, 레토는 그것을 재미있게 생각하는 것 같았다.

경의를 표하는 의식이 벌어지는 몇 시간 동안 파라든의 감정은 경외감에서 지루함으로, 다시 경외감으로 변화했다. 인간들의 흐름, 이 비할 데 없는 전사들의 흐름이 끝도 없이 이어졌다. 옥좌에 앉은 아트레이데스 사람에 대한 그들의 새로운 충성심에는 의문의 여지가 없었다. 그들은 그 앞에서 공포에 질려 유순하게 서 있었으며, 아리파의 보고 내용 때문에 완전히 기가 꺾여 있었다.

마침내 의식이 끝에 가까워졌다. 마지막 나입이 레토 앞에 서 있었다. '명예로운 후위 위치'에 서 있는 스틸가였다. 옥좌 주위에 둔덕을 이루며 쌓여 있는 스파이스나 불의 보석 같은 값비싼 선물들이 무겁게 든 바구니 대신, 스틸가는 스파이스 섬유를 노끈처럼 꼬아 만든 머리띠를 들고 있었다. 머리띠에는 아트레이데스를 상징하는 매가 황금색과 초록색으로 그려져 있었다.

가니마는 그것을 알아보고 곁눈질로 레토를 살짝 바라보았다.

스틸가는 머리띠를 옥좌 아래의 계단 두 번째 줄에 놓고 몸을 깊이 숙여 절을 했다. "제가 폐하의 누이를 보호하기 위해 사막으로 모시고 갔을 때 누이께서 두르셨던 머리띠를 드리겠습니다." 그가 말했다.

레토는 미소를 억눌렀다.

"그대가 어려운 시기를 맞았다는 걸 알고 있소, 스틸가. 여기 물건 중에 그대가 보상으로 가져가고 싶은 것이 있소?" 레토가 값비싼 선물 더미를 가리켰다.

"아닙니다, 폐하."

"그럼 그대의 선물을 받아들이겠소." 레토가 말했다. 그는 앞으로 몸을 기울여 가니마의 로브 끝자락을 집어 들더니 길게 천 조각을 찢어냈다. "그 보상으로 이 가니마의 로브 조각을 주겠소. 그녀가 그대의 사막 야영지에서 납치당해 내가 그녀를 구하지 않을 수 없게 되었을 때 그녀가 입고 있던 로브요."

스틸가는 떨리는 손으로 천을 받았다. "저를 조롱하시는 겁니까, 폐하?"

"조롱한다고? 내 이름을 걸고 말하건대, 스틸가, 난 결코 그대를 조롱할 생각이 없소. 나는 그대에게 값을 매길 수 없는 선물을 주었소. 내가 명령하노니, 모든 인간들이 실수를 저지르기 쉽고, 모든 지도자들은 다 인간이라는 사실을 일깨워주는 물건으로서 그것을 항상 그대의 심장 옆에 지니고 다니시오."

가느다랗게 쿡쿡 웃는 소리가 스틸가에게서 새어 나왔다. "폐하께서는 정말 훌륭한 나입이 되실 수 있을 겁니다!"

"그래, 난 정말 훌륭한 나입이지! 나입 중의 나입. 그걸 절대 잊지 마시오!"

"명령대로 하겠습니다, 폐하." 스틸가는 자기 부족 아리파의 보고 내용을 떠올리며 마른침을 삼켰다. 그리고 생각했다. '옛날에 나는 저분을 죽일 생각을 했지. 이젠 때가 너무 늦었어.' 그의 시선이 항아리에 닿았다. 항아리는 불투명한 황금색의 우아한 모양이었고, 뚜껑은 초록색이었다. "저것은 저희 부족의 물입니다."

"그리고 내 것이기도 하지. 항아리 측면에 새겨진 글을 읽어보시오. 모두 들을 수 있게 큰 소리로." 레토가 말했다.

스틸가는 의문이 담긴 시선으로 가니마를 살짝 바라보았지만 그녀는 턱을 치켜들 뿐이었다. 그 차가운 반응에 등골이 오싹해졌다. 이 아트레이테스의 꼬마 도깨비들은 그로 하여금 자신의 성급함과 실수에 책임을 지게 만들 작정인 건가?

"읽으시오." 레토가 손가락으로 항아리를 가리키며 말했다.

스틸가는 천천히 계단을 올라가 항아리를 보기 위해 허리를 굽혔다. 이윽고 그가 큰 소리로 읽기 시작했다. "'이 물은 궁극적인 정수(精髓)이며, 밖을 향해 흘러 나가는 창조성의 원천이다. 이 물은 전혀 움직이지 않지만 모든 움직임의 수단이다.'"

"이게 무슨 뜻입니까, 폐하?" 스틸가가 속삭이듯 낮은 소리로 말했다. 그는 항아리에 새겨진 말에 경외를 느꼈으며, 이 말이 자신도 이해할 수 없는 내면의 어떤 장소를 건드리는 것 같았다.

"무앗딥의 육체는 곤충이 버리고 간 껍데기처럼 말라붙은 껍데기요. 그분은 외부 세상을 경멸하면서 내면의 세계를 정복하셨소. 이것이 재앙을 불러왔지. 그분은 내면세계를 배제한 채 외부 세상을 정복하셨소. 이것이 그분의 자손들을 악마에게 데려다주었지. 황금의 묘약은 듄에서 사라질 것이지만 무앗딥의 씨앗은 계속될 것이며 그분의 물이 우리 우주를 움직이고 있소." 레토가 말했다.

스틸가는 고개를 숙여 절했다. 신비주의적인 것들은 항상 그를 혼란스럽게 했다.

"시작과 끝은 하나요. 그대는 공기 속에 살고 있지만 그것을 보지 못하오. 하나의 단계가 종결되었소. 그 종결로부터 그것과 반대되는 것의 시작이 자라나고 있소. 따라서 우리는 크랄리제크를 겪을 것이오. 모든 것이 나중에 변화된 모습으로 돌아올 것이오. 그대는 그대의 머릿속에서 생각을 느꼈소. 그대의 후손들은 뱃속에서 생각을 느낄 것이오. 타브르 시에치로 돌아가시오, 스틸가. 거니 할렉이 그대의 평의회에 내 자문 자격으로 합류할 것이오." 레토가 말했다.

"저를 믿지 못하시는 겁니까, 폐하?" 스틸가의 목소리는 낮았다.

"전적으로 믿고 있소. 그렇지 않았다면 거니를 그대에게 보내지 않았을 거요. 그는 우리에게 곧 필요해질 새 병력을 모집하기 시작할 것이오. 그대의 충성의 맹세를 받아들이겠소, 스틸가. 이제 물러가도 좋소."

스틸가는 깊숙이 절을 하고 뒷걸음질로 계단에서 물러나 몸을 돌려 홀을 나갔다. 다른 나입들이 '가장 나중 된 자가 가장 처음이 된다'는 프레멘의 원칙에 따라 그의 뒤를 따랐다. 그러나 그들이 떠나면서 질문을 던져대는 소리를 옥좌에서도 일부 들을 수 있었다.

"저 위에서 무슨 얘기를 했소, 스틸? 그게 무슨 뜻이지? 무앗딥의 물에 새겨져 있던 말 말이오."

레토는 파라든에게 말했다. "모두 기억했소, 서기?"

"예, 폐하."

"내 할머님께서 베네 게세리트의 기억술을 그대에게 잘 훈련시켰다고 하셨소. 좋은 일이오. 그대가 내 옆에서 글자를 끄적이는 모습은 원하지 않으니까."

"명령에 따르겠습니다, 폐하."

"이리 와서 내 앞에 서시오." 레토가 말했다.

파라든은 제시카의 훈련에 그 어느 때보다 감사하며 명령에 따랐다. 레토가 더 이상 인간이 아니며 더 이상 인간처럼 사고할 수 없다는 사실을 인정하면, 그의 황금의 길이 더욱더 무서운 것으로 느껴졌다.

레토는 파라든을 올려다보았다. 근위대는 그들의 말을 들을 수 없는 거리에 멀찍이 물러서 있었다. 중앙 홀 바닥에 남아 있는 사람은 '내적 존재'의 상담자들뿐이었는데, 그들은 계단 첫 번째 줄에서 멀리 떨어진 곳에 비굴한 자세로 모여 있었다. 가니마는 레토에게 더 가까이 다가와 옥좌 등받이에 한 팔을 걸쳐놓고 있었다.

"그대는 내게 사다우카를 주겠다고 아직 동의하지 않았소. 그러나 동의하게 될 거요." 레토가 말했다.

"전 폐하께 많은 빚을 지고 있지만, 그 정도는 아닙니다." 파라든이 말했다.

"그들이 나의 프레멘들과 좋은 짝을 이루지 못할 거라고 생각하는 거요?"

"새로 친구가 된 스틸가와 티예카니크만큼 잘 어울리겠죠."

"그런데도 거절한다?"

"전 폐하의 제안을 기다리고 있습니다."

"그럼 내가 제안을 하는 수밖에 없겠군. 그대가 그 말을 다시는 되풀이하지 않으리라는 걸 알고 있으니까. 할머님께서 당신의 역할을 잘 수행해서 그대가 이해할 수 있는 준비가 되어 있기를 기원하오."

"제가 뭘 이해해야 합니까?"

"어떤 문명에든 항상 널리 유행하는 신비가 있소. 그것은 변화를 막는 장벽으로 스스로를 세우지. 그리고 그 때문에 미래 세대들은 항상 우주의 배반에 대한 대비가 되어 있지 않소. 이런 장벽을 세운다는 점에서 모든 신비가 다 똑같소. 종교적 신비, 영웅 지도자에 대한 신비, 메시아의 신비, 과학과 기술의 신비, 그리고 자연 그 자체의 신비. 우리는 그러한 신비가 형성해 놓은 제국에 살고 있고, 지금 그 제국은 산산조각으로 부서지고 있소. 대부분의 사람들이 신비와 자기들의 우주를 구분하지 못하기 때문이오. 알겠소? 신비는 악마에게 홀리는 것과 같소. 의식을 점령하고 관찰자에게 모든 것이 되는 경향이 있지."

"그 말 속에 폐하 할머님의 지혜가 들어 있음을 알겠습니다."

"잘했소, 사촌. 할머님은 내게 저주스러운 존재냐고 물으셨소. 나는 아니라고 대답했지. 그것이 나의 첫 번째 배반이었소. 알겠소? 가니마는 그것에서 도망쳤지만 나는 아니오. 나는 과도한 멜란지의 압박 속에서 내면의 생명들의 균형을 유지해야 했소. 나는 내 안에서 자극을 받아 깨어난 그 생명들의 적극적인 협조를 구해야 했소. 그러는 동안 나는 가장 악의적인 사람을 피하고, 내면의 의식이 내게 불쑥 내민 가장 우세한 조력자를 선택했소. 내면의 의식은 바로 나의 아버지였지. 사실 난 내 아버지도, 그 조력자도 아니오. 그렇다고 레토 2세도 아니오."

"자세히 설명해 주십시오."

"그대는 감탄할 만한 솔직함을 지녔군. 나는 매우 강력한 고대인의 지배를 받는 공동체요. 그 고대인은 우리 달력으로 3000년 동안 지속된 왕조를 창시했소. 그의 이름은 하룸이오. 그의 혈통이 어떤 후손의 선천적인 약점들과 미신 때문에 서서히 사라져버릴 때까지, 그의 신민들은 주기에 따라 절정에 이른 삶을 살았소. 그들은 자기도 모르게 계절의 변화와 함께 움직였소. 그들은 수명이 짧고, 미신적이고, 신왕(神王)에게 쉽게 이끌리는 사람들을 낳았소. 전체적으로 봤을 때 그들은 강력한 민족이었소. 종(種)으로서 그들의 생존은 습관 같은 것이 되어버렸소."

"왠지 듣기 좋은 얘기는 아니군요."

"나도 마찬가지요, 정말이오. 하지만 그것은 내가 창조하게 될 우주요."

"왜죠?"

"내가 듄에서 배운 교훈 때문이오. 우리는 이곳에서 죽음의 존재를 살아 있는 자들 가운데에 지배적인 망령으로 보존했소. 그 존재에 의해 죽은 자들이 살아 있는 자들을 변화시켰지. 그런 사회의 사람들은 자신의 뱃속으로 가라앉게 마련이오. 그러나 반대되는 것들의 때가 오면, 그들이 자리에서 일어나면, 그들은 위대하고 아름답소."

"그건 제 질문에 대한 답이 아닙니다."

"날 믿지 못하는군, 사촌."

"폐하의 할머님께서도 폐하를 믿지 못합니다."

"그럴 만도 하지. 그러나 할머님은 묵종하고 있소. 반드시 그래야 하니까. 베네 게세리트들은 결국 실용주의자들이오. 나는 우리 우주에 대해 그들과 같은 견해를 갖고 있소. 그대는 그 우주의 흔적을 갖고 있소. 그대는 통치의 습관을 간직하고 있어서 주위의 모든 것들을 위협의 가능성이나 가치에 따라 분류하고 있소."

"저는 폐하의 서기가 되는 것에 동의했습니다."

"그건 그대를 즐겁게 해주었고, 그대의 진정한 재능을 추켜세워 주었지. 역사가로서의 재능 말이오. 그대는 과거와 관련해서 미래를 읽는 데 확실히 천재적이오. 그대는 여러 번 내 행동을 미리 예측했소."

"폐하의 은근한 암시가 마음에 들지 않습니다."

"좋군. 그대는 무한한 야망에서 출발해서 지금의 낮아진 지위에 이르렀소. 할머님께서 그대에게 무한에 대해 경고해 주시지 않았소? 무한은 한밤중의 수많은 조명등처럼 우리를 끌어당기고 눈멀게 해서 자신이 유한에게 가할 수 있는 무절제에 이르게 하지."

"그건 베네 게세리트의 잠언입니다!"

"하지만 훨씬 더 정확하오. 베네 게세리트들은 자기들이 진화의 방향을 예언할 수 있다고 믿었소. 그러나 그들은 그 진화의 과정에서 일어나는 자신들의 변화를 간과했소. 자기들의 유전자 교배 계획이 진화하는 동안 자기들이 꼼짝도 하지 않고 서 있을 거라고 가정했거든. 나는 그런 재귀적인 맹목성을 전혀 갖고 있지 않소. 나를 잘 보시오, 파라든. 나는 이제 더 이상 인간이 아니니까."

"폐하의 누이께 이미 들었습니다." 파라든은 머뭇거리다가 말을 이었다. "저주스러운 존재입니까?"

"교단의 정의에 따르면 그럴지도 모르지. 하룸은 잔인하고 독재적이오. 나는 그의 잔인함을 조금 닮았소. 나를 잘 보시오. 나는 농사꾼의 잔인성을 갖고 있으며, 이 인간의 우주는 나의 농장이오. 프레멘들은 예전에 독수리를 길들여서 애완동물로 길렀지. 그러나 나는 파라든을 기를 것이오."

파라든의 얼굴이 어두워졌다. "제 발톱을 조심하십시오, 사촌. 저의 사다우카가 조만간 폐하의 프레멘들 앞에서 쓰러지리라는 것을 저는 잘 알고 있습니다. 하지만 저희는 폐하께 심한 부상을 입힐 겁니다. 그리고 약한 자들을 물어뜯기 위해 재칼들이 기다리고 있을 겁니다."

"난 그대를 잘 사용할 것이오. 그건 약속하오." 레토는 앞으로 몸을 기울이면서 말을 이었다. "내가 이제 인간이 아니라고 말하지 않았소? 내 말을 믿으시오, 사촌. 내 음부에서는 절대로 아이가 솟아 나오지 못할 것이오. 내게는 더 이상 음부가 없으니까. 그리고 그 때문에 나는 두 번째 배반을 해야만 하오."

파라든은 이제야 레토의 말이 향하는 방향을 깨닫고 침묵 속에서 기다렸다.

"난 프레멘의 모든 계율을 거스를 거요. 그들은 달리 어쩔 도리가 없기 때문에 받아들이겠지. 나는 약혼을 미끼로 그대를 이곳에 붙들어두었소. 그러나 그대와 가니마의 약혼식은 없을 것이오. 내 누이는 나와 결혼할 것이오!"

"하지만 폐하는……."

"결혼이라고 했소. 가니마는 반드시 아트레이데스의 혈통을 이어야 하오. 이제는 나의 유전자 교배 프로그램이 된 베네 게세리트 유전자 교배 프로그램이라는 문제도 있소."

"전 거부하겠습니다."

"아트레이데스 왕조의 아버지가 되는 것을 거부한다고?"

"왕조는 무슨 왕조입니까? 폐하께서 수천 년 동안 옥좌를 차지하실 텐데요."

"그리고 그대의 후손들을 내 모습을 본떠 만들어내겠지. 그건 모든 역사를 통틀어 가장 철저하고 모든 것이 포함된 훈련 프로그램이 될 것이오. 우리는 축소판 생태계가 될 것이오. 알겠소? 동물들이 생존을 위해 어떤 생태계를 선택하든 그 생태계는 반드시 서로 연결된 공동체의 패턴, 상호 의존, 생태계라는 공통의 얼개 속에서 함께 일하는 것 등을 바탕으로 해야 하오. 그리고 이 생태계는 지금까지의 그 어느 누구보다 더 지식이 많은 통치자들을 낳을 것이오."

"폐하께서는 환상적인 말들을 가장 불쾌한……."

"누가 크랄리제크를 이기고 살아남겠소? 크랄리제크는 분명히 올 것이오."

"폐하는 미친 사람입니다! 폐하가 제국을 산산이 부숴버릴 겁니다."

"물론 그럴 거요……. 그리고 난 사람이 아니오. 그러나 나는 모든 사람들 안에 새로운 의식을 창조할 거요. 내 말하건대, 듄의 사막 밑에는 고금을 통틀어 가장 뛰어난 보물이 있는 비밀 장소가 있소. 난 거짓말을 하지 않소. 마지막 모래벌레가 죽고 사막에서 마지막 멜란지가 추수될 때, 그 깊숙한 보물들이 우주 전역에서 솟아오를 거요. 스파이스 독점의 힘이 희미해지고 몰래 저장된 스파이스가 존재를 드러낼 때 우리의 영토 전역에서 새로운 권력자들이 나타날 것이오. 인간들이 본능에 의지해 사는 법을 다시 배워야 할 때요."

가니마가 옥좌 등받이에서 팔을 떼고 파라든 옆으로 다가와 그의 손을 잡았다.

레토가 말했다. "내 어머니가 아내가 아니었듯이, 당신은 남편이 되지 못할 거요. 그러나 혹시 사랑은 있을지도 모르니 그것으로 충분하겠지."

"매일, 매순간이 변화를 가져오죠. 사람은 순간들을 인식함으로써 배우는 거예요." 가니마가 말했다.

파라든은 가니마의 자그마한 손이 지닌 온기를 뚜렷이 느꼈다. 그는 밀려왔다 밀려가는 레토의 주장을 느꼈지만 레토는 단 한 번도 '목소리'를 사용하지 않았다. 그것은 정신이 아니라 가슴에 대한 호소였다.

"이것이 사다우카를 얻기 위한 폐하의 제안입니까?" 그가 물었다.

"훨씬, 훨씬 더 많은 것을 내놓겠소, 사촌. 나는 그대의 후손들에게 제국을 주겠소. 그대에게 평화를 주겠소."

"폐하의 평화의 결과는 무엇입니까?"

"그건 정반대요." 레토가 말했다. 차분하게 놀리는 듯한 목소리였다.

파라든은 고개를 흔들었다. "저는 제 사다우카의 값이 아주 높다고 생각합니다. 제가 서기로서, 폐하의 황실 혈통의 비밀스러운 아버지로서 남아 있어야 합니까?"

"반드시."

"저를 억지로 폐하의 평화의 습관 속에 밀어 넣으실 겁니까?"

"그렇소."

"저는 살아 있는 동안 매일 폐하께 저항할 겁니다."

"그것이 내가 그대에게 기대하는 역할이오, 사촌. 내가 그대를 선택한 것은 그 때문이오. 내가 그것을 공식적인 것으로 만들겠소. 내가 그대에게 새로운 이름을 주겠소. 지금 이 순간부터 그대는 '습관의 파괴자'로 불릴 거요. 우리 언어로는 하르크 알 아다가 되지. 자, 사촌, 우둔하게 굴지 마시오. 할머님께서는 그대를 잘 가르치셨소. 내게 그대의 사다우카를 주시오."

"그들을 주세요. 그는 어떤 식으로든 그들을 갖게 될 거예요." 가니마가 레토의 말을 되풀이했다.

파라든은 그녀의 목소리에서 자신에 대한 걱정을 읽었다. 그렇다면 사랑인가? 레토는 이성이 아니라 직관적인 사고의 도약을 요구했다. "그들을 가져가십시오." 파라든이 말했다.

"과연." 레토가 말했다. 그리고 옥좌에서 몸을 일으켰다. 마치 그가 자신의 끔직한 힘을 지극히 섬세하게 통제하고 있는 것처럼 이상할 정도로 유연한 동작이었다. 레토는 가니마가 있는 곳으로 내려와 부드럽게 그녀의 몸을 돌려 자신에게 등을 돌리게 한 다음, 자신도 몸을 돌려 그녀와 등을 마주 댔다.

"잘 봐두시오, 사촌 하르크 알 아다. 우리는 항상 이렇게 할 것이오. 결혼했을 때 우리는 이렇게 설 것이오. 등을 맞대고, 지금까지 항상 우리였던 하나의 존재를 지키기 위해 각자 서로에게서부터 밖을 바라볼 것이오." 그는 몸을 돌려 놀리듯이 파라든을 바라보며 목소리를 낮췄다. "그대가 나의 가니마와 마주 섰을 때 이것을 기억하시오, 사촌. 그대가 사랑의 말과 부드러운 말들을 속삭일 때, 그대가 나의 평화와 나의 만족의 습관에 가장 유혹받을 때 이것을 기억하시오. 그대의 등은 항상 노출되어 있을 것이오."

그는 두 사람에게서 몸을 돌려 계단을 내려가 기다리고 있던 조신들 속으로 들어갔다. 그리고 조신들이 위성처럼 그의 뒤를 따르는 가운데 홀을 나갔다.

　　가니마는 다시 파라든의 손을 잡았다. 그러나 그녀의 시선은 레토가 나가고 나서도 한참 동안 홀의 건너편 너머를 바라보고 있었다. "우리들 중 한 사람은 그 고뇌를 받아들여야 했어요. 그리고 그가 항상 더 강했죠." 그녀가 말했다.

옮긴이 | **김승욱**

성균관대학교 영어영문학과를 졸업하고, 뉴욕 시립대학교 대학원에서 여성학을 공부했다.
《동아일보》 문화부 기자로 일했고, 현재는 전문 번역가로 활동 중이다.
옮긴 책으로는『리스본 쟁탈전』,『우아한 연인』,『19호실로 가다』,『대담한 작전』,
『나보코프 문학강의』,『소크라테스의 재판』,『노년에 대하여』,『신은 위대하지 않다』,
『행복의 지도』,『제1구역』,『분노의 포도』등이 있다.

듄의 아이들 CHILDREN OF DUNE

1판 1쇄 펴냄 2002년 2월 20일
개정판 1판 1쇄 펴냄 2021년 1월 21일
개정판 1판 18쇄 펴냄 2024년 9월 26일

지은이 | 프랭크 허버트
발행인 | 박근섭
옮긴이 | 김승욱
편집인 | 김준혁
펴낸곳 | 황금가지

출판등록 | 2009. 10. 8 (제2009-000273호)
주소 | 06027 서울 강남구 도산대로 1길 62 강남출판문화센터 5층
전화 | 영업부 515-2000 편집부 3446-8774 팩시밀리 515-2007
홈페이지 | www.goldenbough.co.kr

도서 파본 등의 이유로 반송이 필요할 경우에는 구매처에서 교환하시고
출판사 교환이 필요할 경우에는 아래 주소로 반송 사유를 적어 도서와 함께 보내주세요.
06027 서울 강남구 도산대로 1길 62 강남출판문화센터 6층 민음인 마케팅부

한국어판 ⓒ ㈜민음인, 2020. Printed in Seoul, Korea
ISBN 979-11-5888-756-8   04840 (3권)
      979-11-5888-760-5   04840 (세트)

㈜민음인은 민음사 출판 그룹의 자회사입니다.
황금가지는 ㈜민음인의 픽션 전문 출간 브랜드입니다.